HAS K HARRIS
XPRESSLY FOR MME PATTI
HARRIS Who was Selected
ager Mr ROBT GRAU to Compose
for Her Farewell Tour
CHAS. K. HARRIS
nging Rights Reserved
to è sco - glio, tut - ta la vi
ist eine Klip - pe, und un - ser Le
There's music in the sighing of a reed;
There's music in the gushing of a rill;
There's music in all things, if men had ears;
Their earth is but an echo of the spheres.
—MONTGOMERY.
Selections from all the New
ADELINA PATTI
And the Latest Songs and Instrumen
Flowers that Bloom in the Spring.
From Mikado.
See-saw Waltz.
A. Gwyllym Crowe.
Don't Leave Your Mother, Tom.
E. J. Symons.
Nanon Waltz.
From the Opera.
Dream Faces.
COMPLIMENTS OF
MYERS BROTHERS,
LEADING GROCERS,
MARTINSBURG, W. VA.
Music has charms to soothe the savage breast,
To soften rocks, and bend the knotted oak.
—CONGREVE.
MENDELSSOHN PUBLISHING CO.,
New York, Boston and Chicago.

LONDON.
ROYAL ALBERT HALL.
MADAME
ADELINA PATTI
(BARONESS CEDERSTRÖM.)
Grand
Morning Concert.
JUNE 14TH,
1906.
appassionato e sostenuto

LA DIVA

REYES MONFORTE

LA DIVA

PLAZA JANÉS

Papel certificado por el Forest Stewardship Council®

MIXTO
Papel | Apoyando la silvicultura responsable
FSC® C117695

Penguin Random House Grupo Editorial

Primera edición: abril de 2025

Printed in Spain – Impreso en España

ISBN: 978-84-01-03578-4
Depósito legal: B-2549-2025

Compuesto en Mirakel Studio, S. L. U.

Impreso en Rodesa
Villatuerta (Navarra)

L035784

Para José, siempre

Cualquier destino, por largo y complicado que sea, consta en realidad de un solo momento: el momento en que el hombre sabe para siempre quién es.

JORGE LUIS BORGES,
Biografía de Tadeo Isidoro Cruz

La diva es una recreación novelada basada en una historia real. Los personajes, diálogos y hechos que se narran están documentados históricamente y sucedieron conforme a los tiempos reflejados en la novela. Algunos nombres y acontecimientos han sido novelados en favor de la dramatización literaria.

OBERTURA

Castillo de Craig-y-Nos, Gales
1905

Lo que uno ama en la infancia
se queda en el corazón para siempre.

JEAN-JACQUES ROUSSEAU

1

Lo observaba como si fuera una máquina infernal. Un agujero negro por el que caería irremediablemente, que la succionaría en su profunda oscuridad y del que le resultaría imposible salir. Ella, que siempre había sido libre para decidir qué ópera cantar, en qué teatro actuar, qué caché cobrar, a qué hombre amar y a cuál depreciar, qué prohibición infringir o qué norma ignorar, vencida de repente por la trompa de metal pavonado con forma lobulada del gramófono que, desde hacía unos días, la esperaba en el salón de billar francés. En esa acogedora estancia solía contar a sus invitados que los campeones canadienses Joseph Dion y su hermano Cyrille, conocido como «el Bismarck del billar», le habían dado clases y, presumiendo de ser una gran billarista, recordaba cómo «un empresario ordenó durante una de mis giras que en cada hotel donde me alojara hubiera una mesa para que pudiese jugar. Le hice ganar una cantidad indecente de dinero; era lo mínimo que podía hacer».

Había elegido ese salón por ser su favorito de la residencia de Craig-y-Nos, en parte por la imponente presencia del *orchestrion*, un reproductor de música grabada en rollos perforados que presidía la sala desde que llegó de Friburgo, Suiza, por el que pagó cincuenta mil francos —más quinientos por cada rollo— y al que solía llamar «el fantasma del castillo».

Pero aquella mañana el solemne Welte & Söhne Orchestrion, con sus ciento cuarenta y seis tubos centrales, su veintena de trompetas y la treintena de tubos de metal adornados con flores doradas dispuestos en los laterales, no lograba robarle el protagonismo al gramófono. Era una amenaza, paciente y muda, como el público que abarrotaba los teatros de ópera, el mismo silencio que reinaba segundos antes de alzarse el telón en el Covent Garden de Londres, en La Scala de Milán, en el Teatro Imperial de San Petersburgo, en la Academy of Music de Nueva York, en la Ópera Garnier de París o en el Teatro Real de Madrid, cuyos escenarios pisó con solemnidad, como la reina que era. Por fin, Adelina Patti había aceptado la propuesta de The Gramophone & Typewriter Ltd. de grabar su voz para la eternidad. «Yo ya soy eterna, querido. Pruebe con otro argumento», le espetó al empresario, que no cejaba en su empeño desde hacía años. El hombre lo intentó con otro razonamiento que nunca fallaba con ella: «Caruso lo grabó hace dos o tres años. Cobró ciento setenta libras por cinco discos». Fue un acierto; si la diva tenía una asignatura pendiente en su brillante carrera, era no haber cantado con el tenor italiano. Ésas fueron las palabras mágicas que obraron el milagro. «Está bien. Lo haré. Doscientas libras por disco y el veintiuno por ciento de los beneficios. La grabación será en mi castillo, el día que yo quiera y a la hora que yo diga. Si acepta mis condiciones, tenemos un trato. De lo contrario, no me haga perder el tiempo». No había nadie en el mundo que supiese llevar su carrera como Adelina Patti. Incluso a sus sesenta y dos años, no podía resistirse a superar el caché de un émulo para auparse al trono de la cantante mejor pagada del universo operístico. No era por soberbia ni por orgullo, tampoco por rivalidad, ni siquiera por envanecimiento. Era por justicia. Ella siempre debía ser la mejor pagada. Y lo fue durante más de medio siglo.

Se acercó con cierta precaución, recreándose en la caja de madera rojiza de roble macizo, cuya calidad certificaban las vetas que se abrían por la superficie. Se fijó en el ángel desnudo que portaba una pluma de ave, primer logotipo de la firma —más tarde, cuando la empresa cambiara la denominación comercial por la de «La Voz de su Amo», sería un perro ante un gramófono—, al lado del nombre de la compañía, The Gramophone & Typewriter Ltd., y los países donde se comercializaba: Gran Bretaña, Alemania, Francia, Austria, Bélgica y Rusia. En todos aquellos lugares había cantado ella varias veces, y recordaba todas y cada una de las ocasiones.

Adelina estaba a punto de escuchar la primera grabación de su voz en un disco. La canción elegida había sido el aria «Casta Diva» de la ópera *Norma* que interpretó el día anterior, postrada ante ese aparato endemoniado, sin poder moverse como solía hacerlo por los principales escenarios del mundo. «Debe usted permanecer quieta, señora Patti, para que el micrófono capte su voz y ésta no se pierda», le había aconsejado el empleado de la compañía, no sin cierto temor a que su sugerencia provocara el enojo de la diva y apareciera uno de sus temidos brotes. La soprano había exigido escuchar la grabación antes de proseguir con las diez contratadas; si la experiencia era satisfactoria, grabaría alguno más el próximo año. Observó con desconfianza los surcos del disco que anhelaban bosquejar las líneas de su vida, como los anillos de un árbol que dejan al descubierto su existencia, sin adornos, sin engaños, la verdad simple y clara. Y las verdades a veces son crueles. Pero a ella no le asustaba la verdad, eso sería de cobardes, y ya había dado sobradas muestras de su valentía.

Notó que su proximidad convertía en trémulas las manos del operario de The Gramophone & Typewriter Ltd. Su presencia imponía, ya estaba acostumbrada. Eran cincuenta años de carrera siendo la mujer más famosa; la intérprete que más dinero había ganado en la ópera; la cantante más grande del siglo, según aseveró Giuseppe Verdi; la soprano cuya voz era digna no ya de reinas, sino de diosas; la voz del paraíso que nadie puede negar, como sentenció Gioachino Rossini; la artista que apareció en las páginas de *Ana Karenina* de Lev Tolstói, en *El retrato de Dorian Grey*, primera y única novela de Oscar Wilde, y en la obra *Nana* de Émile Zola, siempre con palabras de elogio, alabanza y admiración, inmortalizando su legado también a través de la literatura. «Me mienten porque me aman y me aman porque me admiran». Sin duda, estar ante la soprano favorita de la reina Victoria imponía.

—No se apure, joven. Quien va despacio llega seguro; quien va seguro llega lejos.

Le encantaba recurrir a ese proverbio italiano que tanto repetían su padre, el tenor siciliano Salvatore Patti, y su madre, la cantante italiana Caterina Chiesa Barilli. Ninguno de ellos alcanzó su estrella brillando en el universo lírico, pero ambos contribuyeron y disfrutaron del éxito de su pequeña.

Adelina se retiró del gramófono y del operario. Después de colocar por enésima vez las peonías rojas Red Charm que adornaban el centro floral dispuesto sobre una de las mesas de la estancia y comprobar la fragancia de la que era su flor favorita, cogió el periódico para perderse en la legión de palabras que aún conservaba el olor a tinta, a tinta negra, presagio del lóbrego futuro que depararían sus noticias. Sus ojos, igual de brunos, lo confirmaron: Rusia encerrada en una revolución social y política contra Nicolás II después del fracaso de la guerra rusojaponesa. Recordó a su abuelo, el zar Alejandro II, quien le concedió la Orden del Mérito de Rusia en 1870. Siguiendo sus deseos, ella lo llamaba «padrecito» y él a ella «hija»; siempre colmándola de regalos, siempre obsequiándole con las mejores joyas, lo que le permitió poseer la mayor colección de alhajas en Occidente después de la reina Victoria: collares de esmeraldas, brazaletes de brillantes, coronas de oro y diamantes en forma de rosas silvestres, pendientes de rubíes, tiaras de gemas... En aquel frío pero deslumbrante país cantó ocho años seguidos; en el Teatro Bolshói de Moscú la llamaron a saludar ochenta veces, y en su debut en el Teatro Imperial de San Petersburgo, la prensa, entregada, se rindió ante ella: «No es normal. Es un milagro. La pirotecnia vocal de Adelina Patti es capaz de alcanzar la nota F alta, límite de la voz humana». Nadie había conseguido semejante éxito en Rusia. «Y pensar que la zarina María Aleksándrovna tuvo celos de mí al descubrir la reacción de su marido tras presenciar la ópera *Romeo y Julieta*», se dijo con cierta melancolía teñida de orgullo al evocar los versos de amor que el zar Alejandro II escribió después de escucharla interpretar a Julieta, el 8 de febrero de 1872 en el Palacio Imperial de San Petersburgo...

Pasó de página como si cambiara de recuerdo; al fin y al cabo, los periódicos, con el tiempo, se convertían en cofres de la memoria, en receptáculos de lo que un día aconteció. El nombre del presidente de Estados Unidos, Theodore Roosevelt, seguía copando los titulares de la prensa desde que juró su cargo para un segundo mandato, en el mes de marzo, nueve meses atrás. Nunca tendría la misma confianza con él que la que disfrutó con otros presidentes estadounidenses, entre ellos Abraham Lincoln. Todavía recordaba cómo se emocionaron él y su esposa Mary cuando interpretó ante ellos la canción «Home, Sweet Home», aunque no fue en la Casa Blanca, como aseguraba la prensa del país, ni tampoco por motivo del fallecimiento de su hijo Willie por fiebres tifoideas años más tarde. Las leyendas sobre ella, en su mayoría falsas, siempre hacían correr ríos de tinta, una riada difícil de contener. Recorrió las páginas del periódico en diagonal. La única noticia que logró captar su atención durante unos segundos fue la aprobación en Francia de la ley de separación de la Iglesia y el Estado. «¡Ya era hora! Con lo que me costó divorciarme del marqués de Caux... Amenazas continuas de meterme en prisión, la mitad de mi fortuna y un escándalo público convenientemente alimentado por la prensa. ¡Qué lento avanza el mundo, a veces!».

Abandonó el periódico sobre la mesa y se frotó las manos, en un intento de limpiar los restos de tinta en sus dedos, un recordatorio alegórico de la suciedad imperante. Su lectura nunca fue una prioridad para ella; consideraba una pérdida de tiempo preocuparse por algo que ya había sucedido. Leer la prensa era tarea de su mánager o de sus maridos; si hubiera algo que la incumbiese, ya se lo dirían. La Patti en estado puro.

Mientras esperaba a que el operario concluyera los últimos detalles con el gramófono, Adelina se dirigió a una de las vitrinas donde se exponía un objeto como si fuera un tesoro. Protegida por una tulipa de cristal había una muñeca antigua y desgastada; vivida, en definitiva, como las casas que se convierten en hogares después de mil experiencias. Era la muñeca Henriette que le había acompañado toda su vida, desde que su madrina, la gran contralto italiana Marietta Alboni, se la regaló a los ocho años en el Niblo's Garden, el teatro de Broadway. La extrajo con cuidado de su urna de cristal y acarició sus grandes lazos, su pelo rubio y sus ojos azules, que no habían dejado de observarla desde 1851. Prefería mil veces esa muñeca de trapo a aquella otra de ojos de esmeralda, pelo de oro macizo, vestido cubierto de diamantes y labios de rubíes que le regalaron en Bucarest después de una de sus actuaciones. Sonrió al ver a Henriette, compañera de fatigas y cómplice de tantos secretos.

Su obsesión por las muñecas y su carácter de diva, palpable desde bien temprana edad, pusieron en más de un aprieto a su familia y amigos. Aquel recuerdo hizo que su mente volara hasta la pequeña tienda del señor Palissy, un local de instrumentos musicales en Brooklyn donde se reunían para crear comunidad algunos inmigrantes italianos recién llegados a Nueva York. Allí, en la trastienda de aquel establecimiento, se habló por primera vez de sus posibilidades como cantante de ópera.

No hubo más tiempo para la evocación. Una voz lo impidió.

—Ya estamos listos —anunció el empleado que manejaba el gramófono.

Esas tres palabras sembraron el silencio en la habitación. Adelina apretó a Henriette contra su pecho. Presentía que estaba a punto de vivir algo mágico. En ese momento accedió a la estancia el barón Rolf Cederström, su tercer marido, veintisiete años más joven que ella; tampoco él quería perderse la experiencia. Desde el día de su casamiento —el 25 de enero del año 1899, en la iglesia católica de San Miguel, en Brecon—, todo había sido una vivencia continua, una aventura única; tendría que agradecer de por vida la dolencia reumática de la diva que lo llevó al castillo de Craig-y-Nos para someterla a sus masajes y tratamientos terapéuticos.

Cuando el operario con guantes blancos depositó el disco sobre la base giratoria de felpa color naranja y comenzó a girar la manivela situada en uno de los laterales del gramófono, todos contuvieron la respiración. Mientras bajaba el brazo reproductor del aparato para abandonar la aguja sobre los surcos del disco, Adelina dirigió la mirada no al plato, sino a la trompeta de cincuenta y seis centímetros. No sabía si de su interior saldría una fiera o un ángel; confió en el logotipo de la compañía.

El sonido empezó a fluir. La voz de la Patti inundó la estancia. Ahí estaba: su característica voz aterciopela, flexible y potente, casi intacta a pesar de la edad, su exquisita vocalización, su inigualable dicción, su timbre cristalino, sus exclusivos trinos, su pasión al cantar, las cadencias y los gorjeos saliendo con una pasmosa facilidad de su garganta, su personalidad en las escalas cromáticas, su temperamento... La voz inmortal. Cuando ella cantaba, su voz silenciaba el ruido del mundo; era una artesana del sonido.

El disco seguía girando sobre la plataforma. Conforme se escuchaba, sus ojos se abrieron como lo hacía la boca de los empresarios cuando les comunicaba su caché, advirtiéndoles que, si no recibía el dinero estipulado antes de la función, no se calzaría, lo que significaba que no habría representación.

No podía creer lo que salía del gramófono. Era incapaz de retirar la mirada de la trompa de metal pavonado, como si recelara de que, en cualquier momento, además de su voz, fueran a surgir de su interior uno de sus espectaculares vestidos de su fiel modisto Charles Frederick Worth, alguna de sus joyas —quizá el broche con una gran perla en el centro rodeado de veinticinco diamantes regalo de San Petersburgo y valorado en casi cien mil francos—, o las palomas blancas que el público le lanzaba al escenario. Cuando la magia se despierta, no hay quien la detenga.

Ella conocía el sonido clamoroso de los aplausos que resonaban con fuerza en los teatros de ópera, las aclamaciones populares, los cánticos y las serenatas que le dedicaban frente al hotel donde se hospedara en cada ciudad, pero no la eufonía celestial que provocaba semejante espectáculo. Adelina sonrió mientras asentía con la cabeza: así que ésa era la razón por la que sus seguidores besaban el felpudo de su casa, el motivo por el que los admiradores más fervientes desataban los caballos de su carruaje para ser ellos quienes la llevaran hasta el hotel. Aquélla era la voz que volvía locos a reyes, príncipes, zares, presidentes, zarinas, reinas, nobles de toda condición... Ahora entendía el embeleso del príncipe de Gales cada vez que acudía a verla o la devoción que la reina Victoria sintió por su voz, la admiración que despertaba en el zar Alejandro II, en la reina Isabel II de España, en el rey Víctor Manuel II de Italia, en la emperatriz Eugenia de Montijo y en su marido, el emperador de Francia Napoleón III...

La expresión de éxtasis que presidía el semblante de la diva alivió a los representantes de The Gramophone & Typewriter Ltd., que veían disiparse las nubes amenazadoras sobre sus cabezas, parejas a las que cubrían el cielo aquel mes de diciembre de 1905 sobre el castillo de Craig-y-Nos.

Rolf Cederström asintió satisfecho. Veía feliz a su mujer, aunque todavía no había dicho una palabra —algo extraño en ella—, y eso era todo lo que necesitaba saber. Él era deportista, director del London Health Gymnastic Institute, y de música entendía lo que su esposa le decía, aunque la excelencia se reconoce fácilmente en cualquier arte de la vida.

Cuando se escucharon los últimos acordes del aria «Casta Diva», de nuevo se asentó el silencio. Y, una vez más, fue ella quien lo quebró:

—Ahora lo entiendo todo. Ahora entiendo por qué me aman. Ahora comprendo mejor mi historia, toda esta locura que me ha acompañado desde el principio...

En ese momento se acordó del rey de los Países Bajos, que tuvo que pedir permiso al Gobierno de su nación para pagar el alto caché que cobraba la diva e incluso rogarles que pidieran un préstamo para poder escucharla.

Adelina se acercó a la trompa de metal pavonado y, ante las muestras de aprobación de los operarios del gramófono y de su tercer marido, empezó a lanzar besos a su interior. El inefable monstruo que durante días la había intimidado se había convertido en uno de sus mejores aliados. Quizá era porque no había dejado de estrechar entre sus brazos a su muñeca Henriette, pero la diva parecía una niña extasiada ante un regalo que desbordaba sus expectativas.

—¿Lo has oído, Rolf?

—Mi amor, te oigo cada vez que cantas. Yo ya conozco tu prodigiosa garganta y tu inigualable voz. Pero me ha gustado mucho. Y aún me gusta más verte así.

—Y todavía hay algo más. Por supuesto, cantaré las canciones elegidas, pero también tengo un regalo especial para ti —dijo refiriéndose a la felicitación navideña que pensaba grabar exclusivamente para él—. Aunque para eso tienes que salir de esta habitación porque, de lo contrario, no sería una sorpresa.

La propuesta sonó como siempre sonaron sus proposiciones, incluso de pequeña: a orden que hay que cumplir de inmediato si no se quería contrariar a la diva.

Rolf Cederström cerró tras de sí la puerta sin imaginar que su mujer pensaba regalarle una felicitación especial para el nuevo año, 1906.

Cuando el risueño esposo desapareció de la sala de billar, Adelina se ajustó su camisa blanca bordada a mano y se alisó de un manotazo suave, pero algo excitable, su falda de terciopelo morado, casi a juego con las cortinas violetas que cubrían la estancia. Le había gustado. Tenía que seguir grabando. Quería seguir grabando. No entendió por qué su segundo esposo, el tenor Ernesto Nicolini, se lo había desaconsejado tan palmariamente, convencido de que las divas no podían caer en esas frivolidades. Sus maridos... Siempre eligió mejor las óperas que a los hombres.

Esta vez cantaría un aria de *Lucia di Lammermoor*, una de sus óperas favoritas, con la que había hecho su debut operístico en la Academy of Music de Nueva York a los dieciséis años, el 24 de noviembre de 1859. Y como en tantas ocasiones siendo una niña, la interpretó aferrada a su muñeca Henriette, testigo de toda una vida.

Las cosas más importantes, en realidad, nunca cambian, como no lo hacen las partituras de las grandes óperas.

Primer acto

Nueva York
1851

Se necesita un minuto para notar a una persona especial, una hora para apreciarla, un día para amarla, una palabra para herirla, pero luego toda una vida para olvidarla.

Charles Chaplin

2

—No canto.

La niña que había llegado al mundo emitiendo un do agudo de su garganta en vez de un desolador llanto acababa de dinamitar varios meses de trabajo con dos simples palabras. Todos se volvieron hacia ella. Con ocho años ya lograba captar la atención como si fuera el empresario del teatro.

—No pienso hacerlo. No canto —sentenció mientras se sentaba en una de las cajas que los utileros habían colocado entre bastidores—. No quiero.

Desde ese lugar, emblemático para todo aquel que se dedicara al teatro, la pequeña, con apenas cinco años, había asistido a las representaciones de las más grandes cantantes —Jenny Lind, Marietta Alboni, Henriette Sontag, Giulia Grisi—, y le bastaba con escucharlas una vez para repetir sus interpretaciones sin esfuerzo: imitaba lo que había oído, sin necesidad de técnica, ensayo o preparación. Tenía una memoria musical prodigiosa, un oído portentoso y un carácter de diva que no se correspondía con su corta edad.

Allí estaba Adelina, con un vestido rosa adornado con lazos blancos y azules, dos grandes trenzas color azabache que le caían sobre el pecho, unos ojos negros vivaces que lo observaban todo sin perder detalle y la cara convertida en una pantalla ambarina a causa de los polvos blancos que su madre había distribuido sobre su piel morena para maquillarla, lo que provocó que muchos empezaran a llamarla de manera cariñosa «la chinita». Balanceaba las piernas de un lado a otro, como quien ve pasar la vida sin ninguna inquietud porque nada lo apremia, indolente al tiempo, consciente de su fugacidad. No parecía tener prisa ni presión, ninguna preocupación nublaba su infantil gesto. Seguía sin entender por qué tenía que cantar si nadie le iba a dar nada a cambio. Cuando el empresario Max Maretzek del Astor Opera House le pedía que cantase para él, le daba medio dólar en contraprestación, con el que podía comprarse dulces o juguetes. Se lo había oído a un chiquillo irlandés, unos años mayor que ella, que frecuentaba el barrio de Brooklyn en el que vivían y del que su madre siempre le advertía que se mantuviera alejada: «Si la foca no come, la foca no baila». Adelina, como buena foca, no iba a bailar sin sardina que echarse a la boca.

—Pero, cariño, ¿qué pretendes? ¿Acaso quieres que nos dé un infarto? —preguntó Caterina, debatiéndose entre el enfado y la comprensión—. Mira a tu padre: le falta saludar al acomodador; de hecho, creo que ya le ha estrechado la mano tres veces.

Salvatore llevaba minutos saludando a los invitados que habían acudido al Niblo's Garden de Nueva York para escuchar a su hija, la portentosa niña que cantaba como las grandes divas de la ópera. Las casi tres mil doscientas butacas que revestían la platea desde que el teatro había reabierto sus puertas en el verano de 1849, tres años después de que un devastador incendio consumiera sus entrañas, estaban ocupadas por personas que, a excepción de los invitados, habían pagado dos dólares por ver a la pequeña Patti, la niña prodigio venida de Europa y nacida en Madrid el 19 de febrero de 1843, a las cuatro de la tarde, en una casa de huéspedes que doña Dolores Zárate de Rojas regentaba en el número 6 de la calle Fuencarral. Su madre estaba terminando la temporada en Madrid, en el Teatro del Circo, y no había querido suspender su actuación a pesar de su avanzado estado de gestación, lo que casi hizo que sintiera los primeros dolores de parto sobre el escenario. En la iglesia de San Luis de la madrileña calle Montera, Adelina fue bautizada el 8 de abril de ese mismo año como Adela Juana María, tal y como escribió el cura José Losada en la partida de nacimiento.

Y ocho años después, Caterina sentía otro tipo de dolor, estaba vez en el pecho, exordio de un amago de infarto provocado por la negativa de su pequeña a cantar.

—Cariño, llevamos semanas preparando este concierto. ¿Qué te ocurre? ¿Tienes miedo? —preguntó comprensiva—. No debes tenerlo, es como cuando te disfrazas con mis vestidos en casa, te calzas mis zapatos, te pintas con mi maquillaje y cantas ante tus muñecas. Pero esto será mejor porque no tendrás que decirles que aplaudan, ya lo harán ellos por iniciativa propia.

La primera vez que Caterina vio a su hija repitiendo el aria que había escuchado en el teatro a una gran soprano, estaba con su amiga, la contralto italiana Marietta Alboni. Ambas se quedaron observando a escondidas detrás de la puerta de la habitación de Adelina, que había dispuesto un perfecto semicírculo dibujado por sillas en las que había colocado a sus muñecas —más de diez—, a las que iba indicando cuándo aplaudir o lanzar ramos de flores que ella misma había elaborado con trozos de periódicos. Lo que no se esperaba ninguna de las dos era escuchar el pentagrama completo que la niña alojaba en la garganta y que le hacía repetir lo escuchado sin aparente esfuerzo, con una dicción perfecta en italiano, en inglés y en español, afinando la nota, dominando los tonos, con una voz flexible, rica, extensa y con una depurada técnica. Quizá fue la primera vez que la voz de Adelina Patti enmudeció al mundo. Tenía cinco años, a punto de cumplir los seis, y estaba lejos de ser una simple niña jugando con sus muñecas.

Tres años más tarde de aquel descubrimiento, Caterina no entendía la negativa de su hija a cantar ni tampoco su supuesto miedo escénico, ya que apenas unos días antes, el 22 de noviembre, había participado en un concierto en el Tripler's Hall, y en otro, el 2 de diciembre, en el Astor Opera House, junto con ella y su hermana. La prensa había dejado constancia de ello: «Espectacular debut de una niña, una Jenny Lind en pequeñito, un ruiseñor en miniatura que cantó de manera sorprendente la complicada "Echo Song" y lo hizo de forma envidiable, con un autocontrol de la escena, de la situación y de sí misma, con una voz poderosa, inimaginable en alguien de corta edad».

Sin embargo, aquel 3 de diciembre de 1851 en el Niblo's, Adelina no quería cantar.

—Pero ¿qué es lo que sucede?

Marietta Alboni hizo su entrada con gesto contrariado ante la tardanza. Acababa de llegar de Madrid, donde había cantado su segunda temporada en el Teatro Real, después de interpretar a Leonora de la ópera *La favorita* en 1850 durante la inauguración del templo operístico madrileño. Se había librado de milagro de la revolución del 15 de agosto de 1851 en la capital, que provocó la caída de la dictadura de Narváez y la redacción de una nueva constitución. Pero allí, en Nueva York, entre bastidores, se cocía otra rebelión muy distinta.

—La gente empieza a impacientarse —añadió—, y ya sabes lo que eso significa...

—La niña, que ahora dice que no canta. Y mira cómo está el teatro, completamente lleno. Tendremos que devolver el dinero, ¡con la falta que nos hace! —La expresión de Caterina no podía albergar más ansiedad—. Tú sabes todo lo que nos hemos gastado, Marietta, un dinero que no tenemos...

La familia Patti había llegado a Nueva York en 1845, animada por un amigo que residía en la ciudad y que instó por carta a Salvatore a convertirse en empresario de ópera. Según él, los neoyorquinos eran grandes amantes del bel canto y estaban deseosos de escucharla y dispuestos a pagar por ello. No fue una decisión fácil, pero no había otra salida. Ya en Madrid, después del nacimiento de Adelina, Caterina tuvo que desprenderse de algunas joyas para poder pagar la pensión en la que vivían y para que la familia pudiera seguir comiendo. Era una mujer fuerte que no se amilanaba ante los reveses de la vida.

Tenía quince años cuando el compositor Francesco Barilli la descubrió mientras recogía agua de una fuente y canturreaba el aria «Voi che sapete» de la ópera *Las bodas de Fígaro*, que le enseñó su madre, también soprano. El creador y maestro de canto se casó con ella y la convirtió en una buena soprano, que llegó a cantar una veintena de veces su ópera favorita, *Norma*, en Nápoles. El matrimonio tuvo cuatro hijos —Clotilde, Ettore, Antonio y Nicolo—, pero a los diez años Francesco falleció y Caterina tuvo que salir adelante por sí misma. Tiempo después conoció a un atractivo tenor de Catania, Salvatore Patti, con quien terminó casándose pese a la oposición familiar, y con el que tuvo otros cuatro hijos: Amalia, Carlotta, Carlo y Adelina. A Caterina la vida no la asustaba, ni siquiera cuando pensaba convencida que el nacimiento de su hija pequeña le había robado la voz sin que tuviera intención de devolvérsela. Tampoco se asustó demasiado cuando, al poco de llegar a Nueva York y alojarse en una modesta casa de Brooklyn, un trágico suceso sacudió la ciudad. El sábado 19 de julio de 1845, a las dos y media de la tarde, en la planta tercera de una fábrica de velas y aceite ubicada en el número 34 de New Street, en el Bajo Manhattan, un incendio provocó la muerte de treinta personas, pérdidas millonarias y la destrucción de cientos de edificios con estructuras de madera que los bomberos intentaron apagar durante más de diez horas con agua del depósito Croton, el conocido como embalse Murray Hill. La tragedia y la muerte no la asustaron, aunque sí lograron impactarla. «Pobre gente... No pudieron hacer nada para escapar de un final tan terrible, en su lugar de trabajo, creyéndose seguros y, de repente, el incendio...» Le dio por pensar en lo imprevisible del futuro, en los caprichos del destino, en lo volátil de un instante en el que todo puede cambiar, para bien o para mal.

Amparada en ese temor, prohibía a Adelina alejarse de la calle en la que vivían, algo a lo que la pequeña era bastante aficionada, aunque la mayor parte del tiempo, cuando no estaba en casa cantando, aprendiendo a tocar el piano o haciendo los deberes, lo pasaba jugando con muñecas, saltando a la comba, deslizándose en trineo o haciendo rodar un aro. Caterina conocía a su hija. Era caprichosa, temperamental, consentida, resabiada y, al mismo tiempo, capaz de mostrarse simpática y encantadora. Podía ser una buena niña y comportarse como tal, siempre y cuando nadie viniera a desbaratarle su particular paraíso, como cuando su madre no le dejaba ir a la heladería Wagner's Ice Cream o al establecimiento de chocolates de Felix Effray. Era mucho pedir para no dar nada a cambio. Como madre, sabía que si su hija pequeña se empeñaba en algo, no había forma de hacerla cambiar de opinión, como cuando, en el Howard Athenaeum de Boston, se ganó unos azotes por salir al escenario a cantar con su madre un aria de *Norma*, cuando se le había prohibido expresamente. Peor fue el día que la pequeña decidió hacer pis en una esquina del escenario del Federal Street Theatre de la misma ciudad porque no le permitieron cantar junto con su progenitora y su hermana mayor; ella dijo que fue sin querer, pero Caterina sabía que no era cierto.

Adelina sólo había visto llorar a su madre dos veces: la primera, cuando murió el famoso compositor italiano Gaetano Donizetti, gran amigo suyo y autor de obras como *Don Pasquale* o *Lucia di Lammermoor* que tantas veces interpretó; la segunda, cuando ya en Nueva York tuvo que vender el resto de sus joyas para sacar adelante a la familia. Las cosas en casa no iban tan bien como se las prometían los inmigrantes que llegaban al país soñando con abrazar el sueño americano, que hicieron aumentar la población de la ciudad de 123.000 habitantes a los 515.000 en 1850, sobre todo por la llegada de irlandeses que huían de la Gran Hambruna que asolaba su país a causa de la llamada Crisis de la Patata, motivada por el mildiu, una enfermedad que arrasó con los cultivos del tubérculo en Irlanda y dejó sin alimento a sus habitantes. Eso provocó una oleada migratoria hacia Estados Unidos guiada principalmente por la desesperación. A grandes problemas, grandes remedios; un axioma que estaba a punto de tomar forma en el Niblo's.

—Tengo una idea. —Marietta Alboni miró con picardía a su ahijada, la única que mantenía la calma—. Sé de algo que no fallará. No tardaré en volver.

Conocía los caprichos de la niña. La primera vez que le pidió que cantara para ella, le dijo que antes tenía que tomar el té con sus muñecas o, de lo contrario, no lo haría. Por supuesto, Adelina se salió con la suya.

A los pocos minutos, Marietta regresó con una caja marrón en cuyo lateral había una pegatina de una tienda de juguetes, la más famosa de Brooklyn. Era la preferida de la pequeña, que solía pegar la nariz a su escaparate hasta que el vaho cubría de niebla su visión. Colocó la caja sobre las piernas de la niña y la abrió. Era una preciosa muñeca Henriette, de cabello rubio largo, con un pasador de flor en su lado izquierdo, grandes ojos azules, un compendio de pecas salpicadas por sus mejillas y nariz, y un vestido de tul blanco lleno de lazos azules y rosas, unos elegantes botines de piel de color marfil y un collar de perlas. Adelina no había visto una muñeca más bonita en toda su vida.

—Y ahora, ¿vas a cantar o prefieres que me lleve a Henriette y se la dé a otra niña que se lo merezca más?

—Cantaré —aseguró, mientras cogía la muñeca—. Y cantaré con ella. Vamos, madre. No es bueno hacer esperar al público, padre siempre lo dice.

Adelina aún no lo sabía, pero siempre hay un instante que marca irremediablemente todas las decisiones que se toman en la vida. Y ella acababa de vivirlo.

Se incorporó de la caja donde estaba sentada, se estiró el vestido de varios manotazos y, aferrada a Henriette, se dirigió presta a salir a escena. En el camino encontró a un impaciente Salvatore que la esperaba desde hacía minutos, como el resto de los asistentes. El murmullo del público cesó. La niña se colocó sonriente en mitad del escenario, asiendo con fuerza su nueva muñeca. Era el centro de atención. Las potentes luces le impedían distinguir los rostros de quienes ocupaban las butacas del teatro, pero sabía que la miraban a ella, sólo a ella. Estaba feliz. Sin embargo, los espectadores de las primeras filas del Niblo's no lo estaban tanto. La niña era tan pequeña que no la veían. Salvatore, que en cualquier detalle veía peligrar el espectáculo y, por ende, la recaudación, salió presuroso portando una mesa, cogió en volandas a su hija y la subió a ella para que todos pudieran verla. Una vez solventado el problema, la orquesta empezó a tocar las primeras notas de la partitura. Todos estaban nerviosos; todos, excepto Adelina. Incluso Caterina se había llevado el rosario que no solía sacar de casa, entrelazado en sus manos. Salvatore sentía un sudor frío del que no se había podido desprender desde primera hora de la tarde. Marietta sonreía, pero también rezaba para sus adentros. Los primeros compases de «Casta Diva» aniquilaron los carraspeos y las toses.

Casta Diva, che inargenti
queste sacre antiche piante,
a noi volgi il bel sembiante
senza nube e senza vel...

Cuanto más se adentraba en el aria, más denso era el silencio en la platea. No se escuchaba ni un suspiro... Nada salvo la interpretación de la niña.

Tempra, o Diva,
tempra tu de cori ardenti
tempra ancora lo zelo audace,
spargi in terra quella pace
che regnar tu fai nel ciel...

La voz de Adelina ascendía hasta el anfiteatro, rozando la excelencia, incluso alcanzándola en algunos momentos.

Ah, riedi ancora qual eri allora,
quando il cor ti diedi allora.
Ah, riedi a me.

Tras un silencio hierático, una incontenible explosión de aplausos recorrió el teatro, barnizado de blanco gracias a los pañuelos que la audiencia agitaba al aire, llenándolo de bravos y de más de un *Brava!* que congratuló a Adelina y colmó de orgullo a sus padres. Una niña de ocho años había obrado el milagro. Nadie sabía cómo, pero había sucedido. Las flores comenzaron a alfombrar el escenario y la pequeña se agachó para recoger algunas hasta que, tras varios minutos que le parecieron eternos, se cansó y se sentó en la mesa sobre la que había cantado, recibiendo la ovación que no tenía visos de cesar. Cuando Caterina vio a su hija sentada tranquilamente sobre la mesa con su muñeca Henriette en brazos, estuvo a punto de desmayarse. Salió de inmediato a escena para obligarla a ponerse de pie, erguida, como debía acoger los parabienes del público, saludando a los presentes, a todos los que se dejaban las gargantas y las manos en justa contraprestación a lo que había hecho Adelina. El retumbo de la aclamación sonó en los oídos de la niña como una intensa lluvia sobre el teatro. Cuando finalmente Salvatore la sacó de escena y la condujo entre bambalinas, donde la esperaban la familia y algunos amigos, ella rompió a llorar al ver la alegría de sus progenitores. Se abrazó a sus hermanos, a sus hermanas, a su madrina Marietta. Su madre, con el rostro bañado en lágrimas, la atrajo hacia sí y la besó. Acababa de tomar una decisión: Caterina no volvería a cantar. Ahora sabía que la única voz de oro era la de su pequeña. Y cuando hay una reina en la sala, las demás, incluso las reinas destronadas y las eméritas, inclinan la cabeza en señal de respeto y callan.

Las lágrimas cesaron de inmediato cuando fue trasladada junto con su familia a una sala del teatro donde aguardaban más amigos junto con los temidos críticos, todos encantados con ese portento. «La facilidad con la que la voz de este ángel pasa del si grave al fa sobreagudo es digno de estudio. Jamás lo escuchamos antes. Estamos ante un milagro». Como si hubiera regresado al escenario, sabiéndose el centro de todas las miradas, su cara mudó. Ni un rasgo compungido ni un gesto de emoción contenida, todo eran sonrisas. Aquella fría tarde del 3 de diciembre, Adelina acababa de demostrar que era una gran cantante, y también una gran actriz. Entre los invitados estaba la célebre soprano Giulia Grisi, reina indiscutible del panorama operístico a la que ella tanto admiraba, y su marido, el tenor Mario de Candia, tan apuesto como siempre. Su sonrisa se amplió al recordar aquel lejano día en un teatro, cuando se acercó a la soprano para ofrecerle un ramillete de flores; ese día Giulia la ignoró, ocupada como estaba en un maremágnum de saludos, y fue su esposo quien recogió las flores y le prometió que las guardaría para siempre en la partitura que había representado esa noche. Dos años después, mientras la Grisi la obsequiaba con dos besos y el deseo de un futuro brillante, Adelina empezó a darse cuenta de los caprichos del destino. Y decidió que le gustaban.

Los aplausos habían alimentado aún más su pasión por la música, pero también su carácter de diva. Cuanto más éxito y reconocimiento recibía, más altanera, mandona, caprichosa y traviesa se mostraba. Sus padres habían reparado en ello, pero optaron por consentírselo. Su familia sabía que estaba alimentando su ego, pero quizá sería ese mismo ego el que los alimentaría a ellos.

3

Nueva York era un polvorín. Aún se escuchaba en las calles el eco de los violentos disturbios que protagonizaron los obreros en 1848, debido al cierre de industrias y a la depresión económica; un contexto en el que las huelgas y las protestas poco podían hacer, excepto sembrar esas mismas calles de cadáveres. No todos veían con buenos ojos el crecimiento demográfico que experimentaba la ciudad desde hacía años, debido en gran parte a la inmigración, y se extendía el temor a que los que llegaban de fuera les robaran los puestos de trabajo y los jornales. Los irlandeses no eran bien vistos y los italianos, especialmente si eran artistas, tampoco. Y en los años en los que parecía que el crecimiento económico llamaba a la puerta, algunos nativos no estaban dispuestos a compartir el pastel con gente foránea.

Los Patti vivían en una modesta vivienda de Brooklyn que habían convertido en su particular oasis. Todos los miembros de la familia se dedicaban a la música, con peor o mejor suerte. Salvatore no estaba pasando por un buen momento después de que su trabajo como empresario de ópera se desmoronase como un castillo de naipes. Lo había intentado con tres teatros y todos ellos acabaron echando el cierre. Incluso había prescindido de sus servicios el Astor Opera House, el lugar donde Adelina había cantado el aria «Casta Diva» tras una comida con Caterina y el director de orquesta Luigi Arditi en un hotel de la ciudad. Mientras un célebre chef italiano les preparaba sus famosos y exquisitos macarrones, la pequeña dejaba sin palabras al compositor oriundo de Crescentino al cantarle un aria de *La sonnambula*, que hizo que las lágrimas inundaran sus ojos, previa mordida de una muñeca, como era habitual. En aquella ocasión fue una morena, con un alambre bajo las enaguas que permitía que abriera y cerrara los ojos. «Debes ser buena y obediente, y quedarte aquí sentada. Mamá va a cantar para este señor una canción, haré que llore y luego podremos irnos a jugar», le dijo Adelina a la muñeca, lo que provocó una sonrisa cómplice entre Arditi y Caterina.

La suerte no parecía acompañar a la familia, aunque la matriarca solía recordar que al menos se habían librado de la epidemia de cólera que recorrió la ciudad en 1848, dejando miles de muertos y la sensación de que la peor plaga que había asolado el país había llegado a bordo de los barcos de irlandeses que arribaban al puerto de Nueva York. Caterina agradecía que el dueño de la tienda de instrumentos musicales, el señor Palissy, le fuera facilitando alumnos a los que poder dar clases de canto y ganar un dinero.

—Siempre nos queda la posibilidad de irnos a California y contagiarnos de la fiebre de oro —bromeaba Salvatore.

—Lo que te faltaba, tú con un gran sombrero de paja en la cabeza, metido en el agua hasta las rodillas y cribando en el río Mokelumne como un gambusino —comentaba burlona Caterina.

Aquella tarde la charla versaba irremediablemente sobre la precariedad económica de la familia, y Adelina también quiso expresar su opinión, mientras bebía un vaso de leche caliente a sorbos para evitar el hipo que la asaltaba a menudo.

—¿Y por qué no dejáis que cante? Se me da bien y a la gente le gusta escucharme. Siempre decís que aprendí a cantar antes que a hablar. Podemos ganar mucho dinero. Vosotros mismos lo oísteis el otro día: me llamaban la *piccola prima donna*. El teatro estaba lleno y los aplausos duraron minutos.

Caterina y Salvatore, así como Amalia, Carlotta y Ettore —los hermanos de Adelina que estaban en la casa—, se miraron en silencio, como si alguien hubiese expresado en alto lo que todos pensaban.

—Aún eres muy pequeña. En el mundo de la ópera no hay niñas —le contestó su padre procurando que su explicación sonara a cariño y no a reproche—. Además, tienes que ponerte al día con tus clases de piano, jovencita...

—Tiene las manos tan pequeñas que sus dedos, más que tocar las teclas, deben escalarlas, sobre todo las negras —puntualizó, sin poder evitar la risa, Carlotta, que también cantaba y poseía una hermosa voz, aunque no llegaba a la de la benjamina. Además, en un escenario, la leve cojera con la que convivía desde su nacimiento no facilitaba las cosas.

No era la primera vez que el tema centraba las conversaciones de sus padres. Y no sólo las de ellos. En la trastienda del establecimiento de instrumentos musicales del barrio se reunía un buen número de artistas italianos para compartir vivencias, experiencias, miedos y también buenas nuevas, siempre vestidas de esperanzas y sueños. El dueño era un francés afable, de buen carácter, simpático y amante de la música, pero, sobre todo, admirador de los artistas, en especial del bel canto de la escuela italiana. El señor Palissy ofrecía su establecimiento para celebrar esas reuniones que alimentaban el cuerpo —ya que nunca faltaban un poco de *limoncello*, embutido italiano y vino siciliano—, pero sobre todo el alma. La extraordinaria voz de Adelina no había pasado inadvertida para nadie. La pequeña acudía con frecuencia a esas tertulias y se brindaba a cantar canciones o arias de alguna ópera a cambio de una buena ración de *culatello* de Parma o *spianata* de Calabria; a veces, lo hacía acompañada por su madrina Marietta y por Caterina, lo que convertía la trastienda en un espejismo de La Scala de Milán.

—¿Cómo es posible que una niña muestre esa pasmosa madurez vocal? ¿De dónde ha salido? —se preguntaba el señor Palissy—. ¡Ni siquiera ha tenido tiempo de aprenderlo!

—Y lo más inaudito, ¿cómo puede vocalizar como lo hace y en cualquier idioma que cante? Lo que a algunas sopranos nos ha llevado años de preparación, a ella le brota sin más de la garganta —reconocía Marietta mientras cogía uno de los violines de la tienda—. Me llevo éste. Es para un alumno. Tiene mucho potencial, sólo le falta el instrumento. Así que habrá que dárselo; no estamos para perder talentos.

La contralto siempre hacía gala de su generosidad, especialmente con los jóvenes. Después de ser pupila del compositor Gioachino Rossini —quien se refería a ella como «el elefante que se ha tragado un ruiseñor»—, había triunfado a los veinte años interpretando el personaje de Maffio Orsini en *Lucrezia Borgia* de Gaetano Donizetti, en La Scala de Milán, y lejos de endiosarse, se mostraba afable, cercana y generosa con todo aquel que acudía a pedirle ayuda o consejo. Sin duda, una *rara avis* en el mundo de la ópera, donde florecían las divas por doquier, celosas de mantener su territorio alejado de posibles rivales.

—Es una niña prodigio —consideró el dueño de la tienda de muñecas, aquel paraíso soñado por Adelina y por todas las niñas del barrio—. En lo que llevo de vida, no he visto y mucho menos oído nada igual.

—Desde los cuatro años canta canciones, a los cinco ya realizaba unos trinos perfectos —recordaba orgullosa Caterina—. Luego llegaron las florituras, las escalas, las arias de ópera... Su voz no conoce límites. Es un don con el que ha nacido. Igual que los demás respiramos, ella canta. Es un talento natural.

—Es un milagro —sentenció Salvatore mientras se sentaba en una de las sillas habilitadas en la trastienda y extendía un poco de *'nduja* sobre una rebanada de pan—. Mi intención es empezar a trabajar con ella en su formación para que no se tuerza ni fuerce la voz, aunque me temo que el temperamento de la niña me va a dar problemas...

—Tu hija tiene una mina de oro en la garganta. Un diamante, y no precisamente en bruto. Aun así, hay que ir con calma, hay que pulirlo con buena mano, permitir que se forme, pero con la persona adecuada, no vaya a ser que las prisas estropeen ese don con el que ha nacido —advirtió el señor Palissy dejando sobre una de las cajas de madera que actuaba a modo de mesa un plato con varias finas lonchas de *lardo di Colonnata*.

—La niña es completa, maravillosa. Tiene una naturalidad que pocos poseen, excepto las grandes sopranos que llegan al final de su carrera —terció Caterina al tiempo que le retiraba el bote de *'nduja* a su marido; el picante no le sentaba bien—. Adelina ha comenzado como muchas cantantes terminan. Mi esposo no exagera: ¡tiene hasta el temperamento de una diva!

La conversación transcurría animada y todos parecían tener una opinión al respecto, aunque no siempre coincidían sobre la manera y el método de educar la voz de la pequeña.

—Tenéis razón, es un milagro de la naturaleza. Pero cuidado con la madre natura; es caprichosa y peligrosa. Terremotos, tsunamis, plagas, huracanes, todos ellos capaces de devastar el mejor terreno, el más extraordinario cultivo, la ciudad más hermosa. —Marietta Alboni sabía de lo que hablaba. Había visto a muchas aspirantes a soprano quedarse por el camino por una mala decisión o por un consejo erróneo—. Tu hija es capaz de cantar el aria de una ópera; veremos si es capaz de enfrentarse al resto. Personalmente, estoy segura de que lo será.

—Perdonad lo que voy a decir, quizá suene cruel —apuntó Salvatore, que parecía haber pensado sobre la carrera de su hija más que el resto—, pero Adelina tiene la edad perfecta para recibir unas clases y luego dar el salto a los teatros, sin demorarse demasiado. Éste es el momento adecuado para hacerlo. La Malibrán muerta y la Grisi reina en solitario, pero ¿hasta cuándo?

—Quiero que se prepare, que se eduque —replicó Caterina, después de escuchar el planteamiento despiadado aunque certero de su marido—. Al menos de entrada, su hermano Ettore podría enseñarle todo lo relativo al tema vocal, y podemos llamar a la *signora* Pravelli para que vaya trabajando con ella; me parece una buena opción.

—Yo puedo darle clases, unas nociones de lo que es el canto, la ópera, la voz, la respiración, los movimientos... ¡Quién mejor que su padre!

—Cualquiera, querido —repuso Alboni, muy convencida—. Adelina es caprichosa, rebelde, revoltosa y, precisamente porque eres su padre, no va a respetarte cuando te pongas a explicarle cómo respirar mejor, hasta dónde forzar la voz o con qué escalas comenzar el día. Olvídate, Salvatore. Tienes que buscar a alguien que venga de fuera y que sepa imponer unas reglas. Y yo tengo a ese alguien. De hecho, esta noche nos acompaña: Maurice Strakosch.

Al escuchar su nombre, una oleada de calor recorrió el cuerpo del joven, que dudaba de si debía ponerse en pie, saludar, asentir, callar o lanzarse a hablar. Maurice era un reconocido pianista de veintisiete años que había debutado en Austria y en Alemania a los once años de edad, por lo que conocía a la perfección la naturaleza y las controversias de ser un niño prodigio. Había intentado ser tenor, incluso estudió con la soprano italiana Giuditta Pasta, musa de Bellini en las óperas *Norma* y *La sonnambula*, pero sus cualidades, aunque aceptables y técnicamente perfectas, no alcanzaban la excelencia que se requiere para formar parte del paraíso operístico. Por esa razón se había dedicado a la docencia y a llevar con diligencia la carrera profesional de algunos artistas. La compleja situación que vivía Europa había hecho que, como otros muchos, se trasladara a Nueva York en busca de una vida mejor donde poder realizar su profesión y allí fue donde se reencontró con los Patti, con los que había coincidido en Vicenza, en 1843.

La propuesta de Marietta Alboni agradó al señor Palissy; sabía que el joven era el candidato indicado. Llevado por ese sentimiento de convicción, se disponía a llenar los vasos de los presentes con un delicioso *limoncello* llegado expresamente de Sorrento.

—¿Maurice? —preguntó con cierta retranca Caterina—. ¿Mi yerno?

Maurice había entrado a formar parte de la familia Patti el 8 de mayo de 1852, al casarse con Amalia. El joven había conocido a la hija mayor de Salvatore y Caterina nada más llegar a Nueva York, en 1848, y su historia de amor había arraigado ante la siempre cautelosa mirada de su suegra, que barruntaba en la conveniencia de incorporar a un artista más a la familia y, encima, de origen judío.

—El mismo, querida. Como verás, el hombre tiene buen gusto y además todo queda en casa —admitió irónica Alboni, alzando su vaso de *limoncello*.

—Tengo muy claro el trabajo que hay que realizar con Adelina. Y sé cómo ganarme su respeto —afirmó Maurice—. Por supuesto, su hermano Ettore será su profesor. Se lleva bien con él, no habrá problemas de rebeldía.

Ettore Barilli era hijo de Caterina de su primer matrimonio y acababa de llegar a Estados Unidos con su mujer y su bebé de pocos meses en busca de una vida mejor. Era un buen barítono y se preparaba para hacer su debut americano en la Academy of Music de Nueva York, aunque para eso todavía faltaba un tiempo.

—Yo me haré cargo de los ejercicios vocales, de vigilar y cuidar su voz, de elegir las arias idóneas, aunque soy partidario de que las reduzca, al menos de momento —pensó Maurice en voz alta—. Me inclino más por canciones como «Home, Sweet Home» o «Comin' Thro' the Rye». Así no forzaremos su garganta, pero la educaremos y la tendremos controlada. Y, por supuesto, me encargaré de la preparación musical y física, empezando por la dieta y terminando por la hora de levantarse o de irse a dormir.

—¡Es una niña! No sé si admitirá una disciplina tan estricta, pensada para sopranos de verdad.

—Es que Adelina es una soprano de verdad, querido suegro —repuso Maurice—. No hay otra manera de afrontar su educación, si queremos que dé sus frutos. Y así lo habrá de entender ella: si tiene edad para comportarse como una diva, tiene edad para levantarse a las seis de la mañana, acostarse a las ocho de la tarde y primar en su alimentación la carne blanca y las verduras. Lo hablaré con Ettore. Adelina tiene la voz. Nosotros pondremos la rutina y la disciplina.

—Tu hija puede sacar adelante a toda la familia —sentenció el señor Palissy, rellenando de nuevo los vasos vacíos—. Ya sabéis lo que hay que hacer. Cuidadla. Y escuchad los buenos consejos.

Los planes ideados en la trastienda del establecimiento de instrumentos musicales tuvieron éxito. Adelina veneraba a Maurice, quien se había ganado su respeto sabiendo cuándo podía o no tensar la cuerda. Él había aprendido a llevarla, a soportar sus momentos de divismo, de niña consentida, sus burlas infantiles y sus contestaciones airadas y a menudo fuera de lugar, aunque siempre sagaces. Ella parecía divertirse y disfrutaba maquillándose ante el espejo y vistiéndose para las lecciones de canto. La pequeña quería verse encima de un escenario y cuanto más caso hiciera a su hermano Ettore y a su cuñado Maurice, más cerca estaría de conseguirlo. Y si para eso había que beber más agua o disminuir los dulces, no tendría ningún problema en hacerlo. Quería ser como su admirada Jenny Lind, apodada «el Ruiseñor Sueco» por su calidad como soprano. Siempre había cantado sus canciones, imitado sus gestos, alabado sus vestidos, sus peinados... Deseaba ser como ella. Era una niña y tenía sus sueños, y todos parecían dispuestos a colaborar para que los alcanzara.

Salvatore seguía muy de cerca la educación que habían planificado para su hija y muchas veces participaba directamente en ella. Sólo en una ocasión tuvo que reprender a su pequeña cuando ésta, consciente de la potencia de su voz y pensando que la conservaría siempre, daba igual lo que hiciese, llegó a una F, la sexta nota del alfabeto musical en una escala cromática, por encima del C alto —do en notación latina—, la primera nota musical de la escala diatónica de do mayor.

—¡Jamás hagas eso, Adelina, nunca más! Es como si te clavaras un cuchillo en las cuerdas vocales.

—Pero puedo hacerlo sin problema, no me cuesta ni me raspa la voz ni me duele... El fa sale solo. Es sencillo para mí.

—¿Sabes lo que conseguirás si persistes en tu actitud? Quedarte sin voz en unos años. Y muda, no podrás cantar. Nadie querrá subirte a un escenario. Se acabaron las luces, las flores, las muñecas, los regalos, los aplausos, los vítores, los vestidos, el maquillaje...

—Pero, padre...

—Y si eso no te convence para que dejes de forzar la voz de una manera tan absurda e innecesaria —añadió visiblemente enfadado, contando con la aquiescencia de Maurice—, dejaré de hablarte. Nunca volveré a hacerlo.

Salvatore abandonó la estancia, dejando a la pequeña al borde del llanto. No lo haría más. La F acababa de borrarse del pentagrama de su garganta.

Un día, Maurice llegó a casa de los Patti con una propuesta que a Salvatore le gustó más que a Caterina; de hecho, el patriarca llevaba tiempo pensándolo, pero no había querido proponerlo por miedo a que alguien pudiera acusarlo de algo que un padre jamás desea que lo acusen.

—Quieren presentarla como una niña prodigio de la ópera. La propuesta es de un empresario y agente musical. Hemos trabajado juntos en más de una ocasión; es serio y profesional y muy cercano a la Academy of Music de Nueva York, lo que sin duda nos vendrá bien de cara al futuro, cuando queramos que Adelina haga su debut operístico. —Maurice interpretó el silencio de sus suegros como algo positivo y continuó hablando—: Quiere hacer una gira con ella por Estados Unidos, darla a conocer al gran público. Quiere convertirla en un fenómeno al que vaya a ver toda la familia, grandes y pequeños. Y entre esos grandes seguro que habrá personas importantes de la industria musical en busca de nuevos talentos. Creo que es una buena oportunidad.

—Pero tiene nueve años... —terció Caterina, que no terminaba de ver la idoneidad de la propuesta—. Es demasiado pequeña para emprender una gira. Todos sabemos lo duro que resulta una *tournée*.

—Mujer, no iría sola. Yo estaría con ella y Maurice no se separaría de su lado. Estaría con la familia, nada malo puede sucederle.

—Nueve años, Salvatore...

Caterina tenía la impresión de que, a la hora de valorar la oferta, su marido anteponía la desastrosa situación económica de la familia a los posibles estragos que un periplo artístico por Estados Unidos podía suponer física y mentalmente para su hija. No podía culparle ni reprocharle su celo por su estabilidad financiera, pero le costaba gestionarlo con naturalidad.

—¿Y de cuánto tiempo de gira hablamos? —preguntó a su yerno.

—Serán unos cuatro años, aproximadamente.

—¡¿Pretendes que pase cuatro años sin ver a Adelina?!

—¿Quién ha dicho eso? —intervino su marido—. Podrás verla siempre que quieras.

—Salvatore, ¿lo has pensado bien? ¿Has puesto en la balanza lo que es primordial frente a lo accesorio?

—Llevo meses haciéndolo. Incluso diría que años.

—El primer concierto sería en Baltimore. En total, se contratarían tres. Tenemos hasta el precio de las entradas… —comentó Maurice pensando que eso despejaría las dudas de su suegra.

—Veo que lo tenéis todo pensado. ¿Desde cuándo lleváis preparando esto?

—Las oportunidades hay que aprovecharlas cuando se presentan. Llevamos mucho tiempo trabajando para que algo así suceda. Y ahora es el momento —le recordó Salvatore, acercándose a ella, buscando la complicidad que siempre habían tenido.

—¿Se lo habéis dicho a la niña?

—Todavía no. Cuando se lo digamos, se pondrá tan feliz y nerviosa que estará dando saltos de alegría todo el día. Y, por supuesto, quería hablarlo antes con ustedes —aseguró Maurice.

La valoración de Strakosch resultó certera. Cuando Adelina conoció los planes que tenían preparados para ella, no paró de cantar, de saltar, de brincar, de bailar, haciendo partícipes a sus hermanos, que compartieron con ella su alegría infantil —mucho más epicúrea que el resto de las alegrías—, y también a sus muñecas.

La felicidad había llegado a su vida. Sólo tenía que dejarla entrar.

4

La gira por Estados Unidos comenzó en Baltimore, tal y como había precisado Maurice. Al primer concierto asistieron poco más de un centenar de personas, sembrando la preocupación en el ánimo del empresario teatral, pero los días posteriores, gracias al boca a boca, el teatro se llenó y no sólo de personas, sino de aplausos, de bravos, de flores, de todo tipo de aclamaciones hacia la niña prodigio, «la pequeña Jenny Lind», como habían empezado a llamarla para satisfacción de Adelina. El entregado público quería saludarla, llevarla en volandas hasta el hotel —un conato que su padre y Maurice evitaron—, acercarse a ella para felicitarla, adularla, colmarla de abrazos y de besos. Al fin y al cabo, era una niña, una muñeca: frágil, aunque no lo aparentara, dependiente de los suyos y con un perfil infantil imposible de borrar. La pequeña estaba feliz y así se lo hacía saber a Henriette cada noche: «¿Te has dado cuenta del éxito que he tenido? Pues mañana será mayor. Y al día siguiente, aún más, y al otro será una locura».

El repertorio elaborado por Maurice para las actuaciones era rico y variado, respondiendo a los deseos y al gusto de los que asistían a escucharla: el aria «Casta Diva» de *Norma*, la *cabaletta* «Ah non giunge uman pensiero» de la ópera *La sonnambula*, el aria «Sempre libera» de *La traviata*, la canción «Home, Sweet Home», el aria «Una voce poco fa» de *El bar-*

bero de Sevilla... El público enloquecía. Aunque los asistentes sólo tenían ojos para ella, no estaba sola en el escenario; habitualmente la acompañaba un pianista y, a veces, también un violinista, según la plaza donde actuara y el repertorio que ofreciera. El pianista, Louis Moreau Gottschalk, se entendió desde el principio con ella, aunque era un poco presuntuoso y presumido. En cierto modo, era normal, ya que acababa de llegar de Madrid donde había actuado con gran éxito y, según se encargaba de contarle a todo el mundo, la reina Isabel II de España le había hecho llamar a su palco para darle sus parabienes y felicitarle por su interpretación. Esa circunstancia, unida a sus muchos años de carrera, propiciaba que su nombre encabezara los carteles de la compañía, y en caracteres más grandes que los del resto del elenco. Adelina se quedaba observando los afiches, convencida de que algún día no muy lejano sería su nombre el que destacara, en enorme grafía. Lo tenía todo pensado: exigiría que las letras fueran de otro color para que resaltaran y pudieran verse mejor. Tenía prisa por crecer y esa urgencia no afectaba sólo al tamaño de los caracteres. Pero si su sueño pecaba de un apremio inoportuno, tenía el autocontrol suficiente para recurrir al refrán italiano convertido en lema de Salvatore: «Quien va despacio llega seguro; quien va seguro llega lejos».

La recaudación superaba cada noche las expectativas y sólo era el principio. La gira siguió por otras muchas ciudades de Estados Unidos con el mismo éxito de crítica, público y taquilla. Todos caían rendidos a sus pies. Adelina estaba pletórica. No echaba de menos a sus amigas porque apenas tenía, y las que atesoraba le parecían aburridas, ya que no se mostraban tan complacientes como el público que acudía a verla y a deshacerse en aplausos. Cuando estaba en Nueva York, compartía las tardes con jovencitas de su edad y, al igual que a sus muñecas, las obligaba a gravitar a su alrededor más que a jugar con ella. Ella las entretenía contando cuentos y relatos, la mayoría inventados, o cantándoles canciones —para disgusto de Caterina, que más de una tarde tuvo que ir a buscarla para llevársela a casa, instándola a que dejara de malgastar la voz—, pero al final siempre les exigía que aplaudieran y aclamaran su nombre a coro, lo que hacía que las niñas se cansaran y optaran por marcharse para entretenerse con otros juegos menos exigentes; la rayuela no pedía más atención que estar bien dibujada sobre el asfalto. La niña prodigio de la ópera no era muy popular entre sus amigas, pero no le preocupaba. Para eso ya tenía a sus muñecas, que eran más obedientes, dóciles y sumisas. Tampoco extrañaba su casa, seguramente porque viajaba con parte de su familia y ni Salvatore ni Maurice se separaban nunca de ella. Había momentos en los que se acordaba de su madre y de sus hermanos, pero los añoraba igual que añoraba a las muñecas que había dejado en su habitación, ya que sólo le habían permitido llevarse a Henriette.

A finales de 1856, unos meses antes de que el demócrata James Buchanan jurara el cargo como decimoquinto presidente de Estados Unidos, Adelina regresaba a Nueva York junto a su padre y su cuñado, dando por finalizada su primera gira. Mientras a ellos se les notaba el cansancio tatuado en el rostro y grabado en el cuerpo, y no precisamente por cargar el pesado equipaje que portaban —más de cinco baúles con los vestidos que la pequeña artista utilizaba en sus interpretaciones—, ella se mostraba ansiosa por seguir cantando. Durante las actuaciones le gustaba protestar por detalles aparentemente sin importancia que para ella eran primordiales: un pespunte mal cosido, un lazo mal hilvanado, unos guantes deshilachados, unos zapatos muy grandes para sus pies, unas trenzas mal entreveradas o una luz demasiado potente para sus tiernos ojos. Sus quejas siempre venían aderezadas por el berrinche y solían desembocar en amenazas de no cantar, de apremiar el regreso a casa o de uno de sus conocidos brotes escénicos, en los que gritaba, pataleaba o se tiraba al suelo, contorsionándose como si fuera víctima de algún tipo de convulsión patológica. «No quiero. No me hacéis caso. No es así como debe ser»; las negativas salían de su boca con la misma facilidad que los trinos de su garganta. Sin embargo, cuando no estaba en un escenario lo echaba de menos y quería volver a pisar las tablas, regresar al teatro, a esa oscuridad de la sala donde todos la escuchaban en silencio, cuando nadie retiraba la vista de su persona, donde le aplaudían, admiraban, vitoreaban y le lanzaban flores de verdad, no como aquellas que ella misma tenía que hacer con recortes de periódicos cuando actuaba para sus muñecas.

Adelina regresó a Nueva York como si hubiese madurado diez años de golpe y su condición de diva había aumentado los mismos enteros. Había razones que lo justificaban. Durante los casi cuatro años de gira, sus actuaciones le habían reportado más de veinte mil dólares; Caterina utilizó cerca de setecientos para adquirir un terreno en las afueras de la ciudad, donde construir una casa más grande, con un pequeño jardín, más habitaciones y las mejoras propias del progreso que se iba abriendo en la ciudad. Salvatore lo agradeció, en parte por evitar a determinados vecinos que no estaban conformes con su manera de actuar con la pequeña. Desde su regreso, un hombre que vivía dos pisos más arriba que los Patti solía asomarse al hueco de la escalera para gritarle: «¡Salvatore, explotador! ¡Qué vergüenza! ¡Aprovecharse así de una niña, de su propia hija!». La primera vez que lo escuchó, una avalancha de vergüenza se cernió sobre él, motivada más por lo que pudiera pensar el resto de la vecindad que por la acusación en sí. Más tarde optó por obviarlo, aunque los bramidos de reproche no cesaron y se repetían cada vez que intuía su presencia en la escalera.

«Como si alguien fuese capaz de lograr que Adelina hiciese algo contra su voluntad...», pensaba Salvatore. Tenía trece años; si Caterina no había podido encauzarla a los ocho, difícilmente lo haría en plena adolescencia. «¡Y quién discute con una mina de oro!», solía pensar la matriarca, más aún cuando el fantasma del pánico financiero volvía a cernirse sobre Estados Unidos, con banqueros de la costa este ajustando sus créditos y rechazando muchos de los valores que venían del oeste, donde todo se precipitaba a mayor velocidad, como a su vez lo hacía la otrora próspera y rentable industria de los ferrocarriles.

Animada por ese espíritu rebelde, y a pesar de que su madre le instaba a quedarse en casa descansando, «la pequeña Jenny Lind» a menudo prefería dar paseos por el barrio, luciendo uno de sus vestidos nuevos, el más elegante, de un intenso color rosa, su favorito, ribeteado con lazos blancos. Según le había confiado a su madre, quería ponerse al día de las novedades que acuciaban al vecindario, aunque en realidad lo que pretendía era dejarse ver y comprobar si las noticias sobre su éxito habían llegado a oídos de la gente. Necesitaba sentirse admirada. Lo confirmó al comprobar cómo los rostros de sus vecinos mudaban en gestos de complacencia, cómo la colmaban de felicitaciones, la llenaban de abrazos, la besaban e incluso aplaudían en mitad de la calle, algo que henchía el ego de la adolescente. Por primera vez pensó si algún día podría vivir sin el eco de los aplausos, sin el reparador sonido de los vítores y se convenció de que le resultaría imposible. En su deambular por el barrio, comprobó con tristeza que el señor Palissy había muerto durante su ausencia, aunque le había dado tiempo de enterarse de sus triunfos gracias a las cartas que Salvatore enviaba a Caterina y que su madre leía en la trastienda del local de instrumentos musicales para alegría de todos los presentes, que se encargaron de esparcir la buena nueva por el barrio; tenían una vecina ilustre, había que presumir de ella.

Cuando volvió a casa de uno de sus paseos, observó el característico brillo en los ojos de su padre: algo sucedía. Apenas habían transcurrido unos días desde su regreso a Nueva York cuando Maurice recibió una tentadora oferta: una gira por los estados sureños, incluyendo las Antillas Mayores, principalmente Puerto Rico y Cuba. De la boca de Salvatore quería salir un sí rotundo, tan claro como un sobreagudo de su hija, pero su yerno le recomendó que esperara unos meses, que lo pospusiera para el próximo año, el tiempo suficiente para que la voz de Adelina pudiera descansar, recobrarse de los excesos acumulados en casi cuatro años de intensa actividad, y darle la opción de disfrutar de un periodo de tranquilidad. En opinión de Maurice, la joven debía dejar de recorrer el país en trenes, con su padre arropándola con una estola de piel regalo de Caterina que la niña solía utilizar en las funciones y acurrucándola, al igual que ella hacía con su muñeca Henriette, hasta que llegaban al hotel y la pequeña comía algo de fruta, pan con mantequilla espolvoreado con un poco de azúcar y su manjar predilecto: queso con higos y membrillo. Necesitaba normalizar su cuerpo, su alimentación, recuperar su rutina.

La familia vio con buenos ojos la propuesta de Strakosch, que, siempre priorizando el bienestar y la carrera de la joven, no podía ocultar que él también necesitaba pasar más tiempo con su mujer, Amalia. Sin embargo, se reservaba verbalizar un temor transmutado en fantasma que se paseaba por su cabeza desde hacía un tiempo: que la inminente adolescencia de su cuñada trastocara sus cuerdas vocales y su voz mudara, reduciéndose a un espejismo de lo que podría haber sido. Era la gran amenaza de las niñas prodigio con gargantas privilegiadas: llegar a la pubertad y que la voz se aflautara, dinamitando la mina de oro. Había visto demasiados sueños rotos por la venganza del tiempo que, a veces, disfrutaba desplegando su poder supremo.

El tiempo voló, como lo hicieron el 8 de marzo de 1857 los cánticos de miles de mujeres, trabajadoras textiles que salieron a las calles de Nueva York para protestar por sus condiciones laborales, exigir mejoras en los horarios, la equiparación del salario con respecto al de los hombres y el fin del empleo infantil. Tanto ellas como Adelina salían al mundo para acometer su particular revolución y todas estaban convencidas de que lo conseguirían.

Cuba le pareció un paraíso de vegetación y olores que no siempre sabía distinguir y necesitaba ayuda de los isleños. La fragancia de la caña de azúcar se mezclaba con el aroma de las hojas de tabaco, creando un olor un tanto especial, que Adelina dudaba de si era o no de su agrado; dependía del día, como casi todo en ella. Lo que sí bebía con fruición era el jugo de caña de azúcar, un néctar al que se aficionó desde que un joven empleado del hotel se lo ofreció a modo de bienvenida, a pesar de que Maurice le recomendaba que controlara su consumo. «Ni que fuera alcohol, cuñado. Tienes que relajarte un poco. Con este calor, el azúcar se evaporará antes que nosotros», se justificaba, mientras saboreaba un nuevo vaso de guarapo.

Permanecieron varios meses en tierras caribeñas, viajando por distintas localidades —La Habana, Matanzas, Cárdenas, Cienfuegos, Trinidad, Santa Clara, Puerto Príncipe, Santiago de Cuba...— y dando decenas de conciertos, a cuál más triunfante. Tuvieron grandes recaudaciones, aunque también sufrieron las inclemencias del tiempo y de la naturaleza, como el pequeño terremoto que sacudió la isla durante una de sus representaciones y que a ella no pareció preocuparle en exceso, ya que continuó cantando sobre el escenario, dejando claro que la única que podía estremecer al público era ella, y no la tierra.

Como en la primera gira, también en ésta los acompañaba el pianista Gottschalk. Adelina se alegraba de verlo de nuevo, pero no todo le agradaba de igual manera. Con su mirada despierta, observaba los carteles y seguía sin convencerle lo que veía en ellos. El pianista los encabezaba, y, aunque su nombre ya no iba tan grande, a ella se le antojaba que aún era demasiado. «Si el público acude a escucharme a mí, ¿por qué mi nombre no ocupa el sitio que le corresponde? ¿Por qué no está por delante de Gottschalk? ¿Por qué no supera en tamaño al suyo? A mí me aplauden más; sería lo justo», pensaba para sus adentros, sin compartir sus elucubraciones con nadie; demasiados porqués sin respuesta. Las preguntas daban una y mil vueltas en su cabeza de adolescente, que parecía haber madurado lo suficiente para alcanzar la edad adulta sin la requerida aduana de los años. «Si en los carteles y en la publicidad de los periódicos me anuncian como «la extraordinaria niña *prima donna*», ¿por qué no reflejarlo sobre el papel, en el cartel del espectáculo?». Tenía una conversación pendiente con Maurice, y no era el único asunto del que quería hablar con él. Llevaba tiempo barruntando ideas que podían pecar de revolucionarias, aunque para ella venían cargadas de lógica. De momento, sólo las había compartido con su Henriette que, como siempre, le había dado la razón; la fidelidad exige compromisos.

Si Cuba la había obsequiado con un recibimiento de estrella de la canción, Puerto Rico no se quedó atrás. Ya le habían advertido que aquella isla era tierra de contrastes y lo experimentó en piel propia. Sucedió durante la recepción de los invitados, después de un apoteósico concierto en Ponce donde cantó «Echo Song» y las arias «Care compagne, e voi, teneri amici» y «Sovra il sen la man mi posa», de *La sonnambula*, donde hizo gala de su capacidad para la coloratura, demostrando que podía alcanzar los agudos con una pasmosa sencillez, y dotando de una exquisita brillantez un timbre con el que ni siquiera Vincenzo Bellini habría soñado al componer su obra. Aquello le hizo merecedora de una de las mayores ovaciones que hasta entonces se habían escuchado en la gira, que ya duraba meses, y confirmó la creencia de Adelina: se merecía las letras más grandes y un posicionamiento más alto en los carteles.

Mientras departía con los invitados y asistentes al concierto, se le acercó un empresario —más tarde supo que era uno de los industriales más ricos de la isla—, con la promesa de hacer de ella la mejor soprano del mundo, si abandonaba a Maurice y le dejaba a él llevar su carrera. La proposición del hombre la ofendió. «No lo abofeteo porque no llego —le dijo contrariada, aunque sin perder la compostura—. Además de representante, Maurice es mi cuñado, y la familia es sagrada. Para ser alguien tan mayor, ya debería saberlo. ¿No le da vergüenza que una jovencita como yo lo haya aprendido antes y mejor que usted?». El empresario cafetero se retiró avergonzado y no volvió a aparecer en los días que los Patti estuvieron en la isla. La joven *prima donna*, amén de cantar como las grandes sopranos, sabía mostrar su temperamento ante cualquiera, sin importarle de quién se tratase.

El otro desconocido que la abordó esa noche le pareció más agradable, al menos más cercano a su edad. Era guapo, moreno, como casi todos en aquel lugar, con el pelo tan negro como la *puya* —el café de especia arábica propio de la tierra—, repleto de rizos con visos de rebeldía que un exceso de brillantina intentaba gobernar, vestido completamente de blanco y con una mirada penetrante que, de ser ella una pared, sin duda habría atravesado. Ya se había percatado de su presencia en el teatro, cuando ella cantaba en el escenario y él, desde la primera fila —no faltó a ninguno de los conciertos celebrados en Puerto Rico—, la miraba extasiado, embobado, como si no hubiera más mundo que ella. Su forma de observarla no variaba cuando la esperaba entre bastidores en el teatro de San Juan, acompañado del dueño del recinto, del que era amigo. Sin embargo, ese escrutinio y el acecho tenaz no la molestaban; al contrario, le divertían. Cada vez que veía al joven puertorriqueño, algo en su interior se agitaba, un sentimiento extraño, que jamás antes había experimentado; un ligero cosquilleo que le nacía en el estómago y la recorría de abajo arriba hasta alojarse en las mejillas y en la comisura de los labios, que se elevaban sin aviso previo, como si un hilo invisible tirase de ellos. No estaba segura de cómo gestionar la inesperada tormenta de sensaciones que alborotaba su cuerpo, y jugaba con sus largas trenzas mientras buscaba la manera de hacerlo. Como si el mensajero del destino se hubiera aliado con sus deseos, Adelina averiguó quién era el misterioso *cabro* que la observaba como si fuera el centro de su universo. Lo hizo en el animado cóctel dispuesto para después del concierto, al poco de abortar una bofetada al industrial que le propuso desertar de Maurice.

—Señorita Patti —dijo el joven, cogiéndole la mano para besársela. A sus catorce años, el gesto la agradó, hastiada de tanto beso en la mejilla y achuchón improvisado—. Es usted la mujer más bella que he visto en mi vida. Permítame decirle que canta como los ángeles. Es usted mi diosa, mi musa, mi obsesión.

—¿Y usted es...?

—Disculpe mi torpeza, sin duda son los nervios. Mi nombre es Elías Rivera y desde que la vi estoy en este mundo únicamente para servirla. Vengo para hacerle una petición formal y ruego que se la tome en serio; no permita que mi juventud la confunda —le rogó él, que estaba a punto de cumplir los veinte años—. Al fin y al cabo, usted también es joven, incluso más que yo.

Adelina lo observaba con curiosidad. Acababa de poner nombre al misterioso admirador que en cada concierto celebrado en Puerto Rico enviaba flores y dulces para ella y cajas de habanos para Salvatore, acompañados de una tarjeta con un mensaje escueto, tan sucinto que sólo contenía una palabra en cada uno de ellos: «¡Brava!». «Inconmensurable». «Única». «Extraordinaria»... Aquel muchacho repeinado, bien vestido, con modales aristocráticos aunque algo impertinente, pertenecía a una de las familias más adineradas y poderosas de la isla: era hijo único de don Manuel Rivera, y su padre, empresario del azúcar, tenía grandes proyectos de futuro para él. Habían sido ellos los encargados de organizar aquel cóctel con las personalidades más importantes del lugar, pertenecientes al mundo de la cultura, la sociedad, la industria y la política. Después de escuchar a Elías, no tuvo dudas de que el único motivo que llevó a don Manuel a celebrar aquel evento era que su hijo pudiera conocerla.

—¿Y cuál es esa petición formal? —se interesó intrigada.

—Quiero... quiero...

Las palabras parecían estancadas en su boca. Hasta ese momento, Elías se había mostrado como un interlocutor locuaz y seguro. Fuera lo que fuese aquello que quisiera decirle, no le resultaba fácil expresarlo.

—¿Qué quiere? —lo apremió ella.

—¿Todo bien, Adelina? —Salvatore interrumpió la conversación. Tenía un don especial para saber cuándo un peligro acechaba a su hija, aunque fuera en forma de joven millonario.

—Padre, quiero presentarle a Elías Rivera. Es el hijo de don Manuel, y me estaba contando lo mucho que ha disfrutado con mi actuación.

—Estoy seguro de ello —apuntó con ironía, aunque ninguno fue capaz de captarlo—. Joven, es un placer conocerle. Transmítale a su padre nuestro agradecimiento, aunque creo que ya lo he hecho yo, si no me equivoco con los rostros y los nombres que se han dado cita en esta maravillosa fiesta.

—El señor Rivera se disponía a decirme algo más, padre.

El comentario de Adelina urgió a que el joven reaccionara presto y cambiara de planes. Quizá resultaría apresurado expresar lo que realmente quería, así que se inclinó por una opción menos invasiva, sobre todo teniendo en cuenta la presencia de Salvatore.

—Mi padre y yo queremos ofrecernos para mostrarles los rincones más bellos de nuestra tierra. Para nosotros sería un verdadero placer, y para ustedes una oportunidad única. —Elías tuvo la impresión de que salía airoso del atolladero y eso le dio fuerzas para añadir—: Por supuesto, estaríamos encantados de enseñarles nuestras fábricas de azúcar y de café, y estoy seguro de que al señor Patti le encantaría ver dónde se elaboran esos puros únicos y personalizados con que lo obsequiamos en cada concierto.

—¡Oh! ¡Qué amables! ¿No le parece, padre? —contestó Adelina, como si le hubiesen planteado la propuesta de su vida. No sabía de dónde le nacía ese entusiasmo, pero apenas pudo disimularlo—. Me encantaría visitar esos lugares.

—No quisiéramos molestarlos ni distraerlos de sus quehaceres diarios. Mi hija lleva una rutina de ejercicios vocales bastante rigurosa, y la verdad, no sé...

—Diga que sí, padre... Al fin y al cabo, no sabemos cuándo volveremos a Puerto Rico. ¿Por qué perder una ocasión así? Como usted siempre dice, las oportunidades hay que aprovecharlas cuando se presentan.

Salvatore vio despertarse en el rostro de su hija la fuente de la adolescencia. Sabía que no podía contrariarla si no quería que su temperamento brotara y se negara a cantar o exigiera volver a casa. Era una adolescente de catorce años, pero, por encima de todo, era una diva en potencia que con cada concierto alimentaba su condición de diosa. Estaba siendo una gira muy exitosa, con mucho trabajo; concederle un capricho no podía acarrear nada malo, sobre todo si, en aquel deseo vehemente, su presencia era una constante.

—Está bien. Aceptamos su oferta, joven, y lo hacemos muy agradecidos.

—Maravilloso. Mañana mismo pasaremos por su hotel para recogerlos e iniciar la aventura.

El ofrecimiento no sonó de la misma manera en los oídos de todos los presentes. Adelina sintió un pellizco en el estómago; Salvatore, cierta inquietud, pues sabía que las aventuras, al igual que las empresas arriesgadas, no casaban bien con la disciplina del artista; y Elías, un entusiasmo sincero, deseoso de hallar la ocasión perfecta para exponer sus verdaderas intenciones.

Durante los siguientes días, los dos jóvenes, escoltados siempre por sus progenitores, visitaron los parajes más típicos de la isla, pero también aquellos más privativos y recónditos que sólo conocían unos pocos afortunados. Adelina cada vez estaba más encantada con la compañía de Elías, de quien empezaba a gustarle todo: su forma de hablar, de mirar, de reírse e incluso de alzar la mano para señalarle un ejemplar de zumbador verde o de cigua puertorriqueña.

—Ésa es mi favorita. Qué belleza de plumaje... —admitió ella, refiriéndose a un ave de brillante penacho verde salpicado con plumas azules, con una banda roja en la frente y un pico aguileño blanco, que se sujetaba con sus pequeñas garras en la rama de un árbol.

—Es una iguaca o amazona puertorriqueña. Pertenece a la familia de los loros y es autóctona de Puerto Rico.

—Me encantan los loros. Cuando sea mayor, pienso tener al menos cuatro. ¿Es verdad que repiten todo lo que oyen?

—Si sabe enseñárselo...

—¿Y usted sabe?

—Yo sé muchas cosas que estoy deseando compartir con usted.

Cuando Elías sacaba su lado más romántico, siempre envuelto en insinuaciones o palabras no dichas, Adelina no lograba controlar el rubor que la invadía y le sonrojaba las mejillas, y que siempre llegaba acompañado de una tímida sonrisa delatora.

A Salvatore no le gustaban esas sonrisas en el rostro de su hija. Prefería las que lucía cuando el público del teatro se levantaba y la aplaudía apasionadamente, lanzándole ramos de flores, e incluso muñecas, ya que había trascendido el gusto de la artista por ellas. Esa admiración entregada era la que buscaba para ella, ninguna otra motivada por el celo adolescente. Se consoló sabiendo que su estancia en la isla tenía los días contados y eso significaría la desaparición de Elías Rivera de sus vidas y, en especial, de la cabeza y el corazón de su hija.

Fue en la recepción posterior al último concierto celebrado en San Juan cuando sucedió algo que Salvatore llevaba temiendo desde que conoció al joven puertorriqueño. Elías aprovechó que el pianista Louis Moreau Gottschalk se alejó de Adelina para ir a por una copa de champán. A Gottschalk ni se le pasó por la cabeza brindarse a traerle otra a su compañera de reparto; no había olvidado el bofetón que ella le propinó cuando, en otra recepción, él le recordó que era una niña y que no debía consumir una segunda copa de champán. La respuesta de la joven soprano no se hizo esperar: «Ni eres mi padre ni mi representante. Aprende a encontrar tu lugar y, a ser posible, quédate en él». No era la primera vez que había tenido una reacción similar. Una escena idéntica vivió con el violinista noruego Ole Bull, que los acompañó durante la primera gira por Estados Unidos, a pesar de la relación entrañable que existía entre ellos. «No eres mi hermano, mucho menos mi marido. Eres un señor que toca violín, muy bien, lo reconozco, pero nada más. No oses decirme lo que puedo o no puedo hacer», le había dicho después de que el violinista le reprendiera amablemente por algo relacionado con su comportamiento. Ambos agraviados optaron por olvidar tales incidentes, aunque Adelina no se libró de la reprimenda de Maurice, que le explicó la inconveniencia de su violenta reacción. Ella, volviéndose de nuevo una niña, lo aceptó y pidió perdón; en realidad, no lo sentía, como tampoco consideraba que una bofetada dada por una mujer ante la insolencia de un hombre pudiera considerarse violencia.

Tras la ausencia de Gottschalk y después de que también desaparecieran todos los admiradores «babosos y pesados», según los había calificado Elías, que no habían cejado de saludar y elogiar a quien él consideraba suya, el joven buscó la compañía de Adelina. Los días en los que habían compartido excursiones, viajes y comidas había mostrado su mejor versión, pero todavía no había asomado la del hombre celoso, irascible al ver que sus planes no marchaban como él quería. No le gustaba ver a la mujer que amaba acompañada de otros hombres, tampoco le agradaba que besaran su mano, que le entregaran presentes, que elogiaran su arte, que le sonrieran y le dirigieran miradas que él percibía como excesivamente cómplices. Cuando la jauría de seguidores se disipó, Elías emprendió lo que tenía pensado hacer el primer día y que la aparición de Salvatore frustró. Había llegado la hora y nada ni nadie le impediría llevarlo a cabo.

—Creí que no iban a dejar de molestarla. La gente puede llegar a ser muy pesada… —le comentó.

—Oh, no, se equivoca usted. Los admiradores nunca molestan. Me encanta hablar con ellos. Además, todos son muy amables.

—Creía que no iba a tener tiempo para mí.

—He pasado más tiempo con usted en Puerto Rico que con cualquier otra persona, exceptuando a mi familia. Pero en una recepción como ésta, comprenderá que hay que hablar con la gente. ¿No estará usted celoso?

—Lo que estoy es deseoso de hacer lo que he venido a hacer.

—¿Y de qué se trata? Me temo que no podemos planear nuevas excursiones, ya que nos vamos de la isla mañana mismo.

La noticia precipitó la reacción de Elías: no tenía tiempo que perder.

—Deseo pedir su mano y deseo que su padre me la conceda.

—Cuántas cosas desea usted… —señaló divertida.

—Aquí estáis. —Salvatore siempre aparecía en los momentos más comprometidos. Elías amaba la voz de Adelina tanto como odiaba la de su padre, que no tenía el don de la oportunidad—. Te estaba buscando Maurice; quería presentarte a unos empresarios teatrales que viajarán a Nueva York la semana que viene y les gustaría conocerte.

—Le estaba diciendo algo a su hija, que ahora también le digo a usted: quiero pedirle su mano.

Salvatore resopló no sólo por la propuesta, sino celebrando el buen olfato que aún conservaba con respecto a su hija. Podía oler los problemas a distancia y aquel jovencito impertinente, aquel *cabro* como decían en Puerto Rico, parecía ser uno de los grandes, a juzgar por el embeleso que mostraba Adelina cada vez que lo miraba.

—Creo que eso sería precipitarse un poco. Mi hija tiene catorce años...

—Quince, padre. Los cumplí hace cinco meses... —matizó ella, como si su aportación cambiara el sentido de la charla.

—Lo que pretendo decirle es que mi hija está volcada en su carrera musical, no tiene tiempo para este tipo de juegos.

—No es un juego. Mi propuesta es algo muy serio. ¿Acaso me ve bromear?

—No, y eso es lo que me preocupa —respondió Salvatore, a quien empezaba a incomodarle el ímpetu del joven. Quería salir de allí cuanto antes, llevarse a su hija con él y terminar con la escena de enamorados ocasionales que, a su entender, ya había llegado demasiado lejos—. Le propongo algo: aguarde un par de años. La espera le vendrá bien a usted y, por descontado, a Adelina. Ella es una niña y usted todavía no es ese caballero que ambiciona ser y que conoce con exactitud qué le deparará la vida. El tiempo es el mejor consejero, también para el corazón. ¿Qué le parece?

—Largo. Me parece excesivamente largo.

—También a muchos les parece extensa *La traviata* de Giuseppe Verdi, pero es lo que hay. Nadie pretende que la acortemos sin más.

—Padre, si me permite, me gustaría decir algo —apuntó Adelina, acercándose al joven—. Querido Elías, escríbame, tiene usted mi permiso. De esa manera, nos mantendremos en contacto y estaremos informados de la vida que llevamos cada uno. Nos contaremos nuestros días, nuestras alegrías, nuestras decepciones, nuestros deseos, y eso hará que esos dos años se nos hagan más cortos. Una relación epistolar. ¿Qué le parece?

—Si eso es todo lo que se me ofrece... —comentó decepcionado Elías.

—Yo lo veo más que suficiente —valoró Salvatore mientras buscaba con la mirada a Maurice para que lo ayudara a salir de allí.

—¿Le parece poco? Le ofrezco el privilegio de escribir a Adelina Patti a diario, asegurándole una contestación —repuso ella, hablando de sí misma en tercera persona, algo que había comenzado a hacer desde que el éxito se instaló en su carrera—. Pero si considera que es poca cosa...

—Así lo haré. Le escribiré todos los días de mi vida.

Salvatore resopló de nuevo. Nunca le habían gustado las personas que hablan y se comportan como personajes de alguna de esas novelas antiguas a las que tan aficionada era Caterina. Al pensar en su mujer, tuvo el apremio del regreso. Estaba deseando llegar a Nueva York para contarle a su esposa la propuesta de matrimonio que acababa de recibir su pequeña; confiaba en que ambos se divertirían evocándola.

Elías se obligó a asimilar la contrariedad del destino y besó la mano de la joven. Adelina volvió a sonrojarse y a sentir ese cosquilleo en el estómago que la acompañaba últimamente. Dos años no parecían demasiado tiempo cuando se trataba de asentar un sentimiento.

5

Nueva York parecía distinta cada vez que regresaba de una larga gira.

A esas alturas de 1858, los periódicos, y en consecuencia la calle, hablaban del encendido debate sobre la esclavitud que mantenían Abraham Lincoln y Stephen Douglas, que les posibilitaría hacerse con una plaza en el Senado de Estados Unidos. El primero era partidario de la liberalización de los esclavos, y el segundo remarcaba que la esclavitud estaba en la idiosincrasia de los estados del sur y que serían ellos los que tendrían que decidir al respecto. Perdió Lincoln, ganó Douglas, gracias a la participación masiva de los propietarios de las grandes plantaciones trabajadas con mano esclava. Ninguno podía imaginar que la esclavitud estaba a punto de prender una chispa bélica en el país, como tampoco en casa de los Patti imaginaban que la benjamina se disponía a encender una mecha inesperada, aunque tuvo que esperar unos días para hacerlo.

Siempre que el regreso era una realidad, Adelina tenía una sensación de urgencia por abrazar a su familia, aunque durante la gira apenas había hablado de ellos. No es que se resistiera a extrañarlos; sencillamente, había aprendido a quererlos desde la distancia.

Se reunieron todos en la casa de las afueras de Nueva York, comprada con los beneficios obtenidos en la primera gira, y que Caterina seguía acondicionando día a día, como manera de llenar una vida que se había quedado demasiado vacía, sin que su voz arropara grandes óperas y sin la presencia de parte de su familia. Ella siempre creyó que su hija pequeña le había robado la voz durante el alumbramiento, porque desde aquel lejano 19 de febrero de 1843 su garganta había perdido brillantez y potencia. Sólo en una ocasión se había atrevido a compartir su sospecha con Salvatore, aprovechando la confianza que existía entre ellos, pero cuando su marido le recriminó entre risas hablar como una bruja, no volvió a plantear el tema, aunque seguía morando en su pensamiento. A pesar de lo que pudiera pensar su esposo, no estaba loca ni argumentaba como una hechicera; estaba convencida de ello. Eran muchas las sopranos que habían abandonado el escenario al dar a luz y no sólo por su deseo de dedicar todo su tiempo al cuidado de su vástago. Caterina no tenía ningún sentimiento encontrado hacia su pequeña, al contrario, se sentía orgullosa de que su voz hubiera pasado a ella y creciera día a día en su interior. Sentía orgullo, no rencor, pero había momentos, cuando escuchaba cantar a su hija, en que no podía reprimir un leve atisbo de envidia.

Recibió a Adelina con la intensidad que otorgan la distancia y el tiempo perdido cuando cercenan su condición y finalmente se encuentran. Pero en ese recibimiento, en ese abrazo de bienvenida, había algo más; un invitado no deseado y, por esa naturaleza aborrecida, ocultado hasta ese instante: la muerte, hacía unos meses, de Clotilde, hermanastra de Adelina e hija del primer matrimonio de Caterina. «Con treinta y tres años una persona no puede morirse. Es injusto y antinatural», repetía Maurice, que había compartido escenario con ella en Vicenza, en 1843, ante un público entregado. Su muerte había supuesto un gran impacto para la familia. Caterina había escrito una carta a Salvatore para contárselo, pero acordaron no decir nada a Adelina ni tampoco a Maurice hasta que llegaran a casa, donde podrían hallar el consuelo y el abrigo que la noticia requería.

La conmoción provocada por el suceso hizo que la gran recaudación conseguida durante la última gira quedara en un segundo plano a la espera de un mejor momento para hablar de ello, respetando el duelo, aunque a Salvatore le quemara en la boca. Su hija se había convertido en una máquina de hacer dinero. En cada concierto, y habían sido casi quinientos, su voz gustaba más, los aplausos se multiplicaban y los bolsillos del público se vaciaban, sin importarles pagar más por verla. Todos querían tener una hija como ella, con una voz de oro similar a la suya, vestida como una muñeca siempre de color de rosa, simpática, sonriente, feliz, adorable, encantadora y educada; ésa era la imagen que proyectaba Adelina y que las muchachas de su edad intentaban emular sin prever que su sueño naufragaría. Podía existir un «efecto Patti», como publicaba la prensa, pero sólo existía una Patti. Lo que el público no veía eran sus arranques de ira, su fuerte temperamento y sus excentricidades, que, aunque no duraban más que unos segundos, imponían el silencio entre los presentes el tiempo suficiente para entender quién ostentaba el verdadero poder. No era buena idea contrariarla; el sustento de todos dependía de ella.

Cuando los recién llegados digirieron la noticia de la muerte de Clotilde y el duelo fue relegándose al lugar al que irremediablemente está condenado, Adelina decidió que necesitaba airearse y salió a caminar por su antiguo barrio. Era una vuelta a los orígenes, al lugar donde había crecido, un viaje que le agradaba, justo lo que necesitaba. Ese tránsito por el pasado la ayudaba a recargar la energía que no era consciente de haber perdido durante la gira, porque la adrenalina y el estado de excitación con el que vivía sus actuaciones se lo habían impedido.

Entonces lo vio.

Desde el exterior parecía el mismo local, pero su escaparate ya advertía del cambio. Adelina accedió a la tienda de muñecas con cierta cautela, como si temiera encontrarse con una amenaza inimaginable. Lo único que le resultó familiar fue el sonido de la campanilla prendida del dintel de la puerta, que emitía un peculiar tintineo cuando ésta se abría. En su interior, la más absoluta desolación. Invirtió unos segundos en mirar en rededor. Ni un vestido ni un lazo ni unos ojos grandes ni un pelo rubio ni unos zapatos de hebilla... Las muñecas habían desaparecido y, con ellas, el mundo que las acompañaba. Su particular paraíso infantil había sido asolado. En su lugar, un extenso y colorido muestrario de guantes usurpaba el lugar de las antiguas inquilinas.

—¿Dónde están?

—¿A qué te refieres? —preguntó la propietaria de la tienda. Era una mujer hermosa, de unos treinta años, con una gran melena negra que recogía en un aristocrático moño a la altura de la nuca, y con maneras elegantes.

—Las muñecas —insistió Adelina.

Se fijó en su boca carmesí. Todavía no conocía a ninguna reina y tampoco creía en fantasmas. De haberlo hecho, podría haber pensado que estaba ante el espíritu de la reina Isabel I de Inglaterra, que maquillaba sus labios con una mezcla de cochinilla, goma arábiga y leche de higo para obtener el color rojo que, a su regio entender, le otorgaba el poder de mantener alejados a los espíritus malignos en el siglo XVI; no previó la soberana que el mercurio que contenía la mezcla y la toxicidad de la cerusa veneciana hecha a base de plomo con que se empolvaba el rostro para teñirlo de blanco se aliarían para contribuir a su muerte.

La voz de la encargada de la nueva tienda sonaba dulce y armoniosa:

—El dueño se jubiló y yo me quedé con el local. Espero que sea de tu agrado.

—Pero ¿qué ha pasado con las muñecas? ¿Dónde han ido? En algún lugar tienen que estar, no han podido desaparecer sin más —se inquietó Adelina, ya que, a pesar de su divismo y las excentricidades alimentadas durante la gira, no dejaba de comportarse como una niña.

—No sabría decirte. Seguro que habrán encontrado nuevos dueños. De lo que no tengo ninguna duda es de que estarán en un lugar agradable y bien cuidadas.

La mirada de la mujer se fue agrandando como lo hizo su sonrisa remarcada en rojo; de haber estado en 1770, bajo la ley inglesa que permitía juzgar a una mujer como bruja si utilizaba el maquillaje para conseguir sus propósitos —sobre todo si consistían en conquistar al hombre—, estaría presa. La joven soprano no podía retirar la vista de su boca. Sería capaz de comprarle cualquier cosa que se propusiera venderle. Sus miradas quedaron prendidas.

—Tú eres Adelina Patti, ¿verdad? —La había reconocido en cuanto entró en el establecimiento—. Hemos leído mucho de ti en los periódicos. Tu madre se encargaba de enseñarnos algunos cuando todavía vivíais en el barrio y otros los comprábamos y nos los intercambiábamos entre el vecindario. Es un honor que estés en mi tienda y me haría muy feliz que aceptaras un pequeño obsequio de mi parte. —Sacó del mostrador unos guantes de piel de color rosa con motas blancas, que a Adelina le parecieron preciosos. No supo si aquella mujer era bruja o sólo una buena vendedora, pero había acertado con su color favorito—. Si prefieres elegir otros, no supondrá ningún problema.

—Qué amable es usted —reconoció, olvidándose de las muñecas y centrándose en el nuevo producto. Después de probárselos, amplió la mirada por el establecimiento; acababa de decidirlo—: Me los llevo todos. Seguro que me vendrán bien en mis próximas giras.

La joven diva había vuelto a casa. El divismo saltaba del escenario a la tienda de guantes de su antiguo barrio de Brooklyn. En pocos segundos había vaciado el escaparate. Una excentricidad más que le hacía sentirse mejor, más grande y dichosa, y que aumentaba la seguridad en sí misma. Era algo indescriptible y que cada vez se repetía con mayor asiduidad.

Después de unos días centrada en el descanso y la buena alimentación, y sin más canto que las escalas que realizaba cada mañana bajo la atenta mirada de su hermano Ettore, Adelina por fin se sentó junto a Salvatore y Maurice para prender esa mecha insospechada que auguraba un posible incendio. Su intención era hablarles tan claro como su padre había hablado a Elías. El joven pretendiente y la *piccola prima donna* habían quedado en que sería ella quien le escribiría confirmándole sus deseos de mantener una relación epistolar y facilitándole su dirección postal. No le importó que pasaran unos días sin enviarle esa confirmación. Siempre era mejor hacerse esperar, sembrar cierto desconcierto, alimentado por el deseo y la ansiedad, como sucedía en el teatro cuando la soprano o el tenor retrasan el inicio del espectáculo por cualquier eventualidad. Sabía que ella era alguien imposible de olvidar, como le dijo con total naturalidad el día de su despedida, independientemente del tiempo transcurrido.

En aquellos momentos, tenía asuntos más urgentes de los que ocuparse.

—Padre, Maurice, tenemos que hablar.

Cuando su voz sonaba tan clara, brillante y limpia, con una coloratura exquisita y un registro vocal bien ecualizado, sólo cabían dos posibilidades: o bien se preparaba para interpretar el papel protagonista de alguna ópera, o bien se disponía a decir algo grave que dejaría en silencio a sus interlocutores—. Por mucho que mi querido padre insista en remarcarlo, ya no soy una niña. Tengo quince años y, como bien sabéis, muchas más experiencias de las que mi edad apunta. Veo cosas, oigo cosas, intuyo cosas. Y hay un par de asuntos en los que no estoy de acuerdo y que he venido observando en las dos últimas giras. El primero se refiere al tamaño de las letras de mi nombre; el segundo, aún más importante, a mi sueldo. Ninguno de los dos es proporcional al éxito de mis actuaciones. Y eso es algo de lo que tú, querido cuñado, deberías haberte dado cuenta antes de que yo te lo comentara. Hasta donde yo sé, eres la persona encargada de velar por mis intereses.

Salvatore y Maurice se quedaron callados durante unos segundos, como les sucedía a menudo cuando estaban en presencia de Adelina. Ambos contemplaban a una niña de rasgos infantiles y de baja estatura, que incluso aparentaba ser más joven de lo que en realidad era, pero escuchaban a una adulta bien formada, con carácter y una seguridad sólo comparable con la que mostraba sobre el escenario al enfrentarse a los papeles más difíciles, al capricho del público y a la dureza de las jornadas laborales.

—Te equivocas —reaccionó al fin su cuñado—. Es algo que vengo pensando desde hace tiempo, incluso he realizado algunas gestiones al respecto, aunque no te lo haya comunicado. Tu padre lo sabe; él sí está al corriente.

Maurice no mentía. Durante la segunda gira se había reunido con los empresarios teatrales para renegociar el contrato y conseguir que su representada cobrara una cantidad mayor por cada actuación, a tenor de los grandes beneficios que reportaba en taquilla. Su gestión había llegado a buen puerto, aunque rehusó comunicárselo a la interesada. Consideraba que una artista, ya fuera niña, adolescente o adulta, no debía perder el tiempo hablando de dinero ni de contratos, sino que debía estar centrada en sus actuaciones. Después de muchos años desempeñando su trabajo como agente, estaba convencido de haber obrado bien, pero su cuñada no tardó en sacarle de su error.

—A eso me refiero. Si no me lo comunicas, difícilmente me voy a dar cuenta de lo que sucede. Y quiero enterarme porque es de mí de quien hablamos. Tanto tú como mi padre tenéis la fea costumbre de ocultarme cosas mientras que os desvivís por dejarme muy claras otras que no os conciernen, como acudir raudos y veloces para cortar una conversación con un joven, que dudo que sea de vuestra incumbencia —mencionó, en referencia a la intromisión de Salvatore en la conversación entre Elías Rivera y ella.

No había sido la única vez que su padre o su cuñado aparecían como guardias de asalto cuando una presencia masculina se aproximaba demasiado a ella. Su celo protector veía en esos admiradores una amenaza para el verdadero y único interés de la joven: su carrera artística. Nada y mucho menos nadie debía distraerla de su verdadero propósito en la vida, que no era otro que el escenario. Movidos por ese convencimiento, los dos centinelas habían protagonizado argucias que hubieran resultado cómicas de no responder a la necesidad de preservar la inocencia y la integridad de la artista, a las puertas de una pubertad peligrosa. Así lo hicieron con el gobernador de un estado del Sur donde había actuado y que se presentó ante Salvatore con una dote millonaria —incluyendo varias reses de su rancho— a cambio de la mano de la joven; con un admirador que intentó acceder a la habitación del hotel donde se hospedaba, escalando por la fachada y que acabó precipitándose contra el suelo cuando Maurice, que había observado el avance, cerró de golpe las puertas del balcón; o con aquel otro seguidor que, después de dos horas de intensa y poco afortunada serenata, dirigió a Adelina sentidos poemas de amor y cartas, cuya entrega Salvatore abortó, en las que proponía un plan de fuga.

—Como padre siempre estaré pendiente de ti, tengas la edad que tengas.

—No creo que eso deba incluir cortar en seco cualquier plática con un joven amable y educado, padre. Me quiere tener protegida como si fuera una muñeca en un fanal, y yo no soy Henriette.

Maurice carraspeó ligeramente, en un intento de que la conversación tomara los cauces iniciales.

—En cuanto a tu sueldo, tienes razón: debe ser mayor y así será en los próximos compromisos profesionales que tengamos, que prometen ser muy distintos a los que hemos hecho hasta ahora —aseguró, con un guiño que pretendía ser cómplice y que, sin embargo, erró.

Adelina no pareció escuchar el último comentario de su cuñado, estaba demasiado concentrada en sus argumentos para distraerse con lo que sin duda significaría un gran cambio en su vida, aquel que llevaba esperando mucho tiempo.

—Mi sueldo y mi nombre. Ésas son mis prioridades. Adoro a Gottschalk, pero yo recibo más aplausos y ovaciones, los vítores que me dedican son más intensos y duraderos, y mi presencia llena más teatros, por mucho que él insista en que gracias a él y para abarcar a todos sus admiradores han hecho más grandes los coliseos. Tocará muy bien las teclas de un piano, pero a la hora de contar la realidad desafina.

—Es algo que ya teníamos pensado —dijo Maurice, con la aquiescencia de Salvatore, que empezaba a entender que su hija estaba creciendo deprisa y que la edad no dejaba de ser un número al que él, como padre, intentaba aferrarse para frenar lo inevitable.

—Y, además, quiero un loro —añadió, después de ver que sus dos premisas iniciales habían sido bien recibidas. Desde que estuvo en Puerto Rico, la idea de tener un papagayo no había hecho más que crecer en su cabeza—. A poder ser, una cotorra puertorriqueña. Azul y verde, y con un plumaje amarillo en el buche.

—Por ahí sí que no paso. Tu madre sería capaz de matarme y no creo que quieras quedarte huérfana.

Adelina entendió que la carta del loro iba a tardar más tiempo en colocarse sobre el tapete, por lo que decidió seguir apostando por su principal jugada.

—Por encima de todo, quiero que dejéis de tratarme como a una niña. Hace tiempo que dejé de serlo, aunque siga saliendo al escenario con vestido rosa, calcetines rosas, zapatos rosas y lazos rosas, un aspecto del que también nos ocuparemos. Trabajo como una adulta y gano dinero como si lo fuera. Dejad de hablar de mí como si no estuviera presente, como si fuera sorda o invisible, obviándome, decidiendo en cuestiones que me afectan más a mí que a vosotros. Desde ahora, quiero tener voz en las decisiones. ¿Ha quedado claro?

—Cariño, sigues siendo una niña. Hazme caso, que tus caprichos y tus excentricidades no te nublen el juicio. Creo que has venido de la gira un poco más envanecida de lo que te fuiste —valoró Salvatore, sin imaginar lo que sus palabras estaban a punto de desatar—. El éxito está bien, los aplausos alimentan el alma hasta cebarla y engordarla, pero cuando bajas del escenario tienes que frenar, si no quieres estrellarte.

—¡Y yo creo que lo que dicen algunos de que soy una niña explotada es cierto! —gritó Adelina fuera de sí, arrastrando con una mano todo lo que había sobre la superficie de la mesa, en uno de esos brotes que aparecían cuando creía que alguien no la tomaba en serio o se sentía infravalorada. No parecía un berrinche infantil; aquello era la ira desatada de una mujer adulta—. Mantengo a toda la familia, y eso también te incluye a ti, Maurice. Todos coméis gracias a mi voz. Esta casa se compró con el dinero que gané en mi primera gira. Creo que merezco un respeto y no considero que me lo estéis teniendo. Muy al contrario, ¡me tenéis esclavizada! Al final, voy a irme de esta casa, lejos de todos vosotros. Prefiero estar sola. De esa manera, el dinero que gane será para mí y para las personas que trabajen conmigo, que tendrán la obligación de ser amables y no me dirán que estoy endiosada. ¡Lo que estoy es harta! ¡Me estáis explotando!

Las dos últimas frases actuaron como pistoletazo de salida para que corriera a su cuarto y se encerrara en él, tras el consecuente portazo. Allí la esperaba su corte de muñecas, las únicas que parecían entenderla y que siempre le daban la razón. No tenía que perder energía discutiendo con ellas, no debía explicarles quién era, lo que había conseguido a sus quince años y lo que pensaba alcanzar. Se tumbó en la cama abrazada a Henriette. Una sonrisa pícara asomó a su rostro al pensar lo que acababa de hacer; había cantado fa, por encima de do alto. No estaba enfadada ni tampoco triste, sólo satisfecha. Sabía que era menor de edad y que no podía abandonar el hogar familiar, pese a haber amenazado con ello. Pero le divertía imaginar el sufrimiento de Salvatore porque su niña hubiera forzado la voz para vaciarse ante ellos, y el silencio impotente de Maurice, consciente de que cualquier comentario podría empeorar las cosas. Hasta que se le pasara el enfado, algo que no tardaría en suceder, no se escucharía ningún reproche en aquella casa. Pensó que era el momento propicio para escribir a Elías Rivera y dejarle, también a él, las cosas claras.

Querido Elías:

Si de verdad sus sentimientos son tan puros y sinceros como me aseguró, escríbame, le doy permiso para hacerlo. Si no es así, considérese libre de mi recuerdo. No me gusta esperar ni tampoco que me hagan perder el tiempo. Confío en que sus palabras durante mi estancia en la isla fueran fruto de un sentimiento verdadero y franco, y no de un oportunismo pasajero. No me olvide.

Su querida Adelina

Pensar en el joven puertorriqueño despertaba en ella una sensación muy agradable. Era la primera vez que un hombre le había hablado de amor, de compañía, de paseos bajo la luz de la luna, de veladas interminables, de miradas inabarcables, de planes de futuro... Le ilusionaba lo que fuera aquello a lo que tampoco sabía poner nombre. Desconocía si eso era amor, si estaba enamorada, si lo estaba él, a pesar de su inesperada y precipitada pedida de mano, o si sencillamente le gustaba Elías, con su traje blanco y su pelo brillante, y le hacía gracia su insistencia en permanecer juntos. Dobló la cuartilla y la introdujo en un sobre. Más tarde la enviaría al correo, dando comienzo a lo que ella imaginaba como una aventura que nadie abortaría.

A los pocos minutos apareció Caterina con una taza de chocolate caliente en las manos. Se sentó sobre la cama, cerca de su hija, que seguía abrazada a Henriette.

—No sé de dónde has sacado ese carácter, hija —dijo sin dejar de remover el chocolate con una cucharilla.

—Y yo no sé a qué se refiere.

—Son las emociones las que dañan una voz, más que cualquier otra cosa. —No era la primera vez que Caterina pronunciaba aquella frase, aunque Adelina no estaba segura de entenderla, de modo que tampoco acababa de tomársela en serio—. Toma. Te lo he preparado tal y como a ti te gusta, caliente pero sin quemar. Bébelo despacio.

—Cuando sea mayor y haya ganado mucho dinero —aventuró, mientras soplaba sobre la taza humeante—, me compraré una fábrica de chocolate. Y pondré mi nombre y mi foto a la lata, al paquete y a todos los sacos. Porque eso es lo que hacen los ricos, madre: poner su nombre en grandes letras.

—Ésa es una buena idea, cariño. Así, el cacao nos saldrá gratis, aunque no sepamos dónde meter tanto bote...

Adelina la miró recelosa.

—¿Lo dice por los guantes, madre? No son un capricho absurdo. Los he comprado para todas: para usted, para Amalia, para Carlotta... Nos vendrán bien; a mí desde luego, para mis próximos conciertos.

—Sobre eso querían hablarte tu padre y Maurice. Tenían una noticia que compartir contigo, pero no les has dado la opción de contártela.

Adelina siguió observando a su madre con un gesto de incredulidad; ni siquiera había contemplado escuchar una voz que no fuera la suya.

6

La sorpresa era su próxima presentación como soprano en Nueva York. Eso supondría que se acabarían los conciertos y empezarían las grandes óperas. Maurice llevaba tiempo trabajando para conseguirlo, intentando convencer a su amigo y socio Bernard Ullmann, un empresario muy bien relacionado con la Academy of Music, templo neoyorquino de la ópera, que no estaba muy convencido de contratarla debido a la juventud de Adelina.

—Es complicado meter a una niña entre un elenco de sopranos y tenores ya consagrados. Sería asumir un riesgo demasiado alto. Nos jugamos mucho dinero y el panorama no es propicio para experimentos temerarios —reconocía Bernard, encendiéndose uno de los habanos que Maurice le había traído de Cuba. El humo del cigarro desplegó una leve niebla en la habitación, la misma que Strakosch intentaba ahuyentar de la cabeza de su interlocutor, que no parecía dispuesto a ceder—. Sabes que no está funcionando nadie en los teatros. Ningún nombre hace que la gente vaya a escuchar una ópera. Vivimos tiempos extraños para la música, al menos para la ópera.

—Sólo te pido que la escuches. Te convencerá al momento, como ha hecho con todos los empresarios que en un principio mostraban las mismas reticencias que tú debido a su edad. Te he traído los periódicos —Maurice sacó un fajo de recortes de prensa del maletín que portaba— para que leas las crónicas de sus actuaciones durante estos últimos cinco años. Las guardo todas. Los críticos están encantados con ella, y el público aún más.

—Una cosa son los conciertos y otra muy distinta es una ópera.

—Reserva un lugar protagónico para ella en la temporada 59/60 —le sugirió mientras observaba los anillos de humo que Bernard expulsaba al aire. Era buena señal; indicaba que se lo estaba pensando—. Consíguelo. Te juro que no te arrepentirás y terminarás dándome las gracias.

Maurice era un gran vendedor, sobre todo cuando sabía que su «producto» era insuperable. Sin embargo, le hubiera gustado esperar un poco más para el debut operístico de su protegida. Adelina tenía quince años y ella misma sabía que el paso de la adolescencia a la madurez podría afectar a sus cuerdas vocales. «Al igual que las personas, la voz madura y crece, y no siempre lo hace de la manera deseada», solía repetir. Pero la presión de Salvatore, persuadido de que ese debut debía realizarse lo antes posible, lo convenció para iniciar las gestiones. También la joven era partidaria de hacerlo lo antes posible; había pasado tiempo desde su último concierto, su voz ya estaba descansada y entrenada, y deseaba volver a la escena. «A las chicas no nos cambia tanto la voz como a los chicos, que parece que os tragáis pitos y los dejáis alojados en la garganta. Las chicas somos más de tragarnos canarios y ruiseñores, y el tiempo sólo embellece nuestra voz», lo intentaba convencer. Se sentía lista para salir a escena. Llevaba años preparándose y recorriendo Estados Unidos y Sudamérica a modo de calentamiento; había llegado la hora de la verdad.

Los nervios no zozobraron su ánimo el día que fue a ver a Bernard Ullmann para realizar la prueba a la que se había comprometido su cuñado. Ella era la única relajada de quienes se encontraban en aquel despacho, empezando por Maurice, pasando por Salvatore y terminando por el director de orquesta y profesor vocal de origen italiano Emanuele Muzio, gran amigo de Giuseppe Verdi, que estuvo presente en la audición a petición del empresario teatral y que sería quien realmente decidiera si la joven estaba o no preparada para encarar semejante reto, ya que él iba a ser el director de la ópera. Después de interpretar el aria «Il dolce suono» que Bernard había elegido, el empresario quedó al borde del llanto, con un nudo en la garganta que a duras penas podía disimular. Cuando la emoción le permitió hablar, y tras cruzar una mirada con Muzio, dio su veredicto:

—Interpretará el papel de Lucia de la ópera *Lucia di Lammermoor* —anunció con solemnidad, ya que se trataba del papel protagónico de la obra escrita por Gaetano Donizetti—. La acompañará el tenor Pasquale Brignoli como Edgardo. El estreno está programado para el 24 de noviembre de 1859. Su salario será de cien dólares por representación. Por el bien de todos, esperemos que la voz brillante y espectacular que acabo de escuchar y ese tono satinado y cálido que han logrado emocionarme no hayan sido un espejismo. Perder dinero no entra en mis planes.

A partir de entonces se puso en marcha la maquinaria. Emanuele Muzio se encargaría de enseñarle la ópera elegida. Fueron unas jornadas de trabajo intenso del que la voz de la joven se empapaba, atesorando todos los matices. Era una Adelina nueva, obediente a cada indicación del maestro, disciplinada en sus apuntes y sumisa a sus indicaciones. Maurice trabajó en algunos pequeños arreglos en la partitura de *Lucia di Lammermoor* para que se adaptara mejor a la voz de su representada, nada que no hicieran otras sopranos ya consagradas. Todo aquel que participaba en su concienzuda preparación le insistía en lo mismo: no distraer la dicción, dominar la modulación de la voz, controlar la respiración, no olvidar la expresión corporal en ningún momento de la representación, sobreponerse ante cualquier eventualidad entre el público, autocontrol de las emociones para que no desborden ni exageren la actuación…

Los ensayos transcurrieron sin incidentes reseñables, con los compañeros de reparto admirados con la calidez y calidad de la voz de la joven. No supo en qué instante exacto sucedió, pero uno de esos días advirtió que ya nadie le llamaba Adelina: su nombre pasó a ser «la Patti». Ese artículo delante de su apellido dejaba claro que se avecinaba algo grande. Había dado el primer paso, como en su día lo hicieron la Malibrán, la Grisi, la Pasta, la Sontag, la Alboni, la Lind…

Adelina haría su debut operístico protagónico a los dieciséis años y parecía la única que lo veía como algo natural.

El día señalado en rojo en el calendario llegó con la misma celeridad que el público a las puertas de la Academy of Music. Nadie quería transmitirle sus nervios a la debutante, que únicamente parecía preocupada en encontrar el mejor emplazamiento para su muñeca Henriette en el camerino; esta vez no la sacaría a escena, su fiel compañera tendría que esperarla como todos los demás fuera del escenario. No era una deserción ni una traición, era una prueba de fuego. Henriette lo entendería.

La representación fue apoteósica. Desde el primer acto, la joven soprano arrancó los aplausos y los bravos de un público entregado ante la interpretación del aria «Regnava nel silenzio». No sólo por su canto, sus gestos, su vestuario y sus maneras, sino por cómo lo interpretaba y se movía por el escenario, como si hubiera nacido en él; quizá fue entonces cuando Maurice comenzó a inventarse una nueva versión sobre la llegada al mundo de Adelina para alimentar el morbo de la prensa; aseguraba que Caterina había sentido las primeras contracciones en escena y que tuvo que dar a luz en una sala del Teatro del Circo de Madrid, donde actuaba ese invierno. Hasta tal punto se dio credibilidad a la historia, que el propio tenor Giuseppe Sinico, que acompañaba a Caterina Barilli en el reparto de la ópera *Marino Faliero* en aquel lejano 1843, recordaba haber vivido ese episodio y afirmaba que su abrigo había servido para envolver a la criatura, de la que fue padrino junto con su esposa Rosa Manara Sinico, como quedó reflejado en la partida de bautismo de Adelina. A veces, la memoria refugia en su redil el recuerdo de un momento nunca acontecido, pero mil veces imaginado.

Lo que sucedió sobre el escenario de la Academy of Music el 24 de noviembre de 1859 sí se correspondía con la realidad. La interpretación de la joven fue perfecta e hizo aseverar a los críticos musicales que había nacido una nueva Lucia que silenciaba a todas las precedentes. Sólo ella había logrado que la Escocia del siglo XVII se asentara en el escenario del teatro neoyorquino.

El dictamen de la prensa fue rotundo: «Sólo puede hablarse de un milagro», «No hay nada que criticar ni defecto que señalar en su voz. ¡Y sólo tiene dieciséis años! Imaginen lo que puede conseguir en cinco, diez o quince años más», «Estamos ante el nacimiento de una diva», «Parecía que estábamos escuchando y viendo a una artista consagrada durante años», «Excelencia y perfección son su mejor definición», «La pequeña Patti ha comenzado su carrera donde las grandes suelen acabarla; con su voz en lo más alto», «Una futura gloria nacional, aunque nacida en Madrid»...

Los periódicos se mostraban entusiastas ante la «bocanada transatlántica» que representaba la señorita Patti y remarcaban la necesidad de la industria estadounidense de mirar hacia Europa para encontrar nuevos alicientes en el mundo del arte y la cultura, no sólo de la música.

La opinión de los críticos no distaba ni un ápice de la sentencia del público: acababan de asistir al nacimiento de una estrella que prometía brillar durante décadas y cada vez con más intensidad. Como en las grandes noches de estreno, habían llenado el escenario de ramos de rosas, dulces, coronas florales, cintas de colores... Nadie quería abandonar sus asientos, deseosos de aplaudir, de batir sus pañuelos blancos, de encomiar al descubrimiento de la noche. Muchos vieron en la voz de Adelina un rayo de esperanza que les hizo olvidar el ambiente prebélico que se respiraba en Estados Unidos, un país que en menos de año y medio estaría inmerso en una descarnada guerra civil, abocado sin remedio a un conflicto por la esclavitud y la definición de la nación que realmente era: una indivisible con un Gobierno central o una confederación de estados soberanos. «Un oasis en un desierto de políticos», escribió la prensa.

Los Patti no podían contener su alegría, todos aguardando en el camerino. Caterina lloraba abrazada a su hija, Salvatore emulaba a su mujer en los breves instantes que dejaba a su pequeña libre de arrumacos, Amalia aplaudía al igual que Carlotta, orgullosas de su hermana, y Maurice no podía dejar de sonreír ante el éxito cosechado. Debía reconocer que se equivocó al pensar que el debut operístico de Adelina era precipitado.

—A partir de ahora, prepárate para ver tu nombre en grandes letras en todos los carteles. ¡Estoy dispuesto a medir cada uno de los caracteres si es necesario!

La sensación de la noche, y de muchas veladas venideras, había entrado en la Academy of Music como Adelina y había salido de ella como la Patti.

La nomenclatura como signo de los tiempos.

7

La Patti no se limitaba a interpretar *Lucia di Lammermoor* en la Academy of Music, aunque, cada vez que lo hacía, ella sola se bastaba para abarrotar el teatro. El público acudía en masa para ver al fenómeno del que todo el mundo hablaba. Los empresarios se dieron cuenta y, alertados por la sequía de espectadores existente cuando ella no actuaba, instaron a Maurice y al maestro Muzio a que le enseñaran nuevas óperas que le permitieran ampliar su repertorio. La obra elegida fue *La sonnambula*, que se convertiría en una de las favoritas de Adelina: el papel de Amina parecía hecho a su medida, ya que le permitía dar rienda suelta a los trinos, que emitía con una parsimoniosa naturalidad. Además, su adorada Jenny Lind había representado el mismo papel y eso le hacía sentirse más cerca de ella.

Se repitió el éxito e incluso se multiplicó. Los empresarios sólo querían hablar del futuro de la joven, asegurar su presencia en sus teatros, firmar nuevos contratos, cerrar próximas fechas con promesas de excelsos cachés, extensas publicidades en periódicos, carteles empapelando la ciudad de Nueva York con su nombre y anunciando su próximo espectáculo... Todo iba muy deprisa, pero así funcionaban las cosas y había que aprovecharlo. El universo de la ópera era un mundo adelantado a sí mismo, como la propia Adelina lo era a su tiempo: o se tomaba en el momento o se perdía.

Su repertorio se fue llenado de nuevas obras: *El barbero de Sevilla*, *L'elisir d'amore*, *Don Pasquale*, *Martha*, *Don Giovanni*, *I puritani*... Tenía una facilidad prodigiosa para aprenderlas, sin perder matices ni detalles. Su memoria era extraordinaria: al igual que le ocurría de niña, le bastaba con escucharlas una vez, amén de unas indicaciones precisas del maestro, para guardarlas en su cabeza y atesorarlas en su garganta. Eso hacía que todo fuera más rápido, una premura que para Maurice se transformaba en vértigo. Con dieciséis y diecisiete años interpretó el papel protagonista en diez óperas diferentes, siete de ellas en la Academy of Music de Nueva York y el resto en diversos estados del país. La prensa no dejaba de encontrar calificativos para definirla; el 6 de octubre de 1860, *The New York Times* se refirió a ella como «la sirenita voluntariosa». Adelina disfrutaba con los apodos que le ponían y a menudo los empleaba para firmar autógrafos.

Su vida se había convertido en un tren de mercancías que avanzaba a toda velocidad por unas vías colocadas a modo de alfombra roja y en cuyas estaciones a veces subían personajes ilustres como el príncipe de Gales, futuro rey Eduardo VII, que después de verla en dos ocasiones —la primera había sido el 24 de agosto de 1860, en Montreal, durante un concierto homenaje al príncipe, donde la soprano terminó cantando «God Save the Queen», y la segunda, interpretando a Harriet en la ópera *Martha* en la Academy of Music de Filadelfia, el 10 de octubre de ese mismo año— no dudó en escribir una escueta carta a su madre, la reina Victoria: «Sería un crimen que no viera a la Patti, madre. Pero, sobre todo, sería una pena que no tuviera la oportunidad de escucharla. No se ha visto nada igual. Estoy impresionado. Déjeme decirle con todo el respeto que, después de usted, ella es la reina».

A Adelina no le daba miedo la velocidad que adquiría ese tren, al contrario, le agradaba. Podría viajar en él para siempre.

Los admiradores se multiplicaron. A las flores y los dulces pronto se les unieron las joyas como principal regalo. Hombres de muy distinta condición social, edad y situación financiera intentaban acercarse a la artista para hacerle constar la profunda admiración que sentían por ella, junto a alguna propuesta de paseo, comida o merienda que enmascaraba propósitos de otra índole muy diferente a un inocente encuentro. Algunos se atrevían a ir un poco más lejos, pero allí estaban Maurice y Salvatore para frenar todo lo que no debía avanzar. Mientras ellos caían rendidos a sus pies, ella se transformaba en la Gilda de *Rigoletto*, en la Leonora de *Il trovatore*, en la Valentina de *Los hugonotes*, en la Norina de *Don Pasquale*, en la Violetta de *La traviata*, en la Amina de *La sonnambula*... Todas eran la misma al vaciarse en su voz. Y sólo existía ella; lo demás era ruido.

Una tarde llegó una carta para ella a la casa familiar de Nueva York. Se la entregó Caterina, anticipando una media sonrisa. El remitente era un viejo conocido: Elías Rivera. El gesto de su madre no encontró la complicidad esperada en el rostro de su hija. Hacía ya meses que le escribió dándole permiso para cartearse con ella y Adelina pensó que un hombre que necesita meses para decir lo que siente denota una completa falta de interés o una dificultad para aclarar sus sentimientos, y ninguna de las dos opciones le parecía halagüeña. Sólo esperaba que el incomprensible retraso valiera la pena y que el contenido del mensaje rebosara dulzura, amor, pasión, palabras hermosas, todo lo que el joven no se cansó de prometer cuando estaban en Puerto Rico. Desgarró el sobre con sus dedos, sin detenerse a acariciarlo o a observar con sonrisa bobalicona la caligrafía impresa en él, retrasando su lectura para alargar el momento de felicidad, como pensaba meses antes que haría cuando recibiera esa carta. Demasiados meses de espera, y el tiempo suele matar toda esperanza. Sin dejar traslucir emoción alguna, sus ojos recorrieron de izquierda a derecha las breves líneas escritas por el puertorriqueño. Ni un ápice de romanticismo en ellas, ni un «te extraño» ni un «te quiero» ni un «estoy deseando verte», sólo una mera y escueta felicitación por sus triunfos, el deseo de que no se cansara mucho ni que tuviera que aguantar a pesados revoloteando a su alrededor y la promesa de que, cuando estuvieran casados, él se encargaría de que no tuviese que trabajar más y «viviera como debe vivir una dama». Adelina puso los ojos en blanco, arrugó la carta en su mano y la dejó sobre la mesa. Ahora entendía por qué no había sentido aquel extraño revoloteo de mariposas en el estómago al recibir la correspondencia. Si el amor era tan efímero, quizá no merecía perder el tiempo en él.

Lo único que despertó aquella anodina misiva en ella fueron las ganas de escribir a su madrina, Marietta Alboni, que en esos momentos se encontraba de gira en Europa. Quería ponerle al día sobre sus éxitos, detallarle las nuevas óperas elegidas, confesarle la dificultad de interpretar un determinado papel y compartir con ella las buenas críticas que la prensa le había dedicado. La alegría fue máxima cuando, a los pocos días, recibió contestación:

> Querida Adelina:
>
> Me alegran tus éxitos y, aún más, saber que sólo son los primeros. Ya predije que te convertirías en una grande y vas camino de conseguirlo. Lo has demostrado en Estados Unidos, en Cuba, me comentas que también lo harás en México, aunque, vista la falta de seguridad en el país, creo que tu padre haría bien cancelándolo. Ahora tus miras deben ser otras: Europa. Esto es otro mundo, la tierra donde nació la ópera. Es la gran prueba de fuego, mi querida niña; es Italia, es Francia, es España, es Alemania, es Rusia, es Reino Unido, es Austria. Si

triunfas aquí, nadie te quitará la corona. Además, en estas tierras europeas existe la aristocracia, las monarquías con sus reyes y príncipes, la nobleza, y eso le otorga un color y una notoriedad que no encontraremos jamás en Estados Unidos.

Querida, la ópera suena diferente en un teatro europeo. Tu Madrid natal ya tiene un teatro lírico donde he tenido la oportunidad de cantar en varias ocasiones. Ve y canta allí donde naciste. El triunfo en casa suena diferente. Coloca tu brújula en esta dirección. Te auguro grandes éxitos y sabes que no suelo equivocarme en mis previsiones.

Alboni continuaba su carta con otros consejos, pero uno de ellos llamó su atención sobre el resto.

Y recuerda lo que ya te dije en su día: eres una mujer. Tienes que mostrarte firme en tus convicciones, en tus deseos y en tu salario. Exige ser bien pagada. Muchos empresarios verán en tu condición femenina una excusa para retribuirte menos. No lo permitas, déjalo bien claro desde el principio. Que te teman y te respeten, que sepan quién es Adelina Patti. Si quieren a la mejor voz, tendrán que pagarla.

Adelina dobló la carta, se la metió en el bolsillo y fue a visitar a Maurice, a la casa que compartía con su hermana Amalia. Lo encontró con unas tijeras en las manos y, sobre la mesa, una montaña de periódicos que desmenuzaba metódicamente. Los miró sin mucho interés; ella no leía la prensa, excepto cuando su padre o su cuñado le enseñaban artículos siempre laudatorios hacia su persona.

—¿Qué es lo que recortas con tanta dedicación?

—A ti —respondió. Ante el gesto de sorpresa de la joven, Maurice ahondó en su explicación—: Llevo años haciéndolo. Guardo los recortes de los periódicos que hablan de tu éxito. Hay algunas críticas que deberíamos enmarcar.

—¿Y por qué haces eso? —preguntó, mientras inspeccionaba algunos de los fragmentos de papel contenidos en una caja—. ¿Quieres tenerlo como recuerdo?

—Quiero que otros lo recuerden, que lo conozcan. Llevo un tiempo enviando las críticas publicadas a los teatros de ópera de Europa y a sus empresarios, con información sobre ti. Mi intención es que sepan quién eres, cómo cantas, que los asombres como has fascinado a todos en Estados Unidos. Creo que ha llegado el momento de dar el salto. Cruzar el Atlántico ahora sería lo más conveniente para todos.

Maurice se refería al complicado clima social y político que se respiraba en Estados Unidos. Abraham Lincoln había ganado las elecciones el 6 de noviembre de 1860, imponiéndose a su bestia negra, Stephen Douglas, con quien había protagonizado acalorados debates sobre la esclavitud. Lincoln asumiría la presidencia el 4 de marzo de 1861, sin sospechar que apenas un mes más tarde daría inicio la guerra de Secesión, aunque hubiese sido sencillo preverlo, ya que el olor a guerra llevaba tiempo expandiéndose por el país, proveniente sobre todo de los estados sureños, que le dejaron claro desde el principio que no admitirían sus políticas, en especial las referentes a la esclavitud y la futura Ley de Emancipación. La primera señal de que iban en serio fue la separación de siete estados del sur del país que formaron una nueva nación, los Estados Confederados de América, aunque ni el nuevo presidente ni lo estados del norte reconocieron la sedición.

Estados Unidos olía a pólvora, a una de las guerras más crueles de todas las declaradas, la guerra civil, la que enfrenta a hermanos, a iguales, y Europa ofrecía efluvios mucho más enriquecedores y atractivos. Maurice sólo veía ventajas, y no únicamente artísticas, en la idea de conquistar el continente europeo.

—Europa... —repitió ella, palpándose el bolsillo donde había guardado la carta de su madrina.

Al observar la expresión de felicidad en el rostro de la joven, su cuñado sonrió y siguió rasgando el papel de los periódicos con las tijeras; aquel sonido, a ella le pareció música celestial.

—Me he dado cuenta de que nunca sonríes en las fotografías, Adelina.

—Sonrío en el escenario, que es donde hay que hacerlo. En las fotos, una sonrisa resta elegancia, porte, distinción...

—Hablas como una diva.

—Canto como una diva.

—Les encantarás en Europa. Sólo hay que lograr que nos permitan entrar —comentó mientras dejaba las tijeras sobre la mesa.

Adelina se quedó observándolas, entendiendo su visión como un presagio: muy pronto, ella se abriría camino, rasgaría las aguas del Atlántico y pisaría la vieja Europa. Cogió las tijeras entre las manos y, al hacerlo, contempló la fotografía de Lincoln en una de las hojas de periódico desechadas por su cuñado. Reconoció al instante al hombre para el que había cantado meses antes y la emoción en sus ojos al escucharla entonar «Home, Sweet Home». Quizá, para aquel hombre, la canción también resultaba premonitoria.

Maurice no era el único que había enviado mensajes a los directores y a los empresarios de los principales teatros de ópera europeos. El tenor Julien Mathieu había cantado con la joven soprano en una función en homenaje a él. Lo habían hecho en francés, un idioma que ella prefería evitar ante la creencia inculcada por sus padres de que la ópera siempre debía cantarse en italiano —«El bel canto es el alma de la ópera; que se lo pregunten a Rossini, a Bellini, a Donizetti...», le había oído repetir a Salvatore—, pero decidió no poner problemas y aceptar el idioma galo. No imaginó lo conveniente que resultaría aquella decisión. Mathieu quedó tan impresionado con su talento y su voz que escribió unas palabras al director del Théâtre-Italien de la Place Ventadour de París: «No pierdas el tiempo o te arrepentirás. Contrata a la Patti. Es prodigiosa, un vendaval de aire fresco. Contrátala ya». Nadie del círculo de los Patti lo supo.

Aun así, no fue París la ciudad desde donde llegó el telegrama. Fue Londres. El agente musical James Henry Mapleson había sucumbido a la tentación de la montaña de recortes de periódicos enviada desde Nueva York que versaban sobre una jovencita nacida para revolucionar el mundo de la ópera. «Habrá que escucharla», pensó.

Maurice y Salvatore prepararon todo lo necesario para el viaje a Inglaterra. El primero se vio obligado a cancelar algunas actuaciones ya previstas en Estados Unidos, el segundo tuvo que aceptar que Caterina optase por quedarse en casa en vez de acompañarlos, aprovechando la ocasión para adelantarle que estaba pensando en irse a vivir a Roma, a reencontrarse con sus raíces; ella también anhelaba su particular viaje a Europa.

A finales de marzo de 1861, unos días antes de que estallara la guerra de Secesión, los tres embarcaban en el barco que los llevaría al Viejo Continente. Sería una travesía de unas dos semanas, dependiendo del estado del mar. Lejos de marearse o sentirse indispuesta, como muchos de los pasajeros que viajaban a bordo, la mayoría mujeres, Adelina recorrió cada rincón de la nave, aunque siempre terminaba aferrada a la barandilla de proa, observando el horizonte, su particular tierra prometida, el lugar que tendría que recibirla con los brazos abiertos y las palmas de las manos enrojecidas por los aplausos. Tan ilusionado como ella, Maurice procuraba limitar esas excursiones por cubierta, ya que temía que un inoportuno catarro echara esas esperanzas por tierra. No se desprendió en ningún momento del contrato firmado con el señor Mapleson; lo llevaba siempre consigo, en el bolsillo interno de su chaqueta, y lo tentaba cada poco tiempo para asegurarse de que no había sido un sueño. Repasaba mentalmente el itinerario: después de llegar a Liverpool, viajarían hasta Londres para encontrarse con el agente James Henry Mapleson y con el empresario del Her Majesty's Theatre, donde Adelina tenía previsto cantar. El sueño del debut europeo estaba tan cerca que casi podía tocarlo con los dedos.

Mientras el barco que los trasladaba se comía a dentelladas las turbulentas aguas del Atlántico, en Londres se desencadenaba una serie de contingencias que amenazaban con un despertar abrupto del sueño abrazado.

Fue imposible avisarlos. No había manera de comunicarse con ellos mientras estuvieran embarcados.

De nuevo, los caprichos del destino se cruzaban en la vida de Adelina.

8

—¿Cómo que desaparecido? —preguntó Maurice, sin dar crédito a lo que escuchaba de boca del agente musical. Estaba incómodo a la par que desconcertado; no lograba acomodarse en la butaca de la cafetería del hotel donde se hospedaban en Londres—. ¿Qué significa desaparecido?

—Exactamente eso, desaparecido. Nadie sabe dónde está —explicaba nervioso James Henry Mapleson mientras Adelina no dejaba de observar las gotas de sudor que bañaban sus espesas y rizadas patillas y que el pañuelo blanco que el hombre guardaba y extraía continuamente del bolsillo del pantalón no lograban limpiar—. Ha dejado colgada toda la programación y también a los artistas que tenía contratados, incluidos la Grisi y su marido, el tenor Mario de Candia, y eso son palabras mayores, amigo mío. Es un absoluto desastre. ¡La ruina!

—Pero una persona no puede desaparecer así, sin más...

—Al parecer, hay una que lo ha conseguido, no sin antes cobrarse las cuatro mil libras pagadas por su máximo competidor, el empresario del Covent Garden, Frederick Gye, con la condición de que abandonara el teatro —explicó Mapleson todavía con los nervios a flor de piel. El agente intentaba atemperar su inquietud con el segundo vaso de whisky, incapaz de digerir el desamparo en el que le había sumido su hasta ahora amigo Edward Smith, el dueño del Her Majesty's Theatre—. Se rumorea que estaba arruinado, no tenía dinero ni para pagar a sus artistas ni para seguir con los espectáculos. Es un escándalo, un escándalo pavoroso.

—¿Y qué pasa ahora con nosotros? Venimos desde Nueva York únicamente para esta reunión y para el debut operístico de mi hija. Llevamos dos semanas encerrados en un barco... —Salvatore había perdido el color tostado de su piel, que lucía pálida desde que conoció la noticia.

—Disculpen —interrumpió Adelina la conversación. Hasta entonces se había mantenido callada, en silencio, sin probar el té que había pedido y esperaba humeante en una delicada taza de porcelana blanca con el sello del hotel—. He creído entender que el señor Gye ha obligado al señor Smith a abandonar el teatro donde yo iba a actuar. Por lo que entiendo que el Her Majesty's Theatre está libre. Dígame, señor Mapleson, usted que es un hombre resolutivo, ¿por qué no lo alquila, como empresario, no como agente? Yo me comprometo a llenárselo todas las noches. Y créame que no son palabras vacuas, no hay teatro que Adelina Patti no abarrote —dijo mientras llevaba la mano a su taza—. Nosotros, señor Mapleson, tenemos firmado un contrato que Maurice ha traído consigo para que no hubiera ningún problema. Y estaríamos encantados de cumplirlo.

—Además, si usted no lo hace, otro lo hará —añadió Maurice, siguiendo la senda marcada por su protegida, que cada día parecía más despierta—, si es que no lo ha hecho a estas alturas.

Mapleson se quedó pensativo durante unos segundos, observando a sus interlocutores, sobre todo a ella, que daba pequeños sorbos de su Earl Grey con un aire elegante y señorial, aunque en realidad parecía una niña; tenía dieciocho años, pero su aspecto le confería una imagen mucho más juvenil.

—Ni siquiera he tenido la oportunidad de escucharla, señorita Patti.

—Eso tiene fácil solución —admitió la aludida, que miró a Maurice instándole a encontrar en el establecimiento un lugar adecuado en el que poder cantar para convencer al señor Mapleson de que tenía ante él la mejor voz del momento, aunque su nombre en Europa no fuera conocido como en Estados Unidos.

El habitáculo elegido fue un discreto salón del hotel, donde Adelina cantó «Home, Sweet Home». Mapleson no pudo retirar su mirada de ella durante toda la interpretación. Le costaba creer que de aquella garganta tan joven saliera una voz tan clara, limpia y perfectamente modulada. Durante el tiempo que duró la canción, los problemas que inundaban la cabeza del agente se desvanecieron; ya no existía el Her Majesty's Theatre, ni su dueño Edward Smith, ni los contratos suspendidos. No albergó la mínima duda de que estaba frente a una gran cantante que brillaría con luz propia en un futuro muy próximo.

—Acaba usted de convencerme. Esa voz abre un teatro y lo llena —auguró el señor Mapleson mientras cogía su abrigo y se ajustaba el sombrero en la cabeza—. Me voy ahora mismo a hacer las gestiones con el Her Majesty's Theatre. En cuanto tenga noticias, me pondré en contacto con ustedes. Señorita Patti, es usted maravillosa. Me ha dejado sin palabras y espero, sinceramente, que también me deje sin entradas.

Nada más abandonar el hotel para llevar a cabo su cometido, el gesto de Maurice se torció. Había algo en aquella situación que no terminaba de convencerle.

—¿Qué sucede? —preguntó Salvatore.

—No estoy seguro. Pero no me voy a quedar esperando a que alguien haga la gestión que comprometa nuestro debut en Londres. No puedo permanecer sentado, sin más —dijo incorporándose del sillón que ocupaba.

—¿Qué vas a hacer? —Adelina había reconocido el característico brillo en la mirada de su cuñado cuando su mente barruntaba una buena idea.

—Ir al corazón del problema y hallar la solución. Me voy al Covent Garden a hablar con Frederick Gye —anunció mientras ponía en orden los recortes de prensa sobre las actuaciones de la Patti que guardaba en la carpeta—. Quiero que él nos contrate y que cantes en el templo de la ópera de Londres.

Maurice tenía la facilidad de caerle bien a las secretarias y de convencerlas para que el jefe lo recibiera unos minutos, con la promesa de que no se arrepentiría. Así lo hizo nada más llegar al Covent Garden. Al entrar, sintió que un cosquilleo le recorría el cuerpo. Su emoción no se debía a la posible conversación con el señor Gye, sino al lugar en el que se encontraba. Había oído tantas veces hablar de aquel templo que le costaba creer que estuviera deambulando por su interior. Lo había idealizado en su cabeza y, aun así, lo conquistó desde el primer instante. Allí se habían escuchado, hacía ciento veinticinco años, las óperas de Georg Friedrich Händel y se había representado *Macbeth*, después de su primera reforma tras un aparatoso incendio. Mientras avanzaba hacia el despacho del empresario, creyó escuchar los ecos de la ópera *Los hugonotes* de Giacomo Meyerbeer, con la que el nuevo teatro se había inaugurado tres años antes, el 15 de mayo de 1858, después de que ardiera de nuevo hasta los cimientos. Notó que las llamas también lo consumían a él por dentro.

Frederick Gye era un hombre educado en Frankfurt, una persona elegante que gustaba vestir trajes caros de tres piezas, con maneras educadas, un caminar pausado que emanaba seguridad, una mirada directa y lúcida, que solía mostrarse serio como principal carta de presentación porque el negocio que tenía entre manos lo era. La misma sobriedad presidía su rostro mientras contemplaba la carpeta de piel marrón que le había entregado Maurice.

—Estos recortes de prensa están muy bien, pero la gente viene al teatro a escuchar a los artistas, no a leer las críticas de los periódicos —dijo con voz firme.

Maurice intuía que no se lo iba a poner fácil y que la principal arma que tenía para agrietar esa coraza de hielo se encontraba a unos cuantos kilómetros de aquel despacho. Si Adelina estuviera allí, sería más sencillo convencerlo. Sólo tenía que conseguir que le diera una cita para una audición, que le permitiera enseñarle su voz, poder escucharla para que esa armadura helada se derritiera.

—Créame si le digo que siento mucho lo que les ha pasado con el señor Mapleson y con el Her Majesty's Theatre; quedarse sin teatro de la noche a la mañana, más viniendo desde Estados Unidos... —aseguró Gye, simulando desconocer el verdadero motivo de la deserción de Smith, en la que él había tenido mucho que ver. «No se puede tener miramientos con la competencia», solía decir, y lo aplicaba siempre que tenía ocasión, sin importarle las consecuencias—. Pero, sinceramente, no sé qué puedo hacer yo para ayudarlos.

—Concédanos unos minutos de su tiempo. No le pido más. Escúchela. —Ahora era Maurice quien sonaba convincente y seguro en el gran despacho del empresario del Covent Garden, sin sentirse cohibido por su elegante traje de paño de acabado perchado, su exclusiva pluma estilográfica y el brillo del sello de oro que Gye lucía en el meñique de la mano izquierda. La rotundidad de su voz lo tapaba todo—: Ella puede estar aquí esta misma tarde, a la hora que usted considere. Le prometo que no le defraudará. Es más, le aseguro que querrá contratarla. Sería el primero que no lo hiciera después de oírla cantar.

Tras unos segundos en los que Frederick Gye escrutó a Maurice en un tenso silencio, le hizo saber su respuesta:

—Está bien. Esta tarde los espero aquí, en el Covent Garden. Haremos la prueba en una de nuestras salas. Escuchemos a ese prodigio de voz del que sus recortes hablan.

Con la precisión de un reloj suizo, Adelina estuvo en el lugar indicado a la hora señalada. Era la única que no se mostraba superada por el escenario del Covent Garden, aunque sí admiraba con deleite las entrañas de aquel edificio que tantas veces había imaginado. Se había cambiado de vestido para asistir a la cita: un traje de algodón y tul de color azul y blanco, con una amplia falda de miriñaque y un corpiño ceñido era el atuendo adecuado para una prueba; bonito, elegante y con un toque de distinción, como su voz.

Nada más verla, Gye tuvo la impresión de que era demasiado joven. Se detuvo a observarla durante unos instantes. Su físico era agradable, su rostro hermoso y su cuerpo parecía ágil y bien proporcionado. Tenía la presencia, sólo faltaba lo más importante para debutar en el Covent Garden: la voz.

Adelina eligió dos arias de la ópera *La sonnambula*, «Care compagne, e voi, teneri amici» y «Sovra il sen la man mi posa», sabiendo que el papel de Amina siempre le había dado suerte. Prefería empezar fuerte, entregarse a fondo desde el principio, ya que tenía la oportunidad de hacerlo. Mientras cantaba, igual que le sucedía en el escenario, se olvidaba de todo lo que tenía a su alrededor para concentrarse en la música y en su expresión, y aquella ocasión no fue diferente. Gye, sin embargo, no podía dejar de mirarla, aunque evitaba hacer cualquier gesto, especialmente de complacencia. Le estaba pareciendo una interpretación portentosa. Nunca había escuchado una voz tan ligera con un timbre cristalino en una soprano de su edad, y tampoco la naturalidad con la que alcanzó los agudos, la vocalización, la amplitud de registro y su gran capacidad de actriz. Aquella joven tenía dieciocho años y ya parecía una cantante de ópera consagrada. Al final, los recortes iban a tener razón: estaba ante un milagro, un regalo de la naturaleza, un prodigio. Tenía ante sí a la Amina perfecta, con permiso de la favorita de Bellini, la soprano italiana Giuditta Pasta, primera encargada de dar vida sobre un escenario a la protagonista de

La sonnambula. Sabía que iba a contratarla, pero no quería una negociación ardua o abusiva; conocía a los artistas, y más aún a sus representantes.

Cuando la joven artista finalizó la interpretación, Gye le dio las gracias junto a su más sincera enhorabuena y le confesó que le había agradado mucho su manera de cantar. Después se dirigió a Maurice, mostrándole con su brazo la puerta.

—Y ahora, si quiere, pasaremos a mi despacho para cerrar las condiciones del contrato.

Aquellas palabras pronunciadas por un flemático Gye sonaron a música celestial en los oídos de todos, en particular los de Adelina, que esperó pacientemente junto a Salvatore en un despacho del teatro donde la eficiente secretaria del empresario les sirvió un té y unas pastas mientras su representante negociaba los términos del contrato. Su parte había concluido con la interpretación de las dos arias de *La sonnambula*, pero le hubiese gustado estar en aquel otro despacho donde se hablaba de su futuro y de su salario.

—No sé si eres consciente de lo que supone cantar en el Covent Garden. Muchos artistas darían media vida por conseguirlo —le comentó Salvatore, intuyendo lo que pasaba por la cabeza de su hija, que permanecía callada.

—Claro que lo sé, padre.

—Está bien que seas consciente, porque deberás bajar tus expectativas sobre el tamaño de las letras y también sobre el salario; al menos, al principio. Estoy seguro de que en cuanto el público te escuche, te convertirás en la sensación musical que siempre has sido. Ya sabes, quien va despacio llega seguro…

—… y quien va seguro llega lejos —completó el proverbio.

Mientras Salvatore devoraba las pastas de té con trozos de mermelada y frutos secos para intentar calmar la ansiedad por la espera, Adelina ni siquiera había probado el té, que después de unos minutos había dejado de desprender la columna de humo que salía del interior de la taza. Estaba demasiado concentrada en observar la puerta del despacho del señor Gye e imaginar lo que ocurría.

Desde que entró en el despacho, Maurice sabía que la negociación no iba a ser sencilla, pero no esperaba encontrarse a un empresario que propusiera condiciones tan extravagantes como las que Frederick Gye le ofrecía.

—Pero eso que me propone es una locura. Si permite que se lo diga, es casi ofensivo.

—Es una negociación. Nadie está obligado a nada —aseguró Gye mientras echaba un vistazo a su reloj de bolsillo como cierta indolencia, como si no pretendiera emplear más tiempo en aquella charla. Los gestos en una negociación siempre son claves.

—¿Cómo pretende que Adelina cante tres noches de manera gratuita? Los artistas, tengan la edad que tengan, no trabajaban gratis. Y el mero hecho de proponerlo es un insulto, por no hablar de la indignidad que una medida así supone para una persona.

—Se ha quedado sólo en el principio de mi propuesta y no parece haber escuchado el resto que, sin duda, es lo más interesante. Verá, su representada tiene una extraordinaria voz y yo la quiero para mi teatro. Le estoy ofreciendo un contrato de cinco años. ¿Ha escuchado bien? Cinco años en los que interpretaría los principales papeles en las óperas programadas. Le pagaría ciento cincuenta libras por cada representación durante la primera temporada, doscientas libras en la segunda, doscientas cincuenta en la tercera, trescientas durante la cuarta temporada y cuatrocientas en la quinta, amén de las mejoras puntuales que creamos conveniente realizar —detalló Gye mientras escribía lo dicho en una cartulina con su pluma estilográfica, dejando ver los gemelos de oro que besaban las mangas de su camisa—. Lo único que le pido para que esto sea una realidad es que la señorita Patti cante tres noches gratis y conquiste al público y a la crítica. Y una vez suceda eso, que sucederá, todo lo expuesto aquí será una realidad. No sé dónde ve usted el insulto.

—Eso que usted plantea... —empezó a decir Maurice mientras escrutaba los números sobre el papel.

El trazo final, largo y puntiagudo, de la caligrafía del empresario, ligeramente inclinada hacia la derecha, lo definía a la perfección: ambicioso, agresivo y confiado, inteligente y optimista en la resolución. Se fijó en el punto pequeño que cerraba su oferta; había pasado tiempo estudiándola.

—Supongo que su trabajo y el mío no son tan diferentes. —Gye se había levantado para dirigirse a un armario, de donde extrajo una botella de vidrio labrado con la que llenó de whisky dos vasos que colocó delicadamente sobre la mesa—. Ambos tenemos un ojo puesto en nuestro trabajo y el otro, que debe ser el más avizor, en la competencia. Le supongo enterado de que la Grisi, al igual que otras muchas artistas, se han quedado sin la posibilidad de actuar en la nueva temporada de un teatro, el mismo en el que iban a actuar ustedes. Plantéese si cantar tres noches gratis a cambio de cinco años de trabajo bien remunerado es tan desproporcionado como usted sugiere. A mí me parece que no, pero la decisión final ha de venir de ustedes. Háblelo con su representada, seguro que ella lo entiende. Parece una jovencita resolutiva y práctica.

—No se imagina cuánto...

La respuesta no se hizo esperar.

—Cantaré gratis esos tres días que pide el empresario. Será una pequeña cesión, una inversión. Ya me lo cobraré en un futuro —auguró con la misma firmeza que expresaba la grafía de Frederick Gye.

Lo siguiente que hizo Maurice tras firmar el contrato fue ir al encuentro de Mapleson, a quien debía poner al corriente.

Ambos eran caballeros, conocían bien los entresijos del negocio artístico y las reglas que lo gobernaban, por lo que no cabrían reproches cuando el agente musical conociera las novedades. El coronel, como lo llamaban, no se enojaría, igual que ellos no se habían enfadado con él cuando, después de quince días de pesada travesía desde Nueva York, bajaron de un barco para conocer la noticia de que su contrato era agua de borrajas; simplemente, lo admitiría y seguiría adelante sin rencores. No se equivocó en sus elucubraciones. El agente había hecho algunas diligencias con varios teatros de Londres, pero ninguna había fructificado, al menos de momento, aunque no pensaba darse por vencido. Un coronel no da por perdida una batalla ante el primer contratiempo, por muchas bajas que debiera afrontar y muchas armas que tuviera el enemigo. Maurice había hecho bien al no esperar a que otra persona hiciera las gestiones por él.

—Dele mi enhorabuena a la señorita Patti. Sé que triunfará desde la primera noche. Por mi parte, estoy convencido de que algún día tendré la oportunidad de contratarla. Es sólo cuestión de tiempo.

—Así lo haré —le prometió Maurice, sellando aquel compromiso con un apretón de manos.

Adelina debutó en el Covent Garden el 14 de mayo de 1861. Como bien le había dicho su padre, su contratación había sido tan precipitada que los periódicos no habían tenido la oportunidad de incluir su nombre en la publicidad del espectáculo. Lejos de contrariarla, no le importó; sabía que lo harían pronto. En el programa de mano, su nombre aparecía el primero. Ya en el encabezamiento lo dejaba claro:

Royal Italiana Opera Covent Garden
Debut of Mdlle Patti

Y un poco más bajo, su nombre capitaneaba el reparto.

El papel de Amina será interpretado por Adelina Patti
(su primera aparición en Inglaterra)

Había llegado la hora de salir a escena. Todo era silencio. Siguiendo con la costumbre adquirida desde pequeña, dedicó unos instantes a observar al público por el diminuto agujero abierto en el telón, antes del inicio de la representación. Podía sentir la frialdad de los asistentes acuchillándola en el pecho. Pero su pecho era de acero, como las cajas de seguridad que contienen grandes secretos. Además, ella jugaba con ventaja porque conocía el nido de ruiseñores alojado en su garganta; el público, todavía no. Sólo era cuestión de tiempo y esos segundos previos al descubrimiento conformaban uno de los momentos que más disfrutaba. Por eso miraba por el pequeño orificio del telón: quería ver sus caras, sus gestos, su actitud, su errónea creencia de que eran ellos los que mandaban sobre el espectáculo que estaban a punto de presenciar cuando, en realidad, era ella la que gobernaría el escenario y sus reacciones. Sabía que no iban a animarla ni siquiera con un frío aplauso inicial, sólo la obsequiarían con algunas toses y algún bisbiseo. Lo prefería así; la impresión sería mayor, siempre sucedía lo mismo. Ella era la sorpresa. Sólo dependía de ella.

El silencio sepulcral se extendió durante toda su actuación. El público no daba crédito a la voz de aquella desconocida: entonación perfecta, flexibilidad extraordinaria, un timbre bellísimo, unas florituras pulcras… Los espectadores estaban deseando que terminara un acto para estallar en aplausos, en cerradas ovaciones, en gritos de *Brava!* que sin duda se quedarían cortos ante lo que estaban presenciando. Fue una noche de éxito, que pareció sorprender a todos excepto a ella, que no daba abasto a recoger los ramos de flores que le lanzaban al escenario. Su camerino se convirtió en un vergel de colores y aromas que anhelaba acompañar su reconocimiento. Era una suerte que la muñeca Henriette tuviera los ojos tan abiertos porque entre tanta flor resultaba difícil encontrar a su dueña.

La prensa se rindió a la nueva Amina. Aunque algún periódico cuestionaba su apasionamiento, como lo hizo *The Times*, que se lo preguntaba directamente: «¿Es la señorita Patti un fenómeno? Sí, sin dudarlo. ¿Es una artista completa? Sin duda, no lo es. Pero es un milagro que una joven de tan sólo dieciocho años cante con ese dominio de la técnica y lo haga con la excelencia tan difícil de lograr en el arte de la ópera. Su único pecado es la juventud. Hay que seguir observándola, escuchándola, no podemos perderla de vista. Que nadie la estropee. Será perfecta; de hecho, lo es para su edad. Déjenla que madure. Seremos unos afortunados al poder verla».

No fueron sólo el público y la crítica los que se doblegaron ante Adelina. El escritor Charles Dickens, cuyos libros ella había leído con verdadera admiración, escribió unas palabras en el semanario literario *All The Year Round*, declarándose admirador de su prodigiosa voz y asegurando que era la artista perfecta y que bastaría con que pusiera un pie en cualquier teatro de Europa para arrasar. «Nacida en Madrid, de ascendencia italiana y educada en América, la Patti, en su primera aparición en nuestra Ópera Italiana (más aún, en su primera canción), se apoderó de su audiencia con una repentina victoria que difícilmente tiene precedentes».

Frederick Gye no podía estar más satisfecho. Bendijo el día en el que Maurice había entrado en su despacho, aunque no pensaba admitirlo en voz alta. Tenía grandes planes para Adelina: pretendía que la joven de la que todos los periódicos londinenses hablaban no se limitara a cantar dos veces por semana, como rezaba el contrato, sino que ampliara sus representaciones a un tercer día. El repertorio también se ampliaría en cinco óperas más en el Covent Garden, siempre interpretando sus papeles estelares: Lucia en *Lucia di Lammermoor*, Violetta en *La traviata*, Harriet en *Martha*, Rosina en *El barbero de Sevilla* y Zerlina en *Don Giovanni*.

En esta última ópera, Adelina compartió escenario con la gran figura del momento, su admirada Giulia Grisi. Hubo quien quiso enemistarlas, una guerra de divas, la soprano que ya contemplaba el ocaso de su carrera en el horizonte frente a la nueva reina que venía a usurparle el trono. A la Grisi le pasó lo mismo cuando fue ella quien despojó de la corona a la Malibrán, aunque la soprano francesa murió a una edad temprana, con sólo veintiocho años. En un principio, Giulia Grisi sintió cierto resquemor hacia la joven a la que había visto varias veces en Nueva York y que se disponía a desbancarla. La amenaza sonaba insistentemente en su cabeza: «¡La reina ha muerto! ¡Viva la reina!». La voz de su marido, el tenor Mario de Candia, enmudeció cualquier grito y le hizo ver la realidad. Nadie le quitaría nada a nadie hasta que no llegara la hora, y, aunque acabaría llegando, la Grisi no debería pagar su miedo con una muchacha de dieciocho años que con apenas cinco le regaló un ramo de flores que, para no decepcionar a la niña, él mismo introdujo entre las páginas de la partitura de *Lucia di Lammermoor*. Y allí seguían todos.

Un par de semanas después de su debut en el Covent Garden, las noticias de su gran éxito habían llegado hasta la corte británica. Al príncipe de Gales no le sorprendieron los laureles cosechados por la Patti, ya que él había tenido oportunidad de escucharla en dos ocasiones. A nadie le extrañó que la joven que había llegado a Londres para revolucionar la ópera fuera invitada a participar en el concierto que se celebraría en el palacio de Buckingham el 28 de junio de 1861, un honor sólo destinado a los más grandes. En aquella ocasión no se cantarían óperas, sino canciones religiosas. Adelina interpretó las composiciones que la reina Victoria eligió para ella: «Jerusalem, Jerusalem» y «Hear ye, Israel». El protocolo de palacio le advirtió que, en ese tipo de conciertos, los aplausos no tenían cabida, según dictaba el ceremonial, y que tampoco se permitían corrillos, cuchicheos o comentarios una vez la reina apareciera. Sería la soberana la encargada de hablar con los artistas después de que sonara el «God Save the Queen», con el que se cerraría el concierto. El glosario de explicaciones sobre reglas, normas y rituales le pareció perfecto, milimétricamente preparado, cuidado hasta el extremo, con un boato espectacular y una solemnidad difícil de superar.

Adelina se encontró a gusto entre la aristocracia y, en especial, entre la familia real inglesa. Antes incluso de acceder al palacio, le habían advertido de la excesiva solemnidad de sus miembros, que muchas veces podía malinterpretarse como un gesto de soberbia o antipatía, pero ella no advirtió nada de eso. En ningún momento se mostró cohibida. Nada de lo que vio allí le impuso lo suficiente como para robarle el aliento, excepto las joyas que lucía la reina, en especial una tiara de diamantes y ópalos, la Oriental Circlet, que coronaba majestuosamente su cabeza.

—Es un diseño de mi marido, el príncipe Alberto. Tiene un talento exquisito para casi todo —le confió la reina Victoria, que había advertido la admiración que la joven soprano mostraba por la tiara y por los dos mil seiscientos diamantes que la conformaban.

—Es realmente hermosa —acertó a decir Adelina.

—Querida, conseguirás ruborizarme ante nuestra invitada —comentó el príncipe Alberto, rechazando una copa de champán ofrecida por uno de los sirvientes. Llevaba dos años con molestias estomacales que se cronificaron a raíz de un accidente de carruaje del que tuvo que saltar para salvar la vida. El alcohol no contribuía a que el dolor estomacal y los calambres en las piernas mejorasen—. Ahora sólo hace falta que la reina se fíe más de ese talento y contemple mis recomendaciones sobre política exterior para que Inglaterra brille más que los diamantes de su tiara. No todo va a ser inaugurar jardines... —dijo, refiriéndose a la inauguración, hacía unos días, del Royal Horticultural Gardens.

—El ópalo es una de las piedras favoritas de mi padre —terció el príncipe de Gales, intentando que la conversación no entrara en terreno político. Prefería centrarse en la diva—. Uno siempre se inspira en lo que ama. Es la única garantía para obtener la excelencia. Usted, señorita Patti, debe saberlo muy bien; a los dieciocho años nos ha conquistado a todos.

—La edad es sólo un número, alteza. Su majestad se convirtió en reina a esa misma edad —precisó Adelina, que había hecho los deberes.

—Y pienso llevar esta corona durante muchos años más, querida. Brindo por ello y también por usted. Mi hijo Eduardo no exageraba cuando me escribió para decirme que era la reina de los escenarios. Su voz ha conseguido emocionarme y, créame, no es algo que se consiga fácilmente.

—Nos ha conmovido a todos, madre. Espero que tenga oportunidad de ir a ver a la señorita Patti a la ópera. Es una experiencia única. —La mirada del príncipe de Gales resplandecía cada vez que miraba a Adelina, que aceptaba complacida la admiración del heredero al trono británico—. Lástima que mi preparación militar en Irlanda me impida acudir este verano a verla, pero seguro que habrá tiempo para disfrutar de su arte en un futuro próximo. Usted es una fuente de inspiración...

—Realmente, así lo espero, alteza —contestó, gozosa de tanto halago.

—Por mi parte, prometo ir a verla y espero que sea muy pronto —auguró Alberto de Sajonia-Coburgo y Gotha.

No pudo cumplir su promesa de acudir al teatro para escucharla. Murió seis meses más tarde, en diciembre de 1861, a consecuencia de sus dolencias estomacales, aunque muchos aseguraron que la vida disoluta del príncipe de Gales —que en esos momentos mantenía una relación con una actriz irlandesa que el príncipe consorte intentó evitar que se convirtiera en un escándalo publicado en la prensa— había contribuido al agravamiento de su salud. Tampoco la reina pudo hacerlo en un futuro inmediato, sumida en una profunda tristeza por la muerte de su esposo, que trasladó a un negro perpetuo en su vestimenta. Quien sí pudo cumplir su palabra fue el príncipe de Gales y la mantendría durante toda su vida.

A Adelina, la corte le agradó más de lo que había imaginado.

—Podría acostumbrarme a esto —le confesó a Maurice, mientras subía al carruaje de cuatro caballos que la trasladaría del palacio de Buckingham hasta su hotel.

—Y esto es sólo el principio. Prepárate para la conquista de Europa.

9

El sentido de la oportunidad define las grandes hazañas.

Los Patti habían embarcado rumbo a Inglaterra en el momento idóneo. Desde abril de 1861, Estados Unidos estaba inmerso en la guerra de Secesión. Los casi seis mil kilómetros que separaban las costas de Nueva York de la ciudad de Londres les otorgaban una ilusoria sensación de seguridad, a salvo de las vicisitudes bélicas. Sin embargo, la ficción se desplomó cuando Salvatore recibió una carta donde Caterina le informaba de que su hijo Carlo, nacido en Madrid un año antes que Adelina, se había alistado en el ejército de los Estados Confederados tras abandonar su puesto de trabajo como director adjunto en la orquesta de la French Opera House de Nueva Orleans. El mundo había entrado en una espiral de locura que amenazaba con infectar hasta el último rincón. Todos parecían orates, corroborando que la locura era el virus más contagioso.

En Europa también comenzaba a expandirse una vesania igual de contagiosa. El último día en el Covent Garden, varios admiradores enardecidos desengancharon los caballos de su carruaje para ser ellos quienes ocuparan el lugar de los equinos y la llevaran hasta el hotel, y el gesto se fue repitiendo en otras ciudades donde la soprano actuó, como Mánchester, Dublín, Birmingham, Liverpool o Brighton. Después de su debut triunfal en Londres, todos querían tener a la Patti en sus teatros. En apenas unos meses, una auténtica desconocida nacida en Madrid, aunque procedente del lejano Nueva York, había revolucionado la industria operística con su voz, su encanto y su rabiosa juventud. Adelina asistía a ello complacida, henchida de orgullo y con una correcta gestión del éxito. Habría sido fácil para una joven volverse loca ante semejante triunfo y a raíz de los laureles que recibía; cualquiera lo hubiese hecho y nadie habría podido reprochárselo. Pero ella no. No era mérito exclusivamente suyo. Al igual que durante la guerra de Secesión el presidente Lincoln contaba con tres generales —Ulysses S. Grant, Philip Henry Sheridan y William Tecumseh Sherman—, que entendieron que el mayor deber de un militar en la guerra era conseguir el éxito a través de la táctica, el coraje y el riesgo, ella también disponía de un estratega que velaba por sus intereses. Era alguien que se esforzaba por mantenerla con los pies en el suelo y alejada de todo peligro, que invariablemente miraba por sus réditos, la protegía de admiradores desbordados, pretendientes de pacotilla y periodistas incisivos; la persona que leía los periódicos a primera hora de la mañana en busca de algo encomiástico sobre ella para poder mostrárselo, o de lo contrario, si la crítica no era tan ponderativa, tomar nota de los fallos; el hombre que se preocupaba de que en su dieta no entraran el alcohol, el azúcar, las salsas o los productos picantes y primara el consumo de la carne de ave, pescado, verduras, agua e infusiones; el que negociaba y firmaba los contratos, decidía qué repertorio era el apropiado para su recorrido profesional, e incluso realizaba los arreglos en las partituras que fueran más acordes a su voz y que la beneficiaran a la hora de interpretarlas... Maurice Strakosch era el encargado de que la locura por la Patti se propagara y, guiado por esa estrategia, medía al milímetro cada paso que ella emprendía en su carrera.

París era la siguiente parada en su camino, aunque antes de conquistar los Campos Elíseos, el «general» Strakosch entendió la necesidad de hacer un calentamiento previo aceptando algunos conciertos y óperas en ciudades como Berlín, Bruselas, Ámsterdam, Róterdam o La Haya, sin olvidar la segunda temporada en el Covent Garden, donde su representada repitió éxito en la primavera verano de 1862.

París aguardaba con ganas la llegada de la nueva estrella, pero Maurice sabía que las prisas no eran buenas consejeras en ningún negocio. Adelina no podía esperar a pasear por las calles de la Ciudad del Amor. Por un instante, un pensamiento cruzó su mente: la visión de Elías Rivera, algo desdibujada, en color sepia, roída por el paso del tiempo. Hacía demasiados meses que el puertorriqueño no se dignaba a escribirle y, cuando lo había hecho, había sido para echarle en cara que el plazo de dos años impuesto por su padre para hablar de matrimonio se había cumplido, «y no hay manera humana de coincidir con usted. Siempre hay un ensayo, una indisposición que la mantiene en cama o un viaje inesperado que frustra nuestro ansiado encuentro». El reproche había reemplazado a las palabras de amor en las cartas; Elías no era un buen estratega. Adelina llegó a la conclusión de que el joven no merecía un pensamiento, ni siquiera fugaz. Su mente tenía otras muchas reflexiones con las que entretenerse y que le reportaban un mayor beneficio.

Su debut en la capital francesa estaba programado para el día 16 de noviembre de 1862, en el Théâtre-Italien, con la ópera *La sonnambula*. Si el emperador de Francia, Napoleón III, soñaba con México —había invadido varias ciudades aztecas para expandir el Imperio francés por el continente americano y cobrarse las deudas contraídas por el país mexicano durante la guerra de la Reforma—, París soñaba con escuchar la voz de la Patti. La diva se alegró de haber sido previsora al encargar varios vestidos para sus actuaciones al modisto Charles Frederick Worth, el favorito de la realeza y la aristocracia europeas, entre cuyas clientas figuraban la emperatriz de Francia

Eugenia de Montijo o la emperatriz Isabel de Austria. Anhelaba una aparición espectacular y para ello debía contar con una guardarropía que impactara al público desde que apareciera en escena para después entregarse a la belleza de su voz. Todo importaba, todo en su conjunto, y cualquier detalle por nimio que fuera —como los corsés diseñados por Worth, la novedad de incluir su nombre en las etiquetas de los vestidos o de realizar una colección por temporada— le confería la grandeza que ella, a pesar de su menuda estatura, quería dotar a sus interpretaciones. También puso especial atención a los zapatos, que en un futuro alcanzarían una dimensión bien distinta a la de simplemente vestir un pie, para disgusto de más de un empresario.

Invirtió unos instantes en contemplarse; le agradaba la imagen que le devolvía el espejo. La elección del espectacular vestido de satén blanco y tul, salpicado elegantemente con bordados de plata, había sido un acierto.

El emperador Napoleón III y la emperatriz Eugenia de Montijo habían abandonado el palacio de las Tullerías, principal residencia de los monarcas, rumbo al Théâtre-Italien para escucharla. La presencia imperial no le supuso ninguna presión, al igual que tampoco le habían intimidado la reina Victoria ni el príncipe de Gales en el palacio de Buckingham. Recordó el susurro que su cuñado había depositado en su oído aquel día: «Y esto es sólo el principio. Prepárate para la conquista de Europa». Adelina sonrió sin retirar la mirada del espejo; llevaba años preparada.

Maurice le había advertido de la frialdad del público francés, especialmente con alguien que venía de cosechar un triunfo en Londres; eso hacía que sus exigencias se multiplicaran.

—Los franceses son soberbios. Piensan que ningún éxito es importante hasta que ellos lo revalidan.

—No me preocupa la arrogancia de los parisinos. Sólo me importa que ocupen sus butacas y no tosan demasiado durante mi actuación. De lo demás ya me encargaré yo —respondió, sin mostrar ninguna preocupación al respecto. Su voz gozaba de la facultad de derribar prejuicios, lo había visto muchas veces en su vida; una más no iba a suponer ninguna novedad para ella.

Cantó los dos actos de *La sonnambula* entre aplausos, vítores continuos y una lluvia de flores que inundó el escenario. Las felicitaciones llegaron incluso de sus propios compañeros de reparto. Ninguno de ellos había tenido oportunidad de verla en los ensayos, ya que Adelina no asistía a ellos para reservar la voz y evitar malgastarla. Era algo que su posición de privilegio le había permitido incluir como cláusula en los contratos, añadiendo que, en caso de que fuera necesario, la sustituiría su representante, el señor Strakosch, y así sucedió en múltiples ocasiones.

Maurice leía los periódicos con satisfacción la mañana siguiente al estreno. La prensa elogió la interpretación de su representada. «Una verdadera diosa, porque el término *reina* le queda pequeño, que ha venido, como Hebe, a rejuvenecer la vieja escena». Los críticos musicales se inclinaron a una ante ella. Sin embargo, Strakosch estaba a punto de vivir una situación inaudita, algo que le sorprendió e irritó a partes iguales.

Mientras tomaba un café en una de las estancias del hotel, se le acercó un caballero no especialmente bien vestido, descuidadamente arreglado y desdeñosamente despreocupado por su peinado y por su desaseada barba. Mientras observaba su aproximación por encima del periódico que leía y que utilizaba como fortaleza, pensó que ni el jabón ni el agua habían rozado la cabeza ni el rostro de aquel individuo, y dudó que el resto de su anatomía hubiese corrido mejor suerte. No le gustaban los desconocidos, sobre todo los que no mantenían un aseo mínimo.

—¿Señor Strakosch? —se dirigió a él el recién llegado con voz deshilachada, como gastada por el tabaco o el alcohol barato. Sus cuerdas vocales iban a juego con su desgastada indumentaria.

—¿Lo conozco? —preguntó, alegrándose de que el hombre no le hubiera tendido la mano, como haría un caballero.

—No, es la primera vez que nos vemos. Permítame presentarme. Soy periodista, Pierre Moreau, y trabajo para varios periódicos de París. —El desconocido había pronunciado su nombre de manera rápida y añadiendo una tos ronca, probablemente para que no se escuchara con la suficiente claridad. Maurice entendía de voces claras, limpias y cristalinas; aquello no era buena señal—. Estoy aquí por su representada, la señorita Patti... Un gran éxito el suyo. La prensa habla de ello y lo hace en los mejores términos.

—Todos los periódicos lo refieren, en efecto. Y aquellos que no lo han publicado todavía lo harán en los próximos días. La Patti estará en París tres meses, cantará cinco óperas. Deles tiempo a sus colegas para verla y escribir sobre ella.

—Por esa misma razón estoy aquí... —Moreau tomó asiento sin esperar a que nadie se lo ofreciera—. Puede que no todos lo hagan. Verá, señor Strakosch, hay unas normas no escritas, unas costumbres, algo que todo el mundo admite y da por hecho porque beneficia a todas las partes por igual. Quizá usted no lo sepa porque es la primera vez que está en París...

—No sé si le entiendo, señor Moreau —le replicó. Empezaba a vislumbrar el verdadero motivo de la presencia de aquel hombre, pero quería escucharlo de su voz, deseaba ver cómo se lo vendía. Al fin y al cabo, él también era un vendedor, aunque mucho más honrado, quiso pensar.

—Algunos necesitan un aliciente para coger la pluma y narrar las maravillas de la interpretación de una artista.

—¿Y el aliciente tiene números?

—Cinco, para ser exactos. Cincuenta mil francos por glorificar a la señorita Patti. Sin duda, una cantidad más que asumible teniendo en cuenta todo lo que conlleva una buena crítica. Usted viene de Nueva York, debe entender lo que supone una buena inversión.

—¿Y si alguien no está de acuerdo con el aliciente?

—Se podría llevar un disgusto al leer el periódico los próximos días. Una mala crítica puede vaciar teatros, al igual que una buena reseña puede colmarlos.

Maurice se quedó observando al periodista durante unos segundos. Después cogió la taza de café parsimoniosamente y bebió de ella, sin que ninguna urgencia le apremiara, invirtiendo un tiempo mayor del necesario antes de volver a dejar la taza sobre su plato. Moreau contemplaba la escena, incómodo por la tardanza en la respuesta. Finalmente la obtuvo.

—Es curioso. Hace poco tiempo, un buen amigo me decía justo lo contrario —aseguró Maurice, recordando con una sonrisa la conversación con Frederick Gye en su despacho del Covent Garden, cuando el empresario le aseguró que unos recortes de periódicos no llenaban teatros.

—Ya sabe usted que hay mucho ignorante y entrometido en este mundo nuestro.

—Nuestros mundos no son los mismos, señor Moreau. No sé si se ha dado cuenta.

—Usted sabe a lo que me refiero...

—Lo cierto es que me extraña escuchar una propuesta tan turbia en una ciudad como París, donde todo es luz y la claridad se abre en cada esquina. No imaginaba algo así, y debo reconocerle que me ha sorprendido.

—Siempre hay una primera vez para todo.

—Pues aquí está su primera vez —dijo inclinando su cuerpo ligeramente hacia su interlocutor—. Aunque, si he de serle sincero, me sorprendería que lo fuera, porque supongo que habrá recibido más negativas en su encomiable carrera periodística. ¿Usted cree que la señorita Patti necesita pagar a un plumillas, que estoy convencido de que ni siquiera ha pisado el Théâtre-Italien, para que hable bien de ella? Señor mío, lea usted la prensa, no ya la parisina, la internacional. Eso le evitará hacer más el ridículo.

Maurice calló durante unos segundos. Su respuesta no parecía provocar ninguna reacción en el periodista, que seguía observándole, en espera de algo más, como si no creyese que su proposición había sido rechazada.

—No verá usted un franco por mi parte, y rece para que cuando ponga en conocimiento de mi representada su alocada proposición, y no dude de que lo haré, no comparta su vergonzosa propuesta al periodista de *Le Figaro*, con quien se entrevistará en unos minutos —amenazó Maurice al tiempo que consultaba su reloj, que había extraído del bolsillo del chaleco como una manera de presión, como había hecho Frederick Gye en su despacho del Covent Garden.

—Hágalo, por favor, coménteselo a la señorita Patti. ¿Cree que eso me importa? Quizá piense que *Le Figaro* no actúa igual, pero se equivoca. Como le digo, es algo admitido, una tradición que los artistas suelen aceptar sin más e incluso muchos de ellos agradecen después de leer las loas sobre su actuación.

—En lo que respecta a las prácticas de *Le Figaro*, permítame que lo dude. Al menos con nosotros no lo ha hecho —dijo mostrándole la encomiable crítica que publicaba el diario aquella mañana y que Maurice se encontraba leyendo antes de la llegada de Moreau, cuya presencia empezaba a desagradarle en exceso—. Y créame que cuando el emperador Napoleón III y la emperatriz Eugenia de Montijo llamaron a la señorita Patti a su palco para felicitarla, tampoco lo hicieron amparándose en esa tradición, como usted lo llama, por si guarda algún tipo de duda. Y ahora, si no le importa, tengo muchas cosas de las que ocuparme y entre ellas no figura la gestión de ningún chantaje.

Pierre Moreau abandonó el hotel arrastrando los pies que parecían pesarle más que la decepción por no salir de allí con cincuenta mil francos en el bolsillo. Se le veía contrariado, aunque no avergonzado. Maurice bufó por lo que acababa de presenciar y negó con la cabeza, antes de volver a sumergirla entre las páginas del periódico.

Apenas habían pasado unos segundos cuando notó la presencia de alguien más.

—¿Señor Strakosch?

Deseó que no fuera otro crítico con ínfulas recaudatorias que lo obligara a cambiar de emplazamiento y refugiarse en su habitación. Pero al elevar la mirada y descubrir un uniforme, vio que estaba a salvo.

—Una carta para usted.

El empleado de hotel sostenía entre sus manos una bandeja, de la que Maurice tomó un sobre de dimensiones mayores de lo normal, cuidado, limpio, delicado, con un papel visiblemente caro y unas letras escritas en una caligrafía perfecta, de esas que a veces dificultan la lectura por un exceso de ornamento. Lo agradeció. Aquel sobre se parecía más a lo que siempre imaginó que sería París.

La misiva era para la Patti y el remitente era el maestro Gioachino Rossini. A sus ojos, las florituras de la grafía se mezclaron con las que él mismo había introducido en algunas partituras de sus óperas para acondicionarlas mejor a la voz de Adelina. Se disponía a abrirla, como hacía siempre con la correspondencia dirigida a su representada, pero se detuvo. Aquella carta merecía ser abierta por su destinataria. Los diecinueve años de su cuñada eran edad suficiente para que dejase de tratarla como a una niña, aunque para él siempre lo sería. Mientras se dirigía a su habitación, imaginaba que aquel sobre contendría una felicitación, parecida a la que había realizado el compositor Giuseppe Verdi después de asistir a una de sus actuaciones: «Me quedé extasiado viéndola, escuchándola, contemplándola. No sólo era su voz, sino las grandes cualidades de actriz que muestra en cada escena».

Cuando le entregó la carta, Adelina sí parecía una niña. Su rostro se iluminó al ver el nombre de Rossini impreso en el papel.

—¿Qué crees que será? —preguntó con la ilusión contenida—. ¿Me habrá visto en *El barbero de Sevilla*?

—Por supuesto que te ha visto: desde un palco, con su segunda esposa, Olympe Pélissier.

—¿Tendrá algo que decir sobre mi Rosina?

Mordisqueaba nerviosa una de las galletas a base de almendras compradas en la recién inaugurada pastelería parisina Ladurée, que su creador denominaba *macarons* y que años más tarde su nieto reinterpretaría, ofreciendo dos galletas de *macaron* con un relleno de ganache. Volteaba el sobre en su mano, una y otra vez, observando de nuevo el remitente y la dirección que contenía: rue Chaussée d'Antin número 2.

—Ábrela. Es la única manera de salir de dudas.

—¿No esperamos a padre? —preguntó ella. Salvatore había salido a dar su habitual paseo mañanero por los Campos Elíseos.

—Decide tú. Por eso te he entregado la carta y no la he abierto yo.

—No esperamos a padre —sentenció.

Los pequeños dedos de la diva rasgaron el sobre con sumo cuidado y extrajeron la cartulina de su interior. Era una invitación para cenar en la residencia de Rossini, junto con su mujer y unos pocos amigos relacionados con la cultura y la música. Con setenta años, el compositor italiano había popularizado aquellos encuentros artísticos celebrados cada sábado en su casa parisina en la que cada vez pasaba más tiempo, ya que sus opiniones políticas no eran bien admitidas en Italia, consideradas por algunos como reaccionarias, y su salud comenzaba a renquear. Algunos terminaron llamando al matrimonio «los ermitaños de Passy», en referencia al barrio donde se encontraba su vivienda.

—¡Una fiesta con Rossini!

—Una cena —matizó Maurice.

—¡Qué más da! Podremos ir, ¿verdad? Dime que sí. ¡Dime que sí!

Adelina empezó a dar brincos de alegría por toda la habitación, sin soltar la tarjeta. Viéndola, Maurice tuvo la impresión de que se había equivocado en su anterior apreciación: seguía siendo una niña.

—Por supuesto que iremos. Quién en su sano juicio rechazaría una invitación del gran Rossini. Mi consejo es que le respondas personalmente para confirmar tu asistencia. No lo demores.

La punta del plumín dorado de la pluma estilográfica ya arañaba la cartulina cuando Adelina escuchó la recomendación. La vida no admitía prórrogas.

10

El gran día llegó con la celeridad con que lo hacen los deseos cuando se desprenden de la ansiedad que los asfixia hasta ralentizarlos. Adelina se mostraba deseosa de conocer al gran maestro italiano. Eligió uno de sus mejores trajes, en consonancia con su calidad de diva y el evento al que acudía. No quería defraudar; su madre siempre decía que la primera impresión es la que impacta, la que uno guarda en la retina y a la que acude cada vez que necesita rememorar un instante. La acompañó Maurice, el mejor compañero que podría tener para la ocasión y no sólo porque Salvatore siempre se sentía incómodo y perdido en acontecimientos tan solemnes, como ya le había sucedido en el palacio de Buckingham, sino porque Strakosch había sido el autor de las modificaciones realizadas en la partitura de *El barbero de Sevilla* para adecuarla mejor a la voz de la Patti. En su fuero interno, temía que el maestro hiciese algún comentario al respecto durante la cena, y siempre era mejor señalar al verdadero culpable, aunque fuera familia y estuviera sentado a la misma mesa.

A las ocho y media de la tarde llegó a la residencia de la rue Chaussée d'Antin número 2, donde la pareja anfitriona y el resto de los invitados la recibieron entre grandes muestras de afecto.

—*Cara signorina Pattina*, bienvenida a esta velada de gala —expresó el compositor con una ceremoniosidad algo teatrera mientras uno de los sirvientes recogía la capa de piel de color negro que resguardaba el cuerpo de la recién llegada, dejando al descubierto un elegante vestido de seda rosa sin mangas y con un acentuado escote—. Por favor, permítame decirle que luce usted bellísima. ¿Es tul bordado en oro de Worth?

—Está usted en lo cierto. Me sorprende que un grandísimo compositor entienda de telas.

—Mi madre fue costurera y sé que los detalles engrandecen cualquier obra. —Le ofreció su brazo, al que Adelina se asió de inmediato—. Espero que venga usted con hambre, querida. Aquí se habla de música, de religión, de política y de arte, pero, por encima de todo, se come y se bebe. Ésa es mi máxima: comer y amar, cantar y digerir. Si lo piensa, y en mi modesta opinión, ésos son los cuatro actos de esta ópera bufa que es la vida y que se evapora como la espuma del champán. Dígame, ¿qué piensa de la trufa? Para mí es el Mozart de los champiñones.

—Nunca pensé calificarla de esa manera —rio ella, casi abandonándose a la carcajada. No podía imaginar que el prolífico autor de treinta y nueve óperas fuera tan amante de la palabra hablada como de las notas musicales escritas en un pentagrama. La locuacidad de Rossini la sorprendió y divirtió a partes iguales. Siempre le habían gustado las personas dicharacheras, especialmente si tenían cosas que decir—. Pero he de confesar que la trufa me encanta.

—¿Y la pasta? ¿Le gusta? Sé que es usted española de nacimiento, como mi primera mujer —bajó la voz Rossini por miedo a que Olympe lo escuchara referirse a la soprano madrileña Isabella Colbran—, pero de procedencia italiana. En homenaje a usted, he preparado unos macarrones que no probará en ningún otro lugar. Yo mismo los relleno de foie, valiéndome de una jeringuilla, los espolvoreo con láminas de trufa, ¡y al horno! Y como no me gusta que mis invitados pasen hambre, como yo mismo he sufrido en alguna velada de cierta dama de la aristocracia parisina, también he preparado unos exquisitos *tournedós Rossini.* Más tarde le contaré la historia de ese nombre.

—A decir verdad, vengo hambrienta, maestro —confesó cómplice.

—Escuchar eso me llena de felicidad y a mí es difícil llenarme —añadió sarcásticamente, refiriéndose a su gusto excesivo por la comida—. El apetito es la batuta que dirige la gran orquesta de nuestras pasiones.

Cuando el brazo y el verbo incontenible de Rossini la condujeron hasta el salón de la residencia, su asombro siguió aumentando. A las *samedi soirs* del compositor italiano no solían acudir más de diez comensales, una docena a lo sumo. Siempre eran músicos, artistas, políticos, cantantes, compositores, diplomáticos, críticos, embajadores, aristócratas, literatos o grandes cocineros. Aquella noche, compositores como Charles Gounod, Giacomo Meyerbeer, Giuseppe Verdi y Franz Liszt besaron su mano enguantada en seda, al igual que lo hicieron los escritores Alejandro Dumas y Victor Hugo, el barón Rothschild y el chef Adolphe Dugléré. Fue él, con la inestimable ayuda del anfitrión, el encargado de explicarle durante la cena el origen del *tournedó Rossini* cuando los camareros, engalanados con un uniforme blanco impoluto y guantes del mismo color, sirvieron de manera ceremonial el manjar de carne colocándolo sobre el bajoplato.

—Fue una noche en la que Gioachino se puso especialmente insistente en que saliera al comedor del restaurante y le preparase, allí mismo y delante de todos, su solomillo con una buena rodaja de foie encima...

—Y unas virutas de trufa... —interrumpió el aludido mientras pedía al servicio que abriera una nueva botella de vino. Si había algo que no soportaba era que las copas estuviesen vacías—, no te olvides de ellas. Pero siempre trufas blancas de mi tierra, *tartufi bianchi d'Alba*, nada de las trufas negras que os gastáis los franceses. El detalle, querido Dugléré, siempre hay que estar atento al detalle.

—Dime lo que comes y te diré lo que eres —sentenció el barón Rothschild.

—Dime lo que bebes y te diré quién eres —añadió el anfitrión, levantando su copa y haciendo que el resto lo imitara—. Rothschild, he de alabar el magnífico Château-Lafitte que has traído esta noche. Nada que ver con las uvas de tu invernadero que me enviaste; estaban deliciosas, aunque palidecen en comparación con este vino.

—Trufas, vino, foie... Os escucho y temo no haber elegido el mejor momento para publicar mi novela, *Los miserables*. No sé si la historia de Jean Valjean, condenado a veinte años por robar una rebanada de pan, tendrá cabida en esta sociedad... —apuntó irónico Victor Hugo mientras le obsequiaba un ejemplar a Adelina—. Lo he traído para usted, querida. Espero que le guste.

—Será un éxito, aunque en esta ocasión no me nombres en tu libro, amigo —bromeó Rossini.

—Vigila tu ego, Gioachino. Ya apareces en el cuadro *Liszt en el piano* de Josef Danhauser —señaló Franz Liszt, en referencia a la obra realizada por el pintor austriaco en 1840.

—En el óleo aparecemos todos: tú, Alejandro, Victor, Niccolò Paganini, Hector Berlioz, Marie d'Agoult y nuestra querida George Sand, que hoy ha excusado su presencia. Yo prefiero tener todo el protagonismo, me gusta ser el centro de atención. Y eso me lleva a pedirte que continúes, Dugléré, estoy deseando escuchar cómo hablas de mí...

—La propuesta del maestro de cocinar el plato en el comedor me pareció una locura —retomó su relato donde lo había dejado—. ¿Dónde se ha visto a un chef saliendo al salón del restaurante para cocinar sobre la mesa de un cliente?

—Lo veremos, querido amigo, y no tardaremos mucho. No todos son tan tímidos como tú.

—Amparándose en mi timidez, me invitó a que lo prepara de espaldas al resto de los comensales.

—*Eh bien, faites-le tourné de l'autre coté, tournez-moi le dos* —repitió Rossini lo que le había dicho en la sala del restaurante, instando al chef a hacerlo dándose la vuelta, de espaldas al resto de los clientes—. *Y del tourner le dos* nacieron los *tournedós Rossini.*

Todos rieron, sin importarles si aquella leyenda que ya había recorrido París se correspondía fielmente a la realidad o contaba con varios adornos añadidos; conociendo el carácter de Rossini, esta segunda opción ganaba enteros. Aquella noche, el maestro prefirió omitir otra versión de la historia, que aseguraba que su gran amigo, el chef francés Antoine Carême, al que conoció siendo el cocinero de la familia Rothschild, era el verdadero artífice del plato.

La velada continuó con más anécdotas, comentarios y opiniones que saltaban de la música a la política sin obviar la justicia o la economía, salpicadas siempre por alguna receta ofrecida por el anfitrión, como el paté de pollo con cangrejos a la mantequilla de finas hierbas, que él mismo elaboraba y conservaba en frascos de cristal, o su aliño para ensalada que, a juzgar por el gesto de su esposa, aquella noche repitió por enésima vez.

—Es muy sencillo. Sólo requiere aceite de Provenza, vinagre francés, mostaza inglesa, el zumo de un limón, sal y pimienta. Lo mezclamos todo y añadimos trufas finamente laminadas —explicaba, valiéndose de sus dedos, enormes y gruesos, para escenificar la receta; cualquiera diría que estaba tocando el piano—. Mi querida Olympe sabe muy bien que las trufas otorgan a este aliño la capacidad de llevar al éxtasis al más exigente *gourmand.*

Adelina alcanzó ese embeleso gourmet del que hablaba el anfitrión cuando los sirvientes llegaron con el postre. Era una tarta de manzana que Rossini presentó como *Les figaros* o tarta de Guillermo Tell. Como todo en aquella residencia, especialmente si se ubicaba sobre la mesa, tenía una historia. El dulce, decorado con una flecha en su parte superior, era obra de un pastelero francés que lo elaboró después del estreno de la ópera *Guillermo Tell*, en 1829, en la Ópera de París.

—Usted, querida mía, ni siquiera había nacido —señaló Rossini, provocando la hilaridad de todos—. Y ahora, pasemos a la estancia contigua, donde tomaremos el café y los licores. Esta noche me siento pletórico e improvisaré al piano uno de mis pequeños *péchés de vieillesse.*

Su propuesta se recibió con gran algarabía.

La velada se llenó de las improvisaciones de Rossini ante el piano. Sus manos se desplazaban por el teclado como sus palabras por su boca: libres, ceremoniosas y tan celebradas como aplaudidas. Sus «pecados de vejez», como él los llamaba, eran canciones nuevas, en su mayoría composiciones sacras, nunca antes escuchadas, que el anfitrión sólo ofrecía a sus amigos en las veladas de los sábados.

—Cuanto más escucho tu música, menos entiendo que después de *Guillermo Tell* no hayas compuesto más óperas —reconoció Alejandro Dumas, después de escuchar una parte de la *Petite messe solennelle* que Rossini había comenzado a componer—. ¿No lo echas de menos? Eres un artista, ¿no sientes la necesidad de crear?

—¿Qué iba a conseguir con una nueva ópera? Un éxito más en mi carrera no significaría nada que no haya logrado ya. Sin embargo, un fracaso afectaría a mi nombre. ¿Para qué arriesgar mi prestigio por un ataque absurdo de vanidad? No necesito más fama ni mucho menos tengo el deseo de aventurarme a perder la que ya tengo —confesó Rossini en un arrebato sincero—. Además, teniendo a mujeres tan talentosas como la soprano que hoy nos acompaña, que con su voz convierte mis óperas en inmortales, ¿para qué hacerlo?

Como muestra de gratitud por la invitación y por la exquisita atención prestada durante toda la noche, Adelina se ofreció a cantar el aria «Una voce poco fa» de la ópera *El barbero de Sevilla*, en homenaje al anfitrión. Acompañada por el propio Rossini al piano, la interpretación arrancó los aplausos de los asistentes, que quedaron encantados con el alarde de arte de la joven. No exageraban los que hablaban de la inconmensurable garganta de la Patti; su voz era un milagro, el oro se desprendía de sus cuerdas vocales.

Después de la ovación, Rossini tomó la palabra.

—Y dígame, *cara signorina Pattina*, ¿de qué autor es el aria con que nos acaba de obsequiar? —preguntó, dotando a su pregunta de una aparente seriedad. Cuando se lo proponía, podía ser mejor actor que compositor.

—Maestro, ¿cómo dice usted eso? —respondió Adelina, con la misma fingida afección, como si no entendiera la naturaleza de la pregunta de Rossini, mientras buscaba con la mirada a Maurice, escudriñando en él alguna aclaración. No la intimidaba el maestro; a ella sólo la intimidaba un teatro vacío o mudo de aplausos—. ¡El autor es usted!

—¡Oh!, discúlpeme. Es que con tanta modificación y arreglo me ha costado reconocerla.

—Me temo que es culpa mía —intermedió Maurice, que no quería ver afligida a Adelina, aunque supiera que en realidad no lo estaba, y que soprano y compositor estaban retándose mutuamente por algo de lo que ninguno de los dos era responsable—. Lamento mucho si eso le ha supuesto algún tipo de disgusto…

Bebió de la copa de cristal de bohemia en la que un camarero acababa de servirle un licor de color ocre. Necesitaba humedecer su garganta, árida tras el comentario de Rossini. Por un momento, y viendo el gesto serio del anfitrión, creyó que la protesta tenía base real y que quizá aquella cena había sido una encerrona para echarles en cara que modificaran sus partituras con el único fin de adecuarlas a los caprichos de la soprano de turno. La enorme sonrisa en el rostro aristocrático de Rossini lo sacó de su error.

—No lo lamente. Sólo estaba bromeando. Si he de serle sincero, creo que lo mejoró usted —lo tranquilizó el maestro, ya con la complicidad de todos los asistentes—. Los compositores nos enfadamos mucho cuando modifican nuestras obras, pero hay excepciones comprensibles. Escribí el papel de la joven Rosina de *El barbero de Sevilla* para que lo cantase una contralto, no una soprano como habitualmente suele interpretarse, siempre que se atreven a programarla, que no es sencillo.

—Me alivia escuchar eso. No desearía que una interpretación mía le contrariara.

—*Piccola Pattina* —comentó recurriendo al italiano en un intento de que el comentario sonara más cercano y familiar; las verdades, al igual que el bel canto, debían entonarse en ese idioma—. No me equivoco si le digo que, desde que la vi el otro día en el teatro, usted ha pasado a ser mi mejor Rosina y no habrá otra igual. Ha borrado de un plumazo a todas las anteriores, como si no hubieran existido. En mi memoria y mi imaginario, Rosina es y siempre será la Patti. Haga usted todas las florituras que crea convenientes. Sin duda enriquecerá el papel y será un placer escucharla.

Desde aquella noche, Rossini y Adelina se convirtieron en grandes amigos. El compositor italiano acudía a verla al teatro, sobre todo cuando interpretaba una ópera suya, y la Patti se volvió habitual de las veladas musicales de los sábados, donde siempre se encontraba una sorpresa a modo de invitado. La última vez, su querida Marietta Alboni, recién retirada de los escenarios desde 1863 y que había sido alumna del maestro, acudió junto con su marido el conde Achille Pepoli.

La confianza entre ambos era máxima, llegando incluso Rossini a aparecer en la nueva casa que Adelina había alquilado en París, cansada de la prolongada estancia en hoteles, y tocar el piano como un modo de anunciar su presencia. El compositor ignoraba al sirviente que le comunicaba que la señora seguía durmiendo o que no podía recibirle —¡Qué sabrían ellos!— y aguardaba pacientemente ante el piano porque sabía que, en pocos minutos, aparecería su Rosina favorita. Cuando Adelina escuchaba los primeros compases de la melodía francesa «J'ai du bon tabac dans ma tabatière», que el maestro tocaba con un solo dedo, bajaba a la planta primera de la residencia para encontrarse con él, que la recibía con los brazos abiertos, la sonrisa en los labios y el elogio rápido.

—Se ha ganado a pulso que nos refiramos a usted únicamente con el artículo precediendo su apellido, como las grandes divas: la Patti. No permita que le llamen de otra manera, porque será así como la escucharán —le repetía.

Rossini solía obsequiarle con un trozo de queso Parmesano de su ciudad natal, Pésaro, que la diva devoraba sin contemplaciones, saltándose la dieta impuesta por Maurice. Le parecía un manjar de dioses, y «si una diosa no puede disfrutar de algún capricho, nada en esta vida tiene sentido», le aseguró Rossini, antes de contarle que estaba trabajando en una máquina para hacer su *pasta asciutta.*

Gracias a él, se acostumbró a las cenas entre amigos, siempre rodeada de artistas, de músicos, de cantantes, algún que otro periodista, políticos, miembros de la aristocracia y también escritores, a los que la Patti se aficionó. Fue precisamente Rossini quien, en una de sus *samedi soirs*, le presentó a Christine Nilsson, otra gran soprano que triunfaba en los teatros de ópera. La Nilsson y la Patti eran las dos grandes figuras del panorama lírico en aquel momento. Pero para Rossini, Adelina era la favorita. No se cansaba de decirle que la suya era la voz del paraíso, digna de un ruiseñor. «Querida niña, no es usted un prodigio. Es usted una diva, y aún lo será más.

Nunca lo olvide. Cante y actúe como tal», le repetía asiduamente.

Todos alimentaban su autoestima, que no era más que el reflejo de una realidad. Pero existían también otros destellos que amenazaban con deformar la verdad.

Una mañana llegó a su casa de Londres una visita que no se anunció tocando las teclas del piano, como solía hacer el maestro Rossini. Fue el timbre de la casa lo que sonó, ese que Salvatore siempre llamaba zumbador eléctrico.

Las noticias desagradables e inesperadas siempre llegan sin un aviso previo.

11

Si una pesadilla pudiera disponer de forma, sin duda sería aquélla: el papel como fuente de congoja.

En su cabeza, su nombre bailaba sin control. Como si fuera víctima de la hipnosis, Adelina no podía retirar la mirada del apellido familiar, PATTI, que aparecía por duplicado en los papeles con el marchamo del Tribunal de Justicia. Se asustó. No entendía nada. «¿Por qué está mi nombre en estos documentos? ¿Me denuncian o soy yo la denunciante? ¿Qué demonios significa esto?», preguntaba con una inquietud que desterraba de su voz todo rastro de la suavidad, frescura y belleza que la caracterizaban. El fa sobreagudo brillaba por su ausencia. Siempre había huido de los problemas, sobre todo si eran ajenos a la música y a su carrera, que podría solventar con más agilidad y presteza, cuando no con una reacción más visceral. Pero en esa ocasión se encontraba en una encrucijada a la que ni siquiera sabía cómo había llegado. Para su desgracia, de nada le iba a servir gritar, tirarse al suelo, estrellar objetos contra las paredes o llorar como una niña, como hacía cuando algo la contrariaba sobre un escenario.

La gravedad del problema se multiplicó cuando supo que no sólo ella lo había visto. La prensa se había encargado de informar del asunto a cinco columnas y en grandes titulares. Los periódicos jamás escatimaban la posibilidad de un escándalo y aquél prometía serlo. Tres palabras volvieron a cegar sus ojos.

«PATTI versus PATTI». Cada una de las letras del titular seguían taladrándole la mirada y enfureciéndola más y más. Era la primera vez que el tamaño de su nombre la incomodaba.

El funcionario de justicia que llegó a casa de los Patti entregó un sobre con una notificación que obligaba a Adelina, Maurice y Salvatore a personarse en los próximos días en las dependencias del Tribunal de Justicia. La razón era una demanda supuestamente interpuesta por la propia Adelina contra su padre y su representante, donde se los acusaba de someter a la joven a una explotación incesante, dispensarle un maltrato continuado, con permanentes episodios de crueldad, así como de tenerla encerrada en casa cuando no actuaba en el teatro. La denuncia no se limitaba a realizar esas graves aseveraciones, también los denunciaba por apropiarse de gran parte del dinero ganado por la Patti, así como de sus joyas valoradas ya en miles de libras, lienzos y otras obras de arte.

—Pero ¿quién demonios es Henri de Lossy, barón de Ville? ¿Y por qué se refieren a él como «un amigo cercano»? —preguntó la diva, fuera de sí, arrojando el periódico donde se daba todo tipo de explicaciones sobre el suceso—. ¿Tú tienes idea de quién es?

Maurice emitió una fuerte exhalación.

—Me temo que sí —admitió finalmente, después de bucear en su memoria—. En su día no quise decirte nada...

—Ya estamos con no decirme nada. ¿Acaso es mejor que me entere por la prensa? ¿Cuándo vais a dejar de tratarme como a una niña? ¡Tengo veinte años!

El encargado de interponer la demanda en nombre de Adelina, sin su aprobación ni conocimiento, había sido Henri de Lossy, barón de Ville, un antiguo pretendiente que recibió las consabidas calabazas de boca de Maurice, como era habitual cuando se presentaba una circunstancia similar. Eran muchos los hombres que habían intentado aproximarse a ella y Strakosch siempre abortaba esos amagos de cortejo. «Se arrepentirán de esto. Usted y la señorita Patti. Esto no va a quedar así»; Maurice recordaba la amenaza.

Las airadas protestas de Adelina, declarando que ella no tenía nada que ver con la denuncia, asegurando que apenas conocía al hombre que había osado denunciar a su familia en su nombre y manifestando que ella no estaba siendo explotada ni maltratada, no sirvieron para dispensar su presencia en el Tribunal de Justicia, donde tendría que testificar y hacer una declaración jurada para negar todas las acusaciones. Ya que el destino le había colocado en esa desagradable tesitura, la diva aprovechó para expresar su repulsa más enérgica por el hecho de que alguien pudiera calumniarla llevado únicamente por el afán de venganza, al ver rechazada su petición de matrimonio y con el único fin de hacerle daño y humillarla, ya que había sido el propio barón de Ville el encargado de filtrar la denuncia a los periódicos. Si había algo que la Patti no soportaba era que se expusiese públicamente su vida familiar, los detalles más personales, las cuestiones más íntimas y privadas, que se hablara de ella por motivos ajenos a la música, a sus interpretaciones, a sus estrenos o a los vestidos que lucía en escena.

Gracias a su abogado y a la mediación de Maurice y Salvatore, que también acudieron al tribunal para declarar, el asunto quedó aclarado, pero eso no evitó que, durante varias semanas, el nombre de la Patti alimentara a diario los periódicos y no por su nueva temporada en el Covent Garden de Londres, que había iniciado el 7 de mayo de 1863 con *La sonnambula*. Adelina vivió unos días llenos de tensión y de ansiedad, un cóctel venenoso para una soprano. Las palabras de Caterina se hicieron presentes y, después de muchos años, logró entenderlas en toda su extensión: «Son las emociones las que dañan una voz, más que cualquier otra cosa».

La preocupación general era si el escándalo afectaría negativamente en su próxima actuación en el teatro londinense. La reacción del público era imprevisible. Se preguntaban si la presencia continua del nombre de la Patti en los periódicos los animaría a asistir más al teatro, o si ese exceso de protagonismo los frenaría para ocupar una butaca en la platea. Por lo general, la gente no respondía bien a los escándalos.

En apenas unos días, el 28 de mayo, Adelina interpretaría por primera vez en el Covent Garden a Leonora en la ópera de *Il trovatore*. Sería la prueba de fuego. Los más preocupados eran Maurice y Salvatore, siempre en guardia ante lo desconocido. La diva, experta en brotar en una décima de segundo para inmediatamente después serenarse y analizar las cosas con perspectiva, se mostraba tranquila; su voz acallaría el escándalo, el público no le fallaría.

Minutos antes de dar comienzo la representación, se acercó sigilosa al pequeño agujero ubicado en el centro del telón, una suerte de mirilla chivata a la que no todos los artistas querían asomarse para no dejarse influir por una buena o mala asistencia. Pero ella siempre lo hacía porque, a través de ese orificio, observaba aquello con lo que siempre había soñado. Al ver el manto de cabezas que conquistaba el interior del teatro, sonrió satisfecha; su sexto sentido no le había fallado y su público, deseoso de escucharla en la ópera de cuatro actos de Giuseppe Verdi, tampoco. Les daría lo que habían venido a ver, a la perfecta dama de compañía de la princesa de Aragón, encarando los cambios de coloratura, los saltos de registro y la tensión vocal que el personaje de Leonora exigía en el aria «Tacea la notte placida» del primer acto. Todos serían testigos de su intención de morir por amor si no podía vivir junto a su amado trovador.

Cualquier rastro de inquietud que pudiera haber cruzado su cabeza quedó borrado al ver la reacción de los asistentes, puestos en pie, dejándose las palmas de las manos enrojecidas de tanto aplaudir, afónicos ante el estallido de vítores. El escándalo que perseguía el barón de Ville había fracasado en sus expectativas. La traición, a no ser que estuviera encerrada en una ópera, no tenía cabida. El nombre de la Patti seguía limpio ante el gran público, sin duplicidades artificiales, sin daño. Era sinónimo de éxito y ningún hombre con ínfulas de vengador ante una negativa de matrimonio sería capaz de echarlo por tierra.

A pesar del respaldo recibido, este episodio dejó en Adelina la necesidad de huir del ruido de las rotativas y de los chismes que recorrían Londres; la tinta, por mucho que se limpiara, siempre dejaba una sombra, un rastro de suciedad resistente al mejor blanqueador. Aconsejada por unos amigos, adquirió una casa en las afueras, ubicada en Atkins Road, en un paraje más tranquilo y alejado del mundanal ruido. Un hogar llamado en su origen «Pierrepont House», en Clapham Park, que ella bautizó como «Villa Rossini» en homenaje a su gran amigo.

Necesitaba calma, sosiego, huir del enjambre de rumores, cantinelas y habladurías de la ciudad para asentarse en un lugar donde el único sonido fuera el canto de los pájaros, rodeada de naturaleza, un oasis de paz donde esperaría a cumplir con sus próximos compromisos artísticos caminando por sus frondosos jardines, siguiendo una alimentación sana, haciendo sus ineludibles ejercicios vocales cada mañana, leyendo a Balzac, a Dickens, a Stendhal. No pretendía convertirse en una ermitaña; algunos días rompía la armonía silenciosa que gobernaba la villa e invitaba a cenar a un grupo de amigos, todos artistas, compañeros, músicos, escritores, con los que disfrutaba departiendo y a quienes escuchaba con deleite, aunque era a ella a quien todos deseaban oír. Siguiendo el consejo materno, Adelina se cuidaba mucho de regalar su voz sin necesidad.

Caterina, que por esas fechas ya se había mudado a su añorada Roma, huyendo de la guerra de Secesión que consumía a Estados Unidos, le había confiado que cada cantante nace con un número determinado de notas en la garganta y que, si se dispensan sin más, el día más inesperado se acabarían y no quedaría ninguna para las grandes ocasiones. Había que cuidar la voz, guardarla de los oídos ajenos hasta el momento adecuado. La Grisi, presente en una de esas cenas junto a su marido Mario de Candia, compartió la recomendación.

Villa Rossini le daba la tranquilidad deseada.

Una mañana, después de realizar las consabidas escalas, desayunó frugalmente a base de naranjas, higos y grosellas, aunque sin perdonar el capricho de la mermelada de ruibarbo sobre las rebanadas de pan de trigo, y se disponía a dar un paseo por el jardín cuando Maurice hizo acto de presencia. Parecía tener algo importante que decirle: el rostro de su cuñado era un compendio de ansiedad, vértigo y alegría, un *collage* difícil de encuadrar, por lo que decidió servirle un té sin esperar a que se lo pidiera y añadir dos terrones de azúcar antes de ofrecérselo; siempre había considerado que el azúcar calmaba la ansiedad, mucho antes de que el bioquímico polaco Casimir Funk sintetizara, en 1911, el precursor de la dopamina, más tarde conocida como la hormona de la felicidad o la molécula del placer. La Patti seguía siendo una adelantada a su época.

—Ha surgido una oportunidad y no podemos rechazarla —informó Maurice mientras tomaba asiento.

—¿A qué te refieres?

—Al Teatro Real de Madrid. Tenemos una oferta para actuar allí este año, prorrogable a dentro de dos. Creo que conviene cerrarlo ya.

Adelina se quedó callada, seria. Por lo general, siempre que su cuñado le anunciaba una futura actuación en una gran capital europea, celebraba la noticia, pero en aquella ocasión algo parecía preocuparle.

—Madrid. Mi ciudad natal… —murmuró mientras sumergía un tercer terrón de azúcar en la taza de té, ante la atenta mirada de Maurice.

—Sé que piensas que la responsabilidad de cantar en tu país de nacimiento será mayor, puede que te sientas más cohibida entre tus compatriotas porque creas que te exigirán más, pero no deja de ser una ciudad y un teatro de ópera. Además, te esperan con ganas —aseguró mientras cogía la taza por temor a que Adelina siguiera echando azúcar—. Imagínate, alguien nacido en Madrid que triunfa en todos los teatros de ópera del mundo ¡cómo no va a cantar en el Teatro Real! Es algo que tienes que hacer. Si quieres, habla con Marietta. Ella ha estado allí y siempre ha contado maravillas del público madrileño.

Maurice bebió un buen trago de té, antes de abandonar la taza sobre la mesa: demasiado dulce para su gusto. Frente a él, la diva meditaba en silencio.

—Está bien —dijo al fin—. Tienes razón. Hay que hacerlo. ¿Cómo fue lo que escribió Charles Dickens sobre mí? —se preguntó retóricamente para enseguida recuperar el recuerdo de su memoria—: «Nacida en Madrid, de ascendencia italiana y educada en América; ésa es Adelina Patti. Todo un crisol de culturas guardado en una voz». Hagamos uso de ello.

Veinte años habían transcurrido desde la última vez que Adelina estuvo en Madrid, y entonces lo hizo en brazos de su madre. Dos décadas sin regresar a su ciudad natal. ¿Realmente sabrían quién era? ¿Qué opinión tendrían de ella los madrileños? ¿Estaría Maurice en lo cierto y su condición de compatriotas los llevaría a ser más exigentes con la artista? Optó por dejar de hacerse preguntas cuyas respuestas sólo conocería el día del estreno, programado para el 12 de noviembre de 1863 con la ópera *La sonnambula*, a la que seguirían cuatro más —*Lucia di Lammermoor*, *El barbero de Sevilla*, *Don Pasquale* y

Martha—, hasta completar el mes que estaría en el Teatro Real, que finalizaría el 16 de diciembre.

Quiso dar un paseo por su ciudad, acercarse a la casa de huéspedes donde nació, ubicada en la calle Fuencarral —aunque rehusó entrar en ella—, y a la iglesia de San Luis donde fue bautizada, para mojar los dedos en el agua bendita de la pila bautismal y persignarse. No perdió la ocasión de visitar algunos monumentos y lugares de especial interés, entre ellos la iglesia que, gracias a un pontificio firmado por el papa Pío IX, sería basílica en apenas unos días —el mismo de su debut en el Teatro Real—, convirtiéndose en el primer templo de Madrid en recibir ese reconocimiento y uno de los diez primeros de España. La propia reina Isabel II se había encargado de realizar la petición por su gran devoción a la Virgen de Atocha, a la que acudía asiduamente para rezar y cantar la salve. La soberana asistiría al Teatro Real el día de su estreno. Adelina no podía tener mejores augurios al verse protegida por el manto de la Virgen.

Lo más granado de la aristocracia madrileña se dio cita en el teatro ese 12 de noviembre. De entre todos ellos resaltaba la reina junto a su esposo, Francisco de Asís, que presidían el palco real. No eran los únicos que no querían perderse el debut de su compatriota. El pueblo también había acudido en masa a escucharla, a pesar del alto precio de las entradas, que se multiplicó cuando algunos tuvieron que adquirirlas en la reventa, debido a la rapidez con la que se vendieron. Los periódicos de la capital habían publicado días antes una pormenorizada descripción de la obra y milagros de la Patti por los teatros de Europa y de Estados Unidos, y esos artículos actuaron como un aliciente para muchos que no habían oído hablar de ella porque no eran aficionados a la ópera y que aun así acudieron a verla sólo por su condición de conterránea. Muchos se quedaron fuera, al ver frustradas sus expectativas de hacerse con una entrada de última hora: tendrían que esperar mejor ocasión, seguramente en los próximos días, aunque eso significara hacer grandes colas para conseguir un boleto.

La representación resultó un éxito que varios minutos de aplausos evidenciaron. Como de costumbre, el escenario se llenó de flores, regalos, cartas de admiradores, cintas de colores y algo que Adelina nunca había visto y que logró asombrarla. Desde la platea, lanzaron más de doscientos canarios con lazos rojos y amarillos que sobrevolaron el escenario como si hubieran encontrado su lugar en el mundo. Ella había asistido al lanzamiento de palomas, muchas veces portadoras de alguna joya, pero era la primera vez que veía hacerlo con canarios.

—Pero ¿qué quieren que haga con tanto canario? ¿Comérmelos? —preguntó exultante cuando llegó al camerino, plagado de más ramos de flores enviados por el duque de Alba o la condesa de Montijo.

Se acercó a ellos para deleitarse con el olor de las rosas y después contemplar su imagen en el espejo, donde observó con detenimiento los pendientes de zafiros y diamantes que la reina Isabel II le había regalado cuando la hizo llamar a su palco para felicitarla por su actuación. Fue la primera vez que escuchó de boca de su majestad la expresión «mi compatriota», y, lejos de cohibirla, le hizo sentir plena y satisfecha.

—Doscientos canarios... Mis paisanos se han vuelto locos.

—Algo se nos ocurrirá —bromeó Maurice.

Strakosch no tardó en utilizar esa anécdota para alimentar la leyenda de que la Patti desayunaba a diario un sándwich de doce lenguas de canario, lo que explicaba su voz prodigiosa. A la prensa le encantaba ese tipo de detalles, sin importarles que fueran o no ciertos; la verdad jamás les estropearía una buena historia. A la protagonista de la anécdota le hizo gracia saber que un periódico lo había publicado. Si corría el rumor de que su amigo Rossini era capaz de comerse diecisiete filetes al día, ella podía consumir doce lenguas de canario cada mañana sin que le supusiera problema alguno.

12

El mundo de Adelina no parecía variar, excepto por el nombre de las ciudades donde actuaba, así como de los monarcas y miembros de la aristocracia que acudían a verla y la bendecían con dádivas, en su mayoría joyas, que ella agradecía según veía ampliar a un ritmo vertiginoso su colección de alhajas. Mientras la Patti cantaba con éxito la ópera *Lucia di Lammermoor*, el 19 de noviembre de 1863 en el Teatro Real Madrid, al otro lado del globo, en Estados Unidos, en la inauguración del cementerio de Gettysburg de Pennsylvania, Abraham Lincoln pronunciaba uno de sus discursos más reconocidos, de poco más de dos minutos de duración, ante quince mil personas. Ataviado con su habitual sombrero, circundado por una cinta de color negro en recuerdo a su hijo Willie, fallecido el año anterior a causa de unas fiebres tifoideas, el presidente estadounidense se dirigió a los presentes cuatro meses después de la contienda más cruenta de la guerra de Secesión, la batalla de Gettysburg, que significó la derrota casi definitiva de los confederados frente a los unionistas.

Cada uno llevaba su particular guerra a cuestas.

Adelina abandonó Madrid anhelando un pronto regreso, un deseo que no tuvo que posponer demasiado.

Dos años más tarde, en 1865, volvía a recibir los parabienes de sus compatriotas, entre ellos el de un enfervorizado escritor,

Benito Pérez Galdós: «Oír a la Patti en la ópera *La sonnambula* es como escuchar a santa Cecilia junto a su órgano buscando a Dios en la armonía». No era la primera vez que el autor alababa el arte de la madrileña, siempre remarcando, al final de sus artículos, el excesivo precio de las entradas que, en su opinión, privaba a muchos del placer de escucharla. «Es una aurora, una exclamación de felicidad, como el concierto matinal de los pájaros», escribiría en prensa.

En su segunda visita a la capital de España, mucho más breve que la anterior, ya que apenas estaría una semana, la reina Isabel II organizó una recepción en el Palacio Real en su honor. La monarca se saltó todas las reglas del estricto protocolo y pidió que la Patti —a quien se dirigía siempre como «mi compatriota»— se sentara a su lado. Durante toda la velada, ambas mantuvieron una animada conversación sobre temas muy diversos, más allá de la ópera, especialmente de moda, joyas y los pequeños placeres de la vida, como la comida, el amor y la pasión. Entre las dos había nacido una peculiar relación de amistad, siempre en un ambiente distendido, entre bromas amparadas en una confianza que no había necesitado de años para sostenerse. Por su manera de sincerarse ante ella, a Adelina le pareció que su anfitriona aquejaba de una soledad impuesta por las circunstancias sociales, políticas y personales, y que anhelaba a alguien con quien poder hablar libremente, sin la sombra de la traición cerniéndose sobre ella. La corte no parecía ser ese lugar seguro y tampoco la familia.

La reina tenía razones para desconfiar. Después de ascender al trono de España con tres años y tras dos regencias —la primera de su madre, María Cristina de Borbón, y la segunda del general Espartero—, la monarca inició su reinado efectivo en 1843, con trece años. Desde el principio tuvo que soportar la traición de su tío, el infante Carlos María Isidro de Borbón, que se negaba a aceptar a su sobrina como reina al considerarse mejor preparado para ocupar el trono. Aquello dio lugar a las guerras carlistas. Y desde entonces, su reinado siempre había ido acompañado de conflictos. Isabel II parecía disfrutar más de la conversación que la propia homenajeada, quizá porque la charla le hacía olvidar el caldeado ambiente político que se vivía en la ciudad, donde la opinión sobre la realeza y los Borbones empezaba a no ser tan favorable como lo había sido hasta entonces. La palabra *abdicación* ya había surgido en la prensa y de los titulares saltó rápidamente a la calle, donde ya se habían escuchado los primeros disparos. Adelina pudo percibir el descontento social minutos antes de su representación de *El barbero de Sevilla*, parapetada tras el orificio del telón, cuando algunos de los asistentes silbaron y patearon contra el firme en el momento en que la reina accedió al Palco Real. Muchos no perdonaban su vida disoluta y repleta de amantes, como aseguraban los rumores de la corte, que fueron suficientes para apodarla «la reina ninfómana».

—Supongo que lo habrá leído en los periódicos o escuchado en la calle —le confió la soberana ante el asombro de la diva; no estaba acostumbrada a que un miembro de la realeza hablara sin tapujos.

—No leo los diarios. Es una regla de oro, majestad. Y a la calle he salido poco, prácticamente no he abandonado el hotel, excepto para ir a la iglesia.

—La Iglesia... —valoró la reina con un gesto de decepción—. Tampoco se puede decir que el papa Pío IX me haya ayudado mucho, al intentar defenderme diciendo que «la reina de España es puta pero pía». Su santidad, en misa y repicando, como suele decirse.

—No haga caso. Los rumores van y vienen.

—Pero la Santa Iglesia permanece, mi querida compatriota. Y por alguna razón que no alcanzo a entender, parece tenerme ojeriza. Con decirle que incluso un cura intentó asesinarme con un estilete... —reconoció, recordando el incidente sucedido el 2 de febrero de 1852, cuando se dirigía a la iglesia de Atocha para dar gracias por el nacimiento de su hija Isabel, más tarde conocida como la Chata, y sufrió el ataque de un cura republicano que terminó siendo juzgado y ejecutado a garrote vil, a pesar de la petición de clemencia de la monarca.

—Pero, majestad... —acertó a decir Adelina, atónita ante lo que escuchaba.

—¿Acaso no me cree? Tengo una herida de quince milímetros en el costado derecho, soy capaz de enseñársela ahora mismo. Martín Merino se llamaba el indeseable, un radical que ya actuó durante el reinado de mi padre, Fernando VII, participando en la revolución de 1822. Menos mal que no gozaba de buena puntería y que yo tenía la suerte de cara ese aciago día, ya que la daga chocó contra las varillas de mi corsé. Supongo que por eso me gusta tanto la moda; podría decirse que me ha salvado la vida —bromeó, con la complicidad de su compatriota.

La conversación de Isabel II había logrado silenciar a la diva. Los roles parecían haber mudado. Era Adelina quien asistía como espectadora al relato de la soberana y debía admitir que estaba disfrutándolo.

—Mi vida es una ópera, querida. A los once años intentaron raptarme, un secuestro que sólo se evitó cuando unos sirvientes tiraron garbanzos por las escaleras del palacio; me casaron con mi primo, sobre el que no cesan de componer coplas que recorren todo el país: «Paquito natillas es de pasta flora y orina en cuclillas como una señora». «Gran problema es en las Cortes, averiguar si el consorte cuando acude al excusado mea de pie o mea sentado» —tarareó—. Me han acusado de tener un retraso mental porque no me gustan las matemáticas, llaman a mis hijos bastardos, me adjudican amantes, me critican por llegar tarde a un acto institucional, al demorarme en un reservado del restaurante Lhardy tomando un cocido en buena compañía, donde aseguraron que me dejé olvidado el corsé después de saborear un «pollo de Antequera», en referencia al diputado malagueño Francisco Romero Robledo... ¡Hasta un toro ha osado perseguirme mientras iba en el carruaje real para ver a la Virgen de Atocha! —comentó con hilaridad la soberana, haciendo reír a su invitada—. Quizá algún día alguien tenga el valor suficiente para escribir mi vida y yo tenga el privilegio de escuchársela cantar a usted, ¿se imagina?

—Para mí sería un placer, pero no crea que me convence la idea. Las heroínas de las óperas suelen acabar locas, muertas, asesinadas, suicidadas o encerradas, y siempre por amor.

—Hágame caso: no se case nunca. Y si no le queda más remedio, al menos tenga la prudencia de elegir bien al candidato, usted que puede. Si quiere un consejo, procure que, en la noche de bodas, él lleve menos volantes en su camisa que usted en la suya —le recomendó entre risas, después de contarle que, a los dieciséis años, cuando le informaron de su matrimonio concertado con Francisco de Asís, ella había exclamado: «¡Con Paquita no!»—. Reina ninfómana, dicen. Lo que estoy es casada con el hombre equivocado. Y se extrañan de que tenga querencia por los generales... —murmuró, pensando en los rumores que la relacionaron con el general Leopoldo O'Donnell y con el general Francisco Serrano.

Adelina se limitó a ofrecer una sonrisa como respuesta.

La monarca quiso regalarle una joya muy especial para ella, un camafeo de amatista cercado por casi medio centenar de perlas y engastado en oro, que la Patti aceptó con inmenso agradecimiento. Había vivido pocas veladas tan divertidas como ésa en el Palacio Real.

Abandonó Madrid con el propósito de regresar pronto, aunque no imaginó que aquélla sería la última vez que vería a la reina Isabel II.

Después de actuar una temporada más con el Covent Garden de Londres y de realizar una serie de conciertos, entre ellos uno en el palacio de Buckingham a petición de la reina Victoria, la diva continuó con su gira europea.

Italia era una asignatura pendiente para ella. Aunque había nacido en Madrid, toda su familia era italiana y, de alguna manera, ella también se sentía oriunda de esa tierra. Aquel viaje le dio la oportunidad de reencontrarse con su madre, a la que hacía dos años y medio que no veía, desde que decidió abandonar Nueva York para regresar a su Roma natal donde llevaba una vida más apacible. Aunque sólo cantaría en Florencia y Turín, Adelina viajó a la Ciudad Eterna para pasar unos días con Caterina y vivir las Navidades con ella. Fue un encuentro que le llenó de alegría, en el que quisieron recuperar el tiempo perdido, las conversaciones no mantenidas y los abrazos no dados.

El público italiano le brindó un nuevo éxito profesional: llenó el teatro todos los días, a pesar del alto precio de las entradas, que se estaba convirtiendo en algo habitual en los conciertos de la Patti como forma de compensar su alto caché. Junto con los grandes beneficios en taquilla para alegría de los empresarios teatrales, volvieron las ovaciones y las elogiosas reseñas. Adelina también vivió el esperado reencuentro con la Grisi, que quiso subir al escenario para designarla oficialmente como su heredera, aunque hacía tiempo que ya lo era, y conoció a los reyes de Italia, acompañados por el rey Luis I de Portugal, que asistieron al Teatro Pagliano de Florencia. El rey Víctor Manuel II disfrutó tanto de su voz que le obsequió con un espectacular collar de diamantes y un anillo a juego, y quiso verla actuar de nuevo en el Teatro Regio de Turín, ciudad donde la diva volvió a ser trasladada a su hotel en un carruaje humano, algo que empezaba a convertirse en una costumbre.

Caterina se sentía orgullosa del éxito de su hija. Era todo lo que había soñado para su pequeña y para sí misma, aunque las circunstancias de la vida se lo negaron: demasiada familia, demasiados hijos, demasiadas responsabilidades. Estaba feliz de que su benjamina sólo tuviera que preocuparse por cantar, cosechar éxitos, lucir hermosa encima de un escenario y seguir contando con el sagrado beneplácito del público y la crítica. Se había convertido en la soprano que siempre quiso ser y por lo que había trabajado desde su infancia. Era una diva con razones, con éxitos, con su nombre figurando en lo más alto de los carteles. La Patti: aquellas dos palabras, tal y como le había asegurado Rossini, demostraban que había llegado al cénit operístico. Sin embargo, y a pesar de que en ese momento no estuviera abrazando a su muñeca Henriette, Caterina vislumbró en ella algún vestigio de su carácter infantil que seguía conservando, aunque aguardara escondido. Lo comprobó al enterarse de lo sucedido en una gala benéfica celebrada en Florencia. Invitaron a Adelina a participar en un concierto a favor de los niños que vivían en orfanatos. Excusó su presencia amparándose en sus múltiples compromisos; además, quería pasar el mayor tiempo posible con su madre, mientras estuviera en Italia. Su no inicial se convirtió en un sí rotundo cuando Maurice le mostró el artículo publicado en un diario alabando su bondad, su naturaleza altruista, su humanidad y su buen corazón por acceder a participar en un concierto benéfico; la soprano mejor pagada de la historia cantaría gratis a favor de unos niños. El texto era una loa a su persona que hasta consiguió ruborizarla, pero logró su objetivo: que la Patti asistiera, recaudara miles de libras y, no contenta con ello, donara lo que hubiera sido su caché, obteniendo el aplauso generalizado de todos, ya no sólo por su actuación, sino por su generosidad. De nuevo, la diva resurgía en el detalle más nimio.

—¿Eres feliz, Adelina? —preguntó Caterina.

—Nunca soy tan feliz como cuando estoy encima de un escenario, madre. El mundo cambia a mi alrededor. Todo desaparece y únicamente permanece lo que yo quiero que lo haga: la música, mi voz, el decorado, mis trajes, mis joyas... ¿Usted también se sentía así cuando cantaba?

—Hace mucho tiempo de eso. Todo está demasiado borroso en mi memoria.

—Esa sensación nunca se olvida. Es imposible.

—El escenario es el paraíso y, cuando estás en él, no quieres abandonarlo. Eso espero que hagas tú, que no te marches de la escena por ningún motivo ajeno a la música.

—¿Por qué dice eso, madre?

—En un par de meses cumplirás veintitrés años. Eres una mujer hermosa y con éxito, por lo que supongo que muchos pretendientes se acercarán a ti.

—¿Pretendientes? Ha habido muchos, sí, pero Maurice y padre los espantan.

—Tu padre me contó que ese joven puertorriqueño, ¿cómo se llama? —fingió no acordarse Caterina—. ¡Ah, sí!, Elías Rivera, volvió a aparecer en tu vida en uno de tus estrenos en París.

—Y lo hizo con un hermoso anillo, pero fue una locura. Volvió a pedirme matrimonio y lo hizo en mitad del camerino, cuando estaba repleto de invitados a los que tenía que atender y con los que debía departir. Apenas pude hacerle caso. Él no lo entendió y se enfadó, sobre todo cuando padre le propuso esperar otros dos años más, explicándole que yo era todavía muy joven y que estaba en el culmen de mi carrera. —Adelina lo contaba sin imprimir ninguna emoción a su relato, por lo que su madre supuso que nada quedaba de aquella ilusión adolescente—. Apenas tuve ocasión de hablar con él. Al menos pude mostrarle mi gratitud por el anillo y prometerle que lo guardaría como un recuerdo, y él, contrariado y furioso, me dijo que no perseguía ser un recuerdo, sino un compromiso. Salió del camerino bufando y diciendo que nadie se reía de él. Me contaron que lo vieron en barrios de mala fama con mujeres de igual condición. No creo que vuelva a saber de él.

—El amor siempre puede esperar.

—El amor esperará hasta que yo lo decida, madre. Como bien dice, estoy a punto de cumplir veintitrés años. Creo que ya soy mayorcita para tomar mis propias decisiones.

—Una hija nunca lo es para unos padres.

Sin pretenderlo, dos mujeres bien distintas, la reina Isabel II de España y Caterina, le habían advertido de lo inconveniente del amor, aconsejándole huir de los pretendientes y mantenerse alejada del matrimonio.

Adelina se quedó observando a su madre. Su rostro parecía relajado, pero había algo en él que no supo interpretar, como si fuera una partitura enrevesada. Pensó que Caterina se había hecho mayor de repente, sin que el tiempo tuviera nada que ver en ello.

13

Abandonó Italia con un regusto familiar inconcluso y con la sensación de que Caterina se quedaba engastada en el ayer, como el camafeo de amatista acoplado en oro regalo de la reina Isabel II de España, aferrada a un pasado donde había sido feliz, huyendo de un presente donde ya no existían ni Salvatore ni la ópera; la distancia y el paso del tiempo habían logrado borrarlos de su lado. No podía juzgarla. En cierta manera entendía a su madre y no sabría si ella, en su misma situación, se comportaría igual. Respiró hondo, convencida de que su tiempo era el presente y ese hoy se abría a orillas del Sena, en la ciudad que se rendía a sus pies cada vez que Adelina recorría sus avenidas con paso firme.

París siempre le insuflaba ganas de salir a la calle para respirar su ambiente, sus olores, invitaba a dejarse imbuir por el arte que ofrecían sus plazas, sus parques, sus barrios, sus edificios, su gente. Los escaparates de las tiendas aparecían copados de todo tipo de productos con su rostro y su nombre: cremas, lociones, abanicos, guantes, pasadores, pañuelos, jabones, colonias... Se notaba que la Patti había llegado a la ciudad.

En su permanente idilio con la urbe, también tenía mucho que ver su adorado Rossini, que continuaba residiendo en la rue Chaussée d'Antin número 2 esquina al Boulevard des Italiens, y organizando las fascinantes reuniones de los sábados a las que ella asistía siempre que estaba en la capital francesa.

Durante unos días se alojó en la casa de Giulia Grisi y Mario de Candia, que insistieron en que se quedara en su residencia de los Campos Elíseos, ya que ellos no iban a estar en todo el año. Aceptó la invitación gustosa. Le encantaba esa casa. Allí disfrutaba de la sensación de libertad que necesitaba para sentirse cómoda y segura, y gozaba de una ansiada autonomía. Aquel lugar le permitía estructurar su vida en un espacio propio, donde realizar su particular rutina diaria que siempre la mantenía en forma: ejercicios vocales por la mañana, paseo por el jardín, excursiones casi siempre en carruaje por la ciudad, tardes dedicadas al juego de naipes o al billar y cenas a las seis de la tarde, a no ser que tuviera función y, entonces, un generoso plato de pasta la esperaría a su regreso. La residencia le ofrecía todo lo que necesitaba y había espacio suficiente en ella para Salvatore, Maurice y su esposa Amalia, que acababa de llegar a París para pasar unos días con su hermana. Adelina se sentía cómoda y en familia. Desde enero de 1863 contaba con la inestimable ayuda de Louisa, una joven admiradora de su voz, sobrina de un amigo de Maurice, que había entrado a trabajar como dama de compañía para asistirle en todo lo que necesitara en el día a día. El tiempo había hecho que surgiera entre ellas una amistad de confianza; la diva nunca había tenido amigas, por lo que esa relación de confraternidad y afecto se le resistía. No era la única ayuda con la que contaba. Para facilitarle las cosas tanto en el teatro como en casa, Salvatore había contratado a dos doncellas que se ocuparían de ella y de sus necesidades, como ayudarla con el cambio de vestuario en el teatro y asegurarse de que todo estuviera en orden y nada la contrariase. Una de ellas, Patro, era cubana, de piel oscura y gesto amable, con quien se llevaba especialmente bien, en parte por las historias que le contaba de su tierra, de su familia, de la vida y por la gracia con la que dotaba su narración.

La otra sirvienta era una mujer alemana, Karolyn, a quien todos llamaban Karo, y que también desarrolló una buena relación con su señora, centrándose en su cuidado personal. En más de una ocasión, Adelina había escuchado a Louisa reivindicar su posición ante las dos doncellas, remarcando que la dama de compañía, amiga y confidente de la señora era ella, como si necesitara reafirmar su verdadero lugar delimitando el del mero servicio. En cierto modo, así era. Sus servicios también se ampliaban a otros miembros de la familia. Maurice y Salvatore habían encargado a Louisa mantenerlos al tanto de los posibles pretendientes que se acercasen a la Patti, instándole a estar bien atenta a los acercamientos no deseados. No querían que nadie la distrajera de su cometido artístico. El fantasma de Elías Rivera todavía merodeaba por sus pensamientos.

Adelina observaba el sobre que un mensajero imperial había entregado en mano a Louisa. Era una invitación de la corte francesa para participar en un concierto que se celebraría en el palacio de las Tullerías. Acarició con las yemas de los dedos el relieve dorado de las letras impresas en el tarjetón. Nunca podría negarse a una petición que viniese directamente del emperador Napoleón III y, en especial, de su mujer, la emperatriz Eugenia de Montijo que, al igual que había hecho la reina Isabel II de España, siempre se refería a ella como «mi compatriota».

Inspirada en el color dorado de aquellas letras, asistió al palacio con un elegante vestido diseñado en seda y tul superpuesto de color blanco, ribeteado con hilos de oro en un brocado con dibujos de abanicos orientales y salpicado con diminutos bordados florales que motivó la alabanza de todos, también de la emperatriz, que no tardó en reconocer las manos de Worth en el diseño. Una noche más, deleitó a todos con su magnífica voz y su espléndida interpretación de un par de arias, elegidas ambas por Eugenia de Montijo. Al terminar el concierto, en mitad de la marabunta de felicitaciones y plácemes que le dispensaron durante la recepción posterior celebrada en la Sala de los Mariscales del palacio, fue encontrándose con amigos y conocidos con los que solía coincidir en las *samedi soirs* en casa de Rossini, así como en las cenas que ella celebraba en su residencia.

La naturaleza del evento facilitaba también la oportunidad de descubrir caras nuevas. Bajo el resplandor de las grandes lámparas de cristal de bohemia que colgaban del techo y escrutada por los retratos de militares franceses que colmaban las paredes, uno de los invitados a la recepción real le presentó a un joven caballerizo mayor del emperador Napoleón III y director de los bailes de la emperatriz. Su nombre era Henri Roger de Cahuzac, marqués de Caux, y su fama de hombre apuesto, galante y cortés resultaba de sobra conocida en la corte. Adelina lo observó con detenimiento. Al marqués lo acompañaba un aura de conquistador, de seductor nato, y, según el testimonio de algunas mujeres de la alta sociedad, también de peligroso embaucador. Era alto, atractivo, de espaldas anchas, bien formado, aunque el corte del uniforme favorecía las hechuras, con una barba cuidada, un bigote frondoso y el pelo peinado hacia atrás dejando al descubierto su ancha frente. Era la viva imagen de un empleado de la corte imperial: educado, gentil, señorial y bien vestido, no en vano los rumores aseguraban que lo vestía el sastre imperial. Después del escrutinio inicial, la diva departió con él durante unos minutos. No pudo evitar que se le hicieran un poco largos, no sabía si por la incontinencia verbal de aquel hombre o por el cansancio acumulado del concierto. Agradecía el aluvión de parabienes con el que el marqués de Caux la obsequió, pero, quizá por estar acostumbrada a ellos, en sus oídos terminaron sonando a palabras ya escuchadas, y, por ende, aburridas. Reconocía que era guapo, capaz de enamorar a cualquier mujer que se propusiese, pero la Patti no sería una de ellas. Le sorprendió aquel pensamiento.

En ningún momento de la velada el marqués intentó galantear con ella ni le hizo insinuación alguna, únicamente se presentó como el caballero que presumía ser, tal y como le exigía el cargo, elogiando su arte y celebrando su presencia en la corte y en París. «Cada vez que viene a nuestra ciudad, la dota de una mayor luminosidad», le había manifestado.

Adelina se dispuso a regresar a casa antes de que la fiesta acabase. Cada vez que tenía que abandonar una velada, se acordaba de su gran amigo Rossini y de sus cenas de los sábados, que el compositor daba por concluidas a las once de la noche valiéndose de un reloj que mostraba a los invitados. «Hora de retirarse. Todos a sus respectivas casas», decía con la complicidad de su esposa Olympe.

Al despedirse de la emperatriz, Eugenia de Montijo le agradeció su presencia. «Tengo algo especial para usted, mi querida compatriota. Se lo haré llegar en breve», le reveló, antes de ordenar al marqués de Caux que se encargara de acompañar a la ilustre invitada hasta su carruaje y se asegurase de que todo estaba en orden. Henri Roger de Cahuzac obedeció complacido; el mandato de la emperatriz consorte de los franceses le daba la oportunidad de compartir unos minutos más con la gran estrella de la noche.

Adelina se sintió honrada por que un caballerizo del emperador, hombre de confianza de Napoleón III y de su esposa, la escoltara hasta la salida del palacio de las Tullerías, aunque durante el recorrido fue él quien lo empedró con palabras, ya que ella apenas habló, excepto algunos monosílabos o frases de compromiso.

—Ha sido un placer conocerla, señorita Patti —confesó el marqués momentos antes de golpear sutilmente con su bastón la puerta del carruaje para advertir al cochero de que podía iniciar la marcha—. Espero tener la gran suerte de verla de nuevo en un futuro próximo.

—Es usted muy amable. Seguro que esa ocasión llegará pronto.

El destino materializó sus palabras.

Al día siguiente, el timbre de la residencia de los Patti sonó pasado el mediodía. La emperatriz conocía la rutina de la diva —ella misma se lo había confiado en una de sus conversaciones— y sabía que no solía levantarse antes de media mañana para dejar descansar la voz. Fue Louisa quien atendió la llamada, y su rostro se iluminó al ver quién era.

—Señor marqués, ¿a qué se debe su visita?

—Vengo en nombre del emperador Napoleón III y de la emperatriz Eugenia de Montijo para hacerle entrega de un regalo a la señorita Patti. Han insistido en que se lo entregue en mano.

—Por supuesto —asintió la dama de compañía—. Si es usted tan amable de esperar en el salón, ella bajará enseguida.

Sin embargo, aquel «enseguida» fue recorriendo el reloj hasta perder su significado por completo. El anuncio de la visita del marqués extrañó e inquietó por igual a la Patti, que invirtió más tiempo del previsto en contemplarse ante el espejo, arreglando aquello que ya estaba compuesto y poniendo en su sitio todo lo que ya ocupaba su lugar. Louisa la observaba en silencio, haciendo un esfuerzo para evitar que su sonrisa evidenciara la naturaleza de sus pensamientos.

El día anterior, Louisa había acompañado a la Patti al palacio de las Tullerías y no había perdido detalle, dedicando especial atención a las miradas de los asistentes, en particular aquellas dirigidas a su señora y las que ella misma enviaba. La doncella era especialista en interpretar las palabras no dichas y a menudo parecía tener la facultad de leer la mente; o era muy observadora o tenía algún tipo de poder espiritual, algo que, cada vez que Adelina lo comentaba con Patro, la cubana negaba con la cabeza. «Qué sabrán ustedes de poderes y de espíritus. No mienten la bicha si no quieren que al final termine manifestándose», advertía. Pero a Louisa no se le escapaba nada. Tampoco esa mañana.

Después de casi media hora, Adelina apareció en el salón donde el marqués esperaba. Su imagen era deslumbrante, estaba realmente hermosa: el rostro iluminado, el pelo arreglado, y un vestido, sencillo pero elegante, que delineaba a la perfección su silueta. La Patti era una diva dentro y fuera de la escena, pensó el marqués, incapaz de retirar los ojos de ella.

—Buenos días, señorita Patti. Le traigo un obsequio de los emperadores, con el deseo de que sea de su agrado.

Lo del regalo no le extrañó; la noche anterior la emperatriz le había confiado que tenía algo para ella. Lo que le sorprendió fue que apareciera el caballerizo mayor del emperador en su casa para entregárselo.

—Buenos días, marqués. ¿También es usted recadero de la corte? —preguntó con cierta sorna.

—Estoy al servicio del Imperio, cualesquiera que sean sus necesidades. Y permítame decirle que recados como éste me congratulan sobremanera —reconoció, dejando entrever un doble sentido en sus palabras que su interlocutora ignoró, con la excusa de recoger los dos pequeños paquetes que él le entregaba.

Abrió la primera caja azul, tras desanudar el lazo que la cruzaba. Era el regalo de la emperatriz: unos bellísimos pendientes de diamantes y zafiros que la colmaron de felicidad. La segunda caja, del emperador, contenía un collar de oro que iluminó con un brillo de admiración sus ojos negros. Después de unos segundos, elevó la mirada y advirtió que el marqués seguía pendiente de su reacción. Se recompuso y ofreció la respuesta que esperaba el mensajero.

—Dígales a los emperadores que no tenían que haberse molestado. Por favor, comuníqueles que estoy inmensamente agradecida por sus presentes. Hacía mucho que no veía una joya tan exquisita —dijo sin dejar de observar el collar de oro macizo— y, desde luego, luciré los pendientes en mi próxima representación.

—Me piden que le agradezca su generosidad por participar en el concierto de ayer y su reconocimiento por una voz tan excelsa, potente, poderosa, brillante, bella, vibrante, llena de encanto y de matices que la hacen única.

Adelina lo obsequió con una mirada divertida, intentando disimular la sonrisa que se iniciaba en sus labios. No tenía la seguridad de que Napoleón III y Eugenia de Montijo hubieran pronunciado aquella retahíla de adjetivos, y más bien supuso que el mensajero había añadido alguno de su propia cosecha. Tampoco le importó. Al margen de la autoría, aquellas palabras sólo recogían la verdad.

—Tiene usted una memoria prodigiosa, no se ha dejado un epíteto.

—Las cosas importantes son las últimas que se olvidan.

La diva calló, sin retirar sus ojos de él. Hasta ese instante, no se había percatado de la fuerza de la mirada del marqués, bañada de una luz especial, que parecía que iba a ponerse a hablar en cualquier momento. Las facciones del caballerizo, sin ser perfectas, sí dibujaban en su rostro un atractivo difícil de definir, pero que nadie podía negar.

Una contundente mudez envolvió a ambos. A Adelina no le gustaban esos silencios, ni en el escenario ni fuera de él; eran delatores de algo oculto, una idea o un pensamiento que su propietario luchaba por mantener en secreto, aunque era una batalla perdida. El silencio suele ser el preámbulo de la confidencia indiscreta.

—Discúlpeme, ¡dónde están mis modales! ¿Puedo ofrecerle una taza de té? —preguntó sin saber muy bien si la invitación procedía o estaba fuera de lugar. Sólo necesitaba romper aquel incómodo mutismo que se había instalado entre ellos.

—No querría molestarla. Además, tengo otros compromisos de los que ocuparme. Pero quizá en otra ocasión...

A través de los ventanales del salón, vio alejarse al marqués de Caux a lomos de su caballo mientras ella se probaba los pendientes de diamantes y zafiros aprovechando el reflejo del cristal. Le quedaban perfectos, parecían hechos para ella. Aquella joya le encendió el rostro, aunque no estaba segura de que el mérito fuera exclusivamente de la presea.

Recordó cuando su madre tuvo que desprenderse de las alhajas familiares, primero en Madrid y más tarde en Nueva York, para poder pagar las deudas y alimentar a su familia. Y también sus enseñanzas, cuando los admiradores comenzaron a enviar no ya muñecas, sino joyas a una adolescente Adelina: «Si una joya es buena, seguirá brillando, no importa el tiempo que transcurra. No perderá su lustre. Perdurará para siempre».

En breve tenía que cumplir con sus habituales compromisos profesionales en el Covent Garden de Londres y en el tradicional concierto anual que se celebraba en el palacio de Buckingham, que la mantendrían alejada de París. Era la prueba de fuego para comprobar si el brillo que aquella mañana había aparecido en la residencia de los Patti soportaba o no el paso del tiempo.

14

El calendario, objetivo por naturaleza, no tenía misericordia con el tiempo, gobernado por emociones, que se empeñaba en detenerse.

La Exposición Universal de París, inaugurada el 1 de abril de 1867, era una excelente excusa para regresar a la ciudad, aunque no era la única, ni mucho menos la principal. Adelina había conseguido un contrato de casi ocho meses en el Théâtre-Italien, donde tendría ocasión de interpretar casi la totalidad de su repertorio y también incluir alguna ópera nueva, con la que buscaba obtener una respuesta satisfactoria del público.

Para su larga estancia en la capital francesa, los Patti alquilaron una casa en los Campos Elíseos. Era una residencia señorial que disponía de una parte noble compuesta de tres salones de techos altos, cuatro habitaciones espaciosas y luminosas, un amplio comedor —donde Adelina ya soñaba con recuperar sus cenas junto a ilustres invitados como Gioachino Rossini, Sarah Bernhardt, Giuseppe Verdi, Giulia Grisi, Mario de Candia, Charles Dickens o Gustave Doré, ya recuperado de un fugaz enamoramiento que lo llevó a amenazar con suicidarse si la Patti no lo correspondía—, con la conveniencia de que todas las estancias contaban con balcones que daban a la famosa avenida. En el ala más interior se encontraban las habitaciones del personal de servicio. Un frondoso jardín colmado de la vegetación más variada rodeaba la vivienda, y era uno de los rincones favoritos de la nueva inquilina. Buscando el frescor de aquel improvisado vergel en el centro de París, la Patti abría los ventanales cada mañana para que la casa se impregnase del olor a limpio característico de la naturaleza. Tenía costumbre de hacerlo antes de realizar su rutina matutina de ejercicios vocales que, lejos de suponer una molestia para los vecinos, era un regalo para ellos, encantados de poder escuchar a la diva sin coste para el bolsillo. La residencia parecía almacenar toda la luz de la ciudad, un aliciente para la soprano.

París ejercía sobre ella una extraña sensación de plenitud. Desde su llegada a la capital francesa, no había dejado de sonreír, al contrario de lo que hacía cuando era fotografiada; sorteaba la mueca para evitar mostrar el doble juego de colmillos que escondía su dentadura, aunque nunca lo confesaría. Cuando algún fotógrafo le instaba a ello, siempre ofrecía la misma respuesta: «Una diva no sonríe; no es un mono de feria». La Patti lucía radiante, dichosa y contenta, como era habitual en ella —excepto cuando algún brote de divismo emborronaba su tranquilidad y la de quienes la rodeaban—, con los ojos convertidos en luciérnagas y las mejillas en delicados pétalos rosas. Ella insistía en que era el influjo de París y el reencuentro con amigos queridos, incluso lo justificó por la presencia del hermoso y elegante galgo que el propietario que le había alquilado la vivienda —un arrendamiento cercano a los dos mil francos— dejó a su cuidado, después de contar con su beneplácito. Su sueño era vivir en una casa grande rodeada de muchos perros así como de naturaleza, con ríos, árboles, montañas y valles; se imaginaba paseando por caminos de bosque, con los canes acompañando su paso o corriendo por el jardín, donde tendría una buena colección de pájaros. Seguía con el deseo de comprar un papagayo, una obsesión que se remontaba a su estancia en Puerto Rico cuando conoció a Elías

Rivera, un nombre que su pensamiento no había vuelto a reseñar... Pero esa idílica imagen todavía figuraba lejos en su imaginario.

Gracias a que la Patti no ensayaba sus óperas con el resto del reparto, un aspecto siempre recogido en una cláusula de sus contratos, tuvo más tiempo para disfrutar del ambiente festivo que inundó la ciudad con motivo de la Exposición Universal. Nadie quería perderse el gran acontecimiento, al que acudirían más de diez millones de visitantes. Por orden del emperador Napoleón III, el gran edificio ovalado que acogió la Exposición se erigió en los Campos de Marte, cubriendo una extensión de ciento cincuenta mil metros cuadrados. La paz y el progreso fueron los dos conceptos que eligieron los responsables para vender al exterior su nueva Exposición Universal, con más de cincuenta mil expositores procedentes de una treintena de países. Todos tenían algo que mostrar al mundo, sediento de nuevos descubrimientos que les facilitaran la vida. Ya había pasado en 1855, en París, cuando la cafetera hizo las delicias de los visitantes, o en Nueva York, donde, en 1857, la compañía creada por el inventor Elisha Graves Otis presentó el primer ascensor de vapor que instaló en los grandes almacenes Haughwout and Company en el número 488 de la calle Broadway, en Manhattan.

La Exposición Universal de la que todos hablaban estaría abierta al público durante siete meses, casi el mismo tiempo que la Patti actuaría en el teatro de París.

La vida de Adelina se llenó de grandes fiestas con invitados de la realeza europea, aunque ella prefería los eventos más reducidos, en los que no había ni príncipes ni mariscales ni zares ni emperadores ni sultanes ni archiduques, sino simplemente amigos y conocidos pertenecientes al mundo del arte; la aristocracia resultaba fascinante en un teatro, en especial si sus miembros mostraban su generosidad regalando joyas, pero para las fiestas en casa, las amistades eran la compañía deseada.

Louisa solía ser su acompañante en esas celebraciones, cuando Salvatore y Maurice rehusaban asistir por cansancio o por considerarse ajenos al boato imperante en esos eventos, aunque eran los primeros en animarla a que saliera a divertirse. No veían peligro en esas recepciones, la mayoría organizadas por Rossini, a las que solían asistir personajes del espectáculo y la cultura, en su mayoría cantantes, compositores, escritores, pintores, embajadores, políticos y artistas que, aunque algunos no podían deshacerse de su coraza estrambótica, no suponían ninguna amenaza para la joven. Podían estar tranquilos. Además, contaban con la complicidad de Louisa, encargada de entrar en escena para desestabilizar cualquier posible comportamiento fuera de lugar por parte de algún invitado, del que posteriormente les informaría. La dama de compañía lo hacía algunas veces y, otras, optaba por suavizarlo o directamente ignorarlo. La relación con la diva había ganado en confianza y existía entre ellas una suerte de amistad que las invitaba a ser cómplices de todo lo que sucedía a su alrededor, una connivencia que, en determinadas ocasiones, requería silencio y discreción.

Adelina se convirtió en una habitual en los exclusivos encuentros de los lunes celebrados en la corte francesa a instancias de la emperatriz, casi siempre en el Salón Verde, una de las tres estancias privadas que Eugenia de Montijo había ordenado construir en el palacio, junto al Salón Azul, reservado para audiencias, y el Salón Rosa, destinado como sala de espera. La Patti era muy querida por los emperadores imperiales, encantados de contar con ella en sus celebraciones, excepcionales o no. En estos encuentros particulares, regados con comidas y bebidas generosas, se celebraban reuniones ilustradas con el colofón de un gran baile. El marqués de Caux, como director de los bailes del palacio de las Tullerías, jugaba un papel importante. Louisa hubiese tenido mucho que contar a Salvatore y a Maurice...

El marqués era otra de las razones de que el rostro de Adelina se iluminara como lo hacía el río Sena cuando lo besaban los primeros rayos de sol. Desde su llegada a París, había coincidido con él en varios bailes, espectáculos y reuniones. Ambos parecían tener un radar para encontrarse. Si la diva no podía disimular que aquel hombre atlético, de complexión fuerte y mirada fulminante ocupaba sus pensamientos más de lo que hubiese imaginado, él tampoco podía encubrir sus sentimientos hacia ella. El hombre de confianza de Napoleón III ideó un elaborado programa de seguimiento a la artista para saber en qué restaurante comía, qué museo visitaba, a qué tienda acudía a comprar, en qué hotel tomaba el té de la tarde o qué jardines elegía para pasear, de modo que le permitiera estar en los lugares donde ella tenía previsto aparecer, un encuentro que vestía de mera casualidad. Pero las casualidades se fueron amontonando, formando un pilar demasiado tambaleante para achacarlo al azar. A Adelina le divertía que el marqués estuviera tan interesado en ella. Le agradaba verlo en la primera fila del teatro, siempre ocupando la misma butaca, desde donde podía observarla con detalle. Sus obligaciones en la corte le impedían acudir todos los días, pero, en más de una ocasión, contó con la complicidad de la emperatriz, conocedora de los sentimientos del marqués hacia la Patti, que le permitió ausentarse para ir a verla. Cuando sus miradas se cruzaban, él sentado en la platea y ella cantando sobre el escenario, el rostro de ambos resplandecía. Pero igual que ellos se observaban mutuamente, los demás también los veían y no tardaron en calentar la maquinaria de la rumorología que siempre había acompañado al marqués de Caux. Era uno de los hombres más deseados de París. Las malas lenguas le calificaban de picaflor, de ser un crápula al que le gustaban las mujeres más que los bailes que organizaba en el palacio de las Tullerías. Sus aventuras habían alimentado los círculos más íntimos de la corte, incluyendo algún desliz con la mujer de un conocido embajador europeo y con la esposa de un diplomático, unas infidelidades que, de no haber permanecido ignotas a ojos de los engañados, habrían puesto en riesgo algunas relaciones en el tablero político internacional. Sin embargo, el anonimato de sus amantes no alimentaba el morbo como lo hacía conocer que la nueva aventura del marqués era la gran diva de la ópera. Los corrillos de la corte parisina se llenaron de rumores y habladurías, unas inventadas y otras ciertas, aderezadas con comentarios jocosos sobre ambos.

Henri Roger de Cahuzac y Adelina se mantenían al margen del ruido de los chismes. Procuraban estar juntos siempre que podían, aunque no era fácil hacerlo en París, por lo que la pareja aprovechaba viajes a Baden Baden o a Biarritz para dar rienda suelta a su amor, poder hablar del futuro y aclarar sus emociones.

—Me gustaría escribirle —le confesó el marqués—. Necesito vaciar mi corazón, poner nombre a esta pasión, expresarle mis verdaderos sentimientos, que el reducido tiempo de estos paseos furtivos no me permite. Pero no querría que su padre o su representante interceptasen una carta mía y el hallazgo complique las cosas.

—Escriba esa carta a nombre de Louisa. Ella me la entregará y yo le contestaré utilizando su nombre. Así estaremos más cerca el uno del otro. Es complicado tenerle a unos metros y conformarme con saludarle a escondidas.

—Así lo haré.

El marqués cumplió su palabra y la dama de compañía se convirtió en la inquilina de la residencia de los Campos Elíseos que más correspondencia recibía. A nadie le extrañó; era lógico que una joven como ella hubiera conocido a alguien y ambos se escribiesen. El servicio también tenía derecho a enamorarse, pensarían Salvatore y Maurice si descubrían el baile de misivas.

Gracias a esa correspondencia enmascarada, los enamorados pudieron organizar encuentros clandestinos, hallar rutas no transitadas por la mayoría que les permitiesen cierta intimidad y estar juntos durante más tiempo del que hubiesen imaginado. El riesgo a ser descubiertos siempre estaba latente, corrían el peligro de ser vistos por alguna mirada indiscreta, pero llegó un momento en que a ninguno le importó esa eventualidad, como si en realidad lo estuvieran deseando. Eran dos enamorados, no estaban haciendo nada malo ni estaban pecando ni incumplían ley alguna y tampoco atentaban contra nadie. Si su relación se hacía pública, daría que hablar en la prensa y en todos los mentideros, pero era algo que ellos no podían ocultar eternamente.

Las habladurías llegaron a oídos del marqués de Caux antes de alcanzar los de Adelina. La persona encargada de ponerlo en su conocimiento no fue cualquiera. No era la primera vez que Eugenia de Montijo y el escudero de Napoleón III compartían un té vespertino en el Salón Verde de la emperatriz, del que mandó salir a sus damas de compañía. Al contrario de otras ocasiones, los protagonistas sobre quienes versaba su conversación cómplice no estaban fuera de la corte. El primer sorbo de la tisana servida en una taza de vajilla Bernardaud ni siquiera le ardió en los labios; al marqués le quemaban otras cosas en la boca que la soberana se encargaría de enunciar.

—Querido, creo que tenemos la suficiente confianza para que te haga partícipe de lo que se comenta en los círculos de la alta sociedad y, teniendo en cuenta la velocidad a la que se propagan los rumores, supongo que ya estará en las calles. Hablan de ti y de Adelina. Me extraña que, siendo tan avizor, no los hayas escuchado.

El rostro del marqués se contrajo. La emperatriz tenía razón, existía la suficiente confianza entre ellos para poder hablarse con franqueza. Durante mucho tiempo habían compartido cotilleos, comentarios sagaces, confidencias, chismes que tenían como intérpretes principales a terceros, pero cuando las habladurías versan sobre uno, el vidrio a través del que se mira se empaña y el nudo en la garganta se acrecienta; el marqués estaba probando de su propia medicina y el amargor no era de su agrado.

Eugenia de Montijo no se detuvo en sus apreciaciones.

—Hay quien asegura que os han visto juntos en restaurantes, en bailes, en paseos, siempre con una actitud cariñosa. Si quieres mi opinión, creo que no has podido hacer mejor elección. La Patti es una reina, con fortuna y fama, con belleza y reconocimiento...

—Estoy enamorado como no lo he estado nunca. Esa mujer me ha cambiado. Ha creado en mí la imperiosa necesidad de estar con ella. No es una aventura más... —aseguró, consciente de la fama que lo acompañaba.

—Desde luego, tenéis mi aprobación, aunque tampoco creo que la necesitéis.

—Para mí es importante.

—Pero también debo advertirte de las consecuencias de esa decisión. Eres caballero del emperador. Ella es la reina del canto, pero no deja de ser una artista. Si te casas con ella y quiere entrar en la corte como dama de honor, deberá abandonar su carrera. Si se niega a hacerlo...

El silencio de la emperatriz escondía una realidad en la que el marqués no había pensado. Si Adelina, a punto de cumplir veinticinco años, se negaba a poner fin a su exitosa carrera después de contraer matrimonio con él, sería él quien se vería obligado a abandonar la corte. Era algo en lo que no había reparado hasta el prolongado silencio de la soberana, que estaba actuando como improvisada amiga y cómplice.

—Piensa en lo que te digo. Es algo que tendrás que hablar con ella porque dudo que esté al corriente del protocolo imperial.

—Pero ella asiste a la corte con frecuencia, a sus reuniones de los lunes, participa en los conciertos, acude a los encuentros... Usted misma se refiere a ella como «mi compatriota» y hablan como si fueran dos amigas.

—Como invitada de honor en la corte, marqués, pero no como dama de honor ni como marquesa de Caux, un título que alcanzará al contraer matrimonio.

Henri sabía que la emperatriz estaba en lo cierto y que su último y desesperado comentario respondía a un inútil derecho a la pataleta. En ese momento recordó la pulsera de oro de esmeraldas y brillantes que Eugenia de Montijo regaló a la Patti tras el segundo acto de la ópera *Don Giovanni* en el Théâtre-Italien. Fue la primera vez que escuchó referirse a ella como «mi hermosa compatriota» después de llamarla al palco. La diva había salido a escena luciendo la pulsera en su muñeca durante el tercer acto. La imagen de Adelina entrando en palacio con el mismo brazalete se difuminó en la mente del marqués.

Sin duda, tenía una conversación pendiente con ella; en realidad, tenía muchas. Todavía no habían hablado de matrimonio, aunque todo el mundo parecía darlo por seguro. Las palabras de la emperatriz se quedaron merodeando en su cabeza durante varios días hasta que una tarde, al acabar la ópera, el marqués entró en el camerino de la Patti. Fue recibido con una gran sonrisa, tanto de Louisa como de su señora. A la dama de compañía le gustaba el marqués de Caux: era guapo, elegante, caballeroso, atento, simpático y siempre tenía buenas palabras hacia ella. Le agradaba incluso en ese fugaz instante en el que le guiñaba un ojo de manera pícara, cuando quería algo de ella que tenía que ver con la diva, y ese gesto le hacía sentirse especial, porque él tenía esa cualidad: era un hombre que sabía cómo hacer que una mujer se sintiese única.

Después del éxito de la representación, la Patti estaba pletórica, un sentimiento que aumentó al ver entrar al marqués en el camerino con la aquiescencia de Louisa. Llevaban días sin verse y el reencuentro la llenó de optimismo. Se había desprendido ya de su ropaje de escena y estaba vestida de calle.

—Y dígame, marqués, ¿qué se cuenta estos días por París? Estoy un poco desconectada. Dos cenas en casa de Rossini y una fiesta en casa del embajador de Austria han sido suficientes para aislarme de la actualidad. A veces pienso que los aplausos del público forman una especie de campana de cristal que me aísla del exterior.

—Dicen que usted y yo vamos a casarnos. Eso cuentan por París. Y lo hacen como si estuvieran convencidos de ello.

El rostro de Adelina ardió. Ella misma pudo ver el rubor en su cara, ya que se hallaba ante el espejo del tocador, retirándose los últimos restos de maquillaje, cuando escuchó el comentario de Henri. Tuvo tiempo de mirar a Louisa a través del cristal, quien le devolvió la sonrisa cómplice que buscaba. Nada como la satisfacción de encontrar lo que se busca.

—¿Eso dicen? —preguntó coqueta; estaba encantada con la revelación—. Veo que sus compatriotas andan entretenidos...

—Los parisinos siempre saben cómo combatir el aburrimiento. Y se sienten muy felices cuando lo consiguen. Por lo que parece, la noticia de nuestro matrimonio los mantiene entretenidos y felices.

—¿Y quiénes somos nosotros para negarles esa felicidad? ¿Tan descabellado sería?

—Para mí sería la mejor noticia que podría recibir. Nada me haría más feliz.

—Entonces, ¿por qué no agradar a todos?

—Ésa es una excelente pregunta.

—Hay otra aún mejor que debe hacerme usted y todavía no ha hecho —sugirió con un gesto sutil en el rostro—. Debe usted hacérmela para que yo pueda darle una respuesta, como Dios manda.

Al marqués le costó unos segundos entenderlo, pero finalmente encontró la pregunta que exigía Adelina.

—¿Aquí? —preguntó confuso—. ¿Ahora?

—No se me ocurre mejor lugar ni momento más oportuno.

El marqués entendió que debía cumplir con la parafernalia que exigía la ocasión e hincó rodilla en tierra. Agradeció la alfombra mullida que recubría el suelo del camerino.

—Adelina Patti, ¿me concedería el honor de casarse conmigo?

—Por supuesto que se lo concedo, marqués. No hay nada que quiera más en este instante de mi vida que casarme con usted.

Louisa abandonó el camerino porque la escena del beso no le correspondía presenciarla, aunque pudo imaginarla en todo su esplendor. También conjeturó sobre la expresión en el rostro de Salvatore y Maurice cuando conocieran la buena nueva, aunque fue incapaz de adivinar su reacción. La noticia no los pillaría por sorpresa a ninguno de los dos. Salvatore ya había advertido cierta querencia entre ellos, pero pensó que sería algo pasajero. Cuando vio que la situación persistía en el tiempo, quiso disuadir a su hija como había hecho con el joven Elías Rivera, hasta que Maurice le advirtió de que no lo hiciera. «El marqués de Caux es caballerizo de Napoleón III, un hombre de la entera confianza del emperador y la emperatriz. Es una persona bien vista dentro de la corte parisina. Tengámoslo en cuenta antes de dar un paso en falso», recomendó.

La reacción paterna era todo un misterio. Adelina lo sabía, pero, a diferencia de otras veces en las que los pretendientes desaparecían en cuanto Salvatore o Maurice entraban en escena, esta vez ella jugaba con buenas cartas. Sus casi veinticinco años le conferían una mayoría de edad que le permitía tomar sus propias decisiones, obviando la opinión de los demás. El pretendiente era un hombre conocido en París por su cercanía con los emperadores y, gracias a ese enlace, ella se convertiría en marquesa de Caux. Por mucho que lo estudiaba, no hallaba traba alguna para que aquella relación siguiera adelante y la propuesta de matrimonio satisficiera a su padre. No se equivocó. Salvatore recibió la noticia con buen talante, al ver a su hija ilusionada y a su futuro yerno dispuesto a mantener esa felicidad en el tiempo. Al principio, todo fueron parabienes, también del propio Maurice, aunque vislumbraba que, si aquella unión se celebraba, su papel en la exitosa carrera de la Patti cambiaría ostensiblemente, ya que sería su marido el encargado de gestionar los contratos. Había muchas cosas de las que hablar, y una de ellas fue la posibilidad de que aquella unión terminara con la carrera artística de Adelina si su deseo era entrar en la corte.

—Debe de estar usted bromeando —respondió Salvatore al escuchar la propuesta del marqués.

—Me temo que no. Una artista, aunque sea de la talla de la Patti, jamás será admitida como dama de honor ni podría acceder a la corte sin cortapisas, aunque se haya convertido en la marquesa de Caux. Deberá dejar la actuación, es la salida más sencilla. Todo el mundo lo entenderá.

—Eso no va a suceder. Mi hija está en la cumbre de su carrera, cosechando éxitos, recibiendo reconocimientos y atesorando una fortuna que dudo que usted, señor marqués, pueda igualar. ¿Acaso me va a decir que podrá mantener el mismo tren de vida que lleva ahora Adelina?

Salvatore no se equivocaba. El marqués de Caux procedía de una familia aristocrática que había ido perdiendo lustre, esplendor y dinero a lo largo de los años. Él había acumulado cuantiosas deudas, algo que no todos sabían, y los diez mil francos anuales de su asignación real no darían para sostener el alto nivel de vida al que Adelina estaba acostumbrada. La sombra de un abandono se cernió sobre el marqués. Si ella no renunciaba a su carrera artística, sería él quien tendría que despedirse de su posición junto a los emperadores de Francia. El dinero lo ponía ante el espejo de la realidad y no era una imagen que lo agradara, como tampoco lo hizo el amargor de los rumores.

15

La prensa no tardó en hacerse eco de la noticia. *La Presse* y *Le Figaro* anunciaron a bombo y platillo el compromiso entre el caballero de Napoleón III y la Reina de la Canción. Era la noticia del momento. La precaria situación del emperador y la debilidad de su Segundo Imperio, cuyo crepúsculo se podía vislumbrar con la simple observación de la realidad parisina, parecían disiparse en el territorio gobernado por la tinta y el papel. La prosperidad que vendía la corte con la construcción de nuevos edificios, parques, avenidas, teatros, hipódromos y salones de baile, donde los nuevos ricos asistían para presumir de sus fortunas y alardear de sus ganancias por las inversiones en Bolsa, no casaba con lo que sucedía en la calle, donde se entendía la creación de bancos como una nueva amenaza que, sin saberlo aunque intuyéndolo, alimentaba la futura Comuna de marzo de 1871. Sin embargo, la prensa prefería interesarse por el presente y, en 1868, había una boda que las únicas tensiones sociales que provocaba era saber si la diva abandonaría su carrera artística o el caballero de Napoleón III y director de los cotillones y bailes de la emperatriz dimitiría de su presencia en la corte. Una historia de amor siempre llena más portadas que el ocaso de un imperio. Incluso algún periódico, carcomido por las prisas de una exclusiva, llegó a publicar que el matrimonio ya se había consumado y que, desde hacía días, eran marido y mujer. No era cierto, pero a quién le importaba. Todo el mundo quería saber más, leer cualquier información sobre la pareja. Rossini fue el único que se atrevió a enviarle una carta expresándole lo que sentía: «*Cara Pattina*, una diva como tú sólo debe dejarse conquistar abiertamente por el éxito, los aplausos, las ovaciones del público y el dinero. Espero que siempre lo tengas presente y nunca lo olvides». Los amigos estaban para decirse las verdades y ellos lo eran. Le hubiese gustado acercarse en persona a su casa de los Campos Elíseos para decírselo, pero el compositor llevaba semanas aquejado de un fuerte constipado, del que no era capaz de librarse.

La prensa no era la única que se entregaba a la escritura compulsiva. Salvatore comenzó a recibir anónimos informándole de la verdadera historia del marqués de Caux. Desconocía quién era el remitente de los enigmáticos mensajes que le ponían al tanto de la vida disipada del marqués, de sus numerosas deudas de juego que alcanzaban cifras astronómicas, de su afición desmedida por las mujeres, las fiestas y la vida nocturna, y le advertían de que la única razón por la que quería contraer matrimonio con Adelina era su abultada fortuna. El patriarca de los Patti ignoró las primeras misivas, pero, cuando éstas se multiplicaron, empezó a considerar que quizá lo que se contaba en ellas fuese cierto. La imagen de su hija casándose con un cazafortunas, con alguien que en realidad no la quería y que sólo estaba interesado por su dinero, lo envenenó y le hizo tomar una decisión que sabía que le daría problemas: anular el compromiso.

El anuncio de su decisión enrabietó a Adelina.

—¿Por unos anónimos, que a saber quién los escribe, voy a renunciar a la felicidad? ¡Ni hablar! Soy mayor de edad. Ya no puede decidir por mí.

—Soy tu padre y siempre decidiré lo mejor para ti.

—¿Se va a fiar de unas habladurías?

—Son demasiadas, hija. No son una ni dos. Al marqués parece acompañarlo una fábrica de leyendas negras.

—También decían que usted me explotaba cuando era pequeña —presionó Adelina con los ojos inyectados en rabia. Estaban intentando robarle su felicidad y no pensaba consentirlo. Sólo ella decidiría a quién amar y cuándo hacerlo—. Le recuerdo que incluso tuvimos que enfrentarnos a una demanda en la que alguien denunció que mi padre y mi representante me humillaban, me robaban y me explotaban. ¿Qué habría pasado si yo hubiera creído todas esas acusaciones como está haciendo usted con las calumnias que esos anónimos vierten sobre mi prometido?

—No es lo mismo.

—Por supuesto que no es lo mismo. Los que le llamaban explotador tenían rostro, nombre y apellido, como aquel vecino de nuestra casa en Brooklyn.

La mención sorprendió a Salvatore. Recordaba a la perfección la ira de aquel inquilino cada vez que los Patti regresaban a casa de una actuación con la pequeña; lo que no imaginaba es que su hija se acordara de aquel incidente.

—Que le quede claro, padre: no voy a consentir que dirija mi vida en la dirección que usted crea oportuna. Ese tiempo terminó. Ya no soy una niña. No se lo voy a permitir ni a usted ni a Maurice, que se casó con quien le dio la gana, es decir, con mi hermana, y nadie le dijo nada —aclaró, olvidando que Caterina sí había mostrado sus reservas sobre la condición judía del futuro marido de su hija Amalia.

Maurice contemplaba la escena en silencio. Comprendía que a Adelina no le faltaba razón, pero también entendía las dudas sobre el marqués que asaltaban a Salvatore a raíz de la información recibida. No era una situación sencilla, y tampoco lo era intervenir en la conversación entre padre e hija, que iba subiendo de intensidad a cada momento. Pero se arriesgó.

—Adelina, tu padre sólo mira por tu felicidad y tu bienestar.

—Y por el dinero que gano, como también lo haces tú. ¿Qué es lo que os asusta? ¿Que dejaréis de controlar las ganancias como hasta ahora? Ésa es la verdadera razón y no os atreváis a negarlo.

—Es injusto que digas eso —se quejó Maurice.

—Más injusto es que me digáis a quién debo amar o con quién debo casarme. Y esta conversación termina en este instante —anunció antes de salir del comedor de la residencia de los Campos Elíseos donde había tenido lugar la discusión. Para tranquilidad de todos, las ventanas permanecían cerradas; los vecinos no tuvieron que participar del desencuentro familiar.

Salvatore no pensaba darse por vencido. Si su hija no entraba en razón, el marqués lo haría ante la autoridad paterna. Le escribió comunicándole la ruptura del compromiso y rogándole que no volviera a ponerse en contacto con Adelina bajo ningún concepto y de ninguna manera. El marqués compartió el mismo desconcierto que su prometida. No entendía aquel cambio de opinión tan brusco. Hasta entonces, todo habían sido buenas palabras, conversaciones directas y sinceras y planes de futuro compartidos. Habían tenido sus pequeños roces, en especial cuando se habló de su situación financiera, no tan saneada como se podría pensar debido a su título nobiliario, pero nada que hiciera presagiar un desenlace de esas características.

Al igual que Adelina, el marqués se revolvió contra la decisión. Si su hija tenía casi veinticinco años, él tenía diecisiete más, y con cuarenta y dos no estaba dispuesto a dejarse manipular. Ante la petición de no volver a ponerse en contacto con ella, el marqués no dio su brazo a torcer y continuó apareciendo en todos los lugares adonde acudiese la diva, ya fueran teatros, fiestas, bailes, hoteles, tiendas de moda, presentaciones o restaurantes. A ella le agradaba encontrarse con él, saber que no había cejado en su amor por ella, que hacía todo lo posible por mantenerse cerca a pesar de la prohibición paterna. Lo entendió como una demostración de amor, sin importarle las consecuencias que supondrían si su padre lo descubriera. Salvatore, al igual que Maurice, no tardó en percatarse de ello. Aunque sabía de la habilidad del marqués para moverse por cualquier escenario, no entendía cómo podía conocer el lugar exacto donde estaría su hija, y, por más que intentaron todo tipo de triquiñuelas, fue imposible evitarlo. La figura del marqués se convirtió en una constante que no hacía más que alimentar los sueños de amor de Adelina; cuanto mayor era la prohibición, más aumentaban las ganas de estar juntos.

Los dos hacían lo posible por propiciar encuentros, burlando la vigilancia paterna, y no fueron los únicos. Una buena historia de amor siempre incluye fervientes encubridores que caen rendidos en nombre de la pasión. La pareja contó con unos cómplices imprevistos, un matrimonio de barones rusos con los que habían coincidido en bailes y fiestas en la corte y que, partidarios del amor que se profesaban, les cedieron la intimidad de su casa, sus jardines y un ambiente de discreción para que pudieran estar juntos sin ser vistos. Los futuros marqueses de Caux se animaron a pasear por el parque Bois de Boulogne, donde los castaños, las secuoyas, los olmos, las hayas y los cedros del vergel reformado por Napoleón III en 1852 fueron testigos de sus fogosas confesiones. No parecía que aquella relación tuviera visos de acabar como muchos deseaban. El amor era más fuerte que las habladurías.

Adelina estaba viviendo una revolución emocional que, sin embargo, no le influyó a la hora de salir a escena, donde seguía cosechando éxitos, aplausos inacabables y ovaciones cerradas. Algo bien distinto sucedía en su vida personal. Desde que su padre había suspendido el compromiso, ella se esforzaba en mostrarse triste, mustia, contrariada, y se encerraba en su habitación para tocar durante horas la cítara, uno de sus instrumentos preferidos al que recurría cuando estaba afligida o necesitaba pensar. Ni siquiera los preparativos de la fiesta por su veinticinco cumpleaños parecían tener el lustre de otras celebraciones. A Salvatore no le pasó inadvertida la actitud de su hija. Intentó algo que nunca le había fallado en años anteriores.

—Y dime, ¿qué deseas por tu aniversario?

—¿De verdad quiere saberlo, padre?

—Por eso te lo estoy preguntando.

—Quiero al marqués de Caux sentado a mi mesa. Y quiero casarme con él.

La mirada de Adelina atravesó dulce pero con raigambre la de su padre. Salvatore comprendió que no había nada que hacer. Había llegado el temido momento que le obsesionaba desde el principio de la carrera de su hija. El marqués no parecía un capricho, algo que el tiempo se encargaría de borrar, una aventura sin trazas de futuro, fruto de un antojo adolescente. Su pequeña quería a ese hombre; le iba a resultar imposible quitárselo de la cabeza y oponerse a esa relación sólo le traería problemas. La fuerza del destino había echado un pulso a la influencia de un padre y lo había derrotado sin ambages. No cabía más que aceptar la capitulación, por dolorosa e inconveniente que fuera.

El marqués de Caux volvió a entrar en la vida de la Patti como lo hizo en su residencia de los Campos Elíseos. Ninguno de los dos quiso ni pudo disimular su alegría. Tampoco Salvatore y Maurice podían ocultar su descontento, aunque intentaron hacerlo para no contrariar a la diva. Aun así, con el marqués rehusaron mostrar la misma consideración. Las cosas iban a cambiar para todos. Por decisión de Adelina, Salvatore desaparecería de su vida artística y se iría a vivir con Maurice y Amalia, con una pensión de diez mil francos que ella misma estableció. El general Strakosch también vería cómo su lugar privilegiado a la vera de la Patti se difuminaba. Sin embargo, aunque sería el marqués el encargado de llevar la contratación, él no desaparecería de la carrera de su cuñada; se quedaría como agente externo y siempre velaría por el bienestar de quien había sido su protegida durante tantos años. Fue él quien le mostró al marqués los contratos firmados hasta la fecha. Cuando Henri advirtió el caché de su prometida, requirió de una segunda y tercera lectura para asegurarse de que su futura esposa iba a percibir semejante cantidad de dinero. Por un instante se sintió a salvo de todo. Su expresión no pasó inadvertida a Salvatore, que encontró el momento propicio para lanzarle a su futuro yerno el jarro de agua fría que se reservaba desde hacía tiempo.

—Una vez decidido que será usted quien abandone la corte francesa, ya que mi hija no dejará su carrera artística, y antes de que se celebre el matrimonio, me veo en la obligación de aclarar algunas cosas para que nadie se lleve a error. Adelina ha ganado mucho dinero gracias a su profesión y aún ganará mucho más. Ese capital estará a su nombre en una cuenta del Banco de Inglaterra.

El gesto de contrariedad del marqués se hizo evidente. Salvatore siguió detallándole cuál sería su situación financiera tras el enlace.

—Hablamos de una cantidad cercana a los cuatrocientos mil francos, que estarán únicamente a nombre de mi hija. Y no sólo eso. Lo que gane Adelina con sus conciertos irá a parar a la misma cuenta, excepto dos tercios que se destinarán a una cuenta en común del matrimonio, una vez pagados los impuestos y los gastos, por supuesto. Veo que ya conoce el caché de la Patti, así que comprenderá que esa cantidad garantiza llevar una vida con todo tipo de lujos, como no podía ser de otra forma en el caso de mi hija, y en el de usted también, al convertirse en su marido.

—Discúlpeme, pero su manera de dirigirse a mí me hace sentir incómodo. Puede que me equivoque, pero sus palabras reflejan una total desconfianza hacia mi persona.

—No lo crea. No es sólo por usted y su innegable gusto por... la diversión. Imagine que Adelina, Dios no lo quiera, se queda un día sin voz. Le vendrá bien contar con esos ahorros que se ha ganado con su esfuerzo y su trabajo porque, siendo sincero, no veo que usted sea capaz de mantener a una diva del bel canto, aunque puede que yo también me equivoque —apuntó con ironía.

Las palabras de Salvatore martilleaban la cabeza del marqués, que jamás imaginó verse en una situación similar, dada su condición social dentro de la aristocracia parisina y de la corte del emperador Napoleón III. Cuanto más hablaba su futuro suegro, más pequeño parecía su título nobiliario.

—No se preocupe, comprendo que todo esto pueda confundirle —señaló Salvatore al tiempo que colocaba unos papeles sobre la mesa, bajo la mirada de su abrumado interlocutor—. Antes de la boda, ambos firmarán un contrato en el que se detallan todos estos aspectos, así como las obligaciones y los deberes de cada uno. Todo quedará reflejado. Si quiere, puede leerlo con tranquilidad.

—Creo que olvida usted que está hablando con un caballero del rey, un marqués de cuna, alguien respetado en la corte. Sepa que no me están resultando agradables sus veladas insinuaciones, como tampoco esta conversación. De igual modo, yo podría pensar que su hija sólo quiere casarse conmigo por el título, para convertirse en marquesa de Caux.

—¿De verdad cree eso?

—Igual que usted parece pensar que yo me caso con ella por su dinero.

—Bien, pues no lo haga. No se case. Usted es libre de pensar lo que quiera y de decidir lo que buenamente crea oportuno. Pero si contrae matrimonio con mi hija, será bajo estas condiciones o no habrá boda. Es así de sencillo.

El marqués entendió aquellas palabras como un ultimátum. No había que ser muy lúcido para comprender que a Salvatore le encantaría que renunciara a contraer matrimonio en aquel preciso instante, que rompiera el compromiso y que todo siguiera como hasta ahora, con ellos manejando los hilos de la vida de Adelina. No caería en la trampa.

—De todas maneras, y para despejar cualquier duda que pueda tener sobre las verdaderas intenciones de mi hija con respecto a estas nupcias, le recuerdo que ella es ya la Reina de la Canción, que es mucho más que ser marquesa. También quiero que tenga claro que, si un día se rompiera el matrimonio, ella dejará de ser marquesa y cada uno se quedaría con lo suyo, lo que me parece más que justo.

—Vuelve a darme la impresión de que usted duda de mi amor por su hija y no deja de ponerme trabas y someterme a este tipo de pruebas sobre mi situación financiera.

—Se equivoca, marqués, no dudo de su amor por Adelina. Dudo de la vida y del destino.

—¿Acaso duda de mi honor?

—Lo que hago es resguardar el de mi hija.

—Para eso ya estaré yo.

—Eso espero. Y tenga por seguro de que lo estaré vigilando para comprobar que así sea.

No parecía que la desconfianza entre ellos fuera a desaparecer de manera sencilla. Adelina no era ajena a nada de lo que su padre le estaba explicando al marqués; de hecho, ella había dado su beneplácito. Tenía muy claro el esfuerzo que le había costado ganar su dinero y no estaba dispuesta a que ninguna mala jugada lo hiciera peligrar. A su modo de ver, amor y parné eran polos opuestos y así deberían quedar; nadie esperaba que el agua y el aceite se abrazaran, aunque pudieran convivir en un mismo recipiente. Deseaba casarse con el marqués, pero no aspiraba a que el amor adoleciera de una contumaz y peligrosa ceguera; al menos ella tenía los ojos bien abiertos, como siempre que se trataba de su fortuna. Se mantenía alerta cuando trataba con los empresarios teatrales, a los que exigía el pago del caché antes de comenzar el espectáculo o, de lo contrario, no saldría a escena, aunque tuviese que permanecer vestida entre bastidores hasta que se lograra reunir el capital. «No me calzaré hasta que usted cumpla el acuerdo y yo tenga mi dinero», solía decir, aunque eso supusiera un retraso en el comienzo del concierto. Lo había aprendido desde pequeña: el dinero dignificaba y posibilitaba el respeto. Así se lo advirtió Marietta Alboni años atrás en una carta y nunca había dejado de tenerlo presentes: «Y recuerda lo que ya te dije en su día: eres una mujer. Tienes que mostrarte firme en tus convicciones, en tus deseos y en tu salario. Exige ser bien pagada. Muchos empresarios verán en tu condición femenina una excusa para retribuirte menos. No lo permitas, déjalo bien claro desde el principio. Que te teman y te respeten, que sepan quién es Adelina Patti. Si quieren a la mejor voz, tendrán que pagarla». Y cuando alguno de ellos se sorprendía del alto precio de contratar a la Patti, argumentando que ni siquiera el presidente de un país ganaba ese sueldo, ella respondía: «Consiga que el presidente cante como yo y no tendrá que pagarme. Avíseme cuando lo logre».

La firmeza en la defensa de sus intereses no significaba que pecara de avariciosa cuando de dinero se trataba, simplemente se limitaba a seguir las reglas del mercado que, como bien le advirtió su madrina, para una mujer sería incluso más complicado si no lo dejaba claro desde el principio. Lo hacía con los empresarios y con Maurice, a quien incitaba con todo tipo de argumentos convincentes a subir la cantidad que cobraba por función. El matrimonio no dejaba de ser un acuerdo. No encontraba ninguna razón para no comportarse de igual manera con su futuro marido, al que decidió entregar a modo de regalo de boda una generosa suma de dinero con la que podría saldar sus deudas y empezar desde cero a su lado.

La boda se celebraría el 29 de julio de 1868. Pero como en toda ópera, y su vida no dejaba de serlo, no tardó en aparecer el drama. El cura encargado de casarlos descubrió que la futura novia no contaba con dos sacramentos imprescindibles para contraer matrimonio: la comunión y la confirmación. Sin ellos, la boda no sería posible. Por suerte, el melodrama no pasó de ser un mero *intermezzo*. Dos días antes de celebrarse el matrimonio, Adelina tomó ambos sacramentos con la Grisi como madrina, y el problema quedó resuelto.

Su verdadera preocupación es que llegara a tiempo el vestido que Worth le había diseñado para el enlace, y en eso no hubo tragedia alguna. Era una hermosa creación confeccionada en satén blanco que se ajustaba a su cuerpo como un guante. Un gran velo de encaje blanco acompañaba el diseño, que remataba con una corona de flores de azahar. Después de pensarlo mucho, decidió que ese día no llevaría joyas que distrajeran la atención hacia algo que no fuera ella y su impresionante vestido. En consonancia, tampoco el novio, elegantemente vestido con levita, chaleco claro y pantalón a juego, lució ninguna condecoración. La novia estaba preciosa y en eso coincidieron tanto los sesenta invitados que acudieron a la celebración como los miles de personas —algunos periódicos hablaron de diez mil— que no quisieron perderse a la Patti vestida de novia camino del altar, a pesar de la intensa lluvia que descargaba sobre Londres ese día. Las inclemencias del tiempo no importaban si a cambio podían ver a la reina del bel canto a punto de convertirse en marquesa de Caux. No faltaron los corrillos ni los comentarios en boca de los presentes: que si había demasiada diferencia de edad, que si él no iba a resistir la vida conyugal con una artista teniendo en cuenta su alma de crápula, que si se casaba por su dinero, que si su excesivo gusto por las fiestas plantearía más de un problema, que si ella se había encaprichado del título de marquesa y de ahí su enamoramiento, que si no tardaría en cansarse de él y encontrar consuelo en brazos de otro... Muchos se preguntaban si el matrimonio le haría rechazar determinados papeles o, algo peor, si le obligaría a abandonar poco a poco su carrera. Un aluvión de chismes y rumores tejían la cortina acuosa de la espera hasta que los novios llegaron a la iglesia católica Nuestra Inmaculada Señora de las Victorias, en Clapham, al sur de Londres. En ese instante, como si mediara algún mandato divino, la lluvia cesó y la cortina se deshizo.

Después de la celebración religiosa, los invitados —casi todos por parte de Adelina, a pesar de que de su familia sólo pudieron acompañarla Salvatore, Maurice y Amalia; Caterina disculpó su ausencia desde Roma y el resto de sus hermanos lo hizo desde Estados Unidos— se acercaron a Villa Rossini para disfrutar de una suntuosa comida. En el jardín se había levantado una gran carpa y se colocaron las banderas de los países donde la Patti había cantado. En un momento del ágape, se realizó la esperada foto de boda: los novios, las damas de honor y los familiares de la novia, ya que la familia del marqués esperaba a la pareja en París, durante su luna de miel.

Los regalos de boda abarrotaban la residencia. Todos los convidados, presentes o ausentes, habían sido espléndidos en sus dádivas y no faltaron espectaculares joyas enviadas por parte de la nobleza europea —pendientes, anillos, collares, pulseras, diademas, tiaras...—, abanicos artesanales como el de la soprano Giulia Grisi y su marido el tenor Mario de Candia, y un regalo muy especial que vino directamente del palacio de las Tullerías: un delicado jarrón de Sèvres, de porcelana y bronce, pintado a mano con escenas de la diosa Afrodita y varios angelitos a su alrededor para completar la escena. Adelina también recibió un presente aún más exclusivo del palacio de Buckingham: un brazalete de diamantes engarzado en oro blanco; el príncipe de Gales, al igual que su padre, tenía un gusto exquisito por las joyas. No era la Oriental Circlet que había admirado en la cabeza de la reina Victoria años atrás, pero le gustó incluso más porque era de su propiedad.

Los novios abandonaron Londres con destino a París. Fue allí donde Adelina conoció a su suegra, durante el transcurso de una fiesta organizada en honor del matrimonio. Todo fueron buenas palabras, grandes gestos, esplendorosas sonrisas, pero ella sabía que, al igual que sucedía con Salvatore, la familia de su marido no veía con buenos ojos aquella unión; demasiado extravagante, dijeron algunos en *petit comité*, un enlace que nacía con fecha de caducidad, aseguraron otros. La reverberación de la rumorología no le resultaba ajena, pero aprendió a que no le afectase. No le importaban los comentarios que podía adivinar en los rostros de algunas personas, sólo le incumbía lo que pensara ella. Era la Patti, la Reina de la Canción, y eso la situaba en un escalafón superior al resto. Además, desde hacía unos días, también era la marquesa de Caux. Tenía la entidad suficiente para gestionar su nuevo estatus. Había entrado en la nobleza parisina y quería comprobar cuán cómoda podría sentirse. Sólo ella tendría esa potestad, nadie más.

Segundo acto

San Petersburgo
1870

En la vida, cada final es sólo el principio de otra historia.

Julian Barnes

16

La Patti muerta.

No le costó visualizar el titular que al día siguiente coparía las principales cabeceras de la prensa, como hacía con los teatros abarrotados antes de salir a escena.

Adelina recordó el impacto que le produjo la muerte de la esposa del poeta Henry Wadsworth Longfellow una tarde de 1861, cuando, sentada en el salón de su casa, su cuerpo fue devorado por las llamas; falleció al día siguiente. Al parecer, mientras sellaba con cera un sobre de papel donde había guardado una muestra de cabello de sus hijos, una llama prendió su vestido y la condenó a sufrir una de las muertes más espantosas. Esa imagen persiguió a Adelina durante mucho tiempo hasta alcanzarla en el camerino del Teatro Imperial de San Petersburgo.

El descuido de una de sus doncellas mientras la ayudaba a vestirse a punto estuvo de provocar que muriera devorada por el fuego, cuando la lámpara de aceite que sostenía Patro prendió el vestido de la soprano. Nadie advirtió la amenazante llama que empezaba a devorar la tela del majestuoso traje con el que estaba a punto de salir a escena ante un teatro abarrotado por un público ansioso de escuchar y ver a su reina, con permiso de la zarina. Sólo el olor a quemado y un sonido similar a la lluvia incipiente —como recordó que sonaron los aplausos en su debut en el Niblo's, cuando aún era una niña— le advirtieron del peligro.

—¿Qué sucede? —preguntó al ver el rostro de su doncella en el espejo.

Su gesto se transformó en la viva imagen del terror cuando Patro y Louisa se abalanzaron sobre ella, una con una jarra de agua y la otra con un trapo que ni siquiera supo de dónde procedía. El olor a chamuscado y la visión de una lengua de fuego que crecía y avanzaba por su vestido como si fuera una serpiente atenazaron a la diva. Cuando el agua y el trapo —que resultó ser el abrigo del marqués de Caux, que había dejado en el camerino antes de ir a ocupar su habitual asiento en la primera fila del teatro— ahogaron la llama prendida en el traje, la Patti brotó.

—¡Pero ¿a quién se le ocurre acercarse a mí con una lámpara de aceite en la mano?! —gritó como si las llamas del infierno la consumieran.

—Señora, dejé el quinqué en el suelo sólo un instante. No pensé... Yo no creí... No podía imaginar... —aseguraba Patro, incapaz de terminar una frase.

—¿Qué pretendías? ¿Matarme? —preguntó algo sobreactuada, como siempre que se enfadaba y dejaba a todos sin réplica. Sus gritos ya se oían fuera del camerino—. Pues has estado a punto de conseguirlo. ¿Es que no piensas?

—Pero no ha pasado nada —intentó templar los ánimos Louisa. Había sido un descuido peligroso, aunque ese tipo de accidentes eran habituales debido al material utilizado para confeccionar los vestidos como el tul o el algodón, que prendían con facilidad por la chispa de una chimenea encendida, una vela o una lámpara de aceite—. Lo mejor será que todos nos tranquilicemos —propuso mientras ayudaba a Adelina a cambiarse de traje, tras confirmar con un vistazo que la diva no podía salir con el que llevaba puesto a escena.

Después de los rugidos de cólera, provocados por el miedo, o quizá por el susto, seguidos de varios improperios dirigidos a Patro, que no sabía dónde esconderse para huir de la ira de su señora, Adelina optó por serenarse y restar importancia a lo sucedido. Contribuyó a ello que el marqués de Caux, alertado por los gritos de su esposa, acudió raudo al camerino.

—¿Qué sucede, querida? ¿Te encuentras bien? —preguntó, gestionando la falta de aire en sus pulmones como pudo. No le gustaba correr, como tampoco las prisas, porque siempre terminaba exhausto y ofrecía una imagen que no era la que le gustaba dar, como hacía en sus tiempos de seductor en el palacio de las Tullerías.

—Nada por lo que alarmarse —repuso Adelina sin retirar los enormes ojos brunos de su imagen reflejada en el espejo—. Nada excepto el hecho de que tendrás que comprarte un abrigo nuevo.

Todo el personal conocía los brotes de la diva, sus rabietas, la mayoría por cuestiones aparentemente absurdas, aunque a veces justificadas, como la vivida en el Teatro Imperial. La habían visto llorar por un comentario inoportuno realizado por un invitado a una de sus cenas en Villa Rossini, romper partituras como si fueran las responsables de una frustración momentánea, arrojarse al suelo como si estuviera presa de una agitación demoniaca, volcar muebles obviando el aprecio que les tuviera, estrellar objetos contra las paredes como hizo con un espejo que se rompió en mil pedazos mientras Patro se persignaba augurando décadas de mala suerte, o gritar abriendo las ventanas en un intento de que el viento se llevara sus bramidos lo más lejos posible para que todos los escuchasen, con la misma diligencia con la que oían sus trinos y gorjeos por la mañana. Aquellos enfados parecían relajar a Adelina. «Brotes». Así los llamaba Maurice, que sufrió más de uno, como cuando, siendo una niña, al comienzo de su formación, se tiró al suelo envuelta en bramidos por culpa de la llamada «dieta Strakosch», a base de carne asada, queso, leche y huevos, así como un estricto horario para irse a dormir a las ocho de la tarde y levantarse a las seis de la mañana, como método para cuidar su voz y evitar que se resintiera. La pequeña se enfadó tanto que amenazó con envenenarlo y también a sus padres, por considerarlos responsables de consentirlo. «Os echaré algo en la comida o en la bebida cuando menos os lo esperéis», los amenazó, provocando primero el asombro y luego la hilaridad de los aludidos, hasta que Caterina comentó que su hija era muy capaz de hacerlo.

Las víctimas de aquellos brotes no sólo eran su personal de servicio y los más cercanos a ella, también algún empresario fue testigo de lo poco recomendable que era contrariar a la Reina de la Canción, como comprobaría tiempo más tarde el responsable que la contrató para La Scala de Milán, cuando acudió al hotel donde se alojaba para rogarle que cambiara su repertorio por unos imprevistos de última hora. Era la hora de la comida y la Patti estaba almorzando, uno de sus momentos favoritos del día, sobre todo porque tenía un cuerpo de baile de sirvientes danzando a su alrededor, atento a cualquier detalle o petición que hiciera. Por una serie de problemas ajenos a la dirección del teatro, el empresario le comunicó que no podría cantar la ópera *El barbero de Sevilla* de su admirado Rossini y que tendría que interpretar en su lugar *La traviata*. La diva permaneció unos segundos en silencio, mirándolo fijamente a los ojos sin que una sola mueca cruzara su rostro, para después arrastrar con fuerza el mantel que cubría la mesa sobre la que había platos, vasos, cubiertos, copas y fuentes de comida que acabaron en el suelo. Después del estruendo, reinó el silencio. En aquella ocasión, no hicieron falta palabras ni gritos que expresaran su disconformidad. El empresario abandonó el hotel, secándose el sudor del rostro, con un principio de taquicardia golpeándole el pecho y rezando para que la diva no decidiera suspender la actuación prevista, lo que también arramblaría con los pingües beneficios que le reportaría. Esa noche, como nadie contempló que fuera de otra manera, en La Scala se escuchó «Una voce poco fa» de la ópera *El barbero de Sevilla.*

Era la Patti. Una diva. No parecía buena idea molestarla ni era rentable contrariarla. Todos lo sabían, aunque también conocían que después de la tempestad desatada siempre llegaba la calma. Por ese motivo, a ninguno de los presentes en el camerino del Teatro Imperial de San Petersburgo le extrañó la tranquilidad que mostraba minutos después del amago de incendio.

—Un accidente —explicó una vez recuperada la serenidad, al recordar cómo la llama de la lámpara de aceite amenazó con quemar todo el vestido y alcanzar su cuerpo.

Recuperó su imagen en el espejo, después de que Louisa la ayudara a ponerse el nuevo vestido, idéntico al dañado. No supo quién había tenido la previsión de hacer dos diseños iguales por si uno se estropeaba, pero había tenido una gran idea.

«Un accidente». La muerte siempre llegaba disfrazada de vicisitud, de eventualidad, de mala suerte, de una incuria total de la diosa fortuna, quizá para no tener que ceder y caer en la desesperación de lo que en verdad suponía la parca.

Adelina tuvo ocasión de comprobarlo hacía unos meses, ese mismo 1870, un año que, contra todo pronóstico, llegó colmado de muerte. No era un concepto en el que hubiera pensado en exceso. Siempre había huido de hablar de ello, ni siquiera lo mentaba. Pero la realidad suele imponerse al deseo, como si clamase por una antigua venganza que se toma su tiempo, consciente de su victoria final.

La primera vez que pensó en serio en la pérdida fue cuando el presidente Lincoln fue asesinado el 14 de abril de 1865 por un actor, John Wilkes, en el Teatro Ford de Washington. Recordó el día en el que tuvo ocasión de cantar para él y su esposa, Mary Todd, y de cómo el matrimonio disfrutó de su interpretación de la canción «Home, Sweet Home». Aquella defunción la impactó, sin duda por la proximidad que habían tenido en el pasado. Pero la muerte que realmente la sacudió fue la de su querido Rossini tres años después del magnicidio, el 13 de noviembre de 1868. El compositor llevaba tiempo arrastrando lo que él pensaba que era un complicado resfriado, cuando en realidad era un cáncer que lastraba su cuerpo, aunque no su mente. Los fuertes ataques de tos, las fiebres altas y los periodos de intenso cansancio no redujeron sus ganas de componer, especialmente para la Patti. Ya enfermo, trabajó en su ópera *Semiramide*, adaptándola para ella. «Nada me haría más ilusión que la interpretaras. Será un éxito que marcará aún más tu carrera. Es un papel para una diva infinita, y no existe en el panorama operístico nadie como tú». A Adelina se la convencía fácilmente con halagos y muestras de admiración; no podía evitarlo, la embravecían, le hacían sentirse empoderada y remarcaban su condición de diosa, sobre todo si venían de grandes de la música, como el propio Giuseppe Verdi, quien, en la primavera de 1870, le escribió una carta después de escucharla en la ópera *Rigoletto* en París, reconociendo que ella era su verdadera y única Gilda, sin opción a que nadie más la eclipsara. Pero Rossini era especial, su amigo, su consejero, a quien la unía una relación especial que ni ellos eran capaces de explicar con palabras. Su muerte fue un duro golpe para ella.

El fallecimiento del compositor italiano pareció abrir la veda del adiós en la vida de la Patti y le descubrió algo nuevo: la ausencia. La única aproximación que había tenido a ese término aparecía reflejada en forma de cláusula en sus contratos, refiriéndose a su falta de asistencia a los ensayos de las óperas. Pero esa maldita palabra saltó del papel a la vida real, adquiriendo un significado distinto porque, en la realidad, el sentimiento provocaba un agudo dolor en el alma y dejaba un desgarro en el corazón que sobre el papel sólo un borrón de tinta podría emular. No empezó a notar ese vacío oscuro y profundo hasta días después de cantar en el entierro de Rossini, donde le regaló su voz por última vez; no podía fallarle en su última representación. Vestida de riguroso negro, acudió a darle el último adiós y acompañarlo en el último viaje. La iglesia de la Santa Trinidad estaba repleta de personalidades de la música, el arte y la cultura que habían acudido a despedir al compositor italiano el sábado 21 de noviembre. «Hoy no habrá reunión de amigos en su casa. Es como si hubiera querido despedirse de todos nosotros, también un sábado, rodeado de las personas que lo querían», pensó Adelina, en referencia a las *samedi soirs* que el maestro organizaba en su residencia. Las mejores voces líricas cantaron a modo de despedida, pero ninguna alcanzó la emoción expresada por la Patti, que, junto con su madrina Marietta Alboni, interpretó a dúo «Quis est Homo», de *Stabat Mater*, la obra religiosa que compuso Rossini durante una estancia en la capital de España. A ella también le turbó y a punto estuvo de unirse al recital de lágrimas que se desató en la iglesia por parte de los asistentes. Para ella fue un momento mágico. Le costaba entender que en el funeral de un ser tan querido pudiera sentir esa plenitud. Alboni recurrió a una explicación que sabía que le gustaría. «El destino juega a unir lugares comunes para afianzar los lazos entre personas. Esta obra la escribió Gioachino en Madrid y tú naciste en esa ciudad. Estaba escrito que teníais que encontraros».

Aquella despedida sólo fue el principio. La muerte de Rossini representó la obertura del drama que estaba por venir. El destino siguió divirtiéndose a costa de los mortales y, apenas un año después de la muerte del autor de *El barbero de Sevilla*, Adelina sufrió otra gran pérdida: Salvatore fallecía en agosto de 1869, víctima de un ataque al corazón. La noticia la sorprendió en el escenario, mientras representaba *La figlia del reggimento* en el Teatro Kursaal de Bad Homburg, en Alemania. Después de interpretar los dos actos con brillantez y tras recibir la habitual lluvia de aplausos y ovaciones, la diva se cambiaba de ropa en su camerino con la ayuda de Patro cuando llegó un telegrama que le informaba de la muerte de su padre. El eco de la música alegre de la ópera cómica de Gaetano Donizetti, al que Caterina adoraba y por el que tanto lloró cuando supo de su muerte, quedaba lejana, inaudible, como si fuera un sueño. Era imposible que llegara al entierro; se tendría que conformar con asistir a su funeral. En su mente se desbordó una catarata de imágenes, instantes, consejos, enfados, momentos únicos vividos junto a su padre, cuya tumba ordenó alfombrar de flores. No fue capaz de derramar una lágrima debido a la angustia, que la abandonó en un estado de confusión e incredulidad, negándose a admitir la pérdida, como si la muerte fuera algo que siempre salpicaba a los demás, pero impermeable a ella. La última vez que lo había visto fue en casa de su hermana Amalia y de Maurice, con quienes Salvatore vivía disfrutando de la generosa pensión que le había dejado su hija al poner fin a su relación profesional. La vida no era justa, pensó Adelina. Había más justicia en el teatro al que quiso regresar lo antes posible para mitigar el tormento que la devoraba y evitar que el duelo la lastrara. Como le había confesado a Caterina años antes, el escenario era donde realmente era feliz, el lugar donde se sentía segura. En escena, el dolor, la pena, la muerte y las lágrimas eran mentira, aunque el buen hacer del intérprete lo hiciera parecer real. Sobre las tablas de un teatro, el destino no tenía nada que decir porque todo, lo bueno y lo malo, estaba escrito en la partitura. Cuando se alzaba el telón, era imposible no sentirse a salvo. A no ser que fueras Abraham Lincoln.

Pero aquel 1870 en el que se encontraba había fagocitado el magnicidio del 14 de abril de 1865, la desaparición de Rossini en 1868, la defunción de Salvatore en 1869 y la muerte de la soprano Giulia Grisi tres meses más tarde, en noviembre. Y lo había hecho de la manera más brusca.

A la ausencia se le unió un nuevo vocablo con otro gran cargamento emocional: la orfandad. El desamparo más completo, el más absoluto, aquel que deja a un hijo sin capacidad de reacción, sin poder armar sus pensamientos y apenas sus actos, abandonado en el desierto más árido jamás imaginado, perdido en mitad de la nada, aislado del mundo durante el resto de su vida ante la imposibilidad de una vuelta atrás.

Dos días después de que Napoleón III fuera depuesto y se proclamara la Tercera República en Francia, tras su rendición ante Prusia en la batalla de Sedán durante la guerra franco-prusiana declarada en julio por el emperador francés, Adelina recibió la comunicación de otra muerte inesperada: Caterina había fallecido en Roma. Como había ocurrido con Salvatore, la noticia de la defunción de su madre llegó a través de un telegrama, minutos antes de salir a escena. Ese día decidió que nunca más abriría un telegrama antes de una función. El destino volvía a poner el tiempo en su contra. No había margen de reacción. Tampoco pudo estar en el momento de la muerte de la mujer que le había dado la vida y entregado la voz. Al igual que había hecho con su padre, ordenó construir un panteón para las exequias de Caterina, sin mirar costes. Hacía mucho que el dinero había dejado de ser un problema para ser sustituido en la escala de las preocupaciones por temas más íntimos, como la muerte. De algo debía servir ser la soprano mejor pagada del espectro operístico, aunque eso no le proporcionaba ningún consuelo.

Muchas de las personas cercanas a ella habían desaparecido o cambiado de país y de estatus en 1870, un año que parecía maldito: Napoleón III fue hecho prisionero y enviado, meses después, al exilio a Inglaterra. La emperatriz Eugenia de Montijo tuvo que expatriarse también en Inglaterra. La reina Isabel II de España abdicó del trono desde su residencia de París, el palacio de Castilla, conocido como palacio Basiliewski, donde residía desde hacía un par de años tras verse obligada a salir de España con el éxito de la Revolución Gloriosa de septiembre de 1868 y asentarse en Francia con la ayuda de Napoleón III. Según le contaron, la reina abdicó de sus derechos al trono de España el 25 de junio de 1870 en favor de su único hijo varón, Alfonso, de trece años —los otros cuatro hijos de la soberana nacieron muertos o fallecieron al poco de llegar al mundo—, ataviada con un elegante vestido rosa y luciendo uno de sus inseparables abanicos que no soltó en ningún momento, utilizándolo a conveniencia para evidenciar las palabras pronunciadas cuando abdicó: «Por fin. Me he quitado un peso de encima». Adelina desconocía si aquella expresión habría salido de la boca de alguien tan regio como la reina Isabel II, aunque, recordando su conversación en el Palacio Real de Madrid, no dudó en darle veracidad. Si algún día volvía a coincidir con ella en París o en Ginebra —donde la reina y parte de su familia residían desde la proclamación de la República en Francia—, le alabaría el gusto de su comentario. Le pareció curioso que las dos reinas a las que había tratado con más asiduidad y que se habían rendido a su voz —la emperatriz Eugenia de Montijo y la reina Isabel II de España— fueran a compartir un mismo horizonte, el exilio de sus países, y, por ende, el mismo título galdosiano: «la reina de los tristes destinos».

Ella también debía cambiar de aires, huir de los malos recuerdos y dejar atrás tanta muerte, vacío, orfandad y ausencias.

Después de cumplir con sus compromisos profesionales en varias ciudades, que la llevaron a cosechar sonoros éxitos en París, Londres, Bruselas, Ámsterdam, Róterdam, Lieja o La Haya, amén de dos conciertos en el palacio de Buckingham por petición de la reina Victoria y del príncipe de Gales —uno de sus más destacados admiradores, que solía recorrer los teatros de medio mundo para oírla cantar, lo que dio pie a que algunos rumores malintencionados circularan por la corte británica e incluso por algunas redacciones de periódicos, que no se atrevieron a dar el paso de publicar lo que se rumoreaba en ciertos círculos aristocráticos sobre una estrecha relación entre ambos—, Adelina puso rumbo a Rusia junto con su esposo, el marqués de Caux, y sus doncellas en el otoño de 1870. Sería su tercera vez en el país del que siempre salía más rica, con más joyas de las que llevaba al entrar y con la convicción de que la denominación de diva, en esa tierra de estepas heladas, se quedaba corta. Cada vez que pisaba la tierra nevada de Tolstói, sabía que la recibirían como si hubiese nacido allí. Desde la acogida en la estación de tren, sin importar lo tarde que fuera o el frío que hiciese, hasta la bienvenida en el Hotel Demuth, donde pasaría su estancia en San Petersburgo. El director del establecimiento había reservado una suite con una docena de habitaciones, en la que se había gastado cerca de cien mil francos en reformas para que la diva pudiera disfrutar de todo tipo de lujos y detalles, que iban de la comida y la bebida más selecta a las flores más espectaculares, pasando por unas curiosas jaulas doradas en cuyo interior varios pájaros se disputaban el mejor de los gorjeos. La Patti se acercó a ellos. Desde hacía muchos años sentía predilección por esos animales. Su embeleso se vio interrumpido por una observación de su marido, que no los miraba con tan buenos ojos como lo hacía su esposa.

—Espero que esos bichos nos dejen dormir... —comentó, sin disimular su falta de empatía con los pájaros. Quiso expresar la aversión que le despertaban pese a saber que desde su dormitorio no los escucharía gracias a la amplitud de la estancia.

—Querido, tú y tus comentarios, siempre tan fuera de lugar... —le respondió, mientras sus dedos acariciaban los finos barrotes de la jaula, como si estuviera tocando a las aves—. Algún día, cuando tenga una residencia fija a la que regresar después de mis giras, tendré muchos pájaros. Más te vale acostumbrarte. Y que ellos se acostumbren a ti, porque como tenga que elegir...

Al igual que sucedía con la Patti en el escenario, Adelina, en las conversaciones con el marqués, siempre tenía la última palabra.

17

El matrimonio de los marqueses de Caux proseguía su curso sin grandes algarabías. Siempre se les veía juntos en el teatro, en las fiestas y en las recepciones de la aristocracia europea que se celebraban en los distintos países que visitaban por los compromisos operísticos. Adelina tenía la facultad de desdoblarse. En los templos musicales brillaba por ser la Patti, la única e incomparable, según rezaba la prensa y aseguraban los empresarios teatrales que la contrataban a pesar de su elevado caché, una cantidad que recuperaban y hasta triplicaban en taquilla a modo de beneficios. En los salones de la nobleza era la marquesa de Caux y como tal se comportaba; el título que ostentaba desde su casamiento se había convertido en los últimos tiempos en otro papel que disfrutaba interpretando y le proporcionaba cierto esparcimiento.

Para el marqués de Caux, el proceso no resultó tan festivo. Su nuevo estatus de representante y agente de la diva distaba mucho del que tuvo que abandonar tras la boda. En silencio y sin compartir con su esposa la desazón por el cambio de roles, sentía que ya no era el hombre más deseado de París, el gran conquistador de las damas de la aristocracia. Había dejado de ser la persona de confianza del emperador Napoleón III y el aliado de la emperatriz para convertirse en el marido de la gran soprano. Lo descubrió a raíz de una inocente pregunta pronunciada por el empleado de un hotel de Bruselas: «Monsieur Patti, ¿necesita ayuda con el equipaje?». Aquel apelativo martilleaba constantemente su cabeza, como un chirriante metrónomo indicando el pulso de sus pensamientos, hasta convertirse en un endiablado eco, molesto y malintencionado que sólo perseguía torturarle. Había pasado de ser el marqués de Caux a ser monsieur Patti y no acababa de gustarle su nueva condición. Quería a su mujer, fue él quien insistió en que se casaran, pero eso no significaba que estuviera satisfecho con su nuevo cometido en la vida: ser la sombra de Adelina, un apéndice de la diva, siempre a su servicio. Temía que aquel eco encerrado sigilosamente en su interior emergiera algún día a la superficie con consecuencias imprevisibles. En más de una ocasión tuvo que controlarse para evitar las numerosas riñas que la pareja protagonizaba cada vez con más asiduidad, sin importarles que el personal de servicio los escuchara. Además, Henri era hábil en las relaciones con los empresarios del mundo lírico, pero no lo era tanto a la hora de hacer números, llevar las cuentas, examinar cláusulas y cerrar contratos. Tampoco le resultaba sencillo ver pasar ante sus ojos el dinero que los teatros de Europa pagaban a su mujer y no poder tener acceso a él para gastarlo en lo que siempre lo había dilapidado: fiestas, alcohol y juegos de azar. Él no era Maurice Strakosch, no era alguien que hubiera nacido en el mundo de la música para poder entenderlo, amarlo y sacrificarse por él; no tenía su preparación y tampoco le interesaba tenerla. Su interés residía en otros entornos periféricos a la ópera. Le gustaban el lujo y los festejos que rodeaban a su esposa antes y después de las representaciones teatrales, pero no era un hombre de despachos ni de negocios. Adelina, testigo de la incapacidad de su marido para llevar su carrera, contrató a un agente y administrador de origen italiano, Giovanni Franchi, que llegó recomendado por Strakosch; su cuñado ya no trabajaba para ella, pero seguía muy atento su carrera y hacía todo lo que estaba en su mano para beneficiarla. El otrora caballero del Imperio francés dejó que los libros de cuentas los llevara otro, pero eso no le hacía mantenerse ajeno a la fortuna que su mujer seguía ganando frente al paupérrimo porcentaje de los contratos que él recibía a modo de sueldo. Conforme pasaba el tiempo, los únicos lugares donde el marqués se sentía cómodo eran los salones de la alta sociedad europea donde eran invitados, los bailes organizados por la aristocracia, las recepciones en palacio o los encuentros privados a los que el matrimonio acudía, como la cena en honor de la Patti ofrecida por la reina Victoria y el príncipe de Gales en el palacio de Buckingham, después de una de sus actuaciones en el Covent Garden, donde los embelesó con su interpretación en *El barbero de Sevilla*. En palacio, el marqués volvía a sentirse el hombre que realmente era, sus ojos brillaban con la misma intensidad que en los bailes de las Tullerías, cuando galanteaba con las damas de la aristocracia francesa, su sonrisa resplandecía, su conversación crecía y su presencia iluminaba la estancia. Adelina presenciaba la transformación que sufría su esposo cuando regresaba a su ambiente natural, donde podía comportarse tal como era. Pero ambos habían llegado a un acuerdo: ella era la Patti, no dejaría de cantar ni renunciaría a su título más importante, el de Reina de la Canción. Él tuvo que admitirlo, aunque le costara.

Los marqueses de Caux no eran el matrimonio que muchos pensaban. El sentimiento profundo que caracterizó los primeros momentos de la incipiente pareja de enamorados, cuando él la perseguía a escondidas a pesar de las restricciones impuestas por Salvatore y Maurice, se fue diluyendo lentamente. Quizá no era amor lo que había surgido entre ellos, sino la emoción, el riesgo y el vértigo de protagonizar algo prohibido y de alcanzar lo añorado: él, la vida de lujo y el dinero de la Patti; ella, la posibilidad de formar parte de la aristocracia gracias a su título de marquesa, aunque no en la corte parisina, como hubiera deseado. Puede que no fuera un sentimiento de amor verdadero lo que se profesaban, pero se querían y se apoyaban en todo lo que su matrimonio requería. Adelina nunca olvidaría el abrazo sincero y balsámico con el que su marido la acogió en su regazo al recibir el telegrama que anunciaba la muerte de su padre ni su continuo apoyo durante el funeral y la difícil visita que hizo al cementerio de Père Lachaise de París para depositar las flores sobre la tumba de Salvatore. El marqués sabía que los camposantos no eran del agrado de su esposa, como tampoco lo era la muerte. Por eso huía de ellos en cuanto podía, cuanto más lejos mejor.

Y Rusia estaba muy lejos.

Durante cuatro meses, de noviembre del protervo 1870 a febrero de 1871, a la Patti la esperaban el éxito y el reconocimiento en el imperio de los zares. Estar en San Petersburgo o en Moscú era como estar en escena. Allí se sentía invulnerable, segura, inmune a todo. Cuando cerraba los ojos recordaba su debut en el Teatro Imperial de San Petersburgo, el 14 de enero de 1869 con *La sonnambula*, donde tuvo que salir a saludar una veintena de veces. Entre bastidores solía preguntar a los trabajadores del teatro: «¿Cuántas veces salió a saludar Christine Nilsson? ¿Cuántas Pauline Lucca? ¿Cuántas Ilma de Murska? ¿Cuántas Therese Tietjens?», y sin necesidad de forzar el saludo, sonreía al comprobar que ella lo superaba con creces. Nilsson era su principal competidora; al igual que le sucedió años atrás con la Grisi, la prensa y el público insistían en enemistarlas, pero ellas presumían de tener una amistad especial que mostraban a quienes ansiaban ver un duelo entre ambas, como si eso los hiciera disfrutar más del espectáculo. La Patti no mantenía rivalidades con ninguna de sus coetáneas no porque prefiriera huir de las luchas entre divas fomentadas por los propios empresarios teatrales con la inestimable ayuda de algunos periodistas —todos se beneficiarían con una supuesta enemistad artística, ya que se traducía en más ventas de entradas y periódicos—, sino por su férreo convencimiento de que nadie podía compararse a ella en un escenario.

Maurice fue testigo de aquella seguridad aplastante sobre su calidad como soprano cuando, recién llegados a Europa, después de su primera temporada en el Covent Garden en 1861, decidió no continuar en Londres e irse a otras ciudades británicas como Brighton, Birmingham, Mánchester, Liverpool y triunfar en Dublín, Berlín, Bruselas, Ámsterdam, La Haya o Róterdam para alegría de Giulia Grisi, que veía cómo la joven le estaba arrebatando su condición de *prima donna*. Cuando el empresario del teatro le preguntó por qué no quería continuar, lo que significaría destronar de los carteles a la Grisi como primera cantante, ella tuvo una respuesta rotunda: «Sé que soy la mejor. Así lo han corroborado el público, la prensa y la recaudación en taquilla. ¿Para qué pelear? ¿Por qué hacer sangre? Volveré sin necesidad de humillar a nadie. Mi voz ya supone suficiente humillación para algunas». Corrían muchas leyendas sobre la Patti, y, aunque pocas se ajustaban a la realidad, servían para alimentar su condición de diva. La anécdota, aunque inventada o engordada, impregnaba dramatismo a su historia y la ópera era precisamente eso, el sumun del drama. Una diva no era nadie sin un buen acervo de leyendas.

Mientras en la Galería de los Espejos del palacio de Versalles se firmaba el armisticio que ponía fin a la guerra franco-prusiana, antes de que los soldados alemanes recorrieran victoriosos las calles parisinas y de que la Guardia Nacional de la ciudad se negara a entregar sus armas, que utilizaría semanas después para instaurar la Comuna en París, Adelina triunfaba en Rusia. Si los comuneros lo harían con cuatrocientos cañones guardados en Montmartre, Belleville y las colinas Chaumont que rechazaron entregar al Gobierno de la Asamblea Nacional instaurado en Versalles, y con mujeres y niños lanzándose contra las ametralladoras de los soldados del general

Lecomte para desarmarlos, la Patti consiguió el éxito con un nutrido repertorio de óperas. Salía victoriosa al imponerse a sus adversarias, tanto en caché como en saludos realizados, sin olvidar los elogios en la prensa. Guardaba en su memoria la crítica que publicó un diario ruso: «La pirotecnia vocal de la Patti es capaz de alcanzar la nota F alta, límite de la voz humana». Aquella reseña rivalizaba en su ego con la divulgada por *Le Figaro* sobre su actuación en *Los hugonotes*: «El ruiseñor ha levantado el vuelo y ahora es un águila». Solía repetir ambas frases ante sus amigos durante las cenas que organizaba en su casa, ante la algarabía de los asistentes, y las pronunciaba con la misma dicción que utilizaba para cantar las arias en el escenario.

Le gustaba compartir sus éxitos con ellos, lo entendía como una muestra de generosidad igual que lo era su cada vez mayor participación en conciertos benéficos, como la función organizada en beneficio de Sarah Bernhardt, después de que la actriz lo perdiera todo a raíz de un incendio desatado en su vivienda. La había conocido en las *samedi soirs*, le agradaba como artista y creyó que sería bonito hacer algo por ella. Cuando su nombre apareció en el cartel del concierto que se celebraría en el Teatro del Odeón de París, las entradas se agotaron en pocos minutos. Le gustaba tener esos gestos, quizá para rebatir los argumentos de quienes la acusaban de ambiciosa o de avara, sobre todo a la hora de negociar sus contratos. Cuando el marqués de Caux le aconsejó no participar en ese recital a favor de la actriz, su respuesta no se hizo esperar: «Querido, procura que te cuadren las cuentas de los contratos que dejó cerrados Maurice. De lo demás ya me encargo yo». Adelina no entendió la repentina animadversión de su marido hacia la actriz francesa, pero aventuró un pasado en común, un encuentro amoroso de los muchos que atesoraba el marqués y que todo París conocía. Ni siquiera perdió el tiempo en alimentar ese pensamiento. Ella sabía muy bien lo que debía hacer. Su palabra era siempre la última en escucharse.

Las buenas críticas que aparecían en la prensa rusa sobre sus actuaciones no era lo único de lo que presumía. Para una gran coleccionista y amante de las joyas como ella, resultaba imposible ocultar los botones de diamantes obsequio del zar Alejandro II, así como una corona de oro, un espectacular broche ribeteado por una veintena de grandes diamantes y una pulsera de esmeraldas. También recibió un reconocimiento muy especial, la Orden al Mérito de Rusia, que la convertía en una de las pocas artistas merecedoras de tan alta condecoración. Por recomendación de la zarina, fue nombrada cantante de la corte imperial rusa. Ante tales honores, era imposible no caer rendida ante Rusia. Todo en ese país le hacía sentir feliz, completa, plena. Todo excepto una cosa. Una presencia que venía repitiéndose demasiado en los últimos años y de la que no conseguía librarse. Aunque de eso no tenía la culpa el Imperio de los zares.

Sus intentos por recordar la primera vez que lo vio resultaron infructuosos. Haciendo un esfuerzo, dedujo que había sido en Londres. Su memoria le impedía concretar si se lo presentaron en un camerino, entre los bastidores de un teatro, si había sido en el hall de un hotel o en algún restaurante. Había cantado con él las óperas *Linda di Chamounix*, *Don Pasquale*, *Don Giovanni*, *I puritani* y *La traviata* en París, en 1866 y, más tarde, durante la temporada de primavera verano de ese mismo año, *Lucia di Lammermoor*, en el Covent Garden. Aunque se esforzaba por olvidarlo, habían coincidido en otras ocasiones, casi siempre en las compañías parisinas del Théâtre-Italien, pero, cada vez que se encontraban, ella lo trataba como si no lo conociera, como si hubiera algo en aquel hombre que la obligaba a olvidarlo, mostrándole una indiferencia que no se molestaba en disimular e incluso se esforzaba en remarcar. No le gustaba tenerlo cerca, ni fuera ni dentro del escenario. Su presencia le desagradaba, le caía mal, muy al contrario del sentimiento que despertaba en el resto de la gente, sobre todo entre la población femenina. Había algo en él que le hacía rehusar su compañía, también en los carteles de ópera que compartió con él en su cuarta visita a Rusia, durante la temporada otoño invierno de 1871-1872 del Teatro Imperial de San Petersburgo.

Ernest Nicolini era un tenor francés que decidió italianizar su nombre porque sospechaba que ese giro en su apellido podría beneficiarle en la escena lírica. Era un hombre guapo, apuesto, con un atractivo innegable que conocía a la perfección las artes de la seducción y no tenía problemas en practicarlas con las señoras que se le acercaban. Su voz era del agrado de los empresarios y del público, sobre todo del parisino, del londinense y del vienés, que aplaudían largamente sus actuaciones, una ovación que él intentaba prolongar dilatando su presencia en el escenario.

—Es un engreído, un vanidoso insoportable —exponía Adelina mientras revisaba el equipaje que sus doncellas, Karo y Patro, habían embalado. Había llegado la hora de abandonar Rusia para emprender el regreso; la temporada había terminado—. Su mujer merece un monumento por aguantarle y darle cinco criaturas.

—Su mujer y sus hijos lo acompañan siempre. Se les ve una familia unida.

Adelina observó a su marido, barruntando un comentario que no llegó a verbalizar: «Tú no sabrías distinguir a una familia feliz aunque la tuvieras delante». Pero no quiso privarle de una respuesta.

—Excepto cuando los manda a Francia para tener libre el camino y dar rienda suelta a sus aventuras —pareció recriminarle a su esposo, como si fuera él quien tuviese los escarceos amorosos de los que el propio Nicolini presumía ante ellos con una frivolidad que irritaba a la soprano, como si la engañada fuera ella.

A Adelina le desagradaba la manera en la que el tenor francés hablaba de sus conquistas, ajeno a la discreción que impone por naturaleza la infidelidad. No solía ahorrar ningún detalle, tampoco los más escabrosos, que ofrecía envueltos en bromas y dobles sentidos. Incluso en algún momento contó con la complicidad del propio marqués, que lo ayudó a escapar de la persecución de una señora de la alta sociedad de San Petersburgo. No tuvo reparos en describir la escena entre risas, al recordar que decidió disfrazarse de mujer para huir de la amante. La Patti no soportaba el descaro con que narraba sus aventuras amorosas y abandonaba la conversación y la estancia donde estuvieran; de hecho, llegó a recriminarle su comportamiento y que presumiera de ello con una descarada impunidad. La diva había conocido a la mujer de Nicolini y sabía que sufría porque estaba al tanto de la vida disipada de su esposo. Sin embargo, el marqués de Caux no parecía verlo igual, quizá porque se veía reflejado en él y sus andanzas lo retrotraían a su vida pasada en el palacio de las Tullerías. No era un secreto que el marqués había coleccionado amantes durante su etapa como caballero del emperador Napoleón III. Su matrimonio con Adelina pareció poner fin a aquel dispendio sentimental del que estaba al corriente todo París, aunque la marquesa de Caux no podría jurar que su afición por la compañía femenina hubiera quedado enterrada en la corte francesa, viendo el modo en que su marido miraba a otras mujeres, las veces que se ausentaba de la butaca que ocupaba en la primera fila de los teatros o el retraso con el que acudía al camerino una vez terminada la representación. Se sorprendió de lo poco que le importaba; el marqués estaba a su lado, la acompañaba en sus viajes y se ocupaba de sus necesidades. A esas alturas, no necesitaba más.

—A mí me resulta simpático —reconoció Henri, que seguía con la vista enterrada entre los contratos, como si realmente entendiera algo—. Siempre viene a saludarnos y se muestra muy amable y cordial, sobre todo contigo, a pesar de la frialdad con que lo tratas. Debo decirte que en no pocas ocasiones has rozado la mala educación.

—Te cae bien porque no tienes que aguantarle en el escenario. No puedo creer que en San Petersburgo lo contrataran para hacer el papel de Romeo. Estuve tentada de pedir que quitasen la escena del balcón. Mi Julieta, cargada de razón, estuvo a punto de matarle antes de tiempo. ¡Qué diferencia con el gran Mario! —exclamó, refiriéndose a Mario de Candia, tenor y esposo de Giulia Grisi, que había dejado las tablas hacía pocos meses. Con él había representado la misma obra que acababa de interpretar junto a Nicolini, *Romeo y Julieta*. El recuerdo pareció dolerle—. ¿Por qué ha tenido que retirarse? Era el hombre perfecto, el mejor tenor con el que he cantado. Lo echo tanto de menos...

—Tiene sesenta y un años, lleva media vida cantando. Durante treinta años ha representado *El barbero de Sevilla*. Ha interpretado a Almaviva unas cien veces sólo en Londres. El hombre tiene derecho a descansar. Él mismo nos lo dijo el día que representó la última función de *La favorita* en el Covent Garden: su intención era viajar a Roma con sus hijos. Estoy convencido de que esa tranquilidad le vendrá bien.

—Roma... —repitió Adelina. Por un momento, aquella ciudad le devolvió el recuerdo de su madre—. No es allí donde debe estar. Ése no es su sitio. No entiendo la insistencia de algunas personas por estar en lugares que no les corresponden.

—Todo tiene un final, incluso las carreras más laureadas. Aunque el colofón de tu querido Mario no se presenta tan halagüeño y cómodo como muchos podían pensar después de más de tres décadas triunfando en los escenarios... —Se refería el marqués a la paupérrima situación económica del tenor que, junto a la Grisi, fallecida en 1869, había dilapidado la gran fortuna obtenida por ambos.

La precariedad financiera del que había sido durante años el *primo uomo* del panorama operístico y favorito de la corte británica era tan grave que incluso la reina Victoria y el príncipe de Gales, junto con otros admiradores, acordaron entregarle una pensión de doce mil liras al año. El marqués estuvo tentado de recordárselo a Adelina, pero él tampoco era el más indicado para dar lecciones sobre cómo mantener intacta una fortuna; el dinero, en sus manos, desaparecía con la misma facilidad que el agua entre los dedos. Si lo hacía, corría el riesgo de que su mujer le echase en cara la cantidad que le entregó al casarse para que pagara todas sus deudas, que no eran pocas. Mejor no entrar en ese espinoso terreno en el que ella triunfaba tanto como en los escenarios. Siguió la recomendación que le hizo Maurice el día de la boda: no contrariarla nunca o, de lo contrario, se desataría el infierno. Lo más conveniente era seguir escuchándola.

—Y ahora tengo que aguantar a ese fantoche de Nicolini. ¿Te has dado cuenta de cómo intenta imitar a Mario? ¡Si hasta se peina igual! Pobre diablo… ¡Qué ser más absurdo!

—De lo que me he dado cuenta es de que te mira como la diva que eres. Yo creo que le gustas —comentó el marqués en un tono jactancioso.

—Tú crees muchas cosas y no todas son acertadas.

—Las mujeres lo adoran. Es un conquistador. Algunas incluso agitan los pañuelos desde sus butacas cuando sale a saludar y le lanzan cartas de amor al escenario. Me las ha enseñado: más de una incluye una dirección escrita.

—Las mujeres adoramos muchas cosas, hasta que las conseguimos. Y entonces entendemos la vacuidad de nuestros deseos.

El marqués ni siquiera se concedió la opción de darse por aludido. Sería una pérdida de tiempo y de energía.

—Tendrás que acostumbrarte, querida —le recomendó mientras depositaba un beso en la frente de su esposa, después de dejar los contratos sobre uno de los baúles, a la espera de que Franchi, el agente italiano que habían empleado para tales menesteres, se encargara de ellos. Le seguían asfixiando las cuentas; demasiados números de los que no podía disponer como a él le gustaría—. Tienes por delante unas cuantas escenas del balcón y, como te ha insistido el maestro Luigi Arditi, al que has complicado hasta el extremo la dirección de la ópera, has de mostrarte apasionada. Julieta ama a Romeo. Ambos se aman. No tendrás problemas; eres una gran actriz. Y yo estaré viéndolo desde primera fila.

—Parece que te divierte.

—Me entretiene ver cómo mi esposa, impasible a todo y a todos los que pisan el escenario junto a ella, se enrabieta con la presencia de un simple tenor.

—No seas ridículo, no estoy enrabietada —se indignó. No entendía por qué su marido insistía en defender a quien la contrariaba hasta el extremo—. Tan sólo pido otro tenor cuya voz se acople mejor con la mía.

—Todos dicen que su tesitura es perfecta...

—Qué sabrás tú de tesituras y de voces —refunfuñó, sin molestarse en mirar a su esposo.

El marqués de Caux sonrió tímidamente, guardándose para sus adentros el comentario que rumiaba mientras se perdía en las hojas de un nuevo contrato para volver a actuar en San Petersburgo, previo paso por el Teatro Bolshói de Moscú, en la temporada otoño invierno de 1873/1874, lleno de cláusulas de las que seguía sin entender nada. Por un momento, envidió al tenor francés, ocupando el lugar que deseaba, haciendo de la vida libertina su mayor diversión. Al igual que los empresarios y el público que acudía a verlos, pensaba que su mujer y Nicolini hacían una pareja perfecta en el escenario. Todo los sabían. También Adelina; quizá por eso se rebelaba.

18

Durante unos segundos, se quedó observándola antes de probarla. Su forma redonda no guardaba ningún misterio, pero aseguraban que era exquisita y que haría las delicias de todos, especialmente de los británicos, que siempre agradecían una pasta que no sucumbiera ante una buena taza de su tradicional e ineludible té de las cinco. Los reposteros James Peek y George Hender Frean, dueños de la afamada empresa Peek, Frean & Co., decidieron elaborar esa galleta para conmemorar la boda entre la hija del zar Alejandro II y María de Hesse-Darmstadt, la gran duquesa María Aleksándrovna de Rusia, con el hijo de la reina Victoria, el príncipe Alfredo de Sajonia-Coburgo y Gotha, duque de Edimburgo y conde de Kent y del Úlster. *Marie biscuit*. Ése fue el nombre con el que bautizaron a la nueva oblea que rápidamente se popularizó en Inglaterra, donde los recién casados vivirían, para disgusto de la gran duquesa, que tendría serios problemas a la hora de integrarse en la forma de vida londinense. Mejor suerte correría la nueva galleta, que se asentó con éxito en todo el mundo, también en España, donde llegó siete años más tarde de la mano de Eugenio Fontaneda, con el nombre de galleta María.

Adelina miraba con sus expresivos ojos la imagen de la novia impresa en la pasta. El perfil no estaba demasiado logrado, no como el que lucía en las cremas, los jabones y demás productos de belleza que empezaron a venderse internacionalmente con el retrato de la Patti y que copaban los escaparates de las tiendas de las ciudades donde actuaba. «La crema rosada Adelina Patti. Usada por todas las grandes artistas y las damas aristócratas, es la mejor preparación entre todas las de su clase. Cura las excoriaciones, sarpullidos y granos; suaviza, perfuma, hermosea y refresca la piel; disimula las arrugas y le comunica el brillo aterciopelado de la juventud», rezaban los anuncios en los periódicos y en los carteles publicitarios. Estaba ansiosa por ver la publicidad de la *Marie biscuit.*

La pequeña caja que contenía la galleta era un obsequio de los reposteros ingleses. La diva deseaba probarla, pero el dibujo en relieve de la gran duquesa se lo estaba poniendo difícil. No es que guardara con ella la gran amistad que profesaba a sus padres, los zares de Rusia, pero la habían invitado a la boda celebrada el 23 de enero de 1874, el gran acontecimiento que marcaba el inicio del nuevo año en Europa, y acababa de cantar en las celebraciones de su esposamiento en el Palacio de Invierno de San Petersburgo. Al final se decidió: mordió la galleta y la saboreó delicadamente. Era dulce, su gran perdición, un alimento que tenía casi prohibido por exigencias de la estricta «dieta Strakosch» impuesta por Maurice en los primeros años de su formación, cuando era él quien se encargaba de su carrera. Como una niña traviesa, quiso comprobar si de verdad la consistencia de la galleta sumergida en el té caliente era tan cierta como preconizaban sus creadores. La mojó en el líquido, la mantuvo unos segundos inmersa y se la llevó a la boca. Resistía sin romperse y, una vez en contacto con la lengua, aún mantenía la consistencia sin perder su delicioso sabor. Le pareció un buen ejemplo de resiliencia en la vida. Sin duda, se aficionaría a esas galletas.

Su temporada en el Teatro Imperial de San Petersburgo terminaba el 4 de febrero, unos días después de su aclamada actuación en la gran boda del año. No fue la única artista que cantó para los novios, aunque la Patti en todo momento sintió que actuaba para los zares, que al final de la actuación supieron pagarle con creces su «desinteresada» interpretación de varias arias de ópera y de la canción «Home, Sweet Home», que ofreció como broche final, como siempre hacía cuando quería impactar a la audiencia. Junto con ella también cantó la soprano canadiense Emma Albani, con la que no le unía una especial amistad y cuya presencia sobrellevaba con indiferencia en cada uno de sus encuentros; cuatro años más tarde, Albani contraería matrimonio con el empresario del Covent Garden Ernest Gye, con quien ella guardaba una buena relación, aunque siempre se llevaría mejor con su hermano Frederick, quien le dio la oportunidad de debutar en el templo operístico británico a su llegada a Londres en 1861. Las malas lenguas aseguraban que la Patti había dado la vuelta al retrato de Albani que colgaba de la pared de un teatro en el que estaba a punto de actuar; en esa ocasión, las lenguas resultaron muy certeras.

El resto del elenco elegido para cantar junto a ella en la boda de la hija del zar lo completaban la contralto italiana Sofía Scalchi, el barítono Francesco Graziani y Ernest Nicolini, que parecía haberse convertido en su sombra. Cuanto más despotricaba contra él, más aparecía en su vida, una proporcionalidad que seguía sin digerir.

El 4 de febrero de 1874, la Patti se convirtió en la protagonista de la ópera *Mireille* de Charles Gounod, en el Teatro Imperial de San Petersburgo. Muy a su pesar, su *partener* en escena era Nicolini, que interpretaba al sufrido joven de la Provenza, Vincent, gallardo pero pobre, enamorado de Mireille, cuyo padre planeaba casarla con el rico Ourrias, que, movido por los celos, dejó malherido al joven provenzal. La Patti no llevaba bien tener que atravesar el desierto de La Crau para llegar a la capilla de Saintes Maries a reunirse con su amado Vincent y morir, extenuada por el esfuerzo, en sus brazos. Sólo las ovaciones cerradas del público petersburgués, entregado a la brillantez del timbre de su voz, a sus agudos perfectos y a su pulcra prosodia, lograron reconstituirla y hacerle olvidar el abrazo y la mirada de Nicolini.

El alivio le duró poco. Como si el destino abanderara un contubernio contra ella, Adelina se reencontraría con el tenor francés en el Theater an der Wien, en la capital austriaca, interpretando *La traviata*, *Il trovatore* y *Linda di Chamounix*, y también en la temporada primavera verano del Covent Garden, con las obras *Ernani* y *Luisa Miller*. Al menos, y para su tranquilidad, la programación no incluía *Romeo y Julieta*. La diva llegó a tener pesadillas con la escena del balcón, se despertaba muchas noches envuelta en sudor. No entendía la naturaleza de aquel sobresalto y quiso pensar que se debía al odio que le producía aquella compañía masculina. Mucho más le costaba entender por qué el marqués de Caux se empeñaba en invitarlo a comer o a cenar con ellos, pese a la animadversión que Nicolini despertaba en ella, o a participar en una de sus partidas de naipes mientras degustaban el mejor whisky que el hotel donde se hospedaban pudiera dispensarles. Adelina estaba convencida de que su marido disfrutaba haciéndola rabiar, como si hubiera encontrado una manera de compensar la tiranía que le suponía su nuevo estatus. Henri seguía sin aceptar la nomenclatura que el mundo de la lírica le había designado: monsieur Patti. Su condición en la vida ya no sólo salía de la boca de un empleado de hotel; volaba por los despachos y entre las bambalinas de los teatros de ópera. Poco quedaba del seductor de las Tullerías.

Estuvo tentada de romper su propia regla de oro y asistir a los ensayos, aunque sólo fuera por evitar la complicidad entre su marido y su mayor pesadilla, alimentada a golpe de alcohol, puros habanos y una desmedida carga de testosterona. La aparición de un nuevo compañero de escena consiguió serenarla: el tenor español Julián Gayarre había llegado a Viena envuelto en el aura de ser la sensación lírica masculina del momento.

El director del programa operístico en la ciudad austriaca lo presentó como el *primo tenore assoluto*. A Adelina le agradó, aunque sólo fuera porque cantar con él significaba no hacerlo con Nicolini. Con el tenor español interpretaría el resto de las óperas de la temporada vienesa. El entendimiento entre ambos fue inmediato y el idioma tuvo mucho que ver en ello.

—Me alegra encontrarme con una compatriota, amén de ser la *prima donna* del panorama operístico —reconoció Julián Gayarre—. Me consta que nació en Madrid, en mi querido país, aunque yo soy de Roncal, Navarra.

En ese instante, Adelina recordó lo publicado por el diario *The Times* después de su interpretación de *Lucia di Lammermoor* en el Covent Garden, el 25 de mayo de 1861: «Su estilo es italiano, su pronunciación es italiana, su voz, italiana, y su escuela de canto, italiana. En resumen, su interpretación es italiana».

—Amo a España, y por supuesto, a la ciudad en la que nací. Pero no puedo evitar sentirme más italiana, quizá por la ascendencia de mis padres; los dos eran de Italia.

La diva pudo notar el gesto de extrañeza del tenor navarro, como si le hubiera escuchado renegar de sus raíces. No había sido ésa su pretensión, pero tampoco estaba dispuesta a disculparse por algo que ni siquiera había dicho. Aun así, apostilló:

—Supongo que el lugar donde uno nace no le obliga a sentirse atada a él. Yo realmente me considero ciudadana del mundo. Por algo hablo y canto en siete idiomas. —Acompañó su comentario de una gran sonrisa que contagió a Gayarre.

—Sea como fuere, espero que mis compatriotas tengan la oportunidad de escucharla nuevamente. Su éxito en el Teatro Real de Madrid aún se recuerda. Allí se muestran muy orgullosos de usted y la consideran una gata más.

—Y lo soy, sin duda que lo soy —aseveró tajante, con la esperanza de finiquitar aquella conversación sobre su procedencia española. La sensación de haber dicho algo incorrecto sin haberlo siquiera pronunciado empezaba a incomodarle. A su memoria regresó la confidencia realizada por la emperatriz Eugenia de Montijo sobre un reproche que le hizo su hijo, Napoleón Eugenio Luis Bonaparte: «¿Por qué eres tan española, madre?». Agradeció no tener hijos que le echaran en cara su italianidad.

El encuentro con el tenor navarro, con quien volvería a cantar en el Teatro Imperial de San Petersburgo la ópera *Lucia di Lammermoor* a finales de año, la convenció de que debía volver a España a cantar. Pero para eso aún tendría que esperar.

Fue en San Petersburgo donde el marqués de Caux empezó a sentirse mal. La dureza del invierno ruso no perdonaba. Una inoportuna pulmonía se alojó en sus pulmones e hizo que la preocupación de Adelina creciera por momentos. Los persistentes ataques de tos —que a ella le recordaron a los del compositor Rossini antes de su muerte—, la fiebre alta, los constantes escalofríos, el dolor intenso que le recorría el cuerpo sin darle apenas tregua, la falta de apetito, la lividez de su rostro, la respiración agónica y la incapacidad de levantarse de la cama alarmaron a su esposa. Y la Patti no era de alarmarse; podía ser dramática, pero no asustadiza, y el estado del marqués la inquietaba. Por primera vez en su vida, pensó en anular sus compromisos en el Teatro Imperial. No podía irse a cantar sabiendo en qué estado dejaba al marqués. Fue él mismo, después de mucho esfuerzo, quien logró convencerla de que desistiera de suspender su actuación.

—Estaré bien. Karo cuidará de mí. Vete tranquila.

—Pero yo prefiero...

—Y yo prefiero que la Patti vuelva a triunfar en San Petersburgo —la interrumpió él—. Hazme caso, querida. Y cuando regreses, quiero que me cuentes cómo ha ido, sin olvidarte de ningún detalle.

La butaca en la primera fila del Teatro Imperial permaneció vacía más tiempo del esperado. La temporada de ópera había comenzado el 7 de diciembre de 1874 con *La traviata*, que la Patti cantó junto a Julián Gayarre, ya considerado por aquel entonces como el mejor tenor de su tiempo, y finalizó el 26 de febrero de 1875 con la ópera *Los hugonotes*. El marqués no mejoraba tan rápido como todos deseaban. La pulmonía se había aliviado, pero no estaba lo bastante recuperado como para viajar junto a su esposa a sus próximos compromisos en Viena, donde estaría dos meses actuando en el Komische Oper. La preocupación de Adelina crecía y sólo se veía aliviada por la consideración de sus amigos, que se interesaban a diario por el estado de salud del marqués. El propio zar Alejandro II le ofreció los servicios de uno de los médicos de la corte imperial. Sus compañeros del teatro también preguntaban por él constantemente, desde el acomodador hasta los intérpretes de la función. Pero la visita que más le sorprendió fue la de Ernest Nicolini. No estaba previsto que actuara en Rusia y, aun así, había viajado en tren hasta San Petersburgo para interesarse por el estado del marqués y ofrecerse a la marquesa en todo lo que pudiera serle de ayuda, sin importar el tiempo y el esfuerzo que eso supusiera. A ella le pareció otro hombre; aquél no era la persona a la que tanto había odiado. El gesto del tenor francés, más relajado y libre de cualquier ironía, le hizo creer que hablaba desde el corazón y no desde la frivolidad que siempre lo acompañaba.

—Conozco a médicos que pueden venir a verlo para valorar su estado, si necesitas buscar un segundo diagnóstico —se ofreció amablemente con una mirada desconocida para ella hasta entonces—. Tengo amigos en San Petersburgo con contactos en varios hospitales. Lo que necesites, Adelina.

Era la primera vez que la llamaba por su nombre de pila. Siempre se había dirigido a ella como «Patti».

—Te lo agradezco, pero el diagnóstico es el correcto, corroborado por varios facultativos. Una pulmonía severa que se ha alojado en sus pulmones más tiempo del que pensamos en un primer instante y que ha terciado en neumonía —explicó. Sin saber por qué, le puso al corriente de la situación, algo que tiempo atrás no se le hubiera ocurrido—. Tenía previsto suspender mis actuaciones tanto aquí como en Viena, pero él insiste en que las mantenga. Si le llevo la contraria, se enfurece y le entra el ataque de tos. Al final he decidido hacerlas, pero me parte el corazón verlo así.

—Lo entiendo, pero él tiene razón. Si anulas las actuaciones para quedarte a su lado, le harás sentirse más culpable. Viaja tranquila a Viena. Seguro que él podrá reencontrarse contigo antes de lo que imaginas.

Las palabras de Nicolini resultaron premonitorias. A las pocas semanas de llegar Adelina a la capital austriaca, apareció el marqués de Caux en el hotel donde se alojaba su esposa. No estaba del todo recuperado, pero verlo allí, en pie, con un rostro menos pálido del que lucía cuando se despidieron y con una sonrisa que le recordó a sus primeros días de relación, la hizo feliz.

Al terminar sus compromisos operísticos, los marqueses viajaron a Londres para descansar durante un tiempo, mientras ella preparaba la nueva temporada en el Covent Garden. Cuando la recuperación fue un hecho, el matrimonio volvió a celebrar reuniones y cenas en su residencia, que ya no era Villa Rossini, sino una casa en la exclusiva zona de Regent's Park. Adelina había preferido mudarse a un lugar más apacible y en estrecho contacto con la naturaleza, y aquel elegante paraje —diseñado a principios del siglo XIX por el arquitecto John Nash y en el que la Royal Botanic Society había creado en 1833 el Inner Circle, donde el césped presidía gran parte del terreno, excepto el reservado al lago— lo era. La naturaleza siempre había sido un oasis para ella. Soñaba con vivir rodeada de bosques, árboles, ríos, montañas, animales, donde el silencio fuera un lujo únicamente quebrado por el viento, el sonido de la lluvia y el canto de los pájaros, y la soledad, una compañía escogida. Estaba convencida de que algún día lo conseguiría.

En su nuevo emplazamiento en la ciudad británica, el marqués recobró el color, la salud y la compañía de los aristócratas, políticos, escritores y artistas que lo hacían revivir. El brillo regresó a sus ojos, igual que la animada conversación a su boca.

No tardó mucho en ocupar la butaca de la primera fila en los teatros, esta vez en el Covent Garden, donde su esposa abriría la temporada operística. No fue el único reencuentro. Nicolini volvió a la vida de los marqueses. Los carteles ya anunciaban *Romeo y Julieta* para el 18 de junio de 1875 y las entradas llevaban varios meses agotadas, haciendo de la reventa un negocio redondo. Su nombre aparecía junto al de la Patti, aunque a cierta distancia y en caracteres mucho más pequeños, como estipulaba el contrato de la diva.

Desde la aparición del tenor francés en San Petersburgo, en plena convalecencia del marqués de Caux, Adelina lo miraba con otros ojos. Mostraba hacia él una actitud bien distinta a la expuesta hasta entonces. Ya no era arisca ni se empeñaba en ignorarlo y no volvió a vetar su presencia, ni en la escena —algo que no siempre consiguió— ni en las fiestas organizadas por la aristocracia o por los propios empresarios teatrales, a los que llegó a pedir que se abstuvieran de invitarlo o, de lo contrario, ella no asistiría. A Nicolini no le pasó inadvertido el nuevo talante de la diva hacia su persona y aquella actitud le agradó. La buena relación entre los cantantes se notó también en escena, especialmente cuando ambos interpretaban a personajes enamorados, marcados por la pasión, como en la ópera *Romeo y Julieta*. El director Luigi Arditi se congratuló de ello, al comprobar que la escena del balcón ganaba en intensidad y eso se traducía en un mayor arrobamiento de la audiencia, cuyas ovaciones taladraban los oídos y el eco de los vítores ascendía por el interior del teatro como lo hacía la voz de la Patti, rozando y aun alcanzando la excelencia. También se multiplicaron las comidas y las cenas de los marqueses con Nicolini, sin que nadie se ausentara de la mesa porque una conversación le resultara desagradable o un comentario estuviera fuera de lugar. Ya no había relatos de conquistas por parte del tenor francés, ni listas de mujeres seducidas; sólo sonrisas y miradas que poblaban esos encuentros. Al marqués de Caux le alegró la nueva situación, que restaba tensiones y conversaciones incómodas entre ellos. Henri también había notado un cambio significativo en su esposa e intuyó que los roces que surgían entre ellos, casi siempre verbales, aunque precursores de un conato de pelea, parecían haberse disipado como la neumonía lo había hecho de sus pulmones. El marqués de Caux nunca había sido certero en sus percepciones. Tampoco aquella vez.

Desde la butaca de la primera fila del Teatro Bolshói de Moscú el 30 de octubre de 1875 y del Teatro Imperial en San Petersburgo el 15 de diciembre, el marqués presenciaba la escena: Romeo entrando en el patio de los Capuleto para ver a Julieta, quien, creyéndose a solas, a salvo de miradas indiscretas y oídos ajenos, hablaba del amor que sentía por él a pesar de la enemistad entre su familia y los Montesco.

> —Es tu nombre lo que me resulta enemigo. Tú eres tú por ti mismo, no por ser un Montesco. ¿Qué es Montesco? No es ni mano, ni pie, ni brazo, ni cara, ni ninguna otra parte perteneciente a un hombre. ¡Oh, que sea otro nombre! ¿Qué hay en un nombre? Lo que llamamos rosa, con cualquier otra palabra olería igual de bien.

Emocionado al escucharla, Romeo sale de su escondite bajo el balcón para declararle su amor y citarse al día siguiente, prometiendo un inminente enlace matrimonial. Julieta lo ama, pero teme que todo vaya demasiado rápido y recela de la inestabilidad de Romeo, de si realmente la ama, si su amor es verdadero o si ella es una más. Él logra disipar sus dudas en nombre del amor. Los amantes, hablando en secreto, besándose en la intimidad, aunque deseando hacer público su amor y gritarlo a los demás. Las miradas de ambos lo dicen todo.

> —Con ligeras alas de amor franqueé estos muros, pues no hay cerca de piedra capaz de atajar el amor; y lo que el amor puede hacer, aquello el amor se atreve a intentar. Por tanto, tus parientes no me importan.

El marqués había visto tantas veces la escena segunda del segundo acto de *Romeo y Julieta* que pensó que podría representarla. Se la sabía de memoria, no le resultaría difícil hacer el papel de ambos, y quizá por eso no veía lo que realmente sucedía. Sus ojos observaban lo que pasaba ante él, sin saber verlo. De tenerlos cerrados, habría visto lo mismo.

Henri tuvo que leer los anónimos que empezó a recibir para que sus ojos y su entendimiento se abrieran. El primero llegó al Bolshói. Iba en un sobre a su nombre y, según le había especificado la persona que se lo confió al empleado del teatro, debía ser entregado en mano al interesado. No quiso creer el mensaje que aquel trozo de papel contenía. «¿No le parece demasiado real la escena del balcón? Nadie es tan buen actor ni actriz, ni siquiera la Patti». Sin más, optó por ignorarlo.

El segundo anónimo se lo dieron en la recepción del Hotel Demuth de San Petersburgo. Siempre había desconfiado de las cartas que llegaban sin firmar, de la mano de autores pertrechados en la oscuridad que confiere el anonimato, con la impunidad de calumniar a cualquiera, quién sabe si por envidia, por venganza o por el simple placer de hacer daño, sabiéndose a salvo de represalias. Él mismo sufrió aquel ataque cobarde en el inicio de su relación con su esposa, cuando Salvatore comenzó a recibir anónimos que le advertían de la vida libidinosa que llevaba el marqués de Caux. Sin pararse a pensar la parte de verdad que reflejaban esos anónimos enviados a Salvatore, optó por no dar crédito a semejante injuria sobre lo que supuestamente ocurría entre su mujer y Nicolini más allá del escenario de un teatro, más allá de la escena del balcón. Sus ojos seguían viendo lo que querían ver, como siempre había sucedido.

El tercer anónimo lo recibió en el Teatro Hofoper de Viena, el 28 de marzo de 1876. Sentado en su butaca de la primera fila, a escasos segundos de que diera comienzo la representación de *Romeo y Julieta*, cuando las luces aún no se habían apagado, un acomodador le hizo entrega de un sobre. Reconoció la caligrafía de quien enviaba los anónimos al ver su nombre garabateado en la envoltura sepia. «Cuente las veces que Romeo besa a Julieta. Luego, compárelas con el texto original. No hay peor ciego que el que no quiere ver». Cuando terminó de leerlo, las luces se apagaron. El marqués esperó paciente a que llegara la escena del balcón. Las cuentas nunca se le habían dado bien, pero pudo contabilizar sin problema las veces que Romeo besó a Julieta. Ni siquiera tuvo que utilizar los dedos como solía hacer cuando intentaba, en vano, llevar la contabilidad de los contratos de su mujer. El número de besos que los protagonistas se daban superaba con creces lo estipulado. O Romeo se mostraba más apasionado de lo que Shakespeare y Charles Gounod jamás imaginaron, o un exceso de celo de Nicolini por hacer real la escena se había apoderado de la ópera. En aquella ocasión, optó por no decir nada. Se negaba a que un anónimo le dijera lo que debía ver o entender. No pensaba permitir semejante manipulación.

Sin embargo, dos meses más tarde, el 24 de mayo, en el Covent Garden, sus ojos no sólo se abrieron, sino que vislumbraron la realidad. La venda que lo mantenía ciego cayó al observar las miradas entre su esposa y Nicolini y advertir cómo el tenor francés tomaba a Julieta entre sus brazos, la acariciaba y besaba casi el doble de veces de las que recogía el texto y requería la escena. Podía soportar las burlas que a su alrededor se hacían sobre monsieur Patti, pero no pensaba pasar por eso. Él no había nacido para verse abocado a esa situación. Quería explicaciones y las iba a conseguir.

19

Las risas de la Patti se colaban en sus oídos mientras avanzaba por el pasillo que lo conducía al camerino de su esposa. Distinguió la voz de Louisa, su fiel aliada durante mucho tiempo, la mujer que lo ayudó a que su romance fructificara y que su posterior matrimonio fuera una realidad, pese a las dificultades que surgieron por el camino por la oposición de Salvatore. Las carcajadas de Adelina cada vez eran más nítidas. ¿Sabría Louisa lo que ocurría entre su esposa y Nicolini? ¿También la habría ayudado como lo hizo con él, instándolo a escribir a su nombre las cartas de amor destinadas a la diva para figurar ella como receptora de las misivas por si alguien las interceptaba? ¿Sería la dama de compañía la autora de esos anónimos?

La hilaridad aumentó de volumen, o quizá era que el marqués se acercaba demasiado rápido, empujado por el ansia de saber. Apenas lo separaban dos metros de la puerta. Henri se detuvo en seco. Sus zancadas habían avanzado excesivamente deprisa. ¿Y si todo era mentira? ¿Y si alguien estaba intentando separarlos? ¿Y si eran otros intereses ocultos los que perseguían desestabilizar a la pareja? ¿Y si lo único que pretendía el autor de los anónimos era alejarlo de su mujer para ser él quien ocupara su lugar, sin que ella fuera consciente? ¿Sería Nicolini el que le enviaba esos mensajes? El marqués se llevó las manos a la cabeza, en un intento de acallar las dudas. Las preguntas desbordaban su mente y, cuando eso ocurría, las respuestas tardaban en llegar. Frenó una vez más su avance, se detuvo en mitad del pasillo, a unos metros del camerino. Retrocedió sobre sus pasos. Necesitaba pensar. Debía actuar con inteligencia y no conducido por la ira que lo gobernaba en esos momentos. Los latidos de su corazón se dispararon. Respiró hondo. Necesitaba reencontrarse consigo mismo antes de aparecer ante su mujer, guiado por la cólera, preguntándole a gritos si le estaba siendo infiel y si tenía una relación amorosa con su compañero de reparto. Él era el marqués de Caux, debía mantener la compostura incluso en una situación tan límite. Las voces procedentes del camerino sustituyeron a sus pensamientos. Reconoció la voz de Patro. Permaneció inmóvil con la vista puesta en la puerta. Aguzó el oído. Podría soportar todo menos escuchar la de Nicolini; ya no le parecía que la tesitura de la voz del tenor francés se acoplara a la perfección con la de su esposa. Serenó su respiración al tiempo que procuraba poner calma en su pecho; una taquicardia no lo iba a ayudar tanto como lo haría una buena estrategia. De nada servía enfrentarse con Adelina, mucho menos en público. «No te conviene contrariarla, sobre todo si está en un teatro. Allí es la Patti; en ese lugar es mucho más diva y, por tanto, más fuerte que un ejército». Recuperó el consejo que le había dado Maurice antes de contraer matrimonio y decidió ponerlo en práctica, como había hecho siempre.

En esa ocasión, sus nudillos ni siquiera tocaron la puerta en señal de aviso como solía hacer cuando se disponía a entrar al camerino; aunque fuera su mujer, existían protocolos marcados por la educación y el decoro. Pero su cabeza estaba demasiado ofuscada en el contenido de los anónimos. Abrió sin más, sin anuncio previo, lo que sorprendió a las tres mujeres que estaban dentro: Patro, Louisa y Adelina. Fue su esposa quien mostró mayor confusión en su gesto, mirándolo como si hubiera entrado en el cuarto de la novia minutos antes de la ceremonia nupcial.

—Querido... ¿Dónde han quedado tus modales? Podría estar vistiéndome.

El reproche pudo haber sonado sincero, pero una rápida mirada cómplice y llena de ironía hacia su dama de compañía, unido al tono divertido que utilizó, desterró esa idea.

—Eso es precisamente lo que temía... —repuso el marqués, que, antes de acceder al cuarto, ya casi visualizaba a su esposa y a Nicolini juntos, desposeídos de los trajes de sus personajes, en una situación comprometida. Pero nada de eso salió de su boca. Actuar con inteligencia, ése era el plan.

Adelina lo miró intrigada. Algo sucedía; lo conocía mejor de lo que él pensaba. Sabía leer sus gestos con la misma facilidad que él leía la anatomía de las mujeres.

—¿Qué ocurre, Henri?

La respuesta tardó en llegar unos instantes, suficientes para que el silencio incomodara a las dos doncellas, que contemplaban la escena como espectadoras inoportunas, esperando que alguien les ordenara lo que debían hacer.

—¿Nos dejáis solos, por favor? Serán unos minutos.

La indicación del marqués sonó más a orden que a una educada petición. Patro y Louisa obedecieron de inmediato, acompañando su salida del camerino con un asentimiento de cabeza, al que Louisa sumó un vistazo a Adelina para cerciorarse de su aprobación. Cuando los marqueses de Caux se quedaron a solas, sus miradas se encontraron mucho antes que sus palabras. Fue él quien rompió aquel silencio incómodo.

—Siempre he sido sincero contigo.

—Querido, eso es imposible saberlo... —repuso con ironía; una cosa es que no hiciera preguntas y otra muy distinta es que fuera tonta.

Hasta sus oídos habían llegado rumores de que su esposo se veía con una mujer, muy parecida físicamente a ella, pero de su boca no había salido ninguna interpelación al respecto. No es que no le importara, sencillamente prefirió no dar ninguna credibilidad a las habladurías, a no ser que sus ojos lo confirmaran. Conocía el pasado del marqués cuando se casó con él, pero también conocía su presente junto a ella. Nadie se arriesgaría tanto cuando podría perderlo todo.

—Quiero que tú también lo seas conmigo —continuó el marqués. Intentaba controlar su ira, aunque su lenguaje corporal lo traicionaba. Su rostro parecía relajado, presidido por una falsa sonrisa, pero sus manos se cerraban en un puño. Aquel gesto puso en alerta a Adelina.

—Siempre lo he sido. Dime, ¿qué quieres saber?

El silencio del marqués no presagiaba nada bueno. Su cerebro albergaba la pregunta, pero sus labios se mantenían herméticos, dudando de las palabras que se disponían a pronunciar. Por fin lo hizo.

—¿Estás manteniendo una aventura con Nicolini? —preguntó, como si la consulta le quemara los labios.

De nuevo, un incómodo silencio se instaló entre ellos. El gesto de la diva se debatía entre la confusión, la incredulidad y la sorpresa. Parecía no encontrar las palabras correctas para contestar a su esposo, o quizá estuviera eligiéndolas con cuidado hasta dar con las adecuadas y que no se desatara el infierno. Le estaba costando; en su lugar, de la garganta de la *prima donna* salió una carcajada que sonó tan falsa como la sonrisa del marqués.

—¡Con Ernest! —dijo finalmente, sin saber si ésas eran las palabras apropiadas. Dudó si incorporarse para subrayar su contestación, pero prefirió quedarse sentada ante el espejo del tocador, virando de forma leve el cuerpo para mirar a su marido.

—¿Ahora lo llamas Ernest? —replicó sarcástico el marqués—. Siempre te referías a él como Nicolini y no con muy buenas maneras, creo recordar.

—Pero ¿qué te ocurre? ¿A qué viene todo esto?

—La escena del balcón. Los besos. Las miradas... —respondió en modo telegráfico, mientras introducía una mano en el bolsillo del pantalón donde su puño estrechó el último anónimo, como si quisiera hacerlo desaparecer. La duda se iba abriendo paso. ¿Se habría precipitado? ¿Estaría haciendo el ridículo ante su esposa? ¿Se había dejado convencer por unos anónimos?

—No puedo creerme que a estas alturas me vengas con celos.

—No me has contestado. ¿Es cierto? ¿Mantenéis una relación a mis espaldas?

—¿Por qué piensas eso? ¿Qué te hace creer semejante disparate?

—Explícame por qué te besa veintiuna veces, quince más de lo que recoge el libreto.

—¿Las has contado? —Adelina soltó una carcajada; sabría que eso enfurecería al marqués—. Creí que no se te daba bien llevar las cuentas.

—No es gracioso. Y sigues sin darme una respuesta.

—¿Eso es lo que te preocupa? ¿Que me bese en escena? ¿Ahora vas a ser tú el que dirija la ópera? —elevó el tono.

Cuando se sentía atacada o contrariada, tenía la costumbre de responder con preguntas a las interpelaciones; así se evitaba el contestarlas. «La mejor defensa siempre es un buen ataque». La enseñanza provenía del mismo chaval que, en las calles de Brooklyn, recién llegada la familia Patti a Nueva York, le había dejado claro que «si la foca no come, la foca no baila». Su memoria guardaba intacto el rostro de aquel joven irlandés del que Caterina le ordenó que se alejara. No lo hizo y, a lo largo de su vida y de su carrera, agradeció haber desobedecido a su madre.

—No me estás respondiendo.

—¡Ni me he dado cuenta! ¿Crees que me pongo a contar los besos cuando estoy representando un papel? ¡Soy la Patti, no un maldito notario! —gritó, temiendo ella misma haber caído en la sobreactuación, aunque, a juzgar por el gesto de su esposo, él no había tenido la misma impresión.

El marqués se mostraba cohibido, quizá arrepentido por la sospecha planteada. Los gritos de su mujer siempre lo amedrentaban porque sabía que podían ir a más: o bien ganaban en intensidad, avergonzándolo, o bien eran el preámbulo de un nuevo brote de la diva en el que cualquier objeto que tuviera a mano podría salir volando. Sin embargo, nada de eso sucedió. Adelina siguió la conversación sin alzar su voz, aunque remarcando la extrañeza que le provocaba la desconfianza de su esposo.

—Si quieres que te diga la verdad, ni siquiera entiendo que lo hayas hecho tú. Contar los besos fingidos que me doy en escena, como un vulgar usurero; debes de haberte vuelto loco. Además, no entiendo tu actitud. Antes te encantaba ver esa escena, tú mismo me lo dijiste cuando era yo quien me negaba a cantar con él, te insistía en que me hacía sentir incómoda y te expresaba mi temor a que la representación se viera afectada por ello. «Querida —dijo imitando la voz de su esposo, una parodia que se le daba bastante bien y que más de una vez había provocado las risas de sus doncellas y de la propia Louisa, a pesar de la devoción que profesaba a Henri—, a mí me gusta y al público también. Ves fantasmas donde no los hay».

El marqués se acordaba perfectamente de la recriminación que su mujer le estaba echando en cara. Ella no mentía, al menos en eso. Había sido él, amén de los empresarios y del público encantado con la pareja que hacían los dos sobre el escenario, quien la convenció de que desistiera de su actitud de vetar la presencia del tenor francés en las óperas donde ella actuaba, reprochándole también su insistencia en prohibir que se le invitara a las mismas fiestas y celebraciones donde había sido invitada.

—Pues eso mismo te digo yo ahora: querido, ves fantasmas donde no los hay. No sé de dónde sacas semejante insensatez... —sentenció la Patti, convencida de que, como siempre, tendría la última palabra. Pero, por una vez, no la tuvo.

El marqués, consumido a partes iguales por la duda y la vergüenza, sacó la mano del bolsillo donde guardaba el anónimo. Lo extrajo lentamente, desplegando los pliegues que lo habían convertido en una bola de papel, y se lo entregó a su esposa. Nada más hacerlo, se arrepintió; presentía que sólo había echado más leña al fuego.

Cuando Adelina terminó de leer la nota, bufó y la tiró al suelo.

—¡Con lo que tengo encima y me vienes con estas niñerías! ¿Un anónimo? ¿Ésta es tu defensa del ridículo que estás haciendo? ¿Por un vómito escrito en un papel, que ni siquiera viene firmado, te atreves a dudar de tu esposa? ¿Qué tendría que haber hecho yo cada vez que me insinuaban los rumores sobre tus aventuras con otras mujeres? —Las preguntas salían a modo de munición de su boca. Los temores del marqués al entregarle la carta se cumplieron—. ¿Ya se te ha olvidado lo que ocurrirá dentro de unos días en este mismo lugar? ¿Qué es lo que quieres, amargarme la vida, hacer que decaiga ante el gran reto de mi carrera? ¿Tan desalmado eres? ¿En tan poco aprecio me tienes? ¡Pero qué te he hecho yo para que te comportes así conmigo!

La soprano se refería al estreno de *Aida*, el 22 de junio, en el Covent Garden. El proyecto significaba mucho para ella, ya que iba a mostrarse ante el mundo como protagonista dramática. La obra podría significar un nuevo hito en su carrera. Tan importante era ese papel para ella que había roto su regla de oro de no asistir a los ensayos. Ya desde el principio del proyecto, cuando se trasladó junto al marqués hasta la residencia de Giuseppe Verdi en Sant'Agata di Villanova, muy cerca de su ciudad natal, Busseto, para preparar la representación de la ópera en Londres, sabía que se jugaba mucho. Fue allí donde comprobó que Verdi no era Rossini; su admiración por ella era la misma, pero la docilidad que mostraba el segundo con respecto a posibles cambios en su composición para adecuarla a su voz estaba a años luz de la rigidez del primero, que rechazó realizar cambios en su libreto. «Comprendo que sea usted la Patti; yo la idolatro, jamás habrá mejor Violetta que usted. Pero yo soy Verdi; no cambie nada de mi ópera». No era la primera vez que Giuseppe Verdi reconocía su admiración por ella; el 7 de abril de 1870, después de verla en *Rigoletto*, le envió la hoja de una partitura de la obra en la que había escrito a mano: «A mi querida Patti, mi única y verdadera Gilda». Ella la guardó hasta el final de sus días.

Algunas voces afirmaban que el personaje de Aida no era un papel adecuado para ella, pero Verdi, después de calificarla como la artista más completa, confió en Adelina para representar su obra en el Covent Garden de la capital británica. Fue en ella en quien primero pensó el de Busseto para representar *Aida* en Inglaterra, alimentando aún más los rumores de una relación sentimental entre ambos. Aunque no era un estreno mundial —la primera vez se representó en el Teatro de Ópera del Jedive en El Cairo, en diciembre de 1871, y un mes y medio más tarde, el 8 de febrero de 1872, en La Scala de Milán, con una soprano austrohúngara amiga del compositor, Teresa Stolz, en el papel protagonista—, el director del Covent Garden le hizo ver que su obra merecía a la cantante más grande del momento, y ésa era la Patti. Quizá por eso la soprano austrohúngara mostraba siempre una marcada aversión por la madrileña; lejos de afectarle, Adelina respondía con total indiferencia, como solía hacerlo cuando entendía que alguien no estaba a su altura. «Si te envidan, es que te consideran mejor. Por eso no tengo rivalidades con ninguna soprano. Saben que soy la mejor; no hay opción a ninguna lucha», aseguraba.

La única disputa que la diva abrazaría era la que se desarrollaba en el interior de su camerino con su esposo.

—Te recuerdo que Nicolini interpreta a Radamés en esta obra y no creo que Verdi quiera que el capitán egipcio no se enamore perdidamente de Aida, como ella de él. Pero puedes probar a hablar con Giuseppe; recuerdo que en Sant'Agata di Villanova manteníais largas conversaciones —apostilló Adelina en tono ofendido. Su enfado iba creciendo conforme hablaba y cuanto más miraba a su esposo, más irritada se mostraba—. ¿Qué pretendes? ¿Acaso quieres que cancelemos *Aida* hasta que encontremos a un nuevo Radamés que sea más del gusto del marqués?

—No he dicho eso. Tan sólo te he hecho una pregunta —intentó recobrar la dignidad de su marquesado que siempre parecía desvanecerse ante el reinado de la Patti. Quizá había pecado de efusivo, quizá se había precipitado en sus acusaciones.

El ambiente en el camerino se había vuelto asfixiante, especialmente para él, que sólo quería desaparecer con sus sospechas.

—Discúlpame. No era mi intención molestarte. Diré a Patro y a Louisa que entren.

Desanduvo sus pasos por el estrecho pasillo que lo había conducido al cuarto de su mujer. En sus oídos guardaba aún la batería de preguntas que Adelina acababa de lanzarle, pero en su cerebro se reproducía el canto de la princesa etíope Aída, cautiva en El Cairo por las fuerzas egipcias, mientras reconocía a Amneris —hija del rey de Egipto y enamorada a su vez del capitán del ejército egipcio— que amaba a Radamés. Ese canto lo había escuchado decenas de veces en la voz de su mujer durante los ensayos:

Pietà ti prenda del mio dolor.
È vero, io l'amo d'immenso amor.
Tu sei felice, tu sei possente,
io vivo solo per questo amor!

«Apiádate de mi dolor. / Es cierto, lo amo profundamente. / Tú eres feliz y poderoso, / ¡yo vivo sólo para este amor!».

No pudo evitar que Radamés, en la voz de Nicolini, también surgiera en su cabeza, con la misma firmeza con que el tenor aparecía sobre el escenario:

Te sola, Aida, te deggio amar.
Gli Dei m'ascoltano,
tu mia sarai.

«Sólo puedo amarte a ti, Aida. / Los dioses me escuchan, / tú serás mía».

Era la historia de un amor secreto que implicaba a tres personas, en la que el marqués sentía que le habían reservado el papel de la joven Amneris, que juró venganza al descubrir los sentimientos que ambos se profesaban y que a ella la excluían.

En su mente aparecieron la Patti y Nicolini interpretando el dúo final de la escena segundo del cuarto acto de la ópera, «La fatal pietra sovra me si chiuse» («La piedra fatal se cierra sobre mí»). El amor y la muerte se daban la mano como símbolo de un matrimonio lúgubre. Para muchos, la esencia del romanticismo operístico.

20

Tan ofuscado estaba escuchando las voces en su interior que apenas vio a Louisa. La dama de compañía recorría el mismo pasillo, pero en sentido contrario, de regreso al camerino. Fue ella quien lo sacó del concierto mental que lo estaba martirizando y lo mantenía ajeno a la realidad.

—¿Se encuentra bien, marqués? —preguntó, aunque bastaba con verlo para saber que la respuesta llevaba implícita una negación.

Pasaron unos segundos hasta que Henri reaccionó. Fijó la mirada en quien había sido su cómplice desde el inicio de su relación con su esposa y se dirigió a ella, bajando la voz en extremo.

—Siempre has sido una amiga para mí, una fiel consejera. Dime, ¿está sucediendo algo entre mi mujer y ese tenor francés? Te ruego que seas sincera; no temas herirme con la verdad.

Louisa hubiese preferido no encontrarse con el marqués. Le tenía estima y, al igual que muchas de las damas de París cuando era caballero del emperador, se revolvía en su interior un sentimiento más profundo y libidinoso hacia él. Siempre le resultó más atractivo como marqués de Caux, en su reinado de Tullerías, que siendo monsieur Patti, pero los sentimientos de una simple doncella no mudaban con la misma desenvoltura que los de Adelina. Se debía a su señora, era su dama de compañía desde hacía años, cuando entró a trabajar para ella por mediación de Maurice. Las dos se entendieron a la perfección durante más de una década, ella la admiraba mucho antes de convertirse en su cómplice. Pero desde hacía unos meses no entendía su comportamiento. Había sido testigo de demasiadas cosas, empezando por las discusiones entre los marqueses y terminando por aquello que no quería decirle al marqués de Caux, que continuaba observándola, a la espera de una respuesta de quien creía su aliada.

—¿A qué se refiere? —preguntó al fin.

Louisa no era tan buena actriz como la Patti, ni sabía desenvolverse en el juego de las mentiras y las verdades con la maestría de su señora; para eso se necesitaban muchas tablas y una seguridad en sí misma de las que ella carecía.

—Sabes perfectamente a lo que me refiero. —El marqués se acercó más, invadiendo el espacio que existía entre ellos, una incursión que intimidó a la doncella belga, que no recordaba haber estado nunca tan cerca de él—. ¿Están manteniendo una relación amorosa? ¿Mi mujer me está siendo infiel?

Por un momento estuvo tentada de contárselo todo. Dudó unos segundos. Aunque su mirada se había quedado anclada en la del marqués, su mente proyectaba otras imágenes. Recordó la primera vez que Nicolini depositó un trozo de papel en la mano de Adelina, donde le confesaba sus verdaderos sentimientos hacia ella. Sucedió durante un paseo de la soprano y Louisa por el parque Petrovski de Moscú, ciudad donde tenía previsto actuar. Un carruaje se acercó a ellas y de él descendió Nicolini, que se aproximó a Adelina para entregarle una carta. Más tarde se repitió la misma escena... Había sido entre bastidores, una vez finalizada la representación de la ópera *Romeo y Julieta*. Hubiese dado igual que estuvieran interpretando *La traviata* o *Fausto*; el telón ya había bajado, dando por concluida la ficción de los personajes, por lo que todo lo que sucedía en el teatro era real, también las palabras de amor contenidas en aquellas líneas que, como había hecho con la primera carta, la Patti leyó en voz alta en su camerino, haciendo partícipe a Louisa de lo que Ernest sentía por ella. En un principio rieron, incluso hicieron mofa de la confesión amorosa del tenor, mientras la diva negaba con la cabeza y tachaba aquello de locura. Sin embargo, Louisa advirtió el rubor en sus mejillas; quizá no era tan buena actriz como todos pensaban y ella misma creía, al menos, fuera del escenario. Aquella fue la segunda vez, pero no la última. En otra ocasión, aprovechando un paseo por las calles de San Petersburgo, Nicolini volvió a acercarse a ellas; nunca le importó la presencia de la dama de compañía, como si le divirtiese el riesgo de una indiscreción inoportuna, ya que conocía la buena relación existente entre Louisa y el marqués. De nuevo dejó en la mano enguantada de Adelina otra carta, más extensa que la anterior, pero con el mismo mensaje: se había enamorado. Reconocía que ya no existían más mujeres para él, que sólo podía pensar en ella, día y noche, maquinando encuentros furtivos, miradas entrometidas, rogando por llegar al escenario para, desde su personaje, poder coger su mano, acariciar su rostro, besar sus labios y tomarla entre sus brazos, aunque fuera para morir en ellos, como Aida y Radamés en la tumba bajo la bóveda subterránea donde él fue condenado a morir enterrado vivo por la traición cometida y donde ella se escondió para compartir ese mismo destino.

La carta de amor de Nicolini era clara: si ella lo correspondía, estaba dispuesto a divorciarse de su mujer, aunque eso supusiera dejar de ver a sus cinco hijos. Las misivas apasionadas se multiplicaron a la par que el rubor encendido en el rostro de la diva. Louisa también había contado los besos que la pareja se daba en escena y tampoco a ella le salían las cuentas. Fue la primera en recomendarle a su señora que tuviera cuidado, que el marqués estaba sentado en la primera fila del teatro, que los rumores se extendían a toda velocidad y que era mucho lo que se jugaba, no únicamente el matrimonio. Pero sus palabras no fueron escuchadas.

Ahora era el marqués el que no las escuchaba y aguardaba, con gesto desesperado, la respuesta de Louisa.

—No, que yo sepa —mintió, sin demasiada convicción. Aun así, su contestación pareció convencerlo, e incluso creyó ver un halo de alivio en su rostro. Ninguna mentira le había pesado tanto en la conciencia.

Henri no volvió a preguntar sobre ello, pero fue incapaz de deshacerse de esa sospecha que siguió martirizándolo cuando los veía juntos en el escenario. En los días posteriores, no llegó ningún anónimo. Quizá su recelo había servido para que el autor de las cartas incendiarias rehusara seguir con el peligroso juego, lo que lo reafirmó en su creencia de que el emisor de los mensajes estaba cerca.

Aida fue el éxito de crítica y público con el que soñaba Adelina. Todos coincidieron en la calidad de su voz, en su timbre perfecto, su ya legendaria modulación, los finos agudos con los que asombró a todos, su tesitura vocal, delicada y brillante, que hacía valer su personaje sobre su condición de soprano y presentaba a Aida de una manera pura, carente de todo artificio, sin excesos, pulcra, natural pero dotada de una emoción sublime que hizo levantar al público de sus butacas, incluso a los miembros de la familia real británica que la observaban desde su palco. Una vez más, brilló sobre el escenario gracias a su voz, que parecía explayarse y oscurecerse por momentos, según las necesidades de libreto verdiano, pero también por el espectacular vestuario y las joyas que eligió personalmente, preocupándose por cada detalle. Si en el estreno de la ópera en El Cairo Radamés lucía armas de plata y Amneris una corona de oro, la Aida interpretada por ella debía superar las expectativas. Y lo hizo. Las joyas —algunas de ellas regalo de príncipes, reyes y emperadores que le habían sido entregadas como muestra de su admiración y reconocimiento— resplandecían sobre su cuerpo y hacían brillar aún más a sus personajes, como lo hicieron los ciento cincuenta mil francos que el gobernador de Egipto ofreció a Verdi para convencerlo, junto a las veintitrés páginas del manuscrito que recogía la historia de *Aida*, de que escribiera un libreto para el Teatro de Ópera de El Cairo.

Los adjetivos llenaron tanto las crónicas de la prensa como las opiniones de los asistentes: inconmensurable, única, inigualable, perfecta, inmensa, poderosa, sublime, virtuosa, arrebatadora... Cuando se les acabaron los adjetivos, empezaron con las anécdotas con el fin de agrandar aún más la figura de la diva —ciertas o no, imposible saberlo cuando el único testigo era el cronista de un diario—, incluso algún periódico recogió el comentario de la princesa de Gales, que lamentó que la preciosa cara de la Patti apareciera tiznada de negro para representar con más credibilidad a la princesa etíope. La prensa también señaló la buena labor de Nicolini en el papel de Radamés, en especial al inicio del acto primero, al cantar el aria «Celeste Aida», donde recrea un lugar onírico en el que pueda amar libremente a su amada.

E a te, mia dolce Aida, tornar di lauri cinto.
Dirti, per te ho pugnato, per te ho vinto.
Celeste Aida, forma divina,
mistico serto di luce e flore
el mio pensiero tu sei regina,
tu di mia vita sei lo splendor.

«Y a ti, mi dulce Aida, volver con una cinta de laurel. / Decirte: ¡por ti he luchado, por ti he vencido! / Celeste Aida, forma divina, / mística guirnalda de luz y flores, / de mi pensamiento tú eres la reina, / tú de mi vida eres el esplendor».

Las historias de amor prohibido siempre triunfaban y hacían las delicias de público.

De nuevo, la pareja perfecta en el escenario.

Y una vez más, el marqués observándolo todo desde la butaca de la primera fila, que se había convertido en su particular cadalso.

Sólo un concierto más en el palacio de Buckingham el 25 de junio y el matrimonio podría descansar hasta el mes de octubre, cuando la Patti cantaría en Nantes, en Burdeos y en Reims. El marqués podía respirar tranquilo. No más anónimos. No más Nicolini. No más escenas del balcón. No más triángulos amorosos. No más besos contabilizados desde la sospecha. Cuando creía que la tempestad ya había pasado, descargó la gran tormenta, ésa ante la que nadie está a resguardo.

La lluvia cayó con fuerza en el otoño de 1876. Y no fue lo único que descargó sobre la tierra. A manos del marqués, en un sobre de color sepia a su nombre, llegó un ejemplar del 1 de octubre de 1876 del diario *Morgen-Post* de Viena. Fue el primer periódico en publicarlo. A lo largo de un extenso reportaje que incluía una fotografía de la Patti y otra del marqués de Caux, se informaba de que la diva había iniciado los trámites de divorcio —«separación de cuerpos y bienes», lo llamaban— a causa de las desavenencias insalvables surgidas en el matrimonio. La crónica se explayaba en un recordatorio de la laureada trayectoria de la soprano, reina y diosa en el olimpo lírico, y una breve reseña sobre el marqués Henri Roger de Cahuzac, al que se referían como monsieur Patti. Ni una sola palabra sobre Nicolini ni de una posible relación con Adelina; nada.

El tenor francés tampoco existía ya en la vida de los marqueses de Caux. El propio Henri, tan defensor suyo hacía unos años, se encargó de hacer desaparecer las comidas y las cenas juntos, los encuentros en el lobby de los hoteles donde residían durante las representaciones, las partidas de cartas a media tarde, las reuniones con puros y whisky donde el tenor solía presumir de sus escarceos amorosos... El francés no volvió a recibir una invitación a la casa de los marqueses; quien evitaba la ocasión se ahorraba la tentación. O, al menos, eso creía el marqués hasta recibir el ejemplar del *Morgen-Post*. El envío se había realizado de manera anónima; como Nicolini en la vida de los marqueses, tampoco parecía existir la persona que, en un cuestionado alarde de bondad, le hizo llegar el diario.

Hacía un tiempo que Henri no creía lo que publicaban los periódicos, como tampoco quería creer lo que decían los anónimos. El *Morgen-Post* había publicado su casamiento meses antes de que se produjera, el 29 de julio de 1868, aunque eso no lo tranquilizaba; al fin y al cabo, terminaron casándose. Volvió a leer la noticia, donde la palabra *divorcio* destacaba sobre el resto. Lo pensó detenidamente; aquella maldita palabra no había aparecido en ningún momento en su matrimonio, ni siquiera durante sus discusiones. Era incapaz de aventurar quién le había facilitado aquella información al diario.

Comprobó si el resto de los periódicos que leía cada mañana reproducían la desconcertante noticia, pero no encontró nada y eso lo alivió. Después de pensar en ello, optó por no decirle nada a su esposa, que seguía con su costumbre de no leer la prensa a no ser que su marido, al igual que hicieran Maurice y Salvatore en su día, le mostrara alguna reseña laudatoria sobre su persona.

No volvería a cometer el mismo error dos veces. No provocaría otro altercado con ella, del que sabía que no saldría indemne. Desde su discusión en el camerino del Covent Garden, la frialdad se había instalado entre ambos, pero al menos no había riñas, sólo un inquebrantable silencio. Eso le dio margen de maniobra para actuar con perspicacia; era su principal obsesión. A Adelina sólo se la vencía con inteligencia y él no había dado muestras de ello en su última disputa.

Durante días rumió la forma de proceder para enfriar sus sospechas, de las que no conseguía deshacerse por mucho que lo intentara. Le resultó más difícil hacerlo al llegarle el rumor de que Nicolini se había separado de su esposa, quien definitivamente se había asentado en París junto con sus cinco hijos y sin la compañía de su hasta entonces marido, al que no parecía dispuesta a perdonar más infidelidades. Pensó en reunirse con ella para ver si aquella separación se debía a una infidelidad con la Patti. Maduró la idea durante unos días, pero la desechó; corría el peligro de equivocarse y eso sería peor. Lo único de lo que no tenía dudas era de que debía actuar, y rápido.

La nueva temporada en Rusia estaba próxima. Sólo quedaban cuatro meses para que Adelina y Nicolini volvieran a coincidir en Moscú y en San Petersburgo, y el marqués debía evitarlo. Tras estudiar todos los escenarios factibles, entendió que sólo existía una posibilidad de impedir el encuentro: había que suspender la temporada de otoño de 1876 en el Teatro Bolshói de Moscú, donde tenían previsto representar las óperas *Dinorah*, *Linda di Chamounix*, *El barbero de Sevilla* y el gran éxito *Aida*. También debería cancelar la temporada de invierno en el Teatro Imperial de San Petersburgo para ahorrarse así el verlos de nuevo representando *Romeo y Julieta*, ópera programada para el 10 de enero de 1877. Debía actuar rápido y con diligencia para no despertar suspicacias. Sabía que la suspensión supondría un gran desembolso económico por parte de la diva en concepto de indemnización. Miró los contratos y calculó que serían un par de cientos de miles de francos; conociendo a su esposa, no sería de su agrado. Tampoco sería fácil convencerla de no acudir a dos de sus plazas favoritas. Rusia seguía siendo el lugar del que salía más rica de lo que entraba y con más joyas de las que podía imaginar, en parte gracias a la generosidad que siempre le mostraban los zares, especialmente Alejandro II. No sería una empresa sencilla para el marqués, menos aún si sus sospechas sobre una aventura amorosa entre ellos resultaran ciertas.

Un oportuno resfriado de la diva lo ayudó a perpetrar su plan. Llevaba días arrastrándolo, seguramente por su empeño de dormir con las ventanas abiertas: sólo las entornaba en los meses de invierno para que la habitación estuviera ventilada y eso favoreciera a su garganta y, por ende, a su voz. Quizá el baño caliente que se daba antes de acostarse para mantener su peso por recomendación médica, en contraste con el frío de la noche, se habían aliado para resfriarla. A sus treinta y tres años, era consciente de que debía extremar los cuidados de la voz, evitando abusar de ella con innecesarios tonos altos o demasiado bajos —«En el término medio está la virtud», solía bromear cuando los periodistas le preguntaban al respecto— y también de su cuerpo para que no le diese ningún disgusto que hiciera peligrar su presencia sobre los escenarios. Por eso había reducido el consumo de carne roja en favor de la carne de pollo o de ave, así como las bebidas alcohólicas; únicamente se permitía un poco de vino rebajado con agua carbonatada, y había desterrado la cerveza y los licores, aunque se vendieran como digestivos. Procuraba llevar ese régimen alimenticio a rajatabla, en la senda marcada por la «dieta Strakosch», y dar al cuerpo sólo lo que necesitaba. Por esa razón, cuando el malestar le aquejaba, recurría a la homeopatía —en la que confiaba plenamente— para ahorrarse el llenar el organismo de pastillas y química, aunque eso no implicaba que despreciase la medicina tradicional, a la que acudía para tratar causas mayores. El resfriado que la sorprendió al finalizar su concierto en el palacio de Buckingham el 25 de junio de 1876, tan sólo tres días después del gran éxito de *Aida* en el Covent Garden de Londres, quizá se debiera más al cansancio por la sobrecarga de trabajo a la que estuvo sometida durante los últimos meses que al frío que pudiera entrar por las ventanas de su habitación. Y en eso basó el marqués su estrategia para justificar su recomendación.

—Querida, te convendría descansar. Quizá deberías valorar que esta temporada empezase en un clima más agradable, lejos del frío de Rusia. Tu voz es lo más importante y debes cuidarte. Por lo que cuentan, este invierno en la estepa será más descarnado que los anteriores.

El razonamiento del marqués logró que, por primera vez, el gesto de Adelina se relajase y ella se dignara a responder a su marido.

—Puede que tengas razón. Este resfriado me está complicando mi descanso y mi recuperación. Pero pensar en suspender mis actuaciones en Rusia es muy complicado. Demasiado dinero, muchas pérdidas y un público decepcionado; no es buena fórmula para ningún artista. La Patti no puede permitirse decepcionar al mundo.

—Por eso no te preocupes. Me he tomado la libertad de planteárselo a Franchi para que lo estudiara, antes de molestarte con la propuesta. Por supuesto, siempre pendiente de lo que tú decidas y consideres oportuno —añadió, consciente de lo mucho que le gustaba a su esposa que se le reconociera la potestad de tener la última palabra en todo—. Sólo me preocupo por tu salud.

El marqués había hablado con Giovanni Franchi, el administrador y gestor italiano que, a veces y ante la impericia del marqués, se veía obligado a actuar como agente, siempre con la ayuda de Maurice, con el que mantenía un contacto directo. Pero el planteamiento que Henri le había expuesto había sido distinto: le había asegurado que la idea de la cancelación procedía de Adelina, que se encontraba demasiado cansada para afrontar una nueva temporada en Rusia, sobre todo teniendo en cuenta las inclemencias climatológicas que presentaba el país en esa época del año. Franchi había hecho números: suspender las dos temporadas en Moscú y San Petersburgo supondría casi trescientos mil francos de indemnización. El marqués se ofreció a ser él quien lo hablara y compartiera con ella la estimación de gastos y pérdidas. Por el momento, su plan funcionaba.

—Quizá iniciar la temporada de invierno en Italia sería buena idea. Llevas tiempo diciendo que te gustaría actuar allí... —propuso.

—Ya lo hice, en Florencia y en Turín, y con gran éxito. El rey de Italia, Víctor Manuel, y los reyes de Portugal asistieron a las actuaciones. Además, como sabrás, ya he cerrado temporada en Italia para el año próximo y estaré casi seis meses en esas tierras representando la mayoría de mi repertorio.

Se refería a la estancia prevista de noviembre de 1877 a abril de 1878, en los principales teatros de ópera del país: La Scala de Milán, el Teatro La Fenice de Venecia, el Teatro Paganini y el Andrea Doria de Génova, el Pagliano de Florencia, el San Carlos de Nápoles, el Apollo de Roma, para terminar en el Teatro Brunetti de Bolonia, días después de repetir en La Scala, donde representaría junto a Nicolini las óperas *La sonnambula*, *Aida* y *La traviata*.

El marqués notó que la conversación tomaba unos derroteros contrarios a sus intereses e intentó remediar el desvío.

—Lo sé, querida. Tu éxito de 1865 en el Pagliano de Florencia y en el Regio en Turín aún se recuerda y se recordará siempre. Sería imposible que olvidaran tu interpretación de *La sonnambula* o de *El barbero de Sevilla*.

El marqués se había preparado bien y acudía con la lección aprendida. Si había algo que le gustaba a su esposa, además de cantar, es que le recordaran sus éxitos y su grandeza. La vanidad siempre era una baza. «El ego de los artistas», pensó.

Mientras su mujer comprobaba con la palma de la mano sobre la frente si tenía fiebre —no parecía—, el marqués continuó con su parlamento.

—Yo me refería a descansar en Nápoles, por ejemplo, durante una temporada. Allí reposarías mejor y evitarías que tu voz se expusiera a las inclemencias del tiempo en Moscú y San Petersburgo. Tus seguidores rusos lo entenderían. Y también podríamos cerrar algún concierto en la ciudad, eso siempre según tu disposición y tu criterio.

Adelina calló. Su silencio era buena señal para los intereses de él. Meditaba la propuesta de su marido y no parecía contrariarle.

El marqués sintió que la venganza de Amneris empezaba a forjarse.

21

La noticia prometía caer como una bomba en Rusia. La Patti no cumpliría con su temporada en la tierra de los zares. Después del estreno de la «Marcha eslava» de Piotr Chaikovski en Moscú, programado para el 17 de noviembre de 1876, los moscovitas esperaban la llegada de la diva apenas diez días más tarde. Pero los telegramas que llegaron al unísono a los despachos del Teatro Bolshói de Moscú y al Teatro Imperial de San Petersburgo echaban por tierra sus deseos. Las pérdidas por la cancelación serían millonarias, a pesar de la indemnización que le correspondería pagar a la diva, amén de las repercusiones que su ausencia tendría en la programación del teatro y en el resto del reparto artístico. Apenas quedaba tiempo para encontrar y contratar a otra soprano capaz de sustituirla. Había que arreglarlo como fuera. El marqués de Caux no parecía dispuesto a ceder, ni siquiera cuando recibió los numerosos mensajes de muy distintas personalidades rusas, rogándole que no suspendiera las funciones contratadas. Les aclaró que sólo había una manera de solventarlo: que Ernest Nicolini no formara parte del elenco. La respuesta a su propuesta le dejó sin palabras. Según le informaron, el tenor francés, conocedor de que la Patti había suspendido todas sus actuaciones en Rusia, había comunicado su baja. También supo que Nicolini estaba moviendo los hilos para cerrar varias actuaciones en Italia;

plantaba cara al juego del marqués, que tuvo que idear rápidamente otro plan para evitar el encuentro entre los cantantes. Lo halló antes de lo que esperaba.

—Le aseguramos que el señor Nicolini no formará parte de la programación —le confirmaron los responsables del Teatro Imperial de San Petersburgo, que nunca vieron tan fácil renunciar a un artista que había suspendido su actuación por anticipado; ni siquiera tendrían que pasar el mal trago de comunicárselo.

—Si es así, la Patti cumplirá su contrato.

Al marqués no le costó convencer a su esposa de que debía cumplir con sus compromisos en Rusia. Para ello inventó todo tipo de excusas, la mayoría confeccionadas a base de mentiras, aunque lo que realmente logró persuadirla fue la cantidad de telegramas recibidos desde el país —incluso insinuó que el propio zar Alejandro II había rogado que Adelina no cancelase su actuación—, así como los ramos de flores que enviaban a diario a su residencia de París desde Moscú y San Petersburgo, instándole a cambiar de opinión respecto a su ausencia de la temporada rusa. Después de unos días, la diva accedió.

Llegó a Moscú exultante. Su resfriado ya era historia y sus planes de descanso en Nápoles ni siquiera habían arraigado en su mente. Las pieles que compró para la ocasión evitarían que su salud se resintiera. Lo que no previó fue la ausencia de Nicolini en todas las óperas del Teatro Bolshói. Nadie le había informado; al marqués de Caux no le interesaba hacerlo por razones obvias y los empresarios daban por hecho que el veto al tenor francés provenía de ella, no de su esposo, aunque éste hubiera sido el mensajero. Como la Patti tenía por contrato no acudir a los ensayos, se percató de que Nicolini no sería su compañero el mismo día del estreno. Lo echó en falta en todas las representaciones, en especial en *Aida*, el 7 de diciembre de 1876; parecía ansiosa por morir en sus brazos, en la tumba bajo la bóveda subterránea.

—¿Por qué no me avisaste de la ausencia de Ernest? —gritó Adelina nada más entrar el marqués en el camerino, después de la representación. Estaba furiosa. Sabía que había sido cosa suya, que era mentira que Nicolini hubiera anulado a última hora su presencia. De haber sido así, hubiera encontrado la forma de comunicárselo, por muchas razones que no pensaba enumerar—. ¿Quién te crees que eres para maniobrar a mis espaldas? ¡Las espaldas de la Patti! Un vulgar marqués intrigando contra la Reina de la Canción... A mí no me engañas, esto ha sido idea tuya.

—Te equivocas. Fue él mismo quien canceló su actuación —intentó sonar convincente sin conseguirlo.

La diva se quedó observándolo durante unos instantes, como si leyera en su cara la verdadera razón de la ausencia de su compañero.

—¿Esto es por lo que me preguntaste en Londres? ¿Todavía sigues con los anónimos y tus absurdas sospechas? ¿Crees, ni siquiera por un momento, que tienes entidad para decidir sobre su carrera?

Ahí estaban; una tras otra. La retahíla de preguntas salía de la boca de Adelina como en apenas cuatro meses, en abril de 1877, saldría la munición de las armas del ejército imperial ruso contra las tropas otomanas durante la guerra de Oriente, con el objetivo de asentar su autoridad sobre el mar Mediterráneo y liberar a los pueblos balcánicos del dominio turco, que ya duraba cuatrocientos años. Eso era exactamente lo que quería hacer el marqués de Caux: liberar a su esposa del dominio de Nicolini. Sobre el tablero, muchos habían denominado aquel conflicto ruso-turco como «la guerra entre el ciego y el tuerto», por la falta de preparación de ambos ejércitos a la hora de diseñar y ejecutar sus estrategias, preñadas de errores propios de aficionados, sobre todo en el lado otomano; las tropas del Imperio ruso salieron mejor paradas gracias a la modernización de las tropas instada por el zar Alejandro II, tras la derrota de Rusia en la guerra de Crimea en la que un joven Tolstói, entonces oficial de artillería durante el sitio de Sebastopol, reconoció que el Imperio carecía de huestes: «Disponemos de una horda de esclavos amedrentados por la disciplina, recibiendo órdenes de ladrones, corruptos y traficantes de esclavos». Tampoco las estrategias del marqués de Caux parecían las más acertadas para encarar el conflicto conyugal; no sabía si él era el ciego o el tuerto en aquella lucha por mantener a flote su matrimonio frente al ataque de Nicolini, pero el resultado no estaba siendo el deseado. Había impedido que su mujer coincidiera con su compañero de reparto, pero no lograba calmar la tensión en el terreno marital. No pensaba capitular tan pronto y pasó al ataque.

—¿Sospechas absurdas, dices? —se encaró a su esposa. Podría haber estado ciego durante un tiempo, pero ahora, en el papel de tuerto, veía lo suficiente para defender la acusación de adulterio contra su mujer.

El marqués extrajo del bolsillo de su chaqueta una carta. Adelina observó el trozo de papel: estaba doblado en dos y, a juzgar por su estado, supuso que había sido manipulado en exceso, seguramente la había leído varias veces. Cuando su esposo la puso ante sus ojos, no tardó en reconocer la caligrafía de Nicolini. Lo que no sabía es cómo había llegado esa carta de amor de su amante a manos de su marido. Él pareció leer su mente.

—Si te preguntas cómo ha llegado esta carta a mis manos, convendría que le dijeras a Karo que no sea tan despistada; deberías elegir mejor a tu personal, sobre todo si les pides que hagan de correo entre tu amante y tú.

Remarcaba la palabra *amante* como si fuera munición de guerra para herir a Adelina. Sin embargo, erró el tiro; ni siquiera pareció rozar a su mujer, que mantenía una actitud tranquila a pesar de haber sido descubierta antes de lo que ella había planeado. Hacía tiempo que esperaba el momento de comunicarle al marqués que su matrimonio de nueve años había terminado. Creyó que había jugado bien sus cartas, planeando ser ella quien se lo comunicara, pero su estrategia tampoco funcionó.

—¿No tienes nada que decirme? —se ofendió, al ver que su esposa no se inmutaba ante las evidencias de adulterio.

Él esperaba al menos una explicación. No confiaba en que su mujer le pidiera perdón ni que se excusara por su comportamiento, pero al menos anhelaba una aclaración; era su marido, se lo debía. La Patti lo miraba impávida. Vestida con el nuevo traje de Violetta que estrenaría para representar *La traviata* en el Teatro Imperial de San Petersburgo —Karo la había ayudado a probárselo antes de desaparecer del camerino, cuando el marqués mentó su nombre y su garrafal descuido—, estuvo tentada de arrancarse a cantar la escena quinta del segundo acto:

Non sapete quale affetto
vivo, immenso m'arda in petto?
Che nè amici, nè parenti
io non conto tra i viventi?
E che Alfredo m'ha giurato
che in lui tutto io troverò?

«Usted desconoce el vivo amor / que arde en mi pecho. / No sabe que no tengo amigos, ni tengo parientes vivos. / No sabe que Alfredo me ha jurado / que todo eso lo tendré en él».

No lo hizo. Su voz no estaba para ser malgastada. Había que cuidarla, como todo lo importante de la vida. Su silencio y su actitud provocaron la ira del marqués lo suficiente para que elevase la voz hasta transformarla en un grito desesperado; él ya no tenía nada de lo que cuidar.

—¡Es que no vas a decirme nada! —bramó, sosteniendo en el aire la carta, como si quisiera abofetearla con ella.

Adelina observó el trozo de papel que se agitaba en la mano del marqués.

—Me alegra que hayas tenido algo que leer. Quizá ahora te animes a seguir con el hábito de la lectura. Te haría bien. Y ahora te ruego, mejor dicho, te ordeno que salgas de mi camerino en el que espero que me ahorres la molestia de volver a verte.

Louisa había escuchado a través de la puerta la enésima riña de la pareja, como también lo hizo el personal del teatro. Conocía mejor que nadie los tonos de su señora; cuanto más calmada parecía su voz, más grave era la disputa y más reforzaba su autoridad en la discusión. El marqués también lo sabía, por lo que salió del camerino dando un enérgico portazo para asegurarse de que todos lo oyeran. Era lo único que podía hacer: mostrar el ímpetu de la impotencia, como lo haría en unos meses el ejército otomano entre las fortalezas del Danubio.

Unas semanas más tarde, el 18 de diciembre de 1876, Adelina lucía como Violetta, ataviada con su nuevo ropaje. *La traviata* era la ópera con la que iniciaba la programación en San Petersburgo. El frío helado caía sobre la capital del Imperio ruso, como lo había hecho sobre el matrimonio de los marqueses de Caux, que apenas se habían dirigido la palabra ni la mirada desde su última discusión en Moscú. Eso no impidió que la Patti averiguara todas las artimañas empleadas por su esposo para hacer desaparecer del cartel a Nicolini. Sus mentiras, sus argucias y sus subterfugios quedaron al descubierto después de una larga conversación con el empresario del Teatro Bolshói, que, acorralado por las preguntas de la diva, le puso al día de las conversaciones y negociaciones mantenidas con el marqués.

—Creíamos que la exigencia de vetar al señor Nicolini venía de usted —se justificó el director. Conocedor del divismo de la soprano, ya se temía una cancelación.

—En mi vida he vetado a nadie. Soy la Patti, no tengo ninguna necesidad de hacerlo —sostuvo con firmeza, obviando que ella misma había intentado censurar al propio Nicolini hacía años, cuando su presencia le incomodaba.

—Por supuesto. Ruego que me perdone. A decir verdad, nos extrañó la petición, pero cómo iba yo a imaginar que *su* marido... —intentó disculparse de nuevo, remarcando el posesivo para excusarse de cualquier decisión—. Si puedo hacer algo para compensar el incómodo momento que *su* marido ha provocado...

—Lo ignoro. ¿Acaso conoce un buen abogado matrimonialista?

Su compañero de reparto sería el tenor italiano Angelo Masini. Lo respetaba y guardaba hacia él un especial cariño, quizá por las muchas veces que Verdi le habló de él. Si hubiera sido la diva caprichosa y retorcida que algunos aseguraban, especialmente algunas sopranos anémicas de coloratura y sobradas de envidia, hubiese pagado con él su enfado por la ausencia de Nicolini. Pero era la Patti y ese título abarcaba el saber estar en el escenario; ya había manifestado su contrariedad por la bribonada de su marido, tampoco en eso iba a malgastar más su voz ni su tiempo. Además, sabía que Ernest guardaba buena relación con el tenor italiano. Lo que le extrañaba era su contumaz silencio, que no hubiera aparecido ni enviado una carta o un telegrama... Nada.

Las dudas se disiparon de su mente cuando se alzó el telón en la última representación de *La traviata* en San Petersburgo. Fue durante la escena segunda del acto primero cuando su corazón se encogió, como si un puño de acero lo apresara.

No podía creérselo. No podía ser cierto.

El marqués llegó iniciada la escena segunda, justo a tiempo para escuchar a Gastone dirigiéndose a Violetta.

—Alfredo siempre piensa en vos.

—¿Bromeáis?

—Estabais enferma y vino cada día con mucho esfuerzo a saber de vos.

—Dejadlo, yo no soy nada para él.

—No os engaño.

—¿Es eso cierto? No lo entiendo.

Apenas había ocupado la butaca de la primera fila del Teatro Imperial de San Petersburgo cuando escuchó la réplica de Alfredo sobre el escenario.

—Sí, es verdad.

Aquella voz hizo que se removieran los cimientos del teatro, o al menos, eso sintió el marqués. Lo reconoció antes de que sus ojos confirmaran la identidad de aquel Alfredo. Era Nicolini. Aunque no lo hubiera reconocido, la luminosidad que mostraba el rostro de la Patti se lo habría confirmado. A punto estuvo de saltar sobre el escenario para matar a aquel desdichado. ¿Cómo lo había hecho? ¿Cómo había conseguido que Angelo Masini le cediera el papel? ¿Tendría su esposa algo que ver? ¿Habría movido su mujer los hilos para dar un golpe de autoridad? ¿Era su particular revancha?

En el escenario la trama seguía. La voz de Violetta dirigiéndose a Alfredo perforó sus oídos:

—Os doy las gracias.

Las miradas que se intercambiaron los dos artistas lo decían todo. Sobre el escenario del Teatro Imperial, ambos representaban su particular asedio de Plevna, que el ejército ruso y el otomano protagonizarían en julio de 1877, comenzando una guerra de trincheras.

El marqués no esperaba aquel giro de los acontecimientos que dio al traste con sus planes. Ni siquiera lo vio venir. Nicolini se había ofrecido a cantar gratis en San Petersburgo al conocer que la Patti finalmente cantaría en Rusia, argumentando que no quería quedar mal con el Teatro Imperial a causa de su precipitada cancelación. Actuaría de manera desinteresada en las siete óperas programadas. Los responsables teatrales le informaron de que no podían admitir su generoso ofrecimiento, ya que se habían comprometido con otro tenor, Angelo Masini. Según le aseguraron, había sido una petición expresa del esposo de la diva, que exigió que el nombre de Nicolini desapareciera de la programación. Fue entonces cuando el francés comprendió que el marqués de Caux estaba al tanto de su relación con Adelina. Su veto había sido su venganza. Pero él también sabía de revanchas y fraguó su desagravio. Desde hacía tiempo guardaba una buena amistad con el apodado *tenore angelico*, del que Giuseppe Verdi llegó a decir que su voz era como el terciopelo y que era la más divina que jamás había escuchado en un tenor. Nicolini se reunió con él; necesitaba que le cediera su lugar en *La traviata*. Sería sólo en una función, la última, para que no tuviese problemas. En un primer momento barajó la idea de disfrazarlo como una broma inofensiva, una sorpresa para Adelina, asegurándole que el empresario había dado su conformidad, pero finalmente le contó la verdad: amaba a la Patti y ella a él, su marido trataba de separarlos y había embaucado a los responsables de los dos principales teatros rusos para quitarle de los carteles y alejarlo de su esposa. Masini cedió, sin imaginar que su decisión abriría un cisma en el marquesado de Caux.

Una tragedia propia de la mejor ópera.

22

«El mayor romance escénico del siglo». La prensa tenía una marcada tendencia a los titulares solemnes.

La historia de amor entre la gran diva y el tenor francés ocupaba las principales cabeceras del mundo, que no ahorraron detalles a la hora de informar sobre la noticia. Sin que los interesados pudieran imaginar cómo habían accedido a la información —Adelina confiaba a ciegas en la discreción de Louisa y en la de Patro, únicos testigos indirectos de la gran pelea—, la prensa se hizo eco de lo que había sucedido en el camerino de la Patti una vez finalizada la representación de *La traviata* en el Teatro Imperial. Especificaron los gritos que se escuchaban en el cuarto de la soprano; los objetos que salieron volando durante la fuerte discusión entre los marqueses de Caux; los trajes que la diva, fuera de sí, destrozó en un ataque de rabia; las amenazas del marqués hacia su todavía esposa y los insultos que ambos se dedicaron, e incluso describieron la naturaleza de los golpes que salían de la estancia. Todo era poco para llenar las páginas que los lectores devoraban como si fuera una novela. Los periódicos también conocían lo que había sucedido una vez los marqueses llegaron a la suite imperial del Hotel Demuth de San Petersburgo. Entre aquellas paredes, la discusión creció en gravedad y aumentó de decibelios. Según informaban los diarios, nombrando como fuentes a testigos que en ningún momento aparecieron con su nombre real, el marqués había intentado agredir físicamente a su mujer —algo que ella confirmó en su denuncia a la policía y ante el juzgado—, la había insultado acusándola de adúltera, de artista sin talento con un ego desmesurado que sólo se había casado con él por el título nobiliario. Le echó en cara haberle destrozado la vida, humillarlo ante sus amigos y ante la aristocracia europea, le reprochó que no le había dado su sitio y reconoció a voces que haberse casado con ella había sido el mayor error de su vida. Los mismos testigos aseguraron que la Patti no se había quedado atrás a la hora de lanzar improperios al marqués, al que acusó de vago, de ladrón, de ser un mantenido en un matrimonio en el que sólo ella había contribuido, tanto económica como sentimentalmente.

—Sólo tienes tu ridículo título. Es lo único que has aportado a este matrimonio y créeme si te digo que he dudado de que en verdad exista. Tus mentiras te preceden —le reprochó Adelina, intentando que su voz no se elevara demasiado y afectara a sus próximas representaciones; eso era lo que realmente le importaba: su carrera, su público, sus contratos, el escenario, el lugar donde ella mejor se expresaba.

La ira que sentía no respondía a que su marido hubiera descubierto su aventura con Nicolini; eso no le importaba. Su cólera se debía a la manipulación que el marqués había hecho de la programación operística en favor de sus intereses personales y no de los intereses artísticos de su mujer. Nadie se había atrevido nunca a tanto con la Patti, ni siquiera Salvatore o Maurice. Ésa era la razón del odio que la consumía y que intentaba controlar para no lanzarse a golpearlo. No necesitaba hacerlo, sus ataques verbales siempre cosechaban mejores resultados.

—¿Marqués de Caux? ¡Marqués de Tullerías! Todos saben lo que hacías en realidad en la corte francesa: maniobrar a favor de tus intereses, esparcir rumores, engañar, organizar frívolos bailes, chismorrear, acostarte con determinadas damas... Todo muy aristocrático e intelectual —ironizó.

—¡Qué sabrás tú de la corte parisina! —bramó el marqués. Era su voz la que más se escuchaba, incluso sobre la de su esposa. Esa vez no pensaba callarse ni bajar la cabeza ni disculparse por nada—. Ni siquiera admitieron tu presencia después de nuestro enlace por tu condición de artista. Tuve que ser yo quien se sacrificara y perdiera mi condición de caballero del emperador para que tú pudieras seguir cantando.

Adelina soltó una carcajada artificial, que enervó más al marqués.

—¿Caballero? Ni siquiera conoces el significado de esa palabra. ¿Crees que me casé por tu marquesado? ¿Y tú por qué te casaste? ¿Pretendes decirme que fue por amor?

—¿Amor? Ahora eres tú quien utiliza esa palabra sin tener ni idea de lo que significa.

—Ya me advirtieron de que no me casara contigo, que eras un vividor, un crápula, un sinvergüenza, que coleccionaba tantas deudas como amantes. Todo lo que tocas lo destruyes. ¡Ni el Imperio francés resistió! No me extraña que a *monsieur* Patti lo persiga su condición de cenizo. —Adelina había remarcado el título con el que en los teatros de la ópera se referían al marqués, siempre a la sombra de su mujer; conocía lo mucho que le irritaba—. ¿Dónde está ahora tu querido Napoleón III? ¿Y la emperatriz Eugenia de Montijo, de cuya amistad tanto presumías? ¿Acaso alguno de los dos se ha interesado por ti? ¡Qué a gusto se habrán quedado al perderte de vista! Eso también tendrán que agradecérmelo...

—No te atrevas a mentarlos o... —advirtió el marqués con tono amenazante al tiempo que se acercaba a su esposa con la mano en alto.

—¿O qué? ¿Me vas a pegar? ¿Tú? ¿A la Patti? ¡Adelante! ¡Hazlo! —chilló, esta vez sí, para asegurarse de que todos los que, por seguro, estaban escuchando su discusión pudieran oírlo con nitidez. Las paredes del hotel no eran tan gruesas como los muros de los palacios de la aristocracia europea—. Todavía no ha nacido el hombre que me ponga una mano encima. Y no vas a ser tú, maldito cobarde. Todos sabemos cómo huías después de yacer con tus amantes, cuando sus maridos estaban a punto de descubrirte. Siempre te han gustado las sombras, siempre maniobrando por detrás, sin dar la cara.

—Maldita mujer —bufó el marqués—. ¡Maldigo el día que te conocí! No eres más que una prosaica mujerzuela que berrea en los teatros y se encama con sus compañeros de reparto. No vales más que para arrastrarte por los escenarios.

Desde el exterior de la suite de los marqueses se seguía la escena como si huéspedes y empleados del hotel estuvieran asistiendo a una representación en el Teatro Imperial. La jauría de gritos sólo se veía interrumpida por extraños ruidos, seguramente de muebles que se movían o caían al suelo, por el sonido de cristales que estallaban contra las paredes y de objetos decorativos que formaban parte del mobiliario de la habitación que la pareja se lanzaba sin que nadie pudiera acceder a la estancia para que ambos cesaran la batalla descarnada que habían emprendido.

Sin previo aviso y para sorpresa de todos, los bramidos cesaron, pero la conversación entre los esposos continuó en el interior de la suite.

—No voy a permitir que con tu comportamiento adúltero me conviertas en el hazmerreír de Europa.

—Para semejante empresa te bastas tú solo, *monsieur* Patti.

—Me voy. Pero recuerda que puedo hacerte mucho daño. Tengo en mi poder las armas necesarias para arruinarte la vida y, sobre todo, tu carrera. El reinado de la Patti puede acabar cuando yo lo decida. Estás en mis manos.

—En tus manos sólo has tenido mi dinero, y ni siquiera todo. No me has arruinado gracias a la precaución que mostró mi padre al poner a buen recaudo mi fortuna. Tú me maldices, pero yo bendigo el día en el que Salvatore te hizo firmar un contrato antes de la boda, admitiendo que mi fortuna es mía porque soy yo quien trabaja para atesorarla.

—Te destruiré. Juro que lo haré. Tus días como reina de la ópera terminarán muy pronto —presagió con los ojos inyectados en ira.

—Pobre imbécil… —le insultó con desgana.

Su marido la conocía bien. Su profesión era lo más importante y lo que más podría dolerle. Adelina ni siquiera se paró a pensar en la veracidad de su amenaza; nueve años de matrimonio podrían haberle dado munición suficiente para ir contra ella. No le importó, también ella conocía a su esposo: de no encontrar artillería real que lanzar contra ella, se la inventaría. Eran tantas las leyendas que corrían sobre la Patti que una más no le supondría ningún problema. Desde la manera en la que vino al mundo, pasando por el sándwich de lenguas de canario que supuestamente desayunaba todas las mañanas y terminando por su contestación al niño que resultó gravemente herido al esconderse en un teatro para poder escucharla gratis: «Para ver a la Patti, o se paga o se muere». No se podía poner coto a las leyendas, pero sí a las presencias indeseadas.

—Lárgate ya. Desaparece —insistió, en un tono calmado pero hiriente—. Libérame de la desagradable obligación de seguir viéndote. Eres peor que un tenor afónico. No te soporto más.

El marqués ni siquiera recogió sus enseres. Necesitaba abandonar aquella suite donde se había desatado un infierno en la tierra. Antes de hacerlo, la voz de su esposa lo frenó en seco.

—He presentado una demanda de divorcio. Mi abogado lo llama proceso de separación de cuerpos y bienes. Cuando llegues a París se te comunicará. Supongo que a esta hora ya habrán llegado los papeles.

La noticia del *Morgen-Post* de Viena acudió como un relámpago a su mente.

—¿Tu abogado? —preguntó, con una mueca de acritud—. Veo que llevas tiempo preparándolo, en silencio, escondida entre esas sombras de las que tanto hablas, como una perra en celo.

—Nunca me ha gustado perder el tiempo. No creerás que todos somos como tú.

—Ni un por un segundo pienses que te lo voy a poner fácil. Soy capaz de meterte en la cárcel, y no bromeo. No tendré miramiento alguno en hacerlo.

—No me asustas, nunca lo has hecho.

—Disfruta de tu amor con ese majadero que tienes como amante. Desaparecerá cuando las cosas se pongan feas y te juro que no tardarán en hacerlo.

Henri Roger de Cahuzac no fue el único que abandonó el hotel esa noche. Louisa llevaba tiempo advirtiendo a su señora del peligro que corría por su cercanía a Nicolini. La dama de compañía había ido alimentando un cariño especial por el marqués de Caux y eso le hacía odiar a Ernest. Jamás pensó que todo se precipitaría tan rápido, pero tampoco le extrañó.

—Me parece bien. Hablaré con el señor Franchi para que se encargue del finiquito que te corresponde por tu trabajo.

Adelina acababa de convertir los casi catorce años de complicidad y de amistad con Louisa en una relación laboral que concluía sin más. Era su particular mecanismo de defensa ante la deserción de quien hasta entonces consideraba su confidente, su aliada y amiga, que había preferido seguir la senda marcada por el marqués de Caux que aquella que había recorrido junto a ella. Desde enero de 1863 habían ido forjando una relación de afecto que se había hecho trizas, como algunos de los muebles de la suite del Hotel Demuth. No le permitiría ver un rastro de decepción o tristeza en su rostro. A su entender, semejante traición no lo merecía. No sería la única felonía que su Louisa cometería contra ella. Ocho años más tarde, en 1884, escribiría un libro contando sus experiencias junto a la diva, incluso las más indiscretas. Aquella deslealtad no la vio venir Adelina.

Los periódicos seguían vendiendo el romance de la nueva pareja. Cuando no había noticias, las inventaban. Las especulaciones crecían como el interés del público por ver a la diva. Algunos diarios publicaron que Adelina podría estar embarazada de Nicolini y otros aventuraban el ingreso de la soprano en un convento para huir de todo y de todos. Ernest tampoco se libraba del escarnio de la prensa: escribieron crónicas sangrantes sobre él, haciendo mofa de su nombre, subrayando su falta de talento para ser un primer tenor y elucubrando un posible duelo entre él y el marqués de Caux en el que resolverían sus desavenencias. La pareja escribió sendas cartas a los periódicos para desmentir las informaciones publicadas, asegurando que representaban un demérito hacia sus intereses y calificándolas de calumnias guiadas por el morbo y no por la verdad. El abogado de la Patti les aconsejó que guardaran silencio y se mantuvieran alejados de la polémica; cualquier cosa que hicieran o dijeran aparecería en los titulares y podría ser utilizada contra ellos en un futuro escenario judicial. El único que concedió una entrevista fue el marqués y lo hizo para negar que fuera a batirse en duelo con Nicolini. «Soy el marqués de Caux. Él es un tenor mediocre, hijo del cocinero de un hotel. Todavía hay clases en este mundo, al menos para mí».

Las principales cabeceras, desde *The New York Times* hasta *Le Figaro*, pasando por *The Times*, alimentaban el escándalo y se frotaban las manos ante el inminente juicio de separación de los marqueses, que se celebraría a principios de agosto de 1877, justo después de que Adelina finalizara su temporada en el Covent Garden con la ópera *Fausto* y antes de iniciar sus representaciones en La Scala de Milán, el 3 de noviembre, con *La traviata*, siempre acompañada en el escenario por Nicolini.

El nombre del tenor francés no se separaba del de ella, ni en los carteles ni en la vida. Desde que se había hecho público su romance, la Patti exigía la presencia de Ernest en todas sus representaciones, y llegaba a requerirlo por contrato para evitar que los teatros eligieran a otros tenores por miedo a la barahúnda. No era el mejor tenor del panorama operístico, ambos lo sabían, pero la unión de sus voces les confería el título de la pareja perfecta sobre el escenario.

En un principio, Adelina temió que el escándalo desatado por su separación y su nueva relación amorosa le perjudicaran. Durante toda su carrera había manifestado una gran seguridad en sí misma, jamás había imaginado un fracaso en escena y siempre había gozado del beneplácito del público, pero nunca había experimentado algo semejante a lo que vivía en aquellos primeros meses de 1877. Confiaba en su público, aunque sabía que una polémica polarizaba a las personas y su caso no sería una excepción.

No todo fueron apoyos y buenas palabras. La división de opiniones sobre el asunto Patti, como empezaron a llamarlo muchos periódicos, se recogía casi a diario en la prensa. Unos se solidarizaban con el marqués de Caux, a quien consideraban la verdadera víctima del escándalo, argumentando que no debía ser fácil vivir con una diva que constantemente lo anulaba y lo había dejado en ridículo delante de todo el mundo. Además, consideraban una provocación que la Patti recorriera los teatros de Europa cantando junto a su amante, ahondando en el daño que le había hecho a su marido. «Es una mujer demasiado rebelde e independiente, siempre anteponiendo su éxito artístico al bienestar de sus seres queridos. Según aseguran, es avara y codiciosa, la ambición la ciega incluso con su propia familia. ¿Acaso no recuerdan la polémica que provocó la demanda que presentó contra su padre y su cuñado, después de que ambos se desvivieran por ella?», decían, refiriéndose a la denuncia «PATTI versus PATTI» que también nutrió los periódicos a principios de 1863, cuando publicaron que Adelina acusaba a su familia de explotarla, de robarle el dinero que ganaba y de quedarse con sus joyas, obviando que quien había interpuesto la demanda sin su conocimiento fue el barón de Ville, un antiguo pretendiente despechado. Una verdad no iba a estropear una opinión como tampoco lo hacía con una noticia.

Por su parte, los partidarios de la diva reconocían su derecho a ser feliz con quien eligiera, alejada de un hombre que siempre había vivido de ella, que nunca consideró a su mujer como la gran estrella que era, consumido por la envidia y el rencor, y que le había hecho sufrir lo indecible, ya que incluso se habían reportado episodios de violencia reconocidos por ella misma en su escrito de separación. «Ninguna mujer se merece eso, mucho menos la Patti, que nos hace soñar, nos embelesa con su voz y logra que abracemos la felicidad al escucharla», decían los incondicionales de la soprano.

Todos parecían tener una opinión al respecto, aunque carecieran de información fidedigna sobre la que cimentarla. Era la grandeza y la tiranía de la opinión pública, del público que la aclamaba en los teatros. Pero el escándalo era gratis; cualquiera podía participar. Aunque Adelina contó con el apoyo de los empresarios teatrales y de la mayoría de sus colegas, que al menos en público optaron por un silencio respetuoso, algunas de sus compañeras, en especial las sopranos que no firmaban un contrato desde hacía años y que llevaban lustros sin interpretar papeles de relevancia sobre un escenario, encontraron la ocasión perfecta para criticarla. «Es una mala mujer, carente de sentimientos auténticos, sin corazón; siempre lo ha sido. Todo lo que tiene de gran artista lo tiene de maléfica y nociva». Así se lo escribió una conocida soprano a Giuseppe Verdi que, sin embargo, se posicionó a favor de la diva, como se lo demostraría en persona en la actuación que tenía programada en La Fenice de Venecia.

Para evitar que el escándalo mermara su éxito y manchara su reputación, y de acuerdo con Nicolini, la pareja extremó las precauciones. No se dejaban ver en público más allá del escenario, nada de salidas nocturnas ni de bailes ni de fiestas ni de entrevistas en periódicos. Por consejo de su abogado, la diva mantuvo una actitud discreta, nada que pudiera considerarse como una provocación. Su separación y su infidelidad no casaban bien con la sociedad victoriana de la época que, en definitiva, era la que llenaba las salas para verla.

La prueba de fuego sería Viena, su siguiente plaza después de San Petersburgo, donde había estallado el escándalo. Cantaría todas las óperas junto a Nicolini. La primera representación era *La sonnambula*, el 3 de marzo de 1877; la última, *Fausto*, el 1 de mayo. A pesar de su férrea confianza, los nervios le agarrotaron el estómago antes de salir a escena. Por primera vez, rehusó mirar por el pequeño agujero abierto en el centro del telón para observar al público que ocupaba las butacas de la platea. Sabía que estaba a rebosar, pero ignoraba cuál iba a ser su reacción ni tampoco la verdadera motivación de su presencia, si el morbo o un sentimiento más artístico.

Nicolini se acercó a ella para apaciguar su temor. Ahora era él quien acudía a su camerino y no el marqués de Caux.

—Eres la Patti. Sólo recuerda eso.

—Lo tengo muy presente, querido.

Todos los temores de Adelina se disiparon en la primera ovación cerrada que le dedicó el público. Expandió su pecho en una profunda inspiración para espirar después, liberando el aire de sus pulmones, cuando realmente se sentía liberada de recelos y miedos. Volvió a respirar tranquila.

La buena acogida se repitió en todas las representaciones, tanto en el teatro de Viena como en el Covent Garden de Londres, y los periódicos volvieron a centrarse, al menos hasta la llegada del juicio, en la calidad artística de su voz. Eso no evitó que, en una ocasión, sufriera un altercado que no pasó a mayores. Un reducido grupo de mujeres había comprado entradas para verla en *Romeo y Julieta*, junto a Nicolini. Insistieron en que estuvieran en la primera fila «para poder verla bien, a ella y a sus joyas. Es todo un espectáculo. No queremos perdernos ningún detalle», aseguraron a la encargada de la taquilla, que respondió con un gesto amable y les dio lo que pedían. Esperaron estoicamente hasta el inicio de la escena segunda del segundo acto, cuando se desarrollaba la emblemática escena del balcón. Adelina, dando vida a Julieta, hizo su aparición.

—¡Ay de mí! ¡Debo odiarlo! ¡Odio ciego y bárbaro! ¡Oh, Romeo! ¿Por qué tienes ese nombre? Reniega de él, ese nombre fatal que nos separa, o yo renegaré del mío.

En ese momento, las mujeres se levantaron de sus butacas y se quedaron de espaldas al escenario, en un claro gesto de desaprobación hacia la soprano por su lascivo comportamiento sentimental. Así estuvieron durante unos segundos y, acto seguido, abandonaron el teatro. Nadie reaccionó al peculiar acto de recriminación. La representación continuó y el público guardó silencio, atendiendo sólo a lo que sucedía sobre las tablas. La Patti presenció lo que acababa de ocurrir en la platea, precisamente en la primera fila donde solía sentarse el marqués de Caux, pero lo ignoró. Cantó mejor que nunca, haciendo que el público congregado se levantase de sus butacas, aunque no como las mujeres que le afeaban lo que ellas entendían como una amoralidad de la diva, sino para reconocer su valía. «¡Larga vida a la Patti!», se escuchó al unísono.

«Brava, bravissima!». Los gritos volvieron a los oídos de Adelina, pero a modo de aclamación sincera y entusiasta, igual que las flores que los espectadores le lanzaban y que terminaron tapizando el escenario. Nicolini se agachó para recoger uno de los ramos y entregárselo a su amada. El público ovacionó el gesto con sonoros aplausos, como si estuviera dando su beneplácito a la pareja. El recibimiento no podía haber sido mejor. El ruido se había quedado fuera del teatro mientras dentro se desataba una explosión de auténtico clamor.

Por si quedaba alguna duda, la presencia del príncipe de Gales en el estreno de la temporada del Covent Garden de Londres, el 15 de mayo de 1877, para presenciar la ópera *Dinorah*, fue la confirmación de que la Patti había sobrevivido al escándalo. Así se sentía en realidad, como una superviviente; fuerte, rebelde e independiente. Tal como era. Tal como su público la quería.

23

Las primeras impresiones siempre eran premonitorias.

No le gustó ni el rostro ni la actitud del juez que presidía la sala del Tribunal Civil de París. Aquel hombre, de gesto serio y arrogante, decidiría sobre su solicitud de separación. Deseó que fuera amante de la ópera y, dándole vueltas a esa tesitura, acarició la idea de que se tratara de uno de sus fervientes admiradores; si el zar Alejandro II o la reina Victoria lo eran, por qué no confiar en que él también lo fuese.

—¿Cómo se llama el juez? —preguntó Adelina, vestida como mandaban los cánones de la rígida sociedad victoriana.

—Es el juez Aubépin —respondió su abogado mientras buscaba con impaciencia unos papeles que guardaba en una de sus carpetas.

—No me gusta su nombre. Me desagrada cómo suena.

—Me conformo con que nos guste su sentencia.

Tampoco le complació que el juicio comenzara a las cuatro de la tarde de un viernes. El horario le había arruinado la breve siesta de la que disfrutaba siempre que podía, con el objetivo de descansar la voz. La diva se sentía ansiosa. No era habitual ver a la Patti en ese estado, pero aquella sala de juicios no era el escenario de un teatro, donde ella ejercía su poder, su dominio, y mostraba una confianza de hierro. Todo en aquel lugar le disgustaba y, en particular, la presencia del marqués de Caux, al que no había vuelto a ver desde que la amenazó con destruirle la vida en San Petersburgo. Procuraba no pensar en aquel día. Todo se había precipitado y nada había salido como ella pensó. Llegó al tribunal con la sensación de que había pasado un siglo desde el incidente, pero sólo habían transcurrido ocho meses. El tiempo es sabio a la hora de gestionar los recuerdos y especialmente generoso cuando las evocaciones son ingratas; la memoria, como guardiana del pasado, difumina los malos recuerdos y enarbola los buenos.

No acudió sola al tribunal. Además de su abogado, estuvieron su cuñado Maurice Strakosch y su hermana Amalia, con los que vivía durante su estancia en París, que no dejaron de brindarle su apoyo en todo momento. Después de su iracunda huida de San Petersburgo, el marqués viajó hasta la capital francesa para alojarse en la casa donde el matrimonio vivió antes del escándalo, y más tarde se trasladó a Londres para residir en la lujosa villa de Regent's Park que Adelina había adquirido en busca de una vida más tranquila tras la grave pulmonía que afectó a su marido. Henri era consciente de la provocación que encerraban sus actos. Las dos viviendas las había pagado la Patti e imaginar la reacción colérica de su esposa al enterarse le agradaba. Sin embargo, más que un desafío, la decisión del marqués abrigaba el anhelo de que su esposa regresara a casa y ambos pudieran arreglar la complicada situación en la que se encontraban, reconociendo que los dos habían estado desafortunados en sus valoraciones sobre el contrario y arrepintiéndose por los insultos proferidos. Su mayor deseo era borrar el recuerdo de aquella aciaga noche en la suite del Hotel Demuth y que la cordura volviera a sus vidas. Pero la normalidad nunca definió a Adelina. Nada en su vida era normal, mucho menos ella, y por esa razón Henri seguía amándola, aunque no fue lo que se tradujo en la única mirada que ambos cruzaron antes de acceder a la sala de juicios. El sentimiento de animadversión y rencor instalado entre ellos no mermaba la esperanza del marqués de recuperarla. El amor y el odio siempre bailan un vals sobre un terreno resbaladizo y, cuando la música se interrumpe, uno consume al otro. Adelina había empezado odiando a Nicolini y esa aversión se había transformado en amor. El vals de los marqueses de Caux sólo tenía que tomar la dirección opuesta a la que los había llevado ante la Corte de Justicia.

Siguiendo los consejos de su abogado, Nicolini no acudió al tribunal. Aparecer junto a ella sólo hubiera alimentado el morbo y tensionado aún más el ambiente, un escenario que únicamente favorecería a los periodistas, ávidos de polémicas que harían las delicias de sus lectores.

Una vez escuchadas las declaraciones de varios testigos, el estudio de las pruebas presentadas por ambas partes y el testimonio de los dos implicados en el proceso, el juez dictó sentencia. Su fallo fue contrario a los intereses de Adelina. De nada sirvieron las acusaciones de comportamiento violento que realizó contra su marido, a quien definió como un ser agresivo, que la golpeó en varias ocasiones provocándole daños y heridas que debía cubrir con maquillaje para que nadie no lo notara. Según su testimonio, Henri no desaprovechaba ninguna ocasión para humillarla y burlarse de ella, relatando a sus amigos e incluso a sus amantes —según ella, las infidelidades del marqués se contaban por decenas— episodios de intimidad vividos por el matrimonio, y solía calificarla de «simple mina de oro» de la que pensaba beneficiarse sin piedad. «Tú dedícate a cantar y deja que yo me ocupe de lo demás», repitió entre sollozos la frase pronunciada por su marido. Sin embargo, el juez no la creyó y, si lo hizo, no lo reflejó en la sentencia. Quizá pensó que, como buena actriz que era, su testimonio podía ser falso aunque sonara convincente. El halo de divinidad que la rodeaba cuando entraba en un teatro, en un hotel, en un restaurante o en un salón de baile de cualquier palacio europeo se desvaneció; en aquella sala de juicios no brilló ni deslumbró a nadie.

El presidente del tribunal la consideró culpable de la ruptura del matrimonio, reconociendo que había sido ella quien había caído en una infidelidad manifiesta, publicitada incluso por los periódicos —el juez recogió en la sentencia numerosos artículos de prensa, entre ellos algunos de los que incluían falsedades—, y, aunque declaró la separación de cuerpos y bienes, dictaminó a favor del marqués, condenando a la diva a pagar las costas y a concederle a su marido una indemnización que suponía la mitad de su fortuna. Ese aspecto fue lo que más le indignó. A punto estuvo de expresarle al juez su desacuerdo con lo que consideraba una decisión injusta y desproporcionada, pero su abogado frenó su reacción, que prometía llegar envuelta en la cólera que la dominaba y que sólo haría las delicias de la prensa. «La Patti nunca ha trabajado para que un hombre se lleve la mitad del dinero que ha ganado a golpe de esfuerzo», dijo al salir del tribunal. Su madrina Marietta Alboni tenía razón: «Eres una mujer. Tienes que mostrarte firme en tus convicciones, en tus deseos y en tu salario. Exige ser bien pagada. Muchos empresarios verán en tu condición femenina una excusa para retribuirte menos. No lo permitas, déjalo bien claro desde el principio. Que te teman y te respeten, que sepan quién es Adelina Patti».

Vivía en un mundo gobernado por los hombres, aunque ella fuera la reina del bel canto. Sentía que en aquel tribunal no se le había respetado. Sabía que no se había impartido justicia.

Los marqueses de Caux estaban legalmente separados, pero no divorciados como anhelaba Adelina; en Francia, el divorcio no era legal. Su deseo de casarse con Nicolini, que ya había conseguido el divorcio de su esposa, se había convertido en una obsesión y no pararía hasta lograrlo. Ningún juez se lo impediría. Ninguna ley lograría disuadirla. El marqués había ganado la primera batalla, pero para ninguno de los dos había terminado la guerra.

La todavía marquesa de Caux —un título del que renegó desde el momento en que abandonó el tribunal— estaba dispuesta a llegar hasta el final. Quería borrar al marqués de su vida: sólo pensar en él la enfermaba. Junto con su abogado, decidieron presentar un recurso en el que solicitaban la nulidad del matrimonio, basándose en una irregularidad administrativa, ya que el sacerdote que los casó, el reverendo Plunkett, no disponía de las credenciales eclesiásticas necesarias para que la boda tuviera validez. El tribunal de París lo desestimó argumentando que en Francia el matrimonio se basaba en un contrato civil, no religioso. La justicia francesa no parecía estar del lado de la diva, que pensó en acudir al tribunal eclesiástico e incluso recurrir al papa Pío IX para conseguir la nulidad matrimonial, arguyendo la no consumación del matrimonio. De nada sirvieron sus esfuerzos, excepto para avivar la ira del marqués de Caux.

También él estaba dispuesto a llegar hasta el final y barajaba la idea de consumar la amenaza de arruinarle la vida que le hizo en la suite del hotel de San Petersburgo. Sólo tendría que acusarla de adulterio y la Patti acabaría en la cárcel; aquel delito sí lo recogía el código penal francés. Henri estuvo muy cerca de hacerlo, incluso concedió una entrevista al diario parisino *Le Matin* en la que reconocía, henchido de orgullo, que le bastaría con presentar cargos contra ella por promiscuidad, concubinato y adulterio para terminar con el reinado de la Patti. «Basta una palabra mía para que ella vaya a prisión, como una pedestre ratera, una mujerzuela». Fueron los amigos del marqués los que le hicieron entrar en razón y le convencieron de que depusiera su actitud y se olvidara de denunciarla. «Ya ha recibido suficiente castigo. El revés judicial le cerrará las puertas de alta sociedad europea. Has vencido, Henri. Olvídate de ella y sigue tu camino», le recomendó uno de sus amigos más cercanos. El marqués le hizo caso sólo en parte; le costaría mucho olvidarse de Adelina.

El divorcio se convirtió en una obsesión para la diva no sólo porque supondría romper definitivamente los lazos que la unían con el marqués, sino porque eso le permitiría contraer matrimonio con Ernest. Era su mayor deseo y también el del tenor. Aun así, hasta que Francia no aprobara una ley que permitiera el divorcio, poco podían hacer, excepto esperar y seguir con sus vidas. Decidieron hacerlo con un cambio de actitud con respecto al comportamiento discreto, íntimo y casi monacal que habían mantenido hasta entonces por recomendación de su abogado. El juicio por la separación ya se había celebrado, no había razón alguna para guardar las apariencias; tampoco había servido de mucho a tenor de la sentencia del juez. Y una vez confirmado que el público seguía adorándola y llenando los teatros, corroborando que el escándalo no había mermado una pizca su popularidad, la pareja dio rienda suelta a su amor. No se esconderían ni temerían la reacción de los demás y tampoco les preocuparían los titulares ni las miradas inquisidoras. Eran libres para mostrarse tal y como eran: dos enamorados. Sin embargo, Adelina sabía que el mundo de la ópera era muy traicionero, como también lo era el público, a menudo voluble en sus gustos, que podía dejar de idolatrarla en cualquier instante. Debía ser cauta; sólo protagonizaría espectáculos sobre el escenario.

Italia se convirtió en el mejor lugar para hacerlo, aprovechando la larga temporada que la pareja artística del momento tenía comprometida en el país. Maurice, que trabajaba de agente de otros artistas, seguía consiguiéndole a su cuñada los mejores contratos, con la ayuda inestimable de Franchi, que agradecía la desaparición del marqués como intermediario, debido a los problemas que siempre acarreaban sus gestiones. Por extraño que pareciera, la polémica desatada por la separación y el juicio de la Patti, lejos de vaciar los teatros, los colmaba. Su caché había aumentado hasta alcanzar cifras jamás pagadas a una soprano, con la misma celeridad que se colgaba el cartel de NO HAY BILLETES en todas sus representaciones; hablar de la Patti podía ser gratis, pero para escucharla había que pagar, y no era barato. Nicolini se convirtió en un asiduo en los repartos de las óperas que ella cantaba. La diva seguía exigiéndolo por contrato y el nombre del tenor francés siempre aparecía junto al suyo en los carteles promocionales, aunque en un lugar inferior y en letra más pequeña. La ley francesa podría impedirles oficializar su amor mediante el matrimonio, pero el mundo lírico lo haría; era la grandeza de la ópera. Un teatro no era un tribunal; allí las sentencias judiciales no tenían validez, sólo las artísticas la poseían, y la inocencia de Adelina clamaba a golpe de trinos, florituras, gorjeos y escalas cromáticas.

Las entradas volaban en taquilla, no así la insistencia de la prensa en lo concerniente a su vida sentimental, empeñada en seguir a la pareja para captar el mínimo detalle y convertir la anécdota en una primera plana. Sucedió cuando un periodista sorprendió a Nicolini midiendo con un metro el nombre de la diva en el cartel para asegurarse de que el tamaño de las letras era el acordado por contrato. Le gustaba estar pendiente de esos pormenores y ella lo adoraba por eso. En nueve años de matrimonio, el marqués de Caux ni siquiera se molestó en comprobar esos pormenores que la Patti consideraba importantes. No era la primera vez que Ernest lo hacía, pero sí la primera vez que un reportero lo presenciaba y lo llevó a la portada de su periódico. «El amor está en los detalles. ¡Viva el amor!». Cada vez que se publicaba una información sobre ellos, se desataba de nuevo el debate, aumentando las habladurías, alimentando el morbo y, al mismo tiempo, acrecentando el deseo de ver a la pareja sobre un escenario, sin importar el coste de la entrada. Motivada por esa presión ejercida por los periodistas, Adelina decidió reducir al mínimo el contacto con ellos hasta hacerlo desaparecer. Su actitud no provocó que la prensa le hiciera pagar su indiferencia y los críticos siguieron escribiendo artículos repletos de alabanzas. Y no fueron los únicos.

El inicio de la gira italiana fue en La Scala de Milán el 3 de noviembre de 1877, con la representación de *La traviata*. Pisar aquel escenario significaba mucho para ella. El público llevaba años esperándola y no podía defraudarlos. De camino al teatro había escuchado los vítores de los asistentes: «¡Diva y divina es Adelina!», «Larga vida a la Patti». Le resultó imposible no pensar en Caterina no sólo porque se encontraba en su país natal, sino porque el sueño de su madre siempre había sido cantar el aria «Casta Diva» de la ópera *Norma* de Vincenzo Bellini en aquel escenario único, donde se había estrenado el 26 de diciembre de 1831. Cerró los ojos para imaginarla sentada en uno de los palcos, con su inseparable rosario entre las manos, alternando el rezo con la parte del libreto que cantaba su pequeña, viendo a su hija triunfar de manera clamorosa como ella no había podido hacerlo. A Caterina le dedicó en secreto la función del estreno.

Con cuidado de no estropearse el nuevo traje que vestiría Violetta en el escenario milanés, Adelina se acercó al pequeño agujero perforado en el telón para inspeccionar al público que abarrotaba la sala. Durante unos segundos observó a los asistentes, el verdadero jurado popular con la facultad de dictar sentencia. No estaba nerviosa, sino deseosa de salir a escena y demostrarles por qué su nombre vendía más entradas que periódicos, su voz era más rotunda que un titular en prensa y su garganta más rica que las informaciones de los tabloides. La magia impregnaba cada rincón de La Scala. Sabía que Giuseppe Verdi estaba allí, ocupando uno de los palcos, a pesar de que el compositor italiano no solía regalar su presencia, ni siquiera en los estrenos de sus óperas, como había evidenciado al no asistir al estreno de *Aida* en El Cairo, el 24 de diciembre de 1871, por desavenencias con el montaje y el director. Pero la representación en el teatro de Milán era especial, también para el maestro. La diva sonrió al pensar en él. Según le había confiado en su casa de Sant'Agata di Villanova, fueron muchos los años que se negó a estrenar sus obras en el templo milanés de la ópera porque aseguraba que la orquesta, con la complicidad del director, se empeñaba en cambiar la música que él había escrito. Ella lo creyó; sólo tenía que recordar la reacción iracunda del compositor cuando le propuso modificar alguna parte de *Aida* para adaptarla a la tesitura de su voz. Y, sin embargo, Verdi estaba allí, traicionando sus propias convicciones. La vida da muchas vueltas, las necesarias para situarnos en los lugares que pensamos no pisar nunca.

Quizá porque La Scala había sido un casino tiempo atrás, Adelina fue consciente de que allí se jugaba mucho. Sorprendió a Nicolini observándola; vestido con el ropaje de Alfredo estaba aún más atractivo. Su físico y su sonrisa le recordaban a su adorado Mario de Candia, con el que tantas veces cantó en el teatro, con quien primero interpretó *Romeo y Julieta* sobre un escenario, en el Covent Garden, el 11 de julio de 1867, y con quien se reencontraría dentro de tres meses, en cuanto su gira italiana recalara en el Teatro Apollo de Roma, en febrero de 1878. Roma era la ciudad natal de su madre y también el lugar donde Mario se había trasladado a vivir con sus hijos, después del fallecimiento de su esposa, Giulia Grisi, la reina de la ópera hasta la llegada de la Patti —«La reina ha muerto. ¡Viva la reina!», se escuchaba años atrás en el Covent Garden de Londres con la aparición de la joven Adelina—. A pesar de la frágil y traidora memoria que caracteriza al público de la ópera, la relación con ella, y en especial con su marido, venció cualquier rivalidad entre las divas; también Grisi le había arrebato el reinado a la Malibrán y había disfrutado de su corona durante tres décadas. El final de una diva siempre lo marca la aparición de otra más joven. Era la ley lírica, más justa que la terrenal dictada en un juzgado, aunque igual de cruel.

No podía esperar a darle un abrazo a Mario, que siempre había sido generoso con ella, en todos los sentidos, desde que, siendo una niña de cinco años, le prometió que guardaría el pequeño ramillete que intentó entregar sin éxito a la Grisi. Recordó cuando en el banquete de su boda con el marqués de Caux y haciendo gala de su sentido del humor, Mario hizo un brindis asegurando que él había besado más veces a la Patti de lo que lo había hecho su recién estrenado marido. Quizá fue a partir de aquel brindis cuando el marqués se aficionó a contar los besos que le daban a su mujer en escena. Por suerte, Nicolini no contaba más que el tamaño de las letras en los carteles y la distancia que había entre el nombre de la Patti y el resto del elenco artístico.

—¿Preparada, mi amor? —le preguntó Ernest, abstrayéndola de la maquinaria de recuerdos que su memoria había activado.

—Siempre. Soy la Patti.

—Entonces, adelante. Violetta y Alfredo nos esperan —le instó, regalándole una sonrisa en la que ella reconoció a Mario.

Nada podía salir mal.

El éxito que se vivió aquella noche en La Scala, más que los aplausos interminables que tiñeron de rojo las palmas de las manos del público, los vítores que dejaron afónicos a los espectadores o la marea de pañuelos blancos que inundó la platea del teatro, lo sentenció Giuseppe Verdi, personalizándolo en la soprano: «La Patti tiene alma de artista. Eso la convierte en inmoral. Larga vida a la Patti».

La crítica estuvo de acuerdo con él. Milán celebraba la actuación de la cantante de ópera más grande del panorama lírico. Las entradas valían cada una de las liras que costaban, por muchas que fueran. A La Scala, Adelina había llegado para quedarse, que era tanto como decir que había llegado un ángel desde el cielo para erigir el paraíso empíreo en la tierra, como contaban las crónicas. Las alas del serafín habían barrido de una batida el eco del escándalo, la polémica, la separación y el romance de la soprano. Sólo existía ella. Sólo importaba su voz; lo demás era el ruido de los mediocres.

El mismo triunfo la acompañó durante el resto de las óperas que representó en el teatro de la ciudad italiana: *Fausto*, *El barbero de Sevilla* e *Il trovatore*. La estela de su éxito la siguió hasta Venecia, imitando el reguero ácueo que dejaban las góndolas en las aguas del Gran Canal, ciudad de la que se enamoró y adonde Verdi también acudió para seguir engordando la leyenda de la diva, así como su vanidad. «La Patti es singular. Es la cantante perfecta. Su voz no tiene defecto», declaró a la prensa. El envanecimiento de Adelina crecía ante las valoraciones artísticas del compositor. Las loas de Verdi hacia ella no parecían tener fin, como también le sucedió a Rossini. Ellos engordaron el ego de la diva; ella engrandeció sus obras. Un *quid pro quo* que les prometía a todos la eternidad.

24

Después de su paseo triunfal por los teatros de Italia, realizó una nueva temporada en el Covent Garden, que finalizó con *Semiramide* el 11 de julio de 1878, cumpliendo así la promesa que le hizo a Rossini días antes de su fallecimiento. El compositor italiano estaba seguro de que sería un gran éxito. «Esta obra requiere de una habilidad incomparable por parte de la soprano. Mi primera esposa, Isabella Colbran, española como tú, la interpretó en el estreno en La Fenice en febrero de 1823, pero tuvo una acogida fría por parte del público; no la entendieron. He incluido en la partitura tres nuevas cadencias que no sólo se ajustan a tu voz, sino que te harán brillar y te elevarán al cénit de la interpretación. Prométeme que la representarás cuando yo ya no esté. Te veré desde dondequiera que me encuentre y aplaudiré como nunca lo he hecho a ninguna otra soprano. Fíate de mí, aunque sé que te he dicho muchas veces que uno no puede fiarse nunca de un hombre nacido en año bisiesto», le confió Rossini, que llegó al mundo un 29 de febrero, siempre haciendo gala de su sentido del humor; por entonces ya no era el «soberano musical del mundo» que fue en 1823, un título otorgado por la prensa y por el universo operístico, pero su voz seguía teniendo autoridad. Adelina le juró que lo haría y su palabra, como su voz, valía oro.

El drama en dos actos que Rossini elaboró en treinta y tres días fue la última ópera que el compositor escribió en Italia, antes de fijar su residencia en París. A la Patti no se le ocurrió mejor manera de despedirse de su temporada en Londres que con el drama de la reina Semiramide, que accedió al trono de Babilonia tras matar a su marido, el rey Nino, con la ayuda de su amante Assur para después enamorarse de un joven y valiente guerrero, Arsace, sin saber que era su hijo, al que creía muerto, y que más tarde acabaría con la vida de Semiramide. Adelina no podía imaginar mayor drama: amor, traición y muerte. Después de su éxito en *Aida* como soprano dramática, *Semiramide* fue la confirmación de que era la soprano más completa del panorama operístico. Había enfrentado el papel como homenaje a Rossini, aunque también como una forma eficaz de callar la boca a los pocos críticos que aventuraron que su voz no resistiría las exigencias extremas de un rol dramático. Sin embargo, los trinos y las cadencias de complicada ejecución que exigía el papel no fueron impedimento para su prodigiosa garganta. Aventuró el orgullo que sentiría su madrina Marietta Alboni, que también interpretó a Semiramide, al escuchar cómo su ahijada dominaba el canto de coloratura rossiniano, y sin necesidad de regalarle ninguna nueva muñeca.

Fue el azar lo que motivó que, después de dos conciertos en Liverpool y Dublín en octubre de 1878, la Patti y Nicolini viajaran hasta Gales con la intención de descansar durante unos días, antes de cumplir con nuevos compromisos.

Siempre le había llamado la atención aquel país que parecía un apéndice a la izquierda de Inglaterra. Una tierra pequeña en extensión pero regia, segura de sí misma, con una personalidad única que algunos envidiaban y quizá por eso intentaron destruir, y con una independencia que enarbolaba ante quienes se la negaban. Adelina no pudo menos que identificarse con

Gales. Su geografía representaba un paraíso al margen del caos de las grandes ciudades en las que recalaba en sus largas giras por Europa, un edén de tierra mojada, colinas infinitas, ríos caudalosos, montañas inmensas, bosques poblados, caminos perdidos y sin final, valles misteriosos y majestuosos castillos construidos a base de piedra y leyendas. Desde que tenía uso de razón, y especialmente desde que su situación económica estaba más que saneada, había deseado asentarse en un lugar de esas características. Cuando se separó del marqués de Caux, después de vivir un tiempo con su hermana y su cuñado Maurice en su casa de París, había regresado a Londres donde, para evitar la presencia de Henri, que seguía ocupando la vivienda de Regent's Park, residió en Clapham Common, un lugar que había conocido antes de contraer matrimonio, alejado del bullicio de la ciudad y de la prensa, donde descubrió el tesoro que significaba la privacidad. Fue un vecino de esa comunidad, el señor O'Callahan, quien le recomendó viajar a Gales, de donde era oriundo. «Mi deseo es volver a mi tierra dentro de unos años, a mi verdadero país, comprar allí un pequeño terreno y vivir como nos gusta vivir a los galeses, tranquilos y orgullosos de lo que somos, un pueblo generoso, amante de la naturaleza, que le gusta coexistir en comunidad y compartir un buen té negro galés, pero respetando nuestra privacidad, sin invadir terrenos que no nos corresponden, a no ser que nuestros vecinos nos inviten», le había confiado. «No entiendo que una mujer de mundo como usted no conozca todavía ese paraíso». Adelina le hizo caso y así se lo comunicó a Nicolini, a quien la idea de escaparse de Londres y conocer Gales le gustó tanto como a ella.

Se embarcaron en el viaje como una aventura, sin planes preconcebidos, sin reservas previas, sin citas ni obligaciones; todo lo opuesto a su día a día en el mundo del teatro. O'Callahan —«Cedric, en realidad», le recordaba siempre en vano, porque el respeto que le despertaba aquel hombre le hacía decantarse por su apellido— le había recomendado conocer el sur de Gales, y hacia allí se dirigieron. Tenían pocos días de descanso, así que decidieron seguir las recomendaciones de quien más sabía.

Fue en la mañana de la segunda jornada de aquel viaje de cuatro días cuando la pareja entró en un pequeño establecimiento de la localidad de Swansea. Después de un primer día recorriendo la ciudad, en el que Nicolini había terminado con las reservas de *cockles*, los exquisitos berberechos que se recogían en la costa, y con las ostras cosechadas en la bahía de Oystermouth, Adelina quería probar algo más dulce, alejado del pan de algas y del delicioso cordero característico de la zona. «Verá, tenemos muchas ovejas en Gales. La última vez que alguien se molestó en calcularlo, comprobó que, por cada galés, hay tres ovejas. Y algo tenemos que hacer con ellas», le contó el camarero que les sirvió el plato de carne en el hotel donde se hospedaron; el argumento no terminó de cuadrarle a la diva, aunque prefería un país que contaba ovejas a un exmarido que contaba besos dados sobre el escenario en busca de infidelidades.

El local estaba vacío. Ambos lo agradecieron, querían estar solos, sumergidos en la vida de ermitaños que habían ideado llevar en aquel viaje. Adelina se retiró la estola de piel que le cubría la garganta para proteger su voz y evitar un resfriado inoportuno. El señor O'Callahan le había advertido del peligro que representaban, en pleno otoño, los vientos fríos que llegaban del Atlántico y que convertían la ciudad, con la ayuda de sus costas y la cercanía del mar, en la más húmeda de todo el Reino Unido.

La pareja ocupó una de las mesas, a la que rápidamente se acercó la encargada. Era una mujer de complexión fuerte, fornida, alta —a Adelina, de pequeña estatura, casi todas las mujeres le parecían altas— y con caderas vastas. Su piel broncínea y su pelo oscuro respondían, según muchas leyendas, a la herencia del paso de la Armada española por su territorio, de marineros del norte de España que echaban el ancla en sus costas y en las de Irlanda. El rostro de la mujer, como el de todos los galeses, reflejaba salud y cordialidad. Se dirigió a ellos en galés, aunque rápidamente cambió al inglés.

—Disculpen, es la costumbre. ¿Qué van a tomar?

—Lo que nos ofrezca, a poder ser dulce —reclamó Adelina mientras se frotaba las manos sin quitarse los guantes forrados de lana de oveja que había adquirido el día anterior. Aunque no era galesa, le correspondía parte de una oveja si quería luchar contra las desavenencias de ese clima—. Y té, por favor, muy caliente.

—Han venido al lugar perfecto.

—Lo sé. Llevo en él apenas veinticuatro horas y ya me he enamorado de su país.

La mujer se quedó observándola, sin que su mirada resultara incómoda.

—¿Es su primera vez en Gales?

—La primera, pero estoy convencida de que no será la última. Esto es un edén.

—Eso piensan todos los galeses, pero muchos se van de aquí a dejarse embaucar por tierras extrañas. Aunque todos vuelven al final de sus días —reconoció la encargada, con un deje de orgullo—. Mi nombre es Caitrin, para lo que necesiten. Voy a por su pedido.

La mujer tardó unos minutos en regresar con una gran bandeja que contenía el servicio de té y una fuente con una especie de tarta de un pálido color negro, más cercano al pardo. Adelina rezó para que fuera chocolate; en Gales, la «dieta de Strakosch» también se tomaba unos días de asueto.

—No puedo creer que los galeses abandonen este paraíso. Si yo fuera galesa, no lo haría nunca —admitió dicharachera.

Cuando se encontraba en un lugar en el que pensaba que nadie la reconocía, le gustaba hablar con los lugareños. Se transformaba en la pequeña pizpireta que había sido en las calles de Nueva York, que hablaba con todo el mundo sin distinguir raza, oficio o edad, que quería ser amiga de todos, por mucho que Caterina le prohibiera hablar con extraños y le instase a no alejarse de la calle en la que vivían. Disfrutaba del contacto con la gente, sobre todo cuando se sentía una más entre tantos, sin que las luces, los autógrafos, los aplausos, las flores arrojadas al escenario y el brillo de las joyas la cegaran, tanto a ella como a los demás. Sin embargo, no se engañaba; ese sentimiento le duraba poco, hasta que sentía de nuevo una ardiente hambre por las candilejas. Quizá ésa fuera la razón por la que los galeses siempre regresaban a casa, por el hambre de hogar que sentían desde la distancia.

—Hay tantas cosas en este mundo que no se entienden... —asintió Caitrin.

—Supongo que hay que conocer las circunstancias que llevan a esas personas a recorrer miles de kilómetros para entender por qué lo hacen —valoró Nicolini mientras servía el té a Adelina.

Caitrin optó por callar, pero podía haberles hablado de la denominada «Traición de los libros azules», un informe parlamentario redactado en 1847 —y avalado por periódicos como *The Times*, que señalaba como causa de todos los problemas sociales la falta de educación del pueblo galés y que exigía reformas industriales y políticas que provocaron manifestaciones y disturbios—, en el que se despreciaba la identidad de los galeses, su moral, su falta de conformismo y su forma de vida, y apoyaba castigos como el *Welsh Not*, un trozo de madera que colgaban a los niños galeses del cuello en las escuelas para golpearlos con él cuando hablaran en galés. Esa humillación y un desprecio continuo motivó que muchos galeses emigraran no sólo a Estados Unidos, sino al sur del continente americano. Caitrin lo sabía muy bien; lo había vivido en casa.

—Mi hermano lo hizo, se aventuró a recorrer esa distancia para defender su historia, su identidad, en definitiva, su país. Fueron más de ciento cincuenta compatriotas galeses los que se embarcaron en La Mimosa rumbo a la Patagonia argentina para levantar un lugar idílico, Nueva Gales, donde se respetara la identidad de los galeses en armonía con la de los nativos. —La encargada se refería a las dos inmigraciones realizadas por los galeses a Argentina; la primera en 1865 y una segunda en 1874, que se había convertido en un ejemplo de integración entre culturas—. ¿Más té?

—Sí, muchas gracias —respondió Adelina, que no podía dejar de mirar el color oscuro del brebaje.

No le interesaban demasiado las migraciones de los galeses a tierras argentinas, entre otras cosas porque le resultaba complicado entender cómo alguien podía abandonar aquel paraje verde de naturaleza frondosa por una tierra amarilla, desértica y árida, con un clima hostil gobernado por ráfagas de más de ciento veinte kilómetros por hora, a la que denominaron la Patagonia galesa.

—¿Más torta negra? —preguntó Caitrin que, adelantándose a la respuesta, dejaba la fuente con la tarta sobre la mesa, dispuesta a introducir el cuchillo en ella mientras departía con sus únicos clientes. Estaba siendo una mañana tranquila en el establecimiento y a ella también le gustaba hablar con la gente—. Las mujeres galesas que emigraron a Argentina, concretamente a la localidad de Chubut, no lo tuvieron fácil. Para luchar contra la escasez de alimentos, crearon esta tarta a base de azúcar negra, harina y frutos secos; no tenían más, pero ése fue su gran acierto. La torta galesa se convirtió en un símbolo de supervivencia, de perseverancia y de defensa ante las contrariedades del destino y las inclemencias del tiempo. Ya le advierto, querida, que es altamente calórica, aunque usted no tiene problemas de peso.

La Patti agradeció el cumplido. Pensó en detallarle la estricta dieta que seguía para cuidar su garganta y su físico, aunque eso le hubiera obligado a revelar su profesión y prefería seguir escuchando lo que Caitrin tenía que decirle.

—Hoy en día añadimos miel, uvas pasas o ciruelas e incluso un poco de brandy o de ron para que quede más jugosa y le dé un sabor más dulce. Este bizcocho puede durar semanas, incluso meses y hasta un año, sin perder su sabor y su textura. De hecho, una de las tradiciones en las bodas que se celebran en Gales consiste en poner una torta negra como base de la tarta nupcial y repartir porciones del pastel entre los invitados, manteniendo intacta la torta negra que los novios guardarán en una lata, bien protegida por un paño, para consumirla los meses posteriores y recordar su maravilloso enlace —aseguraba la mujer, que ya depositaba una nueva porción sobre el plato de Adelina—. Como ve, de la nada y de la necesidad, se crean grandes cosas. Llámelo azar, llámelo suerte, pero ocurre y hay que saber aprovecharlo.

—Ya veo... —apostilló Nicolini, que no entendía la necesidad que sentía la encargada por contar la historia de todo aquello que les ofrecía.

—¿Y qué los trae por Gales? ¿No se irán a casar aquí? —preguntó Caitrin, haciendo gala del significado de su nombre: pura y clara—. Se lo digo porque sólo me queda una torta negra, por si tengo que reservársela.

—No, nada de eso —rio la diva, dirigiendo una mirada cómplice a Ernest, que él devolvió con una de sus sonrisas ladeadas—. Pero quién sabe, puede que algún día.

—¿Entonces? —insistió ella.

—La naturaleza. El descanso. La belleza de su tierra. El verde que lo cubre todo, incluso este endiablado viento... —admitió Adelina, llevándose la mano a la garganta, su verdadero punto débil. Lo había pronunciado como si estuviera en el escenario de La Scala de Milán, con voz limpia y brillante, con matiz aterciopelado. Siempre había soñado con vivir en un lugar como aquél, pero las prisas, los compromisos y los continuos viajes de teatro en teatro, de país en país, no se lo habían permitido. Anhelaba que llegara el día en el que conseguirlo—. Podría vivir aquí toda mi vida.

—¿Y por qué no lo hace? No veo la complicación. Aquí hay mil lugares para vivir o para esconderse del mundo. Tenemos más de seiscientos castillos; alguno de ellos encontrará de su gusto. Sólo tiene que elegir el paraje perfecto y adecuado para lo que busca.

Los ojos brunos de Adelina, contagiados por el negror del té galés, observaron a la encargada del local. Su pregunta transportaba la lógica que la soprano no había advertido hasta entonces.

—¿Me recomienda alguno? —se interesó, antes de meterse en la boca un pedazo de la torta negra que las mujeres galesas habían creado en momentos de dificultades. Le gustó su textura tierna y ligeramente húmeda.

—¡Abra esos hermosos ojos que tiene, mujer! Cualquier lugar en Gales es bueno.

—Pero seguro que usted conoce uno especial, eso no me lo puede negar... —reafirmó Nicolini la pregunta de su amada.

—Ahora que lo dice, hay uno. Apenas se escucha más que el sonido del viento, del caudal del río Tawe y el trino de los pájaros; es un oasis natural en el que no todos resisten. Pero puede que le resulte demasiado solitario, inhóspito, quizá demasiado alejado del mundo para una mujer acostumbrada a las multitudes... —remarcó Caitrin, a quien no hacía falta que nadie le dijera a quién tenía delante, sentada a una de las mesas de su local, sirviéndose té galés y comiendo torta negra.

Adelina ni siquiera notó que su ceja derecha se arqueaba en señal de sorpresa. Creía que la mujer no la había reconocido, pero se equivocaba. Algunas veces, cuando se sentía relajada y apartada del mundanal ruido, olvidaba que era la Patti. Sucedía en contadas ocasiones, por eso el paraje del que estaba a punto de hablarle Caitrin le sonaba a música celestial.

—Soy toda oídos.

—Eso he leído, sí. Oídos y voz... Aquí todos leemos los periódicos, señora —dijo la mujer de manera irónica. Había interpretado la curiosidad de Adelina como una invitación para tomar asiento a la mesa de sus ilustres clientes y miraba curiosa a Nicolini, confirmando que era tan atractivo como aseguraba la prensa—. Hay un lugar, cerca de Swansea, en las afueras de Cadoxton Lodge, dentro del condado de Glamorgan, muy cerca de Neath, entre Brecon y Neath, para ser exactos. El lugar se llama Craig-y-Nos. Cuando lleguen allí, pregunten por La Roca de la Noche. Todos los lugareños sabrán indicarles.

—¿Condado de Glamorgan? —preguntó Nicolini, abrumado por la cantidad de nombres que la mujer había mencionado.

—Glamorgan, condado administrativo de Gales, uno de los trece condados históricos del país; le gustará, fue reino medieval —explicó Caitrin, que seguía observando cierta confusión en el rostro del tenor—. No se preocupen, les dibujaré un mapa. Una vez allí, no tiene pérdida.

—La Roca de la Noche... —repitió Adelina—. Suena bien. Suena a refugio.

—Cuando lo vea, le sonará mejor —aventuró la encargada, que sólo se incorporó cuando vio entrar a nuevos clientes.

Una vez les hubo asignado una mesa y tomado el pedido, volvió a la cocina, de donde salió minutos después con el mapa prometido en las manos, sobre el que terminaba de dibujar unos trazos.

—Su mapa y quién sabe si su nuevo lugar en el mundo. Ya me lo agradecerán más tarde. Ahora únicamente tienen que agradecerme que los invite a las consumiciones. Los galeses no somos como esos estirados de Londres, esos amadamados con sus chisteras y sus tés aguados y amarillentos; qué se puede esperar de alguien que devora riñones picantes...

Nicolini le sonrió amablemente y Adelina estampó su firma en una de sus fotografías favoritas, que Ernest siempre llevaba consigo, en previsión de atender las reclamaciones de los seguidores de la diva. Le gustaba aquella manera suya de actuar y comportarse con ella, siempre anticipándose a sus deseos, pendiente de sus necesidades, haciéndola sentir protegida y segura. Caitrin admiró la fotografía durante unos segundos con gesto complacido; sin duda la enmarcaría y la colocaría en un lugar destacado del local para que todo el mundo pudiera verla. Era un retrato realizado en 1873 por monsieur Frossard, que inmortalizó a la diva vestida de su color favorito, el rosa, con un collar de perlas de tres vueltas que envolvía su cuello para caer sobre su escote, como los tirabuzones de su larga melena negra, que descendía más allá de su cintura.

A la diva, la sonrisa del tenor y la fotografía autografiada le parecieron un precio demasiado barato en comparación con el generoso servicio de té, la torta negra consumida y con otra recién hecha que la mujer les había regalado, envuelta en un paño e introducida en una lata. Pero hasta que no llegaron al lugar indicado en el mapa dibujado por Caitrin no entendió lo módico que había sido.

No les costó localizar el paraje, gracias a la pericia del cochero que los condujo al lugar, también por recomendación de la encargada; era su primo y no le importó hacerles el favor. Se negó a cobrarles el traslado, pero ella insistió en hacerlo, entregándole una cantidad de dinero que rebasaba en mucho la tarifa del servicio; de algún modo tenía que compensar la invitación en el pequeño establecimiento de Swansea.

La caída del sol los sorprendió antes de lo que ellos esperaban y la tarde se precipitó demasiado rápido, contrariando sus planes. La pareja decidió hospedarse en un hotel de Cadoxton Lodge, en Neath, pasar allí la noche y dejar para la mañana siguiente el desplazamiento hasta Craig-y-Nos. No tenían prisa, todavía les quedaban dos días de vacaciones. Eso era lo mejor de los viajes que nacían sin más propósitos que los ideados por el destino, y, hasta la fecha, el azar no había hecho más que brindarles buenos momentos. Lo confirmaron a la mañana siguiente cuando, después de desayunar, Nicolini preguntó al empleado del hotel cuál era la mejor manera de llegar a su destino.

—Nos han hablado de un lugar idílico, Craig-y-Nos, y nos gustaría conocerlo antes de irnos del país —expuso.

—¿Ha oído hablar de La Roca de la Noche? —Adelina estaba impaciente por llegar.

La presencia de un caballero abortó la respuesta del recepcionista.

—¿Están interesados en La Roca de la Noche? —preguntó el hombre, que, sentado en uno de los sillones del hall, había escuchado la conversación.

El gesto entre la sorpresa y la confusión de la pareja hizo que el desconocido, de complexión oronda y espesa barba blanca, se viera obligado a presentarse.

—Discúlpenme, no era mi intención molestarlos. Estoy esperando a mi hermano Graham, que a estas horas ya debería haber llegado. Al escuchar a la señora preguntar por La Roca de la Noche, no he podido evitarlo —se excusó mientras abandonaba el cómodo sillón en el que se encontraba desde hacía unos minutos—. Soy sir Hussey Vivian, barón de Swansea. —El caballero eludió comentar que era un conocido industrial y político galés, miembro del Parlamento por Glamorganshire desde 1857—. Un placer conocerlos.

Adelina ignoraba si la última frase de sir Hussey respondía a su exquisita educación o a que los había reconocido. No quiso saberlo, no estaba allí para indagar sobre su fama mundial de soprano, sólo quería llegar a aquel paraje del que le habló Caitrin y del que todos parecían tener algo que decir.

—Dígame, ¿conoce el lugar?

—Por supuesto. Es una hermosa casa de campo victoriana ubicada en un paraje paradisiaco. Pero no sé si La Roca de la Noche es el mejor lugar para alguien como usted.

—¿Y cuál es, según usted, el lugar indicado para alguien como yo? —preguntó, confirmando que su fama llegaba hasta la última localidad de la misteriosa Gales. En esta ocasión mantuvo la ceja sin arquear; no era buena idea ofrecer más información de la necesaria, menos aún a un extraño.

—La cima. El éxito absoluto. Los teatros de ópera. Los mejores hoteles. Las grandes ciudades. Las mansiones más espléndidas... —repuso el barón de Swansea.

—¿Y La Roca de la Noche no lo es?

—Para nosotros, sí. Es uno de los más bellos castillos que tenemos en Gales. Pero está prácticamente aislado del mundo exterior.

—Para mí, eso que usted me cuenta es pura poesía —admitió la diva—. No se deje engañar por lo que ve o lee. Las personas escondemos grandes secretos acordes a nuestras necesidades, al igual que los castillos galeses.

—Me alegra oír eso —reconoció un segundo desconocido. La voz correspondía a Graham, el hermano del barón de Swansea, que acababa de entrar en el hotel—. Y si están interesados en comprarlo, llegan en el momento oportuno. Por lo que sabemos, a su propietario no le importaría venderlo. Es un anciano a quien la residencia se le ha quedado grande y muy costosa de mantener.

—No vayamos tan deprisa, caballeros —intervino Nicolini, que hasta entonces se había mantenido en un segundo plano, como era su condición, y no sólo en el escenario—. La señora únicamente ha hablado de visitarlo...

—Disculpen a mi hermano Graham, se precipita con facilidad; reminiscencia de la herencia familiar. En justa contraprestación, si así lo desean, podemos hacer que alguien los lleve hasta allí. Sería un placer acompañarlos personalmente, pero hoy es un día complicado —se excusó sir Hussey.

—Mi hermano es muy modesto. Pronto tendremos a un lord en la familia… —dijo Graham, con una mueca de satisfacción anticipando una noticia que despertaba el orgullo de hermano.

Adelina también sonreía en su interior. Desde que había llegado a Gales, el destino parecía haberse alineado a su favor. Agradeció la gentileza que le brindaba el azar. Cuando regresara a Londres, también se lo agradecería a O'Callahan. Si no fuera por él, nada de lo que estaba a punto de suceder hubiera ocurrido.

25

Adelina bajó del carruaje e inhaló el aire fresco y puro de aquel entorno, como si quisiera hacer partícipe a sus pulmones de la pulcritud de la naturaleza que envolvía aquel terreno. Cerró los ojos, confiando en que el gesto le permitiera integrarse en él. Tuvo la sensación de que había llegado al lugar donde siempre soñó estar.

Nadie se había precipitado en sus apreciaciones ni pecado de excesivo en sus elogios sobre Craig-y-Nos. Parecía un cuadro pintado al óleo por George Dunlop Leslie o por los paisajistas John Constable y William Turner, el reflejo de una naturaleza sublime de atmósferas vaporosas. Altas colinas, arroyos de agua cristalina que parecían tocar una estudiada melodía, montañas guardianas del tesoro natural, como si fuera un secreto que debían proteger de la huella humana. Desde primera hora, el día se había levantado con una espesa niebla matinal y amenazaba lluvia. El viento había dibujado un espeso mar de nubes que cubría el cielo transformándolo en un edén. Buscó a Nicolini y le encontró subido a un montículo de roca, antesala de un abismo a modo de precipicio, desde el que admiraba el esplendor de la naturaleza. La bruma engrandecía el paisaje montañoso que su amado contemplaba, hipnotizado por lo que tenía ante sí, intimidado por la magnificencia que se abría a sus pies. Al observarle, le pareció que contemplaba el cuadro de Caspar David Friedrich, *El caminante sobre el mar de nubes*. En ese momento, captó la idea de lo sublime que caracterizó al artista, su espíritu romántico, al representar a un hombre conquistado por la belleza de un instante, de un tris único, en la más completa soledad, aislado del ruido mundano, sin horizonte, sólo inmensidad, el abrazo de la eternidad. No estaban en la Suiza de Sajonia, donde Friedrich se refugió huyendo de las guerras napoleónicas e inmortalizó a su viajero particular. Las montañas a la izquierda de Nicolini no eran el monte Rosenberg ni a su derecha se elevaba la atalaya Zirkelstein; era la enigmática Gales. Fue en aquel inspirador instante que la removió por dentro —no en vano al artista alemán se le consideraba «el pintor del paisaje del alma»— y la contagió de un sentimiento más cercano a lo espiritual que a lo terrenal cuando Adelina supo que estaba en el emplazamiento correcto, con el que siempre había fantaseado, en el que quería quedarse y convertirlo en su lugar en el mundo, al que deseaba regresar después de sus largas giras; había llegado a la parada anhelada del viaje de su vida. Friedrich pintó su cuadro entre 1817 y 1818, cuando Europa se enfrentaba a cambios mayúsculos que darían lugar a grandes revoluciones —precedidas por la Revolución francesa—, que agitarían los cimientos de la sociedad. También ella notó que una revolución estaba a punto de estallar en su vida.

El cochero que les había brindado el barón de Swansea se encargó de acompañarlos hasta La Roca de la Noche. Parecía diseñada a propósito para el paraje en el que se alzaba aquella imponente construcción de piedra, que más parecía una fortaleza que una residencia, defendiéndose del mundo y enarbolando orgullosa su robustez y resistencia ante él. Siguiendo con la tradición oratoria que caracterizaba a los galeses, como si se sintieran obligados a narrar su historia para que nadie la borrara, les contó que el castillo se había levantado en 1840 por orden un hombre acaudalado de la zona, el capitán Rice Davies Powell, que eligió para su diseño a T. H. Wyatt, quien construyó una residencia de altos muros hecha a base de piedras grises vernáculas, que ahondaban aún más en su estudiada integración en el paisaje. A Adelina le interesaban los nombres de sus antiguos propietarios, pero le sugestionaba más la contemplación de los espectaculares pináculos que parecían agrandar y estilizar la construcción, igual que las altas torres que la coronaban. Aun así, escuchó con paciencia el relato del cochero.

—El capitán Powell se mudó aquí con su familia en 1843, según consta en los archivos. Al principio tuvo una buena vida y se convirtió en un referente de la población: llegó a ser magistrado del condado y sheriff de Brecknock. Permanecieron aquí durante un largo periodo de tiempo, no sabría decirle cuánto, hasta que las desgracias se cernieron sobre ellos: primero, su hijo pequeño murió de cólera en 1851, años después falleció su esposa y un poco más tarde su hija, y con tanta muerte cerca, el propio Powell no tardó en seguirlos al mundo de los muertos, en 1862.

Adelina y Nicolini intercambiaron una mirada ante el cariz que tomaba la narración del cochero, pero lejos de intimidarlos, lo acogieron con un gesto de complicidad, tan habitual en la pareja. Gales estaba llena de misterios y sus castillos albergaban leyendas que los lugareños engrandecían para asentarlas en la memoria.

—Sus herederos decidieron poner en venta la propiedad —prosiguió el improvisado guía turístico—. Fue después de que el hijo del capitán falleciera en un accidente de caza y de que la hermana que había recibido la casa en herencia también se deshiciera de ella por un asunto turbio vivido junto a su esposo, que falleció en el castillo, un suceso del que no puedo detallarles más porque los pormenores no trascendieron, y créanme que lo siento.

—¿Ha dicho usted un accidente de caza? —preguntó Nicolini, como si aquella información le hubiera interesado más que ninguna otra—. ¿No están prohibidas las cacerías en este paraje?

—No, señor. Ésta es una zona fantástica para los amantes de la caza y también de la pesca. De todas maneras, el hijo del capitán murió en la isla de Wight —aclaró mientras se iluminaba el rostro del tenor, gran aficionado a ambas actividades—. Finalmente, la propiedad pasó a manos de la Corte de Chancery, que se la vendió hace dos años, en 1876, al señor Morgan de Abercrave, muy conocido en la zona. Si quieren que les sea sincero, no sé en qué estaría pensando al adquirirla; demasiada propiedad para alguien con sus años. Pero ya saben cómo es la gente...

—Nos han informado de que el señor Morgan estaría dispuesto a hablar de venta —adelantó Adelina, ligeramente hastiada de tanta muerte en el relato del chófer, que estaba a punto de decir que la casa estaba maldita, sino embrujada.

Ella no creía en maldiciones, eso lo dejaba para los cuentos de hadas —a los que nunca fue aficionada—, la literatura y los relatos de los aldeanos. «Una casa es de quien la habita, que le lega su personalidad y la mantiene viva», solía decir Caterina recién llegada a Nueva York mientras la familia observaba con desconfianza el humilde apartamento en Brooklyn donde vivirían durante años. «Una casa vivida; son las vivencias las que hacen un hogar».

—Es un anciano —insistió el cochero—. Está dispuesto a hablar de todo.

El señor Morgan recibió a los visitantes con gran generosidad. A Adelina no le pareció tan anciano hasta que lo vio caminar con dificultad hacia la cocina, esquivando escaleras y largos pasillos, donde les ofreció un té galés; de haber estado su hijo en la propiedad, en la que vivía con toda su familia, se habría encargado él mismo de prepararlo, pero su inoportuna ausencia hizo que el hombre tuviera que encargarse de ello, a pesar de la insistencia de los visitantes de que el ofrecimiento no era necesario.

—El té es sagrado en este país. Y beberlo trae buena suerte —apuntó.

—En ese caso, no se hable más —admitió ella, sentándose a la mesa en la que descansaba el servicio de té. En esa ocasión no había torta negra, pero sí unas pastas saladas que ninguno probó.

A los pocos minutos ya estaban recorriendo el interior del castillo. Adelina apenas habló, comparado con lo mucho que lo hizo el señor Morgan, al que sólo Nicolini parecía decidido a contestar. Había demasiadas cosas que observar y otras muchas que imaginar. A cada paso que daba, su mente rediseñaba las estancias. «Esta habitación será la biblioteca, en la que pondré sillones tapizados de seda, cortinas de terciopelo y mobiliario de madera noble, radiante como las aguas del río que se ve a través de estos ventanales; y esta otra será una sala de dibujo», pensó al observar la luz que se colaba en la estancia. Su imaginación seguía demasiado activa para escuchar las indicaciones que daba el señor Morgan mientras atravesaban las distintas salas. «Aquí irá el salón de billar, donde pondré una enorme mesa que haré traer de Nueva Orleans. Y allí irá un piano, negro y brillante. Y, por supuesto, la cocina tendrá dos ambientes distintos, uno inglés y otro francés, donde los chefs más afamados vendrán a preparar sus mejores platos cuando celebremos las cenas con amigos en el salón principal». A Adelina le pareció acertada la división que presentaba el castillo entre los cuartos destinados al servicio y aquéllas destinadas al área noble, en las que mandaría construir más habitaciones de invitados. Quería llenar la residencia de amigos, de familiares, de conocidos, de intelectuales y de todo aquel que significara algo para ella. En su lugar en el mundo no habría espacio para la soledad, excepto cuando viniera prescrita por ella.

Cuando salieron al exterior, Adelina contempló la inmensa parcela que rodeaba el castillo y pensó que no era suficiente para todas las obras que ya se acumulaban en su imaginario. Realizando un cálculo rápido, necesitaría comprar cientos de acres de tierra para poder hacer realidad sus planes que, incluyendo las reformas pensadas, no le costarían menos de cien mil libras. «Construiré un jardín de invierno, que llenaré de flores y en el que tendré tres loros y dos papagayos, a los que enseñaré palabras en francés, español e inglés, y algo en galés. Y un invernadero con plantas, donde cultivaré manzanas, fresas, todo tipo de hortalizas y vegetales que destinaremos para consumo propio. Y allí, en el otro extremo, ordenaré levantar las caballerizas, donde estarán los mejores caballos de raza. Y desde luego, perros, muchos perros para los que construiré recintos de piedra y pizarra. También tendré gallinas y cerdos en una pequeña granja, y vacas que pastarán a sus anchas. Y además, una cochera, amplia y luminosa...».

Su imaginación no tenía límites. Nicolini se dio cuenta, mientras observaba a su amada con un gesto de complacencia, como siempre que la veía feliz. Ella le leyó el pensamiento, y girando nuevamente el rostro para abandonarse al ensueño, pensó que también mandaría llenar de salmones y truchas el río, para que Ernest pudiera practicar el deporte de la pesca que tanto lo apasionaba. «Y mandaré construir en ese terreno una pista de tenis para que pueda jugar partidos con sus amigos». Requería tiempo y dinero. Pero, si alguien podía hacerlo, era ella.

Una vez terminada la ruta por el castillo y sus alrededores, la Patti recuperó la voz y el habla.

—Le ofrezco tres mil quinientas libras por su residencia.

La oferta sorprendió a Nicolini, que no pensaba en una transacción tan rápida, aunque no podía extrañarle conociendo el ímpetu de su amada. Fue al propietario de La Roca de la

Noche a quien más asombró el montante ofrecido, y, en especial, que lo hiciera una mujer y no el hombre que la acompañaba. Las cosas estaban yendo demasiado rápidas en el mundo que le había tocado vivir al señor Morgan.

—Pagué por ella seis mil libras. Si no me cree, puede comprobarlo en el registro.

—Me basta con mirar el estado del castillo —aclaró, más Patti que nunca: inteligente negociadora, segura de sí misma y lejos de sentirse intimidada en una conversación de hombres cuando el tema principal era el dinero—. Usted mismo puede verlo; esta casa necesita mucha reforma y será costosa. ¿Ha visto el enclenque pilar que cruza la cocina más grande?

—¿Y usted la plantación de abetos centenarios? —arguyó el señor Morgan en un intento de hacerse con la negociación.

—Sí, señor, la he visto. Y también las ardillas que saltan entre sus ramas, sin prever que están a punto de quebrarse —dijo afianzando su firmeza y ampliando la mueca de confianza que presidía su rostro. Ella era una diva, el anciano Morgan un aficionado en la gestión de un convenio—. Ha oído mi oferta: si está interesado, será un placer llegar a un acuerdo con usted y firmar el contrato.

El hombre se quedó observándola. Nadie le había informado de quién era y quizá por eso valoró seriamente la oferta. De haber sabido la gran fortuna que atesoraba aquella mujer, se habría afanado en prolongar la resolución del asunto. Pero, a diferencia de lo que pensaba Caitrin, la encargada del pequeño establecimiento donde Adelina probó por vez primera la torta de Gales, allí no todos leían los periódicos. Ésa fue la gran suerte de la diva. De nuevo, la fortuna y el azar se aliaban con sus intereses en aquel viaje.

—Si necesita usted consultarlo con alguien... —Nicolini rompió el silencio instalado entre Morgan y la Patti, concentrados en mantener un duelo de miradas, donde el anciano intentaba encontrar la respuesta correcta al ofrecimiento.

El todavía propietario deseó que su hijo no se hubiera ausentado de la residencia aquella mañana para hacer unas compras en el pueblo, y la aspirante a compradora deseó que Ernest no hubiera hecho aquella propuesta; sabía que estaba a punto de conseguirlo y, como sucedía a la hora de firmar los contratos, quería ser ella quien llevara la voz cantante.

—Está bien —aceptó por fin el señor Morgan, aunque no parecía convencido—. Me pilla usted de buenas y con ganas de abandonar este lugar. Si la quiere, la propiedad es suya. Pero hay que firmar el documento de compraventa de inmediato. No quiero que mi hijo me haga cambiar de opinión; él tiene toda la vida por delante, a mí la vida ya me apremia por detrás.

Adelina no se opuso. La venta se realizó el 13 de octubre de 1878, el penúltimo día de las vacaciones en Gales. Todavía tuvo tiempo de contratar a una empresa especializada en reformas, por mediación del barón de Swansea que conocía a las personas indicadas para llevar a cabo las obras con las que la nueva propietaria soñaba. La principal, amén de revolucionaria, fue la exigencia de la nueva dueña de dotar al castillo con luz eléctrica, convirtiendo La Roca de la Noche en la primera residencia privada del país en tenerla. Pero no fue lo único que sorprendió al propietario de la empresa que se encargaría de la reforma.

—Y un teatro. Un inmenso y bonito teatro —anunció Adelina con un luminoso brillo en sus ojos.

—¿Quiere usted construir un teatro en su casa? —se extrañó el encargado de las obras. No podía entender que la diva, después de recorrer todos los teatros del mundo, no estuviera cansada de pisar escenarios.

—No es que quiera, es que lo voy a construir. Mejor dicho, lo va a construir usted, pero siguiendo mis indicaciones.

—Se hará como usted diga. Por algo es quien paga.

—Y muy bien, a pesar de lo que digan algunos.

La compra del castillo de Craig-y-Nos provocó algunos comentarios malintencionados en el pueblo. Algunos aseguraban que la nueva propietaria se había aprovechado de un anciano como el señor Morgan al ofrecerle una cantidad de dinero mucho menor a lo que valía el castillo. «Seguramente, se sirvió de que estaba solo y a saber si también borracho. En los últimos tiempos tiene fallos de memoria, anda como desconcertado, quizá esté sufriendo algún tipo de demencia de lo que la Patti se ha beneficiado». Otros, sin embargo, celebraban la llegada a la comunidad de una mujer con una situación financiera envidiable y que pensaba reformar La Roca de la Noche para convertirla en su residencia, lo que supondría la contratación no sólo de mano de obra, sino de personal cualificado para el funcionamiento del castillo. «Traerá dinero al pueblo, dará trabajo a muchos vecinos y nuestra ciudad se conocerá en todo el mundo», argumentaban. No se equivocaban los más optimistas. Adelina empezaría contratando a veinte sirvientes y triplicaría ese número en poco tiempo, sin contar camareros, sirvientas, cocineros, gasistas, empleados de la lavandería, de las caballerizas, jardineros, guardabosques y todo el personal necesario para mantener los sistemas de ventilación, electricidad, saneamiento y calefacción. Su aventura en Craig-y-Nos no había hecho más que comenzar. Había llegado para revolucionar Gales, como había hecho con el mundo de la ópera. Nada ni nadie podría detenerla.

—Lo primero que quiero que hagan es instalar un gran reloj de carrillón en la torre.

—Eso llevará tiempo...

—Precisamente por eso lo instalo, para que no lo pierdan —comentó irónica.

—Así se hará —dijo con escaso convencimiento el encargado de las obras, después de observar la mirada afirmativa del dueño de la empresa de reformas.

—Y quiero que tengan una cosa clara, por lo que les hablaré con toda franqueza: soy mujer y comprendo que muchos pueden pensar que despilfarraré el dinero. No se equivoquen, gastaré todo lo que tenga que gastar, pero no permitiré trampas, engaños y desfalcos en las facturas. Tengo contratados a los mejores contables y asistentes que se asegurarán de que todo esté en regla. No me subestimen y yo no lo haré con ustedes. ¿Estamos de acuerdo? —preguntó, aunque conocía de antemano la respuesta de aquellos galeses que empezaban a mirarla como a un hombre.

Antes de abandonar el castillo, Adelina le dedicó una última mirada. Quería grabarlo en su mente, guardarlo bien en su memoria. Era de su propiedad, pero tardaría un tiempo en regresar; demasiadas reformas, demasiadas óperas por delante. A Ernest y a ella los esperaba una intensa gira que los llevaría a Bruselas, Berlín, Hamburgo, Leipzig, Dresden, Nápoles, Niza, Florencia, Génova y Turín, hasta llegar a la temporada de primavera verano en el Covent Garden de Londres, que culminaría con un concierto en el palacio de Buckingham, el 16 de junio de 1879.

De regreso al continente, la diva no pudo evitar preguntárselo.

—¿Crees que he cometido una locura?

—Eres la Patti. Se te permite hacerlo —respondió Nicolini, que tenía el don de decir siempre lo que ella quería escuchar.

—Por una vez, no sólo estoy pensando en mí. Será nuestro refugio, nuestro oasis de descanso, nuestro lugar de reposo; será nuestra casa, Ernest.

—Y te amo por eso.

—Además, estoy segura de que en ella nos casaremos.

—Eso sí que sería una locura para algunos. Pero a mí me haría el hombre más feliz del mundo.

—Confía en mí. Y para entonces ya tendremos nuestra propia estación de tren y el camino privado que pienso construir —anunció con la seguridad de siempre.

Nicolini la miró desconcertado pero sonriente. La cabeza de la Patti no dejaba de elucubrar escenarios. Y eso le encantaba.

Mientras en el resto de Europa sonaban *Aida*, *Romeo y Julieta*, *La traviata*, *Lucia di Lammermoor*, *Semiramide* o *El barbero de Sevilla*, en la pequeña localidad del sur de Gales no dejaba de escucharse el sonido de las obras, de las opiniones de los aldeanos y, especialmente, de las horas marcadas por los martillos y las campanas del reloj de carrillón, mermando el tiempo que tardaría la nueva propietaria en regresar a su nuevo lugar en el mundo.

26

«Sólo hay unas cataratas del Niágara, como sólo hay una Patti».

Adelina no pudo evitar conmoverse cuando escuchó las palabras que le dedicó Jenny Lind, la soprano sueca a la que tanto admiraba cuando era una niña y a quien imitaba en su cuarto del pequeño apartamento donde su familia residía en Brooklyn. No era fácil ni mucho menos habitual ver los ojos negros de la Patti inundados de lágrimas, pero aquel comentario que el «Ruiseñor Sueco» realizó después de verla actuar en *Dinorah* en el Covent Garden, el 27 de mayo de 1880, la venció emocionalmente.

Aunque acostumbrada a los elogios y las buenas críticas, agradeció aquellas palabras que al momento saltaron a los titulares de la prensa, quizá porque necesitaba borrar las críticas desfavorables que había cosechado la temporada previa en el mismo foso londinense, al representar *L'Africaine* de Giacomo Meyerbeer. La memoria del público no siempre era tan frágil como se presuponía. A pesar de que su voz se mostró eficazmente timbrada en el centro y se desenvolvió por el escenario con la pasión que exigía el personaje, sin que las notas altas significaran un problema para su garganta, fue sin duda la peor actuación de su carrera. La prensa no hizo excesiva sangre —apenas una innecesaria comparación, a juicio de Adelina, con la interpretación que la soprano Pauline Lucca había hecho de la reina africana Sélika unos años atrás—, pero ella misma reconoció que no era el papel más adecuado para su condición vocal. La Patti sabía que no había estado acertada a la hora de aceptar aquel papel; una reina perteneciente a un país y a una raza recién descubierta por el marinero portugués Vasco da Gama en una de sus expediciones, enamorada del hombre que la convirtió en esclava, que a su vez estaba enamorado de otra mujer, lo que llevó a Sélika a quitarse la vida con unas flores venenosas.

—O los cinco actos de la ópera eran demasiados para el público o fue mucho drama para la Patti; no me extraña que la pobre Sélika se suicidara. Hasta el propio Meyerbeer hizo unos retoques a su obra el día antes de su muerte, cambiando incluso su nombre por el de «Vasco da Gama». Ni él estaba convencido de lo que tenía entre manos. Además, Sélika no era ni siquiera africana, sino oriunda de una isla al sur de la India —sentenció con ironía, como una forma de quitarle importancia a una realidad ajena a su figura: el fracaso.

Prefirió olvidarlo y resurgir para cerrar temporada quince días más tarde, haciendo las delicias del público y de la crítica con *Semiramide* y *La stella del nord*. Se comprometió a no cantar nunca más aquella maldita ópera y lo cumplió. Jamás se repetiría el complicado dueto entre Vasco da Gama y Sélika en el acto cuarto, «Toi? Mon amant?», la única parte de la ópera que a Adelina la hizo vibrar de verdad.

El año 1879 no había comenzado de la mejor manera. La muerte del padre de Nicolini en el mes de febrero afectó al tenor francés más de lo que pensaba, aunque supo defender sus actuaciones, diez días después, en el Teatro San Carlo de Nápoles y en el Teatro Municipal de Niza. Apenas dos semanas antes de la fallida representación de la ópera *L'Africaine*, el único hijo del emperador Napoleón III y Eugenia de Montijo, Napoleón Eugenio Luis, murió a los veintitrés años en tierras sudafricanas, durante la guerra anglo-zulú, meses después de la batalla de Isandlwana, donde fallecieron más de un millar de hombres; su cuerpo, atravesado por más de una docena de azagayas lanzadas por los guerreros zulúes, fue abierto en canal para liberar su espíritu. Al conocer la noticia, Adelina se acordó del vals que compuso para él y cuánto lo agradeció la emperatriz. Y pensó en la madre del joven, a la que imaginó rezando, anegada en lágrimas por la muerte de su hijo. Según contaron, la otrora emperatriz de Francia tuvo una corazonada y, llevándose la mano al pecho, como si una lanza también lo hubiera atravesado, verbalizó ante su dama de compañía: «¡Mi hijo ha muerto!». El mismo hijo que, con sólo siete años, le había reprochado a su madre no ser más francesa, a la vista de su estentórea españolidad de la que la emperatriz presumía; quizá por eso impulsó la guerra contra los prusianos para que los franceses la sintieran una más, aunque ni Zola ni Víctor Hugo se lo reconocieran. La diva tuvo la impresión de que el tiempo pasaba demasiado deprisa. Y aun así, todos en aquel aciago 1879 necesitaban que pasara todavía más rápido con la esperanza de arrastrar tanta muerte, tanto fracaso.

La Patti confiaba en que el nuevo año llegara con mejores noticias que su antecesor.

Antes de que Jenny Lind la comparara con las cataratas del Niágara, protagonizó su esperado regreso a París, en el Teatro de la Gaîté. Siempre que actuaba en un teatro en Francia recordaba las palabras que el periodista Joseph Méry escribió en el diario *L'Illustration* en enero de 1866 con motivo de la construcción del nuevo Teatro de la Ópera de París por orden del emperador Napoleón III, asegurando que mientras en Italia se construían los teatros preocupados por la acústica, en Francia lo hacían por las *toilettes*, en referencia a la edificación de lo que más tarde se conocería como Palacio Garnier en el Distrito IX de la ciudad, en el Boulevard des Capucines, obra de Charles Garnier. El arquitecto se esforzó en que el interior del recinto fuera un lugar para el encuentro del lujo, donde las mujeres se lucieran, y colocó grandes espejos en las escalinatas del teatro con el objetivo de que las señoras pudieran observar los espectaculares vestidos y las joyas que portaban para la ocasión. El lujo y el buen gusto en el vestir siempre habían definido a Francia y los emperadores se esmeraron en que siguiera así, aunque para ello tuvieran que destinar ingentes sumas de dinero a la industria textil. Recordaba la confidencia que le había hecho la emperatriz Eugenia de Montijo. «Casi todo el presupuesto anual que me concede el emperador lo destino a la *toilette*; sólo en un vestido me gasté más de setenta mil francos», le confesó, refiriéndose al diseño bordado de Alençon que mandó confeccionar en 1855.

Hacía años que Adelina no actuaba en la capital francesa. A decir verdad, no lo echaba de menos, aunque los aficionados a la ópera la extrañaban tanto que cuando la Patti llegó a la ciudad la encontró envuelta en vistosos carteles que anunciaban el regreso de la diva acompañada en sus actuaciones por Nicolini. El mal recuerdo que le había dejado el juicio con el marqués de Caux y la negación de la justicia gala de concederle el divorcio ahondó en un rencor hacia París que desapareció cuando el empresario teatral le ofreció un contrato de trescientos mil francos por cantar veinticinco noches durante dos meses. Las cuentas le cuadraron al instante, mucho antes de que su agente Franchi se lo confirmara, sobre todo teniendo en mente el importante desembolso económico que le suponía la reforma del castillo de Craig-y-Nos en Gales.

Se alojaron en uno de los hoteles más selectos de la ciudad, el Hotel Bedford, en la rue de l'Arcade. Adelina estaba cansada del largo viaje desde Viena, después de casi cuarenta horas de tren, y notaba que su garganta comenzaba a darle problemas. Ocupaban una suite de lujo con varias estancias. Como siempre que la diva necesitaba reposo, los amantes dormían en cuartos separados. Quizá fue esa soledad y la oscuridad reinante en la habitación lo que distrajo su sueño. Apenas doscientos metros separaban el hotel donde se hospedaba de la residencia del marqués de Caux. El duermevela en que la había sumido el traqueteo del tren francés en el que viajó hasta París y contra el que su cuerpo todavía luchaba le hizo conjeturar sobre un escenario posible: el reencuentro. Conocía a su todavía esposo, sabía que le divertiría presentarse en el Teatro de la Gaîté para presenciar *La traviata*, la ópera que abría la programación el 14 de febrero, o quizá esperaría unos días para poder ver a la pareja compartiendo escenario en *Il trovatore*, o en *Rigoletto* o en *Don Pasquale*. Lo imaginó ocupando una butaca en la primera fila. Agradeció no interpretar en aquella ocasión *Romeo y Julieta*, que reservaban para el inicio de temporada en el Covent Garden de Londres. Adelina sabía por su abogado que el marqués de Caux no había podido olvidarla, que seguía con desmedida obsesión su carrera y sus interminables éxitos por los teatros de Europa, con el mismo fervor con el que contaba los besos de más que Nicolini le daba durante el drama shakesperiano que Charles Gounod convirtió en ópera. Había comprendido que el dinero que su mujer le había entregado a modo de indemnización por orden del juez no era para él ningún consuelo y no porque el peculio se fuera evaporando a causa de las deudas acumuladas desde su separación, sino porque el dinero no le brindaba la felicidad que buscaba. Era a su esposa a quien quería, hubiera dado lo indecible por volver a ser monsieur Patti en detrimento del marqués de Tullerías. Pero su anhelo resultaba imposible y ese impedimento le hacía, cada cierto tiempo, acariciar la idea de denunciar a su esposa por adulterio para verla condenada a una pena de prisión. Así al menos la tendría cerca y, sobre todo, acabaría con la pesadilla de que otro hombre pasara los días y las noches a su lado. El pensamiento de denunciarla se evaporaba al tiempo que lo hacían los efluvios del alcohol y entendía que su obsesión por ella podría suponerle a él más perjuicios que a la gran Patti, a quien París adoraba, mientras que a él lo habían olvidado como habían hecho con el emperador Napoleón III y con la emperatriz Eugenia de Montijo. El pueblo, al igual que el público de la ópera, podría ser desalmado y caprichoso, condenando al olvido a aquellos a quienes idolatró un día.

El fantasma del marqués apareciendo por sorpresa en el teatro y ocupando una butaca en la primera fila la acompañó hasta que pudo conciliar el sueño, donde su imagen se difuminó como lo hizo su vida en común.

La temporada en París fue todo un éxito, tanto para el elenco artístico encabezado por la Patti como para el empresario, que vio multiplicar sus beneficios gracias a su idea de colocar un mayor número de butacas en la platea y ampliar los palcos, que pronto ocupaban los mismos miembros de la aristocracia parisina que dejaron de invitarla a sus fiestas a partir de la separación del marqués; ya no era marquesa de Caux, pero guardaba su condición de Reina de la Canción y todos le rendían pleitesía. «No me quieren en sus salones, pero matan por verme en el teatro», reconocía orgullosa.

Los periódicos también cayeron rendidos a su calidad vocal, con los críticos enfervorecidos porque la voz de la Patti sonaba cada vez con mayor potencia, su timbre era más brillante y su vocalización alcanzaba cotas de perfección jamás escuchadas. «Da igual el idioma en que cante, es única. Nadie ha cantado jamás con tan bella voz. La necesitamos».

El destino también se había plegado a los deseos de Adelina y 1880 estaba resultando generoso en buenas noticias. Pero algo sucedió en la última representación en el Covent Garden, algo que nadie vio venir, ni siquiera ella.

El 3 de julio de 1880 parecía ser un día más en el calendario. Karo y Patro terminaban de preparar el equipaje en una de las habitaciones de la suite del hotel donde la pareja se alojaba durante la vigésima temporada de la Patti en el teatro londinense. En un par de días viajarían a Gales. Aunque tenía gente de su confianza controlando las obras de reforma en su castillo de Craig-y-Nos, con el señor Peterson a la cabeza, estaba deseando comprobarlo en persona. No veía el día en el que terminaran las múltiples reformas, que crecían a diario ante cada nueva idea de la diva, y pudiera asentarse en su nuevo hogar.

Para conmemorar sus dos décadas en el templo operístico de Londres, decidió incluir una nueva ópera en su repertorio como cierre de temporada, el 3 de julio de 1880. Se trataba de *Estella*, de Jules Cohen, anteriormente conocida como *Les bleuets*, una ópera que transcurría en España. Nicolini interpretaba el papel de Fabio, amante de Estella. Nadie quería perdérselo, por la novedad en el repertorio y por el morbo de ver a la pareja sobre el escenario. En un momento de la interpretación se escucharon unos tímidos silbidos que coincidieron con la aparición de Ernest en escena, unas muestras de disconformidad que fueron creciendo con el paso de los minutos. Su actuación no estaba gustando, ni siquiera cuando compartía escenario con la Patti. Su voz parecía perdida, anclada en otra ópera, muy lejos del Covent Garden. Algún periódico no desaprovechó la ocasión para arremeter contra él, asegurando que la gran suerte del tenor francés era estar al lado de una extraordinaria mujer y diva de la canción, y que sólo esa cercanía explicaba su presencia en los teatros de ópera. «Quizá sería bueno que la Patti se replanteara la famosa cláusula Nicolini en sus contratos, por la que exige que su compañero sentimental forme parte del reparto en sus óperas. Es un hecho comprobado que el tenor no se sostendría por sí mismo en un escenario si no fuera por ella. La paciencia del público tiene un límite», escribía el periodista, que parecía guardar cierta inquina contra Nicolini. Sin embargo, otros periódicos calificaron el suceso de hecho puntual e incluso dijeron que los silbidos los protagonizaban algunas personas movidas por la envidia de que Ernest pudiera estar al lado de una mujer como ella.

La controversia afectó a Nicolini, que no estaba tan acostumbrado como su amada a obviar la opinión de los demás. Las críticas y el posterior debate público le afectaron más que los propios silbidos. Adelina intentó que entrara en razón.

—Qué te importa lo que digan los demás. Son sólo unos envidiosos, tú mismo lo has leído en los periódicos.

—Para ti es fácil decirlo. Tú eres única, como las cataratas del Niágara —respondió cariacontecido, recordando las palabras de elogio que Jenny Lind dedicó a su amada semanas antes—. Para algunos soy simplemente el amante de la Patti.

Por un instante, la diva vio pasearse ante ella al fantasma del marqués de Caux, arrastrando el nombre de monsieur Patti como si fuera una condena prendida de una cadena a su tobillo. No quería que Nicolini sintiera aquella misma humillación de ser un hombre a la sombra de una mujer más famosa, rica y poderosa que él. Pero Ernest no era así; él no alcanzaba el grado de soberbia que caracterizaba al marqués, él sólo quería estar con ella, amarla, cuidarla, protegerla y, si eso le posibilitaba brillar en su trabajo, no tenía ningún problema en aceptarlo, aunque pudiera molestarle que otros lo pensaran. Él medía el tamaño de las letras de la Patti, no los besos que le daba en escena.

—¿Sólo mi amante? ¿Y eso te parece poco? —preguntó con una sonrisa en el rostro y un toque de ironía en su voz que escondía más verdad que una supuesta broma con la que intentaba quitar hierro a la polémica de los silbidos—. Te lo vuelvo a preguntar: ¿qué te importa lo que digan los demás, si yo te amo?

El viaje a Gales logró disipar el espeso mar de nubes negras bosquejado por los silbidos y alojado sobre la cabeza de Ernest, muy distinto a aquel otro dibujado por el viento que cubría el cielo de Craig-y-Nos dos años antes y que el tenor contempló desde un montículo de piedra, una imagen que a Adelina le hizo recordar el cuadro de Caspar David Friedrich, *El caminante sobre el mar de nubes*. El nombre de Nicolini seguiría ocupando no sólo el corazón de la diva, sino los carteles de las óperas que representaba.

Pronto aprendió la Reina de la Canción que los vientos son cambiantes, tan volubles como el gusto del público, que no tuvo reparo en dar la espalda a la ópera francesa para abrazar el bel canto italiano, o en apartar a Rossini y dar la bienvenida a Verdi. En Gales, los vientos también pecaban de tornadizos y caprichosos. Lo evidenció al llegar a Craig-y-Nos y recibir la desagradable visita de un inspector del condado que le exigía pagar una tasa de impuestos superior a la estipulada, al obligarle a tributar no sólo por lo que ganaba en el país, sino por todo lo que cobraba en sus contratos con los teatros europeos. De lo contrario, las obras no podrían continuar.

—Debe de haberse vuelto loco. ¿Acaso no sabe con quién está hablando?

—Los impuestos no saben de celebridades.

—¡No sea estúpido! No me refiero a eso. Soy la nueva propietaria de este castillo, no de todo el maldito país de Gales. ¿Qué es lo que pretenden? ¿Que les pague a todos su modo de vida? —respondió furiosa—. Me convendría más mudarme a la Patagonia...

—Sólo lo que le corresponde —respondió a la última pregunta de la diva—. Lo dice la ley.

—La ley no dice que la Patti tenga que arruinarse pagando impuestos que no le competen. Y mucho menos lo va a decir usted.

La irritación de la diva crecía por momentos. Nicolini preveía uno de sus brotes y se acercó a ella para tranquilizarla y mediar en lo posible en aquella incómoda situación.

—No te preocupes, querida. Esto se aclarará. Te asiste la razón. Cualquiera, menos este caballero, lo verá así.

Las palabras de Ernest hicieron reaccionar a Adelina; sabía lo que tenía que hacer y con quién hacerlo. En ese instante, el carrillón del reloj instalado en una de las torres del castillo dejó escuchar su sonido armónico. Lo interpretó como una señal de reafirmación. Se volvió hacia el inspector de tributos del condado, a quien poco más tenía que decir; no era él la persona indicada.

—Deme esa carta —ordenó al tiempo que le arrebataba el sobre que el hombre mantenía en la mano desde su llegada, como si temiera entregárselo—. Ya me encargaré yo, como siempre. Y ahora, si es tan amable, salga de mi propiedad, por la que pagaré los tributos que me corresponden, pero ni uno más.

El hombre obedeció, convencido de haber fracasado en su intento. Sólo cumplía con su obligación, con lo que le había encomendado su superior, que quizá pensó que una mujer con la fortuna de la Patti podría pagar más impuestos de los que estipulaba la ley. No era el primero que lo había intentado, pero sí el último.

A partir de ese día, la Patti no dejó de denunciar ante sus conocidos más ilustres de la zona la injusticia disfrazada de desatino que intentaban cometer con ella. Para conseguir su propósito se puso en contacto con sir Hussey Vivian, barón de Swansea, cada vez más posicionado para ingresar como miembro en el Parlamento por el distrito de la ciudad, que no tardó en iniciar las acciones necesarias para tranquilizar a la diva; en cierto modo, se sentía un poco responsable de la compra del castillo por parte de Adelina, sin saber que la primera persona en hablarle de La Roca de la Noche había sido Caitrin. También el príncipe de Gales se interesó por su situación en cuanto le hizo partícipe de ella después de un concierto en el palacio de Buckingham, así como a las principales personalidades del país, todos miembros de la aristocracia y grandes admiradores de su arte.

—Si esto no se arregla, soy capaz de vender el castillo y abandonar Gales. Y no me gustaría verme en la obligación de hacerlo, pero no me esperaba un trato así. He elegido este lugar para descansar, no para que me den disgustos; para eso ya tengo a la prensa.

—Déjelo en nuestras manos. Este malentendido no conseguirá que Gales pierda a una de sus ilustres vecinas. Tendría que ver la ilusión que muestran los lugareños por su presencia en la comunidad. Incluso pensaron en recibirla con una banda de música, flores y dulces, pero no querían molestarla.

—¿Y pensaron que un inspector de impuestos me importunaría menos? —preguntó con sorna la soprano.

Las cosas no tardaron en arreglarse acorde a los intereses de la diva. Quien sí tardó en regresar a la propiedad fue el inspector del condado, al que no volvieron a ver.

Al abandonar Gales, sintió que dejaba atrás un lugar al que pronto llamaría hogar.

Pronto llegaría a otro país al que hacía tiempo que había dejado de llamar «casa», si es que algún día lo hizo.

En diciembre de 1880, después de tres lustros de ausencia, pisaba nuevamente Madrid. Habían pasado quince años desde que la Patti cantó en el Teatro Real y las cosas también habían cambiado. En el palco ya no estaba Isabel II, sino su hijo Alfonso XII acompañado de su segunda esposa, la reina María Cristina, con quien el monarca contrajo matrimonio hacía un año, tras el fallecimiento de María de las Mercedes en 1878. Nuevos rostros, nuevos nombres que, sin embargo, expresaron el mismo fervor por la voz de la Patti que en 1865. El rey de España los invitó a ella y a Nicolini al Palacio Real, donde Adelina lució los pendientes de zafiros y diamantes con los que Isabel II la obsequió en su anterior visita a Madrid, cuando la hizo llamar a su palco para felicitarla por su actuación. Con ellos compartió confidencias, sobre todo artísticas, alejadas de la conversación de índole personal que había mantenido con la reina durante una cena en aquel mismo Palacio Real.

También el público había cambiado, aunque, a preguntas de la prensa, Adelina reconoció que los españoles siempre la recibían del mismo modo, de una manera exquisita, porque «prefieren cantantes que canten en voz alta antes que aquellas que sisean sin más». Sin embargo, aquella vez su recibimiento respondía a su condición de gran reina del bel canto mundial en la que se había convertido, no sólo a su categoría de compatriota. Habían seguido su evolución como artista, sus éxitos, así como las polémicas que la acompañaron. En diciembre de 1880, todos estaban dispuestos a pagar los altos precios de las entradas para verla interpretar las tres óperas que representaría en el Teatro Real: *La traviata* junto a su inseparable Nicolini, *Lucia di Lammermoor* con el gran tenor de moda, orgullo patrio español, Julián Gayarre, y *El barbero de Sevilla*, con el tenor Roberto Stagno.

En Madrid no se escuchó ningún silbido a Nicolini, pero la principal atracción no estuvo en la pareja de amantes, sino en la formada por la Patti y Gayarre. El público quería verlos juntos, dos españoles, dos paisanos que habían salido de su patria para conquistar el mundo, dos motivos de alegría. La tarde del 17 de diciembre de 1880 se quedó grabada en la memoria de todos los que asistieron al Teatro Real. Ambos cantaron como si la voz se les acabara esa misma noche, en ese instante, como si no hubiera un mañana. Pero sí lo había.

El mañana de Adelina la llevaría muy lejos de aquella ciudad, de aquel país que se preparaba para unas nuevas elecciones convocadas por el rey Alfonso XII el Pacificador para que todo permaneciera igual.

Los viajes al pasado tenían ese peaje que la Patti se disponía a pagar.

Su vida se llenaba de regresos.

27

La llegada de Adelina a Nueva York se producía diez meses después de que desembarcase la emblemática Aguja de Cleopatra en la ciudad, un obelisco egipcio de más de doscientas toneladas y veintiún metros de altura que se había instalado en Central Park en enero de 1881. El recibimiento de la diva poco tuvo que envidiar al que los neoyorquinos dispensaron al regalo que el Gobierno egipcio hizo a Estados Unidos para conmemorar la apertura del canal de Suez en 1869, como muestra de la amistad entre ambos países después de la ayuda prestada por los estadounidenses para la estabilidad del Gobierno egipcio, aunque el envío se retrasó diez años. El obelisco había tardado más de una década en llegar a la metrópoli, la mitad del tiempo que invirtió la diva en regresar a la ciudad que la vio nacer como artista.

La Aguja de Cleopatra era uno de los dos obeliscos que se construyeron por orden del faraón Tutmosis III en 1443 a. C., en Heliópolis, hacía más de tres milenios. La Patti tenía treinta y ocho años cuando paseó de nuevo por las calles de Nueva York.

El rojo del granito en el que se había esculpido el obelisco egipcio coincidía con el abrigo de color carmesí que envolvía a Adelina a su llegada a la ciudad, una fría mañana del mes de noviembre. Los guantes de ovejas galesas adquiridos en su primer viaje a Gales cubrían sus manos y una gruesa estola de piel resguardaba su garganta. Si el obelisco se había trasladado del río Hudson a Central Park utilizando la fuerza de una treintena de caballos y requirió la construcción de un puente desde la Quinta Avenida hasta su destino final, después de un largo trayecto desde los canales de Alejandría hasta el vapor Dessoug que tardó cuarenta días en cruzar el océano, el viaje de la gran soprano del momento había sido más sencillo.

El 3 de noviembre de 1881, Adelina llegaba al puerto de Nueva York a bordo del Algeria, de la compañía Cunard Line. Antes de que la embarcación atracara en el muelle del East River, la escoltó una flotilla de barcazas y vapores: la recibieron con flores que arrojaban al mar sembrando las aguas de rosas y margaritas, con banderas de Italia y de Estados Unidos y grandes pancartas donde se le daba la bienvenida. En tierra, el recibimiento se había convertido en una fiesta con representantes de la prensa que tomaban nota de cada detalle, con una banda de música que no había dejado de tocar desde que avistó el Algeria surcando las aguas, y con miles de admiradores y curiosos que, a pesar del frío, la niebla y la lluvia que hacían acto de presencia en el grisáceo muelle, no quisieron perderse a la gran sensación lírica hecha mujer que llegaba procedente de Europa tras asombrar al mundo con su voz. Todos agitaban pequeñas banderas de mano y bramaban el nombre de la diva, entre aclamaciones y aplausos, convirtiendo el muelle en un improvisado teatro al aire libre. También ellos portaban pancartas de bienvenida, que blandían para que la homenajeada contemplara su nombre en ellas, acompañadas de numerosas muestras de cariño. Patro y Karo saludaban con la mano a la muchedumbre congregada como si fueran ellas las protagonistas; nunca habían visto nada igual. Iban señalando a un lado y a otro cuando algo llamaba su atención y leían en voz alta los carteles, como si temieran que su señora no los viese.

—¿Cómo es posible que se acuerden de mí? —preguntó sorprendida y emocionada, en un alarde de humildad que poco tenía que ver con ella.

La pregunta extrañó a Nicolini, que sonrió ante la vulnerabilidad que parecía mostrar su amada. No era habitual verla así, ni siquiera para sus más próximos. El tenor la observó durante unos segundos, como si quisiera inmortalizar el momento en su memoria, guardarlo para siempre, quizá como muestra de que la Patti, además de divina, como le gritaban desde los palcos de los grandes teatros, era humana. También ella advertía absorta y en silencio lo que sucedía en rededor. Sus pensamientos gritaban demasiado como para que su garganta también lo hiciera. Anheló que Salvatore estuviera junto a ella como lo había estado en sus primeras representaciones en aquella ciudad. Su mirada se aguó al recordarlo nervioso en el Niblo's Garden, saludando a todos lo que habían acudido al teatro de Brooklyn ubicado entre las calles Prince y Broadway para escuchar a su pequeña. «Lo que le hice sufrir al no querer cantar hasta que me trajeron a Henriette —rememoró—. Y a mi pobre madre, que veía cómo una caprichosa niña ponía en riesgo el estreno». La imagen de Caterina afloró entre la bruma; también ella habría disfrutado del recibimiento que le dispensaba la ciudad que, treinta y seis años antes, en 1845, los había acogido con una comedida frialdad y una desairada desconfianza.

Los recuerdos, como los interrogantes, se amontonaban en su mente y amenazaban con hacer zozobrar su condición de diva; el propio Algeria habría podido hundirse en las aguas de Nueva York sólo con el peso del orgullo que Adelina sentía en aquellos instantes que le parecieron mágicos. De no ser por su acompañante, habría olvidado la pregunta que lanzó al viento y que Nicolini recogió con guante de seda.

—Por supuesto que se acuerdan de ti, querida. ¿Cómo van a olvidar a la Patti? Resultaría del todo imposible.

—Era muy joven cuando salí de aquí con destino a Europa…

—Pero tu voz ya era grande.

—Hay recuerdos que ni el tiempo logra borrar y su talento es uno de ellos —se incorporó a la conversación Franchi—. No sé por qué se sorprende tanto.

—No me sorprende; sencillamente me emociona. Toda esta gente…

No pudo terminar la frase. En ese momento, la orquesta empezó a tocar una melodía que transformó su rostro. No podía creerlo. Aquello no podía ser más que un sueño.

—¡Es el vals que compuse para el hijo de la emperatriz Eugenia de Montijo y Napoleón III! —se asombró al reconocer la partitura—. Es la composición que le dediqué a Napoleón Eugenio Luis. ¿Cómo es posible? ¿Cómo pueden saberlo?

—Porque te adoran. Conocen cada detalle de su ídolo —contestó Nicolini.

Una sonrisa orgullosa abarcaba el rostro de Franchi. Si no era fácil ver a Adelina emocionarse hasta el llanto, mucho menos era contemplar al agente italiano, siempre serio y circunspecto, abandonarse a ese gesto. Él había sido el encargado de organizarlo todo, desde el viaje a Nueva York hasta su recibimiento en el muelle. Había hecho las gestiones necesarias para que el puerto estuviera abarrotado a la hora de recibir a la Patti.

Dos horas más tarde, la comitiva llegó al hotel de la Quinta Avenida donde se hospedarían la pareja, las dos doncellas y Franchi. La idea era descansar después del largo viaje, comer algo que le asentara el estómago —Adelina había sufrido frecuentes mareos durante la travesía y un malestar en el estómago que se mantuvo hasta alcanzar las costas de Nueva York—, abandonarse al sueño y repasar los compromisos que su representante había cerrado.

—Tiene que atender a los periodistas que ha dejado en el muelle sin una respuesta a sus muchas preguntas. Es importante que se hagan eco de su llegada, que su nombre aparezca en prensa y sus admiradores sepan que está aquí —le recordó Franchi consultando los papeles que guardaba en su pequeña carpeta marrón.

Lo que realmente quería decir es que había que vender entradas, cuantas más mejor.

—Yo diría que lo saben, sólo hay que ver cómo estaba el puerto. Además, *quid por quo*... Si yo he dejado sin responder las preguntas de la prensa, los neoyorquinos me han dejado sin uno de mis sombreros favoritos —añadió contrariada por lo que había sucedido minutos antes.

En el fragor del recibimiento, muchos de los allí concentrados alargaron las manos para poder tocar a la diva, tirando de sus ropas, estrechando su paso, haciendo incluso que casi perdiera el equilibrio —un desenlace que los brazos de Nicolini evitaron—, y desataron un caos que la policía tuvo que controlar escoltándola hasta su carruaje. Por un momento, creyó que se desmayaría. Adelina aborrecía las aglomeraciones callejeras, sobre todo si se veía encerrada en una de ellas. El exceso de celo disfrazado de incidente se saldó con la pérdida del sombrero de terciopelo negro que vestía y que observó hecho trizas en el suelo. Le dolió perderlo por ser el último regalo que le hizo su querido amigo, el empresario del Covent Garden Frederick Gye, que había fallecido en un accidente de caza en diciembre de 1878. Él fue quien le dio la oportunidad de debutar en Londres con dieciocho años, el 14 de mayo de 1861, en la ópera *La sonnambula*. Qué lejos quedaban las tres noches que Gye le obligó a cantar de manera gratuita antes de firmarle un contrato por cinco años y qué remota la crítica del diario *The Times* preguntándose si la señorita Patti sería la nueva Malibrán, Persiani o Jenny Lind, tal y como venía respaldada por sus éxitos en Estados Unidos. El destino la había colocado de nuevo en el país del que un día salió para triunfar en Europa. El regreso suponía una asignatura pendiente y una oportunidad de consagrar su reinado operístico a nivel mundial.

—Tranquilícese, será todo un éxito —le confió a Franchi, que siempre se mostraba cauto hasta que contemplaba el teatro atestado y los números de taquilla confirmaban el triunfo.

En aquella ocasión, el agente tenía motivos para ser prudente. Confiando en la fama de la soprano, había rehusado contratar los servicios de un empresario que diseñara una gira acorde a la diva. «El nombre de la Patti se vende solo. No será necesario. ¿Para qué vamos a llenar los bolsillos de nadie pudiendo engrosar los nuestros?», argumentó.

Adelina no se vio capaz de enclaustrarse en la suite del hotel, como solía hacer cuando viajaba durante sus giras. Ni siquiera quiso sentarse en el restaurante a degustar el exclusivo menú que los responsables de cocina del establecimiento habían diseñado para ella y Nicolini: una exquisita fuente de pescados y mariscos, con especial protagonismo de las ostras, que lucían frescas y brillantes, esperando a ser devoradas. Los bivalvos eran el plato favorito de Ernest, quien no pudo evitar observarlos con expresión embelesaba, sobre todo sabiendo que Nueva York era la capital del mundo de la ostra en aquel momento y su puerto albergaba más de doscientos mil arrecifes de estos moluscos. Ella no compartió el mismo deseo. Estaba en la ciudad donde había crecido; necesitaba dar cuerpo a sus recuerdos y un sentido al aluvión de emociones que recorrían su ánimo. Ya tendría tiempo de comer y dormir cuando su mente aplacara aquel estado de sobreexcitación que la dominaba.

—Ven conmigo —le pidió de manera cómplice a Nicolini.

—¿Adónde?

—Al lugar donde empezó todo.

—Pero, querida, hay un manjar de ostras esperándonos. Te vendrán bien; limpian la voz y aclaran la garganta.

—Que esperen.

—Pero tienes que descansar —probó con otro argumento Nicolini, que veía peligrar la degustación del delicioso manjar.

—Ya descansaremos luego. El cuerpo resiste mejor que el espíritu y hoy me siento más libre que nunca. ¿Vienes o tendré que irme sola? —preguntó provocadora mientras veía que Karo y Patro, entregadas a poner en orden los baúles de la diva, estaban dispuestas a aceptar la invitación, aunque no hubiesen sido convocadas.

Era difícil negarle algo a Adelina, ni siquiera por una exquisita fuente de ostras.

La pareja subió al carruaje de caballos que los aguardaba a las puertas del hotel desde hacía unos minutos. El encargado del establecimiento se aseguró de que el carro fuera cerrado para reservar la intimidad de sus ilustres ocupantes y como una manera de evitar que el olor del estiércol de los caballos que se amontonaba en las calles neoyorquinas —y del resto de las ciudades del mundo por cuyas avenidas transitaban equinos— perturbara los sentidos de la diva, a quien los fuertes hedores siempre se le aferraban a la garganta. Ese mismo año se había creado el Departamento de Limpieza de Nueva York, nacido con vocación de gestionar la cantidad exorbitada de excrementos que se apilaba en las calles debido a la numerosa presencia de caballos —algunos aseguraban que se recogían cerca de quinientas toneladas de bostas al día—, pero no estaba consiguiendo los avances deseados, mayormente, por el nivel de corrupción política de sus responsables.

La instrucción al cochero había sido clara: «A Brooklyn». Cuando el auriga les informó de que habían llegado a su destino, Adelina apuró a Nicolini a que abriera la puerta, sin esperar a que lo hiciera el conductor. Tenía ganas de ver cómo el paso del tiempo había afectado al barrio donde vivió parte su infancia, visitar los lugares en los que estuvo de pequeña y encontrarse con los vecinos que la conocieron de niña. No era una mujer dada a la nostalgia, pero aquel viaje le había abierto el apetito por el ayer.

La primera decepción llegó al comprobar que ya no existía su antigua casa, aquella en la que Caterina había llorado por tener que vender sus joyas para dar de comer a su familia, la misma donde ella se disfrazaba con la ropa de su madre para cantar fragmentos de las óperas que había escuchado en el teatro, donde su hermano Ettore comenzó a darle las primeras clases de canto practicando escalas a primera hora de la mañana, y su hermana Carlotta se esmeraba en enseñarle a tocar el piano. Comprobó una y otra vez su ubicación, por si se tratara de un error. «Es imposible. Un edificio entero no puede desaparecer», pensó contrariada. Le dolió la ausencia, pero al menos le quedaban los recuerdos, los mismos que la llevaban a transitar por algunas de las calles que recorrió de niña. Buscó con fricción la tienda de helados a la que solía ir a escondidas para comprarse uno con el medio dólar que le había dado un comerciante del barrio después de oírla cantar y que consumía siempre a escondidas de sus padres, que le advirtieron del daño que el frío podría hacerle a su garganta. «Ni de crema ni de hielo; ninguno es bueno», insistía muy seria Caterina. A Adelina le gustaban en especial los de hielo, teñidos de rojo para darles sabor a frambuesa, que ella absorbía hasta dejarlos blanquecinos. Todavía entonces, cada vez que se tomaba un helado, se acordaba de la historia que Salvatore le contó sobre el duodécimo presidente de Estados Unidos, Zachary Taylor, que había fallecido tras consumir leche helada con cerezas congeladas el 9 de julio de 1850. Ella lo escuchaba, pero prefería sentirse como una de esas mujeres y hombres que, en junio de 1786, acudieron a degustar el primer helado elaborado en la taberna neoyorquina de Joseph Cowe. La excitación que el recuerdo dejó en sus glándulas gustativas se vio abocada a un nuevo desencanto, al comprobar que el pequeño pero delicioso negocio de Wagner's Ice Cream tampoco existía. También había desaparecido la tienda de chocolates del confitero francés Felix Effray, viudo y padre de cuatro hijos, donde alguna vez se le despistó la mano para alcanzar uno de los bombones de pistacho y canela, su favorito.

—El señor Effray se mudó hace veinte años a la esquina de Broadway con la Novena, pero su negocio cerró el año pasado. Siento ser portadora de tan malas noticias, jovencita —le confió una anciana, al verla observando el local donde antiguamente se ubicaba la tienda, como si todavía pudiera advertir el aroma del cacao y el grado del tueste, como si aún viese en el escaparate los tres rodillos de piedra blanca de la gran rueda que molía el chocolate hasta convertirlo en una masa.

Había llegado un año tarde.

Inspeccionó el rostro de aquella mujer, intentando encontrar en él un vestigio del pasado que le anclara de alguna manera a aquel lugar, quizá como una forma de remarcar su identidad, pero el destino insistía en negárselo. No conocía a la anciana, a pesar de que parecía haber vivido allí toda su vida, o al menos lo suficiente para saber qué comercio cerró sus puertas o cuál de ellos se mudó de calle. No reconoció a ninguno de los que habitaban el barrio, tampoco a aquellos que vio salir de sus casas o se asomaban a las ventanas, como si el lugar se hubiera convertido en una zona fantasma o, algo peor, como si nunca hubiera existido y todo hubiese sido fruto de su imaginación, un sueño del que acababa de despertarse con los sentidos a flor de piel. A los niños que jugaban al aro o a la pizarra, como lo había hecho ella en esas mismas calles, era normal que no los reconociese, ya que ni siquiera habían nacido cuando ella abandonó la ciudad, pero ¿y el resto? ¿Dónde estaban todos?

—Son veinte años, querida. Las personas cambian, se mudan, se mueren, se trasladan... Tú misma lo has hecho.

—Lo sé, pero esperaba que quedase alguien a quien pudiera reconocer. Tengo la sensación de que la vida se ha evaporado de este lugar.

Decepcionada por el mal recibimiento que le estaba brindando su pasado, no quiso ir más allá. Sabía que la tienda de instrumentos musicales del señor Palissy había desaparecido antes incluso de que lo hiciera ella de Nueva York, reconvertida en una guantería tras el fallecimiento de su dueño, como lo había hecho el comercio de muñecas a cuyo escaparate de cristal pegaba la nariz, eligiendo en su imaginación cuál se llevaría.

—¿Es que voy a ser lo único que perdure en este mundo? —preguntó Adelina, observando la sequía de huellas de su anterior vida.

El tañido de las campanas de la iglesia de San Marcos le recordó que no era la única, que ellas también eran un vestigio de un ayer remoto. Su estruendoso sonido y la voz de Nicolini le confirmaron que debía regresar al carruaje y abandonar aquella tierra de nadie.

Se dirigían de nuevo al hotel de la Quinta Avenida cuando, a través de las pequeñas ventanas del coche de caballos, vio algo que la impresionó y que no estaba allí la última vez que pisó la ciudad.

Le resultó algo hipnótico. No pudo retirar la mirada de aquel gigante de piedra caliza, cemento y acero que se estaba construyendo desde hacía unos años para facilitar la comunicación entre Brooklyn y la isla de Manhattan, especialmente cuando el East River se congelaba y los habitantes tenían problemas para cruzarlo en barco. El Puente de Brooklyn había comenzado a edificarse en 1870 y prometía convertirse en el puente colgante más grande y largo del mundo cuando finalizaran las obras, en apenas dos años. No había sido un trayecto fácil; ninguna gran empresa que valiese la pena lo era. El diseñador del puente, John Augustus Roebling, había sufrido un accidente en el muelle que le provocó la amputación de varios dedos del pie y le causó la muerte días después. Fue su hijo quien lo sustituyó, aunque cayó enfermo debido al trabajo en los pozos de cimentación que dañó sus pulmones, y tuvo que ser su esposa Emily la que se encargara de estar sobre el terreno.

Adelina se negó a contemplar la obra de ingeniería que se alzaba ante sí desde el interior del carruaje. Ordenó al cochero detenerse y se apeó, desoyendo el consejo de Nicolini de quedarse dentro. Su mirada se prendió de la calzada del Puente de Brooklyn, y permitió a sus ojos anclarse en todo lo que observaba: la parte de la plataforma sumergida en el agua, los cuatro cables de acero de cuarenta centímetros de diámetro, ancorados en dos grandes torres a modo de lianas, sobre los que vio caminar a varios hombres, como si fueran acróbatas, sin mostrar una pizca de vértigo, ajenos al miedo y al peligro que ello suponía. Ella no estaba sobre los bejucos de ese puente de más de mil ochocientos metros, pero se desenvolvía con la misma libertad que aparentaban esos operarios.

Entendió que la ciudad de Nueva York, como ella misma, se reinventaba cada día, crecía desafiando sus límites, iba más allá de lo esperado en un principio, sin mirar atrás, sin perderse en lo que fue para centrarse en lo que estaba por venir. Quizá se había equivocado al intentar regresar al pasado.

—Vamos a por esas ostras, querido —le propuso a Nicolini mientras accedía nuevamente al carruaje—. Ya nos hemos entretenido bastante.

Al llegar al hotel, Franchi los esperaba. La diva conocía la cara de circunstancias que aquejaba a su agente italiano y el tono amarillento que tintaba su piel cuando las cosas no marchaban como deseaba. Algo pasaba. Lo supo nada más verle.

—Hay un problema.

A ella no le gustaban las frases cortas; por su experiencia, solían llevar aparejadas malas noticias. Y, sin embargo, optó por una respuesta breve que le evitara el disgusto que el rostro ambarino de Franchi anunciaba.

—Soluciónelo.

El agente calló durante unos instantes, hasta que la impaciencia de Adelina le hizo hablar.

—Las entradas no se están vendiendo como esperábamos.

—Eso es imposible. Soy la Patti y la Patti no canta en teatros vacíos, ni siquiera cuando están cerrados. —Cuando hablaba de sí misma en tercera persona, se barruntaba un enfado que estaba a punto de terciar en brote—. Debe de tratarse de un error.

—Dicen que las entradas son caras. No todo el mundo puede pagar diez dólares.

—No pretendo que lo pague todo el mundo, sólo los aficionados a la ópera. —Adelina, contrariada por las palabras de su agente, comprendió mejor que nunca la respuesta que su diseñador de referencia, Charles Frederick Worth, solía dar cuando le censuraban el alto precio de sus creaciones: «Mis vestidos son caros porque mis diseños son exclusivos. Si quiere algo barato, vaya a otro sitio». Creyó que era un buen argumento—. Si las entradas son costosas, es porque mi voz es exclusiva. Si quieren escucharla, tendrán que pagarlas. No veo el problema.

A Franchi le costaba seguir hablando. Era complicado dialogar con la Patti sobre dinero.

—Nos han aconsejado que reduzcamos los precios a la mitad o incluso a tres dólares la butaca.

—¿Y por qué no las regalamos? Supongo que para eso he regresado a Estados Unidos después de veinte años, para cantar gratis... —ironizó.

—El problema no es el precio de la entrada —comentó Nicolini, que sostenía un periódico en la mano—. No hay ni un solo anuncio de su actuación en prensa. Y tampoco he visto carteles anunciando su presencia en el Steinway Hall. Si la gente no sabe que está en la ciudad, no podrá acudir a verla.

Adelina miró a Ernest, avalando su argumento. Cogió el ejemplar del diario que tenía entre las manos y comprobó que lo que decía era cierto.

—Esto es responsabilidad suya, Giovanni. Explíqueme por qué no está la ciudad empapelada con mis carteles ni hay una sola publicidad en el periódico.

—Ha sido un error mío. Pero tengo la solución.

—Alabado sea el Señor... —murmuró mientras tiraba el periódico contra uno de los sofás.

—Ya he contactado con un empresario teatral. Se llama Henry Abbey y se ha comprometido a cerrar una gira de seis meses por Estados Unidos. Él se encargará de todos los detalles.

El primer concierto celebrado el 9 de noviembre de 1881 en el Steinway Hall recaudó tres mil dólares y la asistencia sólo cubrió la mitad del aforo. El segundo, tres días más tarde, tuvo una recaudación aún menor: mil dólares. Adelina había cantado arias de las óperas *La traviata* y *Dinorah* y canciones que siempre conseguían el favor del público, como «Home, Sweet Home». Su voz estuvo como de costumbre, majestuosa y extraordinaria; era el público el que no estaba donde siempre había estado. El tercer concierto de los cuatro previstos se celebró el día 16, con el precio de la entrada a dos y tres dólares, ya que se trataba de un concierto a beneficio de los damnificados por los fuegos forestales de Míchigan. El teatro se llenó ese día y también durante el último concierto. Pero la diva no estaba satisfecha.

—Llame al señor Abbey —fue lo único que dijo al llegar a su camerino.

Franchi obedeció al instante.

A la mañana siguiente, el empresario teatral Henry Abbey estaba firmando el contrato que, durante seis meses, llevaría a la Patti por varias ciudades de Estados Unidos. Sin embargo, no fue el único empresario que apareció en el hotel de la Quinta Avenida. Un esperado reencuentro aguardaba a Adelina. El agente James Henry Mapleson volvió a aparecer en su vida veinte años más tarde. La última vez que lo vio fue en el hall de un hotel de Londres donde Mapleson, que la había contratado para actuar por primera vez en Europa, en el Her Majesty's Theatre de la capital británica, tuvo que comunicarle que el empresario del teatro había desaparecido y que el contrato quedaba anulado. Fue entonces cuando Maurice cerró con Frederick Gye su debut en el Covent Garden. Dos décadas después, la diva y el coronel volvían a verse las caras.

—Quiero contratarla para la Academy of Music.

—Querido coronel, vuelve a llegar tarde, como aquel lejano día en Londres. Acabo de firmar con el señor Abbey.

—Eso no supondrá ningún problema. Cumpla los compromisos adquiridos con él hasta el mes de febrero, pero venga a cantar al templo de la ópera en Nueva York. Conozco sus honorarios. No sólo los cubriré, sino que los aumentaré. Sabré tratarla como merece y eso supone rodearla de los mejores.

Conforme Mapleson hablaba, el fantasma del pinchazo en el Steinway Hall se difuminaba como la niebla de la ciudad. Adelina cerró un segundo contrato con él, con un sugerente cartel en el Festival de Cincinnati, donde cantaría el *Mesías* de Händel con un coro de seiscientas personas y una orquesta de más de cien músicos dirigida por Luigi Arditi. La recaudación batió todos los récords, duplicando los beneficios en taquilla conseguidos el año anterior. El caché de la Patti también lo hizo, conservando la corona de la cantante mejor pagada del panorama operístico.

Después regresó a Nueva York, donde representó *La traviata*, *El barbero de Sevilla*, *Fausto*, *Il trovatore* y *Lucia di Lammermoor* en el Germania Theatre, junto a Nicolini. Fue allí, tras interpretar su última ópera el 3 de abril de 1882, y cantar en Boston y Filadelfia, donde Mapleson la convenció para cerrar una nueva gira por Estados Unidos la próxima temporada, en la que incluiría también al tenor francés.

Adelina aceptó. Siempre estaba abierta al regreso si era rentable.

En el barco de vuelta a Europa, calculó el dinero que ganaría gracias a su contrato con el coronel. Su mirada se iluminó; La Roca de la Noche lo agradecería. Cerró los ojos. No veía el momento de llegar a Craig-y-Nos para encontrar su particular refugio de placidez y reposo.

28

—¡Seis mil libras en árboles!

La voz de la Patti, timbrada e incisiva, resonó con la misma fuerza que en los teatros, elevándose como un pájaro hasta la bóveda para crear el eco que caía sobre la platea como una lluvia incesante.

Pero, en aquella ocasión, la aprobación y el elogio brillaban por su ausencia. Tampoco hubo palomas que sobrevolasen la escena, agitando las alas y portando joyas de oro, plata y diamantes que ella recogía, tal y como sucedía en los escenarios de Rusia donde actuaba. Lo único que se agitaba en sus manos era un papel, rugoso y amarillento, que había desatado su descomunal enfado.

—¿Tú has visto esto, Ernest? ¡Seis mil libras en árboles! —insistía, cada vez más alterada, con la misma cadencia que el coro había repetido el «Hallelujah» durante el *Mesías* de Händel que interpretó en Cincinnati ante ocho mil personas—. ¡Pero si la propiedad está llena de árboles! ¿Dónde demonios quieren ponerlos?

Nicolini contempló la factura, inspeccionando también otras muchas que, supuestamente, correspondían a algunas de las obras de reforma y acondicionamiento del castillo de Craig-y-Nos que les había entregado el responsable de la gestión de las obras, el señor Peterson.

—O son muchas libras o son muchos árboles —dictaminó el tenor contemplando aquel enjambre de números que parecían carecer de sentido.

—¡Es un robo! Eso es exactamente: un atraco. Se han debido de creer que soy idiota. ¡Y además me denuncian!

Nada más llegar a Gales, Adelina había recibido un requerimiento para presentarse ante el tribunal de justicia de la localidad. Un desagradable asunto iba a entretenerla durante días, tanto a ella como a los vecinos, que no dudaron en abarrotar la sala de audiencias para ver el desenlace de la acusación. El gerente de obras, quien en nombre de su amistad con Nicolini se había ofrecido a vigilar las reformas del castillo en ausencia de la pareja, le pedía tres mil libras por su trabajo, excediendo la cantidad acordada en su día. Después de un análisis pormenorizado de la documentación presentada, los abogados de la Patti encontraron múltiples irregularidades, entre ellas la presentación de una doble contabilidad con la emisión de facturas falsas o duplicadas. Las cuentas no salían para el señor Peterson, de la misma manera que a la soprano no le cuadraba la ingratitud de algunas personas en las que había depositado su confianza.

Adelina acudió al juicio serena. La acompañaba Ernest, su inseparable compañero no sólo en el teatro, sino en la vida. Una nutrida representación de vecinos de Swansea y de Brecon se dieron cita en la sala de juicios, así como una profusa cantidad de periodistas dispuestos a cubrir la noticia. Lejos de incomodarle semejante audiencia, lo agradeció. Pensó nuevamente en el diseñador Worth y en su facilidad para que todos hablaran de él sin necesidad de pagar una costosa campaña de publicidad en prensa. Él mismo se lo había confiado durante una de las pruebas de vestuario, en las que sólo el modisto disponía de la autoridad del patronaje, sin admitir criterios ajenos ni escuchar sugerencias de las clientas, que se resignaban a oír y callar: «Deja que hablen de ti, bien o mal, eso es indiferente. Lo importante es que tu nombre aparezca en titulares, la gente lo vea y tu teatro se llene como lo hace mi tienda. No hay publicidad más barata ni más efectiva». Después de lo que había vivido en Estados Unidos durante sus dos primeros conciertos, en los que la falta de publicidad hizo que la sombra del fracaso se cerniera sobre ella, comprendió lo acertado de la teoría de Worth.

Era la tercera vez que se hallaba ante un tribunal y, excepto en una ocasión, siempre había sido por iniciativa de terceros: la primera fue el caso «Patti versus Patti», cuando un antiguo pretendiente denunció falsamente en su nombre a Salvatore y a Maurice por explotarla; la segunda fue en París, en el juicio por la separación del marqués de Caux; y la tercera vez se iba a celebrar en la localidad que ella había elegido como remanso de paz. Adelina se quejó ante el juez del abuso de confianza del señor Peterson, a quien reconoció haber tratado como a un buen amigo: le había permitido pernoctar en el castillo y hacer uso de sus dependencias, y siempre le había pagado religiosamente lo que él le había pedido, excepto en aquella ocasión. Su voz sonaba tan fuerte y potente que la audiencia que atestaba la sala esperaba que se lanzara a cantar en cualquier momento.

—Señoría, soy una mujer cosmopolita que ha elegido esta comunidad para formar parte de ella. Y es la segunda vez que intentan abusar de mi confianza por una cuestión de dinero.

El murmullo que se levantó en la sala parecía darle la razón. Todos estaban de su parte. Querían a la Patti como vecina, la necesitaban, aunque fuera por propia conveniencia, y la avaricia de unos pocos estaba poniendo en peligro la presencia de quien podía hacer que su comunidad creciera y se abriera al mundo.

La voz de la soprano seguía escuchándose en la sala.

—Primero intentaron que pagara más impuestos de los que por ley me corresponden y ahora me encuentro con una situación parecida, pero esta vez con un particular. No lo veo de recibo, si me permite decirlo. El hecho de que yo tenga dinero no conlleva aceptar que intenten robarme cada vez que vengo a esta hermosa tierra.

Cuando el juez sentenció a favor de Adelina, todos los congregados en la sala de juicios se fundieron en una ovación cerrada, como si acabaran de presenciar una de las óperas que representaba. A su salida del tribunal sólo faltó la alfombra roja que solían ponerle en La Fenice en sus noches de estreno, pero el clamor de los vecinos de Swansea no tenía nada que envidiar al fervor de los venecianos. Lo que no se esperaba era la orquesta que aguardaba a la salida, interpretando una versión muy particular de su emblemática «Home, Sweet Home». Siempre custodiada por Nicolini, quiso devolver la amabilidad y el afecto que le hacían llegar sus vecinos. Rodeada de continuas muestras de cariño, utilizó sus manos para pedir tranquilidad. Muchos pensaron que, ahora sí, la Patti iba a cantar una de sus arias; se equivocaron.

—Queridos conciudadanos. No os imagináis lo que significa vuestro apoyo incondicional, que siento cada vez que piso esta bendita tierra de la que deseo formar parte. Soy una más de vosotros y por eso quiero invitaros a mi casa para que todos juntos disfrutemos de un refrigerio, brindemos por el futuro y compartamos planes. Nada me haría más feliz.

El público congregado estalló en aplausos y agradeció la invitación de su ilustre vecina con una gran aclamación. Adelina saboreaba el momento; había ganado en el tribunal y lo estaba haciendo en la calle. Ernest la observó; estaba pletórica y temió que su ímpetu se desbordara con la misma facilidad con que lo hacía su carácter ante las contrariedades. Por un instante, el tenor francés visualizó el castillo atestado de desconocidos recorriendo las estancias, manoseando los muebles de madera noble que ya decoraban las distintas salas, sentándose en los butacones forrados con selectas sedas de la India, aporreando el teclado del piano Steinway, maniobrando la cítara que Adelina tocaba siempre que tenía ocasión para relajarse o los violines que él coleccionaba, especialmente el Stradivarius que la soprano le había regalado aunque no precisamente por su prestancia a la hora de tocarlo; imaginó a sus vecinos pasando las manos por el tapete verde de la mesa de billar que la diva había adquirido en Londres en espera de una segunda de estilo francés que había encargado a la casa Brunswick, después de ver una similar en Nueva Orleans, que llegaría en breve y por la que había pagado más de dos mil dólares. Su gesto se contrajo imaginando a los presentes ante la riqueza vinícola de la impresionante bodega del castillo, incluso vio con aprensión caer la exclusiva botella de coñac Henri IV Dudognon Heritage, regalo de un ferviente admirador perteneciente a la aristocracia francesa que durante toda una noche le estuvo contando cómo el rey Enrique IV sentía predilección por esta bebida y dedicó parte de su tiempo a consumirla y perfeccionarla. Nicolini rogó que, al menos, no acudieran niños que arruinaran las cortinas de terciopelo violeta de la sala de billar, las partituras que a la diva le gustaba dejar por toda la casa, a modo de decoración más que por descuido, las fotos familiares que la soprano ordenó colocar en las habitaciones, o la muñeca Henriette protegida por una tulipa de cristal que no resistiría un tropiezo infantil. La imagen que su mente iba elucubrando comenzaba a agobiarlo. Miró a su amada, que seguía recibiendo el agradecimiento de sus vecinos; cuanto más les hablaba, más la jaleaban. Como hacía siempre que quería hacer notar su presencia, bien para apaciguarla, bien para expresar su cercanía, Nicolini colocó suavemente la mano en la cintura de Adelina. Convenía que bajara el tono; como ella siempre decía, «las notas altas hay que reservarlas».

Pero la diva controlaba la situación y mandaba en el escenario, también en aquél alejado de las luces y los telones de terciopelo.

Al día siguiente, una nutrida representación de vecinos acudió al castillo de Craig-y-Nos. Su nueva propietaria había preparado el recibimiento prometido, que hizo respirar tranquilo a Nicolini cuando lo presenció.

—He pensado que todos estaremos más cómodos en el invernadero —anunció la anfitriona mientras con la mano dibujaba un ademán de bienvenida a los invitados, que entraron felices y complacidos de la cercanía y la generosidad que mostraba—. Es mi rincón favorito de la residencia.

No mentía, al menos no del todo. Desde hacía años soñaba con un lugar para el cultivo de plantas que convertiría en su particular edén, del que deseaba ocuparse personalmente. Era una idea que empezó a acariciar en Cuba y Puerto Rico, donde actuó siendo una niña. Consciente de que sus compromisos profesionales no le permitirían dedicarle la atención necesaria, contrató al jardinero con las mejores referencias de la localidad para que se encargara de su cuidado y mantenimiento diario, después de despedir al anterior, implicado junto al señor Peterson en la trama de facturas falsas por mera codicia. El invernadero se ubicaba en un lugar privilegiado, aledaño al castillo, con vistas al río Tawe y las colinas que lo resguardaban de los vientos del Norte, proporcionando unas vistas paradisiacas. Había dado instrucciones precisas sobre cómo llenar aquel invernáculo de plantas exóticas, flores de todos los países, frutas variadas y flora autóctona. Desde hacía unos días, el recinto, coronado con un impresionante techo de cristal, contaba con dos inquilinos especiales: dos papagayos que Adelina había comprado y a los que pensaba enseñar todo tipo de palabras y expresiones, como siempre había deseado.

—Lo primero que voy a hacer es instruir a Jumbo para decir las palabras importantes de la vida —dijo refiriéndose al papagayo que tenía el plumaje más brillante, un hermoso ejemplar de setenta centímetros con alas de color verde, cabeza y vientre de un rojo intenso y larga cola de un azul vivo.

Jumbo tenía un enorme pico amarfilado al que su nueva dueña acercaba pipas, bayas y semillas que el ave devoraba.

—*Dinero, dinero* —se escuchó decir al pájaro.

—Parece que alguien se me ha adelantado... —apostilló sarcástica, consiguiendo la hilaridad de los presentes.

—¿Y no tendrán los pájaros mucho calor o frío aquí, señorita Patti? —preguntó una vecina, preocupada por el bienestar de los animales, en vista de que ella misma empezaba a resentirse por la temperatura y la humedad reinantes en el invernadero, a pesar de que algunas de las ventanas permanecían abiertas.

—Le contaré un secreto... —confesó sonriente. Le había gustado que la llamara «señorita», borrando de un plumazo al marqués de Caux e ignorando la polémica suscitada en su día por la presencia de Nicolini. Ella era la Patti, daba igual quién apareciera a su lado; no imaginaba mayor grado de libertad para una mujer—. He acondicionado en el castillo una habitación especial para ellos. No se preocupe, querida, estarán bien.

—¿Una habitación para ellos solos? —se sorprendió.

—Estamos esperando la llegada de otro papagayo escarlata para que haga compañía a *Louri* —explicó refiriéndose al loro hembra de pico negro y cola amarilla que se balanceaba en el columpio de una de las jaulas—. Tengo pensado instalar un aviario de aves exóticas. ¿Qué le parece? Así podrán volar con más libertad.

La mujer, henchida de orgullo por que la gran Patti le pidiera su opinión, calificó la idea de maravillosa.

—Me alegro de oír eso, querida.

Después de la visita al invernadero, todos salieron al jardín de invierno donde se había habilitado una serie de mesas cubiertas con manteles de hilo de color blanco sobre las que descansaban abundantes fuentes de comida y jarras de bebida. Adelina había ordenado a los sirvientes que sacaran las copas de agua, vino y champán y los vasos labrados con el borde dorado de cristal de Saint-Louis, la fábrica de cristal más antigua de Francia fundada en 1586 en el valle de Münzthal, así como la vajilla de porcelana francesa de Limoges y la cubertería de plata que la servidumbre había estado limpiando hacendosamente la tarde anterior. Los criados, ataviados con la misma librea blanca con ribetes dorados, atendían a los vecinos que degustaban los licores de diferentes colores contenidos en las botellas de vidrio labrado y las torres de canapés, hechos a base de mantequilla, mostaza y fiambre, donde no faltaban las delicias de la zona por las que la diva se había interesado. Los invitados saboreaban los *crempogs* —panqueques de mantequilla— y los tiernos *faggots* —albóndigas de hígado de ternera—, untaban mantequilla salada en el *bara brith* —pan moteado de frutas elaborado con té— y paladeaban los *bakestones* y los *welsh cakes*, los tradicionales pasteles galeses. Todos agradecieron la abundancia de los manjares, la generosidad de la anfitriona y el despliegue de vecindad que se empeñaba en mostrar, sin que tuviera la obligación de hacerlo.

Para tranquilidad de Nicolini, no hubo visita al interior del castillo. Los vecinos tampoco la esperaban, aunque no renunciaron a la idea de asistir algún día a las fiestas que organizaría la Patti una vez asentada en su nuevo hogar y poder codearse con los ilustres nombres que la diva atraería a la región.

Ante la inminente caída de la noche y la consecuente bajada de temperaturas que siempre hacían que Adelina se llevara las manos al cuello en busca de abrigo, los vecinos fueron abandonando la propiedad. Todos le mostraron su gratitud, también a un servicial Nicolini, que recogía los parabienes con una encantadora sonrisa. En la despedida, la orgullosa propietaria del castillo sujetaba el ramo de peonías que sus invitados le habían entregado, así como un papiro muy especial caligrafiado a mano en el que se recogía su pertenencia como miembro de la comunidad y que prometió exponer en una de las habitaciones, junto al resto de los reconocimientos internacionales. No fue la única promesa que les hizo. Para demostrar una vez más su compromiso con el vecindario, se comprometió a dar un concierto benéfico en el Albert Hall de Swansea, construido en 1864, donde cantaría algunas de sus más famosas arias junto a Ernest, así como las canciones que su voz había logrado inmortalizar y que el público siempre acogía con grandes ovaciones. «Y prometo aprenderme alguna canción galesa; pero les ruego que me den tiempo. De momento, son siete los idiomas que hablo, aunque espero que pronto sean ocho, cuando incorpore el galés a mi repertorio», aventuró. El anuncio despertó de nuevo el aplauso generalizado de los vecinos. Como no quiso que la promesa quedara prendida en el tiempo como los vientos en las colinas de Craig-y-Nos, marcó una fecha en el calendario: el 14 de septiembre de 1882, una vez finalizada su nueva temporada en el Covent Garden, después del concierto que, como todos los años, ofrecería en el palacio de Buckingham a petición de la reina Victoria y antes de iniciar una nueva gira por Estados Unidos. La promesa hizo que todos volvieran a levantar sus copas de cristal Saint-Louis para brindar por la buena noticia.

Cuando el jardín de invierno quedó vacío, la pareja accedió al castillo.

—Algunos necesitarán una buena dosis de bicarbonato para remediar la resaca que tendrán en unas horas —apreció Nicolini, observando el gran número de botellas vacías mientras se enderezaba el alfiler con cabeza de perla bajo el nudo de la corbata. Había sido una tarde intensa, en la que al menos había logrado salvar la botella de coñac Henri IV Dudognon Heritage.

Adelina sonrió no por el comentario de su amado, sino por lo que acababa de conseguir; era consciente de haberse ganado el favor y el beneplácito de los vecinos. Ante cualquier eventualidad que apareciera, sabía que estarían a su lado, fuertes, unidos y entregados a la diva, como una roca.

—¿Abrimos un borgoña, querido?

—Creí que no ibas a pedírmelo nunca. Como tenga que beber una copa más de ese brebaje ocre al que llaman sidra galesa, no sé de lo que seré capaz. Uno de los vecinos me ha hecho un panegírico sobre su condenada *seidry* y la poesía galesa del siglo XIV; creo que incluso me ha recitado algunos versos de un poeta galés.

—Interesante…

—No creas. Voy a por ese borgoña.

—Brindaremos por nuestra nueva gira por Estados Unidos. Según Mapleson, será todo un éxito.

29

—¿Era necesario traer a Jumbo? —preguntó Nicolini, que no terminaba de entablar con el papagayo de vistoso plumaje tan buena relación como lo había hecho Adelina.

—Qué pregunta más tonta, querido —respondió, sin dejar de revisar una a una las joyas que, con sumo cuidado, Patro y Karo habían embalado en el equipaje y que luciría en sus representaciones en la temporada de otoño de la Academy of Music de Nueva York, donde estarían hasta diciembre de 1882, para después continuar con la gira por otras ciudades de Norteamérica. Pasar revista a su espectacular colección de alhajas era lo único que asentaba su estómago, alterado por la mala mar que sufrieron durante todo el trayecto. Esquivar el temporal y la bravura de las olas fue la única petición de la diva que el comandante no pudo atender—. ¿Para qué crees que le enseño a hablar en varios idiomas? Tendrá que ver mundo el animalito...

Habían embarcado en octubre de 1882 en el Servia, el barco que los llevaría hasta Nueva York, donde hacía escasos dos meses se había inaugurado la primera red de iluminación eléctrica a cargo de Thomas Edison. Aunque nunca había sido supersticiosa ni solía hacer caso a las supuestas señales del destino, a Adelina le pareció una buena metáfora para su arribada. No habían llegado a tiempo de presenciar el primer desfile del Día del Trabajo que se había celebrado en la ciudad el 5 de septiembre, cuando cerca de veinte mil trabajadores recorrieron las calles de Broadway con pancartas en las que podían leerse lemas como «Ocho horas para trabajar, ocho horas para descansar, ocho horas para el ocio» o «El trabajo crea toda la riqueza». Otras pancartas con distintas leyendas esperaban a la Patti. El recibimiento preparado por Giovanni Franchi y el coronel Mapleson superó el del año anterior. En connivencia con el capitán del Servia, declarado fiel admirador de la diva y que no dudó en poner en el control de mando la fotografía que ella le había autografiado, el agente italiano y el empresario se encargaron de que un comité de bienvenida compuesto por varias embarcaciones los escoltase hasta el puerto. En una de las barcas viajaban los representantes de la prensa, como si alguien quisiera mantenerlos a una distancia prudente, sin privarlos de ser testigos del momento —«Los necesitamos, pero en su lugar», solía decir Mapleson—; en otro vapor, una gran orquesta que no paró de interpretar «God Save the Queen» y el himno de Estados Unidos; en una tercera embarcación viajaban los responsables de la pirotecnia que llenó el cielo de la ciudad de fuegos artificiales; en una cuarta, los encargados de hacer volar decenas de palomas, que sobrevolaron el mismo espacio aéreo de los fuegos de artificio, lo que divirtió a Nicolini e hizo temer a Adelina por la suerte de las aves. El muelle estaba atestado de personas que vitoreaban la llegada de la artista. El buen tiempo que reinaba en la mañana del 31 de octubre de 1882 había hecho que la asistencia fuera incluso más numerosa, algo de lo que también se había encargado el coronel, que, sabiendo lo mucho que se jugaba con la contratación de la Patti, no quiso dejar nada al azar.

En aquella ocasión, la diva no había perdido ninguna prenda de su vestuario; el propio capitán del Servia se aseguró de ello, acompañándola hasta el carruaje que la esperaba, a pesar de la presencia de Franchi y Mapleson. Gracias a ellos, todo el equipaje de la soprano llegó al hotel, incluida la jaula de Jumbo, que provocó más de un problema a quien tenía la encomienda de custodiarla, un mozo que, debido a un tropiezo, cayó al suelo, provocando que la pajarera se abriera parcialmente. A punto estuvo Jumbo de desplegar las alas y unirse a las palomas que ya se habían dispersado por el cielo neoyorquino, pero debió de pensárselo mejor y se quedó dentro de su confortable armazón de hierro dorado.

Desde el carruaje que la trasladaba al hotel donde se hospedaría, pudo observar los numerosos carteles que empapelaban la ciudad anunciando su presencia en la Academy of Music. Se congratuló de que así fuera, para evitar los errores cometidos en el pasado. Por lo que le contó Franchi, que se había desplazado hasta Nueva York semanas antes para asegurarse de que todo estuviera bajo control, la prensa ya había empezado a hablar de ella, aunque su interés no estaba en la programación de otoño del teatro, sino en su alto caché y su abultada lista de caprichos. El coronel Mapleson tuvo que dirigir una carta al diario *The New York Times* para desmentir algunas de las informaciones publicadas. La Patti no desayunaba lenguas de canario ni había exigido que la grifería de la suite de su hotel fuera de oro ni que los empleados del establecimiento dedicados a su servicio lucieran un determinado uniforme; tampoco había solicitado que equipasen su camerino con muebles de madera de caoba transportados en el mismo barco que la había trasladado desde Europa, ni había exigido la contratación de una terna de criados: uno para pasear a su perro, otro para llevarle la cola del vestido y un tercero para encargarse del papagayo, como hacía la soprano romana Caterina Gabrielli, la gran diva de la segunda mitad del siglo XVIII... Y tampoco cobraba el dinero que aseguraron algunas cabeceras, repletas de cifras exorbitadas que hicieron sonreír a la protagonista. «Que hablen, que exageren; cuanto más, mejor»; la publicidad no pagada seguía siendo la más rentable. Como buen conocedor del funcionamiento de la prensa y la repercusión que tenía en la sociedad, el coronel explicó en su carta que había depositado miles de dólares en el Banco de Nueva York a modo de aval de lo que cobraría la diva por sus diez representaciones en la Academy of Music durante dos meses, y una cantidad muy superior para garantizar su gira posterior por el país. «Dinero llama a dinero», se decía Mapleson, que ya se frotaba las manos pensando en los beneficios que obtendría en taquilla. Como bien vocearon los asistentes a la marcha del Día del Trabajo y escribieron en sus pancartas, «El trabajo crea toda la riqueza», y eso es lo que el empresario se disponía a hacer. Su pormenorizada explicación económica motivó que, a partir de entonces, la prensa comenzara a hacer cálculos sobre lo que cobraba la Patti por actuación, el dinero que valía cada una de las notas que salían de su garganta, el montante que perdía el empresario con cada silencio e incluso hubo quien contó los minutos que la diva permanecía en escena.

—«Cobra más que los compositores de las óperas que representa» —leyó el coronel el titular del periódico que publicaba una disección del dinero que movía la artista—. Esto es el éxito.

—El éxito es que la gente te aplauda por la calle, mucho antes de hacerlo en el teatro —puntualizó Adelina, que apartaba tímidamente la cortina que cubría uno de los ventanales de la suite para observar a los centenares de personas congregados a las puertas del hotel, que la vitoreaban y le daban la bienvenida; algunos de ellos incluso se atrevieron a entonar una canción dedicada a ella—. Qué hermosa serenata, ¿no te parece, Ernest?

—Preciosa. Y mejor que la canten ahora y no a medianoche... —El tenor francés no terminaba de acostumbrarse a que el fervor cantor de los admiradores de su amada interrumpiera su sueño.

—¿Crees que debería agradecérselo de alguna manera?

Había hecho la misma pregunta cuando, desde el carruaje, de camino al hotel, escuchó los aplausos y la entregada aclamación que le dispensaron los viandantes. «¿Crees que debería bajar a saludarlos?», había interpelado a Nicolini.

—Si te acercas demasiado, corres el riesgo de mimetizarte con ellos. Quieren un ídolo, una diva, alguien a quien admirar. La fascinación que perdura en el tiempo se realiza siempre de abajo hacia arriba.

Adelina lo miró gratamente sorprendida; para ser alguien que no había conocido en primera persona lo que era ser un *primo uomo*, salvo que primara por contrato la «cláusula Nicolini», tenía una visión cristalina de lo que significaba serlo.

—Tendrán a su diva —añadió decidida, comprobando su imagen en el espejo antes de dedicarle a Ernest un gesto cómplice—. No temas, me admirarán desde abajo.

Abrió la doble puerta acristalada del balcón de la suite y se asomó a él. El clamor de sus admiradores se desató en la calle. Sin dejar de saludar, invirtió unos estudiados segundos en recoger la ovación, consiguiendo no sólo alargarla, sino intensificarla, para después pedir silencio con las manos; cuando la diva canta, los demás callan y escuchan. Al tiempo que las primeras notas del aria «Sovra il sen la man mi posa» de *La sonnambula* salían de su garganta, el arrobamiento del público congregado alcanzaba casi el misticismo, soñando con elevarse hasta aquel balcón como la voz de la Patti ascendía con encomiable flexibilidad, ligereza y naturalidad a las notas más agudas.

Sovra il sen la man mi posa,
palpitar, balzar lo senti:
egli è il cor che i suoi contenti
non ha forza a sostener…

«Pon sobre mi pecho la mano, / siéntelo palpitar, saltar: / es un corazón cuyo contento / apenas puede contener...»

Su timbre cristalino y su maestría vocal condenaron al olvido a la primera Amina de la historia, la soprano Giuditta Pasta, la favorita del compositor Vincenzo Bellini.

El coronel Mapleson observaba la escena como si la Patti ya se hallara en la Academy of Music. Sus ojos brillaban al escuchar a la diva cantar la ópera que representaría el 13 de diciembre, casi como cierre de la temporada de otoño del teatro.

—¿Esto nos beneficia? —preguntó *sotto voce* Franchi, que no estaba seguro de la conveniencia de ofrecer gratis aquello por lo que el público debería pagar más tarde en el teatro—. ¿No sería mejor reservarse para el día del estreno?

—Todo conviene. ¿Es que acaso a usted no le gusta un buen aperitivo antes de una suculenta comida? Es usted italiano, debería saberlo. La aristocracia de su país lo institucionalizó en el siglo XVIII y, un siglo más tarde, su rey Víctor Manuel lo popularizó. Ha tenido tiempo de aprenderlo... —replicó el empresario, sin borrar el gesto de satisfacción de su rostro.

—Si usted lo dice...

Los aplausos que llegaron desde la calle al finalizar el aria ahogaron la respuesta de Franchi. No contenta con el regalo ofrecido a sus admiradores y empujada por la ovación entusiasta, Adelina alargó un brazo hacia Nicolini, quien había seguido su interpretación con la misma devoción de siempre; quería que se uniera a ella en el balcón. El tenor lo entendió al instante, también le tocaba a él ser parte del aperitivo. El fervor de los presentes aumentó ante el gesto de generosidad de la pareja. Adelina, atrapada en el personaje de Amina, recibió a Ernest, que no tardó en convertirse en Elvino.

Caro Elvino! Alfin tu giungi.

«¡Elvino querido! Por fin has llegado».

Nicolini no defraudó, ni a su amada ni al improvisado público.

Perdona, o mia diletta, Il breve indugio.
In questo dì solenne
ad implorar ne andai
sui nostri nodi d'un angelo il favor:
prostrato al marmo dell'estinta
dell'estinta mia madre!
Oh! Benedici la mia sposa!, le dissi.
Ella possiede tutte le tue virtudi;
ella felice renda il tuo figlio
qual rendesti il padre.
Ah! Lo spero, ben mio,
m'udì la madre.

«Disculpa, amada mía, mi breve retraso. / En este día solemne / acudí a implorar / el favor de un ángel sobre nuestra unión: / postrado ante la tumba de mi difunta, / de mi difunta madre, / le he pedido: bendice a mi esposa. / Ella posee todas tus virtudes; / que ella haga feliz a tu hijo / como tú hiciste feliz a mi padre. / ¡Ah! Espero, amor mío, / que ella me haya oído».

La Patti debía tener la última palabra.

Oh! Fausto augurio!

«¡Oh! ¡Feliz augurio!».

Bastó para exaltar aún más a quienes los escuchaban. Adelina se sentía dichosa. Ellos ya tenían lo que deseaban; ella también.

—¿Cuántas entradas cree que habremos vendido en estos minutos? —preguntó irónica, ya en el interior de la suite.

—Las suficientes para llenar el teatro todos los días —respondió cómplice Mapleson.

A los pocos minutos, el director del hotel ordenó enviar un gran centro floral a su clienta más ilustre, acompañado de una fuente de ostras, la mejor selección de mariscos con los que contaba la carta del restaurante y una bandeja de caviar. «En Rusia se sirve sin hielo picado, en un recipiente de vidrio», pensó Adelina recordando su estancia en los teatros de Moscú y San Petersburgo, ciudades donde se acostumbró a esos manjares. Agradeció que el gerente hubiera optado por subir champán y no vodka, como la tradición rusa dictaba acompañar las huevas de esturión. La generosidad del director tampoco era gratuita. La actuación de la Patti había hecho que el resto de los clientes se sintieran afortunados de compartir techo con la diva, y eso suponía la mejor publicidad con la que podía contar el establecimiento, sin olvidar que los periódicos informarían pormenorizadamente del suceso y mencionarían al hotel en sus crónicas. Todos ganaban cuando Adelina cantaba, aunque la prensa sólo hablaba de los dólares que costaba cada nota que interpretaba, sin dejar de reconocer que su valor era incalculable.

El teatro presentó un lleno absoluto todos los días durante dos meses. Era imposible encontrar una entrada para ver a la diva. No importaba la posición social que se tuviese, lo abultado de la chequera o los contactos en las altas esferas, al contrario de lo que había sucedido en el Teatro Real de Madrid dos años antes, la noche que cantó con Julián Gayarre *Lucia di Lammermoor*, cuando sólo se pudieron conseguir entradas por recomendación real; incluso la reventa quedó seca, agotada ante el huracán que había desatado la soprano. La fiebre por ver a la Patti dando vida a los personajes de Lucia, Violetta, Amina, Rosina, Marguerite, Semiramide, Dinorah, Azucena o Linda de Chamounix despertó la imaginación de los neoyorquinos, especialmente de los más jóvenes, que llegaron a comprar una entrada para compartirla entre varios, turnándose en cada acto para ocupar la butaca que les permitiera ver y escuchar a la gran soprano. Hasta tal punto llegó el deseo de verla que Adelina se negó a pasear por las calles de la ciudad, excepto si la excursión se realizaba en carruaje, para evitar decepcionar a quienes se acercaban a ella con el propósito de pedirle entradas: ni siquiera ella podía obtener tantas, y odiaba desilusionar a su público. Ese miedo a decepcionar a sus admiradores le hizo vivir una de las escenas más surrealistas durante su estancia en Nueva York. La anécdota tuvo por protagonista a un camarero del hotel, Jim, que atendía diariamente con diligencia sus peticiones en el restaurante; el joven siempre primaba su servicio frente al del resto de los clientes y comensales, le reservaba la mejor mesa del salón, lustraba él mismo los cubiertos que iba a utilizar la diva a pesar de que ya lucieran brillantes y sin huellas, y esperaba a que ella se sentara para poner sobre sus rodillas la servilleta de hilo. En todo momento se mostraba servicial y amable, y se preocupaba de que nadie la molestara mientras desayunaba o almorzaba, de que la temperatura del local estuviera a su gusto y de que la luz que entraba por las ventanas no la cegara. A pesar de su timidez, un día se atrevió a confesarle la gran admiración que le profesaba y lo mucho que sentía no poder ir a verla al teatro por la falta de entradas. Le conmovió el encanto de aquel joven —le recordaba al chico irlandés del que su madre le decía que se mantuviera alejada cuando vivían en Brooklyn; tenía el mismo pelo rojizo y un batiburrillo de pecas sobre sus mejillas— y le prometió que procuraría conseguirle dos entradas. «No sé cómo lo haré, Jim. Quizá tenga que pintarlas. Pero haré todo lo que esté en mi mano para que venga a verme al teatro». El camarero, al escuchar su nombre en los labios de la cantante, ya se consideraba honrado. A los pocos días, Adelina se sentó a la misma mesa que ocupaba desde que había llegado al hotel. Cuando Jim se aproximó para tomarle la comanda, su clienta favorita le informó que ese día habría dos entradas para él. El camarero mostró cierta sorpresa al escucharla, aunque no fue la reacción efusiva que ella había imaginado; no esperaba que diera saltos de alegría —en realidad, sí, después de cuánto se había esforzado para adquirir los boletos—, pero sí que exhibiera un mayor entusiasmo, que su rostro se iluminara y que su sonrisa se extendiera elevando las pecas de sus pómulos. A los pocos minutos, el camarero regresó a la mesa con una gran bandeja que sostenía con ambas ambos, en la que portaba más platos de los que ella había encargado.

—Sus entrantes —anunció Jim al tiempo que depositaba dos inmensas fuentes sobre el mantel.

—¿Entrantes? ¿Quién ha pedido todo esto? —se extrañó al ver las dos fuentes repletas de embutidos, quesos, huevos, salchichas y vegetales crudos acompañados de un generoso surtido de salsas.

Buscó en el rostro del joven alguna explicación. Llevaba viviendo en el hotel casi dos meses; Jim debería saber que ella no almorzaba demasiado para llegar al teatro con el estómago prácticamente vacío.

—Usted acaba de hacerlo. Me ha dicho «dos entrantes».

La carcajada de Adelina brotó incontenible de su garganta, se escuchó estruendosa en todo el restaurante y contagió a Nicolini, que observaba la escena con deleite; le gustaba la luz que irradiaba el rostro de su amada cuando reía como una niña, y como tal lo estaba haciendo ante el malentendido.

—He dicho entradas, no entrantes —aclaró cuando la risa le permitió hablar.

Esa misma tarde, Jim ocupaba una butaca en la tercera fila en compañía de su madre.

La curiosidad por verla creció también entre aquellos que no eran grandes aficionados a la ópera, especialmente mujeres, que, atraídas por el vestuario y las joyas que lucía Adelina en escena, de las que la prensa informaba de manera pormenorizada, ocupaban las butacas y los palcos del teatro, siempre con unos binoculares galileanos para no perder detalle. Esos objetos se convirtieron en un instrumento de competición entre las asistentes que, según su posición social y su solvencia económica, portaban quevedos de ópera diseñados en bronce y madreperla, en plata esmaltada y decorados a mano, en oro y concha de abalón e incluso algunos de ellos llevaban engarzadas piedras preciosas, así como el nombre grabado de su propietaria. Con ellos podían observar los vestidos diseñados por la exclusiva casa Worth que la Patti vestía en escena, confeccionados en tela de seda y cendal bordadas, con escotes pronunciados sobre los que la soprano lucía sus joyas, dejando al aire sus hombros, y con líneas sencillas pero elegantes, en las que el diseñador redujo el uso de la crinolina para lograr que la falda cayera plana por delante mientras que se recogía por detrás. «Es el mismo creador que viste a Eugenia de Montijo, a Isabel de Austria y prácticamente a toda la aristocracia europea», se escuchaba murmurar entre las butacas. Las espectaculares joyas de Adelina —regalos de príncipes, reyes, reinas y en especial el zar de Rusia, amén de las que ella misma había adquirido— también contaban con la admiración del público femenino. El collar de grandes diamantes que lució en *La traviata*, así como la diadema de oro blanco y rubíes, y el broche con una gran perla en el centro rodeado por una veintena de diamantes que le había regalado el zar Alejandro II congregaron la mayor admiración, aunque el baile de binoculares se activaba igual ante las sortijas de turquesa, los pendientes de esmeraldas y los brazaletes de oro que adornaban su anatomía. Antes y después de cada representación, la diva siempre acudía a un banco de la ciudad en la que actuaba para depositar sus joyas. Según publicó la prensa, en aquel viaje las alhajas que llevaba estaban valoradas en casi cuatro millones de francos. Acudir al teatro a ver a la Patti se había convertido en un espectáculo, y no sólo operístico.

No quiso abandonar Nueva York sin cerrar con Mapleson una nueva gira por Estados Unidos que empezaría en apenas unos meses. Había tardado dos décadas en regresar al que muchos consideraban el país de las oportunidades, pero, una vez lo hizo, lo conquistó. Ganaba público y, sobre todo, se embolsaba grandes sumas de dinero; el prestigio ya se lo había labrado en Europa. Llevaba tiempo siendo la mejor soprano, la más famosa y la cantante mejor pagada del panorama lírico, pero quería más. Y era en América donde iba a conseguirlo, aunque tuviera que pagar algún imprevisto peaje del que, hasta entonces, se había creído a salvo.

30

«La gran diva de la ópera, Adelina Patti, devorada por las ratas mientras dormía».

Suspiró por jactancia más que por sorpresa, ni siquiera por aprensión, y bebió a pequeños sorbos el té para digerir el nuevo empeño de la prensa en matarla. La última vez había sido por el descuido en la manipulación de una lámpara de aceite por parte de Patro, que prendió el traje que vestía la diva antes de salir al escenario del Teatro Bolshói de Moscú. Los titulares sensacionalistas sobre su deceso no le suponían ningún problema siempre que luego utilizaran el mismo ímpetu en resucitarla, y, por lo general, lo hacían. «Publicidad gratuita», se recordaba continuamente mientras Nicolini bramaba contra los periódicos que habían publicado la noticia e instaba a Mapleson a escribirles exigiendo una rectificación.

—No creo que sea buena idea —replicó el coronel, encantado con la polvareda levantada por la prensa.

—No lo es —confirmó Adelina, mordisqueando las galletas con deleite, como si fuera uno de esos roedores que, según la publicación, la habían devorado. Ella sabía muy bien lo que realmente había sucedido—. Además, quién va a creerlo. Hace falta mucho más que un ejército de ratoncitos para devorar a la Patti.

Había llegado al hotel cansada, después de representar con gran éxito la última de sus óperas en la Academy of Music de Filadelfia. Como todas las noches, Karo la ayudaba a quitarse el vestido mientras ella degustaba unos deliciosos bombones, regalo del gerente del teatro; no debía hacerlo, pero el cacao seguía venciendo su fuerza de voluntad y la famosa «dieta Strakosch». «Cuando sea vieja, sólo comeré chocolate, sentada en un gran butacón, al tiempo que observo el valle de Swansea y toco alguna melodía en mi cítara», solía aventurar. El grito de la doncella la sobresaltó. Cuatro ratoncitos aparecieron por una de las esquinas de la habitación. Adelina censuró la reacción de Karo. «Sólo tienen hambre, mujer», le explicó mientras cogía unos bombones y se los ofrecía a los roedores, que empezaron a mordisquearlos. «Son tan monos… No se lo digas a Nicolini; es capaz de llenar la habitación de trampas», ordenó, consciente del poco aprecio que el tenor sentía por los animales en general, a no ser que fueran truchas o salmones que pudiera pescar en el río Tawe, próximo al castillo de Craig-y-Nos, después de que ella encargara poblar sus aguas con ejemplares traídos expresamente de Escocia. A medianoche la diva se despertó al notar un dolor punzante en la oreja. Cuando se llevó la mano a la zona dolorida, palpó un espeso líquido que recorría su mejilla. Uno de los ratones le había mordido, provocándole una herida que sangraba en abundancia. Llamó a su doncella para que se lo curara y al director del hotel, que no tardó en encargarse de los intrusos. Durante unos días, su lóbulo presentó una hinchazón rojiza que supo disimular gracias a su larga melena y a la colocación de grandes rosas que cubrían la zona dolorida. Así fue como, según la prensa, unas ratas habían devorado a la diva.

Había cosas peores de leer en un periódico que la crónica de su óbito, como atestiguar su exclusión del mayor evento social que se celebró en Nueva York.

El magnate de los ferrocarriles William Kissam Vanderbilt, heredero de la acaudalada familia Vanderbilt —era nieto del magnate naviero Cornelius Vanderbilt, el primer hombre en ganar cien millones de dólares en Estados Unidos—, organizó el mayor acontecimiento social de la ciudad. La gran recepción se celebró en la mansión que el millonario acababa de construir en el número 660 de la Quinta Avenida, en el corazón de Manhattan. La impresionante casa señorial de estilo renacentista francés y gótico, diseñada por el arquitecto Richard Morris Hunt con piedra caliza blanca para distinguirse del tradicional tono rojizo de las mansiones neoyorquinas, se empezó a conocer como Petit Chateau por su apariencia de castillo y fue la primera residencia que dispuso de un ascensor hidráulico y una de las primeras en instalar bombillas de luz eléctrica; nada era suficiente para mostrar la opulencia de la familia Vanderbilt. Todo aquel que era alguien importante en Nueva York hizo acto de presencia el 26 de marzo de 1883 en el salón de baile de estilo neogótico del palacete. Más de mil invitados acudieron a la fiesta de disfraces organizada por el millonario, aunque la idea de la mascarada había sido de su esposa, Alva, que gastó cerca de doscientos cincuenta mil dólares en el evento. Según publicó la prensa neoyorquina, invitada también para dar buena cuenta de lo que allí sucedía, la señora Vanderbilt había derrochado once mil dólares en flores, cerca de cinco mil en carruajes, y sesenta y cinco mil en selectas botellas de champán, cigarros habanos y un exclusivo menú diseñado por un chef francés. Los asistentes tampoco repararon en gastos a la hora de confeccionar sus diseños y lucir sus joyas, hasta convertirlo en una competición sobre quién tenía más dinero, como era habitual en la alta sociedad de la ciudad. El más espectacular fue el vestido de la señora Vanderbilt, al que la anfitriona destinó la mayor partida presupuestaria: más de ciento cincuenta mil dólares. El traje estaba inspirado en una princesa veneciana retratada por el pintor francés Alexandre

Cabanel, con un corpiño estrecho que resaltaba la figura de Alva, una gran cola realizada en raso de color azul bordada en oro y un sombrero veneciano que mostraba en su parte central una joya con forma de pavo real hecho a base de gemas.

Los periódicos la calificaron como la fiesta del siglo. *The New York Times* detalló «la selva tropical» en la que se había convertido la residencia Vanderbilt, describiendo los helechos y las palmeras que cubrían las paredes, la escogida colección de orquídeas que envolvía las columnas de mármol y oro de la vivienda, así como la ingente cantidad de rosas que engalanaba las puertas y las escaleras de la mansión, y los farolillos japoneses que colgaban de los techos afrancesados de la residencia.

Por primera vez, Adelina leía los periódicos con un inusitado interés. Ella no había recibido el gran tarjetón dorado para asistir a la fiesta. No la habían invitado porque las damas de la alta sociedad neoyorquina podían utilizar sus binoculares de ópera en los teatros para admirar los brillantes que la soprano lucía en escena, pero de ningún modo iban a aceptar su disipada vida privada. El divorcio seguía estando mal visto entre la aristocracia y la separación también; el adulterio, siempre que no recorriera la *high society* neoyorquina en forma de rumor, no lo estaba tanto. No imaginó que la memoria de los ricos neoyorquinos guardara en formol el escándalo de su separación del marqués de Caux y su idilio con Nicolini. Le extrañó aquel desdén, teniendo en cuenta el vacío social que había sufrido la señora Vanderbilt por parte de la élite de la ciudad, personificada en la gran dama de la alta sociedad hasta aquel momento, la señora Astor, que la consideraba una nueva rica y despreciaba su dinero hasta el punto de negarle un palco en la Academy of Music. Ni siquiera los treinta mil dólares que ofreció la señora Vanderbilt convencieron a Caroline Astor. «Es imposible, querida Alva. Los propietarios de los palcos los tienen desde los años cincuenta; como comprenderás, no van a renunciar a ellos porque haya gente que parece haber descubierto el dinero ahora», razonaba la señora Astor. Los *Knickerbockers* —como se denominaba a los tradicionales ricos neoyorquinos, por su ascendencia de los colonos holandeses, que usaban pantalones bombachos remangados por debajo de la rodilla, los *knickerbockers*— no estaban dispuestos a abandonar sus palcos porque aquello les proporcionaba una distinción social, más que económica.

Cuando Adelina leyó que una de las invitadas había sido la soprano Christine Nilsson, con quien la prensa insistía en remarcar una supuesta rivalidad a pesar de la amistad que ambas se profesaban, su estómago se resintió. La imaginó observando el secreter de madera de ébano construido para María Antonieta y que entonces ocupaba una de las estancias de la mansión de los Vanderbilt, deleitándose con el juego de luz que ofrecía la vistosa vidriera de Eugène Oudinot instalada en el salón de baile, contemplando en la cochera de la residencia los seis bajorrelieves escultóricos realizados por Karl Bitter que representaban a siete niños y siete niñas cantando, o admirando la espectacular chimenea de color rojizo del vestíbulo, custodiada por columnas de mármol diseñadas por el escultor irlandés Augustus Saint-Gaudens, y en cuya parte superior resaltaba un mosaico de John La Farge cuya imagen recogía a una doncella con túnica y una frase: «La casa en su umbral da evidencia de la buena voluntad del amo. Bienvenido al huésped que llega. Adiós y amabilidad al que se va».

Elucubró la conversación que Nilsson mantuvo con la señora Vanderbilt, quien quizá le espetara una de sus frases favoritas: «Toda mujer debería contraer matrimonio en dos ocasiones: la primera, por dinero; la segunda, por amor». Seguramente, la dulce Christine se habría escandalizado al oírlo, algo que ella nunca habría hecho. Cuanto más lo pensaba, menos entendía que la hubiesen dejado fuera de aquella gran recepción; estaba convencida de que se habría llevado bien con Alva.

—¿Qué puede importarte que un grupo de aristócratas provincianos y horteras no te inviten a una ridícula fiesta de disfraces? —Nicolini conocía a su amada. Como la gran actriz que era, su rostro disimulaba el enojo, pero la delataba la característica arruga en su ceño cuando algo la contrariaba—. El presidente de Estados Unidos, Chester Arthur, asistió al National Theatre de Washington para escucharte cantar *La traviata* y ofreció una recepción en la Casa Blanca en tu honor. Ninguno de esos imbéciles que se disfrazaron de María Antonieta, de gato o de diosa Diana puede ni podrá vivir nunca algo parecido.

Ernest también había leído la prensa.

—¿Importarme a mí? —rio falsamente, manteniendo el estigma en la frente—. Es a ellos a quienes debería preocuparles no tener a la Patti entre sus convidados.

Cerró el periódico como le habían cerrado a ella las puertas de la mansión Vanderbilt y, con ellas, los salones de la alta sociedad neoyorquina. No olvidaría el agravio. La memoria de una diva es eterna.

Se consoló pensando que, en una mansión tan grande como el Petit Chateau de la Quinta Avenida, también habría ratones.

Adelina sólo tardó cuatro meses en comprobar que la vida da muchas vueltas; lo único de lo que debía preocuparse era de no marearse y, excepto que viajara en uno de los barcos en los que cruzaba el océano Atlántico, sabía cómo evitarlo.

Tras el clamoroso éxito en Nueva York, reflejo del cosechado en la gira que el coronel Mapleson había diseñado por ciudades como Chicago, San Luis, Cincinnati, Pittsburgh, Washington y Boston, la diva cantó *Linda di Chamounix* en la Academy of Music de Filadelfia, el 21 de abril de 1883, antes de partir hacia Europa para cumplir con nuevos compromisos profesionales. Por escasos días no tuvo oportunidad de ver la inauguración del Puente de Brooklyn —el puente colgante más largo del mundo, con un coste de diecinueve millones de dólares, además de la pérdida de veintisiete vidas (algunos aseguraban que fueron una docena de trabajadores)— el 24 de mayo de 1883. Sintió no poder presenciarlo; las obras de edificación le habían impresionado mucho durante su último viaje a la ciudad. Le hubiera gustado conocer a Emily Roebling, la mujer que supervisó las tareas de construcción después del fallecimiento de su suegro, el diseñador del puente, y de la enfermedad pulmonar de su marido. Fue Emily la primera en cruzarlo y, después de ella, tras pagar un centavo, más de ciento cincuenta mil personas lo atravesaron en un solo día. Decididamente, le hubiera gustado ser una de ellas.

Tras su temporada en Londres y un merecido descanso en el castillo de Craig-y-Nos, la diva inició en otoño de 1883 una nueva gira por Estados Unidos, que empezaría en la Academy of Music.

Nueva York era una ciudad propicia a los encuentros. Por eso celebró encontrarse con el empresario Henry Abbey en uno de los restaurantes más selectos de la ciudad, Delmonico's, situado en la intersección de Beaver, William y South William, un lugar de referencia de todos los personajes ilustres que visitaban la urbe y el favorito de Adelina, quizá porque también lo era de su gran amigo y admirador el príncipe de Gales, después de que ese establecimiento ofreciera el catering durante el Grand Ball que se celebró en la Academy of Music el 12 de octubre de 1860, en homenaje al futuro rey Eduardo VII de Inglaterra. No fue un encuentro fortuito. El empresario teatral se había encargado de enviarle un espectacular ramo de flores al hotel donde se hospedaba, con una tarjeta en la que le pedía reunirse con ella. Adelina no dudó en sugerir aquel restaurante. Tenía ganas de degustar su famosa langosta y su puré de patatas bañado de queso y pan rallado que llegó a ser el preferido del presidente Abraham Lincoln; a pesar de su insistencia, el chef nunca revelaría el ingrediente secreto que confería a aquellas patatas un sabor tan especial. Acudió encantada a la cita en Delmonico's. Era una mujer agradecida y el empresario no había dudado en ayudarla cuando lo había necesitado. Si hubiese sabido de antemano para qué quería verla, habría acudido a la comida aún con mejor ánimo.

—Quiero que su nombre aparezca en la programación del Metropolitan Opera House —dijo mientras degustaba el bistec especial de la casa, el famoso Delmonico's Steak—. Supongo que habrá oído hablar del nuevo teatro de ópera de la ciudad...

—¿El Metropolitan? Algo he oído, sí. Pero me temo que no lo suficiente. Como sabe, acabo de regresar de Londres, no tengo mucho tiempo de leer periódicos. ¿Un nuevo teatro de ópera, dice? —preguntó antes de llevarse a la boca un exquisito lomo de langosta Newberg sobre el que había untado un poco de salsa.

—Será el mejor de Nueva York. Puede que lo haya visto de camino al restaurante; está ubicado en el 1411 de Broadway entre las calles Treinta y nueve y Cuarenta.

El emplazamiento del nuevo teatro le hizo reaccionar.

—Sí, he pasado por allí. Pero creía que era un edificio de uso industrial —apostilló, provocando la risa del señor Abbey.

—Algunos lo denominan «la cervecería de ladrillos amarillos», pero no se fíe de su aspecto exterior. Créame, debe conocerlo. Es más, tiene que actuar en él, ser una de sus principales estrellas. La inauguración es el 22 de octubre.

—Espero que no pretenda usted contratarme para ese día. Apenas quedan unas semanas... —advirtió divertida.

—Nada me gustaría más, pero usted me conoce y sabe que soy previsor. Como nuevo director artístico del Metropolitan, he contratado a Christine Nilsson para representar *Fausto* el día del estreno. Fue una sugerencia del dueño del teatro, al parecer son amigos... Aunque, como le decía, es a usted a quien quiero contratar.

—Me siento muy halagada, pero yo tengo contrato con el señor Mapleson en la Academy of Music. Ya sabe que me une a él una larga amistad...

—Los contratos están para romperlos —sugirió Abbey.

—Y las amistades para cultivarlas.

—Como mujer de mundo que es, sabe que hay que hacer nuevos amigos en esta vida, sobre todo si sus bolsillos están llenos de billetes —puntualizó el empresario, antes de dar un sorbo de su copa de vino—. La persona que está detrás de este proyecto tiene dinero suficiente para levantar el teatro de ópera más moderno y vanguardista del mundo, montar las mejores obras, contratar a las mejores figuras del panorama lírico y pagarles como se merecen. Y ahí es donde entra usted. Un teatro de ópera no es nada si no tiene a la Patti.

—¿Y quién es ese misterioso hombre? —preguntó con curiosidad.

—William Kissam Vanderbilt.

Adelina apenas pudo contener su reacción al escuchar aquel nombre. Sintió los músculos de su cara distenderse, como si hubiera recibido la mejor de las noticias. El hombre cuya esposa había organizado, siete meses antes, el mayor evento social del siglo y que rehusó invitarla a la fiesta quería ahora contratarla para su teatro de ópera. Era demasiado hermoso para ser verdad. La vida no podía ofrecerle semejante regalo. Tenía ganas de reír y de gritar, de subirse a la mesa para celebrar la justicia divina, pero no lo hizo por temor a ocupar páginas en la prensa del día siguiente, a pesar de la intimidad que les dispensaba el ocupar una de las estancias privadas en el tercer piso del restaurante; las paredes de cualquier edificio siempre presentaban grietas por las que los rumores escapaban. Hizo un esfuerzo por templar su emoción y siguió escuchando lo que el señor Abbey tenía que decirle.

—Aunque es su mujer, la señora Vanderbilt, quien realmente está detrás de tan mayestático proyecto. ¿La conoce?

—Absolutamente de nada —mintió, acariciando con la mano el mantel blanco que cubría la mesa. Delmonico's era el primer restaurante que los usaba, así como el menú impreso en inglés y en francés.

La conversación mejoraba por momentos.

—Es ella la gran amante de la ópera. Al parecer, ante la imposibilidad de adquirir uno de los palcos de la Academy of Music, por una serie de problemas o rencillas entre los patrocinadores y la señora Astor que sería muy largo y demasiado farragoso de explicar ahora mismo, la señora Vanderbilt convenció a su marido para que financiara un nuevo teatro de ópera. Y créame si le digo que no ha sido barato. Cosa de ricos, ya sabe, pero mientras inviertan en nuestro negocio...

—El señor Vanderbilt... Interesante —pronunció aquel nombre mientras introducía suavemente la cuchara de plata en el postre de helado recubierto de merengue que acababa de servirle el camarero.

Acudir a Delmonico's y no comer la Baked Alaska era un delito que no estaba dispuesta a cometer. El exquisito postre lo había creado en 1867 el chef francés del restaurante, Charles Ranhofer, para celebrar la adquisición de Alaska por parte de Estados Unidos, vendida por el zar Alejandro II después de la derrota en la guerra de Crimea; por eso pensó en el merengue que recordaba a la nieve del estado de Alaska. También Adelina parecía tener cosas que celebrar.

—Es el magnate de los ferrocarriles —siguió hablando el empresario, que prefirió saborear un café negro obviando el postre—. Seguramente lo conozca.

—De trenes sólo conozco el de la ópera que el señor Mapleson ha contratado para mi próxima gira por Estados Unidos. Por lo que sé, ha gastado miles de dólares en acondicionarlo especialmente para mí. Franchi me ha contado que han sido más de quince mil dólares.

—Multiplique esa cantidad por diez y tendrá el tren que el señor Vanderbilt pondrá a su disposición si forma parte del Metropolitan Opera.

—Me temo que tendrá que hablar con el señor Franchi; él se encarga de los números. Es mucho mejor que yo en ese terreno.

—Ambos sabemos que eso no es cierto. Usted es el verdadero cerebro de su éxito económico. Por eso estoy convencido de que se entenderá bien con el señor Vanderbilt y también con su esposa Alva. Es una mujer fuerte, segura, emprendedora y organiza fiestas de las que la ciudad no deja de hablar en meses.

—Ahora que lo comenta, algo he oído sobre esos eventos…

Abandonó el restaurante con un grato sabor de boca y no por la famosa Baked Alaska, sino por el de la venganza que empezaba a urdir en su interior. Sonrió al señor Abbey antes de despedirse de él cediéndole la mano que el empresario amagó con besar, como el caballero que era. Le prometió estudiar su oferta con cariño. Pero el cariño de la Patti se pagaba caro.

31

La oferta del nuevo director artístico del Metropolitan llegó a la mañana siguiente. Adelina y Nicolini desayunaban en el hotel; él leyendo un periódico y ella revisando la partitura de la ópera *La gazza ladra* con la que iniciaría temporada en la Academy of Music, el 9 de noviembre de aquel 1883. No era su obra favorita ni la que mejores críticas le reportaba, pero era de su adorado Rossini. El recuerdo del compositor italiano contándole que el productor de la ópera tuvo que encerrarlo en una habitación veinticuatro horas antes del estreno para que pudiera completar la obertura y cómo él iba tirando partes de la partitura por la ventana conforme las terminaba siempre le hacía sonreír. Pero la mente de la diva estaba ocupada en rememorar el almuerzo del día anterior en el reservado de Delmonico's, que también le dibujaba una mueca de satisfacción en los labios. Incapaz de concentrarse, las notas bailaban sobre la partitura, una danza que creyó encontrar en el caminar del señor Franchi, que en ese momento atravesaba el hall del hotel, convirtiendo sus zancadas en improvisados pasos de baile. El rostro del agente, lejos de la lividez amarillenta que lo barnizaba cuando era portador de contratiempos, presentaba una lozanía propia de un adolescente. A la diva no le hizo falta ver el sobre que traía en la mano para entender que había recibido noticias del señor Abbey.

Franchi se sentó a la mesa y, obviando el café negro que el camarero acababa de servirle sin que él lo hubiera pedido, se dirigió a su representada con deleitación.

—Cinco mil dólares por actuación. Cin-co-mil —silabeó.

—Y cincuenta mil en depósito en el banco —añadió Nicolini mientras estudiaba el documento que contenía la oferta.

—Es lo máximo que se ha pagado a una soprano en la historia. Christine Nilsson no cobra esa cantidad. El señor Abbey le ofreció dos mil dólares por noche para que aceptara cantar en el Metropolitan.

—Christine Nilsson no es Adelina Patti —respondió ella, como si el comentario le hubiera ofendido, y más viniendo de su representante.

—Se han vuelto locos... —Franchi tenía intención de decirlo en voz baja, pero la excitación que le provocaban semejantes cifras se lo impidió.

—Se llama competencia. —Adelina intercambió con Nicolini una sonrisa de satisfacción serena, lejos del desconcierto que presidía el rostro de su agente.

Ernest le devolvió el gesto cómplice; era el único que conocía los pormenores del encuentro entre su amada y el señor Abbey el día anterior.

—¿Qué hacemos? —preguntó el agente.

—Negociar, por supuesto. Reúnase con Mapleson y comuníquele la oferta del Metropolitan.

—No le gustará.

—Al contrario, le va a encantar —repuso ella, que conocía la capacidad para la negociación que tenía el coronel.

Mapleson apenas tardó una hora en presentarse en la suite que ocupaba la soprano. Franchi se había trasladado a la Academy of Music donde el resto de la compañía ensayaba para el estreno de *La gazza ladra*; la Patti seguía sin acudir a los ensayos para reservar la voz. El coronel llegó a la habitación con un exceso de palpitaciones en el pecho que aportaba una brillantez inusual a su rostro. La diva creyó adivinar unas gotas de sudor en sus sienes, que prefirió atribuir a la intensidad de la carrera, aunque era consciente de que su verdadero motivo era la oferta de cinco mil dólares realizada por el Metropolitan, el nuevo templo de la ópera de Nueva York que prometía convertirse en una pesadilla para el resto de los teatros.

Nada más acceder el coronel a la habitación, el papagayo Jumbo, desde su lujosa jaula, abrió su pico fuerte y curvado.

—*Dinero. Más dinero.*

Mapleson miró al animal con la misma desconfianza con que solía hacerlo Nicolini. Aquella ave se había convertido en la mascota de la diva y la acompañaba en cada viaje. Estaba convencido de que había sido ella quien le había enseñado a pronunciar esas palabras cada vez que un empresario entraba en la estancia.

—A veces pienso que Jumbo es más inteligente que todos nosotros. No es de extrañar: el papagayo tiene una capacidad craneal muy superior a la del resto de las aves y eso invita a pensar que tiene un nivel de inteligencia mayor —explicó Adelina, golpeando con los dedos la jaula—. Es sorprendente que, careciendo de cuerdas vocales, imiten a la perfección el sonido humano. Cualquier día nos sustituyen a los cantantes de ópera. Pero hasta que ese día llegue, me temo, coronel, que tendrá que seguir aguantando a las sopranos.

—No crea que me sorprende la oferta del señor Abbey —manifestó él, ansioso por debatir el ofrecimiento del nuevo director artístico del Metropolitan y dejar a un lado el reino animal—. Lo que sí lo haría es que usted la aceptara.

—¡Vamos, coronel! No sea niño. Esto es un negocio. Iguale la oferta, no le pido más. Y le prometo que no admitiré una contraoferta del Metropolitan. Usted mejor que nadie sabe que la harán, y, conociendo al señor Vanderbilt, el dinero no le supondrá un problema. Tiene ojo para los buenos negocios, le viene de familia. Su abuelo vio antes que nadie lo lucrativa que sería la industria de los ferrocarriles; arriesgó y ganó. Haga usted lo mismo, coronel. Arriesgue, aunque con la Patti el riesgo no existe; siempre es garantía de éxito y de ganancias.

Mapleson lanzó un suspiro que validó el argumento de Adelina. Desde hacía meses, el flamante director artístico del Metropolitan había conseguido, a golpe de talonario, contratar a muchos de los artistas que hasta entonces formaban parte de la compañía de la Academy of Music. El robo de talentos no se limitaba a los grandes nombres de la ópera que presidían los carteles, como Christine Nilsson, sino que se extendía a los profesionales técnicos. El coronel había visto con impotencia cómo sus mejores tramoyistas, electricistas, carpinteros, diseñadores de escena, sastres, peluqueros, maquilladores e incluso acomodadores y encargadas del guardarropa se habían ido al Metropolitan, que supo ofrecerles mejores sueldos. La desbandada fue tan grande que llegó a pensar que sólo quedaría el personal de limpieza en el teatro. De hecho, una de sus secretarias lo había abandonado ante el color del dinero, ese tono que todos anhelaban, igual o más que el fa sobreagudo de la Patti. La competencia teatral operística había llegado a Nueva York para quedarse; cualquiera podría verlo, incluso Jumbo.

—Pero qué sabré yo de números... —añadió Adelina, jugando con la ironía como pocos sabían hacer.

Mapleson igualó la oferta esa misma tarde. Era consciente de que debería hacer muchos números para que las cuentas en taquilla cuadraran y le permitieran recoger beneficios. A pesar de lo que ello supondría para el bolsillo del público, tendría que aumentar el precio de las entradas o, en su defecto, ampliar el espacio para habilitar más butacas y palcos, aunque para ello tuviera que tirar paredes y derribar columnas, si hallaba el modo de acometerlo. Lo único que tenía claro es que no podía perder a la Patti si quería plantarle cara al Metropolitan. El nuevo teatro ofrecía el mayor aforo del mundo, con tres mil cuarenta y cinco butacas, y el tercer escenario más grande después del Teatro Imperial de San Petersburgo y la Ópera de París. También era pionero en la instalación de un vanguardista sistema de protección contraincendios: había invertido en una costosa cortina cortafuego, un telón de hierro, una gran claraboya, la adecuación de las cañerías del edificio y un inmenso tanque de agua. El recuerdo del vasto incendio en el Ringtheater de Viena el 8 de diciembre de 1881, momentos antes de la representación de *Los cuentos de Hoffmann*, y las más de cuatrocientas muertes oficiales que provocó el siniestro —algunos periódicos hablaron de mil fallecidos— habían aumentado la sensibilidad de los empresarios teatrales frente a los peligros del fuego. El Metropolitan también había previsto instalar la electricidad para sustituir la iluminación por lámparas de gas, que fue lo que causó el incendio en el foso vienés durante el encendido del alumbrado, cuando un chispazo eléctrico desató la tragedia. Más allá de los sistemas de seguridad, algunos críticos subrayaron los problemas de acústica que un teatro tan grande como el Metropolitan tendría, aunque reconocían que el coliseo no se había construido con fines artísticos, sino sociales, y por eso se ganó el apelativo del Templo de la Riqueza. «Las personas que acudan allí no lo harán para escuchar las voces de las sopranos y de los tenores ni tampoco la música de la orquesta, sino para ver y ser vistos. Esperemos que la frivolidad, la opulencia y el deseo de las señoras adineradas por ocupar los palcos luciendo sus mejores joyas no mate la ópera», reconocía un crítico en su periódico. Adelina confirmó la fiebre que se vivía en Nueva York por todo lo francés, recordando la valoración de un periodista del diario *L'Illustration* en 1866 con motivo de la construcción del nuevo Teatro de la Ópera de París, quien aseguraba que mientras en Italia se construían los teatros preocupados por la acústica, en Francia lo hacían por las *toilettes*.

La aparición de un flamante teatro de la ópera de Nueva York prometía una rivalidad entre empresarios que nada tenía que envidiar a la rivalidad de las grandes divas, como tampoco a la competencia entre los nuevos ricos de la sociedad neoyorquina y los que pertenecían a la vieja aristocracia de la ciudad. El círculo parecía cerrarse.

La Patti firmó su nuevo contrato en las oficinas de la Academy of Music y no en el hotel, como había hecho en anteriores ocasiones. Había sido una propuesta del coronel, con la excusa de que la diva pudiera ver el escenario y los decorados construidos para *La gazza ladra,* que representaría en breve, aunque ella estaba convencida de que lo hizo para evitar encontrarse con Jumbo y su grito de guerra cada vez que le veía —*Dinero, más dinero*—, temiendo que la oferta hubiera aumentado desde la última conversación. No pudo dejar de sonreír mientras rubricaba su nombre sobre el papel, en el que resaltaba la cantidad que iba a percibir por cada función. No era ése el principal motivo de su felicidad. Adelina se había cobrado su venganza por el veto que le impusieron en la gran fiesta de disfraces celebrada el 26 de marzo de ese mismo año en la mansión de los Vanderbilt. Había salido victoriosa también en el terreno económico. Imaginó a Alva contrariada por no poder tener en su teatro de ópera a la Patti, la soprano favorita de la reina Victoria y de su hijo, el príncipe de Gales, cuya presencia aún no había sido confirmada en la inauguración del Metropolitan. De haber estado Adelina en la programación, la señora Vanderbilt ya podría contar con la presencia real.

Bajo la atenta mirada de Franchi y el gesto de satisfacción y de alivio de Mapleson, aunque no exento de cierta preocupación, la diva dejó la pluma estilográfica que le había ofrecido el coronel para la firma. Un pequeño rastro de tinta quedó en sus dedos y ella lo hizo desaparecer llevándoselos a la boca.

—No tema, Mapleson. No se ha demostrado que la tinta afecte negativamente a la voz —ironizó, congratulándose de haberse quitado los guantes y haber evitado que se mancharan de tinta.

—No es eso lo que temo —confesó el empresario, que observaba de reojo el informe elaborado por un arquitecto sobre la posibilidad de aumentar el aforo de la Academy of Music.

No hacía falta que viniera un experto a decirle que no había manera de ampliar los dieciocho palcos con los que contaba el teatro. Era una reforma que ya habían intentado acometer antes, con una propuesta de aumentar el aforo del recinto con veintiséis palcos más, pero se desechó. Él sabía que ese número se quedaría corto para la demanda que siempre despertaba la voz de la Patti. Envidiaba los setenta palcos distribuidos en tres niveles con los que contaba el Metropolitan y los diecisiete mil quinientos dólares que costaba cada uno de ellos.

Adelina interpretó aquella mirada.

—La competencia siempre ensalza el talento, en especial el artístico —señaló, dedicando un gesto de complicidad al coronel.

—A Rockefeller no le gusta la competencia. Asegura que hay que eliminarla.

—Rockefeller sabrá de petróleo, pero dudo que tenga conocimientos de ópera, más allá de que la escuche. Dejemos a Rockefeller con su Standard Oil Trust —respondió, refiriéndose al primer monopolio del mundo creado por el magnate del petróleo—. Y esperemos que no quiera abrir un tercer teatro de ópera en Nueva York...

Sus palabras sobre la competencia cobrarían un significado diferente días más tarde.

Aunque estaba invitada, la Patti no asistió al estreno del Metropolitan. Cuando la prensa le preguntó al respecto, aseguró que estaba centrada en su próximo debut en la Academy of Music. «Y, además, no quisiera que mi presencia restase protagonismo a mi amiga Christine Nilsson, a quien le deseo toda la suerte del mundo. Bastante tiene la pobre con tener que cantar seis noches a la semana». Tal y como había sucedido con la famosa recepción en la mansión de los Vanderbilt, se conformó con las crónicas que publicaron los periódicos neoyorquinos sobre el estreno de *Fausto* en el Metropolitan. Fue Mapleson quien le resumió los titulares a modo de telegrama; había comprado todos los periódicos.

—Hablan de aplausos fríos, casi inexistentes. Los dos primeros actos se cantaron con lentitud y poco apasionamiento. La interpretación de Nilsson no les merece mucho halago, y ensalzan la actuación de la mezzosoprano Sofia Scalchi. Cuando la prensa alaba la actuación de una secundaria sobre la *prima donna*, es que vamos mal.

—*The New York Tribune* dice que la acústica en el teatro fue buena, pero *The New York Times* lo califica de decepcionante, quizá porque hay lugares del Metropolitan donde sólo llegan los agudos —añadió Nicolini, sumándose al repaso de la prensa—. Cinco horas de actuación agotan a cualquiera.

—*The New York Times* también asegura, y leo textualmente, que «en muchos de los palcos, los ocupantes de los asientos traseros deben estar de pie o inclinarse sobre las damas de delante, y desde la sexta fila del balcón, lo único animado que podían ver los ocupantes era la extensión del cráneo del señor Vianesi, el director de orquesta».

—He oído que los músicos protestaron durante los ensayos por el diseño del foso de la orquesta hundido, que el arquitecto cubrió en parte con una concha. Pidieron al menos retirar la concha y elevar la orquesta al nivel del parterre, lo que complica la visión del escenario desde parte de la platea.

—No voy a alegrarme de que las cosas no le hayan salido tan bien al Metropolitan como esperaba. Aprecio al señor Abbey —intervino Adelina, sin conseguir que ninguno de los presentes creyera sus palabras.

—Yo sí me alegro —admitió Mapleson, más relajado después de leer las críticas de los periódicos. Al parecer, dieciocho palcos podían ser mejor que setenta mal acondicionados sonora y visualmente—. Y no tema por el señor Abbey, querida. Ha recaudado quince mil dólares en la taquilla de esa cervecería de ladrillos amarillos en Broadway.

—Pudo haber sido más. El Metropolitan no se llenó. Quedaron asientos vacíos en las galerías superiores. Por lo visto, algunas entradas eran demasiado caras.

La diva se incorporó enérgicamente de su butaca. Empezaba a cansarse de que en su presencia se hablara tanto de los demás y tan poco de ella.

—¿Y cómo va nuestra venta de entradas? —dirigió su pregunta al empresario, a quien la lectura de la prensa parecía haberle rejuvenecido.

—Todo vendido. En todas las óperas. También en nuestra gira de seis meses. De eso hablarán los periódicos en los días venideros.

No se equivocó el coronel en su apreciación. Tener a la Patti como cabeza de cartel supuso que la recaudación en taquilla alcanzase los veinte mil dólares por noche. Los periódicos volvieron a sacar la calculadora y a computar lo que ganaba la diva por cada nota que salía de su prodigiosa garganta. Los cálculos eran tan pormenorizados que los críticos de ópera parecían haberse pasado a la información económica y bursátil. Las principales cabeceras también se mostraban muy interesadas en los miles de dólares invertidos en el denominado Tren de la Ópera, contratado por Mapleson para que la compañía —incluyendo a intérpretes, orquesta, coros, equipaje, escenarios, decorados y vestuario— se desplazase por las distintas ciudades en las que actuaría: Filadelfia, Boston, Montreal, Baltimore, Chicago, San Luis, Denver, San Francisco o Salt Lake City, para recalar finalmente en Nueva York.

Los vagones más exclusivos eran los destinados a Adelina y a su personal. Había firmado por contrato viajar con Nicolini, con sus doncellas Patro y Karo, con dos cocineros y con su papagayo Jumbo. Mapleson accedió a todas sus exigencias, que algunos interpretaban como meros caprichos, ya que la sombra del Metropolitan siempre estaba al acecho. La Patti disponía de cuatro vagones exclusivos para ella, que acondicionaron con el mejor mobiliario y con la decoración más exquisita: el revestimiento del vagón con madera de sándalo, las cortinas de damasco de seda, las butacas forradas de terciopelo, las lámparas de oro laminado, las paredes y los techos cubiertos con tapices dorados, las alfombras persas en el suelo de los vagones, los cuadros de grandes artistas colgados de las paredes, la lujosa vajilla y cubertería de plata en la que se serviría la comida e incluso un excepcional piano de tres mil dólares que el coronel encargó instalar en el vagón utilizado como salón por la diva; intentó poner una mesa de billar francés, pero no fue posible. Lo que sí consiguió fue que la grifería del baño estuviera hecha de plata maciza y dispusiera de agua fría y caliente. A Adelina le gustó el detalle de que la llave de su vagón fuera de oro de dieciocho quilates. El Tren de la Ópera era un espectáculo y, por eso, para seguir intentando que las cuentas cuadrasen, el coronel decidió cobrar un dólar a todo aquel que quisiera contemplar el interior del lujoso ferrocarril cada vez que llegaba a las ciudades. Los vagones de la Patti siempre eran los más visitados.

Pero la gira no estuvo exenta de problemas, especialmente uno que nadie previó.

Mapleson no vio venir una rivalidad con la que debería batallar y que no tenía como protagonistas ni al Metropolitan ni a la Academy of Music y tampoco a los representantes de las distintas riquezas de la sociedad neoyorquina. La lucha estaba en su propia compañía de ópera.

32

Antes de que Adelina iniciase la temporada de otoño en la Academy of Music en noviembre de 1883, la compañía gestionada por el coronel había representado varias óperas con la soprano húngara Etelka Gerster. Era una de las cantantes que solía contratar Mapleson, tanto en su teatro de Nueva York como para sus giras, y siempre conseguía hacerse con el favor del público. El coronel la había contratado para interpretar el papel de Amina en *La sonnambula* que se representó en la Academy of Music el mismo día de la inauguración del Metropolitan, el 22 de octubre. Gerster superó con nota la prueba de fuego de enfrentarse, en distintos teatros pero en la misma noche, con Christine Nilsson, y aunque la prensa no le dedicó la atención que le hubiera gustado porque todos los periodistas estaban cubriendo el estreno del Metropolitan, el público reunido en la Academy of Music aprobó su interpretación.

La llegada de la Patti redujo el protagonismo del que, hasta entonces, disfrutaba la soprano húngara. Desde el principio, la joven no disimuló su animadversión por la diva. La inquina venía de unos años atrás, cuando a preguntas de un periodista al respecto de su opinión sobre varias colegas de profesión, Adelina comentó que Gerster tenía una buena voz, pero no sabía estar en escena: «Como artista, es fría ante las emociones.

Su voz es mecánica, sin un atisbo de expresividad. Sólo la escuché cantar en Viena, en 1874, y créame que he tenido suficiente». Aquellas palabras permanecían clavadas como puñales en su ánimo, los mismos que deseaba lanzar a la Patti. La diva, que ni siquiera recordaba aquellas declaraciones, intentó tener una buena relación con la compañía y, como era habitual, lo logró, excepto con la soprano húngara. Aunque al principio trató de controlarse, las protestas de Gerster comenzaron a ser continuas, enrareciendo el ambiente en la comitiva teatral y en la cabeza de Mapleson. Todo lo que sucedía era motivo de queja para ella: el público aplaudía más a Adelina; cuando la diva cantaba, los precios de las entradas se triplicaban con respecto a cuando lo hacía ella; las butacas de los teatros estaban más llenas cuando la Patti actuaba; sus ramos de flores eran más numerosos; el lujo de su vagón era desproporcionado comparado con el del resto de la compañía... Lo que en un principio era sólo frialdad entre las dos mujeres tornó rápidamente en una tensión difícil de gestionar.

—Espero que nadie le haya dicho lo que cobro. Eso podría provocarle una embolia y sería una gran pérdida para la compañía —ironizó Adelina cuando el empresario le contó el problema, ambos a bordo del Tren de la Ópera—. Aunque quizá deberíamos hacerlo.

—Tu sueldo lo ha publicado la prensa, querida —señaló Nicolini—. Me temo que es ahí donde reside el problema.

—Entonces, simplemente es que hay gente que no conoce el lugar que le corresponde. Aunque supongo que para eso hay que tener un lugar... —comentó ella, con una sombra de maldad.

—Intentemos enfriar la rivalidad, por el bien de todos —propuso el coronel.

—La rivalidad sólo aparece cuando hay dos divas en el escenario, y en esta compañía sólo hay una. Espero que no tenga que recordarle quién es.

—No será preciso. Lo recuerdo a diario, querida —respondió Mapleson, que no olvidaba los cinco mil dólares que entregaba a Franchi antes de cada actuación si quería que la Patti cantara.

Era una regla de oro, incluso más férrea que la decisión de no acudir a los ensayos. El mismo día de la representación, a las dos de la tarde, Franchi debía recibir el pago completo de los honorarios de la diva, bien en billetes metidos en un sobre, bien a través de un talón o, como había sucedido en alguna ocasión, en oro. Si esto no se cumplía, Adelina no actuaba, lo que se traducía en pérdidas importantes para toda la compañía. Mapleson comprobó la rigidez de esta norma en el Globe Theatre de Boston, donde la Patti interpretaría *La traviata* y *Semiramide*. Con todas las entradas vendidas —aunque algunas de ellas, pertenecientes principalmente a los palcos, aún sin abonar en taquilla—, el coronel entregó a Franchi un sobre con dos mil dólares, muy lejos de los cinco mil comprometidos. El agente ni siquiera tuvo que consultar a su representada; sabía cómo actuar en esas ocasiones. Le recordó al coronel que la Patti llegaría a su hora al teatro y que estaría vestida de Violetta en su camerino, pero que no se pondría los zapatos hasta que el pago no se realizara en su totalidad. Esa misma tarde, una hora antes de que se levantara el telón, Mapleson entregó al agente dos mil dólares más, lo que hizo que Adelina se calzara uno de sus pies. Diez minutos antes de que se escucharan los primeros compases de *La traviata*, el empresario llegó al camerino con los mil dólares restantes, y el segundo zapato vistió el otro pie de la Patti, que salió al escenario para cosechar un nuevo éxito.

Mapleson sabía perfectamente lo que era una diva y quién ostentaba ese título en su compañía.

—Entonces, ¿me ayudará a enfriar los ánimos? —insistió, ante la parsimonia que mostraba Adelina, demasiado ocupada en colocar su muñeca Henriette bajo el fanal de cristal que la protegía.

—¿Enfriar? La húngara ya es demasiado fría en el escenario; como lo enfríe más, esto parecerá Alaska. Además, está el otro asunto... —señaló mientras invitaba a Mapleson a tomar asiento en una de las butacas tapizadas en damasco de seda y le servía una taza del servicio de té que Karo acababa de situar sobre la elegante mesa de ébano.

El gesto del coronel daba a entender su desconcierto.

—¿Qué *otro* asunto? —preguntó, aceptando de buen grado la taza de té con los dos terrones de azúcar que la diva le sirvió, ante la atenta mirada de Ernest, que siempre le alertaba de su consumo por considerarlos excesivos; «El té debe ser amargo, como la vida», le decía.

—Ya sabe... el asunto —repitió, observando a Nicolini, quien, puesto al día de las sospechas de su amada, le dio la razón asintiendo con un leve movimiento de cabeza, aunque no compartiera su apreciación; era eso o contrariarla, y todos sabían que no era buena idea—. La húngara es gafe.

Adelina se cuidó mucho de pronunciar el nombre de la soprano.

—Desconocía ese extremo, aunque no creo que sea del todo cierto... —Mapleson procuró elegir bien las palabras para no provocarla. Acababa de descubrir la razón por la que la diva nunca pronunciaba en voz alta el nombre de Gerster.

—¿Cómo explica entonces la aparición de esos pieles rojas que casi nos matan a todos?

La diva se refería al incidente vivido durante otro de los viajes en el Tren de la Ópera, cuando una inmensa hoguera en la vía hizo que el ferrocarril se detuviese en mitad de la nada, en Nebraska. Un grupo de indios a caballo y armados con lanzas, flechas y hachas aparecieron en la oscuridad de la noche con la intención de saquear a los viajeros. Se vivieron momentos de pánico que sólo se refrenaron cuando ella se brindó a cantar para ellos. Su voz hizo que los nativos americanos apagaran la hoguera y se retiraran sin que el suceso pasara a mayores.

—Entramos en su territorio, quizá se ofendieran. Había una reserva india. Si no me informaron mal, correspondía a los iowa...

—Los iowa, los fox, los sauk, los sioux, los shoshone... ¡A quién demonios le importa quiénes eran! —exclamó Adelina, echando un nuevo terrón de azúcar en la taza de té de Mapleson, que aún no lo había probado—. Si no llego a cantar para ellos, sólo Dios sabe lo que hubieran hecho con nosotros. Todavía tengo pesadillas con esas caras empolvadas en rojo y esas plumas en la cabeza.

—Eso es cierto —puntualizó Nicolini.

Mapleson dirigió una mirada al tenor francés; no lo estaba ayudando.

—¿Y los numerosos robos que ha sufrido la compañía? —insistió la diva, que parecía haber dedicado mucho tiempo a sus elucubraciones—. A usted mismo le robaron cuatro mil dólares de la taquilla hace unos días y un cheque de cinco mil dólares que iba destinado a mi persona, sin obviar que han desaparecido varios anillos, joyas, monedas antiguas...

—No insinuará que la señora Gerster es una ladrona...

—No. Aseguro que es gafe. Y le agradecería que dejara de nombrar a la bicha en mi presencia, haga usted el favor.

—Disculpe, no pretendía...

—Por no hablar de la multa de casi quinientos dólares que le pusieron a usted por estacionar el tren en una vía muerta durante la noche, porque la húngara decidió abandonar la compañía en un ataque sobrevenido de celos, algo sobreactuado, como todo en ella, y tuvieron que ir a buscarla. Una pérdida de tiempo absurda, dicho sea de paso.

—No creí que estuviera al corriente de lo de la multa... —reconoció el coronel, a quien todavía le dolía el pago de aquella sanción que tuvo que desembolsar para que las autoridades levantaran el embargo del Tren de la Ópera.

—Tengo un sueño muy ligero, señor Mapleson. Sobre todo, si me lo alteran —señaló, introduciendo otro terrón de azúcar en la taza del coronel, el cuarto, como si eso fuera lo único que consiguiera calmarla. La conversación sobre Gerster le estaba alterando.

—Procuraremos que eso no ocurra, querida.

El empresario abandonó el vagón con una sensación amarga, a pesar de los terrones de azúcar que Adelina le había ido echando en su taza de té mientras hablaba de la soprano húngara. Durante la conversación, temió que le contara de nuevo la historia del dueño de una empresa azucarera en Dačice, el suizo Jakob Christof Rad, que había inventado los terrones en 1841, después de que su esposa se cortara una mano mientras intentaba partir un bloque de azúcar seco de metro y medio. El hombre le regaló meses más tarde una caja de trescientos cincuenta terrones, rojos y blancos, de quince y doce milímetros de tamaño con los que endulzar el té. Sabía que la Patti recurría a ese tipo de relatos para encubrir alguna petición, que disfrazaba hábilmente de metáfora. Lo que desconocía era si le estaba pidiendo que troceara a Gerster en pedacitos como Rad hizo con los terrones de azúcar o si, directamente, le advertía que resolviera cuanto antes aquella situación que no estaba dispuesta a seguir soportando.

No fue ése el único temor con el que abandonó el vagón de la soprano. Le preocupaba que se repitiera en su compañía el famoso enfrentamiento que las divas Faustina Bordoni y Francesca Cuzzoni protagonizaron sobre el escenario del King's Theatre de Haymarket, en Londres, en el año 1727. En presencia de los príncipes de Gales y ante la atónita mirada de los asistentes, en plena representación de *Astianatte* del compositor Giovanni Bononcini, las dos *primas donnas* se enzarzaron en una pelea en la que se despojaron de sus pelucas, se agarraron de los pelos, se propinaron mutuamente golpes y mordiscos, rodaron por el suelo y se destrozaron los trajes que vestían, contagiando la pelea a la platea y a la calle, donde partidarios de una y otra se enfrentaron por defender a su favorita. El coronel se identificó con Händel cuando amenazó a Francesca Cuzzoni, que se negaba a interpretar el aria «Falsa immagine» de la ópera *Ottone* siguiendo las directrices del compositor, con colgarla cabeza abajo desde una ventana hasta que la diva cantara como él decía. «Señora, yo sé que usted es un demonio, a pesar de que la denominen la *voce d'angelo*, pero debe saber que yo soy Belcebú, el jefe de todos los diablos». Aquella pelea canceló la temporada de ópera. Mapleson vio cernirse sobre él la sombra de la riña en el King's Theatre de Haymarket. No podía permitirse una cancelación. «O quizá sí», aventuró, al descubrir que la compañía del Metropolitan actuaría la misma noche que ellos en Nueva York. Una idea cruzó su mente. Primaría la rivalidad entre teatros a la que existía entre Patti y Gerster. Lo que entonces no calculó fueron las posibles consecuencias.

El 11 de enero de 1884 se representaría *Los hugonotes* de Giacomo Meyerbeer en la Academy of Music. Si quería vencer el duelo encarnizado que mantenía con el Metropolitan, el coronel tenía que ir con toda la munición de la que disponía y eso se traducía en juntar a las dos sopranos sobre el escenario, aunque su unión desatara un infierno; más que nunca se vio como Belcebú entre dos demonios, aunque sabía que el fuego de uno de ellos consumiría al otro. A Franchi le pareció una locura; Nicolini habló de innecesaria provocación; Gerster, que para entonces ya se había negado a viajar en el mismo tren que la Patti y tampoco contemplaba dormir en su mismo hotel, lo entendió más como una trampa que como una oportunidad. La única que celebró la decisión fue Adelina. «Una idea perfecta. Así entenderá por qué los aplausos suenan más fuertes cuando yo ocupo el escenario. Y, con suerte, puede que la húngara aprenda algo, aunque para eso habría de tener cerebro», exclamó mientras su mano buscaba un trozo de madera que tocar.

La noche del estreno llegó. A pesar del frío imperante que amenazaba con congelar las ovaciones y los aplausos, el público plantó cara al temporal de nieve que alfombraba de blanco la ciudad de Nueva York y abarrotó el teatro. Nada como una ópera sobre los amores imposibles. El cartel publicitario anunciaba que la Patti interpretaría a Valentina, y Gerster, a la reina de Francia y Navarra. La ciudad eligió al ganador del particular duelo entre teatros. El elenco artístico hizo que los neoyorquinos llenaran la Academy of Music, dejando con media entrada al Metropolitan. Antes de vestirse con la ropa de su personaje, Raoul de Nangis, el hugonote, Nicolini se aseguró de que el nombre de Adelina cumpliera con los requisitos recogidos en el contrato en cuanto al tamaño de sus letras. Lo hizo ante la displicente mirada del marido de Gerster, que, lejos de contribuir a aplacar las desavenencias entre las dos sopranos, siempre había optado por echar más leña al fuego. Aunque era algo que Ernest solía hacer, ese día lo realizó como una muestra de provocación. Si la matanza de la noche de San Bartolomé en 1572, en la que los católicos, siguiendo órdenes del rey Carlos IX, asesinaron a gran parte de la aristocracia reunida en París para asistir al enlace entre Margarita de Valois y el protestante Enrique de Navarra —suceso que inspiró al compositor Meyerbeer para escribir su ópera—, el ambiente entre las bambalinas en la Academy of Music no le iba a la zaga.

La actividad era frenética. Un nervioso Mapleson iba y venía por los pasillos sin saber qué dirección tomar, los artistas recibían las últimas indicaciones del director Luigi Arditi, los músicos afinaban sus instrumentos, los acomodadores acompañaban a los asistentes hasta sus butacas, los peluqueros y maquilladores daban los últimos retoques a las sopranos —invirtiendo más tiempo en Adelina ante el enojo de Gerster—, Karo preparaba en el camerino un poco de té caliente para su señora mientras Patro leía en voz alta algunas de las tarjetas prendidas en los ramos de flores llegados al teatro deseándole suerte, Nicolini contemplaba su rostro en el espejo, moviendo a ambos lados la cabeza para comprobar sus perfiles, como hacía siempre, más preocupado de que su físico luciera impecable que de los agudos que exigía su papel de hugonote, y Franchi informaba a Adelina de la cantidad de ramos, coronas y centros flores que habían llegado a su nombre.

—Ya sabe lo que hay que hacer. Sáquelos todos después del cuarto acto —le recordó Mapleson al agente, tal y como había quedado con la diva.

Era el mejor momento debido al protagonismo de Valentina en ese penúltimo acto, amén del que recogía la parte cúlmine de la ópera, con un dramatismo vocal de la soprano que congregaba la mayor ovación del público.

Pero algo sucedió después del primer acto que a punto estuvo de que todo se viniera abajo.

El protagonismo de Gerster en el acto inicial era mucho mayor que el de la Patti, cuyo personaje sólo aparecía al final de la escena. La soprano húngara cantó bien, a pesar de que la voz de su rival la superaba en calidad. Cuando terminó el acto, Franchi se encontraba demasiado lejos del escenario como para poder ver al empleado del teatro que creyó que entonces debía sacar a escena los numerosos centros florales a nombre de la Patti que esperaban entre bastidores, así como un ramo de rosas que alguien había colocado sobre una de las cajas con el nombre de Etelka Gerster. Mapleson sólo pudo contener el aliento cuando vio al operario disponer la docena de centros florales a los pies de Adelina, mientras que a la soprano húngara le hacía entrega de un mísero ramo de rosas rojas. El público interpretó aquello como una injusticia, ya que la Patti apenas había cantado en el primer acto, y decidió ovacionar durante más tiempo y con mayor intensidad a Gerster. En ese instante, Mapleson vio pasar por el escenario los fantasmas de Faustina Bordoni y Francesca Cuzzoni a punto de enfrascarse en una descarnada pelea. O la pajarita que solía usar los días de estreno le apretaba demasiado o la ansiedad lo estaba ahogando. El coronel sólo podía mirar a la diva, a la que imaginó entrando en cólera, pateando los centros florales y arrebatándole el mísero ramo de rosas a Gerster para estrellárselo contra la cabeza. Sintió que una manada de caballos salvajes galopaba sobre su pecho. Sin embargo, el rostro de Adelina no se inmutó y permaneció sobre el escenario sonriente, resistiendo estoica lo que consideraba una humillación, aceptando que el aplauso de los asistentes fuera para la mujer que consideraba su enemiga, cuyo nombre ni siquiera pronunciaba, mientras asentía con la cabeza como si considerase justa la sentencia del público, aunque a ella la condenase al ostracismo. Mapleson recuperó el ritmo cardiaco durante unos instantes, pensando que nada ocurriría. Pero fue un espejismo. La verdadera Patti, la contrariada, la que brotaba cuando algo no salía como ella quería, la que lanzaba objetos contra las paredes, rompía espejos, se desgarraba el vestido, se desgañitaba en un do agudo y lloraba hasta desplomarse sobre la butaca apareció nada más llegar al camerino. Y tras ella, una comitiva de posibles culpables que acudían concienciados de que iban al matadero.

33

—¡Qué demonios ha pasado! ¡Quién ha sido el imbécil que ha decidido sacar las malditas flores al escenario! ¡En nombre de quién o de qué se ha atrevido a cometer semejante vileza! Seguro que le han pagado para hacerlo... —gritó la Patti con toda la potencia de su garganta, como si jamás fuese a volver a cantar y decidiera malgastar la voz en esa guerra—. Y usted, Franchi, ¿dónde estaba? ¿Acaso se ha ido al Metropolitan a ver la función de la competencia? ¡Era su obligación encargarse de que los dichosos centros florales no me fueran entregados hasta el final del cuarto acto! ¿Es tan difícil de recordar? ¡Es que tengo que sacarlos yo misma para que todo salga como debe!

—Al ser el primer acto, no consideré necesario estar entre bambalinas... —se excusó.

—¿Considerar? ¿Y quién es usted para considerar nada más que hacer lo que yo le diga?

Mapleson observaba la escena desde un extremo del camerino, aguardando en una esquina el momento en el que le tocara ser el blanco de la ira de la soprano. Su pensamiento pareció activar el desahogo de la Patti.

—¿Y usted, coronel? Lo conozco muy bien, desde que era pequeña. Seguro que ha sido usted el que ha organizado todo esto.

—Cómo puede pensar... —empezó el empresario su respuesta, que no pudo terminar porque la voz de la diva se lo impidió.

—¿Cómo puedo? —repitió aún más alto—. Porque, al parecer, soy la única que piensa en este teatro, en vista de que los demás no lo hacen. ¿Acaso disfruta humillándome? Déjeme que le diga algo: si cree que mi caché es demasiado alto, espérese a ver cuánto cuesta una humillación a la Patti.

—Querida... —intentó mediar Nicolini, el primero en llegar al camerino.

—¡Ahora no, Ernest! Ahora no soy querida. ¿Es que no los has oído, cómo aplaudían a esa gafe con cara de lechuza avinagrada, de panadera austriaca, de matrona alemana, de granjera búlgara...?

—Es húngara... —observó Franchi, sin entender muy bien la razón de su matiz.

—¡Es gafe! ¡Sólo gafe!

Adelina calló durante unos segundos y los demás pensaron que lo peor había pasado. Se equivocaban.

—Gafe y mala. Fue ella la que filtró a la prensa que yo era una tacaña y, por su culpa, tuve que leer titulares espantosos sobre mi persona.

Había ocurrido unas semanas antes, cuando la inesperada muerte de un músico de la compañía animó a todos a aportar una ayuda a modo de donativo que reparara, en parte, la precaria situación económica en la que quedaría su viuda. Gerster hizo saber al entorno de Adelina que la cantidad acordada era de ciento cincuenta dólares. A ella le pareció poco, incluso pensó en dar más, pero temió que sus compañeros, que no podían contribuir con una cuantía mayor, malinterpretaran su generosidad. No tardó en comprobar que la soprano húngara había dado mil dólares mientras ella había aportado la menor cifra de toda la compañía. «No entiendo cómo la que presume de ser la soprano mejor pagada de la historia de la ópera puede mostrarse tan tacaña, sobre todo cuando se trata de un compañero fallecido con el que ha trabajado», explicó Gerster a todo aquel que quisiera escucharla, especialmente si era periodista.

—Cálmese, se lo ruego —solicitó Mapleson, casi sin voz, confirmando que la pajarita le apretaba más de la cuenta—. No creo que haya sido para tanto...

—Es sólo una primera tanda de aplausos —confirmó Franchi, que sintió la necesidad fisiológica de tragar saliva para seguir hablando—. El resto de la ópera es suya y esos aplausos dejarán pequeños a los ofrecidos al final del primer acto.

—Ahora mismo mando a mi personal a que compre todas las flores que haya en la ciudad y llenaremos con ellas el escenario después del cuarto acto —informó el coronel.

—Verduras, hortalizas, tomates, puerros, coles... ¡Eso es lo que debería comprar para lanzárselos a la húngara! —propuso Adelina, dirigiéndose después a Nicolini—: ¿Ahora entiendes que yo tenía razón? Esa bruja me ha echado un mal de ojo. Y si me lo echa a mí, tengan ustedes muy presente que se lo echa a toda la compañía.

—Cálmese... —El coronel veía que el segundo acto estaba a punto de comenzar y temía que el enfado de la diva fuera a más y tuviera que cancelar.

—Me calmaré cuando quiera. Y cantaré cuando me dé la gana. Y creo que ahora no tengo ganas de cantar.

Adelina sintió que volvía a ser la niña de ocho años que se negó a cantar en el Niblo's hasta que su madrina le regaló a su muñeca Henriette. Pensó en lo mucho que había vivido y en lo poco que había cambiado. Lo interpretó como una muestra de carácter y le satisfizo. A Mapleson no parecía gustarle tanto, aunque ya debía de estar acostumbrado a sus desplantes y amenazas; se familiarizó con ellos el día que, con ocho años, a punto de cantar en el Tripler's Hall, la pequeña Adelina le aseguró que no cantaría hasta que no le llevara la caja de manzanas prometida. El tiempo había sido incapaz de cambiarla.

—¿Qué le parece, coronel? ¿Le gusta eso? Si los demás no hacen su trabajo, explíqueme por qué razón iba a hacer yo el mío.

La Patti se sentó desairada ante el espejo de su tocador. Tenía el rostro encendido, sus mejillas ardían, sus ojos brillaban de ira y le temblaba la barbilla. Observó sorprendida que su belleza estaba intacta, al igual que su peinado y su vestido. Sería una pena malgastar aquella prestancia por el error de un operario. Le costaría mucho perdonar la ofensa que acababa de sufrir, pero esa noche necesitaba los aplausos más que nunca y pensaba reivindicar su papel de reina de la ópera.

—¡Todo el mundo fuera! ¡Fuera! —gritó, provocando la estampida de los allí presentes. Incluso Nicolini se disponía a abandonar el camerino; ésa era la autoridad de su voz—. ¡Tú no, Ernest! Tú no eres todo el mundo. Le han aplaudido por pena —dijo una vez se quedaron solos, recuperando su tono sereno, como si nada hubiera pasado.

—Por supuesto. A ti te aplaudan por devoción —le confió Nicolini—. ¿Vamos?

Salió a escena con dos firmes propósitos: conseguir la mayor ovación del público y rumiar su venganza contra la soprano húngara. Del primero se encargó su prodigiosa voz y fue el azar el que permitió el segundo.

Durante un momento de la representación, Gerster tuvo la impresión de que algo iba mal en su rostro; se sentía incómoda y no podía dejar de parpadear. Adelina la observó sin saber si tenía un tic nervioso o estaba mandando un mensaje en morse a su marido, sentado en la primera fila del teatro tal y como hacía el marqués de Caux para no perder detalle de la ópera. Preocupada por haber perdido una pestaña y que eso le estuviera dando un aspecto ridículo que más temprano que tarde provocaría la burla del público, la húngara se acercó a la

Patti para preguntarle si su temor era cierto. No lo era, las dos pestañas postizas estaban en su sitio, pero la pregunta iluminó el rostro de la española, que vio cómo la justicia divina se asentaba en la tierra. «Has debido de perderla en escena. Quítate la otra y así tu rostro quedará uniforme», le propuso con toda intención. La mentira surtió el efecto deseado. Gerster la creyó y se arrancó disimuladamente el postizo del ojo izquierdo, obteniendo en su rostro el efecto que intentaba evitar. Sólo pasaron unos segundos hasta que empezó a escucharse un mar de murmullos entre el público que enseguida terció en risas, sobre todo entre las mujeres, aquellas que más fuerte habían aplaudido a la húngara después del primer acto. A pesar de los gestos que su marido intentó hacerle desde su butaca, Gerster, que por un instante pensó que a su esposo le estaba dando un infarto por la manera en la que su cuerpo se contorsionaba, no fue capaz de entender lo que pasaba hasta que finalizó el acto, llegó a su camerino y vio su rostro convertido en el hazmerreír de la Academy of Music. Entonces fueron sus gritos los que se escucharon en el teatro mientras que en el camerino de Adelina reinaban las risas.

—¿Más tranquila, querida? —le preguntó Mapleson antes de iniciarse el cuarto acto y tras intentar calmar, sin éxito, a Gerster.

—Como pocas veces lo he estado, coronel.

La voz de la Patti brilló esa noche más allá del resplandor habitual que caracterizaba sus representaciones. La belleza del registro de su canto, la pureza de su técnica, su perfecta dicción, su exquisito timbre de color uniforme, su voz aterciopelada y dulce, que alcanzaba dos octavas, evidenciando su extensa tesitura y revolucionando los grados cromáticos, y su ductilidad escénica, que certificaba sus grandes dotes como actriz y dejaba sin lugar a las limitaciones expresivas de Gerster, confirmaron que no había nadie como ella. La cerrada ovación que el público le dedicó evaporó el recuerdo de los aplausos dedicados a la soprano húngara, que a punto estuvieron de desencadenar un drama mayor al representado en el escenario.

Mapleson cumplió su promesa y, después del acto cuarto de *Los hugonotes*, un vergel de flores alfombró el escenario a sus pies. El coronel agradeció que la acústica de la Academy of Music no fuera tan buena como para permitir que el público fuese testigo del gran enfado que minutos antes protagonizó la Patti.

La diva continuó con la gira prevista con una única condición: no coincidir más en el escenario con la húngara. Eso no evitó que la rivalidad entre ambas continuara. Unas semanas después de sufrir un terremoto en una de las ciudades donde la compañía actuaba, que Adelina achacó al mal fario de Gerster, ésta se cobró su venganza cuando un periodista le preguntó sobre el beso robado del gobernador de Missouri a la Patti, después de asistir al Olympic Theatre de San Luis para presenciar *La traviata*, el 19 de febrero de 1884, coincidiendo con el cumpleaños de la diva. «No sé por qué tanta polémica. Lo único que ha hecho ese hombre es besar a una mujer mayor, que bien podría ser su madre», aseguró. Su comentario no obtuvo el fin que perseguía; nadie lo entendió y ni siquiera la aludida se sintió ofendida. Adelina tenía entonces cuarenta y un años recién cumplidos; Gerster, doce menos que ella. Sin embargo, la española parecía diez años más joven que la húngara, que vio cómo su nombre se hundía en el ostracismo conforme avanzaba la gira.

Mientras la compañía de Mapleson hacía recaudaciones dejando margen para el beneficio —especialmente para Adelina, que se embolsó más de cien mil dólares por la gira—, el Metropolitan acumulaba pérdidas de más de seiscientos mil dólares, que lo condenaban a clausurar su actividad durante un tiempo.

La Patti abandonó Estados Unidos unas semanas después de representar la ópera *Semiramide* en la Academy of Music, a finales del mes de abril. Lo hizo con el compromiso de volver los dos siguientes años bajo la tutela artística del coronel.

El carruaje que la trasladaba al puerto de Nueva York para embarcar en el vapor que los llevaría hasta Liverpool pasó cerca del Puente de Brooklyn. Tuvo que parpadear varias veces para comprobar que lo que sus ojos veían era cierto. Veintiún elefantes del circo Barnum, de cuatro toneladas de peso cada uno, cruzaban el famoso puente el 17 de mayo de 1884, junto con diecisiete camellos de cerca de mil kilos por cabeza. Se había extendido el rumor de que el puente no era seguro, se cuestionaba su resistencia después de una estampida sucedida una semana después de su inauguración, en la que murieron doce personas y varias resultaron heridas, y aquélla era la prueba de la solidez de sus materiales y cimientos. Más tarde, Adelina supo por la prensa que el líder de los elefantes se llamaba Jumbo y la coincidencia en el nombre con su papagayo reforzó su idea. Se identificó con la resistencia y la fortaleza de aquel puente colgante que rechazaba con su sola presencia cualquier duda sobre su estabilidad. Abandonaba la ciudad satisfecha. Se había vengado de la señora Vanderbilt y también se había librado de Etelka Gerster, dos elefantes cuyo peso no supuso ninguna amenaza para la diva.

Tercer acto

París
1884

Toda vida humana tiene sus estaciones, y no hay caos interior que dure indefinidamente. El invierno no dura siempre. Y aunque a veces, cuando las ramas siguen oscuras y la tierra se agrieta con el hielo, uno piensa que nunca llegarán, esa primavera y ese verano llegan, llegan siempre.

Truman Capote

34

El nombre de Alfred Naquet no le decía nada; que fuera médico y químico tampoco aclaraba sus ideas. Sin embargo, su condición de político francés propició que Adelina consiguiera lo que llevaba tanto tiempo deseando. Le extrañó que un completo desconocido fuera quien le permitiese alcanzar la felicidad, pero lo aceptó de buen grado; al fin y al cabo, era lo mismo que lograba ella con todos los que asistían a un teatro para escucharla. Su agradecimiento hacia él sería eterno e incluso pensó en invitarlo a la ópera la próxima vez que actuara en París.

Un día después de interpretar *Linda di Chamounix* en el Covent Garden de Londres, la Patti recibió un telegrama desde Francia. Lo firmaba su abogado. Su contenido hizo que corriera hasta Nicolini para abrazarlo. Necesitó unos minutos para templar sus palpitaciones y compartir la noticia con Ernest. Había que viajar a París. No podían perder más tiempo.

—¿Cómo dice que se llama la ley? —preguntó sentada en una de las butacas del despacho de su abogado.

No era cómoda, y ella no dejaba de moverse, intentando asentarse en la mullida silla, lo que hizo creer a su letrado que estaba nerviosa. Se equivocaba. La ansiedad que le había generado durante años el asunto que le había llevado hasta allí se había convertido en calma.

—Qué más da cómo se llame. Lo importante es que por fin lo conseguirá.

—Dígame cómo se llama. Hay que poner nombre a las cosas que a uno le hacen feliz para que nunca se olviden.

—La ley Naquet.

El 27 de julio de 1884, el Gobierno galo había aprobado, tras un intenso debate sobre la separación entre Iglesia y Estado protagonizado por católicos y laicos, la ley que permitía el divorcio en Francia, después de quedar derogado durante la Restauración. La aprobación de la norma había dividido a la sociedad, siempre tan sensible ante procesos donde la religión o la ideología pesaban más que la razón. En señal de protesta, algunos magistrados abandonaron sus cargos para no verse obligados a aplicarla.

Había sido un largo camino, no exento de dificultades, tanto para la diva como para Naquet, que había visto cómo tumbaban su deseo de reformar la ley matrimonial en 1879 y en 1881, hasta llegar a la primavera de 1884 cuando, en un encendido debate en el Parlamento, Naquet defendió la unión libre, «es decir, el abandono de toda intervención de la sociedad en la asociación del hombre y la mujer. Si nuestra sociedad capitalista se transforma como se han transformado todas las que la han precedido, el modo según el cual se unan los sexos en el porvenir y con arreglo al que se criará a los hijos se transformará con ella». Finalmente, y tras arduas e incluso violentas deliberaciones, la ley quedó aprobada con los 355 votos a favor emitidos por la izquierda frente a los 115 votos en contra de los tradicionalistas católicos.

Después de mucho tiempo esperándolo, Adelina podría divorciarse legalmente del marqués de Caux, separar sus vidas para siempre con el beneplácito de la ley y, lo que para ella era más importante, contraer matrimonio con Nicolini.

—Por desgracia, no estamos en la Francia revolucionaria de 1792, por lo que el divorcio por mutuo acuerdo o por incompatibilidad de caracteres entre los cónyuges no basta para aplicar la ley Naquet.

—¿Y eso qué quiere decir? —preguntó Adelina, que por un momento vio peligrar su felicidad. El lenguaje que empleaban los abogados siempre le había parecido un jeroglífico.

—Nos exigen que demostremos que hay una causa lo suficientemente grave para que un tribunal considere conceder el divorcio. La prueba de la culpa, que llamamos los abogados —dijo el letrado, que seguía sin hablar con claridad, a juzgar por el gesto de confusión que mostraba su clienta—. Tenemos que probar que ha habido un hecho grave en el seno del matrimonio, un abuso en el compartimento de la otra parte, un exceso social, físico o económico hacia la persona que presenta la demanda; ya me entiende: ofensas, humillaciones, insultos, injurias, calumnias... Todo lo que se le ocurra para que el tribunal no tenga dudas de la necesidad imperiosa de conceder el divorcio.

—No se me tiene que ocurrir nada. Es lo que pasó. Usted debe saberlo mejor que nadie. El trato denigrante que sufrí por parte del marqués está recogido en mi declaración durante el juicio de separación y en la demanda que usted presentó en su día ante el tribunal de París. Sin obviar que el muy cretino se quedó con una buena cantidad de dinero; incluso envió a sus abogados a tasar mis pertenencias en Londres, desde carruajes, casas, mobiliario o vestuario, hasta las joyas que me había comprado con el dinero que yo había ganado... ¿Le conté que intentó tasar las botellas de vino que guardaba en la bodega? —recordó, todavía molesta por el comportamiento usurero del marqués—. Aún hoy me cuesta entender la facilidad de quienes se han acercado a mí para sacar beneficio a mi costa.

Adelina no sólo se refería al marqués. La persona que durante años había sido su dama de compañía, amiga y confidente, Louisa Lauw, acababa de publicar un libro relatando con todo lujo de detalles la vida más privada y personal de la diva, centrándose de manera más extensa en el romance que vivió con Nicolini y en la mala relación con Henri, sin olvidarse de un grito, una pelea o una amenaza entre la pareja, aunque situándose abiertamente a favor del marqués, por quien siempre había sentido una afección especial; quizá por eso su libro no recogía ningún episodio donde el marqués de Caux se hubiera mostrado violento. Adelina optó por restarle importancia y mostrar una total indiferencia ante las preguntas de la prensa, pero en casa fue Nicolini quien tuvo que convencerla de la vacuidad de lo revelado.

—Por eso no se preocupe —respondió su abogado—. Lo tengo todo documentado: las peleas, las agresiones, los insultos por parte del marqués... Muchas de esas peleas están recogidas en la prensa. Sinceramente, no creo que tengamos problemas para conseguirlo.

—¿Y a qué esperamos para presentar la demanda de divorcio? —preguntó la diva que, entonces sí, se mostraba ansiosa y apretaba fuerte la mano de Nicolini, que ocupaba la butaca contigua a la suya—. Ernest ya tiene el divorcio; su esposa no puso ningún problema en concedérselo.

—No esperamos a nada. Ya está cursada. Usted cumple el requisito que impone la ley sobre la obligación de llevar tres años de separación antes de poder presentar la demanda de divorcio. Eso ha jugado a nuestro favor —dijo con un tono de satisfacción que se contagió rápidamente al rostro de su clienta—. De hecho, su demanda de divorcio ha sido la segunda en ser presentada ante el tribunal. Sólo cabe esperar.

—Entonces, ¿puedo ir iniciando los preparativos para la boda? —Adelina intercambió una mirada cómplice de Nicolini.

—Por supuesto, aunque debo advertirle de que será un proceso largo. Y me temo que también caro.

—¿De cuánto tiempo hablamos?

—Puede que de un año.

Había esperado siete para recibir esa noticia, un año más no le resultaría para tanto. Naquet había tenido la paciencia necesaria para que la ley viera la luz, soportando acusaciones de todo tipo por parte de sus detractores y campañas de acoso por su condición de judío, con la consecuente repercusión en la prensa francesa que no perdía ocasión de demostrar ciertos dejes de antisemitismo, aunque llegaran enmascarados bajo caricaturas que ridiculizaban al político francés. También ella se resignaría en la espera. Empleó su tiempo como mejor sabía hacerlo: cantando.

Mientras su abogado trabajaba contra la burocratización de la demanda de divorcio en París, ella se empleó a fondo en su nueva gira por Estados Unidos. Quizá porque tenía la cabeza en la capital francesa, y más concretamente en el tribunal que debía decidir sobre su divorcio, la nueva temporada le resultó larga y tediosa, a pesar de los consabidos aplausos, las ovaciones, los teatros a rebosar y las buenas críticas en los periódicos que no se cansaban de elogiar su voz. Su cuerpo se había embarcado en el vapor Oregon de la compañía Conard Long Island, pero su mente estaba ancorada en la mesa del juez parisino donde también fondeaba su demanda; tal vez ése fuera el verdadero motivo por el que su estómago estuvo revuelto los catorce días de travesía, con náuseas que la tenían vomitando a todas horas, la garganta en carne viva y una sensación de mareo que no desapareció hasta que desembarcó. Bendijo pisar tierra firme con tanta vehemencia que a punto estuvo de arrodillarse para besar el suelo del muelle neoyorquino; si no lo hizo fue por no preocupar a Nicolini que, de haberla visto, habría pensado en un nuevo desmayo. A pesar de la contrariedad mostrada por Mapleson ante el escaso recibimiento en el puerto, ella lo agradeció más que si hubiera ido media ciudad a recibirla.

—Creíamos que el barco llegaría antes. Lo esperábamos hace tres días y lo planeamos para entonces —se excusó.

—El mar tenía otros planes —repuso Adelina mientras se recogía el vestido para subir al carruaje.

—El intenso temporal nos ha retrasado —aclaró Nicolini al coronel, que los acompañó en el coche. Tenía ganas de compartir con ellos el interés suscitado por los veinticinco años que cumplía la Patti en el escenario de la Academy of Music.

La diva quería llegar cuanto antes al hotel para poder descansar lo que el mal estado del mar le había impedido hacer durante la eterna travesía, comer cualquier cosa que no tuviera que vomitar y dormir durante horas sin la tortura del vaivén de las olas. Tenía la impresión de que cruzar el Atlántico ya no le sentaba tan bien como antes, su cuerpo no respondía de la misma manera a los estragos del largo trayecto, aunque seguía reportándole grandes beneficios económicos.

Llevada por ese pensamiento, durante un encuentro con los periodistas comentó que podría ser la última vez que se presentara artísticamente en Nueva York. «Y créanme que lo siento, porque el público de la ópera de esta ciudad es uno de los mejores del mundo», añadió después de lanzar la bomba. El comentario de un posible adiós de la Patti de los escenarios de Estados Unidos copó los titulares de la prensa del día siguiente, provocando aglomeraciones a la puerta de los teatros para comprar entradas y poder verla por última vez. Cuando Mapleson leyó esos mismos titulares se sorprendió; la diva no le había mencionado nada, pero el coronel supo aprovecharlo. Era la mejor propaganda para vender la nueva temporada de la Patti en la Academy of Music, coincidiendo con sus veinticinco años sobre ese escenario. El empresario pensó en la gira que tenía por delante y que se alargaría hasta el mes de abril de 1885 recorriendo las ciudades de Boston, Filadelfia, Nueva Orleans, San Luis, San Francisco y Chicago, y no pudo menos que frotarse las manos. La competencia con el Metropolitan se había vuelto más feroz a consecuencia de un cambio de rumbo inesperado acometido por el señor Abbey, que apostó por un repertorio operístico en alemán, primándolo sobre el italiano, imperante en los teatros de ópera de la ciudad hasta entonces. Aunque el cambio en la programación parecía un riesgo, estaba cosechando un éxito inesperado. En Nueva York no había público para llenar un día tras otro dos coliseos que ofrecieran prácticamente la misma programación, así que había que diversificar el repertorio para alcanzar la taquilla deseada.

Adelina había elegido la programación de la Academy of Music con la que celebraría sus bodas de plata en aquel teatro: *El barbero de Sevilla*, *La traviata*, *Semiramide*, *Martha*, *Linda di Chamounix*, *Aida*, *Fausto* y *Crispino e la comare*, casi las mismas con las que saldría de gira.

La pancarta que la diva no vio a su llegada al puerto de Nueva York pudo contemplarla en la Academy of Music, donde aparecía su nombre acompañado de una fecha:

ADELINA PATTI. 1859-1884

—Parece la inscripción de una lápida. Es como si me hubiera muerto. Y sólo tengo cuarenta y un años... —valoró mientras Ernest la ayudaba a desprenderse del abrigo de pieles regalo del zar Alejandro II.

—No aparentas más de veinticinco —respondió Nicolini, después de soltar una carcajada por la ocurrencia de Adelina.

No lo dijo como gesto de galantería, a pesar de su propensión hacia ellos, una afición que ella agradecía y que tanto había echado de menos cuando estaba casada con el marqués de Caux. La prensa también coincidía en que la diva aparentaba mucha menos edad de la que realmente tenía, lo que le permitía afrontar papeles que otras sopranos de su quinta, con la apariencia real que otorgan los años, no podrían representar, como interpretar a la cándida Julieta. Eso hacía que incluso Nicolini, que tenía nueve años más que ella, pareciera mayor cuando estaba a su lado. El tenor francés pensó que ése era el motivo de la paulatina desaparición de su nombre en algunas de las óperas que representaba la Patti. A su entender, no había escenario que resistiera a un Romeo de cincuenta años. Nadie lo sacó de su error, mucho menos lo iba a hacer su amada.

La fórmula de la juventud que parecía mantener en secreto la diva fue la causante de que una firma de cosméticos acordara con ella la venta de una crema antiarrugas con su nombre, que resultó un éxito de ventas, y que pronto se amplió a una gama de jabones Pears' Soap —en cuya publicidad, la Patti aparecía con una partitura con el título «In Praise of Pears Soap», y una frase bajo sus pentagramas: «Lo encuentro incomparable para las manos y la tez»—, agua de colonia, geles, polvos de arroz, lociones y demás artículos que nunca podían faltar en el tocador de una mujer que cuidaba su aspecto y su higiene, según rezaba la publicidad, que prometía «un cutis sin granos, suave y con el brillo aterciopelado de la juventud». Lo que nadie podía imaginar entonces es que en 1907 la crema rosada Adelina Patti todavía prometiese los mismos beneficios, asegurando que la usaban «todas las grandes artistas y las damas aristócratas». El tiempo siempre fue su aliado.

Adelina conservaba un cutis radiante, libre de arrugas, su mirada azabache mantenía el mismo brillo que hacía años y su pequeña estatura, que tanto había dado que hablar en alguna prensa sensacionalista, más interesada en convertir sus crónicas en una radiografía sobre su físico que en su voz —«A sus veintitrés años (en realidad eran veintidós), tiene una estatura grácil, un pie muy bien arqueado, una pierna un poco frágil, una cintura muy delgada y sus hombros y su pecho no aparentan poder contener un órgano vocal potente como el suyo. Sinceramente, asombra que sus pequeños labios puedan ser vehículo de tanta fuerza», escribió un periodista en *El Periódico Ilustrado*, en 1865—, le favorecía en esa etapa de su vida. Su físico núbil le otorgaba una imagen jovial y fresca, casi pubescente, que la noticia sobre un inminente divorcio que le abriría la puerta a un futuro matrimonio intensificó. Sobre un escenario lucía aún más bella, gracias también al vestuario que mostraba, siempre confeccionado en salones de moda francesas, y a las joyas que adornaban su cuerpo.

Cuanto más hablaba del tiempo, más lento parecía pasar.

Le había pedido a su abogado que le informara de cualquier novedad que se produjera sobre su demanda de divorcio. Cada vez que llegaba un telegrama al hotel donde se hospedaba o al teatro donde actuaba, lo abría con un grado de inquietud inusual en ella; en alguna ocasión, el papel rasgó sus dedos, haciéndolos sangrar.

El 19 de marzo de 1885, un empleado del Grand Opera House de San Francisco, donde Adelina estaba a punto de representar *La traviata*, llamó a la puerta de su camerino. Era un telegrama de su letrado confirmándole que el tribunal había admitido su demanda y que la representación legal del marqués de Caux no se había opuesto al divorcio, lo que contribuiría a acelerar los trámites. Aquella noche, sobre el escenario, el brindis por la libertad y el amor en el salón de Violetta con el aria «Libiamo ne' lieti calici» al comienzo del primer acto se escuchó con más verdad que nunca. Había mucho que celebrar. Cada vez estaba más cerca de ser libre para casarse con Nicolini.

La libertad parecía inundarlo todo. Por sólo unos días, Adelina no coincidió en el puerto de Nueva York, donde embarcó en un vapor de regreso a Europa, con el buque de guerra francés l'Isere que llegó al muelle neoyorquino el 17 de junio de 1885. Las doscientas catorce cajas que custodiaba la fragata contenían el regalo que Francia le había hecho a Estados Unidos: la estatua de la Libertad diseñada por el escultor galo Auguste Bartholdi con la ayuda de Gustave Eiffel y que tuvo que ser descompuesta en trescientas piezas para su transporte, primero en tren de París a la ciudad de Ruan y desde allí en un barco que recorrió el Sena hasta llegar al puerto de Le Havre, donde quedarían estratégicamente distribuidas en la bodega del buque de guerra francés.

De no haber sido por las fuertes tormentas que retrasaron una semana la llegada del l'Isere al puerto de Nueva York, y que a punto estuvieron de hacerle perder la valiosa carga, la diva se hubiera encontrado cara a cara con la estatua de la Libertad. El escultor se había inspirado para su diseño en la diosa romana Libertas. *La libertad iluminando al mundo* fue su primer nombre. Los trescientos paneles de cobre que la recubrían daban buena cuenta de ello, sobre todo cuando los rayos de sol parecían encenderla para iluminar la ciudad. Curiosamente, casi un año y medio más tarde, el 14 de noviembre de 1886, el periódico *The New York Times* comparaba la llegada de la Patti a la ciudad con la protagonizada por la estatua de la Libertad y el motivo que llevó al periodista a realizar aquella comparación estaba cada vez más cerca.

La principal novedad de la nueva temporada en el Covent Garden de Londres era la representación de la ópera *Carmen*. Era la primera vez que Adelina interpretaría la obra de Bizet. Le cautivaron la historia y el libreto de aquella creación estrenada hacía diez años en París que revolucionó la escena por el escándalo que supuso y que se tradujo en un sonoro fracaso. Alguna prensa insinuó que la muerte del joven Bizet de un ataque cardiaco a los treinta y seis años, sucedida tres meses después del estreno, tuvo que ver con la frustración que sintió al ver que ni el público ni la crítica entendieron su obra, donde una mujer decide elegir la libertad anteponiéndola al amor que siente por un hombre y encuentra la muerte a manos de ese mismo hombre que asegura amarla. De haber sobrevivido al fracaso de su obra, habría tenido la oportunidad de escuchar a Chaikovski decir que *Carmen* sería la ópera más popular del mundo. A la Patti le atraía el papel de aquella gitana andaluza y estaba deseando convertirse en Carmen, la hermosa habanera española de carácter fuerte, libre, valiente, descarada y con una idea del amor muy diferente al defendido por los roles de los personajes femeninos en las óperas tradicionales. También para ella representaría una prueba de fuego como lo hizo para el propio Bizet. Era consciente de que los tonos bajos que exigía la partitura en algunas partes de la ópera no eran los que mejor se amoldaban a su voz, más adecuada a la de una mezzosoprano. Pero era la Patti y eso le permitía adaptar cualquier obra musical a sus cualidades vocales. Si lo había hecho cuando interpretó «Una voce poco fa» de *El barbero de Sevilla* delante de Rossini durante su primer encuentro en la casa del maestro de la rue Chaussée d'Antin número 2, provocando que el compositor le preguntara irónicamente de quién era la pieza que acababa de cantar —«Discúlpeme, es que con tanta modificación y arreglo me ha costado reconocerla»—, no tendría ningún problema en hacerlo con el aria «Habanera», de un compositor ya fallecido. Adelina estuvo pendiente de cada detalle del vestuario y de los complementos que luciría su Carmen en escena. Exigió a Mapleson que las castañuelas fueran de madera de nogal o de ébano y que hubieran sido fabricadas en España, así como el abanico con varillaje de nácar tallado, pintado a mano, hecho de seda y decorado en muselina de encaje bordado.

—Yo soy española, Carmen es andaluza; no podemos permitirnos restar autenticidad a lo que ocurre en la escena.

—Eso subirá el coste de la producción —comentó el coronel, que ya había empezado a hacer números en su cabeza.

Desde hacía unos meses, no contaba con la ayuda de Franchi, que decidió abandonar a la soprano después de quince años de intenso trabajo junto a ella. Fue después de la última gira por Estados Unidos; el agente italiano necesitaba una vida más tranquila, aunque también relacionada con el mundo del espectáculo. Su lugar lo ocupó un americano, Charles Lecilly.

—Ése no es mi problema. Yo voy a cobrar lo mismo. Hable con Charles —sentenció.

—Sobre el vestuario... —dudó si terminar la frase el coronel.

—Los vestidos los confeccionarán en Francia. Ya he seleccionado las telas y el patronaje de las creaciones. Son espectaculares. Al final y al cabo, Bizet era francés...

—Y las castañuelas las inventaron los fenicios... —añadió resignado Mapleson, que, sin embargo, aceptó todas las exigencias de la diva.

La expectación por verla en aquel complejo papel abarrotó el Covent Garden el 14 de julio de 1885. El teatro londinense no estaba atravesando su mejor momento. El público empezaba a llenar otros teatros de la ciudad como el Royal Drury Lane o el Royal Albert Hall, y sólo figuras como la Patti podían hacer que la taquilla remontara. Nadie quería perderse el estreno de la ópera, especialmente por ver si la diva, además de mostrar su proverbial voz y el dramatismo actoral que exigía el papel, podía hacer lo mismo con el manejo de las castañuelas. La prensa detallaba el tiempo que había dedicado la artista a aprender la complicada técnica de aquellos pequeños instrumentos. «Verá, con la mano derecha se toca la castañuela que tiene el tono más agudo y con la mano izquierda, la que tiene el tono más grave», le explicó a un periodista.

El público del teatro londinense expresó la misma decepción que había mostrado el público francés en la Opéra-Comique de París, el 3 de marzo de 1875. Y la crítica siguió el mismo camino. Aunque todos insistieron, especialmente el crítico de *The Sunday Times*, en lo «asombrosamente joven que parece, ya que con cuarenta y dos años no aparenta más de treinta, una juventud que impregna sus movimientos sobre el escenario que, sin duda, retienen la frescura y la lozanía de la adolescencia, como muestra en su risa alegre y la picardía de su mirada cuando el personaje de Carmen dice algo gracioso», otros criticaron que la Patti recurriera a elevar la tesitura de su voz, introduciendo cambios ornamentales, giros y arreglos ajenos al libreto original.

Pero ninguna de las críticas que aparecieron publicadas al día siguiente le importaron, ni siquiera la firmada por Herman Klein asegurando que «la Patti del teatro y la Patti de la vida son, en apariencia y porte, una y la misma. De ello se deduce, por tanto, que la mujer es tan natural y fascinante como la artista». El único texto negro sobre blanco que le importaba era el del telegrama que recibió de su abogado la tarde del 15 de julio: «Ya eres una mujer libre. Desde hoy, considérate divorciada. Enhorabuena. P.D.: Espero la invitación a la boda».

Esa noche, en la segunda representación de la ópera *Carmen*, Adelina cantó el aria «Habanera» sintiendo cada una de sus notas y, más aún, cada una de sus palabras:

El amor es un pájaro rebelde, que nadie puede dominar,
y es vano llamarlo, si él prefiere rehusarse.
De nada sirve amenazar o suplicar.
Uno habla bien, el otro se calla;
y es al otro al que yo prefiero; no ha dicho nada,
pero me gusta.
El amor es un niño gitano.
Jamás, jamás ha conocido ley.
Si tú no me amas, yo te amo.
Y si te amo, ten cuidado.
¡Ten cuidado!

Como el pájaro rebelde que nadie podía dominar, la prensa no tardó en recoger la noticia, poniendo el foco más sobre la posible boda entre Adelina y Nicolini que sobre el marqués de Caux, al que sólo mencionaron para subrayar la cantidad de un millón y medio de francos que recibiría, según rezaba la sentencia de divorcio. Los periódicos volvieron a recurrir a las calculadoras. El divorcio le costaría a la Patti la mitad de su fortuna. «Los hombres que se acercan a la diva siempre salen beneficiados, aunque la pierdan».

Adelina sabía que aquel dinero era el mejor gastado de su vida.

La libertad no tenía precio.

35

Lo único que ocupaba su cabeza era su próxima boda con Nicolini. No había en ella lugar para nada más, ni siquiera para la memoria.

En sus años de infancia en Nueva York, Caterina siempre decía que quien tenía demasiada memoria sufría lo indecible. Su madre se refería a la nostalgia, la que ella sentía de sus años de juventud en los que interpretaba la ópera *Norma* en los teatros, antes de perder la voz en el parto de su benjamina. Pero aquel mes de junio de 1886, Adelina prefirió entenderlo como la inconveniencia de recordar sucesos inoportunos del pasado.

Hacía casi un año que había recibido el telegrama de su abogado comunicándole su divorcio y, desde entonces, se había centrado en la organización de la ceremonia nupcial que se celebraría en el castillo de Craig-y-Nos, el 10 de junio. No se trataba de cancelar ninguna representación prevista, tampoco de dejar de cantar, tan sólo de reajustar la agenda y no ampliarla con nuevos compromisos. Había sido muy clara con su agente, Charles Lecilly; después de muchos años cantando por los teatros del mundo, quería una gira por Europa que le permitiera pasar más tiempo en La Roca de la Noche, ultimando los preparativos de su enlace. Adelina cumplió con los contratos ya firmados que la llevarían, desde el otoño de 1885 hasta la primavera de 1886, a distintas ciudades de Europa como Budapest, Ámsterdam, Viena, Praga, Bucarest, París, Niza y su esperado regreso a España, actuando en Valencia, Barcelona y Madrid. Allí fue donde empezó a no querer hacer memoria, aunque el año 1886 ya había comenzado mal.

En el mes de enero tenía previsto actuar en el Teatro Nacional de Bucarest, pero una ligera indisposición, un amago de resfriado y mucha carga de pereza hicieron que la diva comunicara a su agente su deseo de cancelar; en realidad, no veía el momento de que llegara el mes de junio y no sólo por el calor que el calendario traería consigo.

—Hace demasiado frío y no me siento bien. Realizar un trayecto tan largo a un lugar tan frío no me beneficiará —adujo, después de terminar sus actuaciones en Viena, apenas una semana antes de las programadas en Bucarest.

—Pero está todo vendido. Sólo quedan seis días. No podemos cancelar. La esperan desde hace mucho tiempo. Quieren escuchar a la Patti. —Charles se quedaba sin argumentos. A diferencia de Franchi, tenía facilidad de palabra, aunque solía hablar como si estuviera escribiendo un telegrama.

—Y la Patti quiere descansar. Dígales que es imposible y busque con ellos una nueva fecha. Si realmente quieren verme, sabrán esperar. Todo lo bueno en esta vida se hace rogar —apuntó, pensando en lo mucho que había esperado para obtener el divorcio del marqués y lo poco que le quedaba para contraer matrimonio con Ernest. Saber gestionar la paciencia era lo que realmente igualaba a todas las personas.

Charles no necesitaba consultar la apretada agenda de la soprano para entender que buscar una nueva fecha era una entelequia. Miró a Nicolini como si él pudiera auxiliarlo de alguna manera. Su mirada le confirmó que lo intentaría, aunque, cuando lo acompañó hasta el vestíbulo de su hotel vienés, no alimentó el optimismo.

—No le prometo nada. Este maldito invierno nos va a matar de frío. Es mortal para las gargantas —reconoció el tenor, culpando al clima de la posible cancelación.

—Entenderá que no puedo decirle al director del Teatro Nacional de Bucarest que la Patti no va porque hace mucho frío... —comentó irónicamente Charles—. No querrá que le proponga que cambie la ciudad de ubicación, de la llanura de Valaquia al Caribe.

—Seguro que se le ocurre algo.

Nicolini tenía el don de dar buenos consejos, aun sin pretenderlo.

El agente siguió su recomendación y pensó en algo que evitara la temida suspensión que sólo acarrearía pérdidas para todas las partes. La idea lo sorprendió cuando aún no había abandonado el hotel, al ver cómo un mozo cargaba, no sin dificultad, dos enormes centros de flores. «Son para la señorita Patti; suite principal», le había indicado el jefe de recepción. «Date prisa. A las divas no les gusta esperar, ellas siempre son lo primero. Y que te acompañe otro mozo para llevar una de las cestas; una artista desea verse agasajada por cuanta más gente, mejor», añadió mientras se aseguraba de que la tarjeta de quien las enviaba quedara bien prendida entre las rosas. Charles sonrió; era una locura, pero tenía que intentarlo. Llevaba poco tiempo trabajando para ella, pero sabía que si algo caracterizaba a una diva era la vanidad. Se acercó al bar del hotel donde solía estar el empresario que había contratado la gira europea de la soprano, el señor Schurmann. Como buen alemán, saboreaba una generosa jarra de cerveza, lamentando no haber podido asistir al Oktoberfest celebrado en Múnich.

—Adolf, tu secretario... ¿está ya en Bucarest? —preguntó mientras tomaba asiento, sin tiempo para un saludo previo.

—Buenas noches a ti también, Charles —respondió el empresario con sorna.

—Dime, ¿ha llegado a Rumanía?

—Allí está desde hace unos días. ¿Por qué? ¿Qué ocurre?

—Necesito que envíe un telegrama. De manera urgente. No podemos perder un minuto —dijo, de nuevo telegráficamente, mientras cogía una servilleta y escribía en ella unas palabras.

A la mañana siguiente, Charles se reunía con Adelina para mostrarle el telegrama que acababa de recibir desde Bucarest. En él se le informaba de que la aristocracia de la ciudad, miembros de la nobleza y destacados representantes del Gobierno aguardaban a la diva con gran expectación y que estaba todo preparado en la estación de tren donde la recibirían como la gran artista que era. Al leer aquel texto, lleno de elogios y enaltecimientos hacia su persona, su gesto cambió. Se aproximó a Nicolini para entregarle el telegrama.

—No puedo dejarlos esperando. Soy la Patti y me debo a mi público. Además, ya me siento mejor. El *glühwein* que me tomé ayer ha resultado milagroso —aseguró refiriéndose a la bebida caliente a base de vino y canela que solían tomar los austriacos para combatir el frío.

Ernest fijó la mirada en el telegrama para, instantes después, dirigirla a Charles.

—Veo que me hizo caso... —le dijo en voz baja, con una sonrisa sarcástica.

Nicolini podía ser muchas cosas, pero la inocencia no estaba entre sus rasgos. Era difícil engañarle a no ser que él lo permitiera. Desconocía los detalles sobre cómo lo había hecho el agente —aunque imaginó la inestimable ayuda del señor Schurmann en la operación—, pero ese telegrama no se había enviado desde la dirección del Teatro Nacional de Bucarest como pretendía hacerles creer.

—Soy americano; siempre escucho los buenos consejos.

Cuando el tren en el que viajaban llegó a la estación de Bucarest, ya estaba todo preparado. Cerca de un centenar de personas se congregaba en el andén, soportando con estoicismo las inclemencias del tiempo, sin que la fuerte ventisca, la nieve acumulada y el intenso frío les hiciera abandonar su posición. Nada más abrirse la puerta del vagón del que se apeó Adelina, empezaron a aplaudir enérgicamente, como si no tuvieran manos suficientes para expresar su sentida admiración. Mujeres, hombres y niños se mostraban eufóricos por la llegada de la diva, saltando, agitando los brazos, como incapaces de contener la emoción, aunque Nicolini tuvo la impresión de que aquella efusividad se debía más a un intento de entrar en calor. Una orquesta de veinte músicos comenzó a tocar el himno «God Save the Queen», tal y como les habían indicado, repitiéndolo en bucle. La Patti creyó escuchar que algunas de las notas sonaban desafinadas, pero el fuerte viento que soplaba aquella tarde no le permitía confirmarlo. Una gran alfombra roja se extendía desde el vagón hasta el carruaje que la trasladaría al hotel. En el andén de la estación no cabía una cesta de flores más. Un desconocido se aproximó a ella para entregarle un extraordinario ramo de peonías rojas, unas vistosas Red Charm de doble pétalo y flor grande llena de fragancia; era su flor favorita, también la flor nacional de Rumanía, que se entrega como símbolo de respeto y honor.

—Bienvenida a Bucarest, señorita Patti.

Entre la música de la orquesta, los gritos de los presentes, los aplausos y la silbante y rugiente ventisca decidida a llevarse a todos como si fueran hojas al albur del viento, fue incapaz de escuchar una sílaba.

—¿Cómo dice? —preguntó.

—¡Digo que bienvenida a Bucarest! —gritó el director del teatro, que parecía tan abrumado como ella por el recibimiento y especialmente por la presencia de aquellas personas a las que él no había congregado.

—Muchas gracias. Estoy muy emocionada.

—¿Cómo dice? —El hombre se echó la mano al oído, como si con el ademán fuese a escuchar mejor.

—¡Digo que son ustedes un pueblo muy amable! —respondió elevando la voz mientras agradecía el gesto de Nicolini de conducirla hasta el carruaje con la presteza necesaria para que no cogiera frío.

La orquesta todavía seguía tocando y los miembros de la nobleza aplaudiendo y agitando los brazos cuando el carro ya había iniciado su marcha.

Esa noche, en el hotel, Adelina compartió sus pensamientos con Ernest.

—No entiendo cómo pueden pagarnos el caché para que cantemos aquí. Viendo cómo visten los nobles de esta ciudad, no quiero pensar cómo lo hará el pueblo llano. Y aún menos puedo creer que sean capaces de comprar las entradas. ¿Te has fijado en que la ropa les quedaba un poco holgada?

—Seguramente será por el frío, querida; supongo que necesitan mucha ropa de abrigo. O quizá sea la moda, de eso sabrás tú más que yo —improvisó una respuesta al tiempo que pensaba en cuánto dinero se habrían gastado Charles y el señor Schurmann en aquella pantomima. Elucubró que no debió de ser barato, pero ambos habían conseguido que la diva no cancelara.

Lo que ninguno de los dos pudo evitar fue el suceso que tiñó de negro el estreno de *Lucia di Lammermoor* en el Teatrul Nacional, el 9 de enero de 1886. Ante la gran expectación que había suscitado la presencia de la Patti en Bucarest, el director del teatro había vendido más entradas de las que el aforo permitía. Muchos de los que asistieron a escuchar a la diva en la primera ópera programada para el 6 de enero, *La traviata*, tuvieron que permanecer de pie en la platea, ocupando sillas colocadas en los pasillos, situándose en recovecos habilitados como palcos y en esquinas del teatro desde donde la visibilidad del escenario era prácticamente nula. La recaudación en taquilla había sido muy alta, lo suficiente para cubrir el elevado caché de la soprano, por lo que el director decidió vender el mismo número de boletos para las dos óperas siguientes. Sucedió durante el tercer acto de *Lucia di Lammermoor*, cuando Adelina interpretaba el aria «Il dolce suono», con el personaje de Lucia sosteniendo en la mano el cuchillo ensangrentado con el que había asesinado a su esposo Arturo durante la noche de bodas, en un arrebato de locura que le lleva a precipitarse al vacío. En ese momento se escuchó un golpe seco que provenía de la platea. Un hombre había caído desde el gallinero del teatro hasta el patio de butacas y había fallecido en el acto. El estruendo y algunos gritos que se escucharon entre el público interrumpieron unos instantes la música de la orquesta, aunque no así la voz de Adelina que, ajena a la gravedad del suceso, siguió cantando mientras unos operarios retiraban el cadáver. Sólo al terminar la función supo que el espectador había muerto. La prensa no desaprovechó para elaborar titulares acordes con su espíritu: «Un hombre muere por su deseo de escuchar a la Patti», «El alto precio pagado por escuchar a la gran diva». Poco o nada se leyó sobre la avaricia recaudatoria de un empresario teatral que pudo provocar aquella muerte. Nicolini, espantado por lo que leía en los periódicos, procuró mantenerlos fuera del alcance de su amada para evitar que la noticia le afectara más de la cuenta; como solía decir Caterina, «son las emociones las que dañan una voz». El tenor francés consideró que la diva debía guardarse el exceso de emoción para su próxima visita a España.

Después de unos conciertos en París y dos óperas en el Teatro Municipal de Niza, Adelina llegó al país que la vio nacer, donde estaría durante un mes. La primera parada era en el Teatro Principal de Barcelona, donde representaría *La traviata* y *El barbero de Sevilla* junto al tenor italiano Roberto Stagno.

Nada hacía presagiar el desastre que estaba a punto de producirse y que ella intentaría borrar en vano de su memoria.

La diva seguía sin asistir a los ensayos. Al igual que años antes era su cuñado Strakosch el encargado de sustituirla, a Nicolini no le importó hacerlo en más de una ocasión. Le divertía, quizá porque su presencia sobre el escenario se había visto reducida en los últimos tiempos. Si ella hubiese asistido a los ensayos, podría haber notado las reticencias de Stagno, que no dejó de protestar por detalles sin importancia y amenazar con abandonar el escenario. El 22 de febrero, con todas las entradas vendidas, el tenor de Palermo se negó a representar *La traviata* cuando apenas quedaban unas horas para su estreno. La noticia cayó como una bomba en la compañía. Schurmann intentó convencerle de que depusiera su actitud, calificándola de infantil y soberbia. Pero él se mantuvo firme en su decisión, obviando primero los consejos del empresario y más tarde sus amenazas sobre una probable denuncia y una campaña de descrédito contra Stagno que él mismo se encargaría de organizar. Todos los intentos por hacerle cambiar de idea fracasaron como lo hizo el deseo de Schurmann por solventar el problema sin importunar a Adelina; como todos, sabía que no era bueno contrariarla y mucho menos dos horas antes de una representación.

—Pero ¿se ha vuelto loco? ¿Quién se cree que es? ¡¿La Patti?! —exclamó enojada.

Nicolini la observaba. Por una vez, el enfado de la diva estaba más que justificado.

—Exige que se cambie el programa y se represente en su lugar *El barbero de Sevilla*. Entonces sí cantará —explicó Charles Lecilly, el agente americano.

—Pero esa representación está prevista para dentro de tres días... ¿Qué más le da? —preguntó Nicolini.

—Aquí, la única que puede exigir algo es la Patti. —A Adelina, el camerino del Teatro Principal de Barcelona se le estaba quedando pequeño, a pesar de que todavía no se había puesto el espectacular vestido que luciría Violetta y que había encargado a su casa de moda favorita de París—. Y que yo recuerde, no he reclamado nada, aunque tentada estoy de empezar a pedir cabezas.

—Se niega a interpretar el papel de Alfredo.

—Pero ¿a qué viene esa insensatez? ¡No puedo entenderlo! —insistía Adelina que exigía una explicación más precisa por parte de Schurmann.

—Por lo que he podido averiguar hablando con algunos miembros de la compañía, unos creen que sólo quiere provocarla porque ha entendido su ausencia de los ensayos como un desprecio a su trabajo.

—¡Qué estupidez! No es su primera ópera juntos. Sabe que ella nunca acude a los ensayos —recordó Charles.

—Sin embargo, la mayoría cree que Stagno no quiere cantar porque teme que comparen su interpretación de Alfredo con la de Julián Gayarre, que representó con éxito el papel en este mismo teatro.

—Eso es tanto como decir que Christine Nilsson se niega a cantar por temor a que la comparen con la Patti —argumentó Nicolini.

—Y bien, ¿qué hacemos? —Schurmann era el único que no asistía perplejo a lo que estaba sucediendo. Conocía a los artistas, sabía de sus caprichos; lo que no entendía es que Roberto Stagno provocara de esa manera a la Patti, sabiendo las consecuencias que su actitud conllevaría.

—Sólo quedan dos horas para que empiece la función —afirmó Charles, dirigiendo una mirada furtiva al reloj que acababa de extraer del bolsillo.

—No hay tiempo para buscar a otro tenor, es inútil —evaluó Schurmann.

—No puedo creer que nos veamos forzados a suspender... —se lamentó el agente.

Adelina guardó silencio durante unos segundos. Las facciones de su rostro se relajaron al instante, después de escuchar la última valoración del empresario. Con total parsimonia, dio orden a Patro de preparar el vestido blanco de seda, bordados de encaje e incrustaciones de perlas con el que Violetta brindaría por el amor en el salón de su casa. Sentada ante el espejo de su tocador, abrió el cofre que contenía las joyas que luciría en el escenario y acarició con la yema de los dedos el collar de diamantes regalo de su querido zar Alejandro II; su «padrecito» asesinado hacía ya casi cinco años, pero nunca olvidado.

Todos la observaron, aguardando una explicación.

—No hay que buscar a nadie. Eso sería una pérdida de tiempo. La solución al problema está entre nosotros —dijo observando a Nicolini a través del espejo de su tocador—. Tenemos al mejor. Ernest será Alfredo en la representación de esta noche. Conoce perfectamente la ópera, la ha representado muchas veces.

El anuncio iluminó el rostro de los presentes en el camerino, como los brillantes habían comenzado a destellar sobre el escote de la diva. Todas las miradas se dirigieron al tenor francés, que mostraba un gesto relajado y tranquilo, de total satisfacción. No le caía bien Roberto Stagno y no se le ocurría mejor manera de expresarle su desdén que aniquilar su intento de sabotaje.

—Me siento halagado por tu propuesta, querida —comentó irónicamente—. Pero antes tendré que saber cuánto voy a cobrar. No querrás que cante gratis...

—Muchos pagarían por cantar con la Patti —respondió Adelina, compartiendo el mismo tono sarcástico.

El camerino, convertido durante minutos en el escenario del improvisado cónclave para derribar el conato de rebelión de Stagno, se vació con la misma rapidez con que dos horas más tarde comenzaría a llenarse el teatro barcelonés. Se informó al público asistente de un cambio de última hora en el reparto artístico. El tenor Ernest Nicolini interpretaría el papel de Alfredo en sustitución de Roberto Stagno. No se explicaban las razones, tan sólo se ofrecía la posibilidad de devolver la entrada a quien así lo considerase, como era habitual en los teatros de ópera cuando se producía un cambio de intérpretes. Pocos fueron los que optaron por esa opción, aunque algunos sí recurrieron a ella y vendieron sus boletos en tiempo récord. La taquillera del Teatro Principal apenas había tenido tiempo de colgar el cartel que lo anunciaba cuando varios caballeros se amontonaron apresuradamente en la taquilla reclamando una entrada. Le extrañó, aunque no tardaría mucho en conocer el verdadero motivo de aquel apremio.

Los primeros silbidos se escucharon ya durante el primer acto. Cada vez que Nicolini estaba en el escenario, las muestras de disconformidad aumentaban, como sucedió al inicio del segundo acto, cuando el tenor francés cantaba el aria «De' miei bollenti spiriti».

Lejos de ella, para mí no hay placer.
Ya han pasado tres meses desde que Violetta
renunció por mí a la fortuna,
al lujo, a los honores y a las fiestas suntuosas donde,
habituada a los homenajes, ella veía a todo el mundo
esclavo de su belleza.
Y ahora, feliz en esta tranquila casa de campo,
ella olvida por mí.
Y aquí, cerca de ella, me siento renacer
y regenerado por la fuerza del amor,
he olvidado en sus brazos todo el pasado.

A los silbidos se unieron rápidamente los abucheos. Pero fue en la escena segunda del segundo acto, en la fiesta en casa de Flora, justo cuando Alfredo recibe la amonestación de los invitados al festejo por arrojarle dinero a Violetta como pago de los servicios prestados —*Vete de una vez, te despreciamos. Has insultado a una noble dama*—, cuando la pitada fue mayor y un feroz pataleo recorrió la platea, hasta contagiarse el descontento a la interpretación de la Patti. No fue todo el público el que se entregó a las protestas, pero el estruendo de unos pocos resonaba en todo el teatro. Nadie sobre el escenario entendía lo que sucedía. Nicolini estaba cantando de manera correcta y la voz de Adelina sonaba tan perfecta como siempre. El espectáculo se había trasladado de las tablas al patio de butacas y algunos parecían deseosos de interpretar varios bises. La situación alcanzó tal despropósito que el señor Schurmann tuvo que salir después del escandaloso segundo acto para pedir sosiego y respeto, ofreciendo la posibilidad a aquellos espectadores que no estuvieran disfrutando con la ópera de abonarles el dinero de la entrada, siempre y cuando lo hicieran antes de comenzar el tercer acto. Ante la sorpresa de todos, apenas una decena de personas lo hizo, un número insuficiente para explicar la gran algarabía de abucheos y silbidos previos.

Fue después de la función cuando se supo lo que había sucedido.

36

Schurmann tenía la explicación que Adelina necesitaba para aliviar la presión que sentía en el pecho. La diva había mantenido la calma sobre el escenario, sabiendo que el ánimo de la compañía y especialmente el de Nicolini dependía de que ella no perdiera la compostura y continuara cantando, como muestra de aplomo. Pero al llegar a la suite del hotel donde se alojaba, gritó, pataleó, desprendió las cortinas de las ventanas abalconadas, lanzó objetos contra las paredes y destrozó todo lo que encontró a su paso para desahogarse de la humillación sufrida.

Cuando el empresario llegó a la habitación, su respiración aún era jadeante, pero en su rostro asomaba el alivio. Schurmann se disculpó por haberse demorado más de la cuenta en acudir a la suite, aunque tenía una razón de peso: informar convenientemente a la prensa de lo que en realidad había sucedido en el teatro para evitar que sus informaciones fueran contrarias a la Patti y provocaran un daño imprevisible en su prestigio. Su temor no era gratuito. En España se imprimían a diario mil periódicos; sólo en Madrid se publicaban trescientos veintiocho, con ediciones de mañana y de tarde; los principales, como *El Imparcial* o *La Correspondencia de España*, con una tirada que superaba los cincuenta mil ejemplares. Había que parar de alguna manera el tsunami de papel y tinta que se presagiaba ante lo ocurrido hacía unas horas en el Teatro Principal de Barcelona.

El señor Schurmann agradeció el vaso de agua que le sirvió Nicolini. Después de un trago largo, comenzó a hablar.

—Al parecer, Roberto Stagno lo organizó todo. Es él quien está detrás de este intento de sabotaje. Quería vengarse por haber sido reemplazado por Ernest y por la negativa de Adelina a ceder a sus exigencias. Pagó a un grupo de personas para que comprara las entradas que se devolvieron por la suplencia en el reparto artístico. Los aleccionó para que abuchearan las intervenciones de Nicolini. No eran más de diez hombres, si no menos.

—Sonaban como si fueran legión... —subrayó Ernest, más preocupado por el mal rato que había pasado Adelina que por el desagradable incidente que él mismo había vivido.

—Eso es por la acústica del teatro... —comentó Schurmann como si con eso pretendiera restar importancia a lo sucedido. No tuvo éxito.

—¿Todo esto ha sido culpa de Stagno? ¡Quiero a ese desgraciado fuera de esta compañía, señor Schurmann! ¡Es más, quiero verlo fuera de cualquier teatro de ópera que aspire a tener a la Patti en su programación! ¿Cómo se puede organizar algo así contra un compañero? ¡¿Y mucho menos contra mí?! —gritaba en la habitación de su hotel, lejos de aquel escenario barcelonés donde había vivido el momento más comprometido de su carrera. Temía ver los titulares de prensa del día siguiente—. Y si mañana mismo aparece ese malnacido en el escenario, seré yo la que se vaya.

—Querida, no te pitaban a ti, los abucheos iban dirigidos a mí. Sosiégate —intentó calmarla Nicolini.

—Estaba todo organizado —insistió presuroso Schurmann.

—Ha sido un complot —lo respaldó Charles.

—No me importa. Quiero irme de aquí. No quiero cantar más en este lugar. En veinticinco años de carrera, nadie ha pitado a la Patti. No sé quiénes se creen que son estos indocumentados. No debí venir. Nunca debí hacerlo. —Adelina caminaba de un lado a otro, sin dirección, sin saber cómo gestionar lo que acababa de vivir. Como siempre que estaba alterada, se frotaba las manos, envolviéndolas en un puño, en movimientos circulares—. Anula las representaciones. No quiero estar ni un segundo más en esta ciudad.

—Con eso sólo conseguirás que Stagno se salga con la suya. No le des ese placer —le aconsejó Nicolini.

—Ya se ha salido con la suya: me ha humillado y nadie humilla a la Reina de la Canción cuando está en escena.

—Creerá que ha ganado al enfrentarse a usted —comentó Charles.

—Nadie ganará nada si cancelamos —recordó Schurmann

En ese momento, el papagayo Jumbo tomó la palabra.

—*Dinero. Más dinero.*

La sentencia del loro acalló sus gritos y sembró el silencio en la habitación. Después de varios segundos de mutismo, la diva reconvino su decisión. Cantaría *El barbero de Sevilla* y, después de unas palabras que mantuvo en privado con Schurmann, lo haría junto a Roberto Stagno.

—Dejemos que piense que efectivamente ha ganado. —Fue la única frase del empresario que el resto de los presentes pudo escuchar.

Tres días más tarde, durante la representación de *El barbero de Sevilla*, los abucheos que se habían escuchado contra Nicolini y que también alcanzaron a Adelina se volvieron a escuchar, pero en esa ocasión dirigidos al tenor de Palermo, convirtiendo en un infierno su estancia sobre el escenario. Al día siguiente, la prensa aseguró que los responsables de aquellos silbidos eran admiradores acérrimos de la Patti, que no perdonaron la maquinación que el italiano había perpetrado contra ella.

Nicolini nunca supo si detrás de los abucheos a Stagno estaba la mano de Adolf Schurmann y de Charles Lecilly, como lo estuvo detrás del telegrama que evitó la cancelación en el teatro de Bucarest y del posterior recibimiento en la estación de tren rumana. No quiso hacer preguntas. Había cosas que era mejor imaginar ante la posibilidad de que una confirmación las derribase.

Al abandonar la ciudad, Adelina juró no volver a ella. Sabía que ese recuerdo siempre le dolería y le haría sufrir, como bien alertaba Caterina. Había sido la primera pitada que recibía en un teatro y no se debió a la mala calidad de su voz, que brilló como siempre, sino a las rencillas personales, a los celos profesionales y a una vanidad mal gestionada. Sin embargo, no tardaría mucho en borrar de su memoria aquella ignominia sufrida en Barcelona: exactamente doce días, lo que tardó en llegar a Valencia para representar el 9 de marzo la ópera *La traviata*. Allí aprendió que un mal recuerdo sólo se borra con otro peor, como las manchas de tinta, como las malas noticias.

Schurmann no encontró ninguna explicación que poder darle a la soprano para justificar lo que ocurrió sobre las tablas del Teatro Principal de Valencia. Los periódicos recogían el malestar del público por el alto precio de las entradas, como también lo hicieron en Barcelona, pero, como defendía un crítico, «si no quieren pagar el precio para ver a la Patti, que no vayan, pero que no la piten. Es la mejor cantante de ópera del mundo y es española. Dejemos el cainismo que tanto nos caracteriza o la diva no volverá a su país». Quizá la anécdota se hubiera quedado en los contados silbidos que se escucharon contra ella, seguramente debido al efecto contagio de lo sucedido en Barcelona, si Nicolini no hubiera tenido la reacción con la que sorprendió a todos.

Aunque su nombre no estaba en el reparto artístico de *La traviata*, sí apareció en los periódicos, robándole el protagonismo al tenor Guillermo Rubis, que interpretaba a Alfredo después de la baja de Stagno, quien a lo largo de los años seguiría definiendo a la Patti como una mujer difícil y una compañera de escenario complicada. Quizá debido a la excesiva carga que soportaba sobre sus hombros por lo sucedido en la Ciudad Condal, Ernest no pudo controlarse cuando, entre bastidores, comenzó a escuchar los primeros silbidos dirigidos a la diva. Algo en su interior se activó. Sin pensar en las posibles consecuencias, salió al escenario e increpó al público, reprochándole su actitud. «¡No se silba a la Patti! ¡Es tesoro nacional!». La reacción de los espectadores tardó en llegar, al creer, en un primer momento, que la aparición de Nicolini era parte de la función, pero enseguida comprendieron que no era así. Ernest repitió el reproche en varios idiomas e incluso intentó hacerlo en un extraño español, que se entendió lo suficiente para que la audiencia empezara a abuchearlo, mientras Schurmann, Charles y otros empleados del teatro trataban de sacarlo de escena. No fue una empresa fácil: el francés era un hombre fuerte, de constitución atlética, y la ira convertía su cuerpo en un bloque de hierro. Cuando finalmente lo consiguieron, y después de unos minutos de interrupción, la representación continuó. Adelina no pudo enfadarse con él; al fin y al cabo, su intención era defenderla. Nadie comprendió que un hombre tranquilo, que se caracterizaba por su carácter afable, simpático, divertido, siempre dispuesto a ayudar, especialista en buscar soluciones a los problemas y en mediar para solventar desavenencias, el único capaz de frenar los enfados de la diva, hubiera reaccionado de aquella manera. La tensión de las últimas semanas le había pasado factura.

El viaje a España no estaba resultando tan grato como habían imaginado. Y aún le quedaban cuatro conciertos en el Teatro de la Zarzuela de Madrid.

Al llegar a la capital, la prensa sólo hablaba de una cosa: el alto precio de las entradas para ver a la Patti. Cada vez que la soprano escuchaba un comentario al respecto, ponía los ojos en blanco.

—Los periódicos parecen un catálogo de ventas informando del precio de las butacas y de los palcos —comentó Charles, después de un vistazo rápido a la prensa de la capital.

Adelina lo atestiguó leyendo el artículo firmado por el escritor Benito Pérez Galdós, uno de sus más reconocidos admiradores. Se titulaba «Cada compás, cincuenta duros», donde explicaba que la artista madrileña cobraba quince mil duros por concierto. «La Patti cobra mil duros por una pieza, por lo que el compás sale a cincuenta duros; una barbaridad». Sonrió al ver los cálculos del escritor que, lejos de ser exagerados, se amoldaban bastante a la realidad. Y le gustó aún más la referencia a los cinco duros que Julián Gayarre cobraba por compás. Se congratuló de alimentar la leyenda —esta vez cierta— de ser la soprano mejor pagada. Y aún le complació más el siguiente párrafo del artículo. «Si el canto de Adelina supera a todo lo que el oído humano puede escuchar, nadie puede dudar que oír cantar a la Patti no tiene precio. Sucumbamos, bajemos la cabeza y admitamos la realidad tal y como es».

—Nos están haciendo la publicidad de forma gratuita. Pensemos en eso —propuso Nicolini, ya repuesto del mal momento vivido en Valencia.

—Se quejan de que una butaca cueste siete duros, un palco setenta y la entrada general cinco pesetas, pero pagan casi el doble en la reventa. No encuentro en la calle la indignación de la que habla la prensa —reconoció Schurmann, que desde que había llegado a España había tenido que lidiar con los que lo acusaban de ser el responsable del alto precio de los boletos—. Las entradas se agotaron en minutos, incluso hemos tenido que programar un cuarto concierto para que no quede nadie sin escuchar a la Patti.

La diva se recostó en la cheslón del saloncito de la habitación de hotel. Cuatro conciertos más en el Teatro de la Zarzuela, cuatro óperas en el Teatro São Carlos de Lisboa y la cheslón que acogería su cuerpo sería la que la esperaba en su castillo de Craig-y-Nos. En su mente estaba todo tan cerca que casi podía acariciarlo con los dedos. No veía la hora de vestirse de novia y contraer matrimonio con Nicolini. La prensa rugiría, se abandonaría a su felicidad, se postraría a sus pies; nada gustaba más a los periódicos que una boda, excepto una tragedia. Ella ya había vivido la tragedia en Barcelona y en Valencia. Ahora estaba en Madrid y, como había reconocido a un periodista, «los madrileños siempre responden». En realidad, era algo que solía decir, independientemente de la ciudad donde estuviera, y siempre funcionaba.

Para despejar su cabeza del peso de la memoria, decidió salir a dar un paseo por la capital. La primavera todavía no había llegado, pero en aquellos primeros días de marzo el clima quiso resguardarla del frío, ofreciéndole un día soleado, sin nubes que amenazaran el azul celeste del cielo. Acompañada de su inseparable Nicolini, cogieron un carruaje que los llevó a uno de los lugares favoritos de Adelina: el parque del Retiro. Quería admirar las plantas llegadas de los cinco continentes que poblaban el Jardín Botánico, con la mente puesta en la ampliación del jardín de invierno del castillo de Craig-y-Nos y del invernadero. La desilusión llegó cuando no pudo acceder al Casón del Buen Retiro porque se encontraba inmerso en unas obras de reforma y se tuvo que conformar con admirar su fachada.

Quiso entonces ampliar la ruta por el Paseo Imperial, en cuyo margen derecho, según bajaba por la calle Toledo, vislumbró el Lavadero Imperial. La imagen de decenas de lavanderas inclinadas sobre las pilas, lavando la ropa y algunas de ellas cantando canciones, consiguió atraparla. De las gargantas de las mujeres salían canciones populares, también coplas que ella no conocía, pero que le agradó escuchar. Estuvo tentada de unirse a ellas, pero Ernest la detuvo a tiempo. Durante unos instantes se quedó observándolas, como si en aquella imagen hubiera algo hipnótico, y lamentó no tener el tiempo suficiente para aproximarse y conversar con ellas. No hizo falta. Una de las lavanderas la reconoció y todas empezaron a corear su nombre, sin dejar de lavar la ropa que se amontonaba en grandes canastos, aunque algunas de ellas agitaron los brazos en señal de saludo, un ademán que ella imitó para devolverles la cortesía.

Mientras lo hacía, vio cómo una de ellas abandonaba su lugar en el Manzanares y se le aproximaba. Era una joven de larga melena negra, con ojos expresivos, mejillas sonrosadas, labios color carmesí y una sonrisa blanca y brillante que eclipsaba la colada más limpia. Le impactó su belleza y también su naturalidad. Mientras se acercaba, la joven se secaba las manos, rojas y húmedas, en el delantal que llevaba sobre la falda. El gesto tensó a Nicolini ante un inminente apretón de manos al que, conociéndola, Adelina no se negaría; el tenor sabía que, hacía apenas unos meses, en 1885, Madrid había sufrido el azote de una epidemia de cólera asiático, un brote al que denominaron el «huésped del Ganges» y que durante ciento treinta días, el tiempo que la crisis sanitaria tardó en remitir, había causado la muerte de 1.336 personas, así como el pánico entre las clases pudientes, ya que el cólera no sólo se cebó con los más desfavorecidos; le preocupó que aquel posible contacto tuviera efectos indeseados para su amada. El miedo es libre y la precaución siempre era poca para Ernest cuando se trataba de su futura esposa. Su temor desapareció cuando la lavandera ni siquiera hizo amago de tenderle la mano.

—Es usted, ¿verdad? —preguntó la joven, con una gran sonrisa, mientras su mirada embelesada se clavaba en Adelina, como si tuviera ante ella a una deidad—. Mi padre me lo dijo. Él siempre lee el periódico y esta misma mañana me ha dicho que la gran Patti regresaba a casa, a su hogar.

—Madrid siempre será mi casa —mintió a sabiendas.

—No sabe lo mucho que la admiro, aunque nunca haya podido escucharla en un teatro. Pero mi madre sí lo hizo, la primera vez que estuvo usted en Madrid, en el Teatro Real. Siempre recordaba su actuación y nos la contaba a mis hermanos y a mí como si leyera un cuento, sin olvidarse de ningún detalle. En mi familia la queremos mucho, señora.

—No sabe cómo se lo agradezco.

—Mi abuela conoció a su madre —siguió hablando la joven, animada por la amabilidad que mostraba la diva—. Siempre recuerda que el día que la soprano Caterina Barilli dio a luz a la Patti, ella estaba en la casa de huéspedes donde vino usted al mundo. No se imagina el orgullo con el que cuenta que ella calentó el cuenco de agua caliente que le pidió la matrona.

Adelina no pudo contener el gesto de asombro mientras escuchaba a la lavandera, que parecía cada vez más encantada.

—Por eso me he atrevido a acercarme a usted para decírselo. Espero no haberla molestado. A veces soy muy descarada, mi padre siempre me lo dice, pero a las personas como yo sólo nos queda el descaro, y a mucha honra. Pero sin perder nunca la educación —señaló.

—¿Y piensan venir a verme en esta ocasión?

—¡Uy!, no, señora. ¡Ya me gustaría! Pero mi madre murió el año pasado, mi abuela apenas sale de casa y, con mi jornal, yo no puedo permitirme comprar una entrada. Pero sí acudiré a la puerta del teatro para escuchar al público que sale comentando lo que han visto.

—Eso no va a ser necesario —refutó Adelina, emocionada por la narración de la joven—. Yo personalmente me encargaré de que haya una entrada para usted en la taquilla del teatro el mismo día del estreno. Dígame su nombre.

La lavandera tardó unos segundos en contestar. Todo su descaro había sucumbido ante la generosidad de la diva. Finalmente, le dio el nombre:

—María. Me llamo María —dijo, intentando contener el júbilo—. No sabe lo feliz que me hace. Cuando se lo diga a mi abuela no va a creerlo.

—Sí lo hará. ¿Y sabe por qué? Porque junto a su entrada habrá otra para ella. Y espero que las dos vengan a saludarme después de la función.

El ofrecimiento desbordó por completo a la lavandera, lo suficiente para recuperar una buena dosis de su descaro.

—¿Puedo abrazarla? Por favor...

Nicolini, que había observado la escena con una tranquilidad contenida, sin perder de vista las manos de la joven, fue el único que lo vio venir desde el principio. Sabía que Adelina siempre se dejaba llevar cuando se encontraba con personas entre las que anhelaba sentirse una más.

—Por supuesto —respondió ella, acogiendo de buen grado el abrazo de la joven.

Percibió un intenso pero agradable olor a jabón y eso le recordó a su madre, que siempre olía a limpio.

Se había hecho tarde, pero el paseo había merecido la pena. Adelina había visto el Madrid que la vio nacer y, en pocos días, sería ese Madrid el que la viera a ella en el Teatro de la Zarzuela. Sin embargo, fue ella quien a punto estuvo de ver el fantasma de lo vivido en Barcelona y Valencia. El primer concierto en la capital, con el teatro lleno, se saldó con un recibimiento algo frío hacia la artista. Pero las críticas positivas que se publicaron al día siguiente enalteciendo su voz hicieron que el público reaccionara en las demás funciones, explotando en vítores ensordecedores y con los asistentes puestos en pie ante la belleza de su paisana.

Adelina no pudo menos que respirar hondo al abandonar España. Aunque Madrid había respondido con el éxito esperado de crítica y público, amén de la generosa taquilla que había dejado satisfecho al señor Schurmann, se despedía del país con una sensación agridulce. Aún le dio tiempo a leer en los periódicos que su paso por la capital había sido un torbellino de aire fresco y puro. Las palabras de Pérez Galdós se repetían en su cabeza, como si quisieran grabarse en su memoria: «Adelina es una excepción de la naturaleza, una verdadera rareza. Y hay que pagar por verla, pese a quien pese».

Apenas unos días más tarde, el 12 de mayo de 1886, Madrid se vio azotada por otro tipo de fenómeno natural que también arrasó la capital. Un fuerte tornado asoló la ciudad, con vientos huracanados de hasta trescientos kilómetros por hora, destrozando casas, derribando paredes, desmantelando techos, sacando a los tranvías de las vías, arrancando los árboles que dejaban sus raíces al descubierto, devastando jardines, volcando carruajes, haciendo volar postes y cocheras, y, lo más grave de todo, provocando la muerte de cuarenta y siete personas —según la Junta de Socorros de Madrid; otras fuentes hablaban de una cifra mayor— y causando cientos de heridos, entre ellos los que esperaban a ser atendidos en la tienda asilo levantada junto al Hospital General, cerca de Atocha, que quedó destruida. Nadie dio aviso de la inminente llegada del tornado y de las lluvias torrenciales, ni del fuerte granizo y las descargas eléctricas que lo siguieron. La prensa española —obviando el despacho telegráfico de *The New York Herald* que anunciaba la entrada de un ciclón el día 7 de mayo, así como el pronóstico de un meteorólogo aficionado, Francisco León Hermoso, conocido como Noherlessom, quien aseguraba que el 14 de mayo se notaría el ciclón en Madrid— no contaba entonces con información meteorológica tan precisa, apenas una breve previsión del tiempo con escasa base científica y que pocas veces se cumplía; hasta el año siguiente no se creó el Instituto Central Meteorológico por el Real Decreto de 18 de agosto de 1887. La única previsión de lo sucedido fue el nombre de la yegua que la misma mañana del tornado ganó la carrera en el Hipódromo de Madrid: Tormenta.

Algunos de los escenarios por los que Adelina estuvo paseando hacía apenas unas semanas —como el parque del Retiro, donde la acción del huracán arrancó cuatrocientos árboles, el Real Jardín Botánico o el Casón del Buen Retiro— quedaron devastados. Uno de los lugares más afectados fue el Lavadero Imperial. Allí se encontraba cerca de un centenar de lavanderas, alguna de ellas con sus hijos pequeños, incluso bebés —la prensa informaba de noventa mujeres y varios hombres—, cuando, a las seis de la tarde, el cielo comenzó a cubrirse de nubes negras y a expeler un ruido atronador, anunciando la furia que desataría sobre la tierra. Todas buscaron amparo en una nave próxima, pero la endeble estructura del edificio, con vigas de madera y techumbre a base de teja machihembrada, no pudo soportar la fuerza del tornado, y las paredes y el techo del edificio cayeron sobre las lavanderas, que quedaron sepultadas bajo los escombros. Nada se pudo hacer por ellas a pesar de los gritos que se oían pidiendo ayuda; sólo unas pocas sobrevivieron.

Al leer la noticia, Adelina se preguntó si una de ellas sería María. Imaginó el horror que debió vivir la joven lavandera de la amplia sonrisa y que olía a jabón, presa de la violenta tempestad, guarecida de las silbas del viento que anunciaban muerte y desolación. Entonces, los silbidos encerrados en un teatro le parecieron irrelevantes.

37

La vida continuaba su curso sin pedir permiso a nadie y sin disculparse por sus desvaríos, como si hubiera sido poseída por el espíritu de una diva.

Cinco días después del tornado que sembró de muerte la capital de España, nacía en el Palacio Real de Madrid el hijo de la reina regente María Cristina, Alfonso XIII, que aseguraba la sucesión a la Corona. Al tornado únicamente le hicieron falta ocho minutos para devastar la vida de muchas personas; a la reina regente, apenas unas horas de parto —el alumbramiento se adelantó por la insistencia de la soberana en visitar a los afectados por el huracán— para garantizar la permanencia borbónica en el trono de España. La Patti necesitó ocho largos años para dejar de vivir en pecado, tal y como muchos consideraban.

Por fin había llegado el día.

Adelina abrió las cortinas de terciopelo verde de su habitación en el castillo de Craig-y-Nos, apartó con las manos los visillos de encaje que colgaban de las ventanas y observó el soleado día que la mañana del jueves 10 de junio de 1886 le regalaba. No quiso conformarse con mirar a través de un cristal y abrió las puertas del balcón de la estancia para respirar el aire fresco y de una envidiable pureza que le ofrecían las colinas que rodeaban el valle de Swansea. Tomó una buena bocanada de aire, la mejor aliada para despejar su mente y su cuerpo; jamás agradecería bastante a Caitrin, la encargada de aquel coqueto establecimiento en el que por primera vez saboreó la torta galesa, el haberle recomendado visitar aquel paraíso para convertirlo en su nuevo lugar en el mundo. Inspeccionó el cielo y sonrió al comprobar que no había nubes. Rezó para que continuara así, desnudo de nubarrones negros, al menos hasta las once de la mañana, hora en la que daría el «sí quiero» en la iglesia de Ystradgynlais.

Después de varios minutos absorta en el idílico edén verde que se abría ante ella, escuchó unos golpes en la puerta, a modo de permiso. Adelina dirigió la mirada al reloj de ménsula Boulle francés de carey, madera y latón dispuesto sobre un aparador de la estancia: en la esfera de ormolina, las agujas sobre los números romanos esmaltados contra un fondo labrado en oro marcaban las siete. La criada entró portando un servicio de té con un ligero desayuno a base de frutas, pan y varios cuencos de mermelada pertenecientes al servicio de postres de porcelana de Swansea del siglo XVIII, un regalo de la ciudad en agradecimiento a las obras de caridad que la diva hacía desde que había llegado a la región. Bebió a pequeños sorbos el té servido en una taza con motivos florales y borde de oro, y mordisqueó las tostadas triangulares untadas con mermelada de ruibarbo, su favorita. Se había levantado con hambre. Se preguntó cómo habría pasado la noche Ernest mientras se preparaba una nueva tostada, ungiéndola esta vez con la mermelada de naranjas amargas andaluzas, la preferida de Nicolini. Se sentó ante su tocador y observó su imagen en el espejo para comprobar que su rostro no guardaba huella del insomnio sufrido la noche anterior que, lejos de estar provocado por unos supuestos nervios propios de una novia, se debió a las salvas de cañonazos que una representación de los vecinos tuvo a bien realizar en su honor. Le disgustaba el sonido del cañón, más aún en mitad de la noche, pero no era un pensamiento que soliera compartir, por lo que nadie tenía por qué saberlo. De haber estado en un teatro, hubiera puesto el grito en el cielo, pero, a pocas horas de su gran día, ningún sonido disturbaría su ánimo. Mientras tomaba una segunda taza de té, pensó si el matrimonio tendría efectos balsámicos.

Aquélla estaba siendo una semana intensa para la pareja, en particular para ella, que quiso encargarse personalmente de algunos detalles de la ceremonia, algo que no hizo en su primera boda; quizá por eso se la veía tan triste y perdida, con un gesto de desconcierto en el rostro, en la foto nupcial de su matrimonio con el marqués de Caux que se encargó de romper en mil pedazos, maldiciendo aquella unión, después del primer juicio por la separación. Quiso ser ella quien recibiera a los cuatro chefs de diferentes nacionalidades —francesa, italiana, española y estadounidense— que el lunes de aquella misma semana habían llegado al castillo para empezar a preparar el menú que se serviría durante el banquete. Los cocineros tenían orden de no escatimar en gastos, todos los productos debían ser de primera calidad, desde la carne hasta el pescado, así como el marisco, el caviar, el champán, los licores, los vinos y los postres. La tarta nupcial había costado ochocientos francos y Adelina no había olvidado poner una torta galesa en la base, como dictaba la tradición en Gales. La actividad en las cuatro cocinas que mandó construir en el castillo era frenética. También se había encargado de las flores que decorarían no sólo la iglesia —contando desde el principio con la inestimable ayuda del párroco—, sino las que adornarían la propiedad, especialmente el exterior. Se alegró de haber ordenado levantar la nueva ala del castillo, destinada a acoger las numerosas habitaciones de invitados, en previsión de la animada actividad social que presagiaba para su nueva residencia. Nicolini se había ocupado del transporte que necesitarían los invitados a la boda.

Cuando terminó de desayunar, se detuvo ante la pequeña obra de arte expuesta sobre el soporte de maniquí que vestiría para casarse con Ernest. Desde el principio tuvo muy claro el vestido que quería; había tenido años para imaginarlo. Por ese motivo no se lo encargó a su querido Worth como pensó en un primer instante, ya que el modista francés no admitía nunca sugerencias de sus clientas en cuanto al diseño. Pasó la mano por el vestido, como si temiera dañarlo y romper así su sueño. Era de color azul pálido, realizado en seda, envuelto en un delicado y alambicado encaje de duquesa de color crema elaborado con hilo de seda pura, con motivos florales bordados a base de lirios de los valles y de nomeolvides, que ella misma eligió por simbolizar la memoria, la resistencia, el amor eterno y los sueños hechos realidad. Celebraba la vida, la placidez, el sosiego que le daba el paraje en el que contraería matrimonio y la felicidad que le brindaba su boda con Ernest. Disfrutó de esa intimidad. No eran muchos los momentos en los que podía estar a solas, sin gente revoloteando a su alrededor. Aunque no quería que la nostalgia turbara su ánimo, pensó en Caterina, en Salvatore, en Ettore, cuya muerte la sorprendió hacía unos meses, en qué le dirían si pudieran compartir con ella ese ansiado día, en la mirada que encontraría en ellos... No logró imaginarlo, como si su recuerdo se hubiera quedado anquilosado en el pasado, inmóvil, inanimado.

En apenas unos minutos, la estancia se llenó de personas que tenían la misión de convertirla en la novia más guapa, la más esperada, a la que todos querían ver. Una vez más, los ojos del mundo se posarían sobre ella. Hacía días que la prensa supo del enlace entre la gran diva y el tenor francés, y en sus previsiones no estaba el perderse ningún detalle de la ceremonia, sobre todo en lo concerniente a la novia. Después del escándalo, la polémica, las habladurías, los juicios, los desprecios de algunas damas de la alta sociedad y los titulares sensacionalistas, había llegado la hora de hablar del amor. Patro y Karo fueran las encargadas de vestirla para el gran día, como hacían siempre en el teatro, acompañadas del diseñador francés del vestido que no dejaba de dar indicaciones sobre cómo debía caer la falda, ajustarse el corpiño o planchar el encaje de duquesa. «No quiero ver ni una arruga en la tela que envuelve a esta diosa», repetía sin descanso, exagerando el gesto como un mediocre actor, y estresando a las doncellas, que muchas veces no sabían qué hacer con las manos. Junto a ellos, el mejor peluquero francés viajó hasta Gales para hacerse cargo de la larga melena azabache de la novia: la recogió parcialmente sobre la nuca y dejó caer unos mechones entrelazados con pequeñas flores sobre la espalda. El maquillador llegó desde Nueva York, donde la diva lo había conocido durante uno de sus conciertos y la conquistó por la naturalidad que imprimía a su trabajo. Quería estar guapa, pero sin estridencias, sin exageraciones, sin la parafernalia que exigía un escenario. Tenía cuarenta y tres años, distaba mucho de ser una jovencita a pesar de que su aspecto no correspondía a su edad, y era su segundo matrimonio. La servidumbre del castillo no dejaba de entrar y salir de la habitación, portando bandejas repletas de bebidas a base de té y limonada recién hecha, y de torres con emparedados salados y con pasteles dulces. La habitación presentaba la enardecida actividad de un teatro de ópera el día del estreno.

Cuando finalmente se contempló en el espejo Trumeau de estilo Luis VII del que se había enamorado en uno de sus viajes a París, Adelina tuvo la impresión de que el tiempo había volado demasiado rápido, haciendo que el viento se llevara la mañana como había arrastrado las nubes del cielo. Por decisión propia, aquel día tan especial sólo llevaría una joya: el broche de diamantes en forma de flecha que le había enviado el príncipe de Gales junto a un telegrama en el que le expresaba sus mejores deseos para la nueva vida que iniciaba. Cuando abrió el alfiler para prenderlo cerca del escote del vestido, sonrió; la evocación del príncipe siempre le dibujaba una expresión de felicidad en el rostro, e incluso había dado pie a muchas habladurías sobre las que la prensa pasaba de puntillas. Tomó el ramo hecho a base de lirios de los valles y bierzo blanco entre sus manos y se lo acercó a la nariz para disfrutar de la fragancia que desprendía aquella flor blanca acampanada. Su olor dulce y limpio, mezcla de rocío y flores silvestres, era tan peculiar que alabó el gusto del rey de Francia, Carlos IX, cuando impuso por norma obsequiar esas flores a las damas de la corte, después de un viaje que realizó a Drôme junto con su madre, Catalina de Médici, a quien el caballero Louis de Girard de Maisonforte le regaló un ramo de lirios de los valles que él mismo había cultivado en su jardín del Saint Paul Trois Châteaux.

Escuchó el reloj de carrillón que mandó ubicar en la torre del castillo. Era la hora que tanto había esperado.

La novia subió al primer carruaje dispuesto en el camino de arena de la entrada principal del castillo, que la aguardaba desde primera hora de la mañana con un cochero vestido con una elegante librea de color blanco y ribetes verdes. Se hizo acompañar por sus damas de compañía. Su landó abría la comitiva de carros que escoltaron en procesión a la novia, seguida por el carro de Nicolini, que viajaba con sus dos testigos. Eran tantos los invitados que algunas parejas tuvieron que recurrir al cuatriciclo con disposición de rumbo para trasladarse a la iglesia. A lo largo de los once kilómetros que separaban el castillo del templo, Adelina no dejó de ver las muestras de cariño de los vecinos de Swansea. A ambos lados del camino se agolpaban miles de personas que, al paso de la comitiva, saludaban a la futura esposa, vitoreando, aplaudiendo y lanzándole todo tipo de piropos, agitando sus brazos con la esperanza de que ella los viera y arrojando flores que formaban una alfombra mullida que las herraduras de los caballos y las ruedas de los carruajes hollaban.

Al llegar a la iglesia la esperaba un comité de bienvenida, formado por una delegación del gobierno local, una banda de música y miles de personas venidas de pueblos cercanos que no quisieron perderse la ocasión de ver a la Patti vestida de novia. Aún en el interior del landó, a través de la ventana, pudo ver a cientos de niños ataviados con ropa de fiesta, cantando canciones populares al son que marcaba la orquesta. Cuando por fin se apeó del carruaje, una veintena de niñas con vestidos blancos bordados con cintas de color azul y rojo y cestas de flores en las manos formaron un pasillo desde el carro hasta la puerta de la iglesia. Al paso de la novia empezaron a arrojar pétalos de rosa hasta cubrir la alfombra roja que tapizaba el camino. Adelina no podía borrar la sonrisa de sus labios; estaba acostumbrada al delirio del público en los teatros, pero el júbilo que mostraban sus vecinos logró conmoverla. Aun sabiendo que Nicolini ya la esperaba en el interior de la iglesia —su carruaje había adelantado al de la novia al llegar a Ystradgynlais—, ralentizó el paso para que la emoción no le impidiera ver todo lo que se desplegaba a su alrededor. Se detuvo unos segundos para escuchar a los niños cantores, felices porque ese día no iban a la escuela. Reconoció algunos de los rostros y le alegró ver la recuperación de varios niños a los que había visitado en el hospital de la localidad, al que contribuía con donaciones periódicas de miles de libras, así como con la realización del concierto anual que ofrecía en el teatro de Swansea y cuya recaudación iba destinada íntegramente al sanatorio; no en vano, una de las alas del hospital fue bautizada con el nombre de Adelina Patti. Contempló las pancartas que muchos de los vecinos sostenían y en las que aparecían escritos su nombre y los distintos apelativos que usaban para referirse a ella: «la Señora del Castillo», «la Reina de Corazones» y «la Dama Generosa». De todos ellos, el que más le gustaba era el de Reina de Corazones, con el que incluso llegó a firmar algunos de sus autógrafos.

La intimidad que vivió la pareja en su enlace civil, celebrado en el consulado francés en Swansea un día antes de su boda, distó mucho de la bulliciosa ceremonia religiosa a la que acudieron setecientos invitados que apenas cabían en la iglesia donde las damas, vestidas con sus mejores galas y portando sus joyas más caras, agitaban su abanico como si quisieran acaparar el aire que parecía faltar en el templo mientras observaban con deleite el enorme tapiz de terciopelo y seda que presidía el altar, obsequio de la diva. Más cómodos estaban los miles de personas que aguardaban a las puertas del templo para ver a sus vecinos más ilustres convertidos en marido y mujer. Cuando Adelina y Ernest salieron de la iglesia como matrimonio, una nueva oleada de música, cánticos, gritos, aplausos y lluvia de pétalos se desató como si fuera la tormenta de la que el cielo se había privado para no estropear aquel día tan especial.

Los esposos ocuparon el mismo carruaje para regresar al castillo, un trayecto en el que invirtieron más tiempo por la multitud que se congregó en el camino y a la entrada del castillo, donde una banda recibió a la pareja tocando el himno de Craig-y-Nos que, según le informó Ernest a su ya esposa mientras permanecían en el interior del carruaje que se detuvo a escucharlo, había compuesto una de las hijas del director del diario *The Daily Telegraph*. Mientras los cuatrocientos invitados al convite —no todos los que acudieron a la iglesia estaban invitados al ágape o pudieron quedarse— disfrutaban del banquete celebrado en el exterior del castillo, con mesas distribuidas por todo el jardín de invierno y el resto de los jardines de la propiedad, todas vestidas con manteles blancos de lino sobre los que se elevaban bandejas de plata y oro de varios niveles, con los mejores manjares preparados por los cuatro chefs, Adelina ordenó disponer varias mesas a la entrada de la residencia donde se ofreció bebida y comida a base de carne, pan blanco y cerveza para todos los vecinos que así lo quisieran. Los mil kilos de carne dispensados por el carnicero de la ciudad se quedaron cortos, por lo que hubo que ampliar la demanda. La novia también se había encargado de organizar en el pueblo un banquete a base de dulces, té y refrescos para los tres mil niños de la escuela local, y ordenó un envío especial de ropa, comida y medicamentos para trescientos de ellos, los más desfavorecidos de la clase por la situación de pobreza en la que vivían sus padres. Era un día para celebrar y nadie podía permanecer ajeno a la felicidad de los recién casados. Los brindis enalteciendo a la pareja, en especial a la novia, se sucedieron tanto dentro como a las puertas del castillo, y lo hicieron durante toda la celebración que se alargó hasta altas horas de la madrugada. Al caer la noche, un espectáculo de fuegos artificiales iluminó el cielo e hizo las delicias de los presentes, mientras en el exterior algunos vecinos se habían organizado para encender hogueras en las montañas y en las colinas próximas, en homenaje a los novios.

Cuando el carrusel de festejos llegó a su fin y el alba ya despuntaba, Adelina y Ernest compartían el lecho nupcial mientras en el exterior todavía se escuchaban salvas de cañonazos, como las que se habían oído la noche anterior. El ruido que provocaron no pareció afectar al sueño de Nicolini, pero sí desveló a la diva, que decidió bajar a la sala de billar francés, donde se acumulaban los regalos, así como los telegramas de ilustres personalidades que no habían podido asistir al enlace. Uno de los sirvientes del castillo, alertado por la presencia de la señora, se brindó a prepararle una taza de leche caliente con canela para, según él, atraer al dios Morfeo. Mientras esperaba la llegada de la deidad invocada a base de esa especia amaderada, fue leyendo los telegramas recibidos. Algunos de ellos le dibujaron una sonrisa en los labios, impregnados del sabor dulzón de la canela: los príncipes de Gales, Christine Nilsson, el zar Alejandro III, el rey Guillermo III, que tuvo que pedir al Gobierno de la nación una partida económica especial para pagar el alto caché de la Patti y poder escucharla en los Países Bajos, el presidente de Estados Unidos Grover Cleveland, representantes de todas las casas reales europeas...

Un nuevo sorbo de leche pareció anunciar la llegada de su flamante esposo.

—Espero que no sea tu marido la razón que te roba el sueño... —ironizó Nicolini, que acababa de acceder a la estancia envuelto en un elegante batín de seda de color verde con un vistoso cordón dorado ajustando su cintura—. Ya es tarde para retractarse, no pienso separarme de ti en la vida.

—Ni yo te lo permitiré —dijo ella, aceptando el beso que Ernest le depositaba en los labios.

—A partir de mañana me encargaré de responder a todos —comentó mientras se servía un vaso de whisky, aludiendo a las cartas y telegramas que deseaban parabienes a la pareja.

La expresión risueña de su esposa al leer el telegrama que tenía en sus manos le hizo preguntarse quién sería el emisario.

—¿Debo ponerme celoso?

—No creo que merezca la pena. Es de la reina Isabel de Rumanía... —dijo al tiempo que alargaba el brazo para entregarle el mensaje a su esposo.

—«Mis más sinceras felicitaciones y mi hondo deseo de que su enlace le depare toda la felicidad que usted nos brinda con su arte» —leyó en voz alta Ernest mientras recordaba el peculiar recibimiento en la estación de Bucarest urdido por el empresario Schurmann y por el agente Charles para evitar que la diva cancelase la gira.

—Qué mujer tan amable...

—Es lo mismo que dijiste sobre el pueblo de Bucarest... —recordó, temiendo que su esposa le estuviera leyendo la mente. Se habían prometido que entre ellos nunca habría secretos, pero Ernest no pensaba contarle sus sospechas sobre lo que pasó en la estación de la capital rumana.

—Creo que nunca vi un azul tan intenso de ojos como los de la reina Isabel. ¿Y te fijaste en la blancura de sus dientes? —preguntó curiosa.

—Me fijé en cómo admirabas su tiara de perlas y diamantes.

Adelina compartió un gesto de complicidad con su marido, que siempre estaba más pendiente de ella de lo que pensaba. Nicolini se refería a la tiara diseñada con dieciséis grandes perlas verticales custodiadas por numerosos diamantes realizada por Oscar Massin y que la reina Isabel recibió como regalo de su boda con el príncipe Carlos por parte de la Asociación de Damas Aristocráticas de Rumanía.

—Nos ha enviado uno de los libros que escribe. Es una gran escritora, por mucho que la llamen «machirula» o «vergüenza de las casas reales». No hay mejor patio de vecinos que la aristocracia. Nunca sabes lo que te espera cuando entras en su círculo —sentenció Adelina—. Lamento que no haya podido venir. Ni ella ni Luis II de Baviera. Me ha sorprendido la ausencia de *der Märchenkönig* —el rey de los cuentos de hadas—, la verdad. Me hubiera gustado hablar con él sobre su amor por Wagner y por la ópera. El rey es un mecenas musical. Si no fuera por él, no se habría construido la sala de conciertos de Bayreuth.

—¿No lo sabes? —preguntó Nicolini, que temió ser el primero en comunicarle lo que había ocurrido.

Extrajo un puro del estuche de cuero con incrustaciones de diamantes y rubíes que le había hecho llegar el director del Banco de Inglaterra, Alfred de Rothschild, como regalo de bodas, junto con un broche de rubíes y brillantes para la novia. Invirtió unos segundos en encenderlo, poniendo a prueba la paciencia de su esposa.

—¿Qué debo saber?

—A Luis II lo han declarado mentalmente incapacitado para gobernar y lo han trasladado al castillo de Berg, bajo la tutela de un psiquiatra.

—Pero ¿por qué?

—Mucho dinero gastado en castillos y demasiada obsesión por Wagner.

Adelina lamentó la noticia, que confirmaba su teoría sobre algunas casas reales.

Acabó su taza de leche con canela, al igual que Nicolini hizo con el whisky.

—¿Qué hablabas con el señor Abbey, querido? —quiso saber antes de abandonar la sala de billar para dirigirse ambos a su alcoba—. Te vi muy interesado en la conversación. Al final, no he podido atenderlo como merecía. No pensé que cuatrocientos invitados requirieran tanta atención...

—Quiere proponerte algo. A mí me ha sonado bien.

—A ti todo te suena bien. Como al pobre Luis II.

—Su deseo es que conquistes América.

—Eso ya lo he hecho. Lo que quiere es que cante en el Metropolitan. Pero, como ya le expliqué, yo tengo cerrada una serie de conciertos con la Academy of Music para finales de este año. Y te recuerdo que tú también, por si se te ha olvidado.

—Se refiere a Sudamérica.

—Debe de haberse vuelto loco —exclamó, aceptando la mano que le brindaba Nicolini.

—La locura es una epidemia, querida.

Tres días después de la boda, el 13 de junio, se encontraron los cuerpos de Luis II y su psiquiatra en el lago Starnberg. Los dos habían salido a pasear y, ante la tardanza en el regreso, los guardias asignados a su servicio fueron a buscarlos y descubrieron sus cuerpos flotando en las aguas del lago. Unos hablaron de suicidio, otros de asesinato; Luis II era un experto nadador.

Tres días después de la boda, el 13 de junio, después de dar los últimos retoques al vestuario para su tradicional concierto en el palacio de Buckingham a finales de junio y antes de retomar sus conciertos en el Royal Albert Hall, Adelina compartía almuerzo en el restaurante Rules de Londres con el empresario Henry Abbey. También en aquella ocasión había sido ella la encargada de elegir el lugar de la cita. Le gustaba el ambiente de aquel establecimiento revestido de madera, con asientos de terciopelo rojo, manteles de lino blanco, paredes ambarinas de las que colgaba una buena colección de cuadros, retratos y caricaturas que acompañaban a las esculturas en bronce distribuida por el local, techos altos decorados con vidrieras y suelos alfombrados por una moqueta de color rojo con dibujos en dorado. Era el templo favorito de Nicolini por las exquisitas ostras que servían; no en vano, abrió sus puertas en 1798 como un bar especializado en esos moluscos.

Ante un pudin de estofado de ternera con riñones, ella —le encantaba la casquería y era un producto que le permitía mantener la excelente figura de la que presumía—, y un asado de urogallo, él, los dos viejos conocidos se abandonaron a una nueva conversación.

Las mismas paredes que eran testigos de los más escabrosos secretos de la aristocracia londinense sentada a sus mesas, así como de las habladurías convertidas en leyendas que rodeaban a la monarquía británica, de la que la propia Adelina fue víctima con los rumores que la relacionaban con el príncipe de Gales, ahora atestiguaban otro tipo de chismorreos.

—Si la señora Vanderbilt es el problema para que usted actúe en el Metropolitan… —empezó diciendo el señor Abbey, aunque la Patti le impidió finalizar la frase.

—No se equivoque. Alva nunca ha sido un problema para mí. Sería más certero decir que yo fui su problema. Sinceramente, espero que lo haya solucionado.

—Me alegra escuchar eso. Así, para convencerla de que acepte cantar en el Metropolitan, no tendré que recurrir al runrún que recorre Nueva York sobre el inminente divorcio que piensa solicitar la señora Vanderbilt, harta de las infidelidades de su marido. Por lo que cuentan, las diferencias entre ellos son irreconciliables. Pero el divorcio está mal visto en la alta sociedad neoyorquina, ya sabe...

—¿Alva Vanderbilt divorciada? —preguntó, sin esconder el alborozo que le producía la noticia. Alva, la mujer que decidió vetarla en la gran fiesta de disfraces celebrada el 26 de marzo de 1883 en su mansión de la Quinta Avenida porque la diva era una mujer separada, quería pedir el divorcio. Le seguía sorprendiendo el juego del destino y, últimamente, incluso le divertía—. Las vueltas que da la vida.

—Con esto le quiero decir que la sombra de los Vanderbilt sobre el Metropolitan ya no es tan alargada.

—Haga usted una oferta, señor Abbey, y déjese de rodeos.

—Cinco mil por noche. Cincuenta conciertos en total. Y una gira por Sudamérica. Allí mueren por ver a la Patti.

Adelina esperó a que el camarero depositara sobre la mesa el *crumble* con ruibarbo y deliciosa crema inglesa al que le resultaba imposible resistirse en Rules para poner fin a la venganza urdida contra la señora Vanderbilt y romper el maleficio que la perseguía a la hora de trabajar con el señor Abbey. La Patti cantaría en el Metropolitan.

Al final, ella también había sucumbido a la locura.

38

Nueva York siempre había sido una ciudad con memoria.

Cuando Adelina llegó a la metrópoli en noviembre de 1886 para ofrecer una gira de conciertos junto a Nicolini, que empezaría en la Academy of Music y recorrería las principales ciudades de Estados Unidos hasta culminar con su debut en el Metropolitan, sólo se hablaba de lo sucedido seis meses antes en las revueltas de Haymarket.

Miles de obreros industriales de Chicago iniciaron una huelga el 1 de mayo para exigir los derechos que reivindicaban los gritos en la calle: «Ocho horas para trabajar, ocho horas para descansar, ocho horas para el ocio». Querían que su gremio también fuera incluido en la ley Ingersoll que aprobó el presidente estadounidense Andrew Johnson en 1868, que instituía una jornada laboral de ocho horas para los trabajadores del sector público, como oficinas federales y obras públicas, pero nada se hablaba de aquellos obreros cuya jornada se extendía a las once horas e incluso, según el criterio del empresario, podían llegar a las dieciocho. Las protestas se expandieron por muchas ciudades contribuyendo a crear un ambiente hostil entre los trabajadores y los patrones de algunos periódicos como *The New York Times* se encargaron de alimentar días antes del inicio de la huelga, con editoriales donde se aseguraba que «además de las ocho horas, los obreros exigirán todo aquello que les dicen los más locos anarquistas». La locura también había llegado a Estados Unidos.

Las protestas duraron varios días, con enfrentamientos entre los propios trabajadores, ante la decisión de algunos de ellos de no secundar la huelga, que se saldó con la muerte de seis obreros cuando eran dispersados por la policía. En medio de ese clima de nerviosismo y tensión, cientos de miles de obreros fueron convocados a una manifestación en la plaza Haymarket de Chicago el 4 de mayo para seguir reivindicando sus derechos, aunque fuera por medio de la violencia. Durante la concentración se produjo una fuerte explosión. Uno de los obreros había lanzado una bomba que provocó la muerte de seis policías y la inmediata respuesta del cuerpo policial, que cargó duramente contra los manifestantes congregados en ese momento en la plaza. Las protestas se saldaron con treinta y ocho obreros muertos, más de cien heridos, decenas de detenidos y ocho de ellos procesados como responsables de lo ocurrido. El juicio se celebró un mes después, el 21 de junio de 1886, y derivó en la condena a muerte de cinco de ellos, una sentencia que se ejecutaría un año más tarde, el 11 de noviembre de 1887.

La digestión de aquella violencia, iniciada en las entrañas de la revolución industrial, continuó gestándose durante meses, contagiándose al resto de las ciudades, donde se sucedieron las protestas, las detenciones, las cargas policiales y las condenas de los obreros que no sólo dictaban los jueces, sino también algunas de las principales cabeceras del país, en cuyas páginas se celebraba la pena de muerte para los detenidos, que eran calificados como despiadados asesinos, cerriles comunistas, bandidos de la peor calaña dedicados a la fabricación de bombas, auténticos leviatanes desestabilizadores de la paz social. «A la horca con ellos. Esa caterva roja es el residuo que llega desde Europa para recalar en nuestro país, aprovechándose de nuestra generosidad y nuestra acogida con el fin de desestabilizar nuestra autoridad, nuestras leyes y nuestra nación, siendo portadores de doctrinas perniciosas que amparan el comunismo y el socialismo».

Nicolini, ávido consumidor de periódicos, leía con preocupación algunas de las informaciones publicadas en la prensa, sobre todo cuando se relacionaba a los europeos que llegaban a Estados Unidos con «fieras peligrosas sedientas de violencia que buscan la agitación de las masas, inmigrantes acarreadores de ideas socialistas con el único fin de perturbar nuestro país y no de trabajar en él». Cerró las páginas del diario de San Francisco, donde Adelina daría su último concierto la tarde del 9 de febrero de 1887, antes de recalar en otras ciudades estadounidenses y llegar al fin a su esperado estreno en el Metropolitan de Nueva York en el mes de abril para representar seis óperas. Consultó el programa de la gira; en un mes, estarían en Chicago. Le preocupaba que los ánimos siguieran caldeados y que ese ambiente desfavorable afectara a los conciertos previstos en la ciudad que había sido el epicentro de las protestas obreras.

—Espero que esa gente no crea que somos un grupo de comuneros venidos del París de 1871 —comentó al director Luigi Arditi, con el que compartía un café antes de entrar en el teatro—. Como si no existieran ya el hambre, la pobreza y las huelgas en este país antes de que llegáramos los europeos.

—Querido amigo, con las huelgas y las revoluciones ocurre como con los borrachos que no saben gestionar la ingesta de alcohol y culpan de la resaca a todos, excepto a ellos mismos. Los estadounidenses no han sabido gestionar su revolución industrial... —Arditi apuró su café después de un rápido vistazo a su reloj de bolsillo.

—Es una buena comparación. Brindo por ella. —Nicolini alzó en el aire la copa de coñac que le acababa de servir el camarero.

—Ya te lo dije un día... —reconoció Charles, recordando el lejano día en un hotel de Viena cuando Nicolini le propuso que pensara en algo que evitara la cancelación del concierto en Bucarest. El agente se había unido a la conversación, con un café caliente para combatir el intenso frío que el mes de febrero había traído a San Francisco—. Los americanos escuchamos siempre los buenos consejos que nos dan y Europa nos ha ofrecido muchos.

—No siempre. Podíais aprender de los franceses la doble destilación en alambiques de cobre —apuntó Nicolini, haciendo un gesto de contrariedad después de beber el coñac, según él, «para matar el sabor del café». Añoró la exclusiva botella Henri IV Dudognon Heritage que guardaba la bodega del castillo Craig-y-Nos.

—Los americanos no tenemos paciencia para ver envejecer nada y, mucho menos, en barriles de roble. Comparados con los europeos, apenas tenemos historia. Por eso nos vemos abocados a imitar la de otros. Y qué mejor fuente de inspiración que Europa.

—Nosotros somos artistas. No creo que ni aquí ni en Chicago nos vean como locos peligrosos —valoró Arditi, que había dirigido los conciertos ofrecidos por la pareja durante la gira por Estados Unidos, en los que la única revolución había sido la del público a través de sus aplausos, las ovaciones y las pañoladas blancas que teñían los teatros, lejos de los tintes con los que algunos tinturaban de rojo las calles.

—Hace falta ser un verdadero artista para convencer a doscientos mil obreros de unirse a una revuelta… —bromeó, a medias, Nicolini.

—Mis paisanos siempre han sabido elogiar y dar su sitio a los artistas —repuso Charles—. Te recuerdo que, hace unos meses, *The New York Times* comparó la llegada de la Patti a Nueva York con la arribada de la estatua de la Libertad.

—Sabes muy bien que el periodista lo hizo con la intención de subrayar la libertad recuperada por Adelina al divorciarse de su primer marido para poder casarse conmigo. La prensa siempre practica un doble juego para engañar a los malos jugadores.

Estaban en San Francisco y Ernest no había olvidado lo que el semanario satírico *The Wasp* publicó en marzo de 1885, en plena polémica por la separación de la diva del marqués de Caux y su aventura con el tenor francés, asegurando que el público iba al teatro para ver a una mujer lujuriosa y liviana, tan hermosa como célebre por sus muchas infidelidades con compañeros de reparto, y no para disfrutar de la gran soprano que era la Patti.

La memoria de Nicolini, como la de Nueva York, gozaba de buena salud.

—No le comentes nada a tu mujer —le aconsejó Arditi, convencido de que los artistas debían estar más preocupados por leer las partituras y no tanto los periódicos—. Lo último que necesitamos es que se preocupe por los movimientos obreros. No son ellos precisamente los que llenan los teatros. Al menos en eso, estamos a salvo.

Nicolini siguió su consejo. Unas horas más tarde, se arrepintió de haberlo hecho.

El concierto en el teatro de San Francisco comenzó a la hora prevista, precedido por el consabido siseo del público pidiendo silencio a los más habladores cuando las luces se apagaron, como si fueran las sirenas que anunciaban el comienzo de los paros protagonizados por los obreros en las fábricas. Como todos los días, el teatro mostraba un lleno absoluto. Desde hacía semanas las entradas estaban agotadas, tanto en la platea como en los palcos, ocupados siempre por miembros de la alta sociedad local, empresarios y millonarios que no querían perderse lo que sucedía en el escenario, observando desde su privilegiada ubicación los asientos del patio inferior, quizá como una forma de reafirmarse en la idea de que todos habitaban el lugar que merecían. La admiración por la voz de la Patti era lo único que igualaba a los asistentes. Conforme la soprano cantaba las arias más famosas, el embeleso del público crecía. Nadie podía retirar los ojos de aquella mujer de pequeña estatura que se convertía en una gigante en la escena, dando voz a las heroínas de las óperas, siempre en pie de guerra por un amor prohibido, enfrentándose a los poderosos y a sus normas, batallando por amores imposibles, cargando con la culpa de los designios diseñados por terceros, invariablemente hombres, dispuestas a luchar por lo que era suyo, por lo que les correspondía por derecho, retando a la vida con la propia muerte si con eso conseguían aquello con lo que soñaban, obtener un lugar en el mundo según sus reglas, rompiendo leyes y votos sagrados por la libertad de amar incluso al enemigo del pueblo, como la protagonista de *Norma*, la suma sacerdotisa de los celtas, hija de Oroveso.

Adelina alcanzaba las notas más altas del repertorio interpretando el aria «Il dolce suono» del tercer acto de *Lucia di Lammermoor*; emergían de su garganta dos toques en mi bemol sobreagudos, y extremaba una tercera octava, para remarcar la locura y la sinrazón que vivía Lucia, obligada a casarse con un hombre al que no amaba porque esa unión remediaría la pobreza de su familia. En ese momento, la diva observó la silueta de un hombre en mitad de la platea. No pudo distinguirle bien. Las sombras le abrigaban a él igual que las luces la abrazaban a ella. Le extrañó que alguien se levantara en mitad de su representación; nunca le había pasado, excepto aquella vez en el Covent Garden, en plena interpretación de *Romeo y Julieta*, cuando unas señoras se posicionaron de espaldas al escenario como muestra de desaprobación por su vida disipada a raíz de la separación del marqués. La potente luz sobre sus ojos le impedía ver su rostro con claridad, pero aquella silueta iba avanzando, aproximándose por el pasillo central, acercándose al escenario donde Lucia seguía entregada al *dolce suono:*

> *Sí, a ti me rindo...*
> *Hui de tus enemigos.*
> *¡Un escalofrío me recorre el pecho!...*
> *¡Tiembla cada fibra!...*
> *¡Me tiemblan los pies!...*

Adelina no podía dejar de observar aquella sombra, como ella misma estaba siendo advertida por el público. Durante un latido, sus miradas se cruzaron, apenas unas décimas de segundos, sin reconocerse, pero intuyéndose. Ni siquiera entonces la diva dejó de cantar.

> *Me cubre el llanto amargo*
> *el velo terrenal.*
> *Mientras allá arriba en el cielo*
> *rezaré, rezaré por ti.*
> *Sólo a tu llegada...*
> *¡El cielo es hermoso para mí!*

Fue entonces cuando se escuchó una explosión. El estruendo sumió el teatro en un tétrico silencio, haciendo que los instrumentos de los músicos enmudecieran y la voz de la Patti se velara. La confusión duró unos instantes hasta que las voces comenzaron a romper la afasia colectiva que se había instalado entre el público. Un hombre yacía en el suelo, ensangrentado, con graves heridas en las manos, quemaduras en el rostro y retorciéndose de dolor, aunque eso no le impidió gritar: «¡Muerte al opresor! ¡Muerte a Flood y a todos los déspotas capitalistas!».

Desde el escenario, la Patti observaba al moribundo sin que nadie se atreviera a tocarlo, mucho menos a auxiliarlo a pesar de sus gritos que, por unos momentos, cohabitaron con los que surgían desde la platea. Ni siquiera entonces pudo distinguir con claridad su cara; la sangre y las heridas que la cubrían se lo impidieron. A quien sí vio con claridad fue al hombre que contemplaba la escena desde uno de los palcos más próximos al escenario, con el terror dibujado en el rostro. Era el millonario neoyorquino y magnate de las minas de plata James Flood, hijo de inmigrantes irlandeses, cuyo nombre estaba en boca de todos por dos motivos: sus prácticas de especulación bursátil y la gran mansión de tres pisos que se había construido en ladrillo rojo sobre la cima de Nob Hill, ocupando toda una manzana. Había escuchado los gritos del anarquista y siguió oyéndolos cuando unos empleados del teatro lo sacaron de la sala. Las miradas volvieron a posarse sobre la diva, que había recuperado el interés de los presentes y, por tanto, el poder. Incluso James Flood, que siguió en su palco a pesar de la recomendación de su mujer Emma de regresar a casa, centró la mirada en el escenario. El espectáculo, el de verdad, debía continuar. Y Adelina se encargó de ello.

—Y ahora, para todos ustedes, interpretaré una canción que nunca falta en mi repertorio, en parte, por exigencia del público: «Home, Sweet Home».

La tranquilidad de la artista sorprendió a todos y disolvió la tensión reinante en la sala. La única con derecho a reinar en un teatro era ella y como soberana absoluta había hablado.

Las luces del teatro se apagaron de nuevo, el silencio regresó como el hijo pródigo después de un accidentado viaje y la voz de la diva fue la única que se escuchó. Nicolini, que al oír la fuerte explosión había corrido hacia su esposa para protegerla, también volvió a ocupar su lugar entre bambalinas. Ella misma se había encargado de apaciguarle al encontrar en su mirada el mismo terror que vislumbró en la del millonario Flood, pero en el caso de Ernest la motivaba el miedo a que algo le sucediera a su mujer. Agradeció que no bajara del escenario para encararse con el hombre o que no le gritara como había hecho en el Teatro Principal de Valencia cuando algunos espectadores se atrevieron a silbarla.

Al día siguiente, la prensa recogía lo sucedido en el teatro. Los periódicos informaban de que un hombre, relacionado con grupos anarquistas, había intentado atentar contra el empresario de la plata valiéndose de una caja de dinamita que portaba bajo el abrigo, que le estalló en las manos cuando se disponía a lanzarla al palco del magnate. Algunos medios fueron más lejos, asegurando que la verdadera intención del atentado fallido era denunciar los altos precios de las entradas y que una soprano se embolsara en una única representación lo que un obrero no ganaba en diez o quince años de trabajo. Y otros recurrieron a la poesía a raíz del testimonio de algunos testigos, asegurando que fue la mirada de Adelina la que consiguió que el anarquista se quedara prendado de ella durante unos segundos, los necesarios para impedirle arrojar el artefacto y provocar que explotara en sus manos.

—Como siempre, los periodistas entregados a la literatura más que al periodismo —comentó Nicolini, cuyo rostro todavía reflejaba la tensión vivida la noche anterior.

—¿Cómo se llamaba el hombre que llevaba la bomba? —preguntó ella.

—¿Eso importa? —interpeló Arditi, que también vivió el altercado, aunque protegido por una concha que cubría, en parte, el foso que ocupaba la orquesta que dirigía.

—Por supuesto que importa. Siempre importa —respondió la diva.

Nicolini conocía a su mujer y sabía a qué se refería. Era la misma pregunta que le había hecho a su abogado cuando acudió a su despacho de París para iniciar los trámites de divorcio después de la aprobación de la ley Naquet. Entonces quiso saber cómo se llamaba la norma que le permitió cumplir con su deseo de casarse con él. «Hay que poner nombre a las cosas que a uno le hacen feliz para que nunca se olviden», había dicho. En esta ocasión, quería saber cómo se llamaba el hombre que a punto estuvo de teñir de muerte un teatro para no olvidar que el peligro puede estar en cualquier lugar y la amenaza venir de cualquier persona.

—Se llama James Hodge. Al menos eso publican los periódicos. Unos dicen que es un joven inglés, y otros, que es un anarquista local de setenta años. Unos aseguran que sólo está herido recuperándose en un hospital y otros atestiguan que murió. Hay versiones donde elegir... Se llama prensa, querida —ironizó Nicolini.

Adelina no quiso saber más de aquel anarquista, joven o anciano, guapo o feo, alto o bajo, enamorado o no de ella; tampoco le hubiera resultado sencillo de haberlo querido, a tenor de las distintas versiones ofrecidas en los diarios.

Aquel hombre compartió el destino fatal de las protagonistas de muchas óperas que perdían la razón y se abandonaban al delirio cometiendo acciones en las que el retorno no era una opción, donde sólo cabía morir o matar. La muerte y la locura hermanaban a la sociedad con la ópera mucho más de lo que Arditi pudiera pensar. Nicolini, de nuevo, estaba en lo cierto.

El suceso la mantuvo callada y pensativa durante parte de la gira en la que, a pesar del temor de su esposo, no se produjo ningún efecto contagio en ninguna de las ciudades, tampoco en Chicago.

Todo quedó disipado cuando finalmente la diva pisó el Metropolitan de Nueva York. Su nombre había cambiado en el cartel que anunciaba su actuación en el nuevo templo de la ópera neoyorquino: Adelina Patti-Nicolini. Siempre sería la Patti, porque así la había bautizado el público, pero quiso que el nombre de su segundo esposo apareciera junto al de ella, aunque fuera sobreimpreso en un papel y no sobre el escenario; ésa había sido la única condición exigida por el empresario Henry Abbey: que el tenor francés no cantase con ella. De eso era de lo que realmente hablaron durante el banquete de bodas, cuando Adelina los vio entregados a la conversación. Ernest, lejos de interpretarlo como una ofensa, lo entendió perfectamente, sin dramas, sin quejas, quizá porque la oferta económica borraba cualquier daño al orgullo, o tal vez porque hacía mucho que cantar había dejado de divertirle como lo hacía pescar salmones y truchas en el río Tawe, tocar el violín —amén de coleccionarlos—, degustar grandes caldos de la bodega del castillo de Craig-y-Nos y estar pendiente de su esposa. No quería ser una cláusula más en el contrato de la Patti. Ya no lo necesitaba.

Adelina Patti-Nicolini cantaría seis óperas durante el mes de abril de 1887 en el Metropolitan: *La traviata*, *Semiramide*, *Fausto*, *Carmen*, *Lucia di Lammermoor* y *Martha*, todas bajo la dirección de Luigi Arditi, todas con la ausencia de Nicolini en el escenario. La única que no obtuvo el éxito del resto fue *Carmen*, lo que le valió para desterrarla definitivamente de su repertorio. La gitana sevillana, como James Hodge, pasaría a ser una sombra del pasado antes de ser una losa sobre la voz de la diva.

Adelina vivía uno de sus mejores momentos personales junto con el periodo más pleno de su carrera y quiso añadir algo más de diversión. Reunidos de nuevo en un reservado del restaurante Delmonico's de Nueva York, esta vez con la presencia también de Ernest, más interesado en la carta de vinos que en los huevos benedictinos más famosos de la ciudad, la diva encomendó a su empresario que se encargara personalmente de cursar una invitación a la señora Vanderbilt.

—¿Está segura, querida? —preguntó el señor Abbey—. No sé si es buena idea...

—Es una de las mejores ideas que he tenido, créame —reconoció muy segura de sí misma.

Ansiaba un encuentro con ella tanto como imaginó que Alva rehusaría tenerlo; enfrentarse a los errores del pasado nunca resultaba una empresa fácil, por mucho dinero y muy alta posición social que se tuviera.

—No discuta con mi mujer, Henry. Siempre se sale con la suya, aunque sólo ella decide el tiempo y el lugar —aconsejó Nicolini, saboreando el delicioso caviar sobre los huevos y comiendo con los ojos la fuente de ostras que acababan de dejar sobre la mesa.

—¿Para alguna ópera en particular? —preguntó Abbey, temiéndose la respuesta.

—*Fausto*, por supuesto —confirmó ella. Era la ópera con la que se había inaugurado el Metropolitan, en aquella ocasión, con Christine Nilsson encabezando el reparto—. Las cosas o se hacen bien o no se hacen, ¿no le parece?

El triunfo fue el esperado, el beneficio en taquilla, el anhelado para satisfacción de Abbey, y las críticas a la magnífica voz de la Patti, que según la prensa parecía aún más joven desde su matrimonio con Nicolini, fueron las imaginadas. La sorpresa vino en un carruaje del que descendió Alva Vanderbilt. Al finalizar la función, pidió ver a Adelina que, sorprendida ante su petición, mandó salir a todos los que la acompañaban en el camerino.

—Quizá le haya extrañado que viniera a verla.

—En absoluto; fui yo quien insistió en que la invitaran. Las invitaciones siempre dicen más de quien las cursa que de quien las recibe. —Sus palabras transportaban una doble intención que Alva supo interpretar.

—Puede que le deba una disculpa. Creo que no actué de la mejor manera, pero ya sabe lo que suele ocurrir cuando una se deja llevar por opiniones ajenas que no buscan más que sus propios intereses.

—No me debe nada, querida. Y, si quiere un consejo, no haga caso de lo que digan; suele impedir que uno escuche lo que realmente piensan.

La puerta del camerino se abrió. No hubo aviso previo, así que Adelina supo quién era antes de que accediera.

—Déjeme que le presente a mi marido, Ernest Nicolini. Creo que no se conocen.

—Señora... —Se inclinó el tenor con el ademán de besarle la mano—. Un placer saludarla. ¿Ha disfrutado de la ópera?

—Siempre lo hago. *Fausto* es una de mis favoritas, por eso la elegimos cuando... —Calló durante unos instantes, los necesarios para remediar decir lo que había iniciado—. Por eso se eligió para la noche de la inauguración del Metropolitan.

—Es cierto, recuerdo esa noche. Y dígame, ¿ha venido sola? ¿Su marido está por aquí? —preguntó Nicolini sin ningún atisbo de maldad, ya que no estaba al tanto de la situación que vivía el matrimonio.

—El señor Vanderbilt estará donde esté cualquiera de sus amantes. Y si quiere que le sea sincera, cuantas más tenga, mejor; por cada una de ellas aumentaré un millón más la indemnización que pretendo pedirle en la demanda de divorcio —explicó, al ver el rostro contrariado de Nicolini—. Pero discúlpenme, ustedes están recién casados. ¡Quién quiere hablar de divorcio!

—Cualquiera que no sea feliz en su matrimonio, supongo. Nada condenable; al menos no debería serlo —apuntó Adelina. Se estaba divirtiendo, no podía evitarlo.

—La vida da muchas vueltas, querida. Y confío en que en alguna de ellas nos encontremos. Tengo grandes planes que espero que, en algún momento, se crucen con los suyos.

—Soy muy partidaria de los encuentros en el tiempo.

39

La muerte nunca había sido algo en lo que pensara de manera recurrente. Lo consideraba algo ajeno, como el fracaso, un concepto que sólo afectaba a los demás y que a ella únicamente le había rozado lo necesario para dejarle algunas cicatrices en el alma que, al igual que ocurre con las que tatúan la piel, reclaman su particular protagonismo, recordando que están ahí cuando el clima se presenta adverso.

Sin embargo, el fallecimiento de su cuñado Maurice Strakosch, el hombre que la acompañó desde que era una niña gracias a la intermediación de su madrina, Marietta Alboni, la persona que mejor la conocía, que mejores consejos le había dado a lo largo de su carrera, que soportó estoico sus rabietas, sus brotes, sus enfados, los primeros lloros que le hacían tirarse al suelo y patalear, el «dramatismo propio de una diva», como él lo calificaba, el primer hombre que antepuso el beneficio artístico de la Patti al suyo propio, provocó que tomara una decisión.

Strakosch había fallecido en París. La desolación de su hermana Amalia ante su recién estrenada viudez, enterrando más de treinta años de vida conyugal, y el dolor que halló en la mirada de los dos hijos que el matrimonio tuvo en común, le hizo plantearse lo que nunca antes se le había pasado por la cabeza. Por supuesto, a su hermana y a sus sobrinos no les faltaría nada, de eso se encargaría ella como lo había hecho, desde pequeña, con toda la familia. Pero no era suficiente. Debía dar un paso más.

Recostada en la cheslón de seda ambarina que decoraba la sala de billar del castillo de Craig-y-Nos, Adelina bebía una humeante taza de cacao Van Houten, al que se había aficionado hasta la obsesión, incluyendo varios paquetes en su equipaje cada vez que iba de gira. La empresa fabricante había llegado a un acuerdo con ella para que su cara, su nombre y su autógrafo aparecieran en el envoltorio del producto, y, amén de una generosa cifra que ella misma acordó, el cacao nunca faltaría en su casa. Le recordaba al chocolate de la pastelería de Felix Effray, en Nueva York, que devoraba cuando era una niña. La herencia del recuerdo dio paso a otro tipo de legado.

—Voy a hacer testamento —informó, después de acercar la taza a sus labios, dejando en ellos un delicioso sabor a cacao.

El anuncio sorprendió a Nicolini mientras se disponía a colocar un nuevo rollo de papel perforado —cada agujero equivalía a una nota— en su nueva adquisición: el *orchestrion* de Welte & Söhne, un completo reproductor de música en cuyas entrañas parecía cobijarse una orquesta completa. Al igual que Adelina con el cacao Van Houten, Ernest se había encaprichado de aquella máquina desde que supo que Chaikovski tenía una en su casa que le permitió aficionarse a la ópera italiana. Los cincuenta mil francos que había costado no fueron impedimento para que, desde Suiza, llegara a La Roca de la Noche para presidir el salón de billar, haciendo las delicias del matrimonio, que podía estar horas escuchando música, abandonándose al baile o incluso cantando.

El comentario de su esposa hizo que Ernest se quedara con el rollo en una mano y la caja cilíndrica que lo contenía en la otra, enmudeciendo al *orchestrion* como la revelación de Adelina lo había amordazado a él. Necesitó unos segundos para armar su respuesta.

—¿Sucede algo, querida? —preguntó, sin poder ocultar la preocupación en su voz—. ¿Te encuentras bien?

Miró a su esposa, que parecía esconderse detrás de la taza de cacao para no extenderse en explicaciones. Ella siempre había sido una mujer fuerte, con una salud de hierro que sólo renqueaba cuando un inoportuno enfriamiento y su consecuente dolor de garganta la obligaban a mantenerse alejada del escenario. Era normal que Ernest se inquietara ante el anuncio.

—No ocurre nada. Ésa es la razón por la que quiero testar —explicó con serenidad—. Y quiero hacerlo antes de iniciar mi gira por Sudamérica.

—Eso es dentro de dos meses... —Hizo un cálculo rápido, con la mente puesta en el mes de abril de 1888—. ¿Por qué tanta prisa?

—¿Crees que me precipito? Querido, acabo de cumplir cuarenta y cinco años...

—No aparentas más de treinta. Hasta la prensa lo dice.

—La muerte no entiende de apariencias, Ernest.

—Yo tengo cincuenta y cuatro... —repuso, convencido de estar ofreciendo un argumento de peso. Todavía recordaba la fiesta de cumpleaños que la pareja siempre celebraba juntos, ya que el tenor cumplía años cuatro días después que su amada.

—Lo sé, querido. Y hace casi dos años que hiciste testamento. Me estás dando la razón.

—¿Por qué estamos hablando de muerte?

Nicolini tenía la impresión de que los adioses clamaban por ocupar un lugar que aún no les correspondía. Era cierto que la mayoría de las sopranos de la quinta de Adelina ya estaban retiradas, bien por una maternidad que les había robado la voz —como fue el caso de quien fuera la pesadilla de la diva, la soprano Etelka Gerster—, bien por el hartazgo de un público caprichoso como era el de la ópera, que desterraba con la misma facilidad a una diva con la que acogía a una nueva. Pero los cuarenta y cinco años de la Patti no se parecían a los de otras sopranos, porque ella era única y, como bien decía la prensa, incomparable. Sin embargo, desde hacía un tiempo Ernest venía escuchando expresiones como «gira de despedida» o «última aparición» paseándose frívolamente por el lenguaje que rodeaba a su esposa y que todos parecían encantados de utilizar. Nadie le tenía que explicar que esos enunciados representaban una fructífera treta comercial, urdida por empresarios como Henry Abbey con la aprobación de la propia Adelina, como tramaron en la última gira por Estados Unidos, cuando ambos sabían que la diva regresaría para la próxima temporada. El inminente final de algo siempre provocaba la obsesión por conseguirlo una última vez, sin importar el precio que hubiera que pagar. Algo parecido había sucedido en su reciente actuación en el Teatro Real de Madrid, durante el mes de febrero, donde la Patti representó cinco óperas, más un concierto de gala celebrado el 26 de febrero de 1888. El empresario del teatro, el conde de Michelena, a instancias de Adelina, dejó entrever ante algunos periodistas que aquél sería una especie de concierto de despedida, un supuesto adiós que rápidamente reflejaron en sus crónicas. No era cierto, al menos no era ésa la intención, pero los beneficios en taquilla no dejaron de aumentar, igual que las recurrentes críticas por el alto precio de las entradas; doce mil pesetas por actuación era una cifra que nadie hasta entonces había alcanzado. Ella no estaba cansada de cantar, como afirmaron maliciosamente algunos críticos, llevados por el morbo que siempre despierta el rumor —«La Patti se toma demasiadas licencias», «Acomoda las partituras a su voz», «¿Su final puede estar próximo?».—, pero sí se mostraba hastiada de la obsesión por el dinero que exponían algunos por el alto coste de escucharla cantar; no le pareció irónico molestarse ante la ofuscación por su caché que manifestaban los demás cuando ella presumía de ser la soprano mejor pagada de la historia de la ópera.

Nadie había oído hablar de retiradas, pero el fantasma de las palabras siempre ceba los rumores. Las despedidas a menudo resultan rentables para todos, los adioses anticipados también; tampoco ella quería perderse la posibilidad de beneficiarse de ello.

Así lo intentaba interpretar Nicolini cuando escuchó a su esposa hablar de hacer testamento.

—¿Qué es lo que te asusta tanto? —preguntó Adelina, que había abandonado su cómodo emplazamiento en la cheslón ambarina para dirigirse a su marido, al que besó en la mejilla; podía tener nueve años más que ella, pero ahora parecía un niño angustiado, perdido e incapaz de razonar.

—No me asusta nada. Sencillamente, no me gusta adelantarme a los acontecimientos —admitió.

—No veas fantasmas donde no los hay —le aconsejó su esposa, arrebatándole el rollo de papel que él mantenía en su mano. La diva lo introdujo en el *orchestrion* para que su mecanismo interno transformara en nota cada agujero impreso en él. Cuando la melodía comenzó a sonar, acarició la madera que recubría el reproductor de música—. Éste es el único fantasma del castillo; no hay ninguno más. No tienes nada de lo que preocuparte.

La Patti no volvería a cantar en Madrid, ni siquiera volvió a pisar el país en el que nació. Algunos fantasmas se vuelven corpóreos. Por enésima vez, Nicolini tenía razón.

Al llegar a Buenos Aires, Ernest vio pasear ante sí otro tipo de espectro que le resultaba demasiado familiar. La huelga de los camareros y cocineros de los hoteles y los restaurantes de la ciudad, oponiéndose a una ordenanza local que instaba a los empresarios a confeccionar una ficha sobre la conducta de los trabajadores que determinaría su despido, así como futuras contrataciones, a la que rápidamente se unió el sector de los cocheros, que eran más de dos mil para atender al casi medio millón de residentes en la ciudad, le hizo temer lo peor, especialmente cuando leyó en el diario *La Nación* que los próximos en sumarse a la huelga serían los panaderos.

—Hay una Sociedad Cosmopolita de Obreros Panaderos —comentó Nicolini, sin poder disimular su sorpresa, mientras olfateaba el estuche de los puros como si olisqueara un perfume parisino. Le gustaba fumar esos habanos, pero procuraba no hacerlo delante de su esposa, aunque ella aseguraba que no le molestaba. Adelina no había fumado en su vida, pero prefería el intenso olor a puro que el humo del cigarro—. Esto es una epidemia. Pronto habrá una asociación anarquista de sopranos y tenores.

—Que no cuenten conmigo —anunció irónica; sabía que su caché no resistiría la aprobación sindical.

—Y se preparan nuevas huelgas en los ferrocarriles y en las industrias metalúrgicas. Lo que digo, querida, una epidemia.

—¿Por eso no estamos alojados en un hotel y hemos alquilado esta casa? —quiso saber la diva mientras ordenaba al mozo la ubicación correcta de los más de cuarenta baúles que conformaban su equipaje en ese viaje.

Los vestidos que había encargado confeccionar para su gira de conciertos y óperas en Sudamérica prometían colmar la satisfacción del público en general y el arrobamiento de las señoras en particular, como la prensa se había ocupado de publicar semanas atrás. De eso se había encargado personalmente el señor Abbey, que había desembarcado en Argentina con la antelación suficiente para ocuparse de que todo estuviera preparado antes de la llegada de la artista. No lo hizo solo, con él viajó el nuevo agente de la diva, Arturo Morini, un italiano que había sustituido a Charles Lecilly, quien, durante la última gira de la artista por Estados Unidos, decidió quedarse en su país natal; trabajar con la soprano era todo un honor, aunque demasiado intenso para dilatarlo en el tiempo.

—Aquí estará más tranquila —apuntó Arturo Morini, intentando esquivar a uno de los cuatro perros que acompañaban a la pareja y que a punto estuvo de tirarlo al suelo—. Todos lo estarán.

Adelina había llegado a Buenos Aires escoltada por la comitiva con la que solía viajar: sus cuatro perros, sus tres loros, sus doncellas Karo y Patro, dos cocineros —especialmente un chef italiano que sabía preparar la mejor pasta, incluidos los macarrones rellenos de foie de Rossini— y, por supuesto, su marido. La presencia de dos cocineros la consideró igual de necesaria que el baúl cargado con una buena remesa del famoso cacao Van Houten. Cogió uno de sus paquetes para entregárselo a Morini, insistiéndole en la fuente de magnesio, calcio y hierro que el chocolate suponía.

—Tenga usted cuidado, las caídas a su edad pueden ser muy aparatosas —le advirtió al ver que uno de sus perros estuvo a punto de desequilibrarle, ignorando que el italiano tenía la misma edad que ella—. Y sería una pena estropear este bonito suelo —añadió, contemplando las grecas dibujadas en los azulejos que revestían el firme de la residencia.

Obvió el gesto de incredulidad en el rostro de Morini, que aún no se había acostumbrado a los comentarios de la diva, y cogió el cofre de piel marrón con el interior forrado de terciopelo rojo en el que guardaba sus joyas. Sin duda, era el bien más valioso que llevaba en los viajes y solía abrazarse a él, como si temiera que se lo fuesen a robar. Su preocupación por su colección de alhajas hizo que, en algunas de sus giras, contratara a personal de seguridad para que se encargara de su vigilancia mientras ella estaba en escena. No se fiaba de nadie, a excepción de Nicolini, que se negó a hacerse cargo de tan valiosa mercancía; demasiada responsabilidad.

—Señor Abbey, he pensado que en esta ocasión guardaré mis joyas en un banco. No quiero disgustos. ¿Tiene idea de qué entidad financiera podría ofrecerme un mejor servicio?

—Sin duda, el Banco Municipal de Préstamos y Cajas de Ahorros. Si quiere, contactaré con ellos para iniciar los trámites —se ofreció diligente.

—Después de lo vivido en México, he dejado de creer en la bondad de la gente.

Adelina se refería a la estafa perpetrada por un hombre que se hizo pasar por su representante en Sudamérica, obteniendo una buena suma de dinero en concepto de venta anticipada de entradas para la actuación que la soprano tenía prevista en Ciudad de México a principios de 1887. No hubo nada que pudiera hacer para remediar la decepción que sufrieron quienes habían caído víctimas del engaño, excepto expresar su hondo pesar. Sobre la posibilidad de ofrecer un concierto para esas personas, fue clara en su apreciación: «Con eso sólo conseguiría convertirme yo en la víctima de la estafa. Sería crear un precedente peligroso y no estoy dispuesta a hacerlo». Aquel desafortunado incidente no dejó vacío el teatro, que presentó un lleno absoluto todos los días. Su memoria tampoco se vació del recuerdo de aquel delito.

—La confianza es tan frágil como el cristal y, una vez se rompe, es inútil intentar unir sus pedazos. Debo de estar haciéndome mayor. Y te lo ruego, Ernest, aunque me encante oírlo, no me digas que parezco tener diez años menos —advirtió risueña, al ver que su esposo hacía el amago de hablar.

—Querida, aparentas quince años menos, si no veinte. Pero no era eso lo que iba a decir. Por lo visto hay una epidemia peor que el movimiento obrero. La fiebre amarilla. Me temo que vamos a tener que cancelar tu actuación en Río de Janeiro —comentó mientras entregaba al señor Abbey el telegrama que acababa de recibir.

El empresario leyó con atención el cable mientras la decepción velaba su mirada. La noticia también afectó a la diva, que había acordado embolsarse, además de su caché, un importante porcentaje de la taquilla. Había aceptado aquella gira por Argentina, Uruguay y Brasil con la única condición de llevarse parte de los beneficios de la venta de entradas, y no estaba dispuesta a perder tan alta suma de dinero. Movida por ese convencimiento, propuso cerrar nuevas actuaciones en Buenos Aires para la nueva temporada, una idea que el empresario aceptó. A Abbey le gustaba trabajar con ella; no todos los artistas tenían su acertada visión para las finanzas, y por eso hacían un buen equipo.

Adelina admiraba la fachada de ladrillos rojos del Teatro Politeama Argentino que ocupaba el número 1490 de la avenida Corrientes, esquina con la calle Paraná. Le pareció curiosa la obsesión de algunos arquitectos por revestir de aquel color carmesí los edificios, como si con ello buscaran una pretensión de superioridad; se acordó de la mansión de los Vanderbilt en la Quinta Avenida de Nueva York y de la residencia del magnate de la plata, James Flood, sobre la cima de Nob Hill en San Francisco. Incluso recordó el rojo del granito en el que se había esculpido el obelisco de la Aguja de Cleopatra ubicada en Central Park. Se sintió cómoda con el tono grisáceo que revestía su castillo de Craig-y-Nos, sobre todo cuando el empresario del teatro bonaerense, Cesare Ciacchi, le reveló el verdadero secreto que escondía aquella fachada de ladrillo rojo.

—Fue una donación del empresario de una compañía de cloacas de la ciudad, el señor Médici. No sé si fue un gesto altruista o una manera de desprenderse de algunos de los ladrillos que utilizaba para sus obras y que importaba de Italia, pero a cambio recibió un palco de por vida. Y para agradecerle el regalo, se rehusó pintar la fachada para que todo el mundo pudiera observar los ladrillos. Y ahí siguen.

Lo que el empresario evitó comentarle fue que, al día siguiente de la inauguración del teatro, el 31 de enero de 1879, después de la celebración de un baile, una fuerte tormenta derrumbó una pared del escenario y buena parte del techo, y tuvieron que cerrar para reabrir sus puertas seis meses más tarde. Ciacchi sabía que los artistas eran muy supersticiosos y no quiso tentar a la suerte. No conocía lo suficiente a Adelina; ella había vivido momentos peores encima de un escenario. Y también fuera. Estaba a punto de comprobarlo.

Nueve óperas conformaban el programa que la Patti representaría en el Teatro Politeama Argentino, desde el 4 de abril hasta el 20 de junio. Como venía siendo habitual, fue ella la encargada de elegirlas. Debutaría con *El barbero de Sevilla* y seguiría con *La traviata*, *Lucia di Lammermoor*, *Crispino e la comare*, *Rigoletto*, *Linda di Chamounix*, *Semiramide*, *I puritani* y *Lakmé*.

Mientras inspeccionaba el teatro abarrotado con más de cinco mil personas a través del pequeño agujero perforado en el telón, se preguntó a quién se le habría ocurrido la idea de hacer ese orificio en el telar, que en algunos coliseos eran mirillas de cristal rodeadas de un aro metálico que el público no apreciaba sentado en sus butacas. Era el lugar perfecto para realizar uno de los mayores entretenimientos de la sociedad: mirar sin ser visto. La estratégica abertura no era apta para todos los artistas, la mayoría de espíritu vulnerable, pero ella siempre lo hacía; quizá porque se lo había visto hacer a Salvatore y a Caterina para calibrar la calidad del público, su predisposición al encomio, averiguar si mostrarían frialdad o eran de esos espectadores de palmoteo fácil. Cuando inspeccionaba los palcos situados en el último piso que el empresario había decidido añadir para ampliar el aforo, notó la presencia del señor Abbey a su espalda.

—Ya he hablado con el banco. Estarán encantados de poner a su disposición una caja fuerte para que guarde sus joyas.

—Me alegra oír eso. Me acercaré mañana sin falta —decidió alejándose del telón, convencida de que el público reventaría el teatro con aplausos.

Cuando se disponía a abandonar el escenario para dirigirse a su camerino, se encontró con él. Al igual que ella, ya estaba vestido con las ropas de su personaje, el conde de Almaviva.

—Celebro que no haya decidido desaparecer, como hizo la última vez —comentó con una sonrisa maliciosa.

No era un fantasma. Había sido una de las exigencias del señor Abbey: contar con el tenor Roberto Stagno en la gira por Sudamérica. Adelina aceptó después de hablarlo con Nicolini; si había disculpado a Alva Vanderbilt, no tenía motivos para no perdonar al tenor italiano. Sabía que después del desagradable incidente vivido dos años atrás en el teatro de Barcelona, el tenor de Palermo había vertido opiniones desfavorables hacia ella y, en parte por esa razón, no se opuso a su presencia en el escenario, ya que evidenciaba que Stagno había tenido de doblegarse ante ella, al menos, a ojos de quienes le oyeron criticarla.

—Dejemos el pasado donde le corresponde estar, ¿no le parece? —propuso Roberto, que se encontraba con ella por primera vez desde el altercado en Barcelona, ya que la diva seguía sin presentarse a los ensayos.

—Me parece bien. Pero rece para que no se escuche ningún silbido esta noche. No dude de que le haré responsable de ello —dijo antes de abandonar el escenario.

La representación estuvo yerma de pitidos y fértil de aplausos. El público y la crítica aplaudieron a la Patti como la gran diva que era, elogiando su voz, su manera de pisar la escena, gobernándola, reinando en ella, y reconociendo también el magnífico papel de Stagno. Hablaron de pareja perfecta sobre un escenario. «Tienen razón, sobre un escenario. Fuera es otro cantar», pensó ella.

Digiriendo aún el clamor recibido por parte del público bonaerense, llegaron a la casa alquilada en las afueras de la ciudad, una vez entrada la noche. Se habían entretenido en un restaurante cercano al teatro para cenar y celebrar el éxito, como solían hacer el primer día que actuaban en una ciudad. Cuando accedieron a la casa, a Adelina le extrañó que ninguno de los cuatro perros saliera a recibirla como acostumbraban. Amaba tanto a esos perros que no dudaba en llevárselos consigo a todas las giras, rehusando dejarlos en Craig-y-Nos. La oscuridad gobernaba en la casa. El señor Abbey se había asegurado de alquilar una de las pocas viviendas que contaban con luz eléctrica para iluminar la residencia y no con lámparas de gas, a pesar de que Buenos Aires había quedado rezagada en la instalación de este tipo de iluminación debido a los intereses del monopolio del gas, por detrás de La Plata, que llevaba años siendo la primera ciudad en contar con el sistema de alumbrado eléctrico. A la Patti no le gustaba la oscuridad y, por eso, tenía la costumbre de dejar algunas luces encendidas; así se lo había encomendado a Patro antes de salir hacia el teatro.

—¡Qué extraño! Juraría que las dejé encendidas —se inquietó la doncella.

—Me temo que lo olvidaste —repuso Nicolini antes de encargarse de encender las luces.

Su esposa esperaba fuera; no tenía intención de entrar hasta que la luz reinase en la residencia como ella acababa de hacer en el Teatro Politeama Argentino.

Cuando la luz iluminó la vivienda, descubrieron lo que había pasado. Adelina corrió hacia la estancia donde guardaba el cofre de piel marrón con interior de terciopelo rojo. Lo encontró tirado sobre el suelo de azulejos que tanto le había llamado la atención el primer día. Al abrirlo, vio que parte de sus joyas, las que no había utilizado aquella noche durante la representación, había desaparecido.

—¡Me han robado! —exclamó, alterada por no hallar lo que buscaba por mucho que sus manos se afanaban en revolverlo todo—. Mi collar de diamantes, el que me pongo para el brindis de *La traviata*, no está... ¡Ernest, no está!

—Serénate, querida. Voy a llamar a la policía.

—¿Y qué va a hacer la policía? ¡Ni que lo tuvieran ellos...! —Era consciente de que nunca lo recuperaría.

—Señora, los perros... —anunció Patro.

La doncella no se caracterizaba por hablar mucho. Pero aquella vez, Adelina necesitaba una explicación mayor.

—¿Qué les ocurre a los perros?

—Están dormidos... o eso parece, pero no estoy segura. Quizá estén...

—Quieres decir que... que están... ¡Ernest, los han matado! ¡¿Me han robado el collar de diamantes y han matado a mis perros?! —gritó angustiada, llevándose las manos al corazón.

Nicolini fue a comprobar el estado de los canes. La alarma sembrada por la doncella había sido innecesaria.

—Sólo están dormidos —tranquilizó a su esposa, aunque sólo lo consiguió en parte porque el collar de diamantes seguía sin aparecer—. Seguramente los ladrones les han dado algún sedante para evitar que ladraran y poder robar sin que nadie los molestase.

Tres días más tarde, la Patti representaba *La traviata* y el cuello de Violetta aparecía desnudo. A pesar de la denuncia a la policía, el collar nunca se recuperó. Fue su voz la que brilló aquella noche como lo hizo todas las noches en el Teatro Politeama.

La diva abandonó Buenos Aires con más dinero del que nunca había ganado en un teatro, pero con un collar de brillantes menos. «El fenómeno de la naturaleza Adelina Patti», como la denominaba la prensa, llegó a Uruguay, al Teatro Solís de Montevideo, donde representó siete óperas. Una vez más, su éxito fue arrollador. «La Patti desborda allá donde va», rezaban los titulares de los periódicos después de cuarenta representaciones en Sudamérica.

Por segunda vez en su carrera, el fenómeno de la naturaleza que era la Patti se hermanaba involuntariamente con otro fenómeno natural. Un terremoto con una magnitud de 5,5 grados en la escala de Richter sorprendía a Buenos Aires a las tres y veinte de la madrugada del 5 de junio de 1888. El seísmo del Río de la Plata se dejó notar también en Uruguay, provocando un tsunami en las costas argentinas y uruguayas. Cincuenta segundos en los que la tierra se estremeció como lo hizo el público de Buenos Aires y Montevideo escuchando a la diva.

Adelina se reafirmó en su decisión; hacer testamento había sido una buena idea.

En el vapor que la trasladaba de regreso a Europa, la diva repasó mentalmente sus últimas voluntades: la mitad de su fortuna iría a Nicolini, la otra mitad se repartiría entre su hermana Amalia y la creación de una fundación que llevaría su nombre para ayudar a los más necesitados. También dispuso una pensión para los trabajadores del castillo de Craig-y-Nos que recibirían durante dos años. Todo ello sujeto a tres condiciones: que en su tumba siempre hubiera flores frescas, que sobre su lápida de mármol se colocara una jaula de ruiseñores y que la enterraran en el cementerio de Père Lachaise de París, cerca de las tumbas de Maurice y de Salvatore.

En la muerte, como en la vida, convenía rodearse de las personas que uno quiere y que le quieren.

40

El destino insistía en jugar con ella, utilizando cartas con forma de telegrama que ponía sobre la mesa para envidar. Y sus apuestas eran cada vez más altas.

Adelina se encontraba en su coqueto camerino del Auditorium de Chicago, bebiendo el té caliente que le había preparado Patro. Una ola de frío intenso recorría la ciudad convirtiendo el mes de diciembre de 1889 en uno de los más gélidos de la historia, por lo que agradeció que el brebaje calentara su cuerpo y en especial su garganta. Lo tomó a pequeños sorbos, con las manos rodeando la taza, como si quisiera retener aquella sensación de calor, y extremando las precauciones para no mancharse el vestido del personaje que estaba a punto de representar. Mientras soplaba delicadamente sobre la infusión, se sorprendió sonriendo en el espejo, pensando que, a punto de cumplir cuarenta y siete años —apenas le faltaban dos meses—, todavía pudiera encarnar a la dulce y joven Julieta. Era la última función de *Romeo y Julieta* en Chicago y se alegró de cantarla en italiano. Hacía un año que la había interpretado en la Ópera Garnier de París después de que su director, el cantante de ópera Pierre Gailhard, acudiera al castillo de Craig-y-Nos para rogarle, suplicarle y prometerle todo aquello que la diva solicitase si aceptaba su oferta de cantarla en francés. La desesperación del director se debía a que la soprano rumana Hariclea Darclée, elegida para el estreno de la obra, no estaba preparada para interpretar un papel tan importante. «Es una joven adorable que debutó con éxito en nuestro teatro interpretando la Marguerite de *Fausto*, pero no la veo preparada para transformarse en Julieta, y ella tampoco se ve. Me temo que será un clamoroso fracaso; ya sabe cómo es el público francés. Por favor, se lo ruego, por lo que más quiera, dígame que podré contar con usted, aunque sólo sea para cuatro representaciones. Después seguirá Hariclea», le había implorado Gailhard. Adelina calificó el ofrecimiento de auténtica locura por la precipitación —el estreno sería en unas semanas— y por la exigencia de cantar en francés. Hablaba siete idiomas, no tenía ningún problema en expresarse en cualquiera de ellos, pero la ópera era otro cantar, otro mundo que exigía un dominio perfecto de la vocalización, una pronunciación impecable, y eso sólo se conseguía con estudio y tiempo. «Y luego está ese otro asunto, señor Gailhard. Tengo cuarenta y seis años, edad para ser la madre de Julieta», le había dicho ella antes de prometerle que lo pensaría y le daría una respuesta en breve. A los tres días le envió un telegrama en el que aceptaba representar el papel en francés, con el que logró uno de sus mayores triunfos, que los parisinos recordarían durante años. Aquel estreno en la Ópera Garnier de París, el teatro que ordenó construir el emperador Napoleón III, le removió muchos recuerdos. Se preguntó cómo estaría la emperatriz Eugenia de Montijo, y, sin querer, la evocación de aquella mujer, con la que tantas confidencias compartió y que tantas joyas le había regalado, le devolvió la inesperada imagen del marqués de Caux, convertida en una siniestra sombra que siempre la acompañaba cuando estaba en la capital francesa. Quizá por ese motivo evitaba cantar en París.

Apuró su taza de té en el camerino del teatro de Chicago y se dispuso a darse los últimos retoques al ligero maquillaje que cubría su rostro, que ayudó a palidecer con los polvos de arroz que ella misma anunciaba prestando su nombre y su imagen. Todavía le sorprendía verse con su nuevo color de pelo, un rubio que desbancó a su tradicional melena azabache, y que había motivado todo tipo de comentarios y debates. Había sido una buena decisión, le suavizaba las facciones, haciéndole parecer incluso más joven, algo en lo que insistía una y otra vez la prensa, como si la edad fuera un elogio, un mérito digno de mención; debía de serlo si estaba a punto de convertirse en Julieta. Desvió la mirada para contemplar el diploma que le había entregado el presidente de Estados Unidos, Benjamin Harrison, durante la inauguración del Auditorium de Chicago hacía apenas unos días, el 9 de diciembre, cuando la Patti ofreció un concierto como parte de la ceremonia. Había sido Harrison el encargado de presentarla, afirmando que sólo la voz de una artista inmortal podía dar sentido a un edificio como aquél, antes de pedirle que interpretara la canción «Home, Sweet Home», que tanto parecía gustar a los presidentes del país. Volvió a recuperar su imagen en el espejo, preguntándose si el presidente también tendría una opinión sobre su nuevo color de pelo.

Perdida en sus elucubraciones, escuchó abrirse la puerta del camerino. Era Nicolini.

—Querida, un telegrama.

Adelina cogió el trozo de papel y lo dejó sobre la mesa, sin abrirlo. No habituaba a leer cables ni cartas antes de una representación; cuando lo había hecho en el pasado, siempre le reportaron malas noticias, como la muerte de Salvatore y Caterina, y no estaba dispuesta a que su actuación se viera afectada por nada ni por nadie. Ese mensaje podía esperar; el público que llenaba el teatro, no.

Todavía se escuchaban los vítores y los aplausos cuando regresó al camerino, que encontró repleto de ramos de flores amontonados en el suelo y sobre algunos muebles, convirtiendo el cuarto en un jardín primaveral. Los numerosos elogios que la prensa había dedicado a su voz congregaron el entusiasmo de un público que cada noche parecía admirarla más. Como siempre hacía, dejó que Patro la ayudara a desprenderse del traje que había utilizado en el escenario y a vestirse con el suyo, que en aquella ocasión era una elegante creación en terciopelo rojo que acompañaría con un abrigo de pieles en forma de capa para resguardarse del frío invernal a la salida del teatro. Aún no se había puesto los guantes cuando empezó a leer sin demasiada atención las tarjetas prendidas en las flores para saber quién las enviaba: admiradores anónimos, colegas de profesión, empresarios, políticos locales, miembros destacados de la sociedad, artistas, escritores y no podía faltar el enviado por Nicolini, que siempre ocupaba un sitio privilegiado en la mesa de su tocador. Fue entonces cuando se fijó en el telegrama que había llegado antes de la función y cuya lectura había postergado. Ni siquiera se acordaba de él. Mientras su marido le preguntaba dónde prefería cenar esa noche, si en un restaurante o en la suite del hotel, Adelina tomó aquel trozo de papel. Le costó abrirlo, como si sus pliegues conformaran una fortaleza de hierro para impedirle acceder al interior. Cuando al fin lo consiguió, entendió el celo de los improvisados centinelas de papel. Su gesto fue mudando conforme iba leyéndolo. Aquellas palabras, breves y concisas, la obligaron a tomar asiento, como si eso fuera a aliviar el golpe. Tuvo que leerlo varias veces para poder creerlo.

—¿Ha sucedido algo, querida? —preguntó Nicolini al ver la turbación de su esposa.

Le preocupó no recibir una respuesta rápida. Adelina requirió de unos segundos para ofrecerla.

Finalmente, y ante la insistencia de su marido, que no dudó en acercarse a ella, lo hizo.

—Es de mi hermana Amalia...

—¿Está bien? ¿Les ha pasado algo a los niños? —quiso saber Ernest. Sabía que la muerte de Maurice Strakosch había sido un duro golpe para su cuñada. No quiso pensar en lo peor, pero la mente siempre transita por caminos autárquicos.

—Sí. Ellos están bien... —murmuró torpemente, y volvió a encerrar su mirada en el telegrama, como si necesitara de una nueva confirmación.

—¿Entonces?

—Es el marqués de Caux... —dijo por fin.

Había pronunciado ese nombre como si le doliera. Hacía mucho que no lo escuchaba en su voz. Le sonó extraño, pero al mismo tiempo demasiado cercano.

—¿Qué ha hecho ahora? ¿Ha cumplido su eterna amenaza de denunciarte por adulterio? ¿Acaso te pide más dinero? Ese hombre no se cansa nunca, no conoce límites, ni siquiera cuando sabe que tienes un nuevo marido con quien estás felizmente casada —aventuró Nicolini. De nuevo, la afasia en las cuerdas vocales de su esposa le obligó a insistir en su pregunta—: Dime, ¿qué ha hecho ahora el marqués?

—Morirse. —Le entregó el telegrama a Ernest, como si ella no quisiera leerlo más veces ni tampoco pronunciar en voz alta el contenido del mensaje. Sin embargo, lo hizo—: Ha muerto solo. En un hotel. Enfermo...

La explicación de Adelina sonó como si su voz también estuviera perforando el papel del telegrama, como los rollos del *orchestrion*.

Nicolini leía atentamente el mensaje, que no recogía los detalles del fallecimiento; pensó que Amalia no lo había visto oportuno ni necesario y alabó su decisión.

El marqués de Caux había muerto en una habitación del Hotel Continental de París, sin más compañía que una foto de Adelina sobre la mesilla de noche, junto a otra de su boda en común —la misma que ella había roto después de su primer juicio por la separación—, y con una caja de recortes de periódicos que recogían informaciones sobre el éxito de su ex-mujer. Entre sus cajones se encontró el menú de la cena homenaje que se ofreció a Gustave Eiffel en el hotel, el 13 de abril de ese año, con motivo de la Exposición Universal de París, donde la gran torre de hierro ubicada cerca del río Sena diseñada por el ingeniero francés había sido la máxima atracción. El marqués llevaba tiempo viviendo en ese hotel, después de abandonar la casa parisina donde la pareja había compartido vida conyugal. Desde hacía semanas no salía de su habitación, aquejado de un agravamiento de la pulmonía que padecía, una enfermedad crónica en los pulmones que ya le había hecho guardar cama durante su viaje a Rusia con Adelina, en diciembre de 1874.

El recuerdo ocupaba la mente de la diva, que seguía sentada frente al espejo del tocador de su camerino en el Auditorium de Chicago. No sabía cómo gestionar aquellos sentimientos que se enzarzaban en su interior, unos contra los otros, luchando por primar los momentos de felicidad vividos junto con el marqués sobre aquellos de máxima tensión, como los vividos en el Teatro Imperial de San Petersburgo y en el Hotel Demuth de la ciudad, donde se produjo su última gran pelea. Los ojos inyectados en sangre del marqués de Caux se sobreponían a la sonrisa que le nacía en el rostro cuando sus conversaciones se volvían pícaras y divertidas. Le confundía aquella anarquía anidada en su memoria. Llevaba años separada de él, ¿es que el tiempo ya no significaba nada? ¿Había dejado de ser una referencia objetiva? El carrusel de preguntas daba vueltas en su cabeza. Se sorprendió pensando en quién habría acudido a su entierro, si habría alguna mujer que lo llorase, seguramente ninguna de aquellas a las que había conquistado cuando era el hombre más deseado de París, el caballerizo de Napoleón III y el confidente de Eugenia de Montijo, si alguien habría pronunciado algunas palabras en su funeral, cuál había sido su último pensamiento o a quién se lo habría dedicado. Las preguntas silbaban en su mente como lo hacía la ventisca en las calles de Chicago. No entendió por qué la muerte siempre se le anunciaba a través de un telegrama, cuando se encontraba a miles de kilómetros de distancia, negándole la posibilidad de una despedida, como ocurrió con Salvatore, con Caterina, con sus hermanos Ettore y Carlo, con sus hermanas Carlota y Clotilde... En el caso del marqués, esa despedida hubiese resultado imposible, impropia y desacertada.

Le pareció una endiablada casualidad que la noticia de la muerte de su primer esposo, acontecida el 11 de diciembre de 1889, le llegara cuando ella representaba *Romeo y Julieta*, en cuya escena del balcón el marqués descubrió la relación que mantenía su entonces esposa con su compañero de reparto, después de contar los besos que Nicolini le daba, el doble de los que marcaba el libreto. Había muerto el hombre que contaba los besos.

—Creí que lo odiabas... —apuntó Nicolini, al ver la expresión desolada de su mujer. Le costaba entenderla después de todo lo que le había hecho sufrir.

—¿Odiar? —preguntó, como si el sonido de aquella palabra perforara sus oídos—. Creo que cada vez odio a menos gente.

—El marqués no era gente. Fue el hombre que amenazó con meterte en la cárcel y al que entregaste la mitad de tu fortuna para poder obtener el divorcio. No voy a cometer el error de recordarte los motivos que expusiste en tu denuncia de separación, porque tú mejor que nadie los conoce. Sinceramente, querida, y a riesgo de que me consideres insensible, no veo motivo para tu tristeza.

—No es tristeza.

—Entonces, ¿qué es?

Adelina calló, incapaz de encontrar el término que definiera con exactitud lo que estaba sintiendo; ni siquiera ella lo comprendía. Estaba tan confusa como Ernest.

—También tuvimos momentos buenos... —se justificó.

Nicolini sabía que las palabras que acababa de pronunciar, motivadas por unos celos impropios de él, no habían sido las más adecuadas, aunque sentía cada una de ellas. Pero le costaba interpretar la conmoción que la muerte del marqués había causado a su esposa. En realidad, no eran celos, era una sensación extraña, una suerte de irritación que lo carcomía por dentro al no entender la actitud de la diva.

Ambos se quedaron en silencio, Ernest con el telegrama en la mano, sin saber si romperlo en mil pedazos o devolvérselo a su destinataria —como finalmente hizo—, y Adelina observando su imagen en el espejo; era como mejor pensaba, contemplándose a sí misma, allí encontraba todas las respuestas, allí nadie la engañaba. Después de unos segundos, se recompuso, como si el empleado del teatro que solía avisarla del inminente comienzo de la función hubiese llamado a su puerta para advertirla de que debía estar lista para salir a escena. Su rostro mudó de nuevo, como si el velo fúnebre que lo cubría hacía unos segundos hubiera desaparecido.

—Estoy pensando en el poco tiempo que tuvo el marqués para disfrutar del dinero que tuve que entregarle después del divorcio —confesó a Nicolini, sorprendido ante el cambio de actitud de su esposa; estaba acostumbrado a ver su talento de actriz dramática dentro y fuera del escenario, pero siempre lo asombraba la capacidad que tenía para recomponerse—. Un millón y medio de francos. ¿Qué crees que pasará con ese dinero? ¿Me lo devolverán? Al fin y al cabo, es mío.

Ernest intentó disimular la mueca que el comentario de su mujer había dibujado en su boca; la Patti había vuelto. Ya había dedicado demasiado tiempo en pensar en alguien que no fuera ella.

—Me temo que no es una opción, querida. Pero siempre puedes intentarlo —le dijo según le colocaba la capa de piel sobre los hombros.

—Mañana escribiré a mi abogado. Una nunca sabe... —aseguró mientras arrugaba el telegrama en su mano hasta convertirlo en una bola que arrojó a la papelera sin compasión, sin miramientos, como quien se desprende de algo que ya no significa nada en su vida.

Había dejado de sentir dolor en las entrañas para sentirlo en las tripas.

Fue la última vez que pensó en el marqués de Caux.

Adelina siguió con su gira por Estados Unidos, después de hacer una parada en el Gran Teatro Nacional de México donde representó cinco óperas y aprovechó para quitarse el mal recuerdo de su estancia anterior, por culpa de la estafa en la venta de entradas perpetrada por un timador. En esta ocasión, sí decidió dar un concierto a beneficio no de los estafados, sino de los orfanatos de México, un gesto que le valió que la mujer del presidente Porfirio Díaz alabara su generosidad.

De nuevo actuó en San Francisco, en Denver, en Omaha, en Louisville, en Filadelfia y en Boston, para terminar en el Metropolitan de Nueva York, como siempre hacía antes de regresar a Europa. Los periodistas de las localidades donde había actuado más de una vez insistían en preguntarle si, al pisar la metrópoli en cuestión, se sentía como en casa. Ella siempre respondía que sí, aunque a menudo le costara recordar la ciudad donde estaba, el hotel donde dormía o el teatro en el que actuaba. La machacona pregunta hizo que se cuestionara la necesidad de sentirse realmente en casa.

La mañana después del estreno de *La traviata* en el Metropolitan, el 25 de abril de 1890, Adelina desayunaba con Nicolini en el restaurante del hotel. Su marido, como de costumbre, estaba entregado a la lectura de la prensa.

—«El baño del pueblo» lo van a llamar —comentó, leyendo la noticia sobre la construcción del primer baño público con duchas en Nueva York, que entraría en funcionamiento el próximo año y que estaba pensado para mejorar la salud pública de la urbe, especialmente la de los más desfavorecidos—. Aseguran que estarán tan limpios que uno creerá estar en su casa. ¿Te imaginas, querida? En esta ciudad viven más de un millón y medio de personas... No quiero ni pensarlo.

La diva no tuvo la opción de responder, aunque tampoco le importó; no podía interesarle menos lo que su esposo le estaba contando. El señor Abbey acababa de atravesar el hall del hotel y también venía con los periódicos bajo el brazo.

—Dicen que sólo hay una Patti, que su voz es única en el mundo, que nunca habrá nadie como ella, que no ha perdido ni un átomo de belleza en su voz... Están entusiasmados —aseguró el empresario, después de agradecer al camarero el café cargado que acababa de servirle.

—Y no se olvide de lo que dicen sobre el pacto con el diablo que parece haber hecho, porque cada día está más joven... —apuntó orgulloso Nicolini, que había leído esos mismos comentarios en la prensa.

—Eso también. Por no hablar de la taquilla. Podríamos doblar el precio sin temor a que la gente se negara a pagarlo. Todos quieren oír a la Patti. Y elogian sobremanera que al final de la representación se brindara a cantar «Home, Sweet Home». Y que lo hiciera de una forma tan brillante y sentida; incluso algunos afirman que la vieron emocionarse hasta las lágrimas —afirmó Abbey—. Y ahora me voy. Sólo venía a felicitarle por el éxito.

Adelina esperó a que el empresario desapareciera para dirigirse a su esposo.

—Querido, quiero estar en el teatro.

—¿Ahora? —preguntó Nicolini consultando su reloj de bolsillo. Le extrañó la petición de su esposa—. Todavía es pronto. ¿Acaso quieres acudir a los ensayos? Te sabes *La traviata* mejor que el propio Verdi.

—No me has entendido. Me refiero a que quiero estar en mi propio teatro. —La confusión que vislumbró en Ernest hizo que se explicara mejor—. Lo que quiero es cantar en mi teatro, en el castillo de Craig-y-Nos.

—Pero, querida, todavía no está terminado.

—Eso tiene fácil remedio. ¡Hagámoslo! Quiero cantar en ese escenario y quiero que tú cantes conmigo. ¿Cuánto hace que no cantamos juntos?

—Ya cantamos en el salón del billar, cuando encendemos el *orchestrion*.

—Me refiero a un escenario, a uno de verdad, a uno propio. No es que lo quiera, es que lo necesito. Necesito estar en casa, Ernest.

El tenor francés invirtió unos segundos en observar a su mujer. Estaba tan bella como siempre. Le gustaba su nuevo color de pelo, pero distinguió un halo de cansancio cincelado en su semblante. Cogió su mano y la besó, como si fuera la primera vez. Entendía perfectamente su deseo, que coincidía en gran medida con el suyo.

—No se hable más. Nos vamos a casa. Aunque primero te aguardan tres conciertos en el Metropolitan. Al señor Abbey le puede dar un ataque al corazón como hables de cancelarlos.

El viaje de regreso a Europa se le hizo eterno, aunque fue la vez que menos días tardó en completar la travesía. Por delante, casi seis meses de descanso en La Roca de la Noche antes de iniciar una gira de conciertos por Inglaterra durante el mes de octubre, con la que acabaría el año.

Cinco meses en Craig-y-Nos le parecieron una bendita eternidad.

Por fin se sentiría en casa. «Home, Sweet Home», tarareó.

41

—Se han vuelto locos. ¿Pueden hacer que el príncipe de Gales tenga que declarar en un juicio? ¿Puede considerarse siquiera legal? ¡Es el futuro rey de Inglaterra, por Dios santo! —se indignó mientras examinaba las cartas que acababa de repartir Nicolini sobre el tapete verde que cubría la mesa. Las sostenía en la mano como si fueran un abanico e incluso se aventaba con ellas cuando eran buenas.

El tenor temió que la sencilla partida de naipes que solía compartir con su esposa después del almuerzo se convirtiera en un drama propio de una ópera.

Adelina se mostraba más ofendida que sorprendida por el Escándalo Real del Baccarat, que en 1891 tenía alborotada y dividida a la sociedad británica al estar involucrado el príncipe de Gales. El origen de la batahola había sido una partida de cartas celebrada en la residencia de campo del millonario naviero Arthur Wilson en Tranby Croft, donde uno de los invitados sorprendió a un íntimo amigo del príncipe, sir William Gordon-Cumming, teniente coronel de la Guardia Escocesa, haciendo trampas durante el juego para embolsarse las ganancias de las apuestas. Al tratarse de un asunto de honor entre caballeros y como bien dictaba la sociedad victoriana —en la que una conducta inmoral, aunque fuera sobre un tapete verde, se consideraba un delito grave, sino mortal—, el anfitrión decidió informar al príncipe del comportamiento poco honorable de su amigo, instándole a tomar una decisión al respecto. El heredero de la corona británica, que no había presenciado las supuestas fullerías, se encargó personalmente de hablar con Gordon-Cumming, obligándole a firmar un documento en el que se comprometía a no volver a jugar a los naipes ni a participar en apuestas a cambio del silencio de los implicados, que acordaron, también por escrito, no hacer público el asunto. Meses más tarde, el episodio se convirtió en la comidilla de los rumores de la corte que mantenía entretenida a la aristocracia londinense; alguien había roto su voto de silencio. Algunos apuntaban a la indiscreción de uno de los invitados durante una noche de borrachera; otros, a una de las amantes del príncipe de Gales, que había pecado de indiscreto, amén de adúltero. En vista del incumplimiento de la palabra dada por los caballeros, sir William Gordon-Cumming interpuso una demanda por difamación contra ellos. El príncipe, a instancias de un juez, se vio obligado a declarar en el juicio que congregó en el tribunal a decenas de curiosos que hacían largas colas desde primera hora de la mañana para poder acceder a la sala y no perderse los detalles morbosos del escándalo.

Al menos por una vez, el foco de la polémica no era la Patti.

—Se le quitan a uno las ganas de jugar a las cartas... —comentó con ironía Nicolini.

—No bromees con esto. Es nuestro amigo. Es el príncipe de Gales.

—Sólo lo han llamado como testigo, querida. No te preocupes. Aunque te recuerdo que el baccarat se ilegalizó en 1886, pero seguro que el juez no lo tiene en cuenta —insistió Ernest en su tono mordaz.

—Su reputación se verá dañada.

—Su reputación lleva dañada mucho tiempo. Que sea nuestro amigo no nos convierte en ciegos ni en sordos.

No era la primera vez que el príncipe de Gales llevaba el escándalo a la Casa Real británica, para disgusto de su madre, la reina Victoria. Un episodio aún más escabroso le obligó, unos años antes, a presentarse ante un tribunal para negar haber mantenido una relación sexual con la esposa del diputado sir Charles Mordaunt, a pesar de la confesión y las pruebas presentadas por lady Mordaunt —cartas, poemas de amor, mechones de pelo...—, que fue declarada demente por su propio padre, quien no estaba dispuesto a protagonizar un escándalo involucrando a la Corona británica, aunque sí se mostraba conforme con que su hija pasara el resto de su vida internada en un manicomio. Muchos aseguraron que la reina Victoria intercedió personalmente para evitar que su hijo compareciera en el juicio y, al no tener éxito en su propósito, optó por otro tipo de intermediación. El juez corroboró la incapacidad de la mujer y el prestigio del príncipe de Gales quedó deteriorado. La sociedad británica era conocedora de sus múltiples escarceos amorosos, de sus aventuras extramatrimoniales, que la princesa de Gales y sus cinco hijos sobrellevaban como podían, de su afición al juego, a las apuestas ilegales, a las fiestas que se prolongaban hasta bien entrada la madrugada, donde el alcohol regaba todo tipo de voluntades, también las reales.

Adelina no podía concentrarse en los naipes. Su atención estaba sobre la ilustración de la portada de la revista semanal *Black and White* del sábado 13 de junio de 1891, en la que aparecía la esposa de Arthur Wilson, el propietario de la residencia de campo donde sucedieron los hechos, declarando como testigo durante el juicio por el Escándalo Real del Baccarat, que había comenzado dos días antes. En la misma ilustración aparecía el príncipe de Gales, sentado, con la mano acariciando su barba, bajo el escrutinio del juez y de las miradas inquisidoras del público, en su mayoría mujeres que habían acudido con sus mejores galas a presenciar el espectáculo.

—¿Crees que el escándalo le impedirá venir al estreno de mi teatro?

—Así que es eso lo que te preocupa. Debí imaginármelo. Pero no creo que tengas que preocuparte; no veo al príncipe de Gales perdiéndose un evento social como el que estás organizando —comentó risueño Nicolini mientras dejaba sobre la mesa las cinco cartas que tenía en su mano: el cinco, el seis, el siete, el ocho y el nueve de corazones—. Escalera de color. Otra vez será, querida.

—No tan rápido, mi amor —anunció ella, disponiendo sobre la mesa su jugada: el as, la reina, el rey, la jota y el diez de diamantes—. La escalera real es imbatible.

Adelina seguía teniendo la última palabra, también en el póquer.

La sentencia del jurado sobre el Escándalo Real del Baccarat declaró al demandante, sir William Gordon-Cumming, culpable de haber cometido trampas. La pena social superó a la judicial, ya que la aristocracia británica cerró las puertas al barón, como había hecho el ejército meses antes, alegando que un truhan no tenía cabida en una institución donde el honor lo era todo, ya que la vida personal siempre terminaba contagiando a la profesional. El otrora amigo íntimo del príncipe quedó abocado al ostracismo, sin que ni siquiera sus amistades más próximas volvieran a hablarle. El silencio como condena.

El escándalo que había salpicado al príncipe de Gales motivó su ausencia en el concierto que la Patti ofreció en el Royal Albert Hall de Londres el 20 de junio, unos días después del juicio. No le importó que no fuera a escucharla, pero le preocupaba no poder corresponder al apoyo que el príncipe le había dispensado cuando fue ella la vilipendiada, después de que se conociera su separación del marqués y su aventura con Nicolini. Nunca olvidaría que su presencia en el palco del Covent Garden, donde la diva reapareció tras su sonado escándalo, sirvió para acallar muchas bocas, dispuestas al vómito censor, el mismo que ahora estaba sufriendo él. Todavía era demasiado pronto para que el príncipe se dejase ver en público, la memoria de la sociedad necesitaba atemperarse, como los buenos vinos, para subrayar sus cualidades. Estaba convencida de que el tiempo suavizaría y templaría los ánimos; siempre ocurría, sólo debían llegar el momento adecuado, el ambiente propicio, la temperatura perfecta. Y todo ello se asentaría en el mes de agosto; ella se encargaría.

El día más esperado por Adelina amaneció gris, tímidamente lluvioso y con una ligera neblina que cubría las colinas de Swansea a modo de telón teatral. Le pareció un bonito augurio. Conocía el clima de aquel hogar al sur de Gales y sabía que, concediéndole unas horas, el cielo se abriría como lo harían las puertas de su nuevo teatro; también las nubes necesitaban atemperarse.

Ni siquiera quiso desayunar esa mañana, tenía cosas más urgentes que hacer que quebrar la cáscara de un huevo pasado por agua, untar rebanadas de pan con la deliciosa mermelada de ruibarbo y beber a pequeños sorbos el aromático té que el servicio ya tendría preparado en el salón, donde imaginó a Nicolini abandonándose a la lectura de los periódicos. Toda la prensa hablaba del gran acontecimiento programado para ese día, 9 de agosto de 1891: la inauguración del Teatro Patti. No le terminaba de convencer el nombre, temía pecar de vanidad —para algunos, su pecado favorito—, y hubiese preferido que el coliseo se conociera como Teatro Craig-y-Nos, pero los periodistas tenían otras motivaciones y optaron por el nombre que más vendía.

Atravesó parte de la propiedad para dirigirse al ala norte del castillo. Necesitaba admirarlo una vez más antes de que la estancia se llenara con cientos de invitados venidos desde muy diferentes rincones del mundo para asistir al evento. Cada vez que entraba en aquella sala de doce metros de largo, ocho de ancho y siete y medio de alto, le parecía estar viviendo su particular cuento de hadas. Así se lo había ordenado al arquitecto que se hizo cargo del proyecto y así lo había cumplido. Caminó despacio por el pasillo, abierto entre los ciento cincuenta asientos forrados en seda azul y de madera dorada distribuidos a modo de platea, como si temiera que el suelo fuera a romperse bajo sus pies y quebrara su sueño, que estaba a punto de hacerse realidad. Su temor no era una mera metáfora; aquel suelo se había diseñado con un vanguardista sistema que permitía elevar el firme para igualarlo en altura con el escenario y así hacer las veces de salón de baile. Avanzó escoltada a ambos lados por diez columnas de estilo corintio con capiteles dorados, separadas por amplios paneles de pared en color azul turquesa con detalles en oro en los que aparecían inscritas las óperas que la diva había representado. Los mismos paneles cubrían el techo del auditorio en cuyo centro se abría una claraboya que dejaba pasar la luz. Sus pasos la situaron frente al escenario, la joya de la construcción. El corazón tañía en su pecho, imitando el sonido de los aplausos que se escucharían en apenas unas horas. Se detuvo ante él. Quería contemplarlo de nuevo antes de la apertura oficial. Agradeció que las cortinas de terciopelo azul pálido estuvieran recogidas para admirar el fastuoso telón pintado por Henry Hawes Craven, en el que aparecía la imagen de Adelina caracterizada como el personaje de Semiramide, subida a un carruaje romano tirado por dos caballos en plena galopada. Sonrió orgullosa; era el único gesto de vanidad que se había permitido, una licencia que Nicolini aplaudió: era su teatro, su sueño, su razón de ser, y la Patti era la Reina de la Canción, apelativo al que recurrían público y crítica para referirse a ella; se merecía eso y más. Su imagen no estaba sola en aquel teatro. Los nombres de los compositores que la habían acompañado en su carrera, como Rossini, Verdi o Mozart, aparecían esculpidos sobre el proscenio. Detuvo la mirada en el nombre de Rossini. Imaginó lo que hubiera disfrutado el italiano de haber podido estar en la inauguración de aquel teatro, haciendo gala de su sentido del humor cáustico, dejando caer algún comentario sobre el gran telón pintado: «¿No te parece que estás pecando de modesta, querida? Creí que empapelarías las paredes con imágenes tuyas», le habría dicho. No pudo negar que lo había pensado.

El escenario se iluminó en ese momento. El encendido la sobresaltó. Creía que estaba sola, abandonada a sus pensamientos. Por un instante, pensó que Rossini le estaba enviando una señal. Se equivocaba.

—Así luce mejor. —Nicolini cruzó la escena para bajar las tres pequeñas escaleras colocadas al pie del proscenio y acortar la distancia que lo separaba de su esposa, a quien besó en la mejilla.

Había sido él quien había encendido las doscientas ochenta y una lámparas eléctricas que alumbraban el escenario. La iluminación había sido una de las exigencias de Adelina que más problemas había generado y en el que más dinero había invertido; quería que su teatro fuera un lugar seguro.

—¿Verdad que ha quedado precioso? —preguntó satisfecha, aceptando la taza de té que le entregaba su marido, quien al verla a través de los ventanales dirigiéndose al ala norte supuso que iba a inspeccionar el teatro, saltándose el desayuno y su beso de buenos días.

—Creo que La Scala de Milán tendría celos.

—Al menos, estaría orgullosa. La Patti ha construido un teatro en su castillo inspirándose en el coliseo milanés. Lo que me recuerda que hace mucho que no actúo allí, como tampoco en Rusia. ¿Crees que me estoy acomodando demasiado?

—Creo que es cuestión de prioridades —valoró el tenor, que acababa de ser testigo de la cancelación del esperado regreso de su esposa a San Petersburgo y a Moscú por motivos económicos—. Algunos lo llaman vida, querida.

—Sueño con representar obras en este teatro para nuestros invitados.

—Tu sueño está a punto de cumplirse. Quizá sea buena idea bajar el telón y empezar a prepararnos.

Los invitados comenzaron a llegar a partir del mediodía a bordo de varios trenes. Nicolini se había encargado de enviar los carruajes para recoger a las ilustres personalidades que arribaban a la estación de Penwyllt y recorrerían un trayecto de media hora hasta Craig-y-Nos. La lista de convidados era nutrida y diversa. Nobles de todo rango y condición, desde príncipes, duques y condes hasta marqueses y barones, directores de periódicos como *Le Figaro*, *The Times* o *The Daily Telegraph*, empresarios, directores de teatro, compositores, escritores, cantantes, actores, bailarines, periodistas procedentes de Nueva York, San Petersburgo, París o Viena que cubrirían el evento, embajadores, diplomáticos, representantes de casas reales, y políticos, como el líder del Partido Liberal William Ewart Gladstone, que había sido primer ministro británico hasta en tres ocasiones —y aún lo sería una cuarta, un año más tarde—, con quien Adelina había iniciado una amistad a raíz de la admiración expresada por el político, que fueron consolidando a través de una periódica correspondencia privada. Nadie quería quedarse fuera de la selecta lista. Debido al gran número de invitados, la celebración tuvo que extenderse durante tres días más, programando nuevos conciertos para las jornadas del 12, 15 y 22 de agosto. La diva sólo lamentó dos bajas de última hora, ambas por motivos médicos: la de Alfred de Rothschild y la del famoso actor Henry Irving, que iba a ser el encargado de oficiar como maestro de ceremonias y que fue sustituido por William Terriss. Había un tercer invitado cuya presencia estaba aún por confirmar. La anfitriona no quiso ni mentarlo, temiendo que, al hacerlo, lo gafara.

—Descuida, querida. Él vendrá —le susurró Nicolini al oído mientras se preparaba para el almuerzo organizado con los convidados.

—¿Cómo estás tan seguro? —repuso ella, que no se mostraba tan confiada como su esposo—. Comprendo su silencio, pero un telegrama, una carta, un mensaje a través de un amigo...

—No ha tenido mucha suerte con los amigos, es normal que sea cauto.

Adelina le respondió con un gesto de conformidad. Algunas veces, su marido tenía la capacidad de leerle el pensamiento y eso no siempre era bueno. Pero agradecía que constantemente estuviera pendiente de ella, de sus deseos, de sus preocupaciones, de su bienestar, incluso cuando no lo solicitaba de viva voz.

A las ocho de la tarde, los invitados, engalanados como si se tratara de una recepción real —condición impuesta por la anfitriona—, ocupaban los asientos del teatro, admirando su cuidada decoración y su exquisita arquitectura. El telón con la Patti convertida en Semiramide despertó las alabanzas. Detrás de él, una curiosa Adelina observaba por el pequeño agujero que había ordenado abrir en el telar. Quería ver a su público. Aunque todos eran amigos, ese día más que nunca necesitaba que todo saliese bien. Lamentó no haber podido instalar palcos; de haberlo hecho, él ya ocuparía uno de ellos. Siguió mirando por el diminuto orificio, fiscalizando cada detalle y cada movimiento de las damas vestidas de satín, encaje y tul, con lustrosas joyas e inseparables abanicos que agitaban en sus manos, y de los caballeros acicalados con fracs adornados con cuello y puño de seda, y con camisas blancas almidonadas. Escuchó la afinación de los instrumentos —tomando como referencia el oboe en su ejecución de un la— realizada por los veinticuatro músicos que conformaban la orquesta ubicada en el foso, casi dos metros por debajo del nivel del escenario, donde imaginó a Luigi Arditi dando las últimas indicaciones, mientras sostenía su batuta como si enarbolara una bandera. Se retiró a tiempo de besar a Nicolini, justo cuando las luces de la sala se apagaban. Nunca salía a escena sin ese beso, su particular talismán. Los besos siempre los habían perseguido, al principio para condenarlos, al final para aliarse con ellos y reafirmar su victoria.

La orquesta comenzó a tocar «God Save the Queen» y los asistentes se pusieron de pie en señal de respeto. Muchos de los presentes intercambiaron miradas, que dirigían a un lado y a otro de la sala, especialmente a la puerta de entrada, pensando que algún miembro de la Corona acababa de entrar en el teatro. «¿La reina Victoria? ¿El príncipe de Gales? ¿La princesa Beatriz?», elucubraron mientras sonaba el himno. Conocían la admiración que sentía la reina de Inglaterra por la Patti, al igual que su hijo Eduardo, a quien unía una especial amistad con la artista; no hubiese resultado tan extraño. Pero ninguno de ellos apareció más que en la imaginación de los invitados.

Al finalizar el himno, el cortinaje de terciopelo azul se recogió completamente en los extremos, quedando sólo el telón pintado con la imagen de Semiramide. En el escenario apareció el actor William Terriss. El silencio se instaló en la sala para escuchar sus palabras.

«Damas y caballeros…».

Adelina estaba tan excitada que apenas pudo prestar atención al discurso del maestro de ceremonias. A sus oídos llegaban algunas palabras aisladas referidas a ella: «la dama elegante», «la reina de corazones», «la artista sin igual», «la ilustre anfitriona», «el hada buena del castillo Craig-y-Nos»… Hasta que escuchó la frase que advertía del inicio de todo: «Queda inaugurado el Teatro Patti en su primera temporada de verano de 1891».

Los aplausos llenaron la sala hasta que el telón pintado se elevó. Entonces comenzó a sonar el preludio al primer acto de *La traviata* interpretado por la orquesta. Al acabar, el palmoteo regresó, ansioso por ofrecer una ovación más cerrada a la protagonista de la noche, que no se hizo esperar más. El escenario se iluminó para recibirla. Las doscientas ochenta y una lámparas encendidas conseguían que los brillantes sobre su pecho destellaran con la intención de cegar, especialmente cuando hizo una reverencia, en respuesta a la aclamación del público. Vestía un exquisito diseño de satén rosa pálido, con bordados blancos y rosas naturales engarzadas en él. La Patti tenía cuarenta y ocho años; su Violetta no aparentaba más de treinta. Las primeras notas del aria «Ah, fors'è lui» del acto primero sembraron el mutismo absoluto, sólo roto por la voz de la soprano. La brillantez de su timbre rivalizaba con la incandescencia de las gemas preciosas sobre su pecho. Su trino sostenido emuló al de un pájaro. El aplomo con el que cantó levantó al público de sus asientos, que agitó sus pañuelos blancos al aire, mientras ella saludaba con una genuflexión. Las luces se apagaron nuevamente y la oscuridad volvió a gobernar el escenario donde sólo reinaba la Patti, aunque en la siguiente parte del concierto se dejaría acompañar por Nicolini. Era la escena del jardín perteneciente al acto tercero de la ópera *Fausto*. Adelina, convertida en una inocente y cándida Marguerite, interpretó el aria «Ah, je ris de me voir si belle en ce miroir», con una encomiable subida al do5, desatando el acorde poderoso *—power chord—* los más enardecidos vítores, que compartió con un Ernest pletórico, orgulloso de poder demostrar que el amplio vibrato de su voz seguía anidando en su garganta. Durante dos horas, el Teatro Patti se convirtió en un jardín de arias, duetos y canciones que colmó las expectativas de los asistentes, también las abrazadas por la Reina de la Canción.

La velada continuó con una fastuosa cena que los anfitriones mandaron servir en el jardín de invierno. Allí fueron llegando los convidados que se abandonaron a los brindis entusiastas, elevando unas copas siempre llenas —tal y como la dueña del castillo había ordenado a los camareros—, entretenidos en conversaciones que viajaban de la espléndida voz de la diva a los beneficios de la línea telefónica Londres-París, sin olvidar los últimos rumores de la corte, centrados en la ausencia del príncipe de Gales en todo acto público, y recordando algunos detalles del Escándalo Real del Baccarat, del que se seguía hablando más que de las consecuencias de la tormenta de nieve que asoló el sur y el oeste de Inglaterra hacía unos meses y que había provocado la muerte de más de doscientas personas y el hundimiento de catorce barcos. Mientras aguardaban la llegada de los anfitriones, a quienes imaginaron cambiándose de ropa para unirse a la cena inaugural, degustaban los exquisitos aperitivos que ocupaban las mesas ubicadas en el jardín, a modo de bufé. La buena comida regada con los mejores vinos y espumosos mitigaron la espera, que se estaba alargando más de lo previsto. Nadie imaginaba los verdaderos motivos de aquella tardanza. Tampoco la protagonista de la noche.

Adelina se disponía a abandonar el teatro y encaminarse hacia el jardín de invierno cuando vio que las luces del escenario continuaban encendidas. No entendía que nadie se hubiera encargado de apagarlas cuando ella ya había abandonado la escena.

—Ernest, ¿qué pasa con las luces? ¿Dónde está el operario? ¿Acaso se ha unido a la fiesta antes de tiempo? —Se refería a la celebración que había organizado para los trabajadores del teatro, incluidos los miembros de la orquesta y del coro, en una parte de la propiedad, a cierta distancia del jardín de invierno—. ¿Puedes apagarlas tú? Lo haría yo misma si supiera cómo funciona…

—Sinceramente, querida, no puedo hacerlo —aseguró con un gesto pícaro.

—¿Se puede saber qué te ocurre? —preguntó con estupor. No estaba acostumbrada a recibir una negativa de su esposo, siempre dispuesto a agradarla. El gesto carialegre de Nicolini le hizo descartar la idea de que sucediera algo grave, algún problema que estropease la celebración. Lo miró inquieta, buscando una respuesta. Pensó en algún tipo de sorpresa, uno de esos regalos suyos, algún gesto romántico a los que tan aficionado era Ernest—. Querido… Es de mala educación hacer esperar a los invitados. ¡Qué pensarán de nosotros!

—Mejor no preguntárselo. La gente siempre piensa demasiado y suele prodigarse en alardes de sinceridad que nadie le ha pedido.

Nicolini le ofreció su brazo, instándola a aguardar unos segundos. Había alguien que quería saludarla, alguien que no estaba habituado a esperar y que, sin embargo, lo había hecho.

42

—Querida, está espectacular —dijo el hombre que no estaba habituado a esperar mientras observaba a la anfitriona de la noche en todo su esplendor.

Adelina vestía un magnífico vestido en seda de color marfil, adornado con perlas y ribeteado con bordados de hilo de oro, con un pronunciado escote sobre el que caía un espléndido collar de diamantes, con mangas abullonadas hasta el codo, dejando el resto del brazo desnudo, y un corsé que resaltaba su esbelta figura. En la cabeza lucía una tiara de oro blanco con varias perlas engarzadas, compitiendo en belleza con una hilera de brillantes que la circundaba. Resultaba imposible no mirarla como se admira a las diosas.

—¿Worth? —preguntó él, interesándose por el creador del diseño.

—Jacques Doucet. Veo que no sólo entiende de mujeres, también de quiénes las visten.

—Un futuro rey debe estar preparado para todo.

La iluminación de las lámparas del teatro anidó en el rostro de Adelina, como los pájaros lo hacían en las ramas de los árboles de Craig-y-Nos.

No podía creerlo, aunque quiso hacerlo desde el principio. Buscó la mirada de su esposo, que presenciaba la escena con gesto cómplice.

—¿Tú lo sabías? ¿Y no me has dicho nada? —Se hizo la ofendida.

—Nicolini es un buen amigo —le disculpó el príncipe de Gales—. Y créame, querida, últimamente escasean. Puedo dar fe de ello.

—De haber sabido que finalmente vendría, le habría recibido como se merece. Por algo hemos instalado un cañón en la torre, además de que Ernest lo utilice para asustarme —advirtió. Todavía recordaba el día que su esposo decidió despertarla con unas salvas de su nueva adquisición para sorprenderla. El susto le duró varios días.

—¿Y que me reciban veintiuna salvas de cañonazos? Eso era justo lo que trataba de evitar. Se olvida de que la conozco muy bien...

La Patti se sintió complacida mientras el príncipe cogía su mano con el ademán de besársela. Nicolini regresó al escenario después de haber ido a por algo que tenía preparado.

—¿Ha podido disfrutar del concierto? —preguntó ella.

—Gracias a su marido, he tenido el placer de verla y escucharla —dijo, intercambiando una mirada de conchabanza con Ernest, que abría una botella de champán después de entregar una copa a cada uno.

—Si he de ser sincero, nunca había visto a un miembro de la casa real asistiendo a un concierto entre bastidores —aseguró burlón Nicolini, llenando la copa del príncipe, antes de la de su esposa y la suya propia.

—Créame, he estado en sitios peores... —rio el príncipe de Gales, aludiendo a su reciente comparecencia como testigo en el juicio del Escándalo Real de Baccarat—. De un tiempo a esta parte, se nos ve en lugares donde nadie creyó que se nos vería. Nadie se atreverá a decirme que no he contribuido a humanizar la Corona.

—¡Por las visitas inesperadas y las presencias impensadas! —Levantó su copa Adelina, contagiando al resto de su brindis.

—¿Se quedará a la cena? —preguntó el tenor francés, aun conociendo la respuesta.

—Me temo que eso no será posible. Mis consejeros me han recomendado que me aleje del foco público y que lleve una vida más tranquila. Y creo que entre algunos de sus invitados no pasaría inadvertido... —insinuó, apuntando especialmente a los representantes de algunos periódicos que aguardaban, como el resto de los asistentes, en el jardín de invierno.

—¿Desde cuándo hace caso a lo que le dicen sus consejeros?

—Desde que mi señora madre se ha puesto a la cabeza de todos ellos; ya conoce a la reina, todo un carácter. Le preocupa mi exceso de popularidad. Y desde que me he convertido en *l'enfant terrible*... —ironizó, pensando en la caricatura publicada por el semanario *Puck*, donde aparecía como un jovencito amonestado por una reina furiosa que le mostraba una larga lista de las faltas cometidas.

—El pueblo está con usted —admitió Adelina.

—El pueblo está donde le dicen o le mandan. En eso no somos tan diferentes.

—¿Eso quiere decir que se retira del tapete verde? Sería una pena. El juego relaja. Mi esposa puede confirmárselo. Siempre consigue las mejores manos. —A Nicolini aún le dolía la escalera real con la que su mujer le había vencido hacía unas semanas.

—Ni pensarlo. Pero me he pasado al bridge whist. Tiene más ventajas, como la de no estar ilegalizado.

—Quédese al menos a dormir —le propuso la anfitriona—. Es tarde. Ya sabe que en esta residencia hay una habitación especial para cuando los príncipes de Gales quieran pasar la noche. Y eso me lleva a preguntarle, ¿cómo está la princesa de Gales? Hace mucho que no veo a la buena de Alejandra.

—Entretenida más que nunca con sus obras de caridad. Conseguirá que la hagan santa. En cambio, a mí... —insinuó el príncipe—. *Pia creatura nata sotto maligna stella*... —«Criatura piadosa, nacida bajo una estrella maligna».

—... *fredda come la casta tua vita. E in cielo assorta.* —«Fría como tu vida casta. Y en el cielo absorbida», acompañó Adelina—. Veo que es admirador de mi querido Verdi.

—Cómo olvidar su *Otelo*. Ese personaje me persigue en mis sueños —aseguró el príncipe recordando el estreno de la ópera en La Scala de Milán el 5 de febrero de 1887—. «¡Oh, mi señor, cuidad con los celos! Es el monstruo de ojos verdes que se divierte con la vianda que le nutre; vive feliz el cornudo que, cierto de su destino, detesta a su ofensor. Pero, ¡oh, qué condenados minutos cuenta el que idolatra y, no obstante duda; sospecha y, sin embargo, ¡ama profundamente!» —recitó el futuro rey de Inglaterra las palabras de Yago—. Uno no puede fiarse de nadie, ni siquiera de su alférez. Pobre Otelo, qué final más cruel.

—No nos pongamos dramáticos —comentó Nicolini, llenando de nuevo las copas.

—Eso me recuerda que debo irme, no sin agradecerle su ofrecimiento, que no tardaré mucho en aceptar. —No sería la primera vez que pernoctara en el castillo—. Pero antes, tengo algo para usted.

El príncipe de Gales extrajo de su bolsillo un pequeño estuche que entregó a Adelina, quien no pudo esperar a abrirlo. En su interior encontró una funda de *galuchat*, hecha de piel de pez lija, que contenía una hermosa *châtelaine* de oro de cuatro cuerpos, un complemento que muchas damas llevaban colgado de su cintura a modo de adorno, del que pendían diminutos objetos de escritura o de costura. En aquella ocasión, un alfiletero, unas tijeras y un reloj.

—Espero que le guste. Es una antigüedad del pasado siglo. Al parecer, perteneció a la reina Carolina Matilde de Dinamarca. Fue realizado por el joyero francés Francois Fistaine.

—¡Es preciosa! —exclamó ella, acariciando los diamantes y rubíes engarzados en la pieza—. ¿Has visto, Ernest?

—Una auténtica joya. El príncipe ha sido muy generoso.

—Lo que la Patti se merece, nada más. Al fin y al cabo, es la «señora del castillo» —señaló, refiriéndose al significado que antiguamente tenía la *châtelaine*, ya que solían usarla las señoras que poseían las llaves de la residencia. Era uno de los nombres con el que los vecinos de Swansea se referían a ella, «la señora del castillo»—. Y ahora, muy a mi pesar, debo marcharme —anunció el príncipe, a quien ya aguardaba un grupo de guardias encargados de su seguridad.

—No sabe lo feliz que me hace que haya venido.

—Nada comparable con la felicidad que siempre me provoca escuchar su voz —reconoció, besando de nuevo su mano y estrechando la de Nicolini, con quien compartió un gesto de connivencia.

—Supongo que no querrá que le despidamos con una salva de veintiún cañonazos... —preguntó Ernest.

—No será necesario. Resérvelas para la llegada de mi querido cuñado. —Se refería al esposo de su hermana e hija menor de la reina, la princesa Beatriz—. A él sí le gustan estas cosas protocolarias.

—¿El príncipe Enrique de Battenberg va a venir? —se sorprendió Adelina, colocándose la *châtelaine* en la cintura—. Creí que estaba en su barco y que le resultaría imposible asistir.

—Su alteza real no acostumbra a perderse una diversión, por muy alemán que sea. Si le soy sincero, no sé si le gusta más una guerra o un festín... —bromeó—. Lo que sí sé con seguridad es su admiración por la ópera *Fausto*.

Nicolini se encargó de acompañar al príncipe de Gales hasta su carruaje, que esperaba discreto en un lugar de la propiedad, alejado de miradas importunas. Cuando el futuro rey de Inglaterra abandonó el castillo, Adelina y su esposo se unieron a la fiesta. Todos se fijaron en el hermoso complemento que colgaba de su cintura y todos, sin excepción, creyeron que había sido un regalo de su esposo.

Los festejos por la inauguración del Teatro Patti siguieron los días posteriores. Mientras unos invitados abandonaban el castillo, otros llegaban para disfrutar de la fiesta. La diva había organizado un baile para los vecinos de Swansea, que tuvo lugar en el teatro, después de representar varios fragmentos de las óperas *Martha* y *Romeo y Julieta*, siendo la escena del balcón que protagonizó junto a Nicolini la que congregó más encomios. Fue la primera vez que los invitados contemplaron el suelo del teatro alzándose para nivelarse con el escenario, donde una orquesta animó la velada, al convertir el coliseo en un salón de baile.

La predicción del príncipe de Gales se cumplió el último día de celebración, después de una jornada gloriosa en la que la señora del castillo volvió a triunfar gracias a las pantomimas programadas de las que participaron los asistentes, que se dejaron llevar, admirando la capacidad para la comedia de la anfitriona al elegir *La Tosca* de Victorien Sardou —haciendo olvidar la actuación de Sarah Bernhardt en el estreno de la obra en el Teatro de la Porte Saint-Martin de París, el 24 de noviembre de 1887—, y también a las charadas, el juego en el que se trataba de adivinar el nombre de las óperas y de personajes conocidos mediante la mímica.

La llegada del príncipe Enrique de Battenberg fue anunciada con la consabida salva de veintiún cañonazos. Adelina advirtió en el rostro de su esposo que había disfrutado más con el estruendo que su alteza real. El príncipe agradeció que el matrimonio representara en el Teatro Patti varios fragmentos de la ópera *Fausto* y quedó admirado con la famosa escena del jardín. Después de compartir un almuerzo con los anfitriones, lo despidieron de la misma manera estrepitosa, poniendo fin a las celebraciones por la inauguración del teatro.

De nuevo, el tiempo había volado.

—Tantos meses preparándolo y todo desaparece en un instante. La felicidad es efímera.

—Nada desaparece. Todo permanece, querida. Tú deberías saberlo mejor que nadie —dijo Nicolini mientras se servía un vaso de su coñac preferido y le ofrecía a ella una copa de champán; era una celebración especial, podía saltarse su estricta dieta—. Debo felicitarte, amor. Has sido el alma de la celebración. Nunca defraudas. Por momentos, parecía que el teatro no importaba, que la verdadera celebración eras tú. Y brindo por ello.

Aunque Ernest era propenso al halago fácil en lo concerniente a su mujer, en aquella ocasión estaba en lo cierto. Había representado el papel de la perfecta anfitriona, siempre pendiente de sus invitados, ya fueran aristócratas y artistas o carniceros y maestros de escuela de Swansea; los había hecho sentirse sentir como en casa, saltando de una conversación a otra, aportando un comentario, una anécdota o un recuerdo que amenizaba el instante, cambiando de idioma sin esfuerzo para que cada uno de ellos se sintiera integrado, asegurándose de que todos estuvieran bien servidos, pasando de una mesa a otra, amenizando con su voz el encuentro y ofreciendo regalos personalizados a cada uno de los presentes. Era imposible no disfrutar cuando ella estaba cerca, siempre divertida, simpática, ocurrente, dicharachera... Parecía una niña en su fiesta de cumpleaños.

A finales de ese mes de agosto, la diva cumplió con el compromiso de ofrecer un concierto a beneficio del hospital de Swansea. Después, la esperaba una nueva gira por Estados Unidos, que continuaría con otra recorriendo las principales ciudades de Europa, a la que seguiría otra más por Norteamérica, para regresar una vez más al continente europeo y nuevamente a Estados Unidos...

Durante los siguientes años, la Patti tuvo la impresión de estar viviendo en un continuo *déjà vu*. De haber existido la rueda de hámster que inventaría a principios del siglo xx el genetista Lionel Penrose —interesado en investigar la genética de los ratones y su relevancia en el comportamiento del roedor en un entorno controlado—, le hubiera invadido la sensación de vivir como uno de esos animales dentro de una rueda, sin dejar de dar vueltas, entregados a una carrera continua, permanentemente, sin detenerse, sin saber si era ella quien controlaba el mecanismo o era la rueda la que gobernaba su carrera; cuanto más avanzaba, mayor era la sensación de permanecer siempre en el mismo lugar. Se sentía presa de sí misma, de su propia felicidad, de su cotidianeidad, como si transitara por un jardín convertido en un enrevesado laberinto en el que todos los caminos parecían idénticos, sin opción de encontrar la salida o la entrada, porque ambas se fundían en una. Los triunfos, las ovaciones, los teatros llenos, las buenas críticas, los sueldos cada vez más elevados se repetían una y otra vez, sin variación posible. La embargaba una extraña percepción de vivir una vida ya vivida, de cantar las óperas ya cantadas, de hablar con las mismas personas con las que mantenía conversaciones ya sostenidas, de pasear por una ilusión ya experimentada, inmersa en un engaño mnésico. Era la pasajera de un navío que siempre atracaba en los mismos puertos. Sólo su primera actuación en el Madison Square Garden de Nueva York en 1892, la fiesta por su cincuenta aniversario en Florencia, el reencuentro con Giuseppe Verdi en La Scala de Milán en 1893 —donde el compositor se reafirmó en que la Patti era su mejor Violetta y también su mejor Gilda—, la interpretación de una nueva ópera en su repertorio, *Gabriella*, de Emilio Pizzi, a finales de ese mismo año en Boston y Chicago y a principios de 1894 en Nueva York, seguido de su primera interpretación de una pieza de Wagner, *Träume*, en el Royal Albert Hall de Londres —después de un largo tiempo sorteando al compositor alemán—, la espantada que protagonizó en el Carnegie Hall de Nueva York unos días antes —durante la que se bautizó como su gira de despedida por Estados Unidos, que no funcionó como estaba previsto— y su aparición en el Covent Garden, después de cinco años alejada de su escenario, interpretando tres óperas, *La traviata*, *El barbero de Sevilla* y *Don Giovanni* en junio de 1895 —luciendo sobre su cuerpo más de doscientas mil libras en joyas— parecían levantarse como dársenas independientes en los puertos de costumbre.

La rueda únicamente se detenía cuando lo hacía ella y siempre coincidía con sus periodos de descanso en el castillo de Craig-y-Nos, donde revivía con las fiestas que celebraba, con el encuentro con amigos, los conciertos y las pantomimas en el Teatro Patti, los eventos sociales a los que asistía, especialmente los organizados por la reina Victoria y por el príncipe de Gales, con las cenas planificadas para sus empleados del castillo cada Navidad, que se convirtió en su época favorita del año, cuando ella misma se encargaba de adornar el árbol y colmarlo de regalos para todos, con los actos benéficos a favor de los huérfanos y los enfermos de la región, con las tardes con Nicolini escuchando el *orchestrion*, las mañanas de largos paseos por los alrededores de La Roca de la Noche, las tardes jugando al billar, a las cartas, tocando ella su amada cítara y Ernest su violín, al que su esposo se entregó en cuerpo y alma, aunque no con el resultado esperado…

No estaba cansada. Su energía se mantenía como lo hacía su voz en su garganta, pero la invadía esa extraña sensación, el deseo de parar. Sentía la imperiosa necesidad de detener el tiempo.

El destino, tantas veces cómplice, se lo concedió, aunque no en la forma que ella deseaba.

El tiempo se detuvo de la peor manera posible.

43

La música cesó abruptamente. El violín lloró como si el arco le hubiera rasgado el alma, asestándole una puñalada mortal. Y después, un golpe seco, quebrado, como el peso caído de un reloj de péndulo que marca la hora señalada.

Adelina quedó en silencio, con la mirada fija en la puerta, a la espera de que el Stradivarius volviera a sonar, aunque sólo fuera por tranquilizarla; había sido el último regalo que le había hecho a su esposo y creyó que el instrumento estaba en deuda con ella. Aguardó unos segundos. «Suena, suena...», instaba la diva. Pero nada escuchó. Dejó la partitura con la plegaria de Elisabeth escrita en el tercer acto de la ópera *Tannhäuser* de Wagner sobre la mesita de ébano y se incorporó de su butaca, muy despacio. Ni siquiera advirtió la caída del texto sobre la madera del suelo; el silencio que gobernaba su inquietud era demasiado estrepitoso para que otros sonidos lo perturbaran. La respiración comenzó a elevar su pecho, donde parecía rugir un volcán en erupción. «Suena, maldito violín, suena». La falta de respuesta apremió su paso hacia la sala de billar donde Nicolini solía tocar el instrumento, cerca del *orchestrion*. Al entrar en la estancia vio a su marido tendido en el suelo. Corrió hacia él bramando su nombre. «Ernest, ¡qué te pasa! Despierta, cariño. ¡Ernest!». Estaba inconsciente. La palidez de su rostro la alarmó, aunque lo hicieron mucho más sus ojos entreabiertos, en blanco, sin rastro de aquella mirada gentil que siempre tenía para ella. A su lado estaba el arco enhebrado con pelo de caballo, el arma del crimen, el puñal que había atravesado el violín, que seguía en la mano de su marido como en un intento de aferrarse a él, a la música, a la vida. Sin saber muy bien qué hacer, se inclinó sobre el pecho de su esposo, como se reclinaba para saludar sobre el escenario de un teatro, anhelando oír el sonido más esperado. Escuchó unos débiles latidos que le permitieron respirar más serena y alejar el fantasma de la muerte, cuyo aliento sentía, fúnebre y siniestro, desde que se extinguió la última nota.

—¡Patro! ¡Karo! —llamó a gritos a sus doncellas.

Se sentía impotente, torpe en sus decisiones, desbordada por la situación. No era la gran Patti; era una Adelina empequeñecida, la niña miedosa que nunca había sido. No supo más que recurrir a su voz, que siempre había actuado como su salvavidas.

—Señora, ¿qué ocurre? ¿Está bien? —Patro fue la primera en acceder al salón de billar. Al ver a Nicolini inconsciente, tendido en el suelo, supo lo que tenía que hacer antes de que su señora se lo dijera.

—¡Ve a buscar a un médico! ¡Corre!

—Señora, ¿qué sucede? —Karo acababa de entrar en la estancia.

—¡Un médico! ¿Tengo que perder el tiempo en dar explicaciones? ¿Acaso soy el maldito Marconi?

Pronunciar ese último nombre y abandonarse a un llanto desesperado fue todo uno. La memoria había activado un mecanismo en su cabeza para recuperar un recuerdo. Hacía dos meses, el 14 de mayo de 1897, Nicolini, periódico en mano, le contaba a su esposa que Guillermo Marconi había enviado la primera comunicación inalámbrica. Lo había hecho desde el canal de Bristol hasta Penarth, un pueblo de Gales. «¿Y sabes qué decía ese mensaje, querida: «¿Estás preparado?»». La pregunta resonó en su cabeza como si fuera una amenaza, una siniestra burla del destino. No, no estaba preparada para verse arrodillada ante el cuerpo inerte de Ernest; no lo estaba ni lo estaría nunca.

Antes de que el médico llegara al castillo de Craig-y-Nos, con dificultad para seguir las zancadas de Patro subiendo la escalera que conducía a las habitaciones de los señores, Nicolini había recuperado el conocimiento. Lo hizo como si volviera de un largo viaje, agotado, abandonado a un mareo que le impedía ponerse en pie. Cuando lo intentó, unas fuertes náuseas le provocaron un espasmo incontrolable seguido de un vómito súbito que manchó el vestido de Adelina, quien seguía sujetando a su marido con la ayuda de dos sirvientes.

—Querida, no sé cuántas veces te he dicho que no me gusta que vistas de negro. Pareces una viuda y eso no me hace sentir bien —dijo son sorna un débil Nicolini, que no había recuperado el color en su rostro, pero sí su habitual mordacidad.

Ella le sonrió. Su sarcasmo, muy parecido al de Rossini, era una señal de que se encontraba mejor.

—Lo recuerdo perfectamente. Pero lo que me dijiste fue que te disgustaba el velo negro que cubría mi rostro —matizó, recordando la contrariedad de su esposo cuando la vio representando a una viuda durante la pantomima basada en la novela *Los misterios de East Lynne*, de Ellen Wood, en el Teatro Patti. Adelina había disfrutado de la lectura de ese libro, en parte por el escándalo que supuso que una mujer firmara en 1861 un texto sobre la hipocresía de la aristocracia y la sociedad victoriana, donde el adulterio, las pasiones, las reputaciones dudosas, los hijos ilegítimos, el divorcio, las decisiones que marcan toda una vida, los caprichos del destino e incluso un asesinato condimentaban la trama.

—Siempre oyes lo que quieres.

Por una vez, Nicolini se equivocaba. Su esposa no había escuchado el violín cuando más lo necesitaba, a pesar de sus súplicas.

—Estaba estudiando la plegaria de Elisabeth a la Virgen María. Y sabes que me gusta vestir como los personajes cuando los estoy estudiando —le aclaró, convencida de que mantenerlo consciente, aunque fuera por medio de una conversación absurda en ese momento, era una buena opción, hasta que llegara el doctor. «Dónde demonios está ese condenado médico», pensó. El tiempo se le estaba haciendo eterno.

—Otra vez ese Wagner coqueteando con mi esposa. No debí convencerte de que sucumbieras a él, *mea culpa* —sentenció Nicolini mientras se dejaba ayudar por los dos sirvientes que lo condujeron, siguiendo las indicaciones de su esposa, hasta su alcoba.

No era la primera vez que Ernest se desvanecía. Una noche en la que tenía invitados en el castillo, Adelina se hallaba en su cuarto arreglándose para bajar a cenar. El tenor estaba en su alcoba privada que comunicaba con la de su mujer a través de una puerta. Desde hacía unos meses, el matrimonio dormía separado para que él conciliara mejor el sueño, velado a menudo por episodios de arcadas, náuseas, vómitos y tos seca, que tampoco permitían a la diva descansar lo necesario para que su voz estuviera en un estado óptimo. Patro terminaba de prender unas perlas en el cabello de su señora al tiempo que ella engarzaba en su vestido el broche de oro y diamantes con la Corona británica que la reina Victoria le había regalado en agradecimiento al concierto privado que ofreció en el palacio de Windsor, cuando Nicolini abrió la puerta. Entró en la habitación tambaleándose, blanco como la nieve que en ese momento cubría el exterior del castillo. Avanzó con dificultad, apoyándose en las paredes para estabilizar su paso, reclinándose sobre los muebles, hasta que finalmente se desvaneció y cayó al suelo. Al ver que su marido no respondía a ninguno de sus intentos de reanimación y ante la lividez de su rostro, Adelina corrió para pedir ayuda a sus invitados, que esperaban en el comedor del castillo, vestidos con la etiqueta exigida en las cenas que organizaba en su residencia. La blancura y la rigidez de las camisas almidonadas de los fracs de los caballeros le recordó al rostro níveo de Ernest.

—¡Está muerto! ¡Es horrible! —gritó, sin poder controlar las lágrimas—. ¡Está muerto!

—Querida, tranquilícese —intentó calmarla uno de los invitados—. ¿Quién está muerto?

—¡Ernest! ¡Ernest! —respondió, como si fuese la única palabra de su vocabulario.

Los dos caballeros subieron raudos por la escalera que conducía al primer piso para comprobar si lo que decía era cierto, mientras las damas trataban de serenar a una desconsolada Adelina que se sentía incapaz de subir de nuevo a la habitación por miedo a que la muerte, por vez primera, no le llegara a través de un frío telegrama. Estaba convencida de que su marido había muerto; de no ser así, hubiera contestado a sus súplicas, como hacía siempre.

Cuando el conde y el barón entraron en la habitación, se encontraron a Nicolini tumbado sobre la cama, donde había llegado gracias a la ayuda de Patro, que del susto parecía tan pálida —a pesar de su piel morena— como Ernest.

Fue el primer aviso de la mala salud que Nicolini arrastraba desde hacía un par de años, molestias, indisposiciones, un continuado malestar que su esposa atribuyó a su desmedido consumo de alcohol. Él lo sobrellevaba con gallardía para no darle mayor importancia y, por encima de todo, para evitar preocupar a la diva, y por eso intentaba seguir con su vida, incluso manteniéndose, no sin dificultades, sobre el escenario del Teatro Patti, para representar junto a su esposa una escena de *Romeo y Julieta* y no defraudar la ilusión que ella siempre mostraba ante sus invitados. Un día, Ernest terminó la escena, saludó al público, dándole siempre su lugar a Adelina, y después vació su estómago en un vómito acuoso y amarillento, fingiendo una indisposición por las ostras que ese día había consumido. Aquélla fue la última vez que Nicolini actuó sobre un escenario. Tampoco le importó; hacía demasiado tiempo que no se subía a la escena de grandes teatros y eso no le suponía ningún problema, ya que le permitía abandonarse a la pesca del salmón en el río Tawe, cazar perdices en las proximidades del castillo y disputar partidos de tenis con sus amigos en la pista que su mujer había ordenado construir a la espalda de la residencia para que él pudiera practicar el deporte que más le gustaba. Pero en los últimos tiempos había renunciado a sus aficiones favoritas por el malestar que lo afligía y prefería el violín, ya que requería menos esfuerzo físico. Su energía no era la de antes y no por los sesenta y un años que tenía. La enfermedad había conquistado su cuerpo y no tenía intención de abandonarlo.

Aquel episodio, sucedido dos años atrás, se saldó con la visita del médico que le recomendó llevar una vida equilibrada, una alimentación sana, libre de grasas y de alcohol, un descanso que exigía siestas de media hora y noches de ocho horas de sueño, y todo el ejercicio físico que pudiera hacer.

Era el mismo doctor que, esa mañana de julio de 1897, contemplaba la preocupación en el semblante de Adelina. Cerró su maletín, del que previamente sacó un par de frascos con pequeñas pastillas que dejó sobre una mesa del salón, donde la anfitriona lo había acompañado para que le dijera lo que no quiso o no pudo comunicarle al enfermo.

—La emesis amarillenta y verdosa no es buena señal.

La diva obligó al facultativo a aclarar el término en su siguiente observación; ya andaba lo bastante perdida como para que el lenguaje médico la confundiera más.

—La pastosidad y el color del vómito indican que el estado de su hígado empeora y la dolencia en sus riñones no ayuda, más bien todo lo contrario, impide una mejora e imposibilita la curación. La enfermedad de su marido se agrava, señora Patti.

—Pero últimamente se sentía mejor. Toma todas las medicinas que usted le prescribió, incluso ese jarabe tan amargo. Estoy convencida de que ese líquido verdoso es lo que le provoca las arcadas...

El doctor Levinson, considerado una institución en las dolencias de hígado y riñón, estaba acostumbrado a la negación de los pacientes y de sus familiares, que rechazaban admitir la gravedad de sus afecciones. Era humano aferrarse a la vida, a la esperanza, a un optimismo heroico, a una ceguera voluntaria que aliviaba más que los brebajes con extracto de salvia. Pero, en aquel caso, no resultaba nada práctico.

—Comprendo que él no quiera verlo. Pero usted tiene que hacerme caso: su esposo empeora. Debe estar preparada.

Adelina obvió la última frase del doctor, a pesar de que no era la primera vez que se lo decía. La única respuesta que podía ofrecerle era un soberbio «Yo nací preparada», pero descartó hacerlo; no eran el momento ni el lugar. Optó por abrazar la esperanza, una vez más.

—¿Y no hay nada que podamos hacer? ¡Por amor de Dios! Siempre se puede hacer algo. Ya sabe que el dinero no es problema.

—Tiene usted razón. En este caso, el dinero no es el problema —reconoció el doctor. Sin pretenderlo, había encontrado el modo de llevar la contraria a la diva sin provocar su enfado.

—Dígame qué puedo hacer... —suplicó.

—Al señor Nicolini le vendría bien respirar aire puro, estar cerca del mar, en un clima más suave. Quizá el sur de Francia sea un buen lugar para él en estos instantes.

Fueron varias las ocasiones en las que el doctor Levinson le recomendó trasladarse durante una temporada a parajes más cálidos y costeros. Después de sufrir el primer desvanecimiento y siguiendo las indicaciones del médico, Nicolini pasó varios meses en Langland Bay, una localidad cercana a Swansea, para beneficiarse de la brisa marina, pasear por los acantilados y admirar el hermoso horizonte que se abría ante él y que siempre le hacía pensar. Allí conoció al artista Alfred Sisley, un día que el pintor estaba observando el paisaje. «Es inspiradora la belleza de la naturaleza. Casi me obliga a pintarla», dijo, cumpliendo con su palabra en su cuadro impresionista *On the Cliffs, Langland Bay, Wales*, en aquel 1897. Adelina estuvo a su lado hasta que el clima húmedo empezó a hacer estragos en su garganta, sobre todo por la noche, cuando la temperatura bajaba en exceso. Ése fue el motivo por el que decidió que se trasladaría al castillo de Craig-y-Nos para dormir y, a primera hora de la mañana, regresaría todos los días a Langland Blay, a escasos treinta minutos de La Roca de la Noche. Lo hizo hasta que los compromisos profesionales llamaron a su puerta. Pensó en cancelarlos, pero su marido se lo impidió. «Estoy mejor, créeme. Vete tranquila». La diva le hizo caso y acudió a representar varias óperas en la Salle Garnier de Montecarlo y en el Teatro Municipal de Niza durante los tres primeros meses de 1897. Cada día se interesaba por el estado de salud de su esposo y le enviaba telegramas, varios a lo largo de la jornada, detallándole los éxitos conseguidos, confesándole sus ganas de reunirse con él lo antes posible y recordándole lo mucho que le quería. Nicolini respondía a todos sin demora. También él la echaba de menos. A su regreso, Adelina siguió los consejos del doctor y el matrimonio se trasladó al sur de Francia, a Cannes, para disfrutar de un clima cálido, pero la perspectiva de una mejoría se desvaneció, por lo que regresaron a su residencia de Craig-y-Nos. El tenor lo hizo en una silla de ruedas, debido a la dificultad para caminar. La frase del doctor Levinson se reprodujo en la cabeza de la diva: «Debe estar preparada». Sus palabras se hermanaron de manera siniestra con las de Marconi: «¿Estás preparado?». Seguía negándose a contestar a aquella pregunta.

Un día de finales de mayo, la Patti recibió una invitación de la Casa Real británica para ofrecer un concierto, coincidiendo con la celebración del Jubileo de Diamante de la reina Victoria. Sesenta años sosteniendo el peso de la corona, protagonizando el reinado más largo de la monarquía británica, superando a su abuelo el rey Jorge III, bien merecía que la voz de la diva homenajeara a la soberana.

—Ni hablar, no pienso ir. No estando como estás —aseguró ante su esposo, que la miraba escéptico en su silla de ruedas—. Mi lugar está al lado de mi marido, no de ninguna reina, aunque sea la reina Victoria; ella lo entenderá.

—Querida, no me utilices como excusa. Con eso sólo conseguirás que me sienta peor. Por no hablar de que ni las reinas ni los reyes entienden nada que no tenga que ver con ellos. Ve a ese concierto. Canta como sólo la Patti sabe hacerlo y vuelve rápido para que pueda sentirme orgulloso del éxito de mi mujer.

Adelina deseaba estar en aquel homenaje. Miraba con ojos tiernos el tarjetón de la invitación, acariciando el relieve en oro que enmarcaba la cartulina.

—Se celebrará un servicio de acción de gracias en el castillo de Windsor, en la capilla de San Jorge. Asistirán once ministros coloniales. Estará todo el mundo. La celebración durará quince días y culminará con una gran fiesta en el jardín del palacio de Buckingham.

—Lo he leído en la prensa. Londres está engalanada para la ocasión. Se han construido torres, levantado estatuas, instalado fuentes, han emitido sellos conmemorativos, escrito poemas…

—Y monedas de oro para los invitados ilustres. —Adelina le mostró el estuche azul con la moneda de oro de cincuenta y seis milímetros con el perfil de la reina Victoria.

—Nunca había visto una moneda tan grande.

—Gobierna para cuatrocientos cincuenta millones de personas en el mundo, son sesenta años de reinado...

—Lo que me reafirma en lo dicho: debes asistir.

—De hacerlo, sólo estaría un par de días —afirmó. Animada por las palabras de su marido, comenzaba a vislumbrar su asistencia que realmente había contemplado desde que la invitación real llegó al castillo de Craig-y-Nos—. Pero asistir sin ti me quita las ganas. Te eché mucho de menos cuando me nombraron ciudadana de honor de Brecon y tú no pudiste estar a mi lado. Todos me preguntaron por mi esposo, incluso el alcalde habló de ti en su discurso de presentación —recordó Adelina el acto celebrado el 24 de mayo de 1897, en reconocimiento a su generosidad y sus actos benéficos a favor de los más necesitados.

—Yo estoy a tu lado, aunque no puedas verme. Lo he estado siempre.

—Pero no puedo dejarte aquí solo, con el servicio. Me niego a hacer eso.

—No tendrás que hacerlo. Yo tampoco quiero permanecer en este castillo sin ti. He pensado en trasladarme a Brighton para pasar unos días con mi hijo Richard. Él mismo me recogerá en Londres —comentó Nicolini, alargando su brazo para entregarle un telegrama.

—Richard... —pronunció mientras leía el mensaje.

El tenor francés no había tenido mucho contacto con ninguno de sus cinco hijos, apenas una intermitente correspondencia con los dos varones, Richard y Robert. Nunca habían visitado el castillo, tampoco asistieron a su boda con Adelina, a quien no guardaban demasiada estima al considerarla responsable de que el matrimonio de sus padres se rompiera.

—Ya sabes que está empezando su carrera como actor y quiere que asista a alguna de sus obras. He pensado que sería buena idea que después te unieras a nosotros, si así lo deseas.

—Richard... —repitió ese nombre—. Así que tenemos otro artista en la familia.

—Quizá puedas aconsejarle...

La diva asistió a la celebración del Jubileo de Diamante de la reina el 22 de junio y alargó su estancia más allá de los dos días augurados, debido a la insistencia del príncipe de Gales. «Querida, esto ocurre una vez en la vida. Celebremos este episodio único de la historia. Quién sabe cuándo será el próximo».

En el mes de julio, Adelina se unió a Nicolini en Brighton, donde esperaba también encontrarse con Richard. Quizá fuese buen momento para limar asperezas con el hijo de Ernest, pero, cuando llegó, el joven ya se había marchado.

—Tenía cosas que hacer en París. Pero me ha dicho que te dé un beso. Hemos hablado mucho de ti.

Adelina prefirió no preguntar si las alusiones a su persona habían sido gratas o seguía viéndola como la mala de la historia. Fue Nicolini el que tenía más preguntas para ella:

—Y dime, ¿cómo estaba la reina Victoria?

—Vieja, gorda y cansada —resumió con su habitual sinceridad—. He visto a una reina muy desmejorada. La artritis que sufre en las rodillas le impide estar de pie. Pero ha disfrutado mucho del cariño de su pueblo. Según me confesó, nadie ha recibido una ovación como la que le dieron durante el desfile, los vítores eran atronadores y los rostros de quienes la vitoreaban estaban llenos de felicidad. Sin duda, hace mucho que la reina no acude a un concierto de la Patti... —dijo disfrazando su comentario de broma, aunque no lo era.

Los planes del matrimonio eran permanecer en el Metropole Hotel, un lujoso establecimiento ubicado frente al mar que acogía a los miembros de la aristocracia, artistas y celebridades desde su construcción en 1890. Allí estarían hasta bien entrado el otoño y después, si la salud de Nicolini seguía mejorando como lo estaba haciendo, acompañaría a su esposa al concierto que daría en el Royal Albert Hall de Londres, el día 4 de diciembre de 1897. Sin embargo, una nueva recaída provocó que el médico le recomendara no viajar a Londres en pleno invierno y trasladarse a la Riviera francesa, siempre en busca de un clima más benévolo para su salud.

—Además, Richard cree que sería buena idea viajar a París para consultar a más especialistas que confirmen mi diagnóstico.

—Richard... —volvió a pronunciar ese nombre, sin decir nada, pero diciéndolo todo.

No entendía por qué el hijo mayor de Ernest había decidido aparecer en esos momentos más de lo que lo había hecho en la vida del tenor desde que contrajo matrimonio con ella. Le pareció extraño, pero no quiso compartirlo con su esposo en aquellos instantes cuando la salud era lo único que importaba. Quizá el corazón de Richard se había reblandecido al ver a su padre en silla de ruedas, enfermo y sin la energía que siempre lo caracterizó.

—¿Y no prefieres que sea yo quien te acompañe?

—Querida, debes dar un concierto en el Royal Albert Hall. Es importante para ti. Ya has tenido que escuchar a demasiados médicos por mi culpa. Y después podemos pasar unos días en Cannes. Seguro que nos vendrá bien a los dos. La Costa Azul lo cura todo.

Pero la Côte d'Azur no curó nada.

44

Cuando Adelina vio el telegrama que le entregaba un empleado del Royal Albert Hall se temió lo peor. Lo miró con desconfianza y, por unos segundos, pensó en no cogerlo, echar al hombre de su camerino y ordenar que nadie osara molestarla, mucho menos con un maldito telegrama. Sólo la insistencia del operario —«Señora Patti, un telegrama para usted. Debe de ser urgente»— le convenció de hacerlo. La ansiedad que sufría desde que la salud de Nicolini había empeorado no le permitió esperar a finalizar el concierto para leerlo, como solía hacer para evitar posibles malas noticias. Rasgó el papel con cuidado, temiendo encontrarse lo que no quería leer. «No estoy preparada», pensó mientras desdoblaba los pliegues del telegrama. Respiró al comprobar que lo firmaba Nicolini. «Querida, me he trasladado a Pau a tomar las aguas medicinales. Únete a nosotros cuando quieras. Estoy deseando compartir la *garbure* contigo». Aquel «nosotros» la incomodaba, aunque no hubiera podido decir por qué le desagradaba tanto la presencia de Richard. Pero saber que Ernest tenía apetito para degustar una exquisita sopa de col con verduras, patatas y carne supuso un alivio. Atendió la llamada del regidor que la conminaba a salir a escena. La esperaban ocho mil personas deseosas de escuchar a la Patti y de rendirle pleitesía con ovaciones, vítores y pañoladas blancas; sin duda, y con permiso de la reina Victoria, ella era la Reina de Corazones, la Reina de la Canción, como insistieron en llamarla los periódicos al día siguiente de su representación, aun cuando algunos lamentaban que se volcara más en ofrecer conciertos que óperas completas. La diva había decidido que los conciertos le ofrecían una mayor libertad de movimientos y resultaban más gratos para su voz, que seguía manteniendo la misma brillantez, el mismo timbre incisivo, idéntica coloratura y aquellos maravillosos trinos que la caracterizaban; las óperas requerían un mayor esfuerzo que no siempre estaba dispuesta a realizar. Tenía cincuenta y cuatro años, un marido enfermo, un castillo en el que deseaba pasar la mayor parte de su tiempo, enseñando a Jumbo nuevas palabras —últimamente, las expresiones soeces y malsonantes eran la estrella de su repertorio, que siempre divertía a los invitados—, tocando la cítara, organizando cenas con amigos, disfrutando de su Teatro Patti, dando largos paseos por el valle envuelta en alguno de sus numerosos abrigos de pieles, jugando al billar, a las cartas, escuchando el *orchestrion*, leyendo los libros que le esperaban en su nutrida biblioteca, o repasando el menú con los cocineros, especialmente con la nueva incorporación, un chef italiano que todas las Navidades los obsequiaba con un gran *panettone* relleno de pasas y fruta escarchada —«el verdadero *panettone* milanés», remarcaba él— que ella degustaba con una taza de su predilecto cacao Van Houten… La Reina de la Canción quería una vida tranquila, pero ni el público ni los empresarios teatrales parecían dispuestos a concedérsela.

Su carruaje esperaba a las puertas del Royal Albert Hall. Antes de acceder a él, Adelina se giró a echar una última mirada al teatro con forma elíptica, construido con ladrillos rojos —«Otra vez los ladrillos rojos», pensó—, coronado por una ornamental cúpula de cristal y acero forjado de mil ochocientos cincuenta metros cuadrados de superficie, la mayor cúpula de cristal sin soporte del mundo a pesar de sus doscientas setenta y nueve toneladas de peso, aguantada por una estructura de hierro de trescientas treinta y ocho toneladas, según presumieron sus arquitectos. No pudo dejar de compararlo con el *panettone*, por su forma cilíndrica y la suerte de bóveda en su parte superior que presentaba el pan dulce milanés. Eso le recordó que estaba a las puertas de la Navidad, su época preferida del año. Pensó en Nicolini; quería estar con él. Se fijó en el impresionante friso que circundaba la parte alta del teatro y en el que se podía leer, impresas en terracota, frases bíblicas alternadas con hechos históricos importantes. Le gustaba aquel mosaico. Representaba, como bien mostraba la leyenda que lo presidía, «El triunfo de las Artes y las Ciencias». Subió al carruaje, aceptando la ayuda del cochero que le ofrecía su brazo antes de que ella asiera el agarrador ubicado cerca de la puerta. No pudo evitar preguntarse cuándo volvería a actuar en aquel maravilloso teatro.

Los regresos deseados siempre se hacen esperar.

Quizá por eso demoró su viaje a Pau unos días más.

Había sido un comentario a modo de sentencia realizado por el prestigioso doctor escocés Alexander Turner, quien aseguraba que Pau gozaba del mejor clima del mundo, lo que convirtió aquella pequeña ciudad situada en el corazón del Bearne en el destino de muchos viajeros acaudalados, aristócratas, millonarios y miembros de la realeza europea en su mayoría, deseosos de beneficiarse de lo que aquel paraje ofrecía. Adelina se dirigía al hotel donde se alojaba Nicolini, en el Boulevard des Pyrénées, el paseo más famoso de la localidad. Cuando contempló las vistas a los Pirineos franceses, entendió las palabras que el poeta Alphonse de Lamartine le había dedicado: «La vista más hermosa de la tierra, así como Nápoles tiene la vista más hermosa del mar». Al pasar por el castillo de Pau, donde había nacido el rey Enrique IV —primer rey de Francia descendiente de los Borbones después de haber sido rey de Navarra como Enrique III—, la diva recordó su representación de *Los hugonotes*, ambientada durante la matanza de San Bartolomé, de la que Enrique III consiguió escapar al convertirse al catolicismo. «París bien vale una misa», habría dicho al convertirse en rey de Francia. Miró el interior del carruaje que la conducía junto a su esposo y pensó si se parecería en algo al carruaje donde François Ravaillac asesinó a puñaladas al rey Enrique de Borbón. No sabía por qué sus elucubraciones siempre acababan con la muerte. En las calles, los edificios y el pavimiento de Pau, el tiempo parecía haberse detenido, lo que ella tanto había deseado. Hacía unos meses que temía que sus deseos se cumplieran.

Al acceder a la habitación donde Ernest se alojaba, apenas pudo reconocerlo. Sólo habían pasado unos días desde la última vez que estuvieron juntos y su estado físico se había deteriorado de manera alarmante. Estaba más delgado, su hasta entonces bello rostro aparecía cruzado por surcos oscuros y sus ojos, marcados por grandes ojeras, habían empequeñecido, perdiendo el brillo y la vivacidad que siempre los había distinguido. En su voz había desertado el amplio vibrato que conquistó en su día los escenarios de muchos teatros. Pero lo que más tristeza le provocó fue contemplar que su sonrisa de galán, de dandi, de eterno seductor, de marido enamorado, de fiel compañero y confidente, apenas alcanzaba a dibujarse en su boca. Le costó encontrar en el hombre sentado en la silla de ruedas al gallardo tenor que logró conquistarla, que la cortejó como sólo los franceses sabían hacer, el hombre junto a quien protagonizó el mayor escándalo que el mundo lírico había conocido —superando al vivido por la Grisi y Mario de Candia, que empezaron su relación cuando la soprano todavía estaba casada con su primer marido, el conde Gérard de Melcy—, la persona que había enamorado a la gran Patti y, lo más difícil de todo, que había sabido mantenerse a su lado.

Tuvo que emplearse a fondo como la gran actriz que era para superar la funesta impresión que le había provocado verlo así.

—Mi amor, ¿cómo estás? —Odió la pregunta tan pronto como dejó sus labios. Se sintió estúpida. Lo besó en la mejilla y en la frente, como solía hacer él con ella. Los roles habían cambiado. Y a ella no le gustaba que los papeles cambiaran. Miró a su alrededor—: ¿Estás solo? Creí que Richard estaría contigo. Si lo llego a saber, habría venido antes.

—Ha tenido que irse. Aquí ya había hecho todo lo que tenía que hacer —respondió con voz cansada, en un nuevo esfuerzo para no preocupar a su mujer. Y, sin embargo, la enigmática frase la inquietó—. Pero cuéntame, ¿cómo fue el concierto en el Albert Hall? Apenas he podido leer los periódicos y en tu telegrama no entrabas en detalles.

—Un éxito —dijo lacónicamente, algo extraño en ella; nunca perdía una ocasión para explicar los pormenores de sus triunfos. No le apetecía hablar de grandes celebraciones, sólo de las pequeñas cosas que deseaba seguir compartiendo con Ernest. Se separó de él un instante para buscar algo en su equipaje—. Te he traído el *panettone* que tanto nos gusta. Unas Navidades sin él no son Navidades.

Sin ganas, Nicolini mordisqueó el pan dulce que el chef italiano había envuelto en un paño e introducido en una lata para que resistiera mejor el viaje.

Debía de estar delicioso, pero sus papilas gustativas ya no le permitían saborearlo como antes. Sus manos jugaron con la lata. La memoria lo llevó al establecimiento de Caitrin, durante su primer viaje a Gales. Sonrió sin fuerzas, un ademán que hirió a Adelina, que luchaba por contener las lágrimas.

—¿Recuerdas la torta galesa que nos preparó Caitrin antes de indicarnos el camino de nuestro lugar en el mundo?

—Recuerdo cada momento que he vivido junto a ti, Ernest.

—¿Sabes lo que de verdad me gustaría? —le anunció, al comprender que las aguas medicinales de Pau no habían logrado mejorar su estado.

—Sólo tienes que decírmelo y lo haremos.

—Regresar a ese lugar. Y luego, volver a casa.

Los regresos añorados seguían resistiéndosele. No hubo tiempo para ningún retorno. Nicolini falleció el 18 de enero de 1898. Lo hizo en los brazos de su esposa, que por primera vez miró de cara a la muerte, sin que un telegrama la exonerara de ese dolor.

Ernest había muerto a los sesenta y tres años, pero, a diferencia de su mujer, la enfermedad le había hecho envejecer diez años de golpe, sin aviso, sin piedad. Desde ese día, la diva vistió de negro riguroso. Estaba de luto y lo estaría el tiempo que sólo ella considerase oportuno. Era su historia de amor, era su duelo, era el adiós al hombre que más la había amado y a quien más había amado. Nadie tenía derecho a decirle cómo vivir su aflicción, su pena, al contrario de lo que muchos habían hecho con su relación amorosa. Los sentimientos son privativos e intransferibles, aunque algunos no fueran capaces de entenderlo. No estaba preparada para perderle y tampoco para delimitar una fecha de caducidad para ese dolor.

El negro vistió su condición de viuda el día del funeral de Ernest. Tampoco en sus preparativos se dejó aconsejar. Quería ser ella quien se preocupase de todos los detalles. Sabía cuáles eran los deseos de su esposo, dónde quería descansar en paz, qué flores deseaba sobre su tumba, qué canción anhelaba que sonara durante su despedida... Si había alguien que lo conocía realmente, era ella. Al menos, eso pensaba hasta que acudió días más tarde a la lectura del testamento.

Adelina creía conocer el contenido del documento igual que Nicolini conocía el suyo. Sabía que había realizado dos, uno en octubre de 1886 y otro en enero de 1889, donde le legaba a su esposa todo lo que la ley contemplaba legar al cónyuge; en caso de que ella falleciera antes que él, su fortuna se dividiría entre sus dos hijos varones, obviando a sus tres hijas. Lo que no conocía era la existencia de un tercer testamento que contenía la última voluntad de su esposo, realizado el 29 de junio de 1897, apenas siete meses antes de su fallecimiento. En él no aparecía ninguna mención a ella, ya que Nicolini había dejado toda su herencia, valorada en doscientas mil libras, a sus hijos Robert y Richard. Intentó que su rostro no revelara la sorpresa que le supuso escucharlo de boca del abogado. Buscó en su memoria dónde estaba ella aquel día y se visualizó en la celebración del Jubileo de Diamante de la reina Victoria. Recordó entonces las palabras de Ernest: «He pensado en trasladarme a Brighton para pasar unos días con mi hijo Richard. Él mismo me recogerá en Londres». Sabía que tenía motivos más que suficientes para que el nombre del hijo mayor de su marido siempre la inquietara.

Mientras el abogado seguía leyendo los términos que recogía el documento, ella trataba de justificar la inesperada última voluntad de Ernest. Estaba segura de que su hijo había maniobrado para quedarse con la herencia, aprovechando la debilidad de su padre. Ahora cobraba verdadero sentido la respuesta de Nicolini en Pau a la pregunta de dónde estaba Richard: «Ha tenido que irse. Aquí ya había hecho todo lo que tenía que hacer».

A Adelina no le importaba el dinero, tenía suficiente para vivir cien vidas, no lo necesitaba, sólo necesitaba a Nicolini. Pero le costó entender su ausencia en el testamento. Se preguntó si su comportamiento en los últimos meses no había sido del agrado de su esposo, si había algo de ella que le hubiese molestado, quizá no haber cancelado sus conciertos o asistir a las celebraciones del Jubileo de Diamante, pero desechó esa posibilidad, ya que había sido él quien la había animado a hacerlo. No podía considerarlo una traición, pero se sintió perdida al no comprender qué había llevado al tenor a actuar de esa manera a sus espaldas.

La voz del abogado acalló sus pensamientos.

—Sin embargo, y según una carta dirigida por el notario el 8 de febrero de 1898 al London Rothschild Bank, los términos de ese testamento no se acogen a los criterios de la ley francesa, que establece dividir la herencia a partes iguales, entre los cinco hijos del fallecido y su viuda, la señora Patti. Y hay algo más —enunció el abogado mientras sacaba de una carpeta un pequeño estuche de terciopelo verde que entregó a Adelina—. El señor Nicolini me pidió que le diera esto.

Cuando la soprano lo abrió, encontró el reloj de bolsillo prendido de una cadena de oro en cuyo extremo había una cruz que ella le había regalado al inicio de su relación. Se aferró a él, era todo lo que necesitaba tener. Pero aquel detalle la confundió aún más, ya que Ernest parecía estar en pleno uso de sus facultades, sin fallos de memoria, durante la redacción de su testamento.

Durante días, el reloj de bolsillo no se le cayó de las manos.

Regresó al castillo de Craig-y-Nos. Al franquear la puerta le dio la impresión de que la residencia se le caía encima; demasiado grande, demasiados recuerdos. Se dirigió a la sala de billar, su refugio durante tantos años, donde encontraba la paz, la tranquilidad y también la diversión gracias a las animadas conversaciones que mantenía con su esposo. Allí vio el violín Stradivarius de Nicolini con las partituras colocadas en el atril de pie de madera de nogal. A escasos metros, el *orchestrion*, que viajó desde Suiza y que tantas veces los había entretenido. Recorrió con las manos cada objeto de la sala que Ernest había tocado. Después se volvió hacia la mesa de billar. Cogió uno de los tacos y dispuso las bolas blanca, amarilla y roja sobre el tapete verde. Se inclinó sobre la mesa. Su bola jugadora golpeó las otras dos en una única tirada, tocando previamente tres bandas. La carambola la ayudó a tomar una decisión.

—Patro, prepara el equipaje. Mañana salimos hacia San Remo. Díselo a Karo.

—Pero, señora…

—Necesito salir de aquí. Preciso respirar y en este sitio es imposible.

Por una vez en los últimos años, sintió que su lugar en el mundo no estaba en aquel refugio del sur de Gales. El centro de su mundo había desaparecido. Nicolini se había ido demasiado pronto y ella necesitaba irse demasiado lejos.

Ya no quería detener el tiempo, sólo quería acelerarlo.

Finale

Craig-y-Nos, Gales
1898

Quizá haya algo peor que los sueños perdidos:
perder el deseo de soñar otra vez.

Sigmund Freud

45

No podía soportarlo más. Su hastío no era por el luto, al que seguía aferrada, sino por el intenso dolor en las articulaciones, especialmente en las rodillas, que en los meses de otoño y de invierno apenas le permitía caminar. Después de pasar un mes en San Remo y tres semanas en París gestionando el duelo por Nicolini, había regresado al castillo de Craig-y-Nos y pensó que el clima húmedo y frío de aquel paraje que antes resultaba revitalizante no era tan beneficioso para sus dolencias.

Adelina entendió entonces que había llegado un momento en la vida en el que la palabra de los médicos prevalecía sobre la de los curas e, incluso, sobre la de los jueces.

—Artritis reumatoide. —El doctor Levinson echó mano de su maletín negro, del que extrajo unos pequeños frascos de cristal—. Tres al día, con un vaso de agua, preferentemente durante las comidas. La quinina ha resultado efectiva para el tratamiento de las enfermedades reumáticas. Y también las hojas de sauce —añadió al tiempo que le daba un jarabe de color marrón que le recordó al que tantas veces hizo vomitar a Ernest.

—No soy partidaria de las pastillas. A mi marido no le sirvieron de mucho.

—Si quiere volvemos a la Edad Media y utilizamos sanguijuelas…

—¿No tiene nada de homeopatía que me alivie este dolor?

—Señora Patti, soy médico, no curandero. La homeopatía es un sacrilegio para la ciencia. Sin embargo, le puedo recomendar el ejercicio físico. Y los servicios de un especialista. La acupuntura, los masajes, las ventosas, toda fuente de calor aplicada sobre las articulaciones también se han demostrado remedios efectivos. Pero no debería evitar los fármacos; están ahí para ayudarnos a mitigar el dolor —le aconsejó mientras escribía el nombre de una clínica, London Health Gymnastic Institute, que dirigía un conocido suyo—. Hable con Rolf Cederström. Dígale que va de mi parte.

—¿Más médicos?

—Él es uno especial. Le gustará. No receta medicamentos, es más partidario de terapias físicas. Además, es barón; probablemente haya coincidido con él en alguna recepción o en alguna fiesta.

Acudió a la clínica sin muchas expectativas, pero intrigada por el hecho de que un barón dirigiera un centro de esas características; quizá la aristocracia estaba cambiando, aunque lo consideró poco probable. Antes de que preguntara por él, ya la estaban esperando.

—No siempre nos visitan personas tan ilustres... —comentó la enfermera encargada de conducirla al despacho del señor Cederström.

Mientras caminaba por el pasillo, tuvo la impresión de que aquél no era su lugar. Las paredes níveas, los enfermos, las batas blancas y aquel olor tan penetrante a éter que se alojaba en su garganta y a punto estuvo de hacerle toser no le hacían sentir cómoda. Al acceder a la consulta, descubrió a un hombre joven, delgado pero atlético, con el pelo rubio, bastante alto, que la observaba con unos cándidos ojos azules mientras esbozaba una protocolaria sonrisa que elevaba su espeso bigote, muy poco aristocrático.

—No esperaba encontrarme a alguien tan joven... —dijo Adelina, sin pretender que sonara a lisonja. No estaba segura de que alguien que apenas tendría treinta años estuviera lo suficientemente preparado para tratarla.

—Me disculpo por ello. Yo tampoco esperaba que la gran Adelina Patti acudiera a mi clínica.

—¿Le gusta la ópera?

—No he estado nunca en un teatro y creo que jamás he escuchado una ópera —reconoció el barón, provocando un gesto de sorpresa en la diva—. Confío en que eso no sea un problema, al menos, no tan grave como mi edad.

—No lo es. Y permítame decirle que ambos tienen solución.

Mientras se preparaba en la camilla para ser atendida, observó los diplomas con el nombre del barón colgados en la pared, que lo reconocían como médico masajista, y también varias fotos donde se le veía practicando boxeo y alguna modalidad gimnástica que no supo reconocer. Lo siguiente que vio fueron las manos del doctor, grandes y nervudas, que se afanaban en friccionar una buena cantidad de crema y aceite en sus palmas.

—Si la encuentra fría, dígamelo.

Al final de la sesión, la diva salió reconfortada. La hinchazón de sus rodillas se había reducido y el dolor lo haría en unos días. Su intención era seguir con el tratamiento que debía ser intensivo para que resultara efectivo. Sólo puso una condición, que Cederström aceptó: que ella no tuviera que trasladarse a Londres y que el servicio se realizara en el castillo de Craig-y-Nos.

—De Londres a Gales es un trayecto largo —reconoció el barón.

—Tanto como de Gales a Londres. Usted es joven y yo... —pensó por un instante lo que iba a decir. Él tenía veintiocho años; ella cincuenta y cinco— un poco menos. ¿Tenemos un trato?

Durante el siguiente mes, el barón Cederström visitó una vez por semana a su paciente para realizarle el tratamiento que pronto empezó a surtir efecto, lo que permitió a la soprano regresar al escenario del Royal Albert Hall el 26 de mayo para ofrecer un concierto. Era la primera vez, desde la muerte de Nicolini, que pisaba la escena. Lo hizo vestida de negro riguroso ante la atenta mirada de un público entregado. Entre las butacas, en primera fila, el barón Rolf Cederström que, por vez primera, acudía a un teatro para escuchar cantar a la Patti, aunque no fuera en una ópera completa. Su voz lo conquistó, así como la gracilidad de sus movimientos en el escenario, la belleza de su rostro y la expresión de su cara. No parecía la mujer de cincuenta y cinco años que marcaba su edad biológica, aunque de eso ya se había dado cuenta durante las sesiones terapéuticas.

Dos meses más tarde, Adelina volvía a cantar en el Crystal Palace de la capital británica, pero, esta vez, algo había cambiado. El luto había desaparecido, y vestía una nueva creación de Worth en seda azul y encaje blanco, un diseño que resaltaba su figura, marcaba su cintura y realzaba su belleza. No fue el único regreso, también los brillantes volvieron a su escote, vistieron sus dedos y adornaron sus brazos. El negro se esfumó de su armario. La luz había regresado a su vida, y no sólo la irradiada por las piedras preciosas.

Esperando a cumplir con los contados compromisos programados para otoño —una breve gira de conciertos por distintas ciudades británicas como Glasgow, Edimburgo, Mánchester y Nottingham, y una nueva aparición en el Royal Albert Hall de Londres el 14 de noviembre—, convenció a Cederström para que se quedara en el castillo durante los meses de verano; eso le posibilitaría un tratamiento más intensivo y a él le evitaría trayectos innecesarios. El castillo ofrecía todo lo que podía necesitar el barón para no sucumbir al tedio: la práctica deportiva, los largos paseos por el vergel de naturaleza de Craig-y-Nos, la lectura pausada, una cuidada y variada alimentación, sin olvidar las cenas con amigos que la diva organizaba, aunque cada vez eran más discretas y menos numerosas, así como alguna representación privada en el Teatro Patti, que no presentaba la actividad que tuvo los años previos.

La estancia del médico aristócrata durante el verano de 1898 en La Roca de la Noche también les permitió conocerse mejor. Adelina averiguó que el hombre cuyas manos estaban obrando el milagro de calmar el dolor y mejorar el estado de sus articulaciones pertenecía a una conocida familia de nobles de Suecia que, por vicisitudes de la vida, se vio abocada a una complicada situación financiera que le hizo perder presencia en los círculos solariegos de Estocolmo. Con preparación militar, como su padre Claës Edward Cederström, que perteneció a la Guardia Real Sueca, Rolf decidió estudiar Medicina y ejercer lejos de su país; un noble trabajando no daba buena imagen y alimentaba los rumores de las apreturas económicas de la familia. Eligió Londres y eso le dio la oportunidad de dedicarse a su verdadera pasión.

A Adelina le agradaba su conversación culta, divertida al tiempo que entretenida, y también su compañía, que lograba que sus días dejaran de ser largos, oscuros y tediosos, como eran en Craig-y-Nos desde la muerte de Nicolini. Era habitual verlos paseando por los alrededores de la propiedad, antes y después de cada sesión terapéutica, así como compartiendo desayuno, almuerzo y cena en el comedor. El servicio pronto se acostumbró a su presencia en el castillo. Ella le enseñó a jugar al billar y a escuchar música en el *orchestrion*; él le enseñó a jugar al golf, se encargó de adecuar y mejorar su dieta y la ilustró sobre algunos escritores suecos que podrían interesarle, como Johan August Strindberg, rebelde y polémico, al que la diva descubrió con el libro *Casados* —regalo del barón—, donde arremetía contra los hipócritas matrimonios burgueses y las relaciones entre aristócratas, subrayando el poder de las mujeres, algo que dejó de reflejar en sus obras posteriores.

Adelina acudió al Royal Albert Hall el 14 de noviembre con una nueva noticia que compartió con los invitados congregados en su camerino durante el descanso del concierto, como era habitual. Desde hacía un mes, era una ciudadana británica de pleno derecho al conseguir la nacionalidad que tanto había buscado. No se trataba de renunciar a su nacionalidad española, sino de reconocerse una más en el país que le había dado refugio y abrigo, tanto personal como profesional. No era la única buena nueva que quiso compartir con sus amigos.

Aprovechó el ambiente distendido y de celebración, cuando todos los presentes tenían una copa de champán en la mano, para anunciarlo. Había visto en la mirada de muchos la curiosidad por saber quién era el joven que la acompañaba y ocupaba la primera fila del teatro, y pensó que era buen momento para dar respuesta a esas ojeadas de huroneo.

—Quiero que conozcáis a alguien —anunció, alargando la mano hacia él para que se aproximara a ella—. Él es el barón Rolf Cederström. Y es mi prometido. Nos casaremos el año que viene.

El anuncio provocó un gran impacto, pero tras el asombro inicial, los invitados no dudaron en levantar sus copas para brindar por la buena noticia; buena y sorprendente, incluso para sus más próximos.

—Querida, siempre has sabido cómo animar una reunión y hacerla inolvidable —alabó Luigi Arditi—. Sigues siendo una maestra a la hora de callar al mundo y no sólo cuando cantas. ¿Crees que superarán esta nueva provocación?

—¿Quién provoca? Me limito a vivir, que es lo que deberían hacer los que, según tú, verán mi nuevo matrimonio como una provocación. Además, tú mismo me aconsejaste que me quitase el luto.

Adelina había guardado algo más de seis meses de duelo por Nicolini, el mismo tiempo que él había necesitado para cambiar su testamento.

—No me refería a que lo hicieras de una manera tan drástica.

—Soy la Patti. ¿Qué esperabas?

Como siempre, volvió a tener la última palabra.

La noticia saltó a las principales cabeceras británicas gracias a la indiscreción de uno de los amigos presentes en aquel camerino, periodista de profesión. Los primeros que informaron del nuevo e inesperado matrimonio de la Patti fueron los diarios *The Manchester Guardian* y *The Scotsman*. No tardaron en encontrar su réplica en los periódicos del resto del mundo, como tampoco se rezagaron los debates en la calle y en los círculos de la aristocracia sobre lo que, sin duda, sería otro escándalo en la vida de la diva. La diferencia de edad entre los contrayentes y el poco tiempo transcurrido desde la muerte de Nicolini puso a la Patti, una vez más, bajo el foco de la rumorología. No le importó, incluso le divirtió. A sus cincuenta y cinco años, seguía en forma.

En plena resaca del fin del colonialismo y del imperialismo —que había dejado a España sin sus dominios en Filipinas, Puerto Rico y Cuba tras perder la guerra hispano-estadounidense—, y agonizando el Imperio de los zares en Rusia, Adelina ponía fin a su viudedad. Nunca le había gustado esa palabra, le hacía parecer triste, mayor y acabada, y no se sentía de ninguna de esas maneras.

Unas semanas después del editorial publicado por *The New York Times* donde se utilizaba por primera vez el término *automóvil*, y mientras el mundo se preparaba para la aparición de un nuevo producto de la compañía farmacéutica Bayer que prometía ser revolucionario —la aspirina—, el 25 de enero de

1899 la Patti contraía nupcias con el barón Rolf Cederström. Era su tercer matrimonio y muchos se preguntaban si sería el último. A algunos les vendría bien la aparición del nuevo fármaco de Bayer para calmar la indignación y los dolores de cabeza que les provocó esa unión, en especial a los múltiples pretendientes que habían intentado sin éxito poner fin a su viudedad, al verse desbancados por un joven sueco.

La diva había pensado muy bien cómo quería que fuese su tercera boda. Se sentía plena y feliz por la idea de pasar otra vez por el altar, pero, aunque su estado físico desmentía constantemente al calendario, sabía que, a pocos días de cumplir los cincuenta y seis años, la Patti no podía caer en el ridículo. El mundo, como siempre, la observaba.

La boda tuvo lugar en la iglesia católica de San Miguel, en Brecon, de donde era ciudadana de honor. La novia vestía un elegante y sobrio vestido de satén azul pálido degradado en gris y portaba un sencillo ramo de orquídeas entre las manos. El novio descartó el tradicional frac para enfundarse un chaqué de color gris, con la chaqueta más corta en la parte delantera y larga en la trasera. La ciudad se engalanó para recibir a los contrayentes que, al igual que sus treinta invitados —frente a los setecientos que asistieron a su boda con Nicolini—, se trasladaron en un tren desde la estación de Penwyllt, la más cercana a Craig-y-Nos, hasta Brecon. La ceremonia religiosa fue la más corta de todas las que había vivido Adelina, a petición suya, una sugerencia que el párroco aceptó sin poner pegas. Convertida ya en baronesa Cederström, de nuevo miembro de la aristocracia, el matrimonio y sus invitados celebraron el banquete nupcial en el vagón comedor de un tren especial puesto a disposición de los novios por parte del presidente de la compañía ferroviaria, presente también en la celebración. El menú lo habían realizado los tres cocineros de la residencia de Craig-y-Nos, y no faltaron ni el champán ni el caviar ni tampoco la tarta nupcial, recubierta de merengue blanco, con el interior de chocolate y decorada con frutas escarchadas y perlas de azúcar —ni rastro de la torta galesa—, todo servido por el personal del castillo.

Después de cinco horas de trayecto, el tren llegó a la estación de Londres donde los novios se despidieron de los invitados para dirigirse al Hotel Savoy, en el centro de la ciudad, el primer hotel de lujo de la capital británica, inaugurado hacía diez años y construido gracias a las ganancias que el dueño había obtenido en el mundo de la ópera. Nada más entrar, Adelina fue directa al American Bar del establecimiento. Ante la mirada atónita del barón, se sentó a la barra y pidió su cóctel favorito.

—Una no puede venir al Savoy sin beberse un cóctel de champán —le dijo a su recién estrenado esposo, que la miraba extrañado, ya que ella no solía beber tanto como lo hizo ese día. Si había algo que le gustaba del lujoso establecimiento era aquel cóctel y las suites con baños de mármol.

Días más tarde, la pareja partió de luna de miel hacia la Riviera francesa para más tarde trasladarse a Italia. Ambos descubrieron que los viajes de placer se convertirían en su gran pasión.

46

Desde los ventanales del invernadero, Adelina observó a su marido, el barón Cederström, regresar de uno de sus paseos matutinos después de ejercitarse en el gimnasio que ella había mandado construir en el castillo. Mientras admiraba el caminar de su esposo, firme y sereno, recordó la frase de Alva Vanderbilt sobre que toda mujer debería contraer matrimonio en dos ocasiones: la primera, por dinero; la segunda, por amor. Le pareció que la señora Vanderbilt, una vez más, se había quedado corta. «Y la tercera, por tranquilidad de espíritu», pensó. Había sabido que Alva, tras protagonizar un sonado y rentable divorcio en el que consiguió diez millones de dólares, varias acciones de las empresas de su ya exmarido y numerosas propiedades, se había casado hacía tres años con el mejor amigo de su esposo, el millonario Oliver Belmont; todavía le faltaba un tercer matrimonio para entender el estado en el que se encontraba la Patti, radiante, dichosa, serena, cuidada y siempre acompañada.

Su boda con el barón le había ofrecido la tranquilidad con la que había fantaseado en los últimos años. Fue él quien la convenció de llevar una vida más sosegada, aunque eso significara alejarse de los escenarios.

—No quiero dejar la ópera, Rolf. Ha sido mi vida, la música lo es todo para mí. Me hace feliz y es lo que me mantiene joven.

—Y yo no pretendo que la abandones, quiero que encuentres la felicidad en ti y en otras muchas cosas que te ofrece la vida. Lo que intento decirte es que, por una vez, no sean los demás los que más te quieran, sino que seas tú la que te quieras y te dediques tiempo. Los has hecho felices durante casi cincuenta años, ¿no crees que ha llegado el momento de que tú también encuentres esa felicidad? —Las palabras del barón empezaban a cobrar sentido en la mente de Adelina—. Te mereces descansar, disfrutar de todo aquello que no has podido vivir por tu encomiable dedicación a la música. ¿Cuánto hace que no acudes a un teatro para deleitarte con una ópera que no interpretes tú? ¿A cuántos festivales de música no has podido asistir como espectadora por falta de tiempo? Tú misma me hablaste de tu deseo de ir al Festival de Bayreuth, que nunca has tenido oportunidad de visitar.

La mención de aquel festival la llevó de vuelta al pasado, a la noche de bodas con Nicolini, cuando él le comunicó que el rey Luis II de Baviera había sido incapacitado mentalmente y encerrado en un castillo. El «Rey Loco» había inspirado la construcción de la sala de conciertos de Bayreuth por su amor a la ópera y a Wagner.

—No dejes los escenarios. Eres la Patti, elige cuándo regresar. Hazte esperar, que te deseen.

Los argumentos de su tercer esposo estaban cargados de razón. Adelina agradeció que no mencionara su edad para terminar de convencerla; hubiera sido una ordinariez por su parte y el barón era todo menos ordinario. Sabía que su garganta aún contenía los mejores trinos escuchados en un teatro de ópera, pero nunca le había gustado engañarse: su voz no podía mantenerse ajena al paso del tiempo, aunque su físico pareciera empeñado en hacerlo. Llevada por esa certeza, decidió distanciar sus conciertos y ser ella quien eligiese el momento de regresar. No era una retirada, de la que no quería oír hablar y ni siquiera se planteaba, era una manera distinta de gestionar su carrera después de cuatro décadas de frenética actividad como profesional, cinco décadas desde que empezó a cantar siendo aún una niña. Siguió los consejos de su marido que no sólo se centraron en su aparición en los escenarios, sino también en llevar una vida más relajada donde las fiestas, las celebraciones, las cenas y los eventos sociales debían reducirse. Y así lo hicieron, aunque las reuniones con amigos jamás desaparecieron del castillo de Craig-y-Nos, tan sólo se dilataron en el tiempo y se volvieron más exclusivos. No fueron los únicos. Desde hacía tiempo, el Teatro Patti mantenía sus luces apagadas hasta que un día Adelina quiso regalarle a su esposo la posibilidad de escucharla cantar una ópera completa, y no únicamente algunas arias sueltas que interpretaba en los conciertos. El 16 de octubre de 1899 representó *La traviata* en su teatro de Craig-y-Nos especialmente para él y para un grupo reducido de buenos amigos. Fue la última vez que la Patti representó una ópera en el teatro que llevaba su nombre, aunque sí realizaría algunos conciertos en los años 1903, 1905 y 1906. Y la diva no podía decir que lo echara de menos.

El nuevo siglo XX le abriría una puerta inesperada.

Durante la segunda guerra bóer, que desde el 11 de octubre de 1899 enfrentaba a Inglaterra con los colonos de la República de Sudáfrica y del Estado Libre de Orange por el dominio territorial y los yacimientos de oro y diamantes, la Patti recibió la llamada de su gran amigo Alfred Rothschild para participar en un concierto que se celebraría en el Covent Garden a beneficio de las viudas y los huérfanos de los oficiales de las tropas inglesas. La diva no pudo negarse: su recién estrenada ciudadanía británica, su marcada propensión a las obras benéficas y la amistad que la unía a Rothschild desde hacía muchos años la obligaron a aceptar. El acontecimiento se programó para el 22 de febrero de 1900 y significaba el esperado regreso de la Patti al Covent Garden, después de cinco años de ausencia. Se preparó para la ocasión como siempre lo había hecho. Después de elegir las arias que compondrían su repertorio —«Casta Diva» de *Norma*, «Caro nome» de *Rigoletto* y la escena primera del cuarto acto de *Romeo y Julieta*, que interpretaría junto al tenor francés Albert Alvarez—, Adelina encargó tres vestidos a una famosa casa de modas de París y seleccionó a conciencia las joyas que luciría en el escenario. Su aparición logró el éxito que siempre la persiguió. El público, una vez más, la veneró. La prensa se postró ante ella. Pocos fueron los críticos que evidenciaron en sus informaciones que su voz sonaba con menos fuerza, con menor potencia y que sus notas altas no lo eran tanto como hacía años; su mítico *High F*, su característico fa sobreagudo, había desertado de su garganta. Los estragos que el tiempo había hecho en sus cuerdas vocales ella sabía disimularlos con una vocalización envidiable y una dicción perfecta, con un vestuario espectacular y una movilidad en escena digna de una veinteañera que el diario *The Sunday Times* calificaba de «gracia escénica que sigue asombrando a todos». Ninguna soprano había representado con cincuenta y siete años a Julieta, y ninguna más lo haría.

Adelina siguió los consejos de su tercer marido y aprendió a hacerse desear. Las leyendas se forjan con el cincel del tiempo y ella hacía mucho que lo era; se había ganado el derecho de manejar su propio escoplo. Lo realizó con precisión, ofreciendo conciertos siempre benéficos a favor de las víctimas de guerra, de los niños huérfanos, de los pobres o de los más desfavorecidos. Así lo hizo en el nuevo Teatro de la Ópera de Estocolmo, inaugurado hacía un año por el rey Óscar II de Suecia, quien le concedió la Orden sueca de las Letras y las Ciencias. Fue especial para ella no sólo por el triunfo ante las mil doscientas personas que atestaban el teatro, sino porque estaba en la tierra del barón Cederström, que ni pudo ni quiso esconder su orgullo. Encontrarse con los padres y los hermanos de su tercer marido la reconfortó y le hizo recuperar la sensación de pertenecer a una familia que, en su caso, la muerte había mermado hasta la extinción. Fueron varios los días que los barones de Cederström permanecieron en Suecia, uno de los pocos países que ella no conocía. «Podría vivir aquí», le confió a su esposo antes de regresar a Inglaterra, donde se había comprometido a tres conciertos en Londres, Mánchester y Glasgow en el otoño de 1900.

El mundo de Adelina se volvió a detener el 22 de enero del año 1901.

Se encontraba en la biblioteca del castillo revisando un álbum de recortes de prensa que recogían distintos momentos de sus éxitos artísticos, rodeada de tres de sus cuatro perros, a los que nunca se cansaba de acariciar y de ofrecer el jamón dulce que ella apenas comía. Acababa de tomar un desayuno frugal en el comedor, frente a la chimenea de roble y mármol con ilustraciones de las novelas de sir Walter Scott. Aquella mañana hacía frío en Craig-y-Nos, por lo que ordenó a un sirviente que avivara el fuego en la biblioteca. El criado terminaba de poner la pantalla de forja en la boca de la chimenea cuando el barón Cederström accedió a la estancia. Sin quitarse los pequeños anteojos, la diva levantó la mirada del álbum para encontrarse con la de él. Le extrañó que, a esa hora de la mañana, no estuviera en el gimnasio.

—Querida, ha sucedido algo que deberías saber. Pero quiero que estés serena. —El anuncio de su esposo no alentaba la calma.

La reina Victoria había muerto hacía unas horas, a las seis y media de la mañana.

La mujer más poderosa de su tiempo, con una personalidad lo bastante fuerte para bautizar su reinado como época victoriana, símbolo del Imperio británico, que llevó su soberanía a más de un cuarto de la población mundial y reinó en un quinto de la superficie terrestre, la monarca conocida como «la abuela de Europa» por sus sesenta y tres años de reinado, la misma mujer que cayó en una depresión después de la muerte de su marido por quien decidió llevar luto durante el resto de su vida, fallecía a los ochenta y un años en su castillo de Osborne, en la isla de Wight, después de sufrir una hemorragia cerebral.

Adelina dejó escapar un suspiro. Dos pensamientos cruzaron su mente: la veneración que la soberana sentía por ella, a quien consideraba su soprano favorita, y que el príncipe de Gales se convertiría en el nuevo rey de Inglaterra como Eduardo VII; a diferencia de la Patti, la reina sí tenía sucesor.

La noticia le afectó más de lo que el barón suponía. La diva decretó dos días de luto en el castillo de Craig-y-Nos. Después de escribir al príncipe de Gales expresándole sus más sinceras condolencias, rechazó acudir al funeral de la reina Victoria que se celebró once días más tarde, el 2 de febrero, en la capilla de San Jorge del castillo de Windsor, para después ser enterrada junto a su marido en el Mausoleo Real de Frogmore. Como había expresado la soberana el día anterior a su deceso, Adelina también se sentía cansada y confusa. Al saber que la reina había ordenado que la enterrasen con su velo de novia y sus joyas favoritas, haciéndose acompañar en el ataúd por una camisa de su esposo, varias fotografías de su familia y un mechón de pelo de quien había sido su sirviente personal, el escocés John Brown —con quien se aseguró que había mantenido una relación—, la Patti decidió vestir de blanco para acudir a la misa que había organizado en la capilla de su castillo en homenaje a la monarca. Aquella tarde la diva propinó una sonora bofetada al responsable de haber adornado el altar con flores, cuando ella no lo había contemplado ni habían sido ésas sus instrucciones sobre cómo engalanar la capilla. «¿Acaso crees que estamos en el funeral de la reina, estúpido? De haber querido asistir a su réquiem, habría ido». El barón entendió que esta inesperada reacción se debía a una mezcla de tensión y dolor por la muerte de la soberana. La diva continuaba allí, aunque no se prodigara en los escenarios de ópera. Tuvo que remontarse a su infancia para recordar haber propinado sendos bofetones al pianista Louis Moreau Gottschalk y a un conocido violinista, que la acompañaron en sus primeras giras; la niña caprichosa que un día fue seguía viviendo en ella.

Tres días después de ofrecer un concierto benéfico en el teatro de Brecon, Adelina asistió a la coronación del nuevo rey Eduardo VII de Inglaterra en la abadía de Westminster. La mala salud de su querido amigo, propiciada en gran parte por su gula —«Bertie, demasiada comida, demasiado alcohol y demasiados puros», le había dicho en alguna ocasión— y complicada por un inoportuno resfriado durante un acto militar en Aldershot, obligó a posponer la coronación del monarca, prevista para el 26 de junio de 1902. Tras una operación de urgencia en el palacio de Buckingham para extirparle un absceso abdominal —algunos rumores hablaron de una posible apendicitis—, finalmente se le coronó rey del Reino Unido y de los Dominios Británicos de Ultramar y emperador de la India el 2 de agosto, aunque sin la presencia de muchos dignatarios extranjeros que no pudieron regresar a Inglaterra tras el cambio de fecha. Adelina disfrutó de la ceremonia, aunque encontró al nuevo rey muy desmejorado, todavía convaleciente. Estaba pálido, ojeroso y débil, lo que hizo que se decantara por llevar la Corona imperial del Estado, más ligera que la Corona de San Eduardo. A su lado, la reina Alejandra, con un impresionante vestido de gasa india en color oro que terminaba con una gran cola púrpura. Quizá fue la exigencia de perfección que caracterizaba a la diva lo que le hizo lamentar una cadena de errores que deslució y restó solemnidad a la ceremonia: en algunos momentos, el coro no estaba acompasado con la orquesta y la avanzada edad del arzobispo de Canterbury hizo que le impusiese al revés la corona, obligando al nuevo rey a recolocársela él mismo. Si hubieran estado en un teatro, la Patti habría sido capaz de parar la representación.

Le agradó encontrarse con la actriz Sarah Bernhardt y no tanto con la hija de Alva Vanderbilt, Consuelo, duquesa de Marlborough, que se casó con Charles Spencer-Churchill en contra de su voluntad y por imposición de su madre, a quien no le importó que su hija acudiera a su casamiento llorando bajo su velo de novia. Aun así, intentó mostrar su mejor cara ante ella.

—¿Y su madre, querida? —le preguntó cortésmente.

—Lo desconozco. Pero cuanto más lejos esté de mí, mejor.

Adelina no pudo culparla. No todos nacían en una familia feliz, por muy adinerada que fuera.

Después de la coronación, al regresar a Craig-y-Nos, compartió con su marido una idea que llevaba días obsesionándola.

—He pensado vender La Roca de la Noche. Este castillo es demasiado grande para nosotros. ¿Qué te parecería vivir en una residencia en Londres medio año y trasladarnos a Suiza el otro medio? Así podríamos estar más cerca de tu familia.

—Si ése es tu deseo, a mí me parece bien.

Su deseo no fructificó. El precio que pedía por el castillo era demasiado alto, un monto que los pocos interesados en adquirir la residencia no pudieron afrontar. En el fondo, se alegró. Había sido muy feliz en aquel refugio; hubiese sido una traición renunciar al que siempre entendió como su lugar en el mundo.

47

Adelina acababa de realizar su particular sesión matutina de escalas y trinos que se había convertido en rutina desde que era una niña. Tenía por delante un concierto en el Royal Albert Hall en mayo y otro a finales de julio en el Teatro Patti; 1903 prometía ser un año con poca actividad musical.

Se disponía a dirigirse al invernadero cuando escuchó la cornamusa *highland* del cartero que siempre llevaba la correspondencia al castillo de Craig-y-Nos. Le agradaba escuchar el sonido de aquel instrumento de viento tradicional de Escocia y agradecía que el repartidor del correo lo utilizara con el único fin de halagarla. Pensó que sería una tardía felicitación por su sesenta cumpleaños, pero se equivocaba. El telegrama venía de Estados Unidos y lo firmaba el hermano de un antiguo socio de Henry Abbey. Así se presentaba el misterioso hombre, de nombre Robert Grau, sabiendo que la mención del que fuera su empresario durante muchos años, y el responsable de que la Patti venciera sus reticencias a cantar en el Metropolitan de Nueva York, la convencería para seguir leyendo y aceptar su visita. La argucia surtió el efecto deseado. Algo en ese mensaje despertó en ella sensaciones que creía ya vencidas. No dudó en invitarlo al castillo para escuchar lo que tuviera que decirle.

Robert Grau llegó a La Roca de la Noche para asistir a la comida que Adelina había organizado para él, en compañía del barón Cederström, que solía asistir a ese tipo de reuniones, aunque rara vez expresaba su opinión hasta que el matrimonio se quedaba a solas.

A la Patti, el caballero le pareció demasiado joven para ser mensajero de algo serio, pero recordó que fue el mismo pensamiento que tuvo al ver a Rolf en su clínica de Londres y había terminado casándose con él, por lo que le dio una oportunidad. Cuando escuchó la propuesta de Grau, no estaba tan segura de que hubiera sido una buena idea.

—Quiero contratarla para una última gira por Estados Unidos. Cinco mil dólares por noche, más el 25 por ciento de los beneficios en taquilla cuando éstos superen los siete mil quinientos dólares. Es la cantidad más alta jamás pagada en el mundo de la ópera. —La voz del joven sonaba segura, aunque su mirada reflejaba el temor a una respuesta negativa. Su hermano ya se lo había advertido: cuando se hablaba con la diva de dinero, ella siempre salía ganando—. Sería una gira de cuarenta conciertos, nada de óperas completas, que la llevarían a actuar en las ciudades más importantes del país durante cinco meses, de noviembre de 1903 a marzo de 1904. Y por supuesto, en las mejores condiciones: tren privado, hoteles exclusivos, una buena campaña de publicidad y únicamente las entrevistas en prensa que usted desee. Si acepta, mañana mismo depositaré cuarenta mil dólares en el banco de Londres que usted prefiera.

La oferta y las condiciones económicas hicieron que Adelina se mantuviera en silencio durante unos segundos que a todos, menos a ella, les parecieron eternos. La eternidad siempre le había parecido algo subjetivo. Finalmente, y después de emplear unos instantes más en beber el vino rebajado con soda servido en una copa de cristal, le comunicó su respuesta.

—Querido, no sabe lo que siento que su viaje haya sido en balde. Pero no está en mis planes regresar a Estados Unidos. Creo que sólo un milagro me haría salir de Europa para embarcarme varios días en una travesía por el Atlántico.

—¿Por qué no lo considera una vez más, señora Patti? —insistió Robert, que había encontrado en la mirada del barón Cederström un viso de esperanza—. Los estadounidenses están deseosos de escucharla. Para ellos, usted siempre será una más; al fin y al cabo, fue allí donde empezó su carrera.

—Lo pensaré y, por supuesto, lo hablaré con mi marido. Pero no le prometo nada. No me gustaría que se hiciera ilusiones.

—Con que me conceda albergar alguna esperanza, sería el hombre más feliz del mundo. Piénselo, una gira de despedida.

—Joven, debería saber que las leyendas no se despiden; sólo perduran. Elija mejor sus palabras en un futuro. En un consejo de la Patti.

Después de acompañar al señor Grau hasta la puerta del castillo y prometerle que en los próximos días recibiría una contestación a su oferta, bien fuera positiva o negativa, regresó junto a su marido.

—¿Puedes creerlo? —preguntó, disfrutando de la sensación de saberse aún deseada.

—¿Y por qué no?

La respuesta del barón consiguió descolocarla.

—¿Acaso sugieres que me plantee realizar esa gira? ¡Querido! Tú mismo me has recomendado que lleve una vida más tranquila. Cinco meses de conciertos son muchos meses, y más aún lejos de casa.

—No conozco Estados Unidos. Sería una buena oportunidad de hacerlo, sobre todo, si es en compañía de mi esposa.

A los pocos días, Adelina mandaba un telegrama a Robert Grau comunicándole que aceptaba la oferta. No pudo evitar pensar que lo hacía, en parte, por agradar a su tercer esposo, aunque su vanidad y los doscientos mil dólares que ganaría en esa gira —sin contar el posible porcentaje de taquilla— también tuvieron peso en la decisión.

La reina Patti volvía a Estados Unidos.

Los periódicos sólo hablaban de ella. El regreso de la diva a Estados Unidos para realizar su verdadera gira de despedida del país era el gran acontecimiento operístico del año. Todos querían escucharla.

El día del estreno, el 2 de noviembre de 1903, el Carnegie Hall presentaba un lleno absoluto. La mayoría de los que ocupaban las butacas jamás habían escuchado a la Patti en un teatro.

Desde su camerino, pudo oír cómo la sala se llenaba. Aquella vez no quiso observar al público por el pequeño orificio del telón. Estaba nerviosa; hacía casi diez años que no actuaba en la ciudad. El recuerdo de la espantada que protagonizó la última vez que actuó en ese escenario en 1894, cuando suspendió las representaciones finales de la ópera *Gabrielle*, no inspiraba buenos augurios. No había dado explicaciones de aquel precipitado abandono; quizá fue porque la gira no estaba funcionando como ella quería o porque el público no respondió como había imaginado, o quizá las ganas de regresar a Craig-y-Nos la acuciaron. Temió que Nueva York recurriese a su buena memoria y le hiciera pagar el desplante.

Desde primera hora de la mañana le resultó imposible deshacerse de una extraña sensación. «¿Y si no se acuerdan de mí? ¿Y si mi voz no responde como antes?». Miró al barón Cederström, que la acompañaba en el camerino. Acababa de encenderse uno de los puros Flor de Adelina Patti Cigars que desde hacía una década se comercializaban en el mundo; el mismo tiempo que llevaba sin pisar un escenario de Nueva York. Rolf había utilizado el cortador de puros de la misma marca y en ese momento se fijaba en la fecha de patente que aparecía en su parte inferior, el 19 de febrero de 1889; hasta entonces no había advertido que era el mismo día del cumpleaños de su esposa.

—¿Te importa apagar eso? —le pidió alterada.

—Creí que no te molestaba —se disculpó el barón, obedeciendo de inmediato.

—No me siento bien. Estoy algo mareada. Esta noche no he podido apenas dormir y me duele la garganta. Tengo problemas para respirar.

—¿Quieres que llame a un médico?

—No —dijo tajantemente, convencida de que sólo estaba ofreciendo una colección de excusas para no salir a escena.

Le pareció absurdo e inusual, pero sintió el deseo de marchar corriendo de allí, coger un barco, cruzar el Atlántico y dejarse caer en la cheslón de seda ambarina situada en la sala de billar francés del castillo de Craig-y-Nos. Miró a Rolf y por un instante le culpó por verse en aquella situación, el único causante de que la Patti hubiera regresado a Estados Unidos. Él seguía observándola, como si le leyera la mente. El barón siempre la contemplaba en silencio, como si supiera que sólo ella tenía el poder de utilizar su voz. Adelina se sentó en la butaca frente al tocador.

—No me hagas caso, querido —dijo al fin, mirándose en el espejo. De nuevo cara a cara con la verdadera y única responsable de todo, ella misma. Se sintió reconfortada. Estaba de vuelta—. ¿Por qué no vas a ocupar tu sitio en la platea? Si no te veo en la primera fila, no será lo mismo.

Los aplausos al salir al escenario del Carnegie Hall alejaron todos los fantasmas que deambulaban minutos antes por el camerino. Como no podía ser de otra manera, la diva quiso regresar a Nueva York cantando el aria «Il dolce suono» de la ópera *Lucia di Lammermoor*, la misma con la que debutó en la ciudad el 24 de noviembre de 1859, en la Academy of Music. Entonces tenía sólo dieciséis años; ahora sesenta. Después interpretó las canciones «Il bacio», «Home, Sweet Home» y «The Last Rose of Summer». La ovación del público fue correcta, pero Adelina no sintió que conectase con él. O los espectadores eran muy jóvenes, o ella era demasiado mayor. Los críticos también fueron testigos de la frialdad y no tardaron en encontrar los motivos de aquel ambiente gélido en cómo el paso del tiempo había afectado a la voz de la Patti, aunque ninguno quiso ser demasiado cruel. *The New York Times* aseguró que «la diva era sólo un naufragio de lo que un día fue, pero, oiga, ¡qué maravilloso naufragio!». La taquilla de los otros cuatro conciertos en la ciudad también se resintió.

Durante la gira, las cosas mejoraron y los beneficios también. Aun así, el esfuerzo de Adelina estaba siendo demasiado extremo para los resultados cosechados. Una crítica más, una ovación más y miles de dólares más no iban a suponerle nada que no hubiera conseguido ya en un pasado que empezaba a dibujarse lejano. A su memoria regresaron las palabras de Rossini durante una de sus famosas veladas de los sábados, en respuesta al comentario de su amigo Alejandro Dumas, instándole a componer más óperas después de *Guillermo Tell*: «¿Qué iba a conseguir con una nueva ópera? Un éxito más en mi carrera no significaría nada que no haya logrado ya. Sin embargo, un fracaso afectaría a mi nombre. ¿Para qué arriesgar mi prestigio por un ataque absurdo de vanidad? No necesito más fama ni mucho menos tengo el deseo de aventurarme a perder la que ya tengo».

La Patti sintió la imperiosa necesidad de asentar su presente y éste no estaba en Estados Unidos.

Los periódicos informaban de la última hora de la guerra ruso-japonesa iniciada hacía un mes, el 8 de febrero de 1904. El barón degustaba su segunda taza de té en el hotel de Hot Springs, en Arkansas, donde la diva tenía previsto dar un nuevo concierto.

—El mundo se está volviendo loco. Dan ganas de salir corriendo. Por suerte, tenemos a Henry Ford y sus automóviles; eso nos ayudará —comentó Rolf mientras leía la noticia sobre el nuevo récord de velocidad que el empresario estadounidense había logrado para sus automóviles, cercano a los ciento cincuenta kilómetros por hora.

—Hagámoslo —replicó ella.

—¿Comprar un automóvil? Me parece una buena idea.

—No. Regresemos a Inglaterra.

—Pero, querida, eso significaría cancelar media docena de conciertos que aún nos quedan.

—No me importa. Devolveré el depósito que el señor Grau efectuó en el banco de Londres. Ya hemos ganado suficiente dinero en esta gira —aseveró, pensando en los más de doscientos mil dólares que le había reportado ya su gira de conciertos por el país—. Ahora, quiero irme a casa.

No era una petición. El barón conocía a su esposa lo suficiente para saber que no iba a cantar una nota más en ningún teatro estadounidense.

—No tienes más que pedírmelo —dijo solícito.

Cuatro días más tarde, el matrimonio embarcaba en el Lucania de Cunard Line, de regreso a Europa. Mientras se alejaba del puerto de Nueva York, el barón arrojó al mar su puro Flor de Adelina Patti. Ya había conocido Estados Unidos. Era hora de regresar a casa.

48

Los latidos de su frágil corazón escribieron el último telegrama que recibiría, advirtiéndole de que el final estaba próximo. No hacía falta que otra voz se lo dijera, ella conocía mejor que nadie el sonido de su vida.

Con un gesto infantil, Adelina agradeció la manta de piel que el barón dispuso sobre su cuerpo; la reconoció al instante, la había adquirido en su último viaje a San Petersburgo, ciudad a la que regresó para dar un concierto benéfico a finales de 1904.

—Descansa —susurró Rolf después de depositar un beso en la frente de su mujer. La miró con la ternura habitual que ella siempre advirtió en sus ojos y que veinte años de matrimonio no habían mermado.

Cuando el barón se disponía a cerrar las cortinas de las ventanas de la habitación, ella le pidió que no lo hiciera.

—No voy a dormir. Reposaré un poco y luego seguiremos hablando del viaje. Me apetece mucho pasar unos días en España y, después, ampliar el periplo por Italia.

—Claro, querida —respondió el barón Cederström, consciente de que hay trayectos que nunca se llevarán a cabo porque una partida inminente lo impedirá.

Sus ojos, cansados como ella, bramaban por entornarse, pero la luz que se colaba por los visillos de los ventanales se lo impidió. «Todavía no», se convencía. Avistó sobre uno de los muebles la Legión de Honor que el presidente de Francia le había impuesto en 1905, convirtiéndola en la primera mujer en obtenerla, meses después de haber recibido la Orden de la Cruz Roja Rusa de manos de la familia imperial en San Petersburgo, con el zar Nicolás II a la cabeza.

Añorando la cellisca de la estepa rusa, sintió un escalofrío que la obligó a ajustarse la mañanita que cubría sus hombros; al hacerlo, palpó en las orejas los pendientes de diamantes y zafiros regalo de la emperatriz Eugenia de Montijo que el marqués de Caux, como mensajero imperial, le entregó en su casa de París. El recuerdo de su primer marido no consiguió abrigarla, pero al menos hizo que el frío desertara de su cuerpo. «Henri, qué mal me lo hiciste pasar. Pero no te guardo rencor, me resulta imposible odiarte; el odio, qué sentimiento más absurdo, qué pérdida de tiempo».

Al ampliar la mirada encontró el gramófono que la compañía The Gramophone & Typewriter Ltd. le hizo llegar como agradecimiento por acceder a grabar varios discos en 1905 y 1906. «¿Por qué no lo haría antes? Hubiera podido dejar más canciones. Mi querido Ernest, en esa ocasión, no me aconsejó bien», pensó. Tímidamente tarareó el aria «Casta Diva» que había grabado, la misma que había cantado en su último concierto en el Royal Albert Hall de Londres en 1906. Evocar aquella aria le hizo pensar en Caterina, que tantas veces la interpretó. Sonrió al recuperar la imagen de Salvatore; qué próximos parecían estar ambos, como si ocuparan un lugar a los pies de su cama, al igual que tantas veces habían hecho cuando era una niña.

Las palpitaciones en su pecho, cada vez más pausadas, actuaban a modo de diapasón afinando su existencia, acompasando el sonido del viejo mantra que siempre amparó: quien va despacio llega seguro; quien va seguro llega lejos. *«Chi va piano va sano; chi va sano va lontano»*, dijo con voz débil, recurriendo al italiano, el idioma en el que las óperas debían ser cantadas, como aseguraba Rossini.

En su cabeza, las notas de *Norma* saltaron a la partitura de *El barbero de Sevilla*, la última ópera completa que había cantado en el teatro particular del tenor Jean de Reszke en París, en 1907. Qué lejos quedaba todo de su actual presente, en aquella última semana de septiembre de 1919, y, sin embargo, qué cerca parecía estar en su mente.

Unos pasos en el pasillo la distrajeron. Imaginó a Karo entrando con una taza de chocolate Van Houten bien caliente, pero recordó que su fiel doncella había abandonado el castillo de Craig-y-Nos después de cuarenta años de servicio. Tampoco era probable que lo hiciera Patro, alejada de su lado por razones médicas. Las setenta personas que un día conformaron el personal del castillo se habían reducido a apenas una docena. Las ausencias de los últimos años le dolían, quizá porque le recordaban que ni siquiera los reyes viven eternamente. La muerte del rey Eduardo VII en mayo de 1910 la había trastocado, como la conmovió el asesinato del archiduque Francisco Fernando de Austria, el 28 de junio de 1914 en Sarajevo, que abrió la veda a la violencia incontrolada. El conflicto bélico desatado a raíz de aquel atentado que enfrentó al mundo también perturbó su vida. La violencia y la muerte siempre la asustaron.

Durante los últimos diez años, desde que regresó de su inacabada gira de despedida por Estados Unidos, la diva y el barón se habían dedicado a viajar, a asistir a teatros para disfrutar de los espectáculos de ópera, a pasar grandes temporadas en Italia, Biarritz y la Riviera francesa, a elegir los mejores hoteles donde tomar las aguas termales para tratar la dolencia reumática de Adelina. Fue en uno de ellos, en Bohemia, donde el estallido de la Gran Guerra sorprendió a los barones de Cederström, que a punto estuvieron de ser detenidos, de no ser por las amistades que la Patti recordó tener en aquel lugar, admiradores de su arte, que le permitieron regresar a Inglaterra sin sufrir ningún daño. La música siempre fue su tabla de salvación e intentó que también lo fuera para los demás. El eco de los aplausos se asentó en sus oídos; la última vez que cantó en público fue el 24 de octubre de 1914 en el Royal Albert Hall durante un concierto a favor de las víctimas de la contienda armada. El sonido de la muerte resultaba ensordecedor en su ánimo.

Hacía tres meses, el 28 de junio de 1919, se había firmado el Tratado de Versalles en la Galería de los Espejos del palacio francés, que ponía fin a la Gran Guerra, finalizada un año antes, con el armisticio del 11 de noviembre de 1918 que reconocía la victoria aliada. El lugar se había acondicionado como si fuera a acoger el estreno de una gran ópera: los vencedores se sentaron en los sillones estilo Luis XIV de la sala de fiestas del Elíseo para estampar su firma en el documento que descansaba sobre un escritorio Luis XV realizado por Charles Cressent, situado encima de una alfombra de Savonnerie elaborada con el nudo Ghiordes y fabricada por orden de Luis XIV. La reminiscencia de un pasado haciéndose presente para construir el futuro. Todos estaban convencidos de que aquel tratado de paz evitaría próximas guerras; la amnesia del tiempo.

Adelina recordó la salva de cañonazos con la que celebró el final de la guerra en su castillo de Craig-y-Nos. Unos días más tarde recibió la visita de un joven editor que le propuso escribir un libro de su vida.

—Una diva no debe dejar unas memorias, sólo un legado.

Los recuerdos le pesaban sobre los párpados. Cerró los ojos para descargarlos del peso de la remembranza del pasado. «Sólo unos minutos», se propuso. No volvió a abrirlos, pero pudo sentir cómo su tercer marido le sostenía la mano hasta el final.

Adelina Patti falleció la mañana del 27 de septiembre de 1919, confiando en que la desmemoria del tiempo no cayera sobre su legado.

El eco de su voz sería eterno.

Notas de *La diva*

𝄞 La última aparición pública de Adelina Patti fue el 24 de octubre de 1914 en el Teatro Royal Albert Hall de Londres, en un concierto que se celebró en beneficio de la Cruz Roja y con la presencia del rey Jorge V y la reina consorte María de Teck.

𝄞 Adelina Patti murió el 27 de septiembre de 1919, a los setenta y seis años de edad, en el castillo de Craig-y-Nos. Después de ser embalsamada y permanecer en la capilla del castillo, el 24 de octubre de 1919 su cuerpo fue trasladado a la capilla del cementerio de Santa María, en Kensal Green.

𝄞 En mayo de 1920, cumpliendo el deseo de la diva, su tercer marido, el barón Rolf Cederström, trasladó sus restos mortales al cementerio de Père Lachaise, en París, donde estaban enterrados su padre, su hermana Amalia, Maurice, Marietta Alboni, Oscar Wilde, Gustave Doré, y donde estuvo enterrado su gran amigo, el compositor Gioachino Rossini, hasta que en 1887 sus restos mortales fueron llevados a la basílica de la Santa Cruz Florencia.

𝄞 En 1920, el barón Cederström vendió el mobiliario del castillo y desmanteló el jardín de invierno para trasladarlo a

Swansea, donde se convertiría en un lugar de entretenimiento bajo el nombre de Patti Pavilion.

𝄞 En marzo de 1921, el barón vendió parte de la propiedad a la Welsh National Memorial Association por una cantidad aproximada de once mil libras para que fuera utilizada como sanatorio dedicado a la tuberculosis, bajo el nombre de Adelina Patti Hospital.

𝄞 El castillo dejó de operar como hospital el 31 de marzo de 1986, y se trasladó a los pacientes al hospital de Ystradgynlais, después de que la tuberculosis dejara de ser el gran problema de salud que azotaba a la sociedad.

𝄞 Hoy en día, el castillo Craig-y-Nos es un lugar dedicado a la organización de eventos, cenas, actos, conferencias y eventos musicales; tiene especial demanda la celebración de bodas en el Teatro Patti. Una parte del complejo funciona como hotel.

𝄞 Adelina Patti no tuvo hijos, pero estuvo muy unida a sus sobrinos. La actriz y cantante (mezzosoprano) Patti LuPone, ganadora de tres premios Tony, uno de ellos por su interpretación de Eva Perón en Broadway en el musical *Evita*, y de dos premios Grammy, es su sobrina bisnieta.

𝄞 La Patti estipuló una pensión para los empleados que la sirvieron fielmente en Craig-y-Nos, e incluso llegó a ofrecer una habitación en el castillo a aquellos con problemas de alojamiento.

𝄞 Debido a las numerosas visitas que el príncipe de Gales hacía al castillo de Craig-y-Nos se extendió el rumor de que la soprano y el príncipe mantenían una aventura. Nunca pudo confirmarse. Los rumores de todo tipo siempre persiguieron a la diva.

𝄞 El escritor francés Gaston Leroux se inspiró en Adelina Patti para el personaje de Carlotta Giudicelli en *El fantasma de la ópera*, la diva egocéntrica, poderosa y estricta frente a la siempre encantadora y amable Christine Daaé, para quien el autor se inspiró en la soprano sueca Christine Nilsson.

𝄞 El pintor Joaquín Sorolla retrató a Adelina Patti en 1903. Como la diva tenía ya sesenta años y se encontraba en Gales, no valoró la posibilidad de desplazarse a España para posar para el maestro, que terminó utilizando una fotografía. Sobre la tela de cuadro, Sorolla escribió: «Retrato original de la célebre cantante Adelina Patti», tal y como puede verse hoy en el Museo Franz Mayer, en Ciudad de México.

𝄞 Se conserva un retrato de Adelina Patti pintado por Raimundo de Madrazo y Garreta en 1873 en el Museo de Historia de Madrid.

𝄞 Los expertos aseguran que el secreto de la longevidad de su voz se debió a que jamás abusó de ella, cuidándola apropiadamente. Según la propia Patti: «Nunca en toda mi carrera he cantado más de tres veces por semana y a esta precaución atribuyo mis muchos años de éxito».

𝄞 El barón Cederström se volvió a casar y tuvo una hija. Murió el 26 de febrero de 1947.

𝄞 Durante el tiempo en que La Roca de la Noche actuó de hospital de tuberculosos, se empezó a hablar de la presencia de «la dama de negro» en el castillo. Una tarde, una de las niñas pacientes del centro que se disponía a cantar en el Teatro

Patti, utilizado como sala de televisión y entretenimiento, se mostraba nerviosa entre bambalinas. Fue entonces cuando vio a una señora vestida de negro que la tranquilizó, diciéndole que lo haría bien y aconsejándole que lo disfrutara. Así sucedió. Cuando la niña quiso agradecer a la señora sus consejos, no la encontró. Nadie la había visto. Desde entonces, muchos aseguran haber visto a esa dama de negro y aseveran que esa presencia corresponde a la imagen de Adelina Patti.

𝄞 La leyenda del fantasma de la Patti sigue recorriendo el castillo de Craig-y-Nos, que tiene fama de ser el más embrujado de Gales. El último suceso lo protagonizó una joven pianista que se sentó al piano ubicado en el teatro. Cuando apenas había colocado las manos sobre las teclas, notó una presencia a su espalda, y sin saber cómo, sus dedos se deslizaron por el teclado para tocar la canción popularizada por la Patti, «Home, Sweet Home».

𝄞 Según algunas informaciones, Adelina Patti llegó a ganar doscientos millones de dólares a lo largo de toda su carrera. Hasta la fecha, sigue siendo la cantante de ópera mejor pagada de la historia.

𝄞 Hoy en día resulta casi imposible escuchar la verdadera voz de Adelina Patti. Las grabaciones realizadas que se conservan en la actualidad no ofrecen la suficiente calidad. Además, hubo un accidente con el cilindro donde se grabaron las canciones de la diva, que quedó prácticamente inservible.

𝄞 La placa instalada en honor a Adelina Patti en Madrid, en la calle Gran Vía esquina con Fuencarral —lugar donde nació la diva— desapareció después de unas obras de remodelación del edificio. No ha vuelto a ser colocada.

𝄞 Existe una calle con su nombre en Madrid, en el distrito Fuencarral-El Pardo. En muchas ciudades del globo proliferan vías y plazas en recuerdo de quien fue la mayor soprano del mundo.

𝄞 Adelina Patti reconoció que nunca fue tan feliz como cuando estaba en el escenario.

Bibliografía

ADAMS, MARIAN HOOPER, *The Letters of Mrs. Henry Adams. 1865-1883*, Edit. Ward Thoron, Little, Brown, and Company, Boston, 1937.

ÁLVAREZ-SIERRA, DR. J., *Hospitales de Madrid de ayer y hoy*, Publicaciones de la Beneficencia Municipal, Tomo III, Artes Gráficas Municipales, Sección de Cultura e Información, Madrid, 1952.

ANDERSON, BURTON, *Treasures of the Italian Table*, William Morrow and Company, Nueva York, 1994.

ARDITI, LUIGI, *My Reminiscences. 1896*, Da Capo, Nueva York, 1977.

BRETON, GUY, *Eugenia y sus sucesoras. Historias de amor de la Historia de Francia*, Ed. Bruguera, Barcelona, 1972.

CABEZAS, JUAN ANTONIO, *Adelina Patti, La cantante de la voz de oro*, Boris Bureba, Madrid, 1956.

CASTÁN PALOMAR, FERNANDO, *Adelina Patti. Su vida*, General de Ediciones S. L. Colección Cibeles, Madrid, 1947.

CARMENA Y MILLÁN, LUIS, *Crónica de la ópera italiana en Madrid desde el año 1738 hasta nuestros días,* Imprenta de Manuel Minuesa de los Ríos, Madrid, 1878.

CHAUVEL, GENÈVIEVE, *Eugenia de Montijo*, Planeta DeAgostini, Barcelona, 2001.

CONE, JOHN FREDERICK, *Adelina Patti. Queen of Hearts*, Amadeus Press. Reinhard G. Pauly, General Editor, Portland, Oregón, 1993.

De Candia Pearse, Cecilia María y Frank Hird, *The Romance of a Great Singer (a memoir of Mario)*, Smith, Elder & Co., Londres, 1910.

De la Haye, Amy y Valerie Mendes, *The House of Worth. Portrair on an Archive*, Victoria and Albert Museum, Londres, 2014.

Des Cars, Jean, *Eugenia de Montijo. La última emperatriz*, Ariel, Barcelona, 2003.

Dogget, John, *Doggett's Newyork City Directory.* Illustrated With Maps of New York and Brooklyn, 1848-1849, Forgotten Books, Nueva York, 2018.

Fraccaroli, Arnaldo, *Rossini*, Luis de Caralt, Barcelona, 1944.

Garnier, Charles, *Le nouvel Opéra de París*, Cuche et Cie, París, 1878.

Grant, Ulysses S., *Personal Memoirs,* New York City May 23rd, 1885, Global Grey 2020.

Grave, Théodore, *Biographie d'Adelina Patti*, Libraire de Castel, París, 1865.

Havers, Michael, Edward Grayson y Peter Shankland, *The Royal Baccarat Scandal*, Souvenir Press Ltd., Londres, 1988.

Hamilton, Elizabeth, *The Warwickshire Scandal,* Michael Russell Publishing Ltd; First Edition, 1999.

Hernández Girbal, F., *Adelina Patti. La reina del canto*, Ediciones Lira, Madrid, 1979.

Lauw, Louise, *Fourteen Years With Adelina Patti; Reminiscences,* Remington & Company, 1884.

Lyman, Susan Elizabeth. *The History of New York. An Informal History of the City from the First Settlement to the Present Day*, Crown Publishers Inc., Nueva York, 1975.

Mapleson James, Henry, *The Mapleson Memoirs (1848-1888),* London Remington & Co., Londres, 1888.

Molina, Natacha, *Eugenia de Montijo*, Círculo de amigos de la Historia, Madrid, 1974.

Mortier, Michel, *Biographical Sketch of Madame Adelina Patti,* Steinway & Sons, Nueva York, 1880.

Naquet, Alfred, *Hacia la unión libre*, Publicaciones de La Escuela Moderna, Barcelona, 1909. Versión española de Cristóbal Litrán.

Pougin, Arthur, *Marietta Alboni*, Deuxime edition, Edt. Plon, París, 1912.

Ridlye, Jane, *The Heir Apparent: A Life of Edward VII. The playboy prince*, Random House, New York, 2013.

Strakosch, Maurice, *Souvenir d'un impresario*, Wentworth Press, París, 2018.

Verly, Jacques Albert, *Souvenirs du Seconde Empire. De Notre Dame a Zululand*, Editeur Paul Oledendorf, París, 1898.

Worth, Gaston, *La Couture et la confection des vêtements de femme*, Imprimerie Chaix, París, 1895.

OTRAS FUENTES BIBLIOGRÁFICAS

Black & White, *El Censor*, *El Nacional*, *El Periódico Ilustrado*, *Journal de Saint-Pétersbourg*, *L'Illustration*, *La Correspondencia de España*, *La Época*, *La Ilustración Católica*, *La Ilustración Española y Americana*, *La Nación*, *La Presse*, *La Tribuna Nacional*, *Le Fígaro*, *Le Matin*, *Madrid Moderno*, *Morgen-Post*, *New York Daily Tribune*, *South Wales Daily Post*, *Swansea Herald of Wales*, *The Daily Telegraph*, *The Manchester Guardian*, *The New York Herald*, *The New York Times*, *The New York Tribune*, *The Scotsman*, *The Sunday Times*, *The Times*, *The Wasp*, *The Westminster Gazette*.

Hemeroteca de la Biblioteca Nacional de España.

CHAS. K. HARRIS
Mme PATTI
Who was Selected
Mr ROBT GRAU to Compose
Her Farewell Tour
CHAS. K. HARRIS
Rights Reserved
to è sco - glio, tut - ta la vi -
ist eine Klip - pe, und un - ser Le -
There's music in the sighing of a reed;
There's music in the gushing of a rill;
There's music in all things, if men had ears;
Their earth is but an echo of the spheres.
—MONTGOMERY.
Selections from all the New
ADELINA
PATTI
And the Latest Songs and
Flowers that Bloom in the Spring.
From Mikado.
See-saw Waltz.
Don't Leave Your Mother, Tom.
E. J. Symons.
Nanon Waltz.
From the Opera.
Dream Faces.
COMPLIMENTS OF
MYERS BROTHERS,
LEADING GROCERS,
MARTINSBURG, W. VA.
MENDELSSOHN PUBLISHING CO.,

appassionato e sostenuto
LONDON.
ROYAL ALBERT HALL.
MADAME
ADELINA PATTI
(BARONESS CEDERSTRÖM.)
Grand
Morning Concert.
THURSDAY. JUNE 14TH,
1906.